SHAN TIAN SHE
-新制對應版-

網羅新日本語能力試驗文法必考範圍

日本語 單字分類辭典

NIHONGO TANGO・BUNRUI ZITEN

N1. N2. N3.N4. N5 單字分類辭典

【吉松由美・田中陽子・西村惠子・千田晴夫・山田社日檢題庫小組 合著】

前言

日檢考高分的頂尖高手，
都在偷學的單字記憶法，
那就是情境記憶法！
日語自學，從零基礎到考上 N1，就靠這一本！
「情境分類」大全，N1 ～ N5 單字完全收錄！

新制日檢考試重視「活用在交流上」。
因此，在什麼場合，如何用詞造句？就成為搶高分的祕訣。
本書配合新日檢考試要求，場景包羅廣泛，這個場合，都是這麼說，
從「單字→單字成句→情境串連」式學習，
打好「聽說讀寫」綜合實踐能力。
結果令人驚嘆，史上最聰明的學習法！讓你快速取證、搶百萬年薪！

學習日語除了文法，最重要的就是增加單字量。如果文法是骨架，單字就是肌肉。本書精心將日檢考試必考 N1~N5 單字，直接幫您創造情境，分類到日常生活中常見的場景，利用想像自己在生活情境中，使用該單字的樣子。也就是利用體驗無窮的想像樂趣，來刺激記憶，幫助您快速提升單字肌肉量，勁爆提升您的日語力！

史上最強的新日檢單字集《**日本語單字分類辭典 N1,N2,N3,N4,N5 單字分類辭典**》，首先以情境分類，串連相關單字。而單字是根據日本國際交流基金（JAPAN FOUNDATION）舊制考試基準及新發表的「新日本語能力試驗相關概要」，加以編寫彙整而成的。除此之外，本書精心分析從 2010 年開始的新日檢考試內容，增加了過去未收錄的日檢各級程度常用單字，加以調整了單字的程度，可說是內容最紮實的日檢單字書。

無論是累積應考實力，或是考前迅速總複習，都能讓您考場上如虎添翼，金腦發威。精心編制過的內容，讓單字不再會是您的死穴，而是您得高分的最佳利器！

「背單字總是背了後面忘了前面！」「背得好好的單字，一上考場大腦就當機！」「背了單字，但一碰到日本人腦筋只剩一片空白鬧詞窮。」「單字只能硬背好無聊，每次一開始衝勁十足，後面卻完全無力。」「我很貪心，我想要有主題分類，又有五十音順好查的單字書。」這些都是讀者的真實心聲！

您的心聲我們聽到了。本書的單字採用情境式主題分類，還有搭配金牌教師編著的實用例句，相信能讓您甩開對單字的陰霾，輕鬆啟動記憶單字的按鈕，提升學習興趣及成效！

▼ 內容包括：

1. 主題王—情境帶領加強實戰應用力

日檢考高分的頂尖高手，都在偷學的單字記憶法，那就是情境記憶法。本書採用情境式學習法，由淺入深將單字分類成：**時間、住房、衣服…動植物、氣象、機關單位…通訊、體育運動、藝術…經濟、政治、法律…心理、感情、思考等**不同情境。讓您不僅能一次把相關單字整串背起來，還方便運用在日常生活中，再搭配金牌教師編寫的實用短例句，讓您在腦內產生對單字的印象，應考時就能在瞬間理解單字，包您一目十行，絕對合格！

2. 單字王—高出題率單字全面深化記憶

根據新制規格，由日籍金牌教師群所精選高出題率單字。每個單字所包含的詞性、意義、用法等等，讓您精確瞭解單字各層面的字義，活用的領域更加廣泛，幫您全面強化學習記憶，分數更上一層樓。

3. 速攻王—說明易懂掌握單字最準確

依照情境主題將單字分類串連，從「**單字→單字成句→情境串連**」式學習，幫助您快速將單字一串記下來，頭腦清晰再也不混淆。每一類別並以五十音順排列，方便您輕鬆找到您要的單字！中譯解釋的部份，去除冷門字義，並依照常用的解釋依序編寫而成。讓您在最短時間內，迅速掌握日語單字。

4. 例句王—活用單字的勝者學習法

要活用就需要「聽說讀寫」四種總和能力，怎麼活用呢？書中每個單字下面帶出一個例句，例句不僅配合情境，更精選該單字常接續的詞彙、常使用的場合、常見的表現，配合日檢各級所需時事、職場、生活、旅遊等內容，貼近日檢各級程度。從例句來記單字，加深了對單字的理解，對根據上下文選擇適切語彙的題型，更是大有幫助，同時也紮實了聽說讀寫的超強實力。

5. 聽力王—高分合格最佳利器

新制日檢考試，把聽力的分數提高了，合格最短距離就是加強聽力學習。為此，書中還附贈光碟，幫助您熟悉日籍教師的標準發音及語調，讓您累積聽力實力。

在精進日文的道路上，只要有效的改變，日文就可以大大的進步，只要持續努力，就能改變結果！本書廣泛地適用於一般的日語初學者，大學生，碩士博士生、參加 N1 到 N5 日本語能力考試的考生，以及赴日旅遊、生活、研究、進修人員，也可以作為日語翻譯、日語教師的參考書。搭配本書附贈的朗讀光碟，充分運用通勤、喝咖啡等零碎時間學習，讓您走到哪，學到哪！絕對提供您最完善、最全方位的日語學習！

目錄

JLPT
N5

JLPT
N4

JLPT
N3

JLPT

N2

JLPT

N1

詞性說明

詞性	定義	例（日文／中譯）
名詞	表示人事物、地點等名稱的詞。有活用。	門（もん）／大門
形容詞	詞尾是い。說明客觀事物的性質、狀態或主觀感情、感覺的詞。有活用。	細い（ほそい）／細小的
形容動詞	詞尾是だ。具有形容詞和動詞的雙重性質。有活用。	静かだ（しずかだ）／安靜的
動詞	表示人或事物的存在、動作、行為和作用的詞。	言う（いう）／說
自動詞	表示的動作不直接涉及其他事物。只說明主語本身的動作、作用或狀態。	花が咲く（はながさく）／花開。
他動詞	表示的動作直接涉及其他事物。從動作的主體出發。	母が窓を開ける（ははがまどをあける）／母親打開窗戶。
五段活用	詞尾在ウ段或詞尾由「ア段＋る」組成的動詞。活用詞尾在「ア、イ、ウ、エ、オ」這五段上變化。	持つ（もつ）／拿
上一段活用	「イ段＋る」或詞尾由「イ段＋る」組成的動詞。活用詞尾在イ段上變化。	見る（みる）／看 起きる（おきる）／起床
下一段活用	「エ段＋る」或詞尾由「エ段＋る」組成的動詞。活用詞尾在エ段上變化。	寝る（ねる）／睡覺 見せる（みせる）／讓…看
下二段活用	詞尾在ウ段・エ段或詞尾由「ウ段・エ段＋る」組成的動詞。活用詞尾在ウ段到エ段這二段上變化。	得（う）る／得到 寝（ね）る／睡覺
變格活用	動詞的不規則變化。一般指カ行「来る」、サ行「する」兩種。	来る（くる）／到來 する／做
カ行變格活用	只有「来る」。活用時只在カ行上變化。	来る（くる）／到來
サ行變格活用	只有「する」。活用時只在サ行上變化。	する／做
連體詞	限定或修飾體言的詞。沒活用，無法當主詞。	どの／哪個
副詞	修飾用言的狀態和程度的詞。沒活用，無法當主詞。	余り（あまり）／不太…

副助詞	接在體言或部分副詞、用言等之後，增添各種意義的助詞。	～も／也…
終助詞	接在句尾，表示說話者的感嘆、疑問、希望、主張等語氣。	か／嗎
接續助詞	連接兩項陳述內容，表示前後兩項存在某種句法關係的詞。	ながら／邊…邊…
接續詞	在段落、句子或詞彙之間，起承先啟後的作用。沒活用，無法當主詞。	しかし／然而
接頭詞	詞的構成要素，不能單獨使用，只能接在其他詞的前面。	御(お)～／貴（表尊敬及美化）
接尾詞	詞的構成要素，不能單獨使用，只能接在其他詞的後面。	～枚(まい)／…張（平面物品數量）
造語成份（新創詞語）	構成復合詞的詞彙。	一昨年(いっさくねん)／前年
漢語造語成份（和製漢語）	日本自創的詞彙，或跟中文意義有別的漢語詞彙。	風呂(ふろ)／澡盆
連語	由兩個以上的詞彙連在一起所構成，意思可以直接從字面上看出來。	赤(あか)い傘(かさ)／紅色雨傘 足(あし)を洗(あら)う／洗腳
慣用語	由兩個以上的詞彙因習慣用法而構成，意思無法直接從字面上看出來。常用來比喻。	足(あし)を洗(あら)う／脫離黑社會
感嘆詞	用於表達各種感情的詞。沒活用，無法當主詞。	ああ／啊（表驚訝等）
寒暄語	一般生活上常用的應對短句、問候語。	お願(ねが)いします／麻煩…

Memo

必　勝

N5

情境分類單字

パート
1
第一章

基本単語

- 基本單字 -

N5 1-1

1-1 挨拶ことば / 寒暄語

01 | どうもありがとうございました

寒暄 謝謝，太感謝了

例 寂(さび)しいけど、今(いま)までどうもありがとうございました。

譯 太令人捨不得了，到目前為止真的很謝謝。

02 | いただきます【頂きます】

寒暄 (吃飯前的客套話)我就不客氣了

例「いただきます」と言(い)ってご飯(はん)を食(た)べる。

譯 説聲「我開動了」就吃起飯了。

03 | いらっしゃい(ませ)

寒暄 歡迎光臨

例 いらっしゃいませ。どうぞ、こちらへ。

譯 歡迎光臨。請往這邊走。

04 | ではおげんきで【ではお元気で】

寒暄 請多保重身體

例 では、お元気(げんき)で。さようなら。

譯 那麼，請多保重身體。再見了。

05 | おねがいします【お願いします】

寒暄 麻煩，請；請多多指教

例 またお願(ねが)いします。

譯 再麻煩你了。

06 | おはようございます

寒暄 (早晨見面時)早安，您早

例 先生(せんせい)、おはようございます。

譯 老師，早安！

07 | おやすみなさい【お休みなさい】

寒暄 晚安

例「おやすみなさい」と両親(りょうしん)に言(い)った。

譯 跟父母説了聲「晚安」。

08 | ごちそうさまでした【御馳走様でした】

寒暄 多謝您的款待，我已經吃飽了

例 ごちそうさまでした。美味(おい)しかったです。

譯 感謝招待，美味極了。

09 | こちらこそ

寒暄 哪兒的話，不敢當

例 こちらこそ、ありがとうございました。

譯 我才應該感謝你的。

10 | ごめんください【御免ください】

寒暄 有人在嗎

例 ごめんください、誰(だれ)かいますか。
譯 請問有人在家嗎？

11 | ごめんなさい【御免なさい】
連語 對不起
例 本当(ほんとう)にごめんなさい。
譯 真的很對不起。

12 | こんにちは【今日は】
寒暄 你好，日安
例 こんにちは、今日(きょう)は暑(あつ)いですね。
譯 你好，今天真熱啊！

13 | こんばんは【今晩は】
寒暄 晚安你好，晚上好
例 こんばんは、今(いま)お帰(かえ)りですか。
譯 晚上好，剛回來嗎？

14 | さよなら・さようなら
感 再見，再會；告別
例 お元気(げんき)で、さようなら。
譯 珍重，再見啦！

15 | しつれいしました【失礼しました】
寒暄 請原諒，失禮了
例 返事(へんじ)が遅(おく)れて失礼(しつれい)しました。
譯 回信遲了，真是抱歉！

16 | しつれいします【失礼します】
寒暄 告辭，再見，對不起；不好意思，打擾了
例 では、お先(さき)に失礼(しつれい)します。
譯 那麼，我就先告辭了！

17 | すみません
寒暄 (道歉用語)對不起，抱歉；謝謝
例 すみません、わかりません。
譯 很抱歉，我不明白。

18 | では、また
寒暄 那麼，再見
例 では、また明日(あした)。
譯 那麼，明天見了。

19 | どういたしまして
寒暄 沒關係，不用客氣，算不了什麼
例「ありがとうございました」。「いえいえ、どういたしまして」。
譯 「謝謝你」。「那裡那裡，你太客氣了」。

20 | はじめまして【初めまして】
寒暄 初次見面，你好
例 初(はじ)めまして、山田(やまだ)です。
譯 你好，我叫山田。

21 | (どうぞ)よろしく
寒暄 指教，關照
例 こちらこそ、どうぞよろしくお願(ねが)いします。
譯 彼此彼此，請多多關照。

N5 ⊙ 1-2 (1)

1-2 数字 (1) /
數字 (1)

01 | ゼロ【zero】
名 (數)零；沒有
例 ゼロから始(はじ)める。
譯 從零開始。

02 | れい【零】

名 (數)零；沒有

例 気温(きおん)は零度(れいど)だ。

譯 氣溫零度。

03 | いち【一】

名 (數)一；第一，最初；最好

例 月(つき)に一度(いちど)だけ会(あ)う。

譯 一個月只見一次面。

04 | に【二】

名 (數)二，兩個

例 二年前(にねんまえ)に留学(りゅうがく)した。

譯 兩年前留過學。

05 | さん【三】

名 (數)三；三個；第三；三次

例 茶碗(ちゃわん)に三杯(さんばい)ごはんを食(た)べる。

譯 吃三碗飯。

06 | し・よん【四】

名 (數)四；四個；四次（後接「時(じ)、時間(じかん)」時，則唸「四」(よ)）

例 四(よん)を押(お)す。

譯 按四。

07 | ご【五】

名 (數)五

例 指(ゆび)が5本(ごほん)ある。

譯 手指有五根。

08 | ろく【六】

名 (數)六；六個

例 六時間(ろくじかん)をかける。

譯 花六個小時。

09 | しち・なな【七】

名 (數)七；七個

例 七五三(しちごさん)に着(き)る。

譯 在"七五三"（日本習俗，祈求兒童能健康成長。）穿上。

10 | はち【八】

名 (數)八；八個

例 八(はち)キロもある。

譯 有八公斤。

11 | きゅう・く【九】

名 (數)九；九個

例 九(きゅう)から三(さん)を引(ひ)く。

譯 用九減去三。

12 | じゅう【十】

名 (數)十；第十

例 十(じゅう)まで言(い)う。

譯 説到十。

13 | ひゃく【百】

名 (數)一百；一百歲

例 百点(ひゃくてん)を取(と)る。

譯 考一百分。

14 | せん【千】

名 (數)千，一千；形容數量之多

例 高(たか)さは千(せん)メートルある。

譯 高度有一千公尺。

15 ｜まん【万】
㊔（數）萬
例 1千万(いっせんまん)で買(か)った。
譯 以一千萬日圓買下。

N5 ● 1-2 (2)

1-2 數字 (2) ／
數字 (2)

16 ｜ひとつ【一つ】
㊔（數）一；一個；一歲
例 一(ひと)つを選(えら)ぶ。
譯 選一個。

17 ｜ふたつ【二つ】
㊔（數）二；兩個；兩歲
例 二(ふた)つに割(わ)る。
譯 破裂成兩個。

18 ｜みっつ【三つ】
㊔（數）三；三個；三歲
例 三(みっ)つに分(わ)かれる。
譯 分成三個。

19 ｜よっつ【四つ】
㊔（數）四個；四歲
例 りんごを四(よっ)つ買(か)う。
譯 買四個蘋果。

20 ｜いつつ【五つ】
㊔（數）五個；五歲；第五（個）
例 五(いつ)つになる。
譯 長到五歲。

21 ｜むっつ【六つ】
㊔（數）六；六個；六歲
例 六(むっ)つ上(うえ)の兄(あに)がいる。
譯 我有一個比我大六歲的哥哥。

22 ｜ななつ【七つ】
㊔（數）七個；七歲
例 七(なな)つにわける。
譯 分成七個。

23 ｜やっつ【八つ】
㊔（數）八；八個；八歲
例 八(やっ)つの子(こ)がいる。
譯 有八歲的小孩。

24 ｜ここのつ【九つ】
㊔（數）九個；九歲
例 九(ここの)つになる。
譯 長到九歲。

25 ｜とお【十】
㊔（數）十；十個；十歲
例 お皿(さら)が十(とお)ある。
譯 有十個盤子。

26 ｜いくつ【幾つ】
㊔（不確定的個數，年齡）幾個，多少；幾歲
例 いくつもない。
譯 沒有幾個。

27 ｜はたち【二十歳】
㊔ 二十歲
例 二十歳(はたち)を迎(むか)える。
譯 迎接二十歲的到來。

28 ｜ばんごう【番号】

㊔ 號碼，號數

例 番号を調べる。

譯 查號碼。

N5 ◉ 1-3

1-3 曜日 /
星期

01 ｜にちようび【日曜日】

㊔ 星期日

例 日曜日も休めない。

譯 星期天也沒辦法休息。

02 ｜げつようび【月曜日】

㊔ 星期一

例 月曜日の朝は大変だ。

譯 星期一的早晨忙壞了。

03 ｜かようび【火曜日】

㊔ 星期二

例 火曜日に帰る。

譯 星期二回去。

04 ｜すいようび【水曜日】

㊔ 星期三

例 水曜日が休みだ。

譯 星期三休息。

05 ｜もくようび【木曜日】

㊔ 星期四

例 木曜日までに返す。

譯 星期四前歸還。

06 ｜きんようび【金曜日】

㊔ 星期五

例 金曜日から始まる。

譯 星期五開始。

07 ｜どようび【土曜日】

㊔ 星期六

例 土曜日は暇だ。

譯 星期六有空。

08 ｜せんしゅう【先週】

㊔ 上個星期，上週

例 先週習った。

譯 上週學習過了。

09 ｜こんしゅう【今週】

㊔ 這個星期，本週

例 今週も忙しい。

譯 這禮拜也忙。

10 ｜らいしゅう【来週】

㊔ 下星期

例 来週はテストをする。

譯 下週考試。

11 ｜まいしゅう【毎週】

㊔ 每個星期，每週，每個禮拜

例 毎週映画館へ行く。

譯 每週去電影院看電影。

12 ｜しゅうかん【週間】

（名·接尾） …週，…星期

例 1週間は七日だ。

譯 一週有七天。

13 ｜たんじょうび【誕生日】

㊔ 生日

例 誕生日に何がほしい。
譯 想要什麼生日禮物？

N5 ◎ 1-4

1-4 日にち / 日期

01 ｜ついたち【一日】
名 (每月)一號，初一
例 毎月一日に、お祖父さんと会う。
譯 每個月一號都會跟爺爺見面。

02 ｜ふつか【二日】
名 (每月)二號，二日；兩天；第二天
例 五日働いて、二日休む。
譯 五天工作，兩天休息。

03 ｜みっか【三日】
名 (每月)三號；三天
例 三日に１度会う。
譯 三天見一次面。

04 ｜よっか【四日】
名 (每月)四號，四日；四天
例 もう四日も雨が降っている。
譯 已經足足下了四天的雨了。

05 ｜いつか【五日】
名 (每月)五號，五日；五
例 五日間旅行する。
譯 旅行五天。

06 ｜むいか【六日】
名 (每月)六號，六日；六天
例 六日にまた会いましょう。
譯 我們六日再會吧！

07 ｜なのか【七日】
名 (每月)七號；七日，七天
例 休みは七日間ある。
譯 有七天的休假

08 ｜ようか【八日】
名 (每月)八號，八日；八天
例 八日かかる。
譯 需花八天時間。

09 ｜ここのか【九日】
名 (每月)九號，九日；九天
例 五月九日にまた会いましょう。
譯 五月九號再碰面吧！

10 ｜とおか【十日】
名 (每月)十號，十日；十天
例 十日間かかる。
譯 花十天時間。

11 ｜はつか【二十日】
名 (每月)二十日；二十天
例 二十日に出る。
譯 二十號出發。

12 ｜いちにち【一日】
名 一天，終日；一整天；一號(ついたち)
例 一日寝る。
譯 睡了一整天。

13 | カレンダー【calendar】

㊔ 日曆；全年記事表

例 今年(ことし)のカレンダーをもらった。

譯 拿到今年的日曆。

N5 ◉ 1-5

1-5 色 / 顏色

01 | あおい【青い】

㊌ 藍的，綠的，青的 ；不成熟

例 海(うみ)は青(あお)い。

譯 湛藍的海。

02 | あかい【赤い】

㊌ 紅的

例 赤(あか)い花(はな)を買(か)う。

譯 買紅色的花。

03 | きいろい【黃色い】

㊌ 黃色，黃色的

例 黃色(きいろ)い花(はな)が咲(さ)く。

譯 綻放黃色的花朵。

04 | くろい【黒い】

㊌ 黑色的；褐色；骯髒；黑暗

例 黒(くろ)い船(ふね)を見(み)ました。

譯 看到黑色的船隻。

05 | しろい【白い】

㊌ 白色的；空白；乾淨，潔白

例 白(しろ)い雲(くも)が黒(くろ)くなった。

譯 白雲轉變為烏雲。

06 | ちゃいろ【茶色】

㊔ 茶色

例 茶色(ちゃいろ)が好(す)きだ。

譯 喜歡茶色。

07 | みどり【緑】

㊔ 綠色

例 みどりが多(おお)い。

譯 綠油油的。

08 | いろ【色】

㊔ 顏色，彩色

例 黃色(きいろ)くなる。

譯 轉黃。

N5 ◉ 1-6

1-6 数詞 / 量詞

01 | かい【階】

(接尾) (樓房的)…樓，層

例 2階(にかい)まで歩(ある)く。

譯 走到二樓。

02 | かい【回】

(名・接尾) …回，次數

例 何回(なんかい)も言(い)う。

譯 説了好幾次。

03 | こ【個】

(名・接尾) …個

例 6個(ろっこ)ください。

譯 給我六個。

04 | さい【歳】

(名・接尾) …歳

例 25歳(にじゅうごさい)で結婚(けっこん)する。

譯 25歳結婚。

05 | さつ【冊】

(接尾) …本，…冊

例 本(ほん)を5冊(ごさつ)買(か)う。

譯 買五本書。

06 | だい【台】

(接尾) …台，…輛，…架

例 エアコンが2台(にだい)ある。

譯 有兩台冷氣。

07 | にん【人】

(接尾) …人

例 子供(こども)が6人(ろくにん)もいる。

譯 小孩多達六人。

08 | はい・ばい・ぱい【杯】

(接尾) …杯

例 1杯(いっぱい)どう。

譯 喝杯如何？

09 | ばん【番】

(名・接尾) (表示順序)第…，…號；輪班；看守

例 1番(いちばん)になった。

譯 得到第一名。

10 | ひき【匹】

(接尾) (鳥，蟲，魚，獸)…匹，…頭，…條，…隻

例 2匹(にひき)の犬(いぬ)と散歩(さんぽ)する。

譯 跟2隻狗散步。

11 | ページ【page】

(名・接尾) …頁

例 ページを開(ひら)く。

譯 翻開內頁。

12 | ほん・ぼん・ぽん【本】

(接尾) (計算細長的物品)…支，…棵，…瓶，…條

例 ビールを2本(にほん)買(か)う。

譯 購買兩瓶啤酒。

13 | まい【枚】

(接尾) (計算平薄的東西)…張，…片，…幅，…扇

例 ハンカチを2枚(にまい)持(も)っている。

譯 有兩條手帕。

パート
2
第二章

動植物、大自然

- 動植物、大自然 -

N5 2-1

2-1 体 /
身體

01 | あたま【頭】
名 頭；頭髮；（物體的上部）頂端
例 頭（あたま）がいい。
譯 聰明。

02 | かお【顔】
名 臉，面孔；面子，顏面
例 水（みず）で顔（かお）を洗（あら）う。
譯 用自來水洗臉。

03 | みみ【耳】
名 耳朵
例 耳（みみ）が冷（つめ）たくなった。
譯 耳朵感到冰冷。

04 | め【目】
名 眼睛；眼珠，眼球
例 目（め）がいい。
譯 視力好。

05 | はな【鼻】
名 鼻子
例 鼻（はな）が高（たか）い。
譯 得意洋洋。

06 | くち【口】
名 口，嘴巴
例 口（くち）を開（ひら）く。
譯 把嘴張開。

07 | は【歯】
名 牙齒
例 歯（は）を磨（みが）く。
譯 刷牙。

08 | て【手】
名 手，手掌；胳膊
例 手（て）をあげる。
譯 舉手。

09 | おなか【お腹】
名 肚子；腸胃
例 お腹（なか）が痛（いた）い。
譯 肚子痛。

10 | あし【足】
名 腳；（器物的）腿
例 足（あし）が綺麗（きれい）だ。
譯 腳很美。

11 | からだ【体】
名 身體；體格，身材
例 タバコは体（からだ）に悪（わる）い。
譯 香菸對身體不好。

12 | せ・せい【背】

㊔ 身高，身材

例 背(せ)が高(たか)い。

譯 身材高大。

13 | こえ【声】

㊔（人或動物的）聲音，語音

例 やさしい声(こえ)で話(はな)す。

譯 用溫柔的聲音説話。

N5 ⊙ 2-2(1)

2-2 家族（1）／
家族（1）

01 | おじいさん【お祖父さん・お爺さん】

㊔ 祖父；外公；（對一般老年男子的稱呼）爺爺

例 お祖父(じい)さんから聞(き)く。

譯 從祖父那裡聽來的。

02 | おばあさん【お祖母さん・お婆さん】

㊔ 祖母；外祖母；（對一般老年婦女的稱呼）老婆婆

例 お祖母(ばあ)さんは元気(げんき)だ。

譯 祖母身體很好。

03 | おとうさん【お父さん】

㊔（「父」的鄭重説法）爸爸，父親

例 お父(とう)さんはお元気(げんき)ですか。

譯 您父親一切可好。

04 | ちち【父】

㊔ 家父，爸爸，父親

例 父(ちち)は今(いま)出(で)かけている。

譯 爸爸目前外出。

05 | おかあさん【お母さん】

㊔（「母」的鄭重説法）媽媽，母親

例 お母(かあ)さんが大好(だいす)きだ。

譯 我最喜歡母親。

06 | はは【母】

㊔ 家母，媽媽，母親

例 母(はは)に電話(でんわ)する。

譯 打電話給母親。

07 | おにいさん【お兄さん】

㊔ 哥哥（「兄さん」的鄭重説法）

例 お兄(にい)さんはギターが上手(じょうず)だ。

譯 哥哥很會彈吉他。

08 | あに【兄】

㊔ 哥哥，家兄；姐夫

例 兄(あに)と喧嘩(けんか)する。

譯 跟哥哥吵架。

09 | おねえさん【お姉さん】

㊔ 姊姊（「姉さん」的鄭重説法）

例 お姉(ねえ)さんはやさしい。

譯 姊姊很溫柔。

10 | あね【姉】

㊔ 姊姊，家姊；嫂子

例 姉(あね)は忙(いそが)しい。

譯 姊姊很忙。

11 | おとうと【弟】

㊔ 弟弟（鄭重説法是「弟さん」）

例 男(おとこ)の子(こ)が私(わたし)の弟(おとうと)だ。

譯 男孩是我弟弟。

12 | いもうと【妹】

㊔ 妹妹（鄭重説法是「妹(いもうと)さん」）

例 かわいい妹(いもうと)がほしい。

譯 我想要有個可愛的妹妹。

13 | おじさん【伯父さん・叔父さん】

㊔ 伯伯，叔叔，舅舅，姨丈，姑丈

例 伯父(おじ)さんは厳(きび)しい人(ひと)だ。

譯 伯伯人很嚴格。

14 | おばさん【伯母さん・叔母さん】

㊔ 姨媽，嬸嬸，姑媽，伯母，舅媽

例 伯母(おば)さんが嫌(きら)いだ。

譯 我討厭姨媽。

N5 ◉ 2-2(2)

2-2 家族 (2) /
家族 (2)

15 | りょうしん【両親】

㊔ 父母，雙親

例 両親(りょうしん)に会(あ)う。

譯 見父母。

16 | きょうだい【兄弟】

㊔ 兄弟；兄弟姊妹；親如兄弟的人

例 兄弟(きょうだい)はいますか。

譯 你有兄弟姊妹嗎？

17 | かぞく【家族】

㊔ 家人，家庭，親屬

例 家族(かぞく)が多(おお)い。

譯 家人眾多。

18 | ごしゅじん【ご主人】

㊔（稱呼對方的）您的先生，您的丈夫

例 ご主人(しゅじん)のお仕事(しごと)は。

譯 您先生從事什麼行業？

19 | おくさん【奥さん】

㊔ 太太；尊夫人

例 奥(おく)さんによろしく。

譯 代我向您夫人問好。

20 | じぶん【自分】

㊔ 自己，本人，自身；我

例 自分(じぶん)でやる。

譯 自己做。

21 | ひとり【一人】

㊔ 一人；一個人；單獨一個人

例 一人(ひとり)で来(き)た。

譯 單獨一人前來。

22 | ふたり【二人】

㊔ 兩個人，兩人

例 二人(ふたり)でお酒(さけ)を飲(の)む。

譯 兩人一起喝酒。

23 | みなさん【皆さん】

㊔ 大家，各位

例 皆(みな)さん、お静(しず)かに。

譯 請大家肅靜。

24 | いっしょ【一緒】

名・自サ 一塊，一起；一樣；（時間）一齊，同時

例 一緒(いっしょ)に行(い)く。

譯 一起去。

25 | おおぜい【大勢】

㊔ 很多人，眾多人；人數很多

例 大勢(おおぜい)の人(ひと)が並(なら)んでいる。

譯 有許多人排列著。

N5 ⊙ 2-3

2-3 人の呼び方 / 人物的稱呼

01 | あなた【貴方・貴女】

㊹ (對長輩或平輩尊稱)你，您；(妻子稱呼先生)老公

例 貴方(あなた)に会(あ)う。

譯 跟你見面。

02 | わたし【私】

㊔ 我(謙遜的説法“わたくし”)

例 私(わたし)が行(い)く。

譯 我去。

03 | おとこ【男】

㊔ 男性，男子，男人

例 男(おとこ)は傘(かさ)を持(も)っている。

譯 男性拿著傘。

04 | おんな【女】

㊔ 女人，女性，婦女

例 女(おんな)はやさしい。

譯 女性很溫柔。

05 | おとこのこ【男の子】

㊔ 男孩子；年輕小伙子

例 男(おとこ)の子(こ)が生(う)まれた。

譯 生了男孩。

06 | おんなのこ【女の子】

㊔ 女孩子；少女

例 女(おんな)の子(こ)がほしい。

譯 想生女孩子。

07 | おとな【大人】

㊔ 大人，成人

例 大人(おとな)になる。

譯 變成大人。

08 | こども【子供】

㊔ 自己的兒女；小孩，孩子，兒童

例 子(こ)どもがほしい。

譯 想要有孩子。

09 | がいこくじん【外国人】

㊔ 外國人

例 外国人(がいこくじん)がたくさんいる。

譯 有許多外國人。

10 | ともだち【友達】

㊔ 朋友，友人

例 友達(ともだち)になる。

譯 交朋友。

11 | ひと【人】

㊔ 人，人類

例 あの人(ひと)は学生(がくせい)です。

譯 那個人是學生。

12 | かた【方】

㊔ 位，人(「人」的敬稱)

例 あの方(かた)が山田(やまだ)さんです。

譯 那位是山田小姐。

13 | がた【方】

接尾 (前接人稱代名詞，表對複數的敬稱)們，各位

例 先生方(せんせいがた)はアメリカ人(じん)ですか。

譯 老師們都是美國人嗎？

14 | さん

接尾 (接在人名，職稱後表敬意或親切)…先生，…小姐

例 田中(たなか)さん、お元気(げんき)ですか。

譯 田中小姐，你好嗎？

N5 2-4

2-4 大自然 /
大自然

01 | そら【空】

名 天空，空中；天氣

例 空(そら)を飛(と)ぶ。

譯 在天空飛翔。

02 | やま【山】

名 山；一大堆，成堆如山

例 山(やま)に登(のぼ)る。

譯 爬山。

03 | かわ【川・河】

名 河川，河流

例 川(かわ)で魚(さかな)をとる。

譯 在河邊釣魚。

04 | うみ【海】

名 海，海洋

例 海(うみ)を渡(わた)る。

譯 渡海。

05 | いわ【岩】

名 岩石

例 岩(いわ)の上(うえ)に座(すわ)る。

譯 坐在岩石上。

06 | き【木】

名 樹，樹木；木材

例 木(き)の下(した)に犬(いぬ)がいる。

譯 樹下有小狗。

07 | とり【鳥】

名 鳥，禽類的總稱；雞

例 鳥(とり)が飛(と)ぶ。

譯 鳥飛翔。

08 | いぬ【犬】

名 狗

例 犬(いぬ)も猫(ねこ)も大好(だいす)きだ。

譯 喜歡狗跟貓。

09 | ねこ【猫】

名 貓

例 猫(ねこ)は窓(まど)から入(はい)ってきた。

譯 貓從窗戶進來。

10 | はな【花】

名 花

例 花(はな)が咲(さ)く。

譯 花開。

11 | さかな【魚】

名 魚

例 魚(さかな)を買(か)う。

譯 買魚。

12 | どうぶつ【動物】

㊔（生物兩大類之一的）動物;（人類以外，特別指哺乳類）動物

例 動物(どうぶつ)が好(す)きだ。

譯 喜歡動物。

N5 ⊙ 2-5

2-5 季節、気象 / 季節、氣象

01 | はる【春】

㊔ 春天，春季

例 春(はる)になる。

譯 到了春天。

02 | なつ【夏】

㊔ 夏天，夏季

例 夏(なつ)が来(く)る。

譯 夏天來臨。

03 | あき【秋】

㊔ 秋天，秋季

例 もう秋(あき)だ。

譯 已經是秋天了。

04 | ふゆ【冬】

㊔ 冬天，冬季

例 冬(ふゆ)を過(す)ごす。

譯 過冬。

05 | かぜ【風】

㊔ 風

例 風(かぜ)が吹(ふ)く。

譯 風吹。

06 | あめ【雨】

㊔ 雨，下雨，雨天

例 雨(あめ)が降(ふ)る。

譯 下雨。

07 | ゆき【雪】

㊔ 雪

例 雪(ゆき)が降(ふ)る。

譯 下雪。

08 | てんき【天気】

㊔ 天氣；晴天，好天氣

例 天気(てんき)がいい。

譯 天氣好。

09 | あつい【暑い】

㊇（天氣）熱，炎熱

例 部屋(へや)が暑(あつ)い。

譯 房間很熱。

10 | さむい【寒い】

㊇（天氣）寒冷

例 冬(ふゆ)は寒(さむ)い。

譯 冬天寒冷。

11 | すずしい【涼しい】

㊇ 涼爽，涼爽

例 風(かぜ)が涼(すず)しい。

譯 風很涼爽。

12 | はれる【晴れる】

自下一（天氣）晴，（雨，雪）停止，放晴

例 空(そら)が晴(は)れる。

譯 天氣放晴。

パート 3 第三章

日常生活

- 日常生活 -

N5 ◉ 3-1

3-1 身の回り品 / 身邊的物品

01 ｜かばん【鞄】
㊔ 皮包，提包，公事包，書包
例 かばんを開(あ)ける。
譯 打開皮包。

02 ｜にもつ【荷物】
㊔ 行李，貨物
例 荷物(にもつ)を運(はこ)ぶ。
譯 搬行李。

03 ｜ぼうし【帽子】
㊔ 帽子
例 帽子(ぼうし)をかぶる。
譯 戴帽子。

04 ｜ネクタイ【necktie】
㊔ 領帶
例 ネクタイを締(し)める。
譯 繫領帶。

05 ｜ハンカチ【handkerchief】
㊔ 手帕
例 ハンカチを洗(あら)う。
譯 洗手帕。

06 ｜めがね【眼鏡】
㊔ 眼鏡
例 眼鏡(めがね)をかける。
譯 戴眼鏡。

07 ｜さいふ【財布】
㊔ 錢包
例 財布(さいふ)に入(い)れる。
譯 放入錢包。

08 ｜おかね【お金】
㊔ 錢，貨幣
例 お金(かね)はほしくありません。
譯 我不想要錢。

09 ｜たばこ【煙草】
㊔ 香煙；煙草
例 煙草(たばこ)を吸(す)う。
譯 抽煙。

10 ｜はいざら【灰皿】
㊔ 菸灰缸
例 灰皿(はいざら)を取(と)る。
譯 拿煙灰缸。

11 ｜マッチ【match】
㊔ 火柴；火材盒

例 マッチをつける。
譯 點火柴。

12 | スリッパ【slipper】

㊔ 室內拖鞋

例 スリッパを履く。
譯 穿拖鞋。

13 | くつ【靴】

㊔ 鞋子

例 靴を脱ぐ。
譯 脱鞋子。

14 | くつした【靴下】

㊔ 襪子

例 靴下を洗う。
譯 洗襪子。

15 | はこ【箱】

㊔ 盒子，箱子，匣子

例 箱に入れる。
譯 放入箱子。

N5 ● 3-2

3-2 衣服 /
衣服

01 | せびろ【背広】

㊔ (男子穿的)西裝（的上衣）

例 背広を作る。
譯 訂做西裝。

02 | ワイシャツ【white shirt】

㊔ 襯衫

例 ワイシャツを着る。
譯 穿白襯衫。

03 | ポケット【pocket】

㊔ 口袋，衣袋

例 ポケットに入れる。
譯 放入口袋。

04 | ふく【服】

㊔ 衣服

例 服を買う。
譯 買衣服。

05 | うわぎ【上着】

㊔ 上衣；外衣

例 上着を脱ぐ。
譯 脱外套。

06 | シャツ【shirt】

㊔ 襯衫

例 シャツにネクタイをする。
譯 在襯衫上繫上領帶。

07 | コート【coat】

㊔ 外套，大衣；(西裝的)上衣

例 コートがほしい。
譯 想要有件大衣。

08 | ようふく【洋服】

㊔ 西服，西裝

例 洋服を作る。
譯 做西裝。

09 | ズボン【(法) jupon】

㊔ 西裝褲；褲子

例 ズボンを脱(ぬ)ぐ。

譯 脱褲子。

10 | ボタン【(葡) botão button】

㊔ 釦子，鈕釦；按鍵

例 ボタンをかける。

譯 扣上扣子。

11 | セーター【sweater】

㊔ 毛衣

例 セーターを着(き)る。

譯 穿毛衣。

12 | スカート【skirt】

㊔ 裙子

例 スカートを穿(は)く。

譯 穿裙子。

13 | もの【物】

㊔ (有形)物品，東西；(無形的)事物

例 物(もの)を売(う)る。

譯 賣東西。

N5 ● 3-3(1)

3-3 食べ物(1) / 食物(1)

01 | ごはん【ご飯】

㊔ 米飯；飯食，餐

例 ご飯(はん)を食(た)べる。

譯 吃飯。

02 | あさごはん【朝ご飯】

㊔ 早餐，早飯

例 朝(あさ)ご飯(はん)を食(た)べる。

譯 吃早餐。

03 | ひるごはん【昼ご飯】

㊔ 午餐

例 昼(ひる)ご飯(はん)を買(か)う。

譯 買午餐。

04 | ばんごはん【晩ご飯】

㊔ 晚餐

例 晩(ばん)ご飯(はん)を作(つく)る。

譯 做晚餐。

05 | ゆうはん【夕飯】

㊔ 晚飯

例 夕飯(ゆうはん)を作(つく)る。

譯 做晚飯。

06 | たべもの【食べ物】

㊔ 食物，吃的東西

例 食(た)べ物(もの)を売(う)る。

譯 販賣食物。

07 | のみもの【飲み物】

㊔ 飲料

例 飲(の)み物(もの)をください。

譯 請給我飲料。

08 | おかし【お菓子】

㊔ 點心，糕點

例 お菓子を作る。
譯 做點心。

09 | りょうり【料理】

名·自他サ 菜餚，飯菜；做菜，烹調

例 料理をする。
譯 做菜。

10 | しょくどう【食堂】

名 食堂，餐廳，飯館

例 食堂に行く。
譯 去食堂。

11 | かいもの【買い物】

名 購物，買東西；要買的東西

例 買い物をする。
譯 買東西。

12 | パーティー【party】

名（社交性的）集會，晚會，宴會，舞會

例 パーティーを開く。
譯 舉辦派對。

N5 3-3(2)

3-3 食べ物 (2) / 食物 (2)

13 | コーヒー【（荷）koffie】

名 咖啡

例 コーヒーをいれる。
譯 沖泡咖啡。

14 | ぎゅうにゅう【牛乳】

名 牛奶

例 牛乳を飲む。
譯 喝牛奶。

15 | おさけ【お酒】

名 酒（「酒」的鄭重説法）；清酒

例 お酒が嫌いです。
譯 我不喜歡喝酒。

16 | にく【肉】

名 肉

例 肉料理はおいしい。
譯 肉類菜餚非常可口。

17 | とりにく【鶏肉·鳥肉】

名 雞肉；鳥肉

例 鳥肉のスープがある。
譯 有雞湯。

18 | みず【水】

名 水；冷水

例 水を飲む。
譯 喝水。

19 | ぎゅうにく【牛肉】

名 牛肉

例 牛肉でスープを作る。
譯 用牛肉煮湯。

20 | ぶたにく【豚肉】

名 豬肉

例 豚肉を食べる。
譯 吃豬肉。

21 | おちゃ【お茶】

㊔ 茶，茶葉(「茶」的鄭重說法)；茶道

例 お茶(ちゃ)を飲(の)む。

譯 喝茶。

22 | パン【(葡) pão】

㊔ 麵包

例 パンを食(た)べる。

譯 吃麵包。

23 | やさい【野菜】

㊔ 蔬菜，青菜

例 野菜(やさい)を食(た)べましょう。

譯 吃蔬菜吧！

24 | たまご【卵】

㊔ 蛋，卵；鴨蛋，雞蛋

例 卵(たまご)を買(か)う。

譯 買雞蛋。

25 | くだもの【果物】

㊔ 水果，鮮果

例 果物(くだもの)を取(と)る。

譯 採摘水果。

N5 3-4

3-4 食器、調味料 /
器皿、調味料

01 | バター【butter】

㊔ 奶油

例 バターをつける。

譯 塗奶油。

02 | しょうゆ【醤油】

㊔ 醬油

例 醤油(しょうゆ)を入(い)れる。

譯 加醬油。

03 | しお【塩】

㊔ 鹽，食鹽

例 塩(しお)をかける。

譯 灑鹽。

04 | さとう【砂糖】

㊔ 砂糖

例 砂糖(さとう)をつける。

譯 沾砂糖。

05 | スプーン【spoon】

㊔ 湯匙

例 スプーンで食(た)べる。

譯 用湯匙吃。

06 | フォーク【fork】

㊔ 叉子，餐叉

例 フォークを使(つか)う。

譯 使用叉子。

07 | ナイフ【knife】

㊔ 刀子，小刀，餐刀

例 ナイフで切(き)る。

譯 用刀切開。

08 | おさら【お皿】

㊔ 盤子(「皿」的鄭重說法)

例 お皿を洗う。
譯 洗盤子。

---

09 | ちゃわん【茶碗】

㊔ 碗，茶杯，飯碗

例 茶碗に入れる。
譯 盛到碗裡。

---

10 | グラス【glass】

㊔ 玻璃杯；玻璃

例 グラスに入れる。
譯 倒進玻璃杯裡。

---

11 | はし【箸】

㊔ 筷子，箸

例 箸で食べる。
譯 用筷子吃。

---

12 | コップ【(荷) kop】

㊔ 杯子，玻璃杯

例 コップで飲む。
譯 用杯子喝。

---

13 | カップ【cup】

㊔ 杯子；(有把)茶杯

例 コーヒーカップをあげた。
譯 贈送咖啡杯。

N5 ⊙ 3-5

3-5 家 / 住家

01 | いえ【家】

㊔ 房子，房屋；(自己的)家；家庭

例 家は海の側にある。
譯 家在海邊。

---

02 | うち【家】

㊔ 自己的家裡(庭)；房屋

例 家へ帰る。
譯 回家。

---

03 | にわ【庭】

㊔ 庭院，院子，院落

例 庭で遊ぶ。
譯 在院子裡玩。

---

04 | かぎ【鍵】

㊔ 鑰匙；鎖頭；關鍵

例 鍵をかける。
譯 上鎖。

---

05 | プール【pool】

㊔ 游泳池

例 プールで泳ぐ。
譯 在泳池內游泳。

---

06 | アパート【apartment house之略】

㊔ 公寓

例 アパートに住む。
譯 住公寓。

---

07 | いけ【池】

㊔ 池塘；(庭院中的)水池

例 池の周りを散歩する。
譯 在池塘附近散步。

08 | ドア【door】

㊔（大多指西式前後推開的）門；（任何出入口的）門

例 ドアを開(あ)ける。

譯 開門。

09 | もん【門】

㊔ 門，大門

例 南側(みなみがわ)の門(もん)から入(はい)る。

譯 從南側的門進入。

10 | と【戸】

㊔（大多指左右拉開的）門；大門

例 戸(と)を閉(し)める。

譯 關門。

11 | いりぐち【入り口】

㊔ 入口，門口

例 入(い)り口(ぐち)から入(はい)る。

譯 從入口進入。

12 | でぐち【出口】

㊔ 出口

例 出口(でぐち)を出(で)る。

譯 走出出口。

13 | ところ【所】

㊔（所在的）地方，地點

例 便利(べんり)な所(ところ)がいい。

譯 我要比較方便的地方。

3-6 部屋、設備 / 房間、設備

01 | つくえ【机】

㊔ 桌子，書桌

例 机(つくえ)の上(うえ)にカメラがある。

譯 桌上有照相機。

02 | いす【椅子】

㊔ 椅子

例 椅子(いす)にかける。

譯 坐在椅子上。

03 | へや【部屋】

㊔ 房間；屋子

例 部屋(へや)を掃除(そうじ)する。

譯 打掃房間。

04 | まど【窓】

㊔ 窗戶

例 窓(まど)を開(あ)ける。

譯 開窗戶。

05 | ベッド【bed】

㊔ 床，床舖

例 ベッドに寝(ね)る。

譯 睡在床上。

06 | シャワー【shower】

㊔ 淋浴

例 シャワーを浴(あ)びる。

譯 淋浴。

07 | トイレ【toilet】

㊔ 廁所，洗手間，盥洗室

例 トイレに行(い)く。

譯 上洗手間。

08 | だいどころ【台所】

㊔ 廚房

例 台所(だいどころ)で料理(りょうり)する。

譯 在廚房煮菜。

09 | げんかん【玄関】

㊔（建築物的）正門，前門，玄關

例 玄関(げんかん)につく。

譯 到了玄關。

10 | かいだん【階段】

㊔ 樓梯，階梯，台階

例 階段(かいだん)で上(あ)がる。

譯 走樓梯上去。

11 | おてあらい【お手洗い】

㊔ 廁所，洗手間，盥洗室

例 お手洗(てあら)いに行(い)く。

譯 去洗手間。

12 | ふろ【風呂】

㊔ 浴缸，澡盆；洗澡；洗澡熱水

例 風呂(ふろ)に入(はい)る。

譯 洗澡。

3-7 家具、家電 /
家具、家電

01 | でんき【電気】

㊔ 電力；電燈；電器

例 電気(でんき)をつける。

譯 開燈。

02 | とけい【時計】

㊔ 鐘錶，手錶

例 時計(とけい)が止(と)まる。

譯 手錶停止不動。

03 | でんわ【電話】

名・自サ 電話；打電話

例 電話(でんわ)がかかってきた。

譯 電話鈴響。

04 | ほんだな【本棚】

㊔ 書架，書櫃，書櫥

例 本棚(ほんだな)に並(なら)べる。

譯 擺在書架上。

05 | ラジカセ【（和）radio ＋ cassette 之略】

㊔ 收錄兩用收音機，錄放音機

例 ラジカセを聴(き)く。

譯 聽收音機。

06 | れいぞうこ【冷蔵庫】

㊔ 冰箱，冷藏室，冷藏庫

例 冷蔵庫(れいぞうこ)に入(い)れる。

譯 放入冰箱。

07 | かびん【花瓶】

㊔ 花瓶

例 花瓶（かびん）に花（はな）を入れる。

譯 把花插入花瓶。

08 | テーブル【table】

㊔ 桌子；餐桌，飯桌

例 テーブルにつく。

譯 入座。

09 | テープレコーダー【tape recorder】

㊔ 磁帶錄音機

例 テープレコーダーで聞（き）く。

譯 用錄音機收聽。

10 | テレビ【television 之略】

㊔ 電視

例 テレビを見（み）る。

譯 看電視。

11 | ラジオ【radio】

㊔ 收音機；無線電

例 ラジオで勉強（べんきょう）をする。

譯 聽收音機學習。

12 | せっけん【石鹸】

㊔ 香皂，肥皂

例 石鹸（せっけん）を塗（ぬ）る。

譯 抹香皂。

13 | ストーブ【stove】

㊔ 火爐，暖爐

例 ストーブをつける。

譯 開暖爐。

N5 ◎ 3-8

3-8 交通 / 交通

01 | はし【橋】

㊔ 橋，橋樑

例 橋（はし）を渡（わた）る。

譯 過橋。

02 | ちかてつ【地下鉄】

㊔ 地下鐵

例 地下鉄（ちかてつ）に乗（の）る。

譯 搭地鐵。

03 | ひこうき【飛行機】

㊔ 飛機

例 飛行機（ひこうき）に乗（の）る。

譯 搭飛機。

04 | こうさてん【交差点】

㊔ 交差路口

例 交差点（こうさてん）を渡（わた）る。

譯 過十字路口。

05 | タクシー【taxi】

㊔ 計程車

例 タクシーに乗（の）る。

譯 搭乘計程車。

06 | でんしゃ【電車】

㊔ 電車

例 電車で行く。
譯 搭電車去。

07 | えき【駅】
㊔ (鐵路的) 車站
例 駅でお弁当を買う。
譯 在車站買便當。

08 | くるま【車】
㊔ 車子的總稱，汽車
例 車を運転する。
譯 開車。

09 | じどうしゃ【自動車】
㊔ 車，汽車
例 自動車の工場で働く。
譯 在汽車廠工作。

10 | じてんしゃ【自転車】
㊔ 腳踏車，自行車
例 自転車に乗る。
譯 騎腳踏車。

11 | バス【bus】
㊔ 巴士，公車
例 バスを待つ。
譯 等公車。

12 | エレベーター【elevator】
㊔ 電梯，升降機
例 エレベーターに乗る。
譯 搭電梯。

13 | まち【町】
㊔ 城鎮；町
例 町を歩く。
譯 走在街上。

14 | みち【道】
㊔ 路，道路
例 道に迷う。
譯 迷路。

N5 ◎ 3-9

3-9 建物 / 建築物

01 | みせ【店】
㊔ 店，商店，店鋪，攤子
例 店を開ける。
譯 商店開門。

02 | えいがかん【映画館】
㊔ 電影院
例 映画館で見る。
譯 在電影院看。

03 | びょういん【病院】
㊔ 醫院
例 病院に行く。
譯 去醫院看病。

04 | たいしかん【大使館】
㊔ 大使館
例 大使館のパーティーに行く。
譯 去參加大使館的宴會。

05 | きっさてん【喫茶店】

㊔ 咖啡店

例 喫茶店(きっさてん)を開(ひら)く。

譯 開咖啡店。

06 | レストラン【(法) restaurant】

㊔ 西餐廳

例 レストランで食事(しょくじ)する。

譯 在餐廳用餐。

07 | たてもの【建物】

㊔ 建築物，房屋

例 建物(たてもの)の４階(よんかい)にある。

譯 在建築物的四樓。

08 | デパート【department store】

㊔ 百貨公司

例 デパートに行(い)く。

譯 去百貨公司。

09 | やおや【八百屋】

㊔ 蔬果店，菜舖

例 八百屋(やおや)に行(い)く。

譯 去蔬果店。

10 | こうえん【公園】

㊔ 公園

例 公園(こうえん)で遊(あそ)ぶ。

譯 在公園玩。

11 | ぎんこう【銀行】

㊔ 銀行

例 銀行(ぎんこう)は駅(えき)の横(よこ)にある。

譯 銀行在車站的旁邊。

12 | ゆうびんきょく【郵便局】

㊔ 郵局

例 郵便局(ゆうびんきょく)で働(はたら)く。

譯 在郵局工作。

13 | ホテル【hotel】

㊔ (西式)飯店，旅館

例 ホテルに泊(と)まる。

譯 住飯店。

N5 ◉ 3-10

3-10 娯楽、嗜好 / 娯樂、嗜好

01 | えいが【映画】

㊔ 電影

例 映画(えいが)が始(はじ)まる。

譯 電影開始播放。

02 | おんがく【音楽】

㊔ 音樂

例 音楽(おんがく)を習(なら)う。

譯 學音樂。

03 | レコード【record】

㊔ 唱片，黑膠唱片(圓盤形)

例 レコードを聴(き)く。

譯 聽唱片。

04 | テープ【tape】

㊔ 膠布；錄音帶，卡帶

例 テープを貼(は)る。
譯 黏膠帶。

---

05 | ギター【guitar】
名 吉他
例 ギターを弾(ひ)く。
譯 彈吉他。

---

06 | うた【歌】
名 歌，歌曲
例 歌(うた)が上手(じょうず)だ。
譯 擅長唱歌。

---

07 | え【絵】
名 畫，圖畫，繪畫
例 絵(え)を描(か)く。
譯 畫圖。

---

08 | カメラ【camera】
名 照相機；攝影機
例 カメラを買(か)う。
譯 買相機。

---

09 | しゃしん【写真】
名 照片，相片，攝影
例 写真(しゃしん)を撮(と)る。
譯 照相。

---

10 | フィルム【film】
名 底片，膠片；影片；電影
例 フィルムを入(い)れる。
譯 放入軟片。

---

11 | がいこく【外国】
名 外國，外洋
例 外国(がいこく)に住(す)む。
譯 住在國外。

---

12 | くに【国】
名 國家；國土；故鄉
例 国(くに)へ帰(かえ)る。
譯 回國。

N5 ◉ 3-11

3-11 学校 / 學校

01 | がっこう【学校】
名 學校；(有時指)上課
例 学校(がっこう)に行(い)く。
譯 去學校。

---

02 | だいがく【大学】
名 大學
例 大学(だいがく)に入(はい)る。
譯 進大學。

---

03 | きょうしつ【教室】
名 教室；研究室
例 教室(きょうしつ)で授業(じゅぎょう)する。
譯 在教室上課。

---

04 | クラス【class】
名 (學校的)班級；階級，等級
例 クラスで一番足(いちばんあし)が速(はや)い。
譯 班上跑最快的。

05 ｜せいと【生徒】

㊔ (中學，高中)學生

例 生徒か先生か知らない。

譯 我不知道是學生還是老師？

06 ｜がくせい【学生】

㊔ 學生(主要指大專院校的學生)

例 学生を教える。

譯 教學生。

07 ｜りゅうがくせい【留学生】

㊔ 留學生

例 留学生と交流する。

譯 和留學生交流。

08 ｜じゅぎょう【授業】

名・自サ 上課，教課，授課

例 授業に出る。

譯 上課。

09 ｜やすみ【休み】

㊔ 休息；假日，休假；停止營業；缺勤；睡覺

例 休みは明日までだ。

譯 休假到明天為止。

10 ｜なつやすみ【夏休み】

㊔ 暑假

例 夏休みが始まる。

譯 放暑假。

11 ｜としょかん【図書館】

㊔ 圖書館

例 図書館で勉強する。

譯 在圖書館唸書。

12 ｜ニュース【news】

㊔ 新聞，消息

例 ニュースを見る。

譯 看新聞。

13 ｜びょうき【病気】

㊔ 生病，疾病

例 病気で学校を休む。

譯 因為生病跟學校請假。

14 ｜かぜ【風邪】

㊔ 感冒，傷風

例 テストの前に風邪を引いた。

譯 考試前得了感冒。

15 ｜くすり【薬】

㊔ 藥，藥品

例 薬を飲んだので、授業中眠くなる。

譯 吃了藥，上課昏昏欲睡。

N5 ◎ 3-12

3-12 学習 / 學習

01 ｜ことば【言葉】

㊔ 語言，詞語

例 言葉を覚える。

譯 記住言詞。

02 ｜はなし【話】

㊔ 話，説話，講話

例 話を始める。

譯 開始說話。

03 | えいご【英語】

名 英語，英文

例 英語の歌を習う。

譯 學英文歌。

04 | もんだい【問題】

名 問題；(需要研究，處理，討論的)事項

例 問題に答える。

譯 回答問題。

05 | しゅくだい【宿題】

名 作業，家庭作業

例 宿題をする。

譯 寫作業。

06 | テスト【test】

名 考試，試驗，檢查

例 テストを受ける。

譯 應考。

07 | いみ【意味】

名 (詞句等)意思，含意，意義

例 意味が違う。

譯 意思不相同。

08 | なまえ【名前】

名 (事物與人的)名字，名稱

例 名前を書く。

譯 寫名字。

09 | かたかな【片仮名】

名 片假名

例 片仮名で書く。

譯 用片假名寫。

10 | ひらがな【平仮名】

名 平假名

例 平仮名で書く。

譯 用平假名寫。

11 | かんじ【漢字】

名 漢字

例 漢字を学ぶ。

譯 學漢字。

12 | さくぶん【作文】

名 作文

例 作文を書く。

譯 寫作文。

N5 3-13

3-13 文房具、出版品 / 文具用品、出版物

01 | ボールペン【ball-point pen】

名 原子筆，鋼珠筆

例 ボールペンで書く。

譯 用原子筆寫。

02 | まんねんひつ【万年筆】

名 鋼筆

例 万年筆を使う。

譯 使用鋼筆。

03 | コピー【copy】

(名·他サ) 拷貝，複製，副本

例 コピーをする。

譯 影印。

04 | じびき【字引】

㊔ 字典，辭典

例 字引(じびき)を引(ひ)く。

譯 查字典。

05 | ペン【pen】

㊔ 筆，原子筆，鋼筆

例 ペンで書(か)く。

譯 用鋼筆寫。

06 | しんぶん【新聞】

㊔ 報紙

例 新聞(しんぶん)を読(よ)む。

譯 看報紙。

07 | ほん【本】

㊔ 書，書籍

例 本(ほん)を読(よ)む。

譯 看書。

08 | ノート【notebook 之略】

㊔ 筆記本；備忘錄

例 ノートを取(と)る。

譯 寫筆記。

09 | えんぴつ【鉛筆】

㊔ 鉛筆

例 鉛筆(えんぴつ)で書(か)く。

譯 用鉛筆寫。

10 | じしょ【辞書】

㊔ 字典，辭典

例 辞書(じしょ)で調(しら)べる。

譯 查字典。

11 | ざっし【雑誌】

㊔ 雜誌，期刊

例 雑誌(ざっし)を読(よ)む。

譯 閱讀雜誌。

12 | かみ【紙】

㊔ 紙

例 紙(かみ)に書(か)く。

譯 寫在紙上。

N5 ◉ 3-14

3-14 仕事、郵便 / 工作、郵局

01 | せんせい【先生】

㊔ 老師，師傅；醫生，大夫

例 先生(せんせい)になる。

譯 當老師。

02 | いしゃ【医者】

㊔ 醫生，大夫

例 父(ちち)は医者(いしゃ)だ。

譯 家父是醫生。

03 | おまわりさん【お巡りさん】

㊔ (俗稱)警察，巡警

例 お巡(まわ)りさんに聞(き)く。
譯 問警察先生。

---

04 ｜かいしゃ【会社】

名 公司；商社
例 会社(かいしゃ)に行(い)く。
譯 去公司。

---

05 ｜しごと【仕事】

名 工作；職業
例 仕事(しごと)を休(やす)む。
譯 工作請假。

---

06 ｜けいかん【警官】

名 警官，警察
例 警官(けいかん)を呼(よ)ぶ。
譯 叫警察。

---

07 ｜はがき【葉書】

名 明信片
例 葉書(はがき)を出(だ)す。
譯 寄明信片。

---

08 ｜きって【切手】

名 郵票
例 切手(きって)を貼(は)る。
譯 貼郵票。

---

09 ｜てがみ【手紙】

名 信，書信，函
例 手紙(てがみ)を書(か)く。
譯 寫信。

---

10 ｜ふうとう【封筒】

名 信封，封套
例 封筒(ふうとう)を開(あ)ける。
譯 拆信。

---

11 ｜きっぷ【切符】

名 票，車票
例 切符(きっぷ)を買(か)う。
譯 買票。

---

12 ｜ポスト【post】

名 郵筒，信箱
例 ポストに入(い)れる。
譯 投入郵筒。

N5 ◉ 3-15

3-15 方向、位置 /
方向、位置

01 ｜ひがし【東】

名 東，東方，東邊
例 東(ひがし)から西(にし)へ歩(ある)く。
譯 從東向西走。

---

02 ｜にし【西】

名 西，西邊，西方
例 西(にし)に曲(ま)がる。
譯 轉向西方。

---

03 ｜みなみ【南】

名 南，南方，南邊
例 南(みなみ)へ行(い)く。
譯 往南走。

04 | きた【北】

㊔ 北，北方，北邊

例 北(きた)の門(もん)から入(はい)る。

譯 從北門進入。

05 | うえ【上】

㊔（位置）上面，上部

例 机(つくえ)の上(うえ)に封筒(ふうとう)がある。

譯 桌上有信封。

06 | した【下】

㊔（位置的）下，下面，底下；年紀小

例 いすの下(した)にある。

譯 在椅子下面。

07 | ひだり【左】

㊔ 左，左邊；左手

例 左(ひだり)へ曲(ま)がる。

譯 向左轉。

08 | みぎ【右】

㊔ 右，右側，右邊，右方

例 右(みぎ)へ行(い)く。

譯 往右走。

09 | そと【外】

㊔ 外面，外邊；戶外

例 外(そと)で遊(あそ)ぶ。

譯 在外面玩。

10 | なか【中】

㊔ 裡面，內部；其中

例 中(なか)に入(はい)る。

譯 進去裡面。

11 | まえ【前】

㊔（空間的）前，前面

例 ドアの前(まえ)に立(た)つ。

譯 站在門前。

12 | うしろ【後ろ】

㊔ 後面；背面，背地裡

例 後(うし)ろを見(み)る。

譯 看後面。

13 | むこう【向こう】

㊔ 前面，正對面；另一側；那邊

例 向(む)こうに着(つ)く。

譯 到那邊。

N5 ◉ 3-16

3-16 位置、距離、重量等 /
位置、距離、重量等

01 | となり【隣】

㊔ 鄰居，鄰家；隔壁，旁邊；鄰近，附近

例 隣(となり)に住(す)む。

譯 住在隔壁。

02 | そば【側・傍】

㊔ 旁邊，側邊；附近

例 学校(がっこう)のそばを走(はし)る。

譯 在學校附近跑步。

03 | よこ【横】

㊔ 橫；寬；側面；旁邊

例 花屋(はなや)の横(よこ)にある。
譯 在花店的旁邊。

04 | かど【角】
㊔ 角；(道路的)拐角，角落
例 角(かど)を曲(ま)がる。
譯 轉彎。

05 | ちかく【近く】
名·副 附近，近旁；(時間上)近期，即將
例 近(ちか)くにある。
譯 在附近。

06 | へん【辺】
㊔ 附近，一帶；程度，大致
例 この辺(へん)に交番(こうばん)はありますか。
譯 這一帶有派出所嗎？

07 | さき【先】
㊔ 先，早；頂端，尖端；前頭，最前端
例 先(さき)に着(つ)く。
譯 先到。

08 | キロ【(法)kilogramme 之略】
㊔ 千克，公斤
例 10(じゅっ)キロもある。
譯 足足有 10公斤。

09 | グラム【(法) gramme】
㊔ 公克
例 牛肉(ぎゅうにく)を500(ごひゃく)グラム買(か)う。
譯 買 500公克的牛肉。

10 | キロ【(法) kilo mêtre 之略】
㊔ 一千公尺，一公里
例 10(じゅっ)キロを歩(ある)く。
譯 走 10 公里。

11 | メートル【mètre】
㊔ 公尺，米
例 長(なが)さ 100(ひゃく) メートルです。
譯 長 100 公尺。

12 | はんぶん【半分】
㊔ 半，一半，二分之一
例 半分(はんぶん)に切(き)る。
譯 切成兩半。

13 | つぎ【次】
㊔ 下次，下回，接下來；第二，其次
例 次(つぎ)の駅(えき)で降(お)りる。
譯 下一站下車。

14 | いくら【幾ら】
㊔ 多少(錢，價格，數量等)
例 いくらですか。
譯 多少錢？

パート
4
第四章

状態を表す形容詞

- 表示狀態的形容詞 -

N5 ◉ 4-1

4-1 相対的なことば / 意思相對的詞

01 | あつい【熱い】

㊝ (溫度)熱的，燙的

例 熱(あつ)いお茶(ちゃ)を飲(の)む。

譯 喝熱茶。

02 | つめたい【冷たい】

㊝ 冷，涼；冷淡，不熱情

例 風(かぜ)が冷(つめ)たい。

譯 寒風冷冽。

03 | あたらしい【新しい】

㊝ 新的；新鮮的；時髦的

例 新(あたら)しい家(いえ)に住(す)む。

譯 入住新家。

04 | ふるい【古い】

㊝ 以往；老舊，年久，老式

例 古(ふる)い服(ふく)で作(つく)った。

譯 用舊衣服做的。

05 | あつい【厚い】

㊝ 厚；(感情，友情)深厚，優厚

例 厚(あつ)いコートを着(き)る。

譯 穿厚的外套。

06 | うすい【薄い】

㊝ 薄；淡，淺；待人冷淡；稀少

例 薄(うす)い紙(かみ)がいい。

譯 我要薄的紙。

07 | あまい【甘い】

㊝ 甜的；甜蜜的

例 甘(あま)い菓子(かし)が食(た)べたい。

譯 想吃甜點。

08 | からい【辛い・鹹い】

㊝ 辣，辛辣；鹹的；嚴格

例 辛(から)い料理(りょうり)が食(た)べたい。

譯 我想吃辣的菜。

09 | いい・よい【良い】

㊝ 好，佳，良好；可以

例 良(い)い人(ひと)が多(おお)い。

譯 好人很多。

10 | わるい【悪い】

㊝ 不好，壞的；不對，錯誤

例 頭(あたま)が悪(わる)い。

譯 頭腦差。

11 | いそがしい【忙しい】

㊝ 忙，忙碌

例 仕事が忙しい。
譯 工作繁忙。

12 ｜ひま【暇】

(名·形動) 時間，功夫；空閒時間，暇餘

例 暇がある。
譯 有空。

13 ｜きらい【嫌い】

(形動) 嫌惡，厭惡，不喜歡

例 勉強が嫌い。
譯 討厭唸書。

14 ｜すき【好き】

(名·形動) 喜好，愛好；愛，產生感情

例 運動が好きだ。
譯 喜歡運動。

15 ｜おいしい【美味しい】

(形) 美味的，可口的，好吃的

例 美味しい料理を食べた。
譯 吃了美味的佳餚。

16 ｜まずい【不味い】

(形) 不好吃，難吃

例 食事がまずい。
譯 菜很難吃。

17 ｜おおい【多い】

(形) 多，多的

例 宿題が多い。
譯 功課很多。

18 ｜すくない【少ない】

(形) 少，不多

例 友達が少ない。
譯 朋友很少。

19 ｜おおきい【大きい】

(形) (數量，體積，身高等)大，巨大；(程度，範圍等)大，廣大

例 大きい家がほしい。
譯 我想要有間大房子。

20 ｜ちいさい【小さい】

(形) 小的；微少，輕微；幼小的

例 小さい子供がいる。
譯 有年幼的小孩。

21 ｜おもい【重い】

(形) (份量)重，沉重

例 荷物はとても重い。
譯 行李很重。

22 ｜かるい【軽い】

(形) 輕的，輕快的；(程度)輕微的；輕鬆的

例 軽いほうがいい。
譯 我要輕的。

23 ｜おもしろい【面白い】

(形) 好玩；有趣，新奇 ；可笑的

例 漫画が面白い。
譯 漫畫很有趣。

24 | つまらない

(形) 無趣，沒意思；無意義

例 テレビがつまらない。

譯 電視很無趣。

25 | きたない【汚い】

(形) 骯髒；(看上去)雜亂無章，亂七八糟

例 手(て)が汚(きたな)い。

譯 手很髒。

26 | きれい【綺麗】

(形動) 漂亮，好看；整潔，乾淨

例 花(はな)がきれいだね。

譯 這花真美啊！

27 | しずか【静か】

(形動) 靜止；平靜，沈穩；慢慢，輕輕

例 静(しず)かになる。

譯 變安靜。

28 | にぎやか【賑やか】

(形動) 熱鬧，繁華；有說有笑，鬧哄哄

例 にぎやかな町(まち)がある。

譯 有熱鬧的大街。

29 | じょうず【上手】

(名·形動) (某種技術等)擅長，高明，厲害

例 料理(りょうり)が上手(じょうず)だ。

譯 很會作菜。

30 | へた【下手】

(名·形動) (技術等)不高明，不擅長，笨拙

例 字(じ)が下手(へた)だ。

譯 寫字不好看。

31 | せまい【狭い】

(形) 狹窄，狹小，狹隘

例 部屋(へや)が狭(せま)い。

譯 房間很窄小。

32 | ひろい【広い】

(形) (面積，空間)廣大，寬廣；(幅度)寬闊；(範圍)廣泛

例 庭(にわ)が広(ひろ)い。

譯 庭院很大。

33 | たかい【高い】

(形) (價錢)貴；(程度，數量，身材等)高，高的

例 山(やま)が高(たか)い。

譯 山很高。

34 | ひくい【低い】

(形) 低，矮；卑微，低賤

例 背(せ)が低(ひく)い。

譯 個子矮小。

35 | ちかい【近い】

(形) (距離，時間)近，接近，靠近

例 駅(えき)に近(ちか)い。

譯 離車站近。

36 | とおい【遠い】

(形) (距離)遠；(關係)遠，疏遠；(時間間隔)久遠

例 学校(がっこう)に遠(とお)い。
譯 離學校遠。

37 | つよい【強い】
形 強悍，有力；強壯，結實；擅長的
例 強(つよ)く押(お)してください。
譯 請用力往下按壓。

38 | よわい【弱い】
形 弱的；不擅長
例 体(からだ)が弱(よわ)い。
譯 身體虛弱。

39 | ながい【長い】
形 (時間、距離)長，長久，長遠
例 スカートを長(なが)くする。
譯 把裙子放長。

40 | みじかい【短い】
形 (時間)短少；(距離，長度等)短，近
例 髪(かみ)が短(みじか)い。
譯 頭髮短。

41 | ふとい【太い】
形 粗，肥胖
例 線(せん)が太(ふと)い。
譯 線條粗。

42 | ほそい【細い】
形 細，細小；狹窄
例 体(からだ)が細(ほそ)い。
譯 身材纖細。

43 | むずかしい【難しい】
形 難，困難，難辦；麻煩，複雜
例 問題(もんだい)が難(むずか)しい。
譯 問題很難。

44 | やさしい【易しい】
形 簡單，容易，易懂
例 やさしい本(ほん)が出(で)ている。
譯 簡單易懂的書出版了。

45 | あかるい【明るい】
形 明亮；光明，明朗 ；鮮豔
例 部屋(へや)が明(あか)るい。
譯 明亮的房間。

46 | くらい【暗い】
形 (光線)暗，黑暗；(顏色)發暗，發黑
例 部屋(へや)が暗(くら)い。
譯 房間陰暗。

47 | はやい【速い】
形 (速度等)快速
例 速(はや)く走(はし)る。
譯 快跑。

48 | おそい【遅い】
形 (速度上)慢，緩慢；(時間上)遲的，晚到的；趕不上
例 足(あし)が遅(おそ)い。
譯 走路慢。

N5 ⊙ 4-2

4-2 その他の形容詞 /
其他形容詞

01 | あたたかい【暖かい】

㊒ 溫暖的；溫和的

例 暖(あたた)かい天気(てんき)が好(す)きだ。

譯 我喜歡暖和的天氣。

02 | あぶない【危ない】

㊒ 危險，不安全；令人擔心；(形勢，病情等)危急

例 子供(こども)が危(あぶ)ない。

譯 孩子有危險。

03 | いたい【痛い】

㊒ 疼痛；(因為遭受打擊而)痛苦，難過

例 お腹(なか)が痛(いた)い。

譯 肚子痛。

04 | かわいい【可愛い】

㊒ 可愛，討人喜愛；小巧玲瓏

例 人形(にんぎょう)がかわいい。

譯 娃娃很可愛。

05 | たのしい【楽しい】

㊒ 快樂，愉快，高興

例 楽(たの)しい時間(じかん)をありがとう。

譯 謝謝和你度過歡樂的時光。

06 | ない【無い】

㊒ 沒，沒有；無，不在

例 お金(かね)がない。

譯 沒錢。

07 | はやい【早い】

㊒ (時間等)快，早；(動作等)迅速

例 電車(でんしゃ)のほうが早(はや)い。

譯 電車比較快。

08 | まるい【丸い・円い】

㊒ 圓形，球形

例 月(つき)が丸(まる)い。

譯 月圓。

09 | やすい【安い】

㊒ 便宜，(價錢)低廉

例 値段(ねだん)が安(やす)い。

譯 價錢便宜。

10 | わかい【若い】

㊒ 年輕；年紀小；有朝氣

例 若(わか)くて綺麗(きれい)だ。

譯 年輕又漂亮。

N5 ⊙ 4-3

4-3 その他の形容動詞 /
其他形容動詞

01 | いや【嫌】

(形動) 討厭，不喜歡，不願意；厭煩

例 いやな奴(やつ)が来(き)た。

譯 討人厭的傢伙來了。

02 | いろいろ【色々】

(名・形動・副) 各種各樣，各式各樣，形形色色

例 いろいろな物(もの)があるね。

譯 有各式各樣的物品呢！

03 | おなじ【同じ】

(名·連體·副) 相同的，一樣的，同等的；同一個

例 同(おな)じ服(ふく)を着(き)ている。

譯 穿著同樣的衣服。

04 | けっこう【結構】

(形動·副) 很好，出色；可以，足夠；(表示否定)不要；相當

例 結構(けっこう)な物(もの)をありがとう。

譯 謝謝你送我這麼好的禮物。

05 | げんき【元気】

(名·形動) 精神，朝氣；健康

例 元気(げんき)を出(だ)しなさい。

譯 拿出精神來。

06 | じょうぶ【丈夫】

(形動) (身體)健壯，健康；堅固，結實

例 体(からだ)が丈夫(じょうぶ)になる。

譯 身體變強壯。

07 | だいじょうぶ【大丈夫】

(形動) 牢固，可靠；放心，沒問題，沒關係

例 食(た)べても大丈夫(だいじょうぶ)だ。

譯 可以放心食用。

08 | だいすき【大好き】

(形動) 非常喜歡，最喜好

例 甘(あま)いものが大好(だいす)きだ。

譯 最喜歡甜食。

09 | たいせつ【大切】

(形動) 重要，要緊；心愛，珍惜

例 大切(たいせつ)にする。

譯 珍惜。

10 | たいへん【大変】

(副·形動) 很，非常，太；不得了

例 大変(たいへん)な雨(あめ)だった。

譯 一場好大的雨。

11 | べんり【便利】

(形動) 方便，便利

例 車(くるま)は電車(でんしゃ)より便利(べんり)だ。

譯 汽車比電車方便。

12 | ほんとう【本当】

(名·形動) 真正

例 その話(はなし)は本当(ほんとう)だ。

譯 這話是真的。

13 | ゆうめい【有名】

(形動) 有名，聞名，著名

例 ここは有名(ゆうめい)なレストランです。

譯 這是一家著名的餐廳。

14 | りっぱ【立派】

(形動) 了不起，出色，優秀；漂亮，美觀

例 立派(りっぱ)な建物(たてもの)に住(す)む。

譯 我住在一棟氣派的建築物裡。

パート 5 第五章

動作を表す動詞

- 表示動作的動詞 -

N5 ◉ 5-1

5-1 相対的なことば / 意思相對的詞

01 | とぶ【飛ぶ】

自五 飛，飛行，飛翔

例 飛行機(ひこうき)が飛(と)ぶ。

譯 飛機飛行。

02 | あるく【歩く】

自五 走路，步行

例 駅(えき)まで歩(ある)く。

譯 走到車站。

03 | いれる【入れる】

他下一 放入，裝進；送進，收容；計算進去

例 箱(はこ)に入(い)れる。

譯 放入箱內。

04 | だす【出す】

他五 拿出，取出；提出；寄出

例 お金(かね)を出(だ)す。

譯 出錢。

05 | いく・ゆく【行く】

自五 去，往；離去；經過，走過

例 会社(かいしゃ)へ行(い)く。

譯 去公司。

06 | くる【来る】

自カ （空間，時間上的）來；到來

例 電車(でんしゃ)が来(く)る。

譯 電車抵達。

07 | うる【売る】

他五 賣，販賣；出賣

例 車(くるま)を売(う)る。

譯 銷售汽車。

08 | かう【買う】

他五 購買

例 本(ほん)を買(か)う。

譯 買書。

09 | おす【押す】

他五 推，擠；壓，按；蓋章

例 ボタンを押(お)す。

譯 按按鈕。

10 | ひく【引く】

他五 拉，拖；翻查；感染（傷風感冒）

例 線(せん)を引(ひ)く。

譯 拉線。

11 | おりる【下りる・降りる】

自上一【下りる】（從高處）下來，降落；（霜雪等）落下；【降りる】（從車，船等）下來

例 バスから降(お)りる。
譯 從公車上下來。

---

12 | のる【乗る】
自五 騎乘，坐；登上
例 車(くるま)に乗(の)る。
譯 坐車。

---

13 | かす【貸す】
他五 借出，借給；出租；提供幫助（智慧與力量）
例 お金(かね)を貸(か)す。
譯 借錢給別人。

---

14 | かりる【借りる】
他上一 借進(錢、東西等)；借助
例 本(ほん)を借(か)りる。
譯 借書。

---

15 | すわる【座る】
自五 坐，跪座
例 床(ゆか)に座(すわ)る。
譯 坐在地板上。

---

16 | たつ【立つ】
自五 站立；冒，升；出發
例 席(せき)を立(た)つ。
譯 離開座位。

---

17 | たべる【食べる】
他下一 吃
例 ご飯(はん)を食(た)べる。
譯 吃飯。

---

18 | のむ【飲む】
他五 喝，吞，嚥，吃(藥)
例 薬(くすり)を飲(の)む。
譯 吃藥。

---

19 | でかける【出掛ける】
自下一 出去，出門，到…去；要出去
例 姉(あね)と出(で)かける。
譯 跟妹妹出門。

---

20 | かえる【帰る】
自五 回來，回家；歸去；歸還
例 家(いえ)に帰(かえ)る。
譯 回家。

---

21 | でる【出る】
自下一 出來，出去；離開
例 電話(でんわ)に出(で)る。
譯 接電話。

---

22 | はいる【入る】
自五 進，進入；裝入，放入
例 耳(みみ)に入(はい)る。
譯 聽到。

---

23 | おきる【起きる】
自上一 (倒著的東西)起來，立起來，坐起來；起床
例 6時(ろくじ)に起(お)きる。
譯 六點起床。

24｜ねる【寝る】

(自下一) 睡覺，就寢；躺下，臥

例 よく寝(ね)る。

譯 睡得好。

25｜ぬぐ【脱ぐ】

(他五) 脱去，脱掉，摘掉

例 靴(くつ)を脱(ぬ)ぐ。

譯 脱鞋子。

26｜きる【着る】

(他上一) (穿)衣服

例 上着(うわぎ)を着(き)る。

譯 穿外套。

27｜やすむ【休む】

(他五·自五) 休息，歇息；停歇；睡，就寢；請假，缺勤

例 部屋(へや)で休(やす)もうか。

譯 進房休息一下吧。

28｜はたらく【働く】

(自五) 工作，勞動，做工

例 会社(かいしゃ)で働(はたら)く。

譯 在公司上班。

29｜うまれる【生まれる】

(自下一) 出生；出現

例 子供(こども)が生(う)まれる。

譯 孩子出生。

30｜しぬ【死ぬ】

(自五) 死亡

例 病院(びょういん)で死(し)ぬ。

譯 在醫院過世。

31｜おぼえる【覚える】

(他下一) 記住，記得；學會，掌握

例 単語(たんご)を覚(おぼ)える。

譯 背單字。

32｜わすれる【忘れる】

(他下一) 忘記，忘掉；忘懷，忘卻；遺忘

例 宿題(しゅくだい)を忘(わす)れる。

譯 忘記寫功課。

33｜おしえる【教える】

(他下一) 教授；指導；教訓；告訴

例 日本語(にほんご)を教(おし)える。

譯 教日語。

34｜ならう【習う】

(他五) 學習；練習

例 先生(せんせい)に習(なら)う。

譯 向老師學習。

35｜よむ【読む】

(他五) 閱讀，看；唸，朗讀

例 小説(しょうせつ)を読(よ)む。

譯 看小說。

36｜かく【書く】

(他五) 寫，書寫；作(畫)；寫作(文章等)

例 手紙(てがみ)を書(か)く。

譯 寫信。

37 | わかる【分かる】

自五 知道，明白；懂得，理解

例 意味（いみ）がわかる。

譯 明白意思。

38 | こまる【困る】

自五 感到傷腦筋，困擾；難受，苦惱；沒有辦法

例 お金（かね）がなくて困（こま）る。

譯 沒有錢，傷透腦筋。

39 | きく【聞く】

他五 聽，聽到；聽從，答應；詢問

例 話（はなし）を聞（き）く。

譯 聽對方講話。

40 | はなす【話す】

他五 說，講；談話；告訴(別人)

例 英語（えいご）で話（はな）す。

譯 用英語說。

41 | かく【描く】

他五 畫，繪製；描寫，描繪

例 絵（え）を描（か）く。

譯 畫圖。

N5 ● 5-2

5-2 自動詞、他動詞 /
自動詞、他動詞

01 | あく【開く】

自五 開，打開；開始，開業

例 窓（まど）が開（あ）く。

譯 窗戶打開了。

02 | あける【開ける】

他下一 打開，開(著)；開業

例 箱（はこ）を開（あ）ける。

譯 打開箱子。

03 | かかる【掛かる】

自五 懸掛，掛上；覆蓋；花費

例 壁（かべ）に掛（か）かる。

譯 掛在牆上。

04 | かける【掛ける】

他下一 掛在(牆壁)；戴上(眼鏡)；捆上，打(電話)

例 壁（かべ）に絵（え）を掛（か）ける。

譯 把畫掛在牆上。

05 | きえる【消える】

自下一 (燈，火等)熄滅；(雪等)融化；消失，看不見

例 火（ひ）が消（き）える。

譯 火熄滅。

06 | けす【消す】

他五 熄掉，撲滅；關掉，弄滅；消失，抹去

例 電気（でんき）を消（け）す。

譯 關電燈。

07 | しまる【閉まる】

自五 關閉；關門，停止營業

例 ドアが閉（し）まる。

譯 門關了起來。

08 | しめる【閉める】

(他下一) 關閉，合上；繫緊，束緊

例 窓(まど)を閉(し)める。

譯 關窗戶。

09 | ならぶ【並ぶ】

(自五) 並排，並列，列隊

例 1時間(じかん)も並(なら)ぶ。

譯 足足排了一個小時。

10 | ならべる【並べる】

(他下一) 排列；並排；陳列；擺，擺放

例 靴(くつ)を並(なら)べる。

譯 擺放靴子。

11 | はじまる【始まる】

(自五) 開始，開頭；發生

例 授業(じゅぎょう)が始(はじ)まる。

譯 開始上課。

12 | はじめる【始める】

(他下一) 開始，創始

例 仕事(しごと)を始(はじ)める。

譯 開始工作。

N5 ◉ 5-3

5-3 する動詞 /
する動詞

01 | する

(自·他サ) 做，進行

例 料理(りょうり)をする。

譯 做料理。

02 | せんたく【洗濯】

(名·他サ) 洗衣服，清洗，洗滌

例 洗濯(せんたく)をする。

譯 洗衣服。

03 | そうじ【掃除】

(名·他サ) 打掃，清掃，掃除

例 庭(にわ)を掃除(そうじ)する。

譯 清掃庭院。

04 | りょこう【旅行】

(名·自サ) 旅行，旅遊，遊歷

例 世界(せかい)を旅行(りょこう)する。

譯 環遊世界。

05 | さんぽ【散歩】

(名·自サ) 散步，隨便走走

例 公園(こうえん)を散歩(さんぽ)する。

譯 在公園散步。

06 | べんきょう【勉強】

(名·自他サ) 努力學習，唸書

例 勉強(べんきょう)ができる。

譯 會讀書。

07 | れんしゅう【練習】

(名·他サ) 練習，反覆學習

例 カラオケの練習(れんしゅう)をする。

譯 練習卡拉 OK。

08 | けっこん【結婚】

(名·自サ) 結婚

例 私(わたし)と結婚(けっこん)してください。

譯 請跟我結婚。

09 ｜しつもん【質問】

名·自サ 提問，詢問

例 質問(しつもん)に答(こた)える。

譯 回答問題。

N5 ◉ 5-4

5-4 その他の動詞 / 其他動詞

01 ｜あう【会う】

自五 見面，會面；偶遇，碰見

例 両親(りょうしん)に会(あ)う。

譯 跟父母親見面。

02 ｜あげる【上げる】

他下一 舉起；抬起

例 手(て)を上(あ)げる。

譯 舉手。

03 ｜あそぶ【遊ぶ】

自五 遊玩；閒著；旅行；沒工作

例 京都(きょうと)で遊(あそ)ぶ。

譯 遊京都。

04 ｜あびる【浴びる】

他上一 淋，浴，澆；照，曬

例 シャワーを浴(あ)びる。

譯 淋浴。

05 ｜あらう【洗う】

他五 沖洗，清洗；洗滌

例 顔(かお)を洗(あら)う。

譯 洗臉。

06 ｜ある【在る】

自五 在，存在

例 台所(だいどころ)にある。

譯 在廚房。

07 ｜ある【有る】

自五 有，持有，具有

例 お金(かね)がある。

譯 有錢。

08 ｜いう【言う】

自·他五 說，講；說話，講話

例 お礼(れい)を言(い)う。

譯 道謝。

09 ｜いる【居る】

自上一 (人或動物的存在)有，在；居住在

例 子供(こども)がいる。

譯 有小孩。

10 ｜いる【要る】

自五 要，需要，必要

例 時間(じかん)がいる。

譯 需要花時間。

11 ｜うたう【歌う】

他五 唱歌；歌頌

例 歌(うた)を歌(うた)う。

譯 唱歌。

12 ｜おく【置く】
(他五) 放，放置；放下，留下，丟下
例 テーブルにおく。
譯 放在桌上。

---

13 ｜およぐ【泳ぐ】
(自五) (人，魚等在水中)游泳；穿過，擠過
例 海(うみ)で泳(およ)ぐ。
譯 在海中游泳。

---

14 ｜おわる【終わる】
(自五) 完畢，結束，終了
例 1日(いちにち)が終(お)わる。
譯 一天結束了。

---

15 ｜かえす【返す】
(他五) 還，歸還，退還；送回(原處)
例 本(ほん)を返(かえ)す。
譯 歸還書籍。

---

16 ｜かぶる【被る】
(他五) 戴(帽子等)；(從頭上)蒙，蓋(被子)；(從頭上)套，穿
例 帽子(ぼうし)をかぶる。
譯 戴帽子。

---

17 ｜きる【切る】
(他五) 切，剪，裁剪；切傷
例 髪(かみ)を切(き)る。
譯 剪頭髮。

---

18 ｜ください【下さい】
(補助) (表請求對方作)請給(我)；請…
例 手紙(てがみ)をください。
譯 請寫信給我。

---

19 ｜こたえる【答える】
(自下一) 回答，答覆；解答
例 問題(もんだい)に答(こた)える。
譯 回答問題。

---

20 ｜さく【咲く】
(自五) 開(花)
例 花(はな)が咲(さ)く。
譯 開花。

---

21 ｜さす【差す】
(他五) 撐(傘等)；插
例 傘(かさ)をさす。
譯 撐傘。

---

22 ｜しめる【締める】
(他下一) 勒緊；繫著；關閉
例 ネクタイを締(し)める。
譯 打領帶。

---

23 ｜しる【知る】
(他五) 知道，得知；理解；認識；學會
例 何(なに)も知(し)りません。
譯 什麼都不知道。

---

24 ｜すう【吸う】
(他五) 吸，抽；啜；吸收

例 煙草(たばこ)を吸(す)う。
譯 抽煙。

25 | すむ【住む】

自五 住，居住；(動物)棲息，生存
例 アパートに住(す)む。
譯 住公寓。

26 | たのむ【頼む】

他五 請求，要求；委託，託付；依靠
例 仕事(しごと)を頼(たの)む。
譯 委託工作。

27 | ちがう【違う】

自五 不同，差異；錯誤；違反，不符
例 意味(いみ)が違(ちが)う。
譯 意思不同。

28 | つかう【使う】

他五 使用；雇傭；花費
例 頭(あたま)を使(つか)う。
譯 動腦。

29 | つかれる【疲れる】

自下一 疲倦，疲勞
例 体(からだ)が疲(つか)れる。
譯 身體疲累。

30 | つく【着く】

自五 到，到達，抵達；寄到
例 空港(くうこう)に着(つ)く。
譯 抵達機場。

31 | つくる【作る】

他五 做，造；創造；寫，創作
例 紙(かみ)で箱(はこ)を作(つく)る。
譯 用紙張做箱子。

32 | つける【点ける】

他下一 點(火)，點燃；扭開(開關)，打開
例 火(ひ)をつける。
譯 點火。

33 | つとめる【勤める】

他下一 工作，任職；擔任(某職務)
例 会社(かいしゃ)に勤(つと)める。
譯 在公司上班。

34 | できる【出来る】

自上一 能，可以，辦得到；做好，做完
例 英語(えいご)ができる。
譯 我會英語。

35 | とまる【止まる】

自五 停，停止，停靠；停頓；中斷
例 時計(とけい)が止(と)まる。
譯 時鐘停了。

36 | とる【取る】

他五 拿取，執，握；採取，摘；(用手)操控
例 辞書(じしょ)を取(と)ってください。
譯 請拿辭典。

37 | とる【撮る】

(他五) 拍照，拍攝

例 写真(しゃしん)を撮(と)る。

譯 照相。

38 | なく【鳴く】

(自五) (鳥，獸，虫等)叫，鳴

例 鳥(とり)が鳴(な)く。

譯 鳥叫。

39 | なくす【無くす】

(他五) 丟失；消除

例 財布(さいふ)をなくす。

譯 弄丟錢包。

40 | なる【為る】

(自五) 成為，變成；當(上)

例 金持(かねも)ちになる。

譯 變成有錢人。

41 | のぼる【登る】

(自五) 登，上；攀登(山)

例 山(やま)に登(のぼ)る。

譯 爬山。

42 | はく【履く・穿く】

(他五) 穿(鞋，襪；褲子等)

例 靴(くつ)を履(は)く。

譯 穿鞋子。

43 | はしる【走る】

(自五) (人，動物)跑步，奔跑；(車，船等)行駛

例 一生懸命(いっしょうけんめい)に走(はし)る。

譯 拼命地跑。

44 | はる【貼る・張る】

(他五) 貼上，糊上，黏上

例 切手(きって)を貼(は)る。

譯 貼郵票。

45 | ひく【弾く】

(他五) 彈，彈奏，彈撥

例 ピアノを弾(ひ)く。

譯 彈鋼琴。

46 | ふく【吹く】

(自五) (風)刮，吹；(緊縮嘴唇)吹氣

例 風(かぜ)が吹(ふ)く。

譯 颳風。

47 | ふる【降る】

(自五) 落，下，降(雨，雪，霜等)

例 雨(あめ)が降(ふ)る。

譯 下雨。

48 | まがる【曲がる】

(自五) 彎曲；拐彎

例 左(ひだり)に曲(ま)がる。

譯 左轉。

49 | まつ【待つ】

(他五) 等候，等待；期待，指望

例 バスを待(ま)つ。

譯 等公車。

50 ｜みがく【磨く】

他五 刷洗，擦亮；研磨，琢磨

例 歯を磨く。

譯 刷牙。

51 ｜みせる【見せる】

他下一 讓…看，給…看

例 定期券を見せる。

譯 出示月票。

52 ｜みる【見る】

他上一 看，觀看，察看；照料；參觀

例 テレビを見る。

譯 看電視。

53 ｜もうす【申す】

他五 叫做，稱；說，告訴

例 山田と申します。

譯（我）叫做山田。

54 ｜もつ【持つ】

他五 拿，帶，持，攜帶

例 荷物を持つ。

譯 拿行李。

55 ｜やる

他五 做，進行；派遣；給予

例 宿題をやる。

譯 做作業。

56 ｜よぶ【呼ぶ】

他五 呼叫，招呼；邀請；叫來；叫做，稱為

例 タクシーを呼ぶ。

譯 叫計程車。

57 ｜わたる【渡る】

自五 渡，過（河）；（從海外）渡來

例 道を渡る。

譯 過馬路。

58 ｜わたす【渡す】

他五 交給，交付

例 本を渡す。

譯 交付書籍。

パート
6
第六章

付録

- 附錄 -

N5 ◉ 6-1

6-1 時間、時 /
時間、時候

01 | おととい【一昨日】
㊔ 前天
例 一昨日（おととい）の朝（あさ）に卵（たまご）を食（た）べた。
譯 前天早上吃了雞蛋。

02 | きのう【昨日】
㊔ 昨天；近來，最近；過去
例 昨日（きのう）は雨（あめ）だ。
譯 昨天下雨。

03 | きょう【今日】
㊔ 今天
例 今日（きょう）は晴（は）れだ。
譯 今天天晴。

04 | いま【今】
㊔ 現在，此刻
㊙ （表最近的將來）馬上；剛才
例 今（いま）は使（つか）わない。
譯 現在不使用。

05 | あした【明日】
㊔ 明天
例 明日（あした）は朝（あさ）が早（はや）い。
譯 明天早上要早起。

06 | あさって【明後日】
㊔ 後天
例 明後日（あさって）帰（かえ）る。
譯 後天回去。

07 | まいにち【毎日】
㊔ 每天，每日，天天
例 毎日（まいにち）プールで泳（およ）ぐ。
譯 每天都在游泳池游泳。

08 | あさ【朝】
㊔ 早上，早晨；早上，午前
例 朝（あさ）になる。
譯 天亮。

09 | けさ【今朝】
㊔ 今天早上
例 今朝（けさ）届（とど）く。
譯 今天早上送達。

10 | まいあさ【毎朝】
㊔ 每天早上
例 毎朝（まいあさ）散歩（さんぽ）する。
譯 每天早上散步。

11 | ひる【昼】
㊔ 中午；白天，白晝；午飯
例 昼休（ひるやす）みに銀行（ぎんこう）へ行（い）く。
譯 午休去銀行。

12 | **ごぜん【午前】**

㊔ 上午，午前

例 午前中(ごぜんちゅう)だけ働(はたら)く。

譯 只有上午上班。

13 | **ごご【午後】**

㊔ 下午，午後，後半天

例 午後(ごご)につく。

譯 下午到達。

14 | **ゆうがた【夕方】**

㊔ 傍晚

例 夕方(ゆうがた)になる。

譯 到了傍晚。

15 | **ばん【晩】**

㊔ 晚，晚上

例 朝(あさ)から晩(ばん)まで働(はたら)く。

譯 從早工作到晚。

16 | **よる【夜】**

㊔ 晚上，夜裡

例 夜(よる)になる。

譯 晚上了。

17 | **ゆうべ【夕べ】**

㊔ 昨天晚上，昨夜；傍晚

例 夕(ゆう)べから熱(ねつ)がある。

譯 從昨晚就開始發燒。

18 | **こんばん【今晩】**

㊔ 今天晚上，今夜

例 今晩(こんばん)は泊(と)まる。

譯 今天晚上住下。

19 | **まいばん【毎晩】**

㊔ 每天晚上

例 毎晩(まいばん)帰(かえ)りが遅(おそ)い。

譯 每晚都晚歸。

20 | **あと【後】**

㊔（地點）後面；（時間）以後；（順序）之後；（將來的事）以後

例 後(あと)から行(い)く。

譯 隨後就去。

21 | **はじめ【初め】**

㊔ 開始，起頭；起因

例 初(はじ)めて食(た)べた。

譯 第一次嘗到。

22 | **じかん【時間】**

㊔ 時間，功夫；時刻，鐘點

例 時間(じかん)に遅(おく)れる。

譯 遲到。

23 | **じかん【時間】**

(接尾) …小時，…點鐘

例 ２４時間(にじゅうよじかん)かかる。

譯 需花費二十四小時。

24 | **いつ【何時】**

㋹ 何時，幾時，什麼時候；平時

例 いつ来(く)る。

譯 什麼時候來？

6-2 年、月 / 年、月份

01 | せんげつ【先月】
㊔ 上個月
例 先月十日に会った。
譯 上個月10號碰過面。

---

02 | こんげつ【今月】
㊔ 這個月
例 今月は休みが少ない。
譯 這個月休假較少。

---

03 | らいげつ【来月】
㊔ 下個月
例 来月から始まる。
譯 下個月開始。

---

04 | まいげつ・まいつき【毎月】
㊔ 每個月
例 毎月服の雑誌を買う。
譯 每月都購買服飾雜誌。

---

05 | ひとつき【一月】
㊔ 一個月
例 一月休む。
譯 休息一個月。

---

06 | おととし【一昨年】
㊔ 前年
例 一昨年日本に旅行に行った。
譯 前年去日本旅行。

07 | きょねん【去年】
㊔ 去年
例 去年来た。
譯 去年來的。

---

08 | ことし【今年】
㊔ 今年
例 今年は結婚する。
譯 今年要結婚。

---

09 | らいねん【来年】
㊔ 明年
例 来年のカレンダーをもらう。
譯 拿到明年月曆。

---

10 | さらいねん【再来年】
㊔ 後年
例 再来年まで勉強します。
譯 讀到後年。

---

11 | まいとし・まいねん【毎年】
㊔ 每年
例 毎年咲く。
譯 每年都綻放。

---

12 | とし【年】
㊔ 年；年紀
例 年をとる。
譯 上年紀。

---

13 | とき【時】
㊔ (某個)時候
例 本を読むとき、音楽を聴く。
譯 看書的時候，聽音樂。

6-3 代名詞 /
代名詞

01 | これ
㊹ 這個，此；這人；現在，此時

例 これは自転車（じてんしゃ）だ。

譯 這是自行車。

02 | それ
㊹ 那，那個；那時，那裡；那樣

例 それを見（み）せてください。

譯 給我看那個。

03 | あれ
㊹ 那，那個；那時；那裡

例 あれがほしい。

譯 想要那個。

04 | どれ
㊹ 哪個

例 どれがいい。

譯 哪一個比較好？

05 | ここ
㊹ 這裡；(表時間)最近，目前

例 ここに置（お）く。

譯 放這裡。

06 | そこ
㊹ 那兒，那邊

例 そこで待（ま）つ。

譯 在那邊等。

07 | あそこ
㊹ 那邊，那裡

例 あそこにある。

譯 在那裡。

08 | どこ
㊹ 何處，哪兒，哪裡

例 どこへ行（い）く。

譯 要去哪裡？

09 | こちら
㊹ 這邊，這裡，這方面；這位；我，我們(口語為「こっち」)

例 こちらが山田（やまだ）さんです。

譯 這位是山田小姐。

10 | そちら
㊹ 那兒，那裡；那位，那個；府上，貴處(口語為「そっち」)

例 そちらはどんな天気（てんき）ですか。

譯 你那邊天氣如何呢？

11 | あちら
㊹ 那兒，那裡；那個；那位

例 あちらへ行（い）く。

譯 去那裡。

12 | どちら
㊹ (方向，地點，事物，人等)哪裡，哪個，哪位(口語為「どっち」)

例 どちらでも良（よ）い。

譯 哪一個都好。

13 | この

連體 這…，這個…

例 このボタンを押(お)す。

譯 按下這個按鈕。

---

14 | その

連體 那…，那個…

例 その時(とき)出(で)かけた。

譯 那個時候外出了。

---

15 | あの

連體 （表第三人稱，離說話雙方都距離遠的）那，那裡，那個

例 あの店(みせ)で働(はたら)く。

譯 在那家店工作。

---

16 | どの

連體 哪個，哪…

例 どの席(せき)がいい。

譯 哪個位子好呢？

---

17 | こんな

連體 這樣的，這種的

例 こんな時(とき)にすみません。

譯 在這種情況之下真是抱歉。

---

18 | どんな

連體 什麼樣的

例 どんな時(とき)も楽(たの)しくやる。

譯 無論何時都要玩得開心。

---

19 | だれ【誰】

代 誰，哪位

例 誰(だれ)もいない。

譯 沒有人。

---

20 | だれか【誰か】

代 某人；有人

例 誰(だれ)か来(き)た。

譯 有誰來了。

---

21 | どなた

代 哪位，誰

例 どなた様(さま)ですか。

譯 請問是哪位？

---

22 | なに・なん【何】

代 什麼；任何

例 これは何(なん)ですか。

譯 這是什麼？

N5 ⊙ 6-4

6-4 感嘆詞、接続詞 / 感嘆詞、接續詞

01 | ああ

感 （表驚訝等）啊，唉呀；（表肯定）哦；嗯

例 ああ、そうですか。

譯 啊！是嗎！

---

02 | あのう

感 那個，請問，喂；啊，嗯（招呼人時，說話躊躇或不能馬上說出下文時）

例 あのう、すみません。

譯 不好意思，請問一下。

---

03 | いいえ

感 （用於否定）不是，不對，沒有

例 いいえ、まだです。
譯 不，還沒有。

04 | ええ

感（用降調表示肯定）是的，嗯；（用升調表示驚訝）哎呀，啊

例 ええ、そうです。
譯 嗯，是的。

05 | さあ

感（表示勸誘，催促）來；表躊躇，遲疑的聲音

例 さあ、行（い）こう。
譯 來，走吧。

06 | じゃ・じゃあ

感 那麼（就）

例 じゃ、さようなら。
譯 那麼，再見。

07 | そう

感（回答）是，沒錯

例 そうです。私（わたし）が佐藤（さとう）です。
譯 是的，我是佐藤。

08 | では

接續 那麼，那麼說，要是那樣

例 では、失礼（しつれい）します。
譯 那麼，先告辭了。

09 | はい

感（回答）有，到；（表示同意）是的

例 はい、そうです。
譯 是，沒錯。

10 | もしもし

感（打電話）喂；喂（叫住對方）

例 もしもし、田中（たなか）です。
譯 喂，我是田中。

11 | しかし

接續 然而，但是，可是

例 このラーメンはおいしい。しかし、あのラーメンはまずい。
譯 這碗拉麵很好吃，但是那碗很難吃。

12 | そうして・そして

接續 然後；而且；於是；又

例 このパンはおいしい。そして、あのパンもおいしい。
譯 這麵包好吃，還有，那麵包也好吃。

13 | それから

接續 還有；其次，然後；（催促對方談話時）後來怎樣

例 風呂（ふろ）に入（はい）って、それから寝（ね）ました。
譯 先洗了澡，然後就睡了。

14 | それでは

接續 那麼，那就；如果那樣的話

例 それでは、さようなら。
譯 那麼，再見。

15 | でも

(接續) 可是，但是，不過；話雖如此

例 昨日(きのう)はとても楽(たの)しかった。でも、疲(つか)れた。

譯 昨天實在玩得很開心，不過，也累壞了。

N5 ◉ 6-5

6-5 副詞、副助詞 /

副詞、副助詞

01 | あまり【余り】

(副) (後接否定)不太…，不怎麼…；過分，非常

例 あまり高(たか)くない。

譯 不太貴。

---

02 | いちいち【一々】

(副) 一一，一個一個；全部；詳細

例 いちいち聞(き)く。

譯 一一詢問。

---

03 | いちばん【一番】

(名·副) 最初，第一；最好，最優秀

例 一番(いちばん)安(やす)いものを買(か)う。

譯 買最便宜的。

---

04 | いつも【何時も】

(副) 經常，隨時，無論何時

例 いつも家(いえ)にいない。

譯 經常不在家。

---

05 | すぐ

(副) 馬上，立刻；(距離)很近

例 すぐ行(い)く。

譯 馬上去。

---

06 | すこし【少し】

(副) 一下子；少量，稍微，一點

例 もう少(すこ)しやさしい本(ほん)がいい。

譯 再容易一點的書籍比較好。

---

07 | ぜんぶ【全部】

(名) 全部，總共

例 全部(ぜんぶ)答(こた)える。

譯 全部回答。

---

08 | たいてい【大抵】

(副) 大部分，差不多；(下接推量)多半；(接否定)一般

例 大抵(たいてい)分(わ)かる。

譯 大概都知道。

---

09 | たいへん【大変】

(副·形動) 很，非常，太；不得了

例 大変(たいへん)な雨(あめ)だった。

譯 一場好大的雨。

---

10 | たくさん【沢山】

(名·形動·副) 很多，大量；足夠，不再需要

例 たくさんある。

譯 有很多。

---

11 | たぶん【多分】

(副) 大概，或許；恐怕

例 たぶん大丈夫(だいじょうぶ)だろう。

譯 應該沒問題吧。

12 ｜だんだん【段々】

副 漸漸地

例 だんだん暖(あたた)かくなる。

譯 漸漸地變暖和。

13 ｜ちょうど【丁度】

副 剛好，正好；正，整

例 今日(きょう)でちょうど一月(ひとつき)になる。

譯 到今天剛好滿一個月。

14 ｜ちょっと【一寸】

副・感 一下子；(下接否定)不太…，不太容易…；一點點

例 ちょっと待(ま)って。

譯 等一下。

15 ｜どう

副 怎麼，如何

例 温(あたた)かいお茶(ちゃ)はどう。

譯 喝杯溫茶如何？

16 ｜どうして

副 為什麼，何故

例 どうして休(やす)んだの。

譯 為什麼沒來呢？

17 ｜どうぞ

副 (表勸誘，請求，委託)請；(表承認，同意)可以，請

例 どうぞこちらへ。

譯 請往這邊走。

18 ｜どうも

副 怎麼也；總覺得；實在是，真是；謝謝

例 どうもすみません。

譯 實在對不起。

19 ｜ときどき【時々】

副 有時，偶爾

例 曇(くも)りで時々(ときどき)雨(あめ)が降(ふ)る。

譯 多雲偶陣雨。

20 ｜とても

副 很，非常；(下接否定)無論如何也…

例 とても面白(おもしろ)い。

譯 非常有趣。

21 ｜なぜ【何故】

副 為何，為什麼

例 なぜ来(こ)ないのか。

譯 為什麼沒來？

22 ｜はじめて【初めて】

副 最初，初次，第一次

例 初(はじ)めて飛行機(ひこうき)に乗(の)る。

譯 初次搭乘飛機。

23 ｜ほんとうに【本当に】

副 真正，真實

例 本当(ほんとう)にありがとう。

譯 真的很謝謝您。

24 | また【又】

(副) 還，又，再；也，亦；同時

例 また会(あ)おう。

譯 再見。

25 | まだ【未だ】

(副) 還，尚；仍然；才，不過

例 まだ来(こ)ない。

譯 還沒來。

26 | まっすぐ【真っ直ぐ】

(副・形動) 筆直，不彎曲；一直，直接

例 まっすぐな道(みち)を走(はし)る。

譯 走筆直的道路。

27 | もう

(副) 另外，再

例 もう少(すこ)し食(た)べる。

譯 再吃一點。

28 | もう

(副) 已經；馬上就要

例 もう着(つ)きました。

譯 已經到了。

29 | もっと

(副) 更，再，進一步

例 もっとください。

譯 請再給我多一些。

30 | ゆっくり

(副) 慢，不著急

例 ゆっくり食(た)べる。

譯 慢慢吃。

31 | よく

(副) 經常，常常

例 よく考(かんが)える。

譯 充分考慮。

32 | いかが【如何】

(副・形動) 如何，怎麼樣

例 お一(ひと)ついかがですか。

譯 來一個如何？

33 | くらい・ぐらい【位】

(副助) (數量或程度上的推測)大概，左右，上下

例 1時間(いちじかん)ぐらい遅(おそ)くなる。

譯 遲到約一個小時左右。

34 | ずつ

(副助) (表示均攤)每…，各…；表示反覆多次

例 1日(いちにち)に3回(さんかい)ずつ。

譯 每天各三次。

35 | だけ

(副助) 只有…

例 生徒(せいと)が一人(ひとり)だけだ。

譯 只有一學生。

36 | ながら

(接助) 邊…邊…，一面…一面…

例 歩(ある)きながら考(かんが)える。

譯 邊走邊想。

6-6 接頭詞、接尾詞、その他 / 接頭詞、接尾詞、其他

01 | お・おん【御】

(接頭) 您(的)…，貴…；放在字首，表示尊敬語及美化語

例 お友達の家へ行く。

譯 去朋友家。

02 | じ【時】

(名) …時

例 6時に閉まる。

譯 六點關門。

03 | はん【半】

(名・接尾) …半；一半

例 3時半から始まる。

譯 從三點半開始。

04 | ふん・ぷん【分】

(接尾) (時間)…分；(角度)分

例 1時 15分に着く。

譯 1點15分抵達。

05 | にち【日】

(名) 號，日，天(計算日數)

例 今月の 19日が誕生日です。

譯 這個月的十九號是我的生日。

06 | じゅう【中】

(名・接尾) 整個，全;(表示整個期間或區域)期間

例 世界中の人が知っている。

譯 全世界的人都知道。

07 | ちゅう【中】

(名・接尾) 中央，中間；…期間，正在…當中；在…之中

例 午前中に届く。

譯 上午送達。

08 | がつ【月】

(接尾) …月

例 9月に生まれる。

譯 九月出生。

09 | かげつ【ヶ月】

(接尾) …個月

例 あと3ヶ月でお母さんになる。

譯 再過三個月我就要為人母了。

10 | ねん【年】

(名) 年(也用於計算年數)

例 来年日本へ行く。

譯 明年要去日本。

11 | ころ・ごろ【頃】

(名・接尾) (表示時間)左右，時候，時期；正好的時候

例 昼頃駅で会う。

譯 中午時在車站碰面。

12 | すぎ【過ぎ】

(接尾) 超過…，過了…，過度

例 1時過ぎに会う。

譯 我們一點多碰面。

13 | そば【側・傍】

(名) 旁邊，側邊；附近

例 そばに置(お)く。

譯 放在身邊。

14 | たち【達】

(接尾) (表示人的複數)…們，…等

例 私(わたし)たちも行(い)く。

譯 我們也前往。

15 | や【屋】

(名・接尾) 房屋；…店，商店或工作人員

例 八百屋(やおや)でトマトを買(か)う。

譯 在蔬果店買番茄。

16 | ご【語】

(名・接尾) 語言；…語

例 日本語(にほんご)の手紙(てがみ)を書(か)く。

譯 用日語寫信。

17 | がる

(接尾) 想，覺得；故做

例 妹(いもうと)が私(わたし)の服(ふく)を欲(ほ)しがる。

譯 妹妹想要我的衣服。

18 | じん【人】

(接尾) …人

例 外国人(がいこくじん)の先生(せんせい)がいる。

譯 有外國老師。

19 | など【等】

(副助) (表示概括，列舉)…等

例 赤(あか)や黄色(きいろ)などがある。

譯 有紅色跟黃色等等。

20 | ど【度】

(名・接尾) …次；…度(溫度，角度等單位)

例 3 8 度(さんじゅうはちど)ある。

譯 有38度。

21 | まえ【前】

(名) (空間的)前，前面

例 ドアの前(まえ)に立(た)つ。

譯 站在門前。

22 | えん【円】

(名・接尾) 日圓(日本的貨幣單位)；圓(形)

例 2時間(にじかん)で1万円(いちまんえん)だ。

譯 兩小時一萬元日圓。

23 | みんな

(代) 大家，全部，全體

例 みんな足(あし)が長(なが)い。

譯 大家腳都很長。

24 | ほう【方】

(名) 方向；方面；(用於並列或比較屬於哪一)部類，類型

例 大(おお)きい方(ほう)がいい。

譯 大的比較好。

25 | ほか【外】

(名・副助) 其他，另外；旁邊，外部；(下接否定)只好，只有

例 ほかの物(もの)を買(か)う。

譯 買別的東西。

必 勝

N4

情境分類單字

パート 1 第一章

地理、場所

- 地理、場所 -

N4 1-1

1-1 場所、空間、範囲 / 場所、空間、範圍

01 | うら【裏】

㊔ 裡面，背後；內部；內幕，幕後；內情

例 裏（うら）を見（み）る。

譯 看背面。

02 | おもて【表】

㊔ 表面；正面；外觀；外面

例 表（おもて）を飾（かざ）る。

譯 裝飾外表。

03 | いがい【以外】

㊔ 除外，以外

例 日本（にほん）以外（いがい）行（い）きたくない。

譯 除了日本以外我哪裡都不去。

04 | うち【内】

㊔ …之內；…之中

例 内（うち）からかぎをかける。

譯 從裡面上鎖。

05 | まんなか【真ん中】

㊔ 正中間

例 テーブルの真（ま）ん中（なか）に置（お）く。

譯 擺在餐桌的正中央。

06 | まわり【周り】

㊔ 周圍，周邊

例 学校（がっこう）の周（まわ）りを走（はし）る。

譯 在學校附近跑步。

07 | あいだ【間】

㊔ 期間；間隔，距離；中間；關係；空隙

例 家（いえ）と家（いえ）の間（あいだ）に細（ほそ）い道（みち）がある。

譯 房子之間有小路。

08 | すみ【隅】

㊔ 角落

例 隅（すみ）から隅（すみ）まで探（さが）す。

譯 找遍了各個角落。

09 | てまえ【手前】

(名·代) 眼前；靠近自己這一邊；（當著…的）面前；我（自謙）；你（同輩或以下）

例 手前（てまえ）にある箸（はし）を取（と）る。

譯 拿起自己面前的筷子。

10 | てもと【手元】

㊔ 身邊，手頭；膝下；生活，生計

例 手元（てもと）にない。

譯 手邊沒有。

11 | こっち【此方】

㊔ 這裡，這邊

例 こっちの方(ほう)がいい。

譯 這邊比較好。

12 | どっち【何方】

㊹ 哪一個

例 どっちへ行(い)こうかな。

譯 去哪一邊好呢？

13 | とおく【遠く】

㊔ 遠處；很遠

例 遠(とお)くから人(ひと)が来(く)る。

譯 有人從遠處來。

14 | ほう【方】

㊔ …方，邊；方面；方向

例 庭(にわ)が広(ひろ)いほうを買(か)う。

譯 買院子比較大的。

15 | あく【空く】

自五 空著；（職位）空缺；空隙；閒著；有空

例 席(せき)が空(あ)く。

譯 空出位子。

N4 ⊙ 1-2

1-2 地域 /
地域

01 | ちり【地理】

㊔ 地理

例 地理(ちり)を研究(けんきゅう)する。

譯 研究地理。

02 | しゃかい【社会】

㊔ 社會，世間

例 社会(しゃかい)に出(で)る。

譯 出社會。

03 | せいよう【西洋】

㊔ 西洋

例 西洋文明(せいようぶんめい)を学(まな)ぶ。

譯 學習西方文明。

04 | せかい【世界】

㊔ 世界；天地

例 世界(せかい)に知(し)られている。

譯 聞名世界。

05 | こくない【国内】

㊔ 該國內部，國內

例 国内旅行(こくないりょこう)をする。

譯 國內旅遊。

06 | むら【村】

㊔ 村莊，村落；鄉

例 小(ちい)さな村(むら)に住(す)む。

譯 住小村莊。

07 | いなか【田舎】

㊔ 鄉下，農村；故鄉，老家

例 田舎(いなか)に帰(かえ)る。

譯 回家鄉。

08 | こうがい【郊外】

㊔ 郊外

例 郊外に住む。

譯 住在城外。

09 | しま【島】

㊔ 島嶼

例 島へ渡る。

譯 遠渡島上。

10 | かいがん【海岸】

㊔ 海岸

例 海岸で釣りをする。

譯 海邊釣魚。

11 | みずうみ【湖】

㊔ 湖，湖泊

例 大きい湖がたくさんある。

譯 有許多廣大的湖。

12 | あさい【浅い】

㊊ 淺的；(事物程度)微少；淡的；薄的

例 浅い川で泳ぐ。

譯 在淺水河流游泳。

13 | アジア【Asia】

㊔ 亞洲

例 アジアに住む。

譯 住在亞洲。

14 | アフリカ【Africa】

㊔ 非洲

例 アフリカに遊びに行く。

譯 去非洲玩。

15 | アメリカ【America】

㊔ 美國

例 アメリカへ行く。

譯 去美國。

16 | けん【県】

㊔ 縣

例 神奈川県へ行く。

譯 去神奈川縣。

17 | し【市】

㊔ …市

例 台北市を訪ねる。

譯 拜訪台北市。

18 | ちょう【町】

(名・漢造) 鎮

例 石川町に住んでいた。

譯 住過石川町。

19 | さか【坂】

㊔ 斜坡

例 坂を下りる。

譯 下坡。

パート 2 第二章

時間

- 時間 -

N4 ◎ 2-1

2-1 過去、現在、未来 / 過去、現在、未來

01 | さっき

名·副 剛剛，剛才

例 さっきから待(ま)っている。

譯 從剛才就在等著你。

02 | ゆうべ【夕べ】

名 昨晚；傍晚

例 夕(ゆう)べはありがとうございました。

譯 昨晚謝謝您。

03 | このあいだ【この間】

副 最近；前幾天

例 この間(あいだ)借(か)りたお金(かね)を返(かえ)す。

譯 歸還上次借的錢。

04 | さいきん【最近】

名·副 最近

例 彼(かれ)は最近結婚(さいきんけっこん)した。

譯 他最近結婚了。

05 | さいご【最後】

名 最後

例 最後(さいご)に帰(かえ)る。

譯 最後離開。

06 | さいしょ【最初】

名 最初，首先

例 最初(さいしょ)に校長(こうちょう)の挨拶(あいさつ)がある。

譯 首先校長將致詞。

07 | むかし【昔】

名 以前

例 昔(むかし)の友達(ともだち)と会(あ)う。

譯 跟以前的朋友碰面。

08 | ただいま【唯今·只今】

副 現在；馬上，剛才；我回來了

例 ただいまお調(しら)べします。

譯 現在立刻為您查詢。

09 | こんや【今夜】

名 今晚

例 今夜(こんや)はホテルに泊(と)まる。

譯 今晚住飯店。

10 | あす【明日】

名 明天

例 明日(あす)の朝出発(あさしゅっぱつ)する。

譯 明天早上出發。

11 ｜こんど【今度】

㊔ 這次；下次；以後

例 今度お宅に遊びに行ってもいいですか。

譯 下次可以到府上玩嗎？

12 ｜さらいしゅう【再来週】

㊔ 下下星期

例 再来週まで待つ。

譯 等到下下週為止。

13 ｜さらいげつ【再来月】

㊔ 下下個月

例 再来月また会う。

譯 下下個月再見。

14 ｜しょうらい【将来】

㊔ 將來

例 将来は外国で働くつもりです。

譯 我將來打算到國外工作。

N4 ⦿ 2-2

2-2 時間、時、時刻 /
時間、時候、時刻

01 ｜とき【時】

㊔ …時，時候

例 あの時はごめんなさい。

譯 當時真的很抱歉。

02 ｜ひ【日】

㊔ 天，日子

例 日が経つのが早い。

譯 時間過得真快。

03 ｜とし【年】

㊔ 年齡；一年

例 私も年をとりました。

譯 我也老了。

04 ｜はじめる【始める】

(他下一) 開始；開創；發(老毛病)

例 昨日から日本語の勉強を始めました。

譯 從昨天開始學日文。

05 ｜おわり【終わり】

㊔ 結束，最後

例 番組は今月で終わる。

譯 節目將在這個月結束。

06 ｜いそぐ【急ぐ】

(自五) 快，急忙，趕緊

例 急いで逃げる。

譯 趕緊逃跑。

07 ｜すぐに【直ぐに】

(副) 馬上

例 すぐに帰る。

譯 馬上回來。

08 ｜まにあう【間に合う】

(自五) 來得及，趕得上；夠用

例 飛行機(ひこうき)に間(ま)に合(あ)う。

譯 趕上飛機。

09 | あさねぼう【朝寝坊】

名・自サ 賴床；愛賴床的人

例 朝寝坊(あさねぼう)して遅刻(ちこく)してしまった。

譯 早上睡過頭，遲到了。

10 | おこす【起こす】

他五 扶起；叫醒；發生；引起；翻起

例 明日(あした)7時(しちじ)に起(お)こしてください。

譯 請明天七點叫我起來。

11 | ひるま【昼間】

名 白天

例 昼間(ひるま)働(はたら)いている。

譯 白天都在工作。

12 | くれる【暮れる】

自下一 日暮，天黑；到了尾聲，年終

例 秋(あき)が暮(く)れる。

譯 秋暮。

13 | このごろ【此の頃】

副 最近

例 このごろ元気(げんき)がないね。

譯 最近看起來怎麼沒什麼精神呢。

14 | じだい【時代】

名 時代；潮流；歷史

例 時代(じだい)が違(ちが)う。

譯 時代不同。

Memo

パート
3
第三章

日常の挨拶、人物

- 日常招呼、人物 -

N4 ◎ 3-1

3-1 挨拶言葉 / 寒暄用語

01 | いってまいります【行って参ります】

寒暄 我走了

例 では、行って参ります。

譯 那我走了。

02 | いってらっしゃい

寒暄 路上小心，慢走，好走

例 気をつけていってらっしゃい。

譯 小心慢走。

03 | おかえりなさい【お帰りなさい】

寒暄 （你）回來了

例 お帰りなさいと大きな声で言った。

譯 大聲説回來啦！

04 | よくいらっしゃいました

寒暄 歡迎光臨

例 暑いのに、よくいらっしゃいましたね。

譯 這麼熱，感謝您能蒞臨。

05 | おかげ【お陰】

寒暄 託福；承蒙關照

例 あなたのおかげです。

譯 託你的福。

06 | おかげさまで【お陰様で】

寒暄 託福，多虧

例 おかげさまで元気です。

譯 托你的福，我很好。

07 | おだいじに【お大事に】

寒暄 珍重，請多保重

例 風邪が早く治るといいですね。お大事に。

譯 希望你感冒能快好起來。多保重啊！

08 | かしこまりました【畏まりました】

寒暄 知道，了解（「わかる」謙讓語）

例 はい、かしこまりました。

譯 好，知道了。

09 | おまたせしました【お待たせしました】

寒暄 讓您久等了

例 お待たせしました。お入りください。

譯 讓您久等了。請進。

10 | おめでとうございます【お目出度うございます】

寒暄 恭喜

例 ご結婚おめでとうございます。

譯 結婚恭喜恭喜！

11 | それはいけませんね

寒暄 那可不行

例 それはいけませんね。お大事（だいじ）にしてね。

譯 （生病啦）那可不得了了。多保重啊！

---

12 | ようこそ

寒暄 歡迎

例 ようこそ、おいで下（くだ）さいました。

譯 衷心歡迎您的到來。

N4 ● 3-2

3-2 いろいろな人を表す言葉 / 各種人物的稱呼

01 | おこさん【お子さん】

名 您孩子，令郎，令嫒

例 お子（こ）さんはおいくつですか。

譯 您的孩子幾歲了呢？

---

02 | むすこさん【息子さん】

名 （尊稱他人的）令郎

例 ご立派（りっぱ）な息子（むすこ）さんですね。

譯 您兒子真是出色啊！

---

03 | むすめさん【娘さん】

名 您女兒，令嫒

例 娘（むすめ）さんはあなたに似（に）ている。

譯 令千金長得像您。

---

04 | おじょうさん【お嬢さん】

名 您女兒，令嫒；小姐；千金小姐

例 お嬢（じょう）さんはとても美（うつく）しい。

譯 令千金長得真美。

---

05 | こうこうせい【高校生】

名 高中生

例 高校生（こうこうせい）を対象（たいしょう）にする。

譯 以高中生為對象。

---

06 | だいがくせい【大学生】

名 大學生

例 大学生（だいがくせい）になる。

譯 成為大學生。

---

07 | せんぱい【先輩】

名 學姐，學長；老前輩

例 先輩（せんぱい）におごってもらった。

譯 讓學長破費了。

---

08 | きゃく【客】

名 客人；顧客

例 客（きゃく）を迎（むか）える。

譯 迎接客人。

---

09 | てんいん【店員】

名 店員

例 店員（てんいん）を呼（よ）ぶ。

譯 叫喚店員。

---

10 | しゃちょう【社長】

名 社長

例 社長（しゃちょう）になる。

譯 當上社長。

---

11 | おかねもち【お金持ち】

名 有錢人

例 お金持（かねも）ちになる。

譯 變成有錢人。

12 | しみん【市民】

㊔ 市民，公民

例 市民の生活を守る。

譯 捍衛市民的生活。

13 | きみ【君】

㊔ 你（男性對同輩以下的親密稱呼）

例 君にあげる。

譯 給你。

14 | いん【員】

㊔ 人員；人數；成員；…員

例 公務員になりたい。

譯 想當公務員。

15 | かた【方】

㊔（敬）人

例 あちらの方はどなたですか。

譯 那是那位呢？

N4 ⊙ 3-3

3-3 男女 / 男女

01 | だんせい【男性】

㊔ 男性

例 男性の服は本館の４階だ。

譯 紳士服專櫃位於本館四樓。

02 | じょせい【女性】

㊔ 女性

例 美しい女性を連れている。

譯 帶著漂亮的女生。

03 | かのじょ【彼女】

㊔ 她；女朋友

例 彼女ができる。

譯 交到女友。

04 | かれ【彼】

名·代 他；男朋友

例 それは彼の物だ。

譯 那是他的東西。

05 | かれし【彼氏】

名·代 男朋友；他

例 彼氏がいる。

譯 我有男朋友。

06 | かれら【彼等】

名·代 他們

例 彼らは兄弟だ。

譯 他們是兄弟。

07 | じんこう【人口】

㊔ 人口

例 人口が多い。

譯 人口很多。

08 | みな【皆】

㊔ 大家；所有的

例 皆が集まる。

譯 大家齊聚一堂。

09 | あつまる【集まる】

自五 聚集，集合

例 女性が集まってくる。

譯 女性聚集過來。

10 | あつめる【集める】

他下一 集合；收集；集中

例 男性(だんせい)の視線(しせん)を集(あつ)める。

譯 聚集男性的視線。

11 | つれる【連れる】

(他下一) 帶領，帶著

例 友達(ともだち)を連(つ)れて来(く)る。

譯 帶朋友來。

12 | かける【欠ける】

(自下一) 缺損；缺少

例 女(おんな)が 1 名(いちめい)欠(か)ける。

譯 缺一位女性。

N4 ◉ 3-4

3-4 老人、子供、家族 / 老人、小孩、家人

01 | そふ【祖父】

(名) 祖父，外祖父

例 祖父(そふ)に会(あ)う。

譯 和祖父見面。

02 | そぼ【祖母】

(名) 祖母，外祖母，奶奶，外婆

例 祖母(そぼ)が亡(な)くなる。

譯 祖母過世。

03 | おや【親】

(名) 父母；祖先；主根；始祖

例 親(おや)の仕送(しおく)りを受(う)ける。

譯 讓父母寄送生活費。

04 | おっと【夫】

(名) 丈夫

例 夫(おっと)の帰(かえ)りを待(ま)つ。

譯 等待丈夫回家。

05 | しゅじん【主人】

(名) 老公，(我)丈夫，先生；主人

例 主人(しゅじん)を支(ささ)える。

譯 支持丈夫。

06 | つま【妻】

(名) (對外稱自己的)妻子，太太

例 妻(つま)と喧嘩(けんか)する。

譯 跟妻子吵架。

07 | かない【家内】

(名) 妻子

例 家内(かない)に相談(そうだん)する。

譯 和妻子討論。

08 | こ【子】

(名) 孩子

例 子(こ)を生(う)む。

譯 生小孩。

09 | あかちゃん【赤ちゃん】

(名) 嬰兒

例 赤(あか)ちゃんはよく泣(な)く。

譯 小寶寶很愛哭。

10 | あかんぼう【赤ん坊】

(名) 嬰兒；不暗世故的人

例 赤(あか)ん坊(ぼう)みたいだ。

譯 像嬰兒似的。

11 | そだてる【育てる】

(他下一) 撫育，培植；培養

例 子供(こども)を育(そだ)てる。

譯 培育子女。

12 | こそだて【子育て】

(名・自サ) 養育小孩，育兒

例 子育(こそだ)てが終(お)わる。

譯 完成了養育小孩的任務。

13 | にる【似る】

(自上一) 相像，類似

例 性格(せいかく)が似(に)ている。

譯 個性相似。

14 | ぼく【僕】

(名) 我（男性用）

例 僕(ぼく)には僕(ぼく)の夢(ゆめ)がある。

譯 我有我的理想。

N4 3-5

3-5 態度、性格 /
態度、性格

01 | しんせつ【親切】

(名・形動) 親切，客氣

例 親切(しんせつ)になる。

譯 變得親切。

02 | ていねい【丁寧】

(名・形動) 客氣；仔細；尊敬

例 丁寧(ていねい)に読(よ)む。

譯 仔細閱讀。

03 | ねっしん【熱心】

(名・形動) 專注，熱衷；熱心；熱衷；熱情

例 仕事(しごと)に熱心(ねっしん)だ。

譯 熱衷於工作。

04 | まじめ【真面目】

(名・形動) 認真；誠實

例 真面目(まじめ)な人(ひと)が多い。

譯 有很多認真的人。

05 | いっしょうけんめい【一生懸命】

(副・形動) 拼命地，努力地；一心

例 一生懸命(いっしょうけんめい)に働(はたら)く。

譯 拼命地工作。

06 | やさしい【優しい】

(形) 溫柔的，體貼的；柔和的；親切的

例 人(ひと)にやさしくする。

譯 殷切待人。

07 | てきとう【適当】

(名・自サ・形動) 適當；適度；隨便

例 適当(てきとう)な機会(きかい)に行(おこな)う。

譯 在適當的機會舉辦。

08 | おかしい【可笑しい】

(形) 奇怪的，可笑的；可疑的，不正常的

例 頭(あたま)がおかしい。

譯 腦子不正常。

09 | こまかい【細かい】

(形) 細小；仔細；無微不至

例 考(かんが)えが細(こま)かい。

譯 想得仔細。

10 | さわぐ【騒ぐ】

(自五) 吵鬧，喧囂 ；慌亂，慌張；激動

例 胸(むね)が騒(さわ)ぐ。

譯 心慌意亂。

11 | ひどい【酷い】

(形) 殘酷；過分；非常；嚴重，猛烈

例 彼(かれ)は酷(ひど)い人(ひと)だ。
譯 他是個殘酷的人。

N4 3-6

3-6 人間関係 / 人際關係

01 | かんけい【関係】
名 關係；影響
例 関係(かんけい)がある。
譯 有關係；有影響；發生關係。

02 | しょうかい【紹介】
名・他サ 介紹
例 両親(りょうしん)に紹介(しょうかい)する。
譯 介紹給父母。

03 | せわ【世話】
名・他サ 幫忙；照顧，照料
例 世話(せわ)になる。
譯 受到照顧。

04 | わかれる【別れる】
自下一 分別，分開
例 恋人(こいびと)と別(わか)れた。
譯 和情人分手了。

05 | あいさつ【挨拶】
名・自サ 寒暄，打招呼，拜訪；致詞
例 帽子(ぼうし)をとって挨拶(あいさつ)する。
譯 脱帽致意。

06 | けんか【喧嘩】
名・自サ 吵架；打架
例 喧嘩(けんか)が始(はじ)まる。
譯 開始吵架。

07 | えんりょ【遠慮】
名・自他サ 客氣；謝絕
例 遠慮(えんりょ)がない。
譯 不客氣，不拘束。

08 | しつれい【失礼】
名・形動・自サ 失禮，沒禮貌；失陪
例 失礼(しつれい)なことを言(い)う。
譯 説失禮的話。

09 | ほめる【褒める】
他下一 誇獎
例 先生(せんせい)に褒(ほ)められた。
譯 被老師稱讚。

10 | じゆう【自由】
名・形動 自由，隨便
例 自由(じゆう)がない。
譯 沒有自由。

11 | しゅうかん【習慣】
名 習慣
例 習慣(しゅうかん)が変(か)わる。
譯 習慣改變；習俗特別。

12 | ちから【力】
名 力氣；能力
例 力(ちから)になる。
譯 幫助；有依靠。

パート
4
第四章

体、病気、スポーツ

- 人體、疾病、運動 -

N4 ◉ 4-1

4-1 身体 / 人體

01 | かっこう【格好・恰好】

㊔ 外表，裝扮

例 綺麗(きれい)な格好(かっこう)で出(で)かける。

譯 打扮得美美的出門了。

02 | かみ【髪】

㊔ 頭髮

例 髪型(かみがた)が変(か)わる。

譯 髮型變了。

03 | け【毛】

㊔ 頭髮，汗毛

例 髪(かみ)の毛(け)は細(ほそ)くてやわらかい。

譯 頭髮又細又軟。

04 | ひげ

㊔ 鬍鬚

例 私(わたし)の父(ちち)はひげが濃(こ)い。

譯 我爸爸的鬍鬚很濃密

05 | くび【首】

㊔ 頸部，脖子；頭部，腦袋

例 首(くび)にマフラーを巻(ま)く。

譯 在脖子裹上圍巾。

06 | のど【喉】

㊔ 喉嚨

例 のどが渇(かわ)く。

譯 口渴。

07 | せなか【背中】

㊔ 背部

例 背中(せなか)を丸(まる)くする。

譯 弓起背來。

08 | うで【腕】

㊔ 胳膊；本領；托架，扶手

例 腕(うで)を組(く)む。

譯 挽著胳臂。

09 | ゆび【指】

㊔ 手指

例 ゆびで指(さ)す。

譯 用手指。

10 | つめ【爪】

㊔ 指甲

例 爪(つめ)を切(き)る。

譯 剪指甲。

11 | ち【血】
㊔ 血；血緣

例 血(ち)が出(で)ている。

譯 流血了。

12 | おなら
㊔ 屁

例 おならをする。

譯 放屁。

N4 ◉ 4-2

4-2 生死、体質 / 生死、體質

01 | いきる【生きる】
(自上一) 活，生存；生活；致力於…；生動

例 生(い)きて帰(かえ)る。

譯 生還。

02 | なくなる【亡くなる】
(他五) 去世，死亡

例 先生(せんせい)が亡(な)くなる。

譯 老師過世。

03 | うごく【動く】
(自五) 變動，移動；擺動；改變；行動，運動；感動，動搖

例 動(うご)くのが好(す)きだ。

譯 我喜歡動。

04 | さわる【触る】
(自五) 碰觸，觸摸；接觸；觸怒，觸犯

例 触(さわ)ると痒(かゆ)くなる。

譯 一觸摸就發癢。

05 | ねむい【眠い】
㊓ 睏

例 いつも眠(ねむ)い。

譯 我總是想睡覺。

06 | ねむる【眠る】
(自五) 睡覺

例 暑(あつ)いと眠(ねむ)れない。

譯 一熱就睡不著。

07 | かわく【乾く】
(自五) 乾；口渴

例 肌(はだ)が乾(かわ)く。

譯 皮膚乾燥。

08 | ふとる【太る】
(自五) 胖，肥胖；增加

例 運動(うんどう)してないので太(ふと)った。

譯 因為沒有運動而肥胖。

09 | やせる【痩せる】
(自下一) 瘦；貧瘠

例 病気(びょうき)で痩(や)せる。

譯 因生病而消瘦。

10 | ダイエット【diet】
(名・自サ) (為治療或調節體重)規定飲食；減重療法；減重，減肥

例 ダイエットを始(はじ)めた。

譯 開始減肥。

11 | よわい【弱い】

㊪ 虛弱；不擅長，不高明

例 体が弱い。

譯 身體虛弱。

N4 ◎ 4-3

4-3 病気、治療 /
疾病、治療

01 | おる【折る】

他五 摺疊；折斷

例 骨を折る。

譯 骨折。

02 | ねつ【熱】

㊔ 高溫；熱；發燒

例 熱がある。

譯 發燒。

03 | インフルエンザ【influenza】

㊔ 流行性感冒

例 インフルエンザにかかる。

譯 得了流感。

04 | けが【怪我】

名・自サ 受傷；損失，過失

例 怪我がない。

譯 沒有受傷。

05 | かふんしょう【花粉症】

㊔ 花粉症，因花粉而引起的過敏鼻炎，結膜炎

例 花粉症になる。

譯 得花粉症。

06 | たおれる【倒れる】

自下一 倒下；垮台；死亡

例 叔父が病気で倒れた。

譯 叔叔病倒了。

07 | にゅういん【入院】

名・自サ 住院

例 入院費を払う。

譯 支付住院費。

08 | ちゅうしゃ【注射】

名・他サ 打針

例 注射を受ける。

譯 打預防針。

09 | ぬる【塗る】

他五 塗抹，塗上

例 薬を塗る。

譯 上藥。

10 | おみまい【お見舞い】

㊔ 探望，探病

例 明日お見舞いに行く。

譯 明天去探病。

11 | ぐあい【具合】

㊔ (健康等)狀況；方便，合適；方法

例 具合がよくなる。

譯 情況好轉。

12 | なおる【治る】
(自五) 治癒，痊癒
例 病気が治る。
譯 病痊癒了。

13 | たいいん【退院】
(名・自サ) 出院
例 退院をさせてもらう。
譯 讓我出院。

14 | やめる【止める】
(他下一) 停止
例 たばこをやめる。
譯 戒煙。

15 | ヘルパー【helper】
(名) 幫傭；看護
例 ホームヘルパーを頼む。
譯 請家庭看護。

16 | おいしゃさん【お医者さん】
(名) 醫生
例 彼はお医者さんです。
譯 他是醫生。

17 | てしまう
(補動) 強調某一狀態或動作完了；懊悔
例 怪我で動かなくなってしまった。
譯 因受傷而無法動彈。

4-4 体育、試合 / 體育、競賽

01 | うんどう【運動】
(名・自サ) 運動；活動
例 毎日運動する。
譯 每天運動。

02 | テニス【tennis】
(名) 網球
例 テニスをやる。
譯 打網球。

03 | テニスコート【tennis court】
(名) 網球場
例 テニスコートでテニスをやる。
譯 在網球場打網球。

04 | じゅうどう【柔道】
(名) 柔道
例 柔道を習う。
譯 學柔道。

05 | すいえい【水泳】
(名・自サ) 游泳
例 水泳が上手だ。
譯 擅長游泳。

06 | かける【駆ける・駈ける】
(自下一) 奔跑，快跑
例 学校まで駆ける。
譯 快跑到學校。

07 | うつ【打つ】

(他五) 打擊，打；標記

例 ホームランを打(う)つ。

譯 打全壘打。

08 | すべる【滑る】

(自下一) 滑(倒)；滑動；(手)滑；不及格，落榜；下跌

例 道(みち)が滑(すべ)る。

譯 路滑。

09 | なげる【投げる】

(自下一) 丟，拋；摔；提供；投射；放棄

例 ボールを投(な)げる。

譯 丟球。

10 | しあい【試合】

(名・自サ) 比賽

例 試合(しあい)が終(お)わる。

譯 比賽結束。

11 | きょうそう【競争】

(名・自他サ) 競爭，競賽

例 競争(きょうそう)に負(ま)ける。

譯 競爭失敗。

12 | かつ【勝つ】

(自五) 贏，勝利；克服

例 試合(しあい)に勝(か)つ。

譯 比賽獲勝。

13 | しっぱい【失敗】

(名・自サ) 失敗

例 失敗(しっぱい)ばかりで気分(きぶん)が悪(わる)い。

譯 一直出錯心情很糟。

14 | まける【負ける】

(自下一) 輸；屈服

例 試合(しあい)に負(ま)ける。

譯 比賽輸了。

パート 5 第五章

大自然

- 大自然 -

N4 5-1

5-1 自然、気象 / 自然、氣象

01 | えだ【枝】

㊔ 樹枝；分枝

例 木(き)の枝(えだ)を折(お)る。

譯 折下樹枝。

02 | くさ【草】

㊔ 草

例 草(くさ)を取(と)る。

譯 清除雜草。

03 | は【葉】

㊔ 葉子，樹葉

例 葉(は)が美(うつく)しい。

譯 葉子很美。

04 | ひらく【開く】

(自·他五) 綻放；打開；拉開；開拓；開設；開導

例 夏(なつ)の頃花(ころはな)を開(ひら)く。

譯 夏天開花。

05 | みどり【緑】

㊔ 綠色，翠綠；樹的嫩芽

例 山(やま)の緑(みどり)がきれいだ。

譯 翠綠的山巒景色優美。

06 | ふかい【深い】

㊝ 深的；濃的；晚的 ；(情感)深的；(關係)密切的

例 日本一深(にっぽんいちふか)い湖(みずうみ)を訪(おとず)れる。

譯 探訪日本最深的湖泊。

07 | うえる【植える】

(他下一) 種植；培養

例 木(き)を植(う)える。

譯 種樹。

08 | おれる【折れる】

(自下一) 折彎；折斷；拐彎；屈服

例 風(かぜ)で枝(えだ)が折(お)れる。

譯 樹枝被風吹斷。

09 | くも【雲】

㊔ 雲

例 雲(くも)の間(あいだ)から月(つき)が出(で)てきた。

譯 月亮從雲隙間出現了。

10 | つき【月】

㊔ 月亮

例 月(つき)がのぼった。

譯 月亮升起來了。

11 | ほし【星】

㊔ 星星

例 星(ほし)がある。

譯 有星星。

12 | じしん【地震】

㊔ 地震

例 地震(じしん)が起きる。

譯 發生地震。

13 | たいふう【台風】

㊔ 颱風

例 台風(たいふう)に遭(あ)う。

譯 遭遇颱風。

14 | きせつ【季節】

㊔ 季節

例 季節(きせつ)を楽(たの)しむ。

譯 享受季節變化的樂趣。

15 | ひえる【冷える】

(自下一) 變冷；變冷淡

例 体(からだ)が冷(ひ)える。

譯 身體感到寒冷。

16 | やむ【止む】

(自五) 停止

例 風(かぜ)が止(や)む。

譯 風停了。

17 | さがる【下がる】

(自五) 下降；下垂；降低(價格、程度、溫度等)；衰退

例 気温(きおん)が下(さ)がる。

譯 氣溫下降。

18 | はやし【林】

㊔ 樹林；林立；(轉)事物集中貌

例 林(はやし)の中(なか)で虫(むし)を取(と)る。

譯 在林間抓蟲子。

19 | もり【森】

㊔ 樹林

例 森(もり)に入(はい)る。

譯 走進森林。

20 | ひかり【光】

㊔ 光亮，光線；(喻)光明，希望；威力，光榮

例 月(つき)の光(ひかり)が美(うつく)しい。

譯 月光美極了。

21 | ひかる【光る】

(自五) 發光，發亮；出眾

例 星(ほし)が光(ひか)る。

譯 星光閃耀。

22 | うつる【映る】

(自五) 反射，映照；相襯

例 水(みず)に映(うつ)る。

譯 倒映水面。

23 | どんどん

(副) 連續不斷，接二連三；(炮鼓等連續不斷的聲音)咚咚；(進展)順利；(氣勢)旺盛

例 水がどんどん上がってくる。
譯 水嘩啦嘩啦不斷地往上流。

N4 ● 5-2

5-2 いろいろな物質 / 各種物質

01 | くうき【空気】
㊔ 空氣；氣氛
例 空気が悪い。
譯 空氣不好。

02 | ひ【火】
㊔ 火
例 火が消える。
譯 火熄滅。

03 | いし【石】
㊔ 石頭，岩石；（猜拳）石頭，結石；鑽石；堅硬
例 石で作る。
譯 用石頭做的。

04 | すな【砂】
㊔ 沙
例 砂が目に入る。
譯 沙子掉進眼睛裡。

05 | ガソリン【gasoline】
㊔ 汽油
例 ガソリンを入れる。
譯 加入汽油。

06 | ガラス【（荷）glas】
㊔ 玻璃
例 ガラスを割る。
譯 打破玻璃。

07 | きぬ【絹】
㊔ 絲
例 絹のハンカチを送る。
譯 送絲綢手帕。

08 | ナイロン【nylon】
㊔ 尼龍
例 ナイロンのストッキングはすぐ破れる。
譯 尼龍絲襪很快就抽絲了。

09 | もめん【木綿】
㊔ 棉
例 木綿のシャツを探している。
譯 正在找棉質襯衫。

10 | ごみ
㊔ 垃圾
例 あとでごみを捨てる。
譯 等一下丟垃圾。

11 | すてる【捨てる】
他下一 丟掉，拋棄；放棄
例 古いラジオを捨てる。
譯 扔了舊的收音機。

12 | かたい【固い・硬い・堅い】
㊒ 堅硬；結實；堅定；可靠；嚴厲；固執
例 石のように硬い。
譯 如石頭般堅硬。

パート
6
第六章

飲食
- 飲食 -

N4 ⊙ 6-1

6-1 料理、味 / 烹調、味道

01 | つける【漬ける】
(他下一) 浸泡；醃

例 梅を漬ける。

譯 醃梅子。

02 | つつむ【包む】
(他五) 包住，包起來；隱藏，隱瞞

例 肉を餃子の皮で包む。

譯 用餃子皮包肉。

03 | やく【焼く】
(他五) 焚燒；烤；曬；嫉妒

例 魚を焼く。

譯 烤魚。

04 | やける【焼ける】
(自下一) 烤熟；(被)烤熟；曬黑；燥熱；發紅；添麻煩；感到嫉妒

例 肉が焼ける。

譯 肉烤熟。

05 | わかす【沸かす】
(他五) 煮沸；使沸騰

例 お湯を沸かす。

譯 把水煮沸。

06 | わく【沸く】
(自五) 煮沸，煮開；興奮

例 お湯が沸く。

譯 熱水沸騰。

07 | あじ【味】
(名) 味道；趣味；滋味

例 味がいい。

譯 好吃，美味；富有情趣。

08 | あじみ【味見】
(名・自サ) 試吃，嚐味道

例 スープの味見をする。

譯 嚐嚐湯的味道。

09 | におい【匂い】
(名) 味道；風貌

例 匂いがする。

譯 發出味道。

10 | にがい【苦い】
(形) 苦；痛苦

例 苦くて食べられない。

譯 苦得難以下嚥。

11 | やわらかい【柔らかい】
(形) 柔軟的

例 柔らかい肉を選ぶ。
譯 選擇柔軟的肉。

12 | おおさじ【大匙】

㊔ 大匙，湯匙

例 大匙 2 杯の塩を入れる。
譯 放入兩大匙的鹽。

13 | こさじ【小匙】

㊔ 小匙，茶匙

例 小匙 1 杯の砂糖を入れる。
譯 放入一茶匙的砂糖。

14 | コーヒーカップ【coffee cup】

㊔ 咖啡杯

例 可愛いコーヒーカップを買った。
譯 買了可愛的咖啡杯。

15 | ラップ【wrap】

(名・他サ) 保鮮膜；包裝，包裹

例 野菜をラップする。
譯 用保鮮膜將蔬菜包起來。

N4 ⊙ 6-2

6-2 食事、食べ物 / 用餐、食物

01 | ゆうはん【夕飯】

㊔ 晚飯

例 友達と夕飯を食べる。
譯 跟朋友吃晚飯。

02 | したく【支度】

(名・自他サ) 準備；打扮；準備用餐

例 支度ができる。
譯 準備好。

03 | じゅんび【準備】

(名・他サ) 準備

例 準備が足りない。
譯 準備不夠。

04 | ようい【用意】

(名・他サ) 準備；注意

例 夕食の用意をしていた。
譯 在準備晚餐。

05 | しょくじ【食事】

(名・自サ) 用餐，吃飯；餐點

例 食事が終わる。
譯 吃完飯。

06 | かむ【噛む】

(他五) 咬

例 ご飯をよく噛んで食べなさい。
譯 吃飯要細嚼慢嚥。

07 | のこる【残る】

(自五) 剩餘，剩下；遺留

例 食べ物が残る。
譯 食物剩下來。

08 | しょくりょうひん【食料品】

㊔ 食品

例 母から食料品が送られてきた。
譯 媽媽寄來了食物。

09 | こめ【米】

名 米

例 米の輸出が増える。

譯 稻米的外銷量增加了。

10 | みそ【味噌】

名 味噌

例 みそ汁を作る。

譯 做味噌湯。

11 | ジャム【jam】

名 果醬

例 パンにジャムをつける。

譯 在麵包上塗果醬。

12 | ゆ【湯】

名 開水，熱水；浴池；溫泉；洗澡水

例 お湯を沸かす。

譯 燒開水。

13 | ぶどう【葡萄】

名 葡萄

例 葡萄酒を楽しむ。

譯 享受喝葡萄酒的樂趣。

N4 6-3

6-3 外食 / 餐廳用餐

01 | がいしょく【外食】

名・自サ 外食，在外用餐

例 外食をする。

譯 吃外食。

02 | ごちそう【御馳走】

名・他サ 請客；豐盛佳餚

例 ご馳走になる。

譯 被請吃飯。

03 | きつえんせき【喫煙席】

名 吸煙席，吸煙區

例 喫煙席を頼む。

譯 要求吸菸區。

04 | きんえんせき【禁煙席】

名 禁煙席，禁煙區

例 禁煙席に座る。

譯 坐在禁煙區。

05 | あく【空く】

自五 空著；（職位）空缺；空隙；閒著；有空

例 席が空く。

譯 空出位子。

06 | えんかい【宴会】

名 宴會，酒宴

例 宴会を開く。

譯 擺桌請客。

07 | ごうコン【合コン】

名 聯誼

例 合コンで恋人ができた。

譯 在聯誼活動中交到了男(女)朋友。

08 | かんげいかい【歓迎会】

名 歡迎會，迎新會

例 歓迎会(かんげいかい)を開(ひら)く。

譯 開歡迎會。

09 | そうべつかい【送別会】

名 送別會

例 送別会(そうべつかい)を開(ひら)く。

譯 舉辦送別會。

10 | たべほうだい【食べ放題】

名 吃到飽，盡量吃，隨意吃

例 食(た)べ放題(ほうだい)に行(い)こう。

譯 我們去吃吃到飽吧。

11 | のみほうだい【飲み放題】

名 喝到飽，無限暢飲

例 ビールが飲(の)み放題(ほうだい)だ。

譯 啤酒無限暢飲。

12 | おつまみ

名 下酒菜，小菜

例 おつまみを食(た)べない。

譯 不吃下酒菜。

13 | サンドイッチ【sandwich】

名 三明治

例 ハムサンドイッチを頼(たの)む。

譯 點火腿三明治。

14 | ケーキ【cake】

名 蛋糕

例 食後(しょくご)にケーキを頂(いただ)く。

譯 飯後吃蛋糕。

15 | サラダ【salad】

名 沙拉

例 サラダを先(さき)に食(た)べる。

譯 先吃沙拉。

16 | ステーキ【steak】

名 牛排

例 ステーキを切(き)る。

譯 切牛排。

17 | てんぷら【天ぷら】

名 天婦羅

例 天(てん)ぷらを揚(あ)げる

譯 油炸天婦羅。

18 | だいきらい【大嫌い】

形動 極不喜歡，最討厭

例 外食(がいしょく)は大嫌(だいきら)いだ。

譯 最討厭外食。

19 | かわりに【代わりに】

接續 代替，替代；交換

例 酒(さけ)の代(か)わりに水(みず)を飲(の)む。

譯 不是喝酒，而是喝水。

20 | レジ【register 之略】

名 收銀台

例 レジの仕事(しごと)をする。

譯 做結帳收銀的工作。

パート
7
第七章

服裝、裝身具、素材

- 服裝、配件、素材 -

01 ｜きもの【着物】 N4 ◎ 7

㊔ 衣服；和服

例 着物を脱ぐ。

譯 脫衣服。

02 ｜したぎ【下着】

㊔ 內衣，貼身衣物

例 下着を取り替える。

譯 換貼身衣物。

03 ｜てぶくろ【手袋】

㊔ 手套

例 手袋を取る。

譯 拿下手套。

04 ｜イヤリング【earring】

㊔ 耳環

例 イヤリングをつける。

譯 戴耳環。

05 ｜さいふ【財布】

㊔ 錢包

例 古い財布を捨てる。

譯 丟掉舊錢包。

06 ｜ぬれる【濡れる】

(自下一) 淋濕

例 雨に服が濡れる。

譯 衣服被雨淋濕。

07 ｜よごれる【汚れる】

(自下一) 髒污；齷齪

例 シャツが汚れた。

譯 襯衫髒了。

08 ｜サンダル【sandal】

㊔ 涼鞋

例 サンダルを履く。

譯 穿涼鞋。

09 ｜はく【履く】

(他五) 穿（鞋、襪）

例 厚い靴下を履く。

譯 穿厚襪子。

10 ｜ゆびわ【指輪】

㊔ 戒指

例 指輪をつける。

譯 戴戒指。

11 ｜いと【糸】

㊔ 線；（三弦琴的）弦；魚線；線狀

例 針に糸を通す。

譯 把針穿上線。

12 ｜け【毛】

㊔ 羊毛，毛線，毛織物

例 毛（け）100％（ひゃくパーセント）の服（ふく）を洗（あら）う。

譯 洗滌百分之百羊毛的衣物。

13 ｜アクセサリー【accessary】

㊔ 飾品，裝飾品；零件

例 アクセサリーをつける。

譯 戴上飾品。

14 ｜スーツ【suit】

㊔ 套裝

例 スーツを着（き）る。

譯 穿套裝。

15 ｜ソフト【soft】

(名・形動) 柔軟；溫柔；軟體

例 ソフトな感（かん）じがする。

譯 柔和的感覺。

16 ｜ハンドバッグ【handbag】

㊔ 手提包

例 ハンドバッグを買（か）う。

譯 買手提包。

17 ｜つける【付ける】

(他下一) 裝上，附上；塗上

例 耳（みみ）にイヤリングをつける。

譯 把耳環穿入耳朵。

パート
8
第八章

住居

- 住家 -

N4 ◎ 8-1

8-1 部屋、設備 /
房間、設備

01 | おくじょう【屋上】

㊔ 屋頂（上）

例 屋上に上がる。

譯 爬上屋頂。

02 | かべ【壁】

㊔ 牆壁；障礙

例 壁に時計をかける。

譯 將時鐘掛到牆上。

03 | すいどう【水道】

㊔ 自來水管

例 水道を引く。

譯 安裝自來水。

04 | おうせつま【応接間】

㊔ 客廳；會客室

例 応接間に案内する。

譯 領到客廳。

05 | たたみ【畳】

㊔ 榻榻米

例 畳の上で寝る。

譯 睡在榻榻米上。

06 | おしいれ【押し入れ·押入れ】

㊔（日式的）壁櫥

例 押入れにしまう。

譯 收入壁櫥。

07 | ひきだし【引き出し】

㊔ 抽屜

例 引き出しを開ける。

譯 拉開抽屜。

08 | ふとん【布団】

㊔ 被子，床墊

例 布団を掛ける。

譯 蓋被子。

09 | カーテン【curtain】

㊔ 窗簾；布幕

例 カーテンを開ける。

譯 打開窗簾。

10 | かける【掛ける】

他下一 懸掛；坐；蓋上；放在…之上；提交；澆；開動；花費；寄託；鎖上；(數學)乘；使…負擔(如給人添麻煩)

例 家具にお金をかける。

譯 花大筆錢在家具上。

11 | かざる【飾る】

(他五) 擺飾，裝飾；粉飾，潤色

例 部屋(へや)を飾(かざ)る。

譯 裝飾房間。

12 | むかう【向かう】

(自五) 面向

例 鏡(かがみ)に向(む)かう。

譯 對著鏡子。

N4 8-2

8-2 住む / 居住

01 | たてる【建てる】

(他下一) 建造

例 家(いえ)を建(た)てる。

譯 蓋房子。

02 | ビル【building 之略】

(名) 高樓，大廈

例 駅前(えきまえ)の高(たか)いビルに住(す)む。

譯 住在車站前的大樓。

03 | エスカレーター【escalator】

(名) 自動手扶梯

例 エスカレーターに乗(の)る。

譯 搭乘手扶梯。

04 | おたく【お宅】

(名) 您府上，貴府；宅男（女），對於某事物過度熱忠者

例 お宅(たく)はどちらですか。

譯 請問您家在哪？

05 | じゅうしょ【住所】

(名) 地址

例 住所(じゅうしょ)はカタカナで書(か)く。

譯 以片假名填寫住址。

06 | きんじょ【近所】

(名) 附近；鄰居

例 近所(きんじょ)に住(す)んでいる。

譯 住在這附近。

07 | るす【留守】

(名) 不在家；看家

例 家(いえ)を留守(るす)にする。

譯 看家。

08 | うつる【移る】

(自五) 移動；變心；傳染；時光流逝；轉移

例 新(あたら)しい町(まち)へ移(うつ)る。

譯 搬到新的市鎮去。

09 | ひっこす【引っ越す】

(自五) 搬家

例 京都(きょうと)へ引(ひ)っ越(こ)す。

譯 搬去京都。

10 | げしゅく【下宿】

(名・自サ) 寄宿，借宿

例 下宿(げしゅく)を探(さが)す。

譯 尋找公寓。

11 | せいかつ【生活】
(名・自サ) 生活
例 生活(せいかつ)に困(こま)る。
譯 無法維持生活。

12 | なまごみ【生ごみ】
(名) 廚餘，有機垃圾
例 生(なま)ゴミを片付(かたづ)ける。
譯 收拾廚餘。

13 | もえるごみ【燃えるごみ】
(名) 可燃垃圾
例 明日(あした)は燃(も)えるごみの日(ひ)だ。
譯 明天是丟棄可燃垃圾的日子。

14 | いっぱん【一般】
(名・形動) 一般，普通
例 電池(でんち)を一般(いっぱん)ゴミに混(ま)ぜないで。
譯 電池不要丟進一般垃圾裡。

15 | ふべん【不便】
(形動) 不方便
例 この辺(へん)は交通(こうつう)が不便(ふべん)だ。
譯 這附近交通不方便。

16 | にかいだて【二階建て】
(名) 二層建築
例 二階建(にかいだ)ての家(いえ)に住(す)みたい。
譯 想住兩層樓的房子。

8-3 家具、電気機器 / 家具、電器

01 | かがみ【鏡】
(名) 鏡子
例 鏡(かがみ)を見(み)る。
譯 照鏡子。

02 | たな【棚】
(名) 架子，棚架
例 棚(たな)に上(あ)げる。
譯 擺到架上；佯裝不知。

03 | スーツケース【suitcase】
(名) 手提旅行箱
例 スーツケースを買(か)う。
譯 買行李箱。

04 | れいぼう【冷房】
(名・他サ) 冷氣
例 冷房(れいぼう)を点(つ)ける。
譯 開冷氣。

05 | だんぼう【暖房】
(名) 暖氣
例 暖房(だんぼう)を点(つ)ける。
譯 開暖氣。

06 | でんとう【電灯】
(名) 電燈
例 電灯(でんとう)をつけた。
譯 把燈打開。

07 ｜ガスコンロ【(荷) gas+ 焜炉】

㊔ 瓦斯爐，煤氣爐

例 ガスコンロで料理をする。

譯 用瓦斯爐做菜

08 ｜かんそうき【乾燥機】

㊔ 乾燥機，烘乾機

例 服を乾燥機に入れる。

譯 把衣服放進烘乾機。

09 ｜コインランドリー【coin-operated laundry】

㊔ 自助洗衣店

例 コインランドリーで洗濯する。

譯 在自助洗衣店洗衣服。

10 ｜ステレオ【stereo】

㊔ 音響

例 ステレオで音楽を聴く。

譯 開音響聽音樂。

11 ｜けいたいでんわ【携帯電話】

㊔ 手機，行動電話

例 携帯電話を使う。

譯 使用手機。

12 ｜ベル【bell】

㊔ 鈴聲

例 ベルを押す。

譯 按鈴。

13 ｜なる【鳴る】

(自五) 響，叫

例 時計が鳴る。

譯 鬧鐘響了。

14 ｜タイプ【type】

㊔ 款式；類型；打字

例 薄いタイプのパソコンがほしい。

譯 想要一台薄型電腦。

N4 ● 8-4

8-4 道具 /
道具

01 ｜どうぐ【道具】

㊔ 工具；手段

例 道具を使う。

譯 使用道具。

02 ｜きかい【機械】

㊔ 機械

例 機械を使う。

譯 操作機器。

03 ｜つける【点ける】

(他下一) 打開(家電類)；點燃

例 電気を点ける。

譯 開燈。

04 ｜つく【点く】

(自五) 點上，(火)點著

例 電灯が点いた。

譯 電燈亮了。

05 | まわる【回る】

(自五) 轉動；走動；旋轉；繞道；轉移

例 時計(とけい)が回(まわ)る。

譯 時鐘轉動。

06 | はこぶ【運ぶ】

(自·他五) 運送，搬運；進行

例 大(おお)きなものを運(はこ)ぶ。

譯 載運大宗物品。

07 | こしょう【故障】

(名·自サ) 故障

例 機械(きかい)が故障(こしょう)した。

譯 機器故障。

08 | こわれる【壊れる】

(自下一) 壞掉，損壞；故障

例 電話(でんわ)が壊(こわ)れている。

譯 電話壞了。

09 | われる【割れる】

(自下一) 破掉，破裂；分裂；暴露；整除

例 窓(まど)は割(わ)れやすい。

譯 窗戶容易碎裂。

10 | なくなる【無くなる】

(自五) 不見，遺失；用光了

例 ガスが無(な)くなった。

譯 瓦斯沒有了。

11 | とりかえる【取り替える】

(他下一) 交換；更換

例 電球(でんきゅう)を取(と)り替(か)える。

譯 更換電燈泡。

12 | なおす【直す】

(他五) 修理；改正；整理；更改

例 自転車(じてんしゃ)を直(なお)す。

譯 修理腳踏車。

13 | なおる【直る】

(自五) 改正；修理；回復；變更

例 壊(こわ)れていたPCが直(なお)る。

譯 把壞了的電腦修好了。

パート 9 第九章

施設、機関、交通

- 設施、機構、交通 -

N4 9-1

9-1 いろいろな機関、施設 / 各種機構、設施

01 | とこや【床屋】

名 理髮店；理髮室

例 床屋（とこや）へ行（い）く。

譯 去理髮廳。

02 | こうどう【講堂】

名 禮堂

例 講堂（こうどう）に集（あつ）まる。

譯 齊聚在講堂裡。

03 | かいじょう【会場】

名 會場

例 会場（かいじょう）に入（はい）る。

譯 進入會場。

04 | じむしょ【事務所】

名 辦公室

例 事務所（じむしょ）を開（ひら）く。

譯 設有辦事處。

05 | きょうかい【教会】

名 教會

例 教会（きょうかい）で祈（いの）る。

譯 在教堂祈禱。

06 | じんじゃ【神社】

名 神社

例 神社（じんじゃ）に参（まい）る。

譯 參拜神社。

07 | てら【寺】

名 寺廟

例 寺（てら）に参（まい）る。

譯 拜佛。

08 | どうぶつえん【動物園】

名 動物園

例 動物園（どうぶつえん）に行（い）く。

譯 去動物園。

09 | びじゅつかん【美術館】

名 美術館

例 美術館（びじゅつかん）に行（い）く。

譯 去美術館。

10 | ちゅうしゃじょう【駐車場】

名 停車場

例 駐車場（ちゅうしゃじょう）を探（さが）す。

譯 找停車場。

11 | くうこう【空港】

㊔ 機場

例 空港(くうこう)に到着(とうちゃく)する。

譯 抵達機場。

12 | ひこうじょう【飛行場】

㊔ 機場

例 飛行場(ひこうじょう)へ迎(むか)えに行(い)く。

譯 去接機。

13 | こくさい【国際】

㊔ 國際

例 国際空港(こくさいくうこう)に着(つ)く。

譯 抵達國際機場。

14 | みなと【港】

㊔ 港口，碼頭

例 港(みなと)に寄(よ)る。

譯 停靠碼頭。

15 | こうじょう【工場】

㊔ 工廠

例 新(あたら)しい工場(こうじょう)を建(た)てる。

譯 建造新工廠。

16 | スーパー【supermarket 之略】

㊔ 超級市場

例 スーパーで肉(にく)を買(か)う。

譯 在超市買肉。

9-2 いろいろな乗り物、交通 / 各種交通工具、交通

01 | のりもの【乗り物】

㊔ 交通工具

例 乗(の)り物(もの)に乗(の)る。

譯 乘車。

02 | オートバイ【auto bicycle】

㊔ 摩托車

例 オートバイに乗(の)れる。

譯 會騎機車。

03 | きしゃ【汽車】

㊔ 火車

例 汽車(きしゃ)が駅(えき)に着(つ)く。

譯 火車到達車站。

04 | ふつう【普通】

(名・形動) 普通，平凡；普通車

例 私(わたし)は普通電車(ふつうでんしゃ)で通勤(つうきん)している。

譯 我搭普通車通勤。

05 | きゅうこう【急行】

(名・自サ) 急行；快車

例 急行電車(きゅうこうでんしゃ)に間(ま)に合(あ)う。

譯 趕上快速電車。

06 | とっきゅう【特急】

㊔ 特急列車；火速

例 特急(とっきゅう)で東京(とうきょう)へたつ。

譯 坐特快車到東京。

07 ｜ふね【船·舟】

㊔ 船；舟，小型船

例 船が揺れる。

譯 船隻搖晃。

08 ｜ガソリンスタンド【(和製英語) gasoline+stand】

㊔ 加油站

例 ガソリンスタンドでバイトする。

譯 在加油站打工。

09 ｜こうつう【交通】

㊔ 交通

例 交通が便利になった。

譯 交通變得很方便。

10 ｜とおり【通り】

㊔ 道路，街道

例 広い通りに出る。

譯 走到大馬路。

11 ｜じこ【事故】

㊔ 意外，事故

例 事故が起こる。

譯 發生事故。

12 ｜こうじちゅう【工事中】

㊔ 施工中；(網頁)建製中

例 工事中となる。

譯 施工中。

13 ｜わすれもの【忘れ物】

㊔ 遺忘物品，遺失物

例 忘れ物をする。

譯 遺失東西。

14 ｜かえり【帰り】

㊔ 回來；回家途中

例 帰りを急ぐ。

譯 急著回去。

15 ｜ばんせん【番線】

㊔ 軌道線編號，月台編號

例 5番線の列車が来た。

譯 五號月台的列車進站了。

N4 9-3

9-3 交通関係 / 交通相關

01 ｜いっぽうつうこう【一方通行】

㊔ 單行道；單向傳達

例 一方通行で通れない。

譯 單行道不能進入。

02 ｜うちがわ【内側】

㊔ 內部，內側，裡面

例 内側へ開く。

譯 往裡開。

03 ｜そとがわ【外側】

㊔ 外部，外面，外側

例 道の外側を走る。

譯 沿著道路外側跑。

04 ｜ちかみち【近道】

㊔ 捷徑，近路

例 近道(ちかみち)をする。

譯 抄近路。

---

05 ｜おうだんほどう【横断歩道】

㊔ 斑馬線

例 横断歩道(おうだんほどう)を渡(わた)る。

譯 跨越斑馬線。

---

06 ｜せき【席】

㊔ 座位；職位

例 席(せき)がない。

譯 沒有空位。

---

07 ｜うんてんせき【運転席】

㊔ 駕駛座

例 運転席(うんてんせき)で運転(うんてん)する。

譯 在駕駛座開車。

---

08 ｜していせき【指定席】

㊔ 劃位座，對號入座

例 指定席(していせき)を予約(よやく)する。

譯 預約對號座位。

---

09 ｜じゆうせき【自由席】

㊔ 自由座

例 自由席(じゆうせき)に乗(の)る。

譯 坐自由座。

---

10 ｜つうこうどめ【通行止め】

㊔ 禁止通行，無路可走

例 通行止(つうこうど)めになる。

譯 規定禁止通行。

---

11 ｜きゅうブレーキ【急 brake】

㊔ 緊急煞車

例 急(きゅう)ブレーキで止(と)まる。

譯 因緊急煞車而停下。

---

12 ｜しゅうでん【終電】

㊔ 最後一班電車，末班車

例 終電(しゅうでん)に乗(の)り遅(おく)れる。

譯 沒趕上末班車。

---

13 ｜しんごうむし【信号無視】

㊔ 違反交通號誌，闖紅（黃）燈

例 信号無視(しんごうむし)をする。

譯 違反交通號誌。

---

14 ｜ちゅうしゃいはん【駐車違反】

㊔ 違規停車

例 駐車違反(ちゅうしゃいはん)で罰金(ばっきん)を取(と)られた。

譯 違規停車被罰款。

N4 ◉ 9-4

9-4 乗り物に関する言葉 / 交通相關的詞

01 ｜うんてん【運転】

(名·自他サ) 開車，駕駛；運轉；周轉

例 運転(うんてん)を習(なら)う。

譯 學開車。

---

02 ｜とおる【通る】

(自五) 經過；通過；穿透；合格；知名；了解；進來

例 バスが通（とお）る。
譯 巴士經過。

03 ｜のりかえる【乗り換える】
（他下一・自下一）轉乘，換車 ；改變
例 別（べつ）のバスに乗（の）り換（か）える。
譯 改搭別的公車。

04 ｜しゃないアナウンス【車内 announce】
（名）車廂內廣播
例 車内（しゃない）アナウンスが聞（き）こえる。
譯 聽到車廂內廣播。

05 ｜ふむ【踏む】
（他五）踩住，踩到；踏上；實踐
例 ブレーキを踏（ふ）む。
譯 踩煞車。

06 ｜とまる【止まる】
（自五）停止；止住；堵塞
例 赤信号（あかしんごう）で止（と）まる。
譯 停紅燈。

07 ｜ひろう【拾う】
（他五）撿拾；挑出；接；叫車
例 タクシーを拾（ひろ）う。
譯 叫計程車。

08 ｜おりる【下りる・降りる】
（自上一）下來；下車；退位
例 車（くるま）を下（お）りる。
譯 下車。

09 ｜ちゅうい【注意】
（名・自サ）注意，小心
例 足元（あしもと）に注意（ちゅうい）しましょう。
譯 小心腳滑。

10 ｜かよう【通う】
（自五）來往，往來(兩地間)；通連，相通
例 学校（がっこう）に通（かよ）う。
譯 上學。

11 ｜もどる【戻る】
（自五）回到；折回
例 家（いえ）に戻（もど）る。
譯 回到家。

12 ｜よる【寄る】
（自五）順道去…；接近；增多
例 近（ちか）くに寄（よ）って見（み）る。
譯 靠近看。

13 ｜ゆれる【揺れる】
（自下一）搖動；動搖
例 車（くるま）が揺（ゆ）れる。
譯 車子晃動。

パート
10
第十章

趣味、芸術、年中行事

- 興趣、藝術、節日 -

N4 ◉ 10-1

10-1 レジャー、旅行 / 休閒、旅遊

01 ｜あそび【遊び】

名 遊玩，玩耍；不做事；間隙；閒遊；餘裕

例 家(うち)に遊(あそ)びに来(き)てください。

譯 來我家玩。

02 ｜おもちゃ【玩具】

名 玩具

例 玩具(おもちゃ)を買(か)う。

譯 買玩具。

03 ｜ことり【小鳥】

名 小鳥

例 小鳥(ことり)を飼(か)う。

譯 養小鳥。

04 ｜めずらしい【珍しい】

形 少見，稀奇

例 珍(めずら)しい絵(え)がある。

譯 有珍貴的畫作。

05 ｜つる【釣る】

他五 釣魚；引誘

例 魚(さかな)を釣(つ)る。

譯 釣魚。

06 ｜よやく【予約】

名・他サ 預約

例 予約(よやく)を取(と)る。

譯 預約。

07 ｜しゅっぱつ【出発】

名・自サ 出發；起步，開始

例 出発(しゅっぱつ)が遅(おく)れる。

譯 出發延遲。

08 ｜あんない【案内】

名・他サ 引導； 陪同遊覽，帶路；傳達

例 案内(あんない)を頼(たの)む。

譯 請人帶路。

09 ｜けんぶつ【見物】

名・他サ 觀光，參觀

例 見物(けんぶつ)に出(で)かける。

譯 外出遊覽。

10 ｜たのしむ【楽しむ】

他五 享受，欣賞，快樂；以…為消遣；期待，盼望

例 音楽(おんがく)を楽(たの)しむ。

譯 欣賞音樂。

11 ｜けしき【景色】

名 景色，風景

例 景色(けしき)がよい。

譯 景色宜人。

12 | みえる【見える】

自下一 看見；看得見；看起來

例 星が見える。

譯 看得見星星。

13 | りょかん【旅館】

名 旅館

例 旅館の予約をとる。

譯 訂旅館。

14 | とまる【泊まる】

自五 住宿，過夜；(船)停泊

例 ホテルに泊まる。

譯 住飯店。

15 | おみやげ【お土産】

名 當地名產；禮物

例 お土産を買う。

譯 買當地名產。

N4 10-2

10-2 文芸 / 藝文活動

01 | しゅみ【趣味】

名 嗜好；趣味

例 趣味が多い。

譯 興趣廣泛。

02 | ばんぐみ【番組】

名 節目

例 番組が始まる。

譯 節目開始播放(開始的時間)。

03 | てんらんかい【展覧会】

名 展覽會

例 美術展覧会を開く。

譯 舉辦美術展覽。

04 | はなみ【花見】

名 賞花(常指賞櫻)

例 花見に出かける。

譯 外出賞花。

05 | にんぎょう【人形】

名 娃娃，人偶

例 ひな祭りの人形を飾る。

譯 擺放女兒節的人偶。

06 | ピアノ【piano】

名 鋼琴

例 ピアノを弾く。

譯 彈鋼琴。

07 | コンサート【concert】

名 音樂會

例 コンサートを開く。

譯 開演唱會。

08 | ラップ【rap】

名 饒舌樂，饒舌歌

例 ラップを聞く。

譯 聽饒舌音樂。

09 | おと【音】

名 (物體發出的)聲音 ；音訊

例 音がいい。

譯 音質好。

10 | きこえる【聞こえる】

自下一 聽得見,能聽到;聽起來像是…;聞名

例 音楽が聞こえてくる。

譯 聽得見音樂。

11 | おどり【踊り】

㊔ 舞蹈

例 踊り(おど)がうまい。

譯 舞跳得好。

12 | おどる【踊る】

自五 跳舞，舞蹈

例 お酒(さけ)を飲(の)んで踊(おど)る。

譯 喝酒邊跳舞。

13 | うまい

形 高明，拿手；好吃；巧妙；有好處

例 ピアノがうまい。

譯 鋼琴彈奏的好。

N4 10-3

10-3 年中行事 / 節日

01 | しょうがつ【正月】

㊔ 正月，新年

例 正月(しょうがつ)を迎(むか)える。

譯 迎新年。

02 | おまつり【お祭り】

㊔ 慶典，祭典，廟會

例 お祭(まつ)り気分(きぶん)になる。

譯 充滿節日氣氛。

03 | おこなう【行う・行なう】

他五 舉行，舉辦；修行

例 お祭(まつ)りを行(おこな)う。

譯 舉辦慶典。

04 | おいわい【お祝い】

㊔ 慶祝，祝福；祝賀禮品

例 お祝(いわ)いに花(はな)をもらった。

譯 收到花作為賀禮。

05 | いのる【祈る】

他五 祈禱；祝福

例 安全(あんぜん)を祈(いの)る。

譯 祈求安全。

06 | プレゼント【present】

㊔ 禮物

例 プレゼントをもらう。

譯 收到禮物。

07 | おくりもの【贈り物】

㊔ 贈品，禮物

例 贈(おく)り物(もの)を贈(おく)る。

譯 贈送禮物。

08 | うつくしい【美しい】

形 美好的；美麗的，好看的

例 月(つき)が美(うつく)しい。

譯 美麗的月亮。

09 | あげる【上げる】

他下一 給；送；交出；獻出

例 子供(こども)にお菓子(かし)をあげる。

譯 給小孩零食。

10 | しょうたい【招待】

名・他サ 邀請

例 招待(しょうたい)を受(う)ける。

譯 接受邀請。

11 | おれい【お礼】

㊔ 謝辭，謝禮

例 お礼(れい)を言(い)う。

譯 道謝。

パート
11
第十一章

教育

- 教育 -

N4 11-1

11-1 学校、科目 / 學校、科目

01 | きょういく【教育】
(名・他サ) 教育

例 教育を受ける。

譯 接受教育。

02 | しょうがっこう【小学校】
(名) 小學

例 小学校に上がる。

譯 上小學。

03 | ちゅうがっこう【中学校】
(名) 中學

例 中学校に入る。

譯 上中學。

04 | こうこう・こうとうがっこう【高校・高等学校】
(名) 高中

例 高校一年生になる。

譯 成為高中一年級生。

05 | がくぶ【学部】
(名) …科系；…院系

例 理学部に入る。

譯 進入理學院。

06 | せんもん【専門】
(名) 專門，專業

例 歴史学を専門にする。

譯 專攻歷史學。

07 | げんごがく【言語学】
(名) 語言學

例 言語学の研究を続ける。

譯 持續研究語言學。

08 | けいざいがく【経済学】
(名) 經濟學

例 経済学の勉強を始める。

譯 開始研讀經濟學。

09 | いがく【医学】
(名) 醫學

例 医学部に入る。

譯 考上醫學系。

10 | けんきゅうしつ【研究室】
(名) 研究室

例 研究室で仕事をする。

譯 在研究室工作。

11 | かがく【科学】
(名) 科學

例 科学者になりたい。

譯 想當科學家。

12 | すうがく【数学】
(名) 數學

例 英語は一番だが、数学はだめだ。

譯 我英文是第一，但是數學不行。

13 | れきし【歴史】

㊔ 歴史

例 ワインの歴史に詳しい。

譯 精通紅葡萄酒歷史。

14 | けんきゅう【研究】

名・他サ 研究

例 文学を研究する。

譯 研究文學。

N4 ◉ 11-2(1)

11-2 学生生活 (1) /
學生生活 (1)

01 | にゅうがく【入学】

名・自サ 入學

例 大学に入学する。

譯 上大學。

02 | よしゅう【予習】

名・他サ 預習

例 明日の数学を予習する。

譯 預習明天的數學。

03 | ふくしゅう【復習】

名・他サ 複習

例 復習が足りない。

譯 複習做得不夠。

04 | けしゴム【消し＋(荷) gom】

㊔ 橡皮擦

例 消しゴムで消す。

譯 用橡皮擦擦掉。

05 | こうぎ【講義】

名・他サ 講義，上課，大學課程

例 講義に出る。

譯 上課。

06 | じてん【辞典】

㊔ 字典

例 辞典を引く。

譯 查字典。

07 | ひるやすみ【昼休み】

㊔ 午休

例 昼休みを取る。

譯 午休。

08 | しけん【試験】

名・他サ 試驗；考試

例 試験がうまくいく。

譯 考試順利，考得好。

09 | レポート【report】

名・他サ 報告

例 レポートを書く。

譯 寫報告。

10 | ぜんき【前期】

㊔ 初期，前期，上半期

例 前期の授業が終わった。

譯 上學期的課程結束了。

11 | こうき【後期】

㊔ 後期，下半期，後半期

例 後期に入る。

譯 進入後期。

12 | そつぎょう【卒業】

名・自サ 畢業

例 大学を卒業する。

譯 大學畢業。

13 | そつぎょうしき【卒業式】

㊔ 畢業典禮

例 卒業式(そつぎょうしき)に出(で)る。

譯 參加畢業典禮。

N4 ◉ 11-2(2)

11-2 学生生活 (2) / 學生生活 (2)

14 | えいかいわ【英会話】

㊔ 英語會話

例 英会話(えいかいわ)を身(み)につける。

譯 學會英語會話。

15 | しょしんしゃ【初心者】

㊔ 初學者

例 テニスの初心者(しょしんしゃ)に向(む)ける。

譯 以網球初學者為對象。

16 | にゅうもんこうざ【入門講座】

㊔ 入門課程，初級課程

例 入門講座(にゅうもんこうざ)を終(お)える。

譯 結束入門課程。

17 | かんたん【簡単】

形動 簡單；輕易；簡便

例 簡単(かんたん)になる。

譯 變得簡單。

18 | こたえ【答え】

㊔ 回答；答覆；答案

例 答(こた)えが合(あ)う。

譯 答案正確。

19 | まちがえる【間違える】

他下一 錯；弄錯

例 同(おな)じところを間違(まちが)える。

譯 錯同樣的地方。

20 | うつす【写す】

他五 抄；照相；描寫，描繪

例 ノートを写(うつ)す。

譯 抄筆記。

21 | せん【線】

㊔ 線；線路；界限

例 線(せん)を引(ひ)く。

譯 畫條線。

22 | てん【点】

㊔ 點；方面；(得)分

例 点(てん)を取(と)る。

譯 得分。

23 | おちる【落ちる】

自上一 落下；掉落；降低，下降；落選

例 2階(にかい)の教室(きょうしつ)から落(お)ちる。

譯 從二樓的教室摔下來。

24 | りよう【利用】

名・他サ 利用

例 機会(きかい)を利用(りよう)する。

譯 利用機會。

25 | いじめる【苛める】

他下一 欺負，虐待；捉弄；折磨

例 新入生(しんにゅうせい)を苛(いじ)める。

譯 欺負新生。

26 | ねむたい【眠たい】

㊎ 昏昏欲睡，睏倦

例 眠(ねむ)たくてお布団(ふとん)に入(はい)りたい。

譯 覺得睏好想鑽到被子裡。

パート
12
第十二章

職業、仕事

- 職業、工作 -

N4 12-1

12-1 職業、事業 /
職業、事業

01 | うけつけ【受付】

㊔ 詢問處；受理；接待員

例 受付(うけつけ)で名前(なまえ)などを書(か)く。

譯 在櫃臺填寫姓名等資料。

02 | うんてんしゅ【運転手】

㊔ 司機

例 電車(でんしゃ)の運転手(うんてんしゅ)になる。

譯 成為電車的駕駛員。

03 | かんごし【看護師】

㊔ 護理師，護士

例 看護師(かんごし)になる。

譯 成為護士。

04 | けいかん【警官】

㊔ 警察；巡警

例 兄(あに)は警官(けいかん)になった。

譯 哥哥當上警察了。

05 | けいさつ【警察】

㊔ 警察；警察局

例 警察(けいさつ)を呼(よ)ぶ。

譯 叫警察。

06 | こうちょう【校長】

㊔ 校長

例 校長先生(こうちょうせんせい)が話(はな)されます。

譯 校長要致詞了。

07 | こうむいん【公務員】

㊔ 公務員

例 公務員試験(こうむいんしけん)を受(う)ける。

譯 報考公務員考試。

08 | はいしゃ【歯医者】

㊔ 牙醫

例 歯医者(はいしゃ)に行(い)く。

譯 看牙醫。

09 | アルバイト【(德)arbeit 之略】

㊔ 打工，副業

例 書店(しょてん)でアルバイトをする。

譯 在書店打工。

10 | しんぶんしゃ【新聞社】

㊔ 報社

例 新聞社(しんぶんしゃ)に勤(つと)める。

譯 在報社上班。

11 | こうぎょう【工業】

㊔ 工業

例 工業(こうぎょう)を盛(さか)んにする。

譯 振興工業。

12 | じきゅう【時給】
㊔ 時薪
例 時給900円の仕事を選ぶ。
譯 選擇時薪900圓的工作。

13 | みつける【見付ける】
(他下一) 找到，發現；目睹
例 仕事を見つける。
譯 找工作。

14 | さがす【探す・捜す】
(他五) 尋找，找尋
例 アルバイトを探す。
譯 尋找課餘打工的工作。

N4 ⊙ 12-2

12-2 仕事 / 職場工作

01 | けいかく【計画】
(名・他サ) 計劃
例 計画を立てる。
譯 制定計畫。

02 | よてい【予定】
(名・他サ) 預定
例 予定が変わる。
譯 改變預定計劃。

03 | とちゅう【途中】
㊔ 半路上，中途；半途
例 途中で止める。
譯 中途停下來。

04 | かたづける【片付ける】
(他下一) 收拾，打掃；解決
例 ファイルを片付ける。
譯 整理檔案。

05 | たずねる【訪ねる】
(他下一) 拜訪，訪問
例 お客さんを訪ねる。
譯 拜訪顧客。

06 | よう【用】
㊔ 事情；用途
例 用がすむ。
譯 工作結束。

07 | ようじ【用事】
㊔ 事情；工作
例 用事がある。
譯 有事。

08 | りょうほう【両方】
㊔ 兩方，兩種
例 両方の意見を聞く。
譯 聽取雙方意見。

09 | つごう【都合】
㊔ 情況，方便度
例 都合が悪い。
譯 不方便。

10 | てつだう【手伝う】
(自他五) 幫忙
例 イベントを手伝う。
譯 幫忙做活動。

11 ｜かいぎ【会議】

㊔ 會議

例 会議（かいぎ）が始（はじ）まる。

譯 會議開始。

12 ｜ぎじゅつ【技術】

㊔ 技術

例 技術（ぎじゅつ）が進（すす）む。

譯 技術更進一步。

13 ｜うりば【売り場】

㊔ 賣場，出售處；出售好時機

例 売（う）り場（ば）へ行（い）く。

譯 去賣場。

14 ｜オフ【off】

㊔（開關）關；休假；休賽；折扣

例 25（にじゅうご）パーセントオフにする。

譯 打七五折。

N4 ⊙ 12-3

12-3 職場での生活 / 職場生活

01 ｜おくれる【遅れる】

自下一 遲到；緩慢

例 会社（かいしゃ）に遅（おく）れる。

譯 上班遲到。

02 ｜がんばる【頑張る】

自五 努力，加油；堅持

例 最後（さいご）まで頑張（がんば）るぞ。

譯 要堅持到底啊。

03 ｜きびしい【厳しい】

形 嚴格；嚴重；嚴酷

例 仕事（しごと）が厳（きび）しい。

譯 工作艱苦。

04 ｜なれる【慣れる】

自下一 習慣 ；熟悉

例 新（あたら）しい仕事（しごと）に慣（な）れる。

譯 習慣新的工作。

05 ｜できる【出来る】

自上一 完成；能夠；做出；發生；出色

例 計画（けいかく）ができた。

譯 計畫完成了。

06 ｜しかる【叱る】

他五 責備，責罵

例 部長（ぶちょう）に叱（しか）られた。

譯 被部長罵了。

07 ｜あやまる【謝る】

自五 道歉，謝罪；認錯；謝絕

例 君（きみ）に謝（あやま）る。

譯 向你道歉。

08 ｜さげる【下げる】

他下一 降低，向下；掛；躲開；整理，收拾

例 頭（あたま）を下（さ）げる。

譯 低下頭。

09 ｜やめる【辞める】

他下一 停止；取消；離職

例 仕事(しごと)を辞(や)める。
譯 辭去工作。

---

10 | きかい【機会】

㊔ 機會

例 機会(きかい)を得(え)る。
譯 得到機會。

---

11 | いちど【一度】

(名·副) 一次，一回；一旦

例 もう一度説明(いちどせつめい)してください。
譯 請再説明一次。

---

12 | つづく【続く】

(自五) 繼續；接連；跟著

例 彼(かれ)は続(つづ)いてそれを説明(せつめい)した。
譯 他接下來就那件事進行説明。

---

13 | つづける【続ける】

(他下一) 持續，繼續；接著

例 話(はなし)を続(つづ)ける。
譯 繼續講。

---

14 | ゆめ【夢】

㊔ 夢

例 夢(ゆめ)を見(み)る。
譯 做夢。

---

15 | パート【part】

㊔ 打工；部分，篇，章；職責，(扮演的)角色；分得的一份

例 パートで働(はたら)く。
譯 打零工。

---

16 | てつだい【手伝い】

㊔ 幫助；幫手；幫傭

例 手伝(てつだ)いを頼(たの)む。
譯 請求幫忙。

---

17 | かいぎしつ【会議室】

㊔ 會議室

例 会議室(かいぎしつ)に入(はい)る。
譯 進入會議室。

---

18 | ぶちょう【部長】

㊔ 部長

例 部長(ぶちょう)は厳(きび)しい人(ひと)だ。
譯 部長是個很嚴格的人。

---

19 | かちょう【課長】

㊔ 課長，科長

例 課長(かちょう)になる。
譯 成為課長。

---

20 | すすむ【進む】

(自五) 進展，前進；上升(級別等)；進步；(鐘)快；引起食慾；(程度)提高

例 仕事(しごと)が進(すす)む。
譯 工作進展下去。

---

21 | チェック【check】

(名·他サ) 檢查

例 チェックが厳(きび)しい。
譯 檢驗嚴格。

22 | べつ【別】

(名・形動) 別外，別的；區別

例 別(べつ)の機会(きかい)に会(あ)おう。

譯 找別的機會碰面吧。

23 | むかえる【迎える】

(他下一) 迎接；邀請；娶，招；迎合

例 客(きゃく)を迎(むか)える。

譯 迎接客人。

24 | すむ【済む】

(自五) (事情)完結，結束；過得去，沒問題；(問題)解決，(事情)了結

例 用事(ようじ)が済(す)んだ。

譯 辦完事了。

25 | ねぼう【寝坊】

(名・形動・自サ) 睡懶覺，貪睡晚起的人

例 寝坊(ねぼう)して会社(かいしゃ)に遅(おく)れた。

譯 睡過頭，上班遲到。

N4 12-4(1)

12-4 パソコン関係(1) / 電腦相關(1)

01 | ノートパソコン【notebook personal computer 之略】

(名) 筆記型電腦

例 ノートパソコンを買(か)う。

譯 買筆電。

02 | デスクトップパソコン【desktop personal computer】

(名) 桌上型電腦

例 デスクトップパソコンを買(か)う。

譯 購買桌上型電腦。

03 | キーボード【keyboard】

(名) 鍵盤；電腦鍵盤；電子琴

例 キーボードが壊(こわ)れる。

譯 鍵盤壞掉了。

04 | マウス【mouse】

(名) 滑鼠；老鼠

例 マウスを動(うご)かす。

譯 移動滑鼠。

05 | スタートボタン【start button】

(名) (微軟作業系統的)開機鈕

例 スタートボタンを押(お)す。

譯 按開機鈕。

06 | クリック【click】

(名・他サ) 喀嚓聲；按下(按鍵)

例 ボタンをクリックする。

譯 按按鍵。

07 | にゅうりょく【入力】

(名・他サ) 輸入；輸入數據

例 名字(みょうじ)を平仮名(ひらがな)で入力(にゅうりょく)する。

譯 姓名以平假名鍵入。

08 | (インター)ネット【internet】

(名) 網際網路

例 インターネットの普及(ふきゅう)。

譯 網際網路的普及。

09 | ホームページ【homepage】

㊔ 網站首頁；網頁（總稱）

例 ホームページを作(つく)る。

譯 製作網頁。

10 | ブログ【blog】

㊔ 部落格

例 ブログに写真(しゃしん)を載(の)せる。

譯 在部落格裡貼照片。

11 | インストール【install】

(他サ) 安裝（電腦軟體）

例 ソフトをインストールする。

譯 安裝軟體。

12 | じゅしん【受信】

(名・他サ) （郵件、電報等）接收；收聽

例 ここでは受信(じゅしん)できない。

譯 這裡接收不到。

13 | しんきさくせい【新規作成】

(名・他サ) 新作，從頭做起；（電腦檔案）開新檔案

例 ファイルを新規作成(しんきさくせい)する。

譯 開新檔案。

14 | とうろく【登録】

(名・他サ) 登記；（法）登記，註冊；記錄

例 パソコンで登録(とうろく)する。

譯 用電腦註冊。

12-4 パソコン関係 (2) / 電腦相關 (2)

15 | メール【mail】

㊔ 電子郵件；信息；郵件

例 メールを送(おく)る。

譯 送信。

16 | メールアドレス【mail address】

㊔ 電子信箱地址，電子郵件地址

例 メールアドレスを教(おし)える。

譯 把電子郵件地址留給你。

17 | アドレス【address】

㊔ 住址，地址；（電子信箱）地址；（高爾夫）擊球前姿勢

例 アドレス帳(ちょう)を開(ひら)く。

譯 打開通訊簿。

18 | あてさき【宛先】

㊔ 收件人姓名地址，送件地址

例 あて先(さき)を間違(まちが)えた。

譯 寫錯收信人的地址。

19 | けんめい【件名】

㊔ （電腦）郵件主旨；項目名稱；類別

例 件名(けんめい)をつける。

譯 寫上主旨。

20 | そうにゅう【挿入】

(名・他サ) 插入，裝入

例 図(ず)を挿入(そうにゅう)する。

譯 插入圖片。

21 | さしだしにん【差出人】

㊔ 發信人，寄件人

例 差出人(さしだしにん)の住所(じゅうしょ)を書(か)く。

譯 填上寄件人地址。

22 | てんぷ【添付】

(名・他サ) 添上，附上；（電子郵件）附加檔案

例 ファイルを添付(てんぷ)する。

譯 附上文件。

23 | そうしん【送信】

(名・自サ) 發送（電子郵件）；（電）發報，播送，發射

例 メールを送信(そうしん)する。

譯 寄電子郵件。

24 | てんそう【転送】

(名・他サ) 轉送，轉寄，轉遞

例 お客様(きゃくさま)に転送(てんそう)する。

譯 轉寄給客戶。

25 | キャンセル【cancel】

(名・他サ) 取消，作廢；廢除

例 予約(よやく)をキャンセルする。

譯 取消預約

26 | ファイル【file】

㊔ 文件夾；合訂本，卷宗；（電腦）檔案

例 ファイルをコピーする。

譯 影印文件；備份檔案。

27 | ほぞん【保存】

(名・他サ) 保存；儲存（電腦檔案）

例 PC に資料(しりょう)を保存(ほぞん)する。

譯 把資料存在 PC裡。

28 | へんしん【返信】

(名・自サ) 回信，回電

例 返信(へんしん)を待(ま)つ。

譯 等待回信。

29 | コンピューター【computer】

㊔ 電腦

例 コンピューターを使(つか)う。

譯 使用電腦。

30 | スクリーン【screen】

㊔ 螢幕

例 スクリーンの前(まえ)に立(た)つ。

譯 出現在螢幕上。

31 | パソコン【personal computer 之略】

㊔ 個人電腦

例 パソコンが動(うご)かなくなってしまった。

譯 電腦當機了。

32 | ワープロ【word processor 之略】

㊔ 文字處理機

例 ワープロを打(う)つ。

譯 打文字處理機。

パート
13
第十三章

經済、政治、法律

- 經濟、政治、法律 -

N4 13-1

13-1 経済、取引 / 經濟、交易

01 | けいざい【経済】

名 經濟

例 経済（けいざい）をよくする。

譯 讓經濟好起來。

02 | ぼうえき【貿易】

名 國際貿易

例 貿易（ぼうえき）を行（おこな）う。

譯 進行貿易。

03 | さかん【盛ん】

形動 繁盛，興盛

例 有機農業（ゆうきのうぎょう）が盛（さか）んに行（おこな）われている。

譯 有機農業非常盛行。

04 | ゆしゅつ【輸出】

名・他サ 出口

例 米（こめ）の輸出（ゆしゅつ）が増（ふ）えた。

譯 稻米的外銷量增加了。

05 | しなもの【品物】

名 物品，東西；貨品

例 品物（しなもの）を紹介（しょうかい）する。

譯 介紹商品。

06 | とくばいひん【特売品】

名 特賣商品，特價商品

例 特売品（とくばいひん）を買（か）う。

譯 買特價商品。

07 | バーゲン【bargain sale 之略】

名 特價，出清；特賣

例 バーゲンセールで買（か）った。

譯 在特賣會購買的。

08 | ねだん【値段】

名 價錢

例 値段（ねだん）を上（あ）げる。

譯 提高價格。

09 | あがる【上がる】

自五 登上；升高，上升；發出（聲音）；（從水中）出來；（事情）完成

例 値段（ねだん）が上（あ）がる。

譯 漲價。

10 | くれる【呉れる】

他下一 給我

例 考（かんが）える機会（きかい）をくれる。

譯 給我思考的機會。

11 ｜もらう【貰う】

㊀他五 收到，拿到

例 いいアイディアを貰(もら)う。

譯 得到好點子。

12 ｜やる【遣る】

他五 派；給，給予；做

例 会議(かいぎ)をやる。

譯 開會。

13 ｜ちゅうし【中止】

名・他サ 中止

例 交渉(こうしょう)が中止(ちゅうし)された。

譯 交涉被停止了

N4 ◉ 13-2

13-2 金融 /

金融

01 ｜つうちょうきにゅう【通帳記入】

名 補登錄存摺

例 通帳記入(つうちょうきにゅう)をする。

譯 補登錄存摺。

02 ｜あんしょうばんごう【暗証番号】

名 密碼

例 暗証番号(あんしょうばんごう)を忘(わす)れた。

譯 忘記密碼。

03 ｜キャッシュカード【cash card】

名 金融卡，提款卡

例 キャッシュカードを拾(ひろ)う。

譯 撿到金融卡。

04 ｜クレジットカード【credit card】

名 信用卡

例 クレジットカードで支払(しはら)う。

譯 用信用卡支付。

05 ｜こうきょうりょうきん【公共料金】

名 公共費用

例 公共料金(こうきょうりょうきん)を支払(しはら)う。

譯 支付公共費用。

06 ｜しおくり【仕送り】

名・自他サ 匯寄生活費或學費

例 家(いえ)に仕送(しおく)りする。

譯 給家裡寄生活費。

07 ｜せいきゅうしょ【請求書】

名 帳單，繳費單

例 請求書(せいきゅうしょ)が届(とど)く。

譯 收到繳費通知單。

08 ｜おく【億】

名 億；數量眾多

例 1億(いちおく)を超(こ)えた。

譯 已經超過一億了。

09 ｜はらう【払う】

他五 付錢；除去；處裡；驅趕；揮去

例 お金(かね)を払(はら)う。

譯 付錢。

10 ｜おつり【お釣り】

名 找零

例 お釣りを下さい。
譯 請找我錢。

11 ｜せいさん【生産】
名・他サ 生産
例 生産が間に合わない。
譯 來不及生產。

12 ｜さんぎょう【産業】
名 產業
例 外食産業が盛んだ。
譯 外食產業蓬勃發展。

13 ｜わりあい【割合】
名 比，比例
例 割合を調べる。
譯 調查比例。

N4 13-3

13-3 政治、法律 / 政治、法律

01 ｜せいじ【政治】
名 政治
例 政治に関係する。
譯 參與政治。

02 ｜えらぶ【選ぶ】
他五 選擇
例 正しいものを選びなさい。
譯 請挑選正確的事物。

03 ｜しゅっせき【出席】
名・自サ 出席
例 出席を求める。
譯 請求出席。

04 ｜せんそう【戦争】
名・自サ 戰爭；打仗
例 戦争になる。
譯 開戰。

05 ｜きそく【規則】
名 規則，規定
例 規則を作る。
譯 訂立規則。

06 ｜ほうりつ【法律】
名 法律
例 法律を守る。
譯 守法。

07 ｜やくそく【約束】
名・他サ 約定，規定
例 約束を守る。
譯 守約。

08 ｜きめる【決める】
他下一 決定；規定；認定
例 値段を決めた。
譯 決定價錢。

09 | たてる【立てる】
(他下一) 立起，訂立；揚起；維持

例 1年の計画を立てる。

譯 規劃一年的計畫。

10 | もうひとつ【もう一つ】
(連語) 再一個；還差一點

例 もう一つ考えられる。

譯 還有一點可以思考。

N4 ◎ 13-4

13-4 犯罪、トラブル / 犯罪、遇難

01 | ちかん【痴漢】
(名) 色狼

例 電車で痴漢にあった。

譯 在電車上遇到色狼了。

02 | ストーカー【stalker】
(名) 跟蹤狂

例 ストーカーにあう。

譯 遇到跟蹤事件。

03 | すり
(名) 扒手

例 すりに財布をやられた。

譯 錢包被扒手扒走了。

04 | どろぼう【泥棒】
(名) 偷竊；小偷，竊賊

例 泥棒を捕まえた。

譯 捉住了小偷。

05 | ぬすむ【盗む】
(他五) 偷盜，盜竊

例 お金を盗む。

譯 偷錢。

06 | こわす【壊す】
(他五) 弄碎；破壞

例 鍵を壊す。

譯 破壞鑰匙。

07 | にげる【逃げる】
(自下一) 逃走，逃跑；逃避；領先（運動競賽）

例 警察から逃げる。

譯 從警局逃出。

08 | つかまえる【捕まえる】
(他下一) 逮捕，抓；握住

例 犯人を捕まえる。

譯 抓犯人。

09 | みつかる【見付かる】
(自五) 發現了；找到

例 落とし物が見つかる。

譯 找到遺失物品。

10 | なくす【無くす】
(他五) 弄丟，搞丟

例 鍵をなくす。

譯 弄丟鑰匙。

11 ｜おとす【落とす】

(他五) 掉下；弄掉

例 財布(さいふ)を落(お)とす。

譯 錢包掉了。

12 ｜かじ【火事】

(名) 火災

例 火事(かじ)にあう。

譯 遇到火災。

13 ｜きけん【危險】

(名・形動) 危險

例 この先危險(さききけん)。入(はい)るな。

譯 前方危險，禁止進入！

14 ｜あんぜん【安全】

(名・形動) 安全；平安

例 安全(あんぜん)な場所(ばしょ)に逃(に)げよう。

譯 逃往安全的場所吧。

Memo

パート
14
第十四章

数量、図形、大小

- 數量、圖形、大小 -

01 | いか【以下】 N4 ◎ 14

名 以下，不到…；在…以下；以後

例 重(おも)さは 10(じゅっ) キロ以下(いか)にする。

譯 重量調整在10公斤以下。

02 | いない【以内】

名 不超過…；以內

例 1時間以内(いちじかんいない)で行(い)ける。

譯 一小時內可以到。

03 | いじょう【以上】

名 以上，不止，超過，以外；上述

例 20分以上(にじゅっぷんいじょう)遅(おく)れた。

譯 遲到超過 20分鐘。

04 | たす【足す】

他五 補足，增加

例 すこし塩(しお)を足(た)してください。

譯 請再加一點鹽巴。

05 | たりる【足りる】

自上一 足夠；可湊合

例 お金(かね)は十分(じゅうぶん)足(た)りる。

譯 錢很充裕。

06 | おおい【多い】

形 多的

例 宿題(しゅくだい)が多(おお)い。

譯 功課很多。

07 | すくない【少ない】

形 少

例 休(やす)みが少(すく)ない。

譯 休假不多。

08 | ふえる【増える】

自下一 增加

例 お金(かね)が増(ふ)える。

譯 錢增加了。

09 | かたち【形】

名 形狀；形，樣子；形式上的；形式

例 形(かたち)が変(か)わる。

譯 變形。

10 | おおきな【大きな】

連體 大，大的

例 学校(がっこう)に大(おお)きな木(き)がある。

譯 學校有一棵大樹。

11 | ちいさな【小さな】

連體 小，小的；年齡幼小

例 小(ちい)さな子供(こども)がいる。

譯 有小孩。

パート 15 第十五章 心理、思考、言語

- 心理、思考、語言 -

N4 15-1

15-1 心理、感情 / 心理、感情

01 | こころ【心】

㊔ 內心；心情

例 心（こころ）が痛（いた）む。

譯 感到痛心難過。

02 | き【気】

㊔ 氣，氣息；心思；意識；性質

例 気（き）に入（い）る。

譯 喜歡、中意。

03 | きぶん【気分】

㊔ 情緒；氣氛；身體狀況

例 気分（きぶん）がいい。

譯 好心情。

04 | きもち【気持ち】

㊔ 心情；感覺；身體狀況

例 気持（きも）ちが悪（わる）い。

譯 感到噁心。

05 | きょうみ【興味】

㊔ 興趣

例 興味（きょうみ）がない。

譯 沒興趣。

06 | あんしん【安心】

名・自サ 放心，安心

例 彼（かれ）と一緒（いっしょ）だと安心（あんしん）する。

譯 和他一起，便感到安心。

07 | すごい【凄い】

形 厲害，很棒；非常

例 すごい人気（にんき）だった。

譯 超人氣。

08 | すばらしい【素晴らしい】

形 出色，很好

例 素晴（すば）らしい景色（けしき）。

譯 景色優美。

09 | こわい【怖い】

形 可怕，害怕

例 怖（こわ）い夢（ゆめ）を見（み）た。

譯 做了一個非常可怕的夢。

10 | じゃま【邪魔】

名・形動・他サ 妨礙，阻擾；拜訪

例 ビルが邪魔（じゃま）で花火（はなび）が見（み）えない。

譯 大樓擋到了，看不道煙火。

11 ｜しんぱい【心配】
(名·自他サ) 擔心，操心

例 ご心配(しんぱい)をお掛(か)けしました。

譯 讓各位擔心了。

---

12 ｜はずかしい【恥ずかしい】
(形) 丟臉，害羞；難為情

例 恥(は)ずかしくなる。

譯 感到害羞。

---

13 ｜ふくざつ【複雑】
(名·形動) 複雜

例 複雑(ふくざつ)になる。

譯 變得複雜。

---

14 ｜もてる【持てる】
(自下一) 能拿，能保持；受歡迎，吃香

例 学生(がくせい)にもてる。

譯 受學生歡迎。

---

15 ｜ラブラブ【lovelove】
(形動) (情侶，愛人等)甜蜜，如膠似漆

例 彼氏(かれし)とラブラブです。

譯 與男朋友甜甜密密。

N4 ● 15-2

15-2 喜怒哀楽 / 喜怒哀樂

01 ｜うれしい【嬉しい】
(形) 高興，喜悅

例 孫(まご)たちが訪(たず)ねてきて嬉(うれ)しい。

譯 孫兒來探望很開心！

---

02 ｜たのしみ【楽しみ】
(名·形動) 期待，快樂

例 釣(つ)りを楽(たの)しみとする。

譯 以釣魚為樂。

---

03 ｜よろこぶ【喜ぶ】
(自五) 高興

例 卒業(そつぎょう)を喜(よろこ)ぶ。

譯 為畢業而喜悅。

---

04 ｜わらう【笑う】
(自五) 笑；譏笑

例 テレビを見(み)て笑(わら)っている。

譯 一邊看電視一邊笑。

---

05 ｜ユーモア【humor】
(名) 幽默，滑稽，詼諧

例 ユーモアのある人(ひと)が好(す)きだ。

譯 我喜歡具有幽默感的人。

---

06 ｜うるさい【煩い】
(形) 吵鬧；煩人的；囉唆；厭惡

例 電車(でんしゃ)の音(おと)がうるさい。

譯 電車聲很吵。

---

07 ｜おこる【怒る】
(自五) 生氣；斥責

例 母(はは)に怒(おこ)られる。

譯 挨了媽媽的責罵。

---

08 ｜おどろく【驚く】
(自五) 驚嚇，吃驚，驚奇

例 肩をたたかれて驚いた。
譯 有人拍我肩膀，嚇了我一跳。

09 | かなしい【悲しい】
形 悲傷，悲哀
例 悲しい思いをする。
譯 感到悲傷。

10 | さびしい【寂しい】
形 孤單；寂寞；荒涼，冷清；空虛
例 一人で寂しい。
譯 一個人很寂寞。

11 | ざんねん【残念】
名・形動 遺憾，可惜，懊悔
例 残念に思う。
譯 感到遺憾。

12 | なく【泣く】
自五 哭泣
例 大きな声で泣く。
譯 大聲哭泣。

13 | びっくり
副・自サ 驚嚇，吃驚
例 びっくりして起きた。
譯 嚇醒過來。

N4 15-3

15-3 伝達、通知、報道 / 傳達、通知、報導

01 | でんぽう【電報】
名 電報
例 電報が来る。
譯 打來電報。

02 | とどける【届ける】
他下一 送達；送交；申報，報告
例 荷物を届ける。
譯 把行李送到。

03 | おくる【送る】
他五 寄送；派；送行；度過；標上（假名）
例 お礼の手紙を送る。
譯 寄了信道謝。

04 | しらせる【知らせる】
他下一 通知，讓對方知道
例 警察に知らせる。
譯 報警。

05 | つたえる【伝える】
他下一 傳達，轉告；傳導
例 孫の代まで伝える。
譯 傳承到子孫這一代。

06 | れんらく【連絡】
名・自他サ 聯繫，聯絡；通知
例 連絡を取る。
譯 取得連繫。

07 | たずねる【尋ねる】
他下一 問，打聽；詢問
例 道を尋ねる。
譯 問路。

08 | へんじ【返事】

(名・自サ) 回答，回覆

例 返事（へんじ）をしなさい。

譯 回答我啊。

09 | てんきよほう【天気予報】

(名) 天氣預報

例 ラジオの天気予報（てんきよほう）を聞（き）く。

譯 聽收音機的氣象預報。

10 | ほうそう【放送】

(名・他サ) 播映，播放

例 有料放送（ゆうりょうほうそう）を見（み）る。

譯 收看收費節目。

N4 15-4

15-4 思考、判断 /
思考、判斷

01 | おもいだす【思い出す】

(他五) 想起來，回想

例 幼（おさな）い頃（ころ）を思（おも）い出（だ）す。

譯 回想起小時候。

02 | おもう【思う】

(他五) 想，思考；覺得，認為；相信；猜想；感覺；希望； 掛念，懷念

例 仕事（しごと）を探（さが）そうと思（おも）う。

譯 我想去找工作。

03 | かんがえる【考える】

(他下一) 想，思考；考慮；認為

例 深（ふか）く考（かんが）える。

譯 深思，思索。

04 | はず

(形式名詞) 應該；會；確實

例 明日（あした）きっと来（く）るはずだ。

譯 明天一定會來。

05 | いけん【意見】

(名・自他サ) 意見；勸告；提意見

例 意見（いけん）が合（あ）う。

譯 意見一致。

06 | しかた【仕方】

(名) 方法，做法

例 料理（りょうり）の仕方（しかた）がわからない。

譯 不知道如何做菜。

07 | しらべる【調べる】

(他下一) 查閱，調查；檢查；搜查

例 辞書（じしょ）で調（しら）べる。

譯 查字典。

08 | まま

(名) 如實，照舊，…就…；隨意

例 思（おも）ったままを書（か）く。

譯 照心中所想寫出。

09 | くらべる【比べる】

(他下一) 比較

例 値段（ねだん）を比（くら）べる。

譯 比較價格。

10 | ばあい【場合】

(名) 時候；狀況，情形

例 遲れた場合はどうなりますか。

譯 遲到的時候怎麼辦呢？

11 | へん【変】

名・形動 奇怪，怪異；變化；事變

例 変な味がする。

譯 味道怪怪的。

12 | とくべつ【特別】

名・形動 特別，特殊

例 今日だけ特別に寝坊を許す。

譯 今天破例允許睡晚一點。

13 | だいじ【大事】

名・形動 大事；保重，重要（「大事さ」為形容動詞的名詞形）

例 大事なことはメモしておく。

譯 重要的事會寫下來。

14 | そうだん【相談】

名・自他サ 商量

例 相談して決める。

譯 通過商討決定。

15 | によると【に拠ると】

連語 根據，依據

例 天気予報によると、雨らしい。

譯 根據氣象預報，可能會下雨。

16 | あんな

連體 那樣地

例 あんな家に住みたい。

譯 想住那種房子。

17 | そんな

連體 那樣的

例 そんなことはない。

譯 不會，哪裡。

N4 15-5

15-5 理由、決定 /

理由、決定

01 | ため

名（表目的）為了；（表原因）因為

例 病気のために休む。

譯 因為有病而休息。

02 | なぜ【何故】

副 為什麼

例 何故わからないのですか。

譯 為什麼不懂？

03 | げんいん【原因】

名 原因

例 原因はまだわからない。

譯 原因目前尚未查明。

04 | りゆう【理由】

名 理由，原因

例 理由がある。

譯 有理由。

05 | わけ【訳】

名 原因，理由；意思

例 訳が分かる。

譯 知道意思；知道原因；明白事理。

06 | ただしい【正しい】

㊔ 正確；端正

例 正(ただ)しい答(こた)えを選(えら)ぶ。

譯 選擇正確的答案。

07 | あう【合う】

自五 合；一致，合適；相配；符合；正確

例 話(はな)しが合(あ)う。

譯 談話很投機。

08 | ひつよう【必要】

名・形動 需要

例 必要(ひつよう)がある。

譯 有必要。

09 | よろしい【宜しい】

㊔ 好，可以

例 どちらでもよろしい。

譯 哪一個都好，怎樣都行。

10 | むり【無理】

形動 勉強；不講理；逞強；強求；無法辦到

例 無理(むり)を言(い)うな。

譯 別無理取鬧。

11 | だめ【駄目】

㊔ 不行；沒用；無用

例 英語(えいご)はだめだ。

譯 英語很差。

12 | つもり

㊔ 打算；當作

例 彼(かれ)に会(あ)うつもりはありません。

譯 不打算跟他見面。

13 | きまる【決まる】

自五 決定；規定；決定勝負

例 会議(かいぎ)は十日(とおか)に決(き)まった。

譯 會議訂在 10 號。

14 | はんたい【反対】

名・自サ 相反；反對

例 彼(かれ)の意見(いけん)に反対(はんたい)する。

譯 反對他的看法。

N4 15-6

15-6 理解 /
理解

01 | けいけん【経験】

名・他サ 經驗，經歷

例 経験(けいけん)から学(まな)ぶ。

譯 從經驗中學習。

02 | やくにたつ【役に立つ】

慣 有幫助，有用

例 日本語(にほんご)が役(やく)に立(た)つ。

譯 會日語很有幫助。

03 | こと【事】

㊔ 事情

例 一番大事(いちばんだいじ)な事(こと)は何(なん)ですか。

譯 最重要的是什麼事呢？

04 | せつめい【説明】

名・他サ 説明

例 説明がたりない。
譯 解釋不夠充分。

05 | しょうち【承知】
(名・他サ) 知道，了解，同意；接受
例 キャンセルを承知しました。
譯 您要取消，我知道了。

06 | うける【受ける】
(自他下一) 接受，承接；受到；得到；遭受；接受；應考
例 検査を受ける。
譯 接受檢查。

07 | かまう【構う】
(自他五) 在意，理會；逗弄
例 どうぞおかまいなく。
譯 請別那麼張羅。

08 | うそ【嘘】
(名) 謊話；不正確
例 嘘をつく。
譯 説謊。

09 | なるほど
(感・副) 的確，果然；原來如此
例 なるほど、面白い本だ。
譯 果然是本有趣的書。

10 | かえる【変える】
(他下一) 改變；變更
例 主張を変える。
譯 改變主張。

11 | かわる【変わる】
(自五) 變化，改變；奇怪；與眾不同
例 いつも変わらない。
譯 永不改變。

12 | あっ
(感) 啊(突然想起、吃驚的樣子)哎呀
例 あっ、わかった。
譯 啊！我懂了。

13 | おや
(感) 哎呀
例 おや、こういうことか。
譯 哎呀！原來是這個意思！

14 | うん
(感) 嗯；對，是；喔
例 うんと返事する。
譯 嗯了一聲作為回答。

15 | そう
(感・副) 那樣，這樣；是
例 本当にそうでしょうか。
譯 真的是那樣嗎？

16 | について
(連語) 關於
例 日本の風俗についての本を書く。
譯 撰寫有關日本的風俗。

15-7 言語、出版物 / 語言、出版品

01 | かいわ【会話】

名・自サ 會話，對話

例 会話（かいわ）が下手（へた）だ。

譯 不擅長與人對話。

02 | はつおん【発音】

名 發音

例 発音（はつおん）がはっきりしている。

譯 發音清楚。

03 | じ【字】

名 字，文字

例 字（じ）が見（み）にくい。

譯 字看不清楚；字寫得難看

04 | ぶんぽう【文法】

名 文法

例 文法（ぶんぽう）に合（あ）う。

譯 合乎語法。

05 | にっき【日記】

名 日記

例 日記（にっき）に書（か）く。

譯 寫入日記。

06 | ぶんか【文化】

名 文化；文明

例 日本（にほん）の文化（ぶんか）を紹介（しょうかい）する。

譯 介紹日本文化。

07 | ぶんがく【文学】

名 文學

例 文学（ぶんがく）を味（あじ）わう。

譯 鑑賞文學。

08 | しょうせつ【小説】

名 小説

例 小説（しょうせつ）を書（か）く。

譯 寫小說。

09 | テキスト【text】

名 教科書

例 英語（えいご）のテキストを探（さが）す。

譯 找英文教科書。

10 | まんが【漫画】

名 漫畫

例 全（ぜん）２８（にじゅうはっ）巻（かん）の漫画（まんが）を読（よ）む。

譯 看全套共 28 集的漫畫。

11 | ほんやく【翻訳】

名・他サ 翻譯

例 作品（さくひん）を翻訳（ほんやく）する。

譯 翻譯作品。

パート 16 第十六章

副詞、その他の品詞

- 副詞與其他品詞 -

N4 16-1

16-1 時間副詞 / 時間副詞

01 | きゅうに【急に】

副 突然

例 温度が急に下がった。

譯 溫度突然下降。

02 | これから

連語 接下來，現在起

例 これからどうしようか。

譯 接下來該怎麼辦呢？

03 | しばらく【暫く】

副 暫時，一會兒；好久

例 暫くお待ちください。

譯 請稍候。

04 | ずっと

副 更；一直

例 ずっと家にいる。

譯 一直待在家。

05 | そろそろ

副 快要；逐漸；緩慢

例 そろそろ帰ろう。

譯 差不多回家了吧。

06 | たまに【偶に】

副 偶爾

例 偶にゴルフをする。

譯 偶爾打高爾夫球。

07 | とうとう【到頭】

副 終於

例 とうとう読み終わった。

譯 終於讀完了。

08 | ひさしぶり【久しぶり】

名・形動 許久，隔了好久

例 久しぶりに食べた。

譯 過了許久才吃到了。

09 | まず【先ず】

副 首先，總之；大約；姑且

例 痛くなったら、まず薬を飲んでください。

譯 感覺疼痛的話，請先服藥。

10 | もうすぐ【もう直ぐ】

副 不久，馬上

例 もうすぐ春が来る。

譯 春天馬上就要到來。

11 | **やっと**

(副) 終於，好不容易

例 やっと問題(もんだい)が分(わ)かる。

譯 終於知道問題所在了。

---

12 | **きゅう【急】**

(名・形動) 急迫；突然；陡

例 急(きゅう)な用事(ようじ)で休(やす)む。

譯 因急事請假。

N4 ◉ 16-2

16-2 程度副詞 / 程度副詞

01 | **いくら…ても【幾ら…ても】**

(名・副) 無論…也不…

例 いくら説明(せつめい)してもわからない。

譯 無論怎麼説也不明白。

---

02 | **いっぱい【一杯】**

(名・副) 一碗，一杯；充滿，很多

例 お腹(なか)いっぱい食(た)べた。

譯 吃得肚子飽飽的。

---

03 | **ずいぶん【随分】**

(副・形動) 相當地，超越一般程度；不像話

例 随分(ずいぶん)よくなった。

譯 好很多。

---

04 | **すっかり**

(副) 完全，全部

例 すっかり変(か)わる。

譯 徹底改變。

---

05 | **ぜんぜん【全然】**

(副) (接否定)完全不…，一點也不…；非常

例 全然(ぜんぜん)気(き)にしていない。

譯 一點也不在乎。

---

06 | **そんなに**

(副) 那麼，那樣

例 そんなに騒(さわ)ぐな。

譯 別鬧成那樣。

---

07 | **それほど【それ程】**

(副) 那麼地

例 それ程(ほど)寒(さむ)くない。

譯 沒有那麼冷。

---

08 | **だいたい【大体】**

(副) 大部分；大致，大概

例 大体(だいたい)分(わ)かる。

譯 大致理解。

---

09 | **だいぶ【大分】**

(副) 相當地

例 大分(だいぶ)暖(あたた)かくなった。

譯 相當暖和了。

---

10 | **ちっとも**

(副) 一點也不…

例 ちっとも疲(つか)れていない。

譯 一點也不累。

---

11 | **できるだけ【出来るだけ】**

(副) 盡可能地

例 できるだけ自分のことは自分でする。
譯 盡量自己的事情自己做。

12 | なかなか【中々】
副・形動 超出想像；頗，非常；(不)容易；(後接否定)總是無法
例 なかなか面白い。
譯 很有趣。

13 | なるべく
副 盡量，盡可能
例 なるべく邪魔をしない。
譯 盡量不打擾別人。

14 | ばかり
副助 大約；光，淨；僅只；幾乎要
例 テレビばかり見ている。
譯 老愛看電視。

15 | ひじょうに【非常に】
副 非常，很
例 非常に疲れている。
譯 累極了。

16 | べつに【別に】
副 分開；額外；除外；(後接否定)(不)特別，(不)特殊
例 別に予定はない。
譯 沒甚麼特別的行程。

17 | ほど【程】
名・副助 …的程度；限度；越…越…
例 3日ほど高い熱が続く。
譯 連續高燒約三天。

18 | ほとんど【殆ど】
名・副 大部份；幾乎
例 殆ど意味がない。
譯 幾乎沒有意義。

19 | わりあいに【割合に】
副 比較地
例 値段の割合にものが良い。
譯 照價錢來看東西相對是不錯的。

20 | じゅうぶん【十分】
副・形動 充分，足夠
例 十分に休む。
譯 充分休息。

21 | もちろん
副 當然
例 もちろんあなたは正しい。
譯 當然你是對的。

22 | やはり
副 依然，仍然
例 子供はやはり子供だ。
譯 小孩終究是小孩。

N4 16-3

16-3 思考、状態副詞 /
思考、狀態副詞

01 | ああ
副 那樣
例 ああ言えばこう言う。
譯 強詞奪理。

02 | たしか【確か】

(形動・副) 確實，可靠；大概

例 確(たし)かな数(かず)を言(い)う。

譯 説出確切的數字。

03 | かならず【必ず】

(副) 一定，務必，必須

例 かならず来(く)る。

譯 一定會來。

04 | かわり【代わり】

(名) 代替，替代；補償，報答；續(碗、杯等)

例 代(か)わりの物(もの)を使(つか)う。

譯 使用替代物品。

05 | きっと

(副) 一定，務必

例 きっと来(き)てください。

譯 請務必前來。

06 | けっして【決して】

(副) (後接否定)絕對(不)

例 彼(かれ)は決(けっ)して悪(わる)い人(ひと)ではない。

譯 他絕不是個壞人。

07 | こう

(副) 如此；這樣，這麼

例 こうなるとは思(おも)わなかった。

譯 沒想到會變成這樣。

08 | しっかり【確り】

(副・自サ) 紮實；堅固；可靠；穩固

例 しっかり覚(おぼ)える。

譯 牢牢地記住。

09 | ぜひ【是非】

(副) 務必；好與壞

例 ぜひおいでください。

譯 請一定要來。

10 | たとえば【例えば】

(副) 例如

例 これは例(たと)えばの話(はなし)だ。

譯 這只是個比喻而已。

11 | とくに【特に】

(副) 特地，特別

例 特(とく)に用事(ようじ)はない。

譯 沒有特別的事。

12 | はっきり

(副) 清楚；明確；爽快；直接

例 はっきり(と)見(み)える。

譯 清晰可見。

13 | もし【若し】

(副) 如果，假如

例 もし雨(あめ)が降(ふ)ったら中止(ちゅうし)する。

譯 如果下雨的話就中止。

16-4 接続詞、接続助詞、接尾詞、接頭詞 /
接續詞、接助詞、接尾詞、接頭詞

01 | すると
(接續) 於是；這樣一來
例 すると急(きゅう)にまっ暗(くら)になった。
譯 突然整個變暗。

02 | それで
(接續) 後來，那麼
例 それでどうした。
譯 然後呢？

03 | それに
(接續) 而且，再者
例 晴(は)れだし、それに風(かぜ)もない。
譯 晴朗而且無風。

04 | だから
(接續) 所以，因此
例 だから友達(ともたち)がたくさんいる。
譯 正因為那樣才有許多朋友。

05 | または【又は】
(接續) 或者
例 鉛筆(えんぴつ)またはボールペンを使(つか)う。
譯 使用鉛筆或原子筆。

06 | けれど・けれども
(接助) 但是
例 読(よ)めるけれども書(か)けません。
譯 可以讀但是不會寫。

07 | おき【置き】
(接尾) 毎隔…
例 1ヶ月(いっかげつ)おきに来(く)る。
譯 每隔一個月會來。

08 | がつ【月】
(接尾) …月
例 7月(しちがつ)に日本(にほん)へ行(い)く。
譯 七月要去日本。

09 | かい【会】
(名) …會，會議
例 音楽会(おんがくかい)へ行(い)く。
譯 去聽音樂會。

10 | ばい【倍】
(名・接尾) 倍，加倍
例 3倍(さんばい)になる。
譯 成為三倍。

11 | けん・げん【軒】
(接尾) …間，…家
例 右(みぎ)から3軒目(さんげんめ)がホテルです。
譯 從右數來第三間是飯店。

12 | ちゃん
(接尾) (表親暱稱謂)小…
例 健(けん)ちゃん、ここに来(き)て。
譯 小健，過來這邊。

13 くん【君】

(接尾) 君

例 山田君(やまだくん)が来(く)る。

譯 山田君來了。

---

14 さま【様】

(接尾) 先生，小姐

例 こちらが木村様(きむらさま)です。

譯 這位是木村先生。

---

15 め【目】

(接尾) 第…

例 2行目(にぎょうめ)を見(み)てください。

譯 請看第二行。

---

16 か【家】

(名・接尾) …家；家族，家庭；從事…的人

例 立派(りっぱ)な音楽家(おんがくか)になった。

譯 成了一位出色的音樂家。

---

17 しき【式】

(名・接尾) 儀式，典禮；…典禮 ；方式；樣式；算式，公式

例 卒業式(そつぎょうしき)へ行(い)く。

譯 去參加畢業典禮。

---

18 せい【製】

(名・接尾) …製

例 台湾製(タイワンせい)の靴(くつ)を買(か)う。

譯 買台灣製的鞋子。

---

19 だい【代】

(名・接尾) 世代；(年齡範圍)…多歲；費用

例 十代(じゅうだい)の若者(わかもの)が多(おお)い。

譯 有許多十幾歲的年輕人。

---

20 だす【出す】

(接尾) 開始…

例 彼女(かのじょ)が泣(な)き出(だ)す。

譯 她哭了起來。

---

21 にくい【難い】

(接尾) 難以，不容易

例 薬(くすり)は苦(にが)くて飲(の)みにくい。

譯 藥很苦很難吞嚥。

---

22 やすい

(接尾) 容易…

例 わかりやすく話(はな)す。

譯 説得簡單易懂。

---

23 すぎる【過ぎる】

(自上一) 超過；過於；經過 (接尾) 過於…

例 50歳(ごじゅっさい)を過(す)ぎる。

譯 過了50歲。

---

24 ご【御】

(接頭) 貴(接在跟對方有關的事物、動作的漢字詞前)表示尊敬語、謙讓語

例 ご主人(しゅじん)によろしく。

譯 請代我向您先生問好。

---

25 ながら

(接助) 一邊…，同時…

例 ご飯(はん)を食(た)べながらテレビを見(み)る。

譯 邊吃飯邊看電視。

26 | かた【方】

(接尾) …方法

例 作(つく)り方(かた)を学(まな)ぶ。

譯 學習做法。

N4 ⊙ 16-5

16-5 尊敬語、謙讓語 / 尊敬語、謙讓語

01 | いらっしゃる

(自五) 來，去，在(尊敬語)

例 先生(せんせい)がいらっしゃった。

譯 老師來了。

02 | おいでになる

(他五) 來，去，在，光臨，駕臨(尊敬語)

例 よくおいでになりました。

譯 難得您來，歡迎歡迎。

03 | ごぞんじ【ご存知】

(名) 您知道(尊敬語)

例 いくらかかるかご存知(ぞんじ)ですか。

譯 您知道要花費多少錢嗎？

04 | ごらんになる【ご覧になる】

(他五) 看，閱讀(尊敬語)

例 展覧会(てんらんかい)をごらんになりましたか。

譯 您看過展覽會了嗎？

05 | なさる

(他五) 做(「する」的尊敬語)

例 高橋様(たかはしさま)ご結婚(けっこん)なさるのですか。

譯 高橋小姐要結婚了嗎？

06 | めしあがる【召し上がる】

(他五) 吃，喝(「食べる」、「飲む」的尊敬語)

例 コーヒーを召(め)し上(あ)がってください。

譯 請喝咖啡。

07 | いたす【致す】

(自他五・補動) (「する」的謙恭説法)做，辦；致；有…，感覺…

例 私(わたくし)がいたします。

譯 由我來做。

08 | いただく【頂く・戴く】

(他五) 領受；領取；吃，喝；頂

例 遠慮(えんりょ)なくいただきます。

譯 那我就不客氣拜領了。

09 | うかがう【伺う】

(他五) 拜訪；請教，打聽(謙讓語)

例 明日(あした)お宅(たく)に伺(うかが)います。

譯 明天到府上拜訪您。

10 | おっしゃる

(他五) 説，講，叫

例 先生(せんせい)がおっしゃいました。

譯 老師説了。

11 | くださる【下さる】

(他五) 給，給予(「くれる」的尊敬語)

例 先生(せんせい)が来(き)てくださった。

譯 老師特地前來。

12 ｜さしあげる【差し上げる】

(他下一) 給(「あげる」的謙讓語)

例 これをあなたに差(さ)し上(あ)げます。

譯 這個奉送給您。

13 ｜はいけん【拝見】

(名・他サ) 看，拜讀

例 お手紙拝見(てがみはいけん)しました。

譯 已拜讀貴函。

14 ｜まいる【参る】

(自五) 來，去(「行く」、「来る」的謙讓語)；認輸；參拜

例 ただいま参(まい)ります。

譯 我馬上就去。

15 ｜もうしあげる【申し上げる】

(他下一) 說(「言う」的謙讓語)

例 お礼(れい)を申(もう)し上(あ)げます。

譯 向您致謝。

16 ｜もうす【申す】

(他五) 說，叫(「言う」的謙讓語)

例 私(わたし)は山田(やまだ)と申(もう)します。

譯 我叫山田。

17 ｜ございます

(特殊形) 是，在(「ある」、「あります」的鄭重說法表示尊敬)

例 おめでとうございます。

譯 恭喜恭喜。

18 ｜でございます

(自・特殊形) 是(「だ」、「です」、「である」的鄭重說法)

例 山田産業(やまださんぎょう)の加藤(かとう)でございます。

譯 我是山田產業的加藤。

19 ｜おる【居る】

(自五) 在，存在；有(「いる」的謙讓語)

例 社長(しゃちょう)は今(いま)おりません。

譯 社長現在不在。

20 ｜ぞんじあげる【存じ上げる】

(他下一) 知道(自謙語)

例 お名前(なまえ)は存(ぞん)じ上(あ)げております。

譯 久仰大名。

必　勝

N3

情境分類單字

パート
1
第一章

時間

- 時間 -

N3 ⊙ 1-1

1-1 時、時間、時刻 /
時候、時間、時刻

01 | あける【明ける】

自下一 (天)明，亮；過年；(期間)結束，期滿

例 夜が明ける。

譯 天亮。

02 | あっというま(に)【あっという間(に)】

感 一眨眼的功夫

例 休日はあっという間に終わった。

譯 假日一眨眼就結束了。

03 | いそぎ【急ぎ】

名·副 急忙，匆忙，緊急

例 急ぎの旅になる。

譯 成為一趟匆忙的旅程。

04 | うつる【移る】

自五 移動；推移；沾到

例 時が移る。

譯 時間推移；時代變遷。

05 | おくれ【遅れ】

名 落後，晚；畏縮，怯懦

例 郵便に二日の遅れが出ている。

譯 郵件延遲兩天送達。

06 | ぎりぎり

名·副·他サ (容量等)最大限度，極限；(摩擦的)嘎吱聲

例 期限ぎりぎりまで待つ。

譯 等到最後的期限。

07 | こうはん【後半】

名 後半，後一半

例 後半はミスが多くて負けた。

譯 後半因失誤過多而輸掉了。

08 | しばらく

副 好久；暫時

例 しばらく会社を休む。

譯 暫時向公司請假。

09 | しょうご【正午】

名 正午

例 正午になった。

譯 到了中午。

10 | しんや【深夜】

名 深夜

例 試合(しあい)が深夜(しんや)まで続(つづ)く。

譯 比賽打到深夜。

11 | ずっと

副 更；一直

例 ずっと待(ま)っている。

譯 一直等待著。

12 | せいき【世紀】

名 世紀，百代；時代，年代；百年一現，絕世

例 世紀(せいき)の大発見(だいはっけん)になる。

譯 成為世紀的大發現。

13 | ぜんはん【前半】

名 前半，前半部

例 前半(ぜんはん)の戦(たたか)いが終(お)わった。

譯 上半場比賽結束。

14 | そうちょう【早朝】

名 早晨，清晨

例 早朝(そうちょう)に勉強(べんきょう)する。

譯 在早晨讀書。

15 | たつ【経つ】

自五 經，過；(炭火等)燒盡

例 時間(じかん)が経(た)つのが早(はや)い。

譯 時間過得真快。

16 | ちこく【遅刻】

名·自サ 遲到，晚到

例 待(ま)ち合(あ)わせに遅刻(ちこく)する。

譯 約會遲到。

17 | てつや【徹夜】

名·自サ 通宵，熬夜

例 徹夜(てつや)で仕事(しごと)する。

譯 徹夜工作。

18 | どうじに【同時に】

副 同時，一次；馬上，立刻

例 発売(はつばい)と同時(どうじ)に大(だい)ヒットした。

譯 一出售立即暢銷熱賣。

19 | とつぜん【突然】

副 突然

例 突然(とつぜん)怒(おこ)り出(だ)す。

譯 突然生氣。

20 | はじまり【始まり】

名 開始，開端；起源

例 近代(きんだい)医学(いがく)の始(はじ)まりである。

譯 為近代醫學的起源。

21 | はじめ【始め】

名·接尾 開始，開頭；起因，起源；以…為首

例 始(はじ)めから終(お)わりまで全部(ぜんぶ)読(よ)む。

譯 從頭到尾全部閱讀。

22 ｜ふける【更ける】

(自下一) (秋)深；(夜)闌

例 夜(よ)が更(ふ)ける。

譯 三更半夜。

23 ｜ぶり【振り】

(造語) 相隔

例 5年(ねん)振(ぶ)りに会(あ)った。

譯 相隔五年之後又見面。

24 ｜へる【経る】

(自下一) (時間、空間、事物)經過，通過

例 3年(ねん)を経(へ)た。

譯 經過了三年。

25 ｜まい【毎】

(接頭) 每

例 毎朝(まいあさ)、牛乳(ぎゅうにゅう)を飲(の)む。

譯 每天早上，喝牛奶。

26 ｜まえもって【前もって】

(副) 預先，事先

例 前(まえ)もって知(し)らせる。

譯 事先知會。

27 ｜まよなか【真夜中】

(名) 三更半夜，深夜

例 真夜中(まよなか)に目(め)が覚(さ)めた。

譯 深夜醒來。

28 ｜やかん【夜間】

(名) 夜間，夜晚

例 夜間(やかん)の勤務(きんむ)はきついなぁ。

譯 夜勤太累啦！

N3 ● 1-2

1-2 季節、年、月、週、日 /

季節、年、月、週、日

01 ｜いっさくじつ【一昨日】

(名) 前一天，前天

例 一昨日(いっさくじつ)アメリカから帰(かえ)ってきた。

譯 前天從美國回來了。

02 ｜いっさくねん【一昨年】

(造語) 前年

例 一昨年(いっさくねん)は雪(ゆき)が多(おお)かった。

譯 前年下了很多雪。

03 ｜か【日】

(漢造) 表示日期或天數

例 事故(じこ)は三月二十日(さんがつはつか)に起(お)こった。

譯 事故發在三月二十日。

04 ｜きゅうじつ【休日】

(名) 假日，休息日

例 休日(きゅうじつ)が続(つづ)く。

譯 連續休假。

05 ｜げじゅん【下旬】

(名) 下旬

例 5月(がつ)の下旬(げじゅん)になる。

譯 在五月下旬。

06 | げつまつ【月末】
㊔ 月末、月底

例 料金(りょうきん)は月末(げつまつ)に払(はら)う。

譯 費用於月底支付。

07 | さく【昨】
漢造 昨天；前一年，前一季；以前，過去

例 昨晩(さくばん)日本(にほん)から帰(かえ)ってきた。

譯 昨晚從日本回來了。

08 | さくじつ【昨日】
㊔（「きのう」的鄭重説法）昨日，昨天

例 昨日(さくじつ)母(はは)から手紙(てがみ)が届(とど)いた。

譯 昨天收到了母親寫來的信。

09 | さくねん【昨年】
名·副 去年

例 昨年(さくねん)と比(くら)べる。

譯 跟去年相比。

10 | じつ【日】
漢造 太陽；日，一天，白天；每天

例 翌日(よくじつ)にお届(とど)けします。

譯 隔日幫您送達。

11 | しゅう【週】
名·漢造 星期；一圈

例 週(しゅう)に1回運動(いっかいうんどう)する。

譯 每周運動一次。

12 | しゅうまつ【週末】
㊔ 週末

例 週末(しゅうまつ)に運動(うんどう)する。

譯 每逢週末就會去運動。

13 | じょうじゅん【上旬】
㊔ 上旬

例 来月上旬(らいげつじょうじゅん)に旅行(りょこう)する。

譯 下個月的上旬要去旅行。

14 | せんじつ【先日】
㊔ 前天；前些日子

例 先日(せんじつ)、田中(たなか)さんに会(あ)った。

譯 前些日子，遇到了田中小姐。

15 | ぜんじつ【前日】
㊔ 前一天

例 入学式(にゅうがくしき)の前日(ぜんじつ)は緊張(きんちょう)した。

譯 參加入學典禮的前一天非常緊張。

16 | ちゅうじゅん【中旬】
㊔（一個月中的）中旬

例 6月(がつ)の中旬(ちゅうじゅん)に戻(もど)る。

譯 在6月中旬回來。

17 | ねんし【年始】
㊔ 年初；賀年，拜年

例 年始(ねんし)のご挨拶(あいさつ)に伺(うかが)う。

譯 歲暮年初時節前往拜訪。

18 | ねんまつねんし【年末年始】

㊔ 年底與新年

例 年末年始はハワイに行く。

譯 去夏威夷跨年。

19 | へいじつ【平日】

㊔（星期日、節假日以外）平日；平常，平素

例 平日ダイヤで運行する。

譯 以平日的火車時刻表行駛。

20 | ほんじつ【本日】

㊔ 本日，今日

例 本日のお薦めメニューはこちらです。

譯 這是今日的推薦菜單。

21 | ほんねん【本年】

㊔ 本年，今年

例 本年もよろしく。

譯 今年還望您繼續關照。

22 | みょう【明】

(接頭)（相對於「今」而言的）明

例 明日のご予定は。

譯 你明天的行程是？

23 | みょうごにち【明後日】

㊔ 後天

例 明後日に延期する。

譯 延到後天。

24 | ようび【曜日】

㊔ 星期

例 曜日によって色を変える。

譯 根據禮拜幾的不同而改變顏色。

25 | よく【翌】

(漢造) 次，翌，第二

例 翌日は休日だ。

譯 隔天是假日。

26 | よくじつ【翌日】

㊔ 隔天，第二天

例 翌日の準備ができている。

譯 隔天的準備已完成。

N3 ◉ 1-3

1-3 過去、現在、未来 /
過去、現在、未來

01 | いご【以後】

㊔ 今後，以後，將來；（接尾語用法）（在某時期）以後

例 以後気をつけます。

譯 以後會多加小心一點。

02 | いぜん【以前】

㊔ 以前；更低階段（程度）的；（某時期）以前

例 以前の通りだ。

譯 和以前一樣。

03 | げんだい【現代】

㊔ 現代，當代；（歷史）現代（日本史上指二次世界大戰後）

例 現代の社会が求める。
譯 現代社會所要求的。

04 ｜こんご【今後】

名 今後，以後，將來
例 今後のことを考える。
譯 為今後作打算。

05 ｜じご【事後】

名 事後
例 事後の計画を立てる。
譯 制訂事後計畫。

06 ｜じぜん【事前】

名 事前
例 事前に話し合う。
譯 事前討論。

07 ｜すぎる【過ぎる】

自上一 超過；過於；經過
例 5 時を過ぎた。
譯 已經五點多了。

08 ｜ぜん【前】

漢造 前方，前面；(時間)早；預先；從前
例 前首相が韓国を訪問する。
譯 前首相訪韓。

09 ｜ちょくご【直後】

名·副 (時間，距離)緊接著，剛…之後，…之後不久
例 犯人は事件直後に逮捕された。
譯 犯人在事件發生後不久便遭逮捕。

10 ｜ちょくぜん【直前】

名 即將…之前，眼看就要…的時候；(時間，距離)之前，跟前，眼前
例 テストの直前に頑張って勉強する。
譯 在考前用功讀書。

11 ｜のち【後】

名 後，之後；今後，未來；死後，身後
例 晴れのち曇りが続く。
譯 天氣持續晴後陰。

12 ｜ふる【古】

名·漢造 舊東西；舊，舊的
例 読んだ本を古本屋に売った。
譯 把看過的書賣給二手書店。

13 ｜みらい【未来】

名 將來，未來；(佛)來世
例 未来を予測する。
譯 預測未來。

14 ｜らい【来】

接尾 以來
例 彼とは 10 年来の付き合いだ。
譯 我和他已經認識十年了。

N3 ⊙ 1-4

1-4 期間、期限 /
期間、期限

01 ｜かん【間】
(名·接尾) 間，機會，間隙

例 五日間の京都旅行も終わった。

譯 五天的京都之旅已經結束。

---

02 ｜き【期】
(漢造) 時期；時機；季節；(預定的)時日

例 入学の時期が近い。

譯 開學時期將近。

---

03 ｜きかん【期間】
(名) 期間，期限內

例 期間が過ぎる。

譯 過期。

---

04 ｜きげん【期限】
(名) 期限

例 期限になる。

譯 到期。

---

05 ｜シーズン【season】
(名) (盛行的)季節，時期

例 受験シーズンが始まった。

譯 考季開始了。

---

06 ｜しめきり【締め切り】
(名) (時間、期限等)截止，屆滿；封死，封閉；截斷，斷流

例 締め切りが近づく。

譯 臨近截稿日期。

---

07 ｜ていき【定期】
(名) 定期，一定的期限

例 エレベーターは定期的に調べる。

譯 定期維修電梯。

---

08 ｜まにあわせる【間に合わせる】
(連語) 臨時湊合，就將；使來得及，趕出來

例 締切に間に合わせる。

譯 在截止期限之前繳交。

パート 2 第二章

住居

- 住房 -

N3 2-1

2-1 家、住む / 住家、居住

01 | うつす【移す】

(他五) 移，搬；使傳染；度過時間

例 住（す）まいを移（うつ）す。

譯 遷移住所。

02 | きたく【帰宅】

(名·自サ) 回家

例 会社（かいしゃ）から帰宅（きたく）する。

譯 從公司回家。

03 | くらす【暮らす】

(自他五) 生活，度日

例 楽（たの）しく暮（く）らす。

譯 過著快樂的生活。

04 | けん・げん【軒】

(漢造) 軒昂，高昂；屋簷；表房屋數量，書齋，商店等雅號

例 薬屋（くすりや）が 3 軒（げん）ある。

譯 有三家藥局。

05 | じょう【畳】

(接尾·漢造) (計算草蓆、席墊)塊，疊；重疊

例 6 畳（じょう）のアパートに住（す）んでいる。

譯 住在一間六鋪席大的公寓裡。

06 | すごす【過ごす】

(他五·接尾) 度(日子、時間)，過生活；過渡過量；放過，不管

例 休日（きゅうじつ）は家（いえ）で過（す）ごす。

譯 假日在家過。

07 | せいけつ【清潔】

(名·形動) 乾淨的，清潔的；廉潔；純潔

例 清潔（せいけつ）に保（たも）つ。

譯 保持乾淨。

08 | ひっこし【引っ越し】

(名) 搬家，遷居

例 引（ひ）っ越（こ）しをする。

譯 搬家。

09 | マンション【mansion】

(名) 公寓大廈；(高級)公寓

例 高級（こうきゅう）マンションに住（す）む。

譯 住高級大廈。

10 | るすばん【留守番】

(名) 看家，看家人

例 留守番（るすばん）をする。

譯 看家。

11 | わ【和】

(名) 日本

例 和室（わしつ）と洋室（ようしつ）、どちらがいい。

譯 和室跟洋室哪個好呢？

12 | わが【我が】

(連體) 我的，自己的，我們的

例 我(わ)が家(や)へ、ようこそ。

譯 歡迎來到我家。

N3 ◎ 2-2

2-2 家の外側 / 住家的外側

01 | とじる【閉じる】

(自上一) 閉，關閉；結束

例 戸(と)が閉(と)じた。

譯 門關上了。

02 | ノック【knock】

(名·他サ) 敲打；(來訪者)敲門；打球

例 ノックの音(おと)が聞(き)こえる。

譯 聽見敲門聲。

03 | ベランダ【veranda】

(名) 陽台；走廊

例 ベランダの花(はな)が次々(つぎつぎ)に咲(さ)く。

譯 陽台上的花接二連三的綻放。

04 | やね【屋根】

(名) 屋頂

例 屋根(やね)から落(お)ちる。

譯 從屋頂掉下來。

05 | やぶる【破る】

(他五) 弄破；破壞；違反；打敗；打破(記錄)

例 ドアを破(やぶ)って入(はい)った。

譯 破門而入。

06 | ロック【lock】

(名·他サ) 鎖，鎖上，閉鎖

例 ロックが壊(こわ)れた。

譯 門鎖壞掉了。

N3 ◎ 2-3

2-3 部屋、設備 / 房間、設備

01 | あたたまる【暖まる】

(自五) 暖，暖和；感到溫暖；手頭寬裕

例 部屋(へや)が暖(あたた)まる。

譯 房間暖和起來。

02 | いま【居間】

(名) 起居室

例 居間(いま)を掃除(そうじ)する。

譯 清掃客廳。

03 | かざり【飾り】

(名) 裝飾(品)

例 飾(かざ)りをつける。

譯 加上裝飾。

04 | きく【効く】

(自五) 有效，奏效；好用，能幹；可以，能夠；起作用；(交通工具等)通，有

例 停電(ていでん)で冷房(れいぼう)が効(き)かない。

譯 停電了冷氣無法運轉。

05 | キッチン【kitchen】

(名) 廚房

例 ダイニングキッチンが人気(にんき)だ。

譯 廚房兼飯廳裝潢很受歡迎。

06 | しんしつ【寝室】

㊔ 寝室

例 寝室で休んだ。

譯 在臥房休息。

07 | せんめんじょ【洗面所】

㊔ 化妝室，廁所

例 洗面所で顔を洗った。

譯 在化妝室洗臉。

08 | ダイニング【dining】

㊔ 餐廳(「ダイニングルーム」之略稱)；吃飯，用餐；西式餐館

例 ダイニングルームで食事をする。

譯 在西式餐廳用餐。

09 | たな【棚】

㊔ (放置東西的)隔板，架子，棚

例 お菓子を棚に置く。

譯 把糕點放在架子上。

10 | つまる【詰まる】

(自五) 擠滿，塞滿；堵塞，不通；窘困，窘迫；縮短，緊小；停頓，擱淺

例 トイレが詰まった。

譯 廁所排水管塞住了。

11 | てんじょう【天井】

㊔ 天花板

例 天井の高い家がいい。

譯 我要天花板高的房子。

12 | はしら【柱】

(名·接尾) (建)柱子；支柱；(轉)靠山

例 柱が倒れた。

譯 柱子倒下。

13 | ブラインド【blind】

㊔ 百葉窗，窗簾，遮光物

例 ブラインドを下ろす。

譯 拉下百葉窗。

14 | ふろ(ば)【風呂(場)】

㊔ 浴室，洗澡間，浴池

例 風呂に入る。

譯 泡澡。

15 | まどり【間取り】

㊔ (房子的)房間佈局，採間，平面佈局

例 間取りがいい。

譯 隔間還不錯。

16 | もうふ【毛布】

㊔ 毛毯，毯子

例 毛布をかける。

譯 蓋上毛毯。

17 | ゆか【床】

㊔ 地板

例 床を拭く。

譯 擦地板。

18 | よわめる【弱める】

(他下一) 減弱，削弱

例 冷房を少し弱められますか。

譯 冷氣可以稍微轉弱嗎？

19 | リビング【living】

㊔ 起居間，生活間

例 リビングには家具が並んでいる。

譯 客廳擺放著家具。

パート
3
第三章

食事
- 用餐 -

N3 ◎ 3-1

3-1 食事、味／
用餐、味道

01 ｜あぶら【脂】
㊔ 脂肪，油脂；(喻)活動力，幹勁

例 脂(あぶら)があるからおいしい。

譯 富含油質所以好吃。

02 ｜うまい
㊒ 味道好，好吃；想法或做法巧妙，擅於；非常適宜，順利

例 空気(くうき)がうまい。

譯 空氣新鮮。

03 ｜さげる【下げる】
(他下一) 向下；掛；收走

例 コップを下(さ)げる。

譯 收走杯子。

04 ｜さめる【冷める】
(自下一) (熱的東西)變冷，涼；(熱情、興趣等)降低，減退

例 スープが冷(さ)めてしまった。

譯 湯冷掉了。

05 ｜しょくご【食後】
㊔ 飯後，食後

例 食後(しょくご)に薬(くすり)を飲(の)む。

譯 藥必須在飯後服用。

06 ｜しょくぜん【食前】
㊔ 飯前

例 食前(しょくぜん)にちゃんと手(て)を洗(あら)う。

譯 飯前把手洗乾淨。

07 ｜すっぱい【酸っぱい】
㊒ 酸，酸的

例 梅干(うめぼ)しはすっぱいに決(き)まっている。

譯 梅乾當然是酸的。

08 ｜マナー【manner】
㊔ 禮貌，規矩；態度舉止，風格

例 食事(しょくじ)のマナーが悪(わる)い。

譯 用餐禮儀不好。

09 ｜メニュー【menu】
㊔ 菜單

例 ディナーのメニューをご覧(らん)ください。

譯 這是餐點的菜單，您請過目。

10 ｜ランチ【lunch】
㊔ 午餐

例 ランチタイムにラーメンを食(た)べる。

譯 午餐時間吃拉麵。

3-2 食べ物 /
食物

01 | アイスクリーム【ice cream】
㊔ 冰淇淋
例 アイスクリームを食(た)べる。
譯 吃冰淇淋。

---

02 | あぶら【油】
㊔ 脂肪，油脂
例 魚(さかな)を油(あぶら)で揚(あ)げる。
譯 用油炸魚。

---

03 | インスタント【instant】
名·形動 即席，稍加工即可的，速成
例 インスタントコーヒーを飲(の)む。
譯 喝即溶咖啡。

---

04 | うどん【饂飩】
㊔ 烏龍麵條，烏龍麵
例 うどんをゆでて食(た)べる。
譯 煮烏龍麵吃。

---

05 | オレンジ【orange】
㊔ 柳橙，柳丁；橙色
例 オレンジは全部(ぜんぶ)食(た)べた。
譯 橘子全都吃光了。

---

06 | ガム【(英) gum】
㊔ 口香糖；樹膠
例 ガムを噛(か)む。
譯 嚼口香糖。

---

07 | かゆ【粥】
㊔ 粥，稀飯
例 粥(かゆ)を炊(た)く。
譯 煮粥。

---

08 | かわ【皮】
㊔ 皮，表皮；皮革
例 皮(かわ)をむく。
譯 剝皮。

---

09 | くさる【腐る】
自五 腐臭，腐爛；金屬鏽，爛；墮落，腐敗；消沉，氣餒
例 味噌(みそ)が腐(くさ)る。
譯 味噌發臭。

---

10 | ケチャップ【ketchup】
㊔ 蕃茄醬
例 ケチャップをつける。
譯 沾番茄醬。

---

11 | こしょう【胡椒】
㊔ 胡椒
例 胡椒(こしょう)を入(い)れる。
譯 灑上胡椒粉。

---

12 | さけ【酒】
㊔ 酒(的總稱)，日本酒，清酒
例 酒(さけ)を杯(さかずき)に入(い)れる。
譯 將酒倒入杯子裡。

13 | しゅ【酒】

(漢造) 酒

例 葡萄酒を飲む。

譯 喝葡萄酒。

14 | ジュース【juice】

(名) 果汁，汁液，糖汁，肉汁

例 ジュースを飲む。

譯 喝果汁。

15 | しょくりょう【食料】

(名) 食品，食物

例 食料を保存する。

譯 保存食物。

16 | しょくりょう【食糧】

(名) 食糧，糧食

例 食糧を輸入する。

譯 輸入糧食。

17 | しんせん【新鮮】

(名·形動) (食物)新鮮；清新乾淨；新穎，全新

例 新鮮な果物を食べる。

譯 吃新鮮的水果。

18 | す【酢】

(名) 醋

例 酢を入れる。

譯 加入醋。

19 | スープ【soup】

(名) 湯(多指西餐的湯)

例 スープを飲む。

譯 喝湯。

20 | ソース【sauce】

(名) (西餐用)調味醬

例 ソースを作る。

譯 調製醬料。

21 | チーズ【cheese】

(名) 起司，乳酪

例 チーズを買う。

譯 買起司。

22 | チップ【chip】

(名) (削木所留下的)片削；洋芋片

例 ポテトチップスを食べる。

譯 吃洋芋片。

23 | ちゃ【茶】

(名·漢造) 茶；茶樹；茶葉；茶水

例 茶を入れる。

譯 泡茶。

24 | デザート【dessert】

(名) 餐後點心，甜點(大多泛指較西式的甜點)

例 デザートを食べる。

譯 吃甜點。

25 | ドレッシング【dressing】

(名) 調味料，醬汁；服裝，裝飾

例 サラダにドレッシングをかける。

譯 把醬汁淋到沙拉上。

26 | どんぶり【丼】

㊔ 大碗公；大碗蓋飯

例 500円で鰻丼が食べられる。

譯 500圓就可以吃到鰻魚蓋飯。

27 | なま【生】

名·形動 （食物沒有煮過、烤過）生的；直接的，不加修飾的；不熟練，不到火候

例 生で食べる。

譯 生吃。

28 | ビール【（荷）bier】

㊔ 啤酒

例 ビールを飲む。

譯 喝啤酒。

29 | ファストフード【fast food】

㊔ 速食

例 ファストフードを食べすぎた。

譯 吃太多速食。

30 | べんとう【弁当】

㊔ 便當，飯盒

例 弁当を作る。

譯 做便當。

31 | まぜる【混ぜる】

他下一 混入；加上，加進；攪，攪拌

例 ビールとジュースを混ぜる。

譯 將啤酒和果汁加在一起。

32 | マヨネーズ【mayonnaise】

㊔ 美乃滋，蛋黃醬

例 パンにマヨネーズを塗る。

譯 在土司上塗抹美奶滋。

33 | みそしる【味噌汁】

㊔ 味噌湯

例 私の母は毎朝味噌汁を作る。

譯 我母親每天早上煮味噌湯。

34 | ミルク【milk】

㊔ 牛奶；煉乳

例 紅茶にはミルクを入れる。

譯 在紅茶裡加上牛奶。

35 | ワイン【wine】

㊔ 葡萄酒；水果酒；洋酒

例 白ワインが合います。

譯 白酒很搭。

N3 ● 3-3

3-3 調理、料理、クッキング / 調理、菜餚、烹調

01 | あげる【揚げる】

他下一 炸，油炸；舉，抬；提高；進步

例 天ぷらを揚げる。

譯 炸天婦羅。

02 | あたためる【温める】

他下一 溫，熱；擱置不發表

例 ご飯を温める。

譯 熱飯菜。

03 | こぼす【溢す】

(他五) 灑，漏，溢(液體)，落(粉末)；發牢騷，抱怨

例 コーヒーを溢(こぼ)す。

譯 咖啡溢出來了。

04 | たく【炊く】

(他五) 點火，燒著；燃燒；煮飯，燒菜

例 ご飯(はん)を炊(た)く。

譯 煮飯。

05 | たける【炊ける】

(自下一) 燒成飯，做成飯

例 ご飯(はん)が炊(た)けた。

譯 飯已經煮熟了。

06 | つよめる【強める】

(他下一) 加強，增強

例 火(ひ)を強(つよ)める。

譯 把火力調大。

07 | てい【低】

(名·漢造) (位置)低；(價格等)低；變低

例 低温(ていおん)でゆっくり焼(や)く。

譯 用低溫慢烤。

08 | にえる【煮える】

(自下一) 煮熟，煮爛；水燒開；固體融化(成泥狀)；發怒，非常氣憤

例 芋(いも)は煮(に)えました。

譯 芋頭已經煮熟了。

09 | にる【煮る】

(自五) 煮，燉，熬

例 豆(まめ)を煮(に)る。

譯 煮豆子。

10 | ひやす【冷やす】

(他五) 使變涼，冰鎮；(喻)使冷靜

例 冷蔵庫(れいぞうこ)で冷(ひ)やす。

譯 放在冰箱冷藏。

11 | むく【剥く】

(他五) 剝，削

例 りんごを剥(む)く。

譯 削蘋果皮。

12 | むす【蒸す】

(他五·自五) 蒸，熱(涼的食品)；(天氣)悶熱

例 肉(にく)まんを蒸(む)す。

譯 蒸肉包。

13 | ゆでる【茹でる】

(他下一) (用開水)煮，燙

例 よく茹(ゆ)でる。

譯 煮熟。

14 | わく【沸く】

(自五) 煮沸，煮開；興奮

例 お湯(ゆ)が沸(わ)く。

譯 開水滾開。

15 | わる【割る】

(他五) 打，劈開；用除法計算

例 卵(たまご)を割(わ)る。

譯 打破蛋。

パート
4
第四章

衣服

- 衣服 -

N3 ◉ 4-1

4-1 衣服、洋服、和服 / 衣服、西服、和服

01 | えり【襟】

㊔(衣服的)領子；脖頸，後頸；(西裝的)硬領

例 襟(えり)を立(た)てる。

譯 立起領子。

02 | オーバー(コート)【overcoat】

㊔ 大衣，外套，外衣

例 オーバーを着(き)る。

譯 穿大衣。

03 | ジーンズ【jeans】

㊔ 牛仔褲

例 ジーンズをはく。

譯 穿牛仔褲。

04 | ジャケット【jacket】

㊔ 外套，短上衣；唱片封面

例 ジャケットを着(き)る。

譯 穿外套。

05 | すそ【裾】

㊔ 下擺，下襟；山腳；(靠近頸部的)頭髮

例 ジーンズの裾(すそ)が汚(よご)れた。

譯 牛仔褲的褲腳髒了。

06 | せいふく【制服】

㊔ 制服

例 制服(せいふく)を着(き)る。

譯 穿制服。

07 | そで【袖】

㊔ 衣袖；(桌子)兩側抽屜，(大門)兩側的廳房，舞台的兩側，飛機(兩翼)

例 半袖(はんそで)を着(き)る。

譯 穿短袖。

08 | タイプ【type】

名・他サ 型，形式，類型；典型，榜樣，樣本，標本；(印)鉛字，活字；打字(機)

例 このタイプの服(ふく)にする。

譯 決定穿這種樣式的服裝。

09 | ティーシャツ【T-shirt】

㊔ 圓領衫，T 恤

例 ティーシャツを着(き)る。

譯 穿 T 恤。

10 | パンツ【pants】

㊔ 內褲；短褲；運動短褲

例 パンツをはく。

譯 穿褲子。

11 | パンプス【pumps】

㊔ 女用的高跟皮鞋，淑女包鞋

例 パンプスをはく。

譯 穿淑女包鞋。

12 | ぴったり

(副·自サ) 緊緊地，嚴實地；恰好，正適合；說中，猜中

例 体(からだ)にぴったりした背広(せびろ)をつくる。

譯 製作合身的西裝。

13 | ブラウス【blouse】

㊔（多半為女性穿的）罩衫，襯衫

例 ブラウスを洗濯(せんたく)する。

譯 洗襯衫。

14 | ぼろぼろ

(名·副·形動)（衣服等）破爛不堪；（粒狀物）散落貌

例 今(いま)でもぼろぼろの洋服(ようふく)を着(き)ている。

譯 破破爛爛的衣服現在還在穿。

N3 ◉ 4-2

4-2 着る、装身具 / 穿戴、服飾用品

01 | きがえ【着替え】

(名·自サ) 換衣服；換洗衣物

例 急(いそ)いで着替(きが)えを済(す)ませる。

譯 急急忙忙地換好衣服。

02 | きがえる·きかえる【着替える】

(他下一) 換衣服

例 着物(きもの)を着替(きが)える。

譯 換衣服。

03 | スカーフ【scarf】

㊔ 圍巾，披肩；領結

例 スカーフを巻(ま)く。

譯 圍上圍巾。

04 | ストッキング【stocking】

㊔ 褲襪；長筒襪

例 ナイロンのストッキングを履(は)く。

譯 穿尼龍絲襪。

05 | スニーカー【sneakers】

㊔ 球鞋，運動鞋

例 スニーカーで通勤(つうきん)する。

譯 穿球鞋上下班。

06 | ぞうり【草履】

㊔ 草履，草鞋

例 草履(ぞうり)を履(は)く。

譯 穿草鞋。

07 | ソックス【socks】

㊔ 短襪

例 ソックスを履(は)く。

譯 穿襪子。

08 | とおす【通す】

(他五·接尾) 穿通，貫穿；滲透，透過；連續，貫徹；（把客人）讓到裡邊；一直，連續，…到底

例 そでに手(て)を通(とお)す。

譯 把手伸進袖筒。

09 | ネックレス【necklace】
㊔ 項鍊

例 ネックレスをつける。
譯 戴上項鍊。

10 | ハイヒール【high heel】
㊔ 高跟鞋

例 ハイヒールをはく。
譯 穿高跟鞋。

11 | バッグ【bag】
㊔ 手提包

例 バッグに財布（さいふ）を入（い）れる。
譯 把錢包放入包包裡。

12 | ベルト【belt】
㊔ 皮帶；（機）傳送帶；（地）地帶

例 ベルトの締（し）め方（かた）を動画（どうが）で解説（かいせつ）する。
譯 以動畫解說繫皮帶的方式。

13 | ヘルメット【helmet】
㊔ 安全帽；頭盔，鋼盔

例 ヘルメットをかぶる。
譯 戴安全帽。

14 | マフラー【muffler】
㊔ 圍巾；（汽車等的）滅音器

例 暖（あたた）かいマフラーをくれた。
譯 人家送了我暖和的圍巾。

Memo

パート 5 第五章

人体

- 人體 -

N3 ⊙ 5-1

5-1 身体、体 / 胴體、身體

01 | あたたまる【温まる】

(自五) 暖，暖和；感到心情溫暖

例 体が温まる。

譯 身體暖和。

02 | あたためる【暖める】

(他下一) 使溫暖；重溫，恢復

例 手を暖める。

譯 焐手取暖。

03 | うごかす【動かす】

(他五) 移動，挪動，活動；搖動，搖撼；給予影響，使其變化，感動

例 体を動かす。

譯 活動身體。

04 | かける【掛ける】

(他下一·接尾) 坐；懸掛；蓋上，放上；放在…之上；提交；澆；開動；花費；寄託；鎖上；(數學)乘

例 椅子に掛ける。

譯 坐下。

05 | かた【肩】

(名) 肩，肩膀；(衣服的)肩

例 肩を揉む。

譯 按摩肩膀。

06 | こし【腰】

(名·接尾) 腰；(衣服、裙子等的)腰身

例 腰が痛い。

譯 腰痛。

07 | しり【尻】

(名) 屁股，臀部；(移動物體的)後方，後面；末尾，最後；(長物的)末端

例 しりが痛くなった。

譯 屁股痛了起來。

08 | バランス【balance】

(名) 平衡，均衡，均等

例 バランスを取る。

譯 保持平衡。

09 | ひふ【皮膚】

(名) 皮膚

例 冬は皮膚が弱くなる。

譯 皮膚在冬天比較脆弱。

10 | へそ【臍】

(名) 肚臍；物體中心突起部分

例 へそを曲げる。

譯 不聽話。

11 | ほね【骨】

㊔ 骨頭；費力氣的事

例 骨(ほね)が折(お)れる。

譯 費力氣。

12 | むける【剝ける】

自下一 剝落，脱落

例 鼻(はな)の皮(かわ)がむけた。

譯 鼻子的皮脱落了。

13 | むね【胸】

㊔ 胸部；內心

例 胸(むね)が痛(いた)む。

譯 胸痛；痛心。

14 | もむ【揉む】

他五 搓，揉；捏，按摩；(很多人)互相推擠；爭辯；(被動式型態)錘鍊，受磨練

例 肩(かた)をもんであげる。

譯 我幫你按摩肩膀。

N3 ⊙ 5-2

5-2 顔 / 臉

01 | あご【顎】

㊔ (上、下)顎；下巴

例 二重(にじゅう)あごになる。

譯 長出雙下巴。

02 | うつる【映る】

自五 映，照；顯得，映入；相配，相稱；照相，映現

例 目(め)に映(うつ)る。

譯 映入眼簾。

03 | おでこ

㊔ 凸額，額頭突出(的人)；額頭，額骨

例 おでこを出(だ)す。

譯 露出額頭。

04 | かぐ【嗅ぐ】

他五 (用鼻子)聞，嗅

例 花(はな)の香(かお)りをかぐ。

譯 聞花香。

05 | かみのけ【髪の毛】

㊔ 頭髮

例 髪(かみ)の毛(け)を切(き)る。

譯 剪髮。

06 | くちびる【唇】

㊔ 嘴唇

例 唇(くちびる)が青(あお)い。

譯 嘴唇發青。

07 | くび【首】

㊔ 頸部

例 首(くび)が痛(いた)い。

譯 脖子痛。

08 | した【舌】

㊔ 舌頭；説話；舌狀物

例 舌(した)が長(なが)い。

譯 愛説話。

09 | だまる【黙る】

(自五) 沈默，不説話；不理，不聞不問

例 黙(だま)って命令(めいれい)に従(したが)う。

譯 默默地服從命令。

10 | はなす【離す】

(他五) 使…離開，使…分開；隔開，拉開距離

例 目(め)を離(はな)す。

譯 轉移視線。

11 | ひたい【額】

(名) 前額，額頭；物體突出部分

例 額(ひたい)に汗(あせ)して働(はたら)く。

譯 汗流滿面地工作。

12 | ひょうじょう【表情】

(名) 表情

例 表情(ひょうじょう)が暗(くら)い。

譯 神情陰鬱。

13 | ほお【頬】

(名) 頰，臉蛋

例 ほおが赤(あか)い。

譯 臉蛋紅通通的。

14 | まつげ【まつ毛】

(名) 睫毛

例 まつ毛(げ)が抜(ぬ)ける。

譯 掉睫毛。

15 | まぶた【瞼】

(名) 眼瞼，眼皮

例 瞼(まぶた)を閉(と)じる。

譯 闔上眼瞼。

16 | まゆげ【眉毛】

(名) 眉毛

例 まゆげが長(なが)い。

譯 眉毛很長。

17 | みかける【見掛ける】

(他下一) 看到，看出，看見；開始看

例 彼女(かのじょ)をよく駅(えき)で見(み)かけます。

譯 經常在車站看到她。

N3 ● 5-3(1)

5-3 手足 (1) / 手腳 (1)

01 | あくしゅ【握手】

(名·自サ) 握手；和解，言和；合作，妥協；會師，會合

例 握手(あくしゅ)をする。

譯 握手合作。

02 | あしくび【足首】

(名) 腳踝

例 足首(あしくび)を温(あたた)める。

譯 暖和腳踝。

03 | うめる【埋める】

(他下一) 埋，掩埋；填補，彌補；佔滿

例 金(かね)を埋(う)める。

譯 把錢埋起來。

04 | おさえる【押さえる】

(他下一) 按，壓；扣住，勒住；控制，阻止；捉住；扣留；超群出眾

例 耳を押さえる。

譯 摀住耳朵。

05 | おやゆび【親指】

(名) (手腳的)的拇指

例 手の親指が痛い。

譯 手的大拇指會痛。

06 | かかと【踵】

(名) 腳後跟

例 踵の高い靴を履く。

譯 穿高跟鞋。

07 | かく【掻く】

(他五) (用手或爪)搔，撥；扒，推；攪拌，攪和

例 頭を掻く。

譯 搔起頭來。

08 | くすりゆび【薬指】

(名) 無名指

例 薬指に指輪をしている。

譯 在無名指上戴戒指。

09 | こゆび【小指】

(名) 小指頭

例 小指に指輪をつける。

譯 小指戴上戒指。

10 | だく【抱く】

(他五) 抱；孵卵；心懷，懷抱

例 赤ちゃんを抱く。

譯 抱小嬰兒。

11 | たたく【叩く】

(他五) 敲，叩；打；詢問，徵求；拍，鼓掌；攻擊，駁斥；花完，用光

例 ドアをたたく。

譯 敲打門。

12 | つかむ【掴む】

(他五) 抓，抓住，揪住，握住；掌握到，瞭解到

例 手首を掴んだ。

譯 抓住了手腕。

13 | つつむ【包む】

(他五) 包裹，打包，包上；蒙蔽，遮蔽，籠罩；藏在心中，隱瞞；包圍

例 プレゼントを包む。

譯 包裝禮物。

14 | つなぐ【繋ぐ】

(他五) 拴結，繫；連起，接上；延續，維繫(生命等)

例 手を繋ぐ。

譯 手牽手。

15 | つまさき【爪先】

(名) 腳指甲尖端

例 爪先で立つ。

譯 用腳尖站立。

16 | つめ【爪】

㊔(人的)指甲，腳指甲；(動物的)爪；指尖；(用具的)鉤子

例 爪(つめ)を伸(の)ばす。

譯 指甲長長。

17 | てくび【手首】

㊔手腕

例 手首(てくび)を怪我(けが)した。

譯 手腕受傷了。

18 | てのこう【手の甲】

㊔手背

例 手(て)の甲(こう)にキスする。

譯 在手背上親吻。

19 | てのひら【手の平・掌】

㊔手掌

例 掌(てのひら)に載(の)せて持(も)つ。

譯 放在手掌上托著。

20 | なおす【直す】

他五 修理；改正；治療

例 自転車(じてんしゃ)を直(なお)す。

譯 修理腳踏車。

N3 ◉ 5-3(2)

5-3 手足 (2) /

手腳 (2)

21 | なかゆび【中指】

㊔中指

例 中指(なかゆび)でさすな。

譯 別用中指指人。

22 | なぐる【殴る】

他五 毆打，揍；草草了事

例 人(ひと)を殴(なぐ)る。

譯 打人。

23 | ならす【鳴らす】

他五 鳴，啼，叫；(使)出名；嘮叨；放響屁

例 鐘(かね)を鳴(な)らす。

譯 敲鐘。

24 | にぎる【握る】

他五 握，抓；握飯團或壽司；掌握，抓住；(圍棋中決定誰先下)抓棋子

例 手(て)を握(にぎ)る。

譯 握拳。

25 | ぬく【抜く】

自他五・接尾 抽出，拔去；選出，摘引；消除，排除；省去，減少；超越

例 空気(くうき)を抜(ぬ)いた。

譯 放了氣。

26 | ぬらす【濡らす】

他五 浸濕，淋濕，沾濕

例 濡(ぬ)らすと壊(こわ)れる。

譯 碰到水，就會故障。

27 | のばす【伸ばす】

他五 伸展，擴展，放長；延緩(日期)，推遲；發展，發揮；擴大，增加；稀釋；打倒

例 手(て)を伸(の)ばす。

譯 伸手。

28 | はくしゅ【拍手】

(名·自サ) 拍手，鼓掌

例 拍手(はくしゅ)を送(おく)った。

譯 一起報以掌聲。

29 | はずす【外す】

(他五) 摘下，解開，取下；錯過，錯開；落後，失掉；避開，躲過

例 眼鏡(めがね)を外(はず)す。

譯 摘下眼鏡。

30 | はら【腹】

(名) 肚子；心思，內心活動；心情，情緒；心胸，度量；胎內，母體內

例 腹(はら)がいっぱい。

譯 肚子很飽。

31 | ばらばら（な）

(副) 分散貌；凌亂，支離破碎的

例 時計(とけい)をばらばらにする。

譯 把表拆開。

32 | ひざ【膝】

(名) 膝，膝蓋

例 膝(ひざ)を曲(ま)げる。

譯 曲膝。

33 | ひじ【肘】

(名) 肘，手肘

例 肘(ひじ)つきのいす。

譯 帶扶手的椅子。

34 | ひとさしゆび【人差し指】

(名) 食指

例 人差(ひとさ)し指(ゆび)を立(た)てる。

譯 豎起食指。

35 | ふる【振る】

(他五) 揮，搖；撒，丟；(俗)放棄，犧牲(地位等)；謝絕，拒絕；派分；在漢字上註假名；(使方向)偏於

例 手(て)を振(ふ)る。

譯 揮手。

36 | ほ・ぽ【歩】

(名·漢造) 步，步行；(距離單位)步

例 前(まえ)へ、一歩(いっぽ)進(すす)む。

譯 往前一步。

37 | まげる【曲げる】

(他下一) 彎，曲；歪，傾斜；扭曲，歪曲；改變，放棄；(當舖裡的)典當；偷，竊

例 腰(こし)を曲(ま)げる。

譯 彎腰。

38 | もも【股・腿】

(名) 股，大腿

例 腿(もも)の裏側(うらがわ)が痛(いた)い。

譯 腿部內側會痛。

パート
6
第六章

生理

- 生理（現象）-

N3 6-1

6-1 誕生、生命 /
誕生、生命

01 | いっしょう【一生】

㊔ 一生，終生，一輩子

例 私は一生結婚しません。

譯 終生不結婚。

02 | いのち【命】

㊔ 生命，命；壽命

例 命が危ない。

譯 性命垂危。

03 | うむ【産む】

他五 生，產

例 女の子を産む。

譯 生女兒。

04 | せい【性】

名·漢造 性別；性慾；本性

例 性に目覚める。

譯 情竇初開。

05 | せいねんがっぴ【生年月日】

㊔ 出生年月日，生日

例 生年月日を書く。

譯 填上出生年月日。

06 | たんじょう【誕生】

名·自サ 誕生，出生；成立，創立，創辦

例 誕生日のお祝いをする。

譯 慶祝生日。

N3 6-2

6-2 老い、死 /
老年、死亡

01 | おい【老い】

㊔ 老；老人

例 体の老いを感じる。

譯 感到身體衰老。

02 | こうれい【高齢】

㊔ 高齡

例 彼は百歳の高齢まで生きた。

譯 他活到百歲的高齡。

03 | しご【死後】

㊔ 死後；後事

例 死後の世界を見た。

譯 看到冥界。

04 | しぼう【死亡】

名·他サ 死亡

例 事故で死亡する。

譯 死於意外事故。

05 | せいぜん【生前】

㊔ 生前

例 父が生前可愛がっていた猫がいる。

譯 有一隻貓是父親生前最喜歡的。

06 | なくなる【亡くなる】

自五 去世，死亡

例 おじいさんが亡くなった。

譯 爺爺過世了。

N3 ● 6-3

6-3 発育、健康 / 發育、健康

01 | えいよう【栄養】

名 營養

例 栄養が足りない。

譯 營養不足。

02 | おきる【起きる】

自上一 (倒著的東西)起來，立起來；起床；不睡；發生

例 ずっと起きている。

譯 一直都是醒著。

03 | おこす【起こす】

他五 扶起；叫醒；引起

例 子どもを起こす。

譯 把小孩叫醒。

04 | けんこう【健康】

形動 健康的，健全的

例 健康に役立つ。

譯 有益健康。

05 | しんちょう【身長】

名 身高

例 身長が伸びる。

譯 長高。

06 | せいちょう【成長】

名・自サ (經濟、生產)成長，增長，發展；(人、動物)生長，發育

例 子供が成長した。

譯 孩子長大成人了。

07 | せわ【世話】

名・他サ 援助，幫助；介紹，推薦；照顧，照料；俗語，常言

例 子どもの世話をする。

譯 照顧小孩。

08 | そだつ【育つ】

自五 成長，長大，發育

例 元気に育っている。

譯 健康地成長著。

09 | たいじゅう【体重】

名 體重

例 体重が落ちる。

譯 體重減輕。

10 | のびる【伸びる】

自上一 (長度等)變長，伸長；(皺摺等)伸展；擴展，到達；(勢力、才能等)擴大，增加，發展

例 背が伸びる。

譯 長高了。

11 | はみがき【歯磨き】

名 刷牙；牙膏，牙膏粉；牙刷

例 食後に歯みがきをする。

譯 每餐飯後刷牙。

12 | はやす【生やす】

(他五) 使生長；留(鬍子)

例 髭(ひげ)を生(は)やす。

譯 留鬍鬚。

N3 ◉ 6-4

6-4 体調、体質 /
身體狀況、體質

01 | おかしい【可笑しい】

(形) 奇怪，可笑；不正常

例 胃(い)の調子(ちょうし)がおかしい。

譯 胃不太舒服。

02 | かゆい【痒い】

(形) 癢的

例 頭(あたま)が痒(かゆ)い。

譯 頭部發癢。

03 | かわく【渇く】

(自五) 渴，乾渴；渴望，內心的要求

例 のどが渇(かわ)く。

譯 口渴。

04 | ぐっすり

(副) 熟睡，酣睡

例 ぐっすり寝(ね)る。

譯 睡得很熟。

05 | けんさ【検査】

(名·他サ) 檢查，檢驗

例 検査(けんさ)に通(とお)る。

譯 通過檢查。

06 | さます【覚ます】

(他五) (從睡夢中)弄醒，喚醒；(從迷惑、錯誤中)清醒，醒酒；使清醒，使覺醒

例 目(め)を覚(さ)ました。

譯 醒了。

07 | さめる【覚める】

(自下一) (從睡夢中)醒，醒過來；(從迷惑、錯誤、沉醉中)醒悟，清醒

例 目(め)が覚(さ)めた。

譯 醒過來了。

08 | しゃっくり

(名·自サ) 打嗝

例 しゃっくりが出(で)る。

譯 打嗝。

09 | たいりょく【体力】

(名) 體力

例 体力(たいりょく)がない。

譯 沒有體力。

10 | ちょうし【調子】

(名) (音樂)調子，音調；語調，聲調，口氣；格調，風格；情況，狀況

例 体(からだ)の調子(ちょうし)が悪(わる)い。

譯 身體情況不好。

11 | つかれ【疲れ】

(名) 疲勞，疲乏，疲倦

例 疲(つか)れが出(で)る。

譯 感到疲勞。

12 | どきどき

(副·自サ) (心臟)撲通撲通地跳，七上八下

例 心臓(しんぞう)がどきどきする。

譯 心臟撲通撲通地跳。

13 ｜ぬける【抜ける】

(自下一) 脱落，掉落；遺漏；脱；離，離開，消失，散掉；溜走，逃脱

例 髪(かみ)がよく抜(ぬ)ける。

譯 髮絲經常掉落。

14 ｜ねむる【眠る】

(自五) 睡覺；埋藏

例 薬(くすり)で眠(ねむ)らせた。

譯 用藥讓他入睡。

15 ｜はったつ【発達】

(名·自サ) (身心)成熟，發達；擴展，進步；(機能)發達，發展

例 全身(ぜんしん)の筋肉(きんにく)が発達(はったつ)している。

譯 全身肌肉發達。

16 ｜へんか【変化】

(名·自サ) 變化，改變；(語法)變形，活用

例 変化(へんか)に強(つよ)い。

譯 很善於應變。

17 ｜よわまる【弱まる】

(自五) 變弱，衰弱

例 体(からだ)が弱(よわ)まっている。

譯 身體變弱。

N3 ◉ 6-5

6-5 病気、治療 / 疾病、治療

01 ｜いためる【傷める・痛める】

(他下一) 使(身體)疼痛，損傷；使(心裡)痛苦

例 足(あし)を痛(いた)める。

譯 把腳弄痛。

02 ｜ウイルス【virus】

(名) 病毒，濾過性病毒

例 ウイルスにかかる。

譯 被病毒感染。

03 ｜かかる

(自五) 生病；遭受災難

例 病気(びょうき)にかかる。

譯 生病。

04 ｜さます【冷ます】

(他五) 冷卻，弄涼；(使熱情、興趣)降低，減低

例 熱(ねつ)を冷(さ)ます。

譯 退燒。

05 ｜しゅじゅつ【手術】

(名·他サ) 手術

例 手術(しゅじゅつ)して治(なお)す。

譯 進行手術治療。

06 ｜しょうじょう【症状】

(名) 症狀

例 どんな症状(しょうじょう)か医者(いしゃ)に説明(せつめい)する。

譯 告訴醫師有哪些症狀。

07 ｜じょうたい【状態】

(名) 狀態，情況

例 手術後(しゅじゅつご)の状態(じょうたい)はとてもいいです。

譯 手術後狀況良好。

08 ｜ダウン【down】

(名·自他サ) 下，倒下，向下，落下；下降，減退；(棒)出局；(拳擊)擊倒

例 風邪(かぜ)でダウンする。

譯 因感冒而倒下。

09 | ちりょう【治療】

(名·他サ) 治療，醫療，醫治

例 治療(ちりょう)計画(けいかく)が決(き)まった。

譯 決定治療計畫。

10 | なおす【治す】

(他五) 醫治，治療

例 虫歯(むしば)を治(なお)す。

譯 治療蛀牙。

11 | ぼう【防】

(漢造) 防備，防止；堤防

例 予防(よぼう)は治療(ちりょう)に勝(か)つ。

譯 預防勝於治療。

12 | ほうたい【包帯】

(名·他サ) (醫)繃帶

例 包帯(ほうたい)を換(か)える。

譯 更換包紮帶。

13 | まく【巻く】

(自五·他五) 形成漩渦；喘不上氣來；捲；纏繞；上發條；捲起；包圍；(登山)迂迴繞過險處；(連歌，俳諧)連吟

例 足(あし)に包帯(ほうたい)を巻(ま)く。

譯 腳用繃帶包紮。

14 | みる【診る】

(他上一) 診察

例 患者(かんじゃ)を診(み)る。

譯 看診。

15 | よぼう【予防】

(名·他サ) 預防

例 病気(びょうき)は予防(よぼう)が大切(たいせつ)だ。

譯 預防疾病非常重要。

6-6 体の器官の働き / 身體器官功能

01 | くさい【臭い】

(形) 臭

例 臭(くさ)い匂(にお)いがする。

譯 有臭味。

02 | けつえき【血液】

(名) 血，血液

例 血液(けつえき)を採(と)る。

譯 抽血。

03 | こぼれる【零れる】

(自下一) 灑落，流出；溢出，漾出；(花)掉落

例 涙(なみだ)が零(こぼ)れる。

譯 灑淚。

04 | さそう【誘う】

(他五) 約，邀請；勸誘，會同；誘惑，勾引；引誘，引起

例 涙(なみだ)を誘(さそ)う。

譯 引人落淚。

05 | なみだ【涙】

(名) 淚，眼淚；哭泣；同情

例 涙(なみだ)があふれる。

譯 淚如泉湧。

06 | ふくむ【含む】

(他五·自四) 含(在嘴裡)；帶有，包含；瞭解，知道；含蓄；懷(恨)；鼓起；(花)含苞

例 目(め)に涙(なみだ)を含(ふく)む。

譯 眼裡含淚。

パート
7
第七章

人物

- 人物 -

N3 ⊙ 7-1

7-1 人物、老若男女 / 人物、男女老少

01 | あらわす【現す】

(他五) 現，顯現，顯露

例 彼(かれ)が姿(すがた)を現(あらわ)す。

譯 他露了臉。

02 | しょうじょ【少女】

(名) 少女，小姑娘

例 少女(しょうじょ)のころは漫画家(まんがか)を目指(めざ)していた。

譯 少女時代曾以當漫畫家為目標。

03 | しょうねん【少年】

(名) 少年

例 少年(しょうねん)の頃(ころ)に戻(もど)る。

譯 回到年少時期。

04 | せいじん【成人】

(名・自サ) 成年人；成長，(長大)成人

例 成人(せいじん)して働(はたら)きに出(で)る。

譯 長大後外出工作。

05 | せいねん【青年】

(名) 青年，年輕人

例 息子(むすこ)は立派(りっぱ)な青年(せいねん)になった。

譯 兒子成為一個優秀的好青年了。

06 | ちゅうこうねん【中高年】

(名) 中年和老年，中老年

例 中高年(ちゅうこうねん)に人気(にんき)だ。

譯 受到中高年齡層觀眾的喜愛。

07 | ちゅうねん【中年】

(名) 中年

例 中年(ちゅうねん)になった。

譯 已經是中年人了。

08 | としうえ【年上】

(名) 年長，年歲大(的人)

例 年上(としうえ)の人(ひと)に敬語(けいご)を使(つか)う。

譯 對長輩要使用敬語。

09 | としより【年寄り】

(名) 老人；(史)重臣，家老；(史)村長；(史)女管家；(相撲)退休的力士，顧問

例 お年寄(としよ)りに席(せき)を譲(ゆず)った。

譯 讓了座給長輩。

10 | ミス【Miss】

(名) 小姐，姑娘

例 ミス日本(にほん)に輝(かがや)いた。

譯 榮獲為日本小姐。

11 | めうえ【目上】

㊔ 上司；長輩

例 目上(めうえ)の人(ひと)を立(た)てる。

譯 尊敬長輩。

12 | ろうじん【老人】

㊔ 老人，老年人

例 老人(ろうじん)になる。

譯 老了。

13 | わかもの【若者】

㊔ 年輕人，青年

例 若者(わかもの)たちの間(あいだ)で有名(ゆうめい)になった。

譯 在年輕人間頗負盛名。

N3 ⊙ 7-2

7-2 いろいろな人を表すことば / 各種人物的稱呼

01 | アマチュア【amateur】

㊔ 業餘愛好者；外行

例 アマチュア選手(せんしゅ)もレベルが高(たか)い。

譯 業餘選手的水準也很高。

02 | いもうとさん【妹さん】

㊔ 妹妹，令妹（「妹」的鄭重說法）

例 妹(いもうと)さんはおいくつですか。

譯 你妹妹多大年紀？

03 | おまごさん【お孫さん】

㊔ 孫子，孫女，令孫（「孫」的鄭重說法）

例 お孫(まご)さんは何人(なんにん)いますか。

譯 您孫子（女）有幾位？

04 | か【家】

漢造 家庭；家族；專家

例 芸術家(げいじゅつか)になって食(た)べていく。

譯 當藝術家餬口過日。

05 | グループ【group】

㊔（共同行動的）集團，夥伴；組，幫，群

例 グループを作(つく)る。

譯 分組。

06 | こいびと【恋人】

㊔ 情人，意中人

例 恋人(こいびと)ができた。

譯 有了情人。

07 | こうはい【後輩】

㊔ 後來的同事，（同一學校）後班生；晚輩，後生

例 後輩(こうはい)を叱(しか)る。

譯 責罵後生晚輩。

08 | こうれいしゃ【高齢者】

㊔ 高齡者，年高者

例 高齢者(こうれいしゃ)の人数(にんずう)が増(ふ)える。

譯 高齡人口不斷增加。

09 | こじん【個人】

㊔ 個人

例 個人的(こじんてき)な問題(もんだい)になる。

譯 成為私人的問題。

10 | しじん【詩人】

㊔ 詩人

例 詩人(しじん)になる。

譯 成為詩人。

11 | しゃ【者】

漢造 者，人；(特定的)事物，場所

例 けが人(にん)はいるが、死亡者(しぼうしゃ)はいない。

譯 雖然有人受傷，但沒有人死亡。

12 | しゅ【手】

漢造 手；親手；專家；有技藝或資格的人

例 助手(じょしゅ)を呼(よ)んでくる。

譯 請助手過來。

13 | しゅじん【主人】

名 家長，一家之主；丈夫，外子；主人；東家，老闆，店主

例 お隣(となり)のご主人(しゅじん)はよく手伝(てつだ)ってくれる。

譯 鄰居的男主人經常幫我忙。

14 | じょ【女】

名·漢造 (文)女兒；女人，婦女

例 かわいい少女(しょうじょ)を見(み)た。

譯 看見一位可愛的少女。

15 | しょくにん【職人】

名 工匠

例 職人(しょくにん)になる。

譯 成為工匠。

16 | しりあい【知り合い】

名 熟人，朋友

例 知(し)り合(あ)いになる。

譯 相識。

17 | スター【star】

名 (影劇)明星，主角；星狀物，星

例 スーパースターになる。

譯 成為超級巨星。

18 | だん【団】

漢造 團，圓團；團體

例 団体(だんたい)で旅行(りょこう)へ行(い)く。

譯 跟團旅行。

19 | だんたい【団体】

名 團體，集體

例 団体(だんたい)で動(うご)く。

譯 團體行動。

20 | ちょう【長】

名·漢造 長，首領；長輩；長處

例 一家(いっか)の長(ちょう)として頑張(がんば)る。

譯 以身為一家之主而努力。

21 | どくしん【独身】

名 單身

例 独身(どくしん)の生活(せいかつ)を楽(たの)しむ。

譯 享受單身生活。

22 | どの【殿】

接尾 (前接姓名等)表示尊重(書信用，多用於公文)

例 PTA会長殿(かいちょうどの)がお見(み)えになりました。

譯 家長教師會會長蒞臨了。

23 | ベテラン【veteran】

㊔ 老手，內行

例 ベテラン選手(せんしゅ)がやめる。

譯 老將辭去了。

---

24 | ボランティア【volunteer】

㊔ 志願者，志工

例 ボランティアで道路(どうろ)のごみ拾(ひろ)いをしている。

譯 義務撿拾馬路上的垃圾。

---

25 | ほんにん【本人】

㊔ 本人

例 本人(ほんにん)が現(あらわ)れた。

譯 當事人現身了。

---

26 | むすこさん【息子さん】

㊔ （尊稱他人的）令郎

例 息子(むすこ)さんのお名前(なまえ)は。

譯 請教令郎的大名是？

---

27 | やぬし【家主】

㊔ 房東，房主；戶主

例 家主(やぬし)に家賃(やちん)を払(はら)う。

譯 付房東房租。

---

28 | ゆうじん【友人】

㊔ 友人，朋友

例 友人(ゆうじん)と付(つ)き合(あ)う。

譯 和友人交往。

---

29 | ようじ【幼児】

㊔ 學齡前兒童，幼兒

例 幼児教育(ようじきょういく)を研究(けんきゅう)する。

譯 研究幼兒教育。

---

30 | ら【等】

接尾 （表示複數）們；（同類型的人或物）等

例 君(きみ)らは何年生(なんねんせい)。

譯 你們是幾年級？

---

31 | リーダー【leader】

㊔ 領袖，指導者，隊長

例 登山隊(とざんたい)のリーダーになる。

譯 成為登山隊的領隊。

N3 ◉ 7-3

7-3 容姿 /
姿容

01 | イメージ【image】

㊔ 影像，形象，印象

例 イメージが変(か)わった。

譯 變得跟印象中不同了。

---

02 | おしゃれ【お洒落】

名·形動 打扮漂亮，愛漂亮的人

例 お洒落(しゃれ)をする。

譯 打扮。

---

03 | かっこういい【格好いい】

連語·形 （俗）真棒，真帥，酷（口語用「かっこいい」）

例 かっこういい人(ひと)が苦手(にがて)だ。

譯 在帥哥面前我往往會不知所措。

N3

7

人物

04 | けしょう【化粧】

(名·自サ) 化妝，打扮；修飾，裝飾，裝潢

例 化粧(けしょう)を直(なお)す。

譯 補妝。

05 | そっくり

(形動·副) 一模一樣，極其相似；全部，完全，原封不動

例 私(わたし)と母(はは)はそっくりだ。

譯 我和媽媽長得幾乎一模一樣。

06 | にあう【似合う】

(自五) 合適，相稱，調和

例 君(きみ)によく似合(にあ)う。

譯 很適合你。

07 | はで【派手】

(名·形動) (服裝等)鮮艷的，華麗的；(為引人注目而動作)誇張，做作

例 派手(はで)な服(ふく)を着(き)る。

譯 穿華麗的衣服。

08 | びじん【美人】

(名) 美人，美女

例 やっぱり美人(びじん)は得(とく)だね。

譯 果然美女就是佔便宜。

N3 ● 7-4

7-4 態度、性格 /
態度、性格

01 | あわてる【慌てる】

(自下一) 驚慌，急急忙忙，匆忙，不穩定

例 慌(あわ)てて逃(に)げる。

譯 驚慌逃走。

02 | いじわる【意地悪】

(名·形動) 使壞，刁難，作弄

例 意地悪(いじわる)な人(ひと)に苦(くる)しめられている。

譯 被壞心眼的人所苦。

03 | いたずら【悪戯】

(名·形動) 淘氣，惡作劇；玩笑，消遣

例 いたずらがすぎる。

譯 惡作劇過度。

04 | いらいら【苛々】

(名·副·他サ) 情緒急躁、不安；焦急，急躁

例 連絡(れんらく)がとれずいらいらする。

譯 聯絡不到對方焦躁不安。

05 | うっかり

(副·自サ) 不注意，不留神；發呆，茫然

例 うっかりと秘密(ひみつ)をしゃべる。

譯 不小心把秘密說出來。

06 | おじぎ【お辞儀】

(名·自サ) 行禮，鞠躬，敬禮；客氣

例 お辞儀(じぎ)をする。

譯 行禮。

07 | おとなしい【大人しい】

(形) 老實，溫順；(顏色等)樸素，雅致

例 おとなしい娘(むすめ)がいい。

譯 我喜歡溫順的女孩。

08 | かたい【固い・硬い・堅い】

㊎ 硬的，堅固的；堅決的；生硬的；嚴謹的，頑固的；一定，包准；可靠的

例 頭が固い。

譯 死腦筋。

09 | きちんと

㊇ 整齊，乾乾淨淨；恰好，洽當；如期，準時；好好地，牢牢地

例 沢山の本をきちんと片付けた。

譯 把一堆書收拾得整整齊齊的。

10 | けいい【敬意】

㊔ 尊敬對方的心情，敬意

例 敬意を表する。

譯 表達敬意。

11 | けち

(名·形動) 吝嗇、小氣(的人)；卑賤，簡陋，心胸狹窄，不值錢

例 けちな性格になる。

譯 變成小氣的人。

12 | しょうきょくてき【消極的】

(形動) 消極的

例 消極的な態度をとる。

譯 採取消極的態度。

13 | しょうじき【正直】

(名·形動·副) 正直，老實

例 正直な人が得をする。

譯 正直的人好處多多。

14 | せいかく【性格】

㊔ (人的)性格，性情；(事物的)性質，特性

例 性格が悪い。

譯 性格惡劣。

15 | せいしつ【性質】

㊔ 性格，性情；(事物)性質，特性

例 性質がよい。

譯 性質很好。

16 | せっきょくてき【積極的】

(形動) 積極的

例 積極的に仕事を探す。

譯 積極地找工作。

17 | そっと

㊇ 悄悄地，安靜的；輕輕的；偷偷地；照原樣不動的

例 そっと教えてくれた。

譯 偷偷地告訴了我。

18 | たいど【態度】

㊔ 態度，表現；舉止，神情，作風

例 態度が悪い。

譯 態度惡劣。

19 | つう【通】

(名·形動·接尾·漢造) 精通，內行，專家；通曉人情世故，通情達理；暢通；(助數詞)封，件，紙；穿過；往返；告知；貫徹始終

例 彼は日本通だ。

譯 他是個日本通。

20 | どりょく【努力】

(名·自サ) 努力

例 努力(どりょく)が結果(けっか)につながる。

譯 因努力而取得成果。

21 | なやむ【悩む】

(自五) 煩惱，苦惱，憂愁；感到痛苦

例 進路(しんろ)のことで悩(なや)んでいる。

譯 煩惱不知道以後做什麼好。

22 | にがて【苦手】

(名·形動) 棘手的人或事；不擅長的事物

例 勉強(べんきょう)が苦手(にがて)だ。

譯 不喜歡讀書。

23 | のうりょく【能力】

(名) 能力；(法)行為能力

例 能力(のうりょく)を伸(の)ばす。

譯 施展才能。

24 | ばか【馬鹿】

(名·接頭) 愚蠢，糊塗

例 ばかなまねはするな。

譯 別做傻事。

25 | はっきり

(副·自サ) 清楚；直接了當

例 はっきり言(い)いすぎた。

譯 說得太露骨了。

26 | ぶり【振り】

(造語) 樣子，狀態

例 勉強振(べんきょうぶ)りを評価(ひょうか)する。

譯 對學習狀況給予評價。

27 | やるき【やる気】

(名) 幹勁，想做的念頭

例 やる気(き)はある。

譯 幹勁十足。

28 | ゆうしゅう【優秀】

(名·形動) 優秀

例 優秀(ゆうしゅう)な人材(じんざい)を得(え)る。

譯 獲得優秀的人才。

29 | よう【様】

(造語·漢造) 樣子，方式；風格；形狀

例 彼(かれ)の様子(ようす)がおかしい。

譯 他的樣子有些怪異。

30 | らんぼう【乱暴】

(名·形動·自サ) 粗暴，粗魯；蠻橫，不講理；胡來，胡亂，亂打人

例 言(い)い方(かた)が乱暴(らんぼう)だ。

譯 說話方式很粗魯。

31 | わがまま

(名·形動) 任性，放肆，肆意

例 わがままを言(い)う。

譯 說任性的話。

7-5 人間関係 / 人際關係

01 | あいて【相手】

㊔ 夥伴，共事者；對方，敵手；對象

例 テニスの相手(あいて)をする。

譯 做打網球的對手。

02 | あわせる【合わせる】

(他下一) 合併；核對，對照；加在一起，混合；配合，調合

例 力(ちから)を合(あ)わせる。

譯 聯手，合力。

03 | おたがい【お互い】

㊔ 彼此，互相

例 お互(たが)いに頑張(がんば)ろう。

譯 彼此加油吧！

04 | カップル【couple】

㊔ 一對，一對男女，一對情人，一對夫婦

例 お似合(にあ)いなカップルですね。

譯 真是相配的一對啊！

05 | きょうつう【共通】

(名·形動·自サ) 共同，通用

例 共通(きょうつう)の趣味(しゅみ)がある。

譯 有同樣的嗜好。

06 | きょうりょく【協力】

(名·自サ) 協力，合作，共同努力，配合

例 みんなで協力(きょうりょく)する。

譯 大家通力合作。

07 | コミュニケーション【communication】

㊔（語言、思想、精神上的）交流，溝通；通訊，報導，信息

例 コミュニケーションを大切(たいせつ)にする。

譯 注重溝通。

08 | したしい【親しい】

㊫（血緣）近；親近，親密；不稀奇

例 親(した)しい友達(ともだち)になる。

譯 成為密友。

09 | すれちがう【擦れ違う】

(自五) 交錯，錯過去；不一致，不吻合，互相分歧；錯車

例 彼女(かのじょ)と擦(す)れ違(ちが)った。

譯 與她擦身而過。

10 | たがい【互い】

(名·形動) 互相，彼此；雙方；彼此相同

例 互(たが)いに協力(きょうりょく)する。

譯 互相協助。

11 | たすける【助ける】

(他下一) 幫助，援助；救，救助；輔佐；救濟，資助

例 命(いのち)を助(たす)ける。

譯 救人一命。

12 | ちかづける【近付ける】

(他五) 使…接近，使…靠近

例 人(ひと)との関係(かんけい)を近(ちか)づける。

譯 與人的關係更緊密。

13 | ちょくせつ【直接】

(名·副·自サ) 直接

例 会って直接話す。

譯 見面直接談。

---

14 | つきあう【付き合う】

(自五) 交際，往來；陪伴，奉陪，應酬

例 彼女と付き合う。

譯 與她交往。

---

15 | デート【date】

(名·自サ) 日期，年月日；約會，幽會

例 私とデートする。

譯 跟我約會。

---

16 | であう【出会う】

(自五) 遇見，碰見，偶遇；約會，幽會；(顏色等)協調，相稱

例 彼女に出会った。

譯 與她相遇了。

---

17 | なか【仲】

(名) 交情；(人和人之間的)聯繫

例 あの二人は仲がいい。

譯 那兩位交情很好。

---

18 | パートナー【partner】

(名) 伙伴，合作者，合夥人；舞伴

例 いいパートナーになる。

譯 成為很好的工作伙伴。

---

19 | はなしあう【話し合う】

(自五) 對話，談話；商量，協商，談判

例 楽しく話し合う。

譯 相談甚歡。

---

20 | みおくり【見送り】

(名) 送行；靜觀，觀望；(棒球)放著好球不打

例 盛大な見送りを受けた。

譯 獲得盛大的送行。

---

21 | みおくる【見送る】

(他五) 目送；送行，送別；送終；觀望，等待(機會)

例 姉を見送る。

譯 目送姐姐。

---

22 | みかた【味方】

(名·自サ) 我方，自己的這一方；夥伴

例 いつも君の味方だ。

譯 我永遠站在你這邊。

パート
8
第八章

親族
- 親屬 -

01 ｜いったい【一体】 N3 ◎ 8

名·副 一體，同心合力；一種體裁；根本，本來；大致上；到底，究竟

例 夫婦一体となって働く。

譯 夫妻同心協力工作。

---

02 ｜いとこ【従兄弟・従姉妹】

名 堂表兄弟姊妹

例 従兄弟同士仲がいい。

譯 堂表兄弟姊妹感情良好。

---

03 ｜け【家】

接尾 家，家族

例 将軍家の生活を紹介する。

譯 介紹將軍一家（普通指德川一家）的生活狀況。

---

04 ｜だい【代】

名·漢造 代，輩；一生，一世；代價

例 代がかわる。

譯 世代交替。

---

05 ｜ちょうじょ【長女】

名 長女，大女兒

例 長女が生まれる。

譯 長女出生。

---

06 ｜ちょうなん【長男】

名 長子，大兒子

例 長男が生まれる。

譯 長男出生。

---

07 ｜ふうふ【夫婦】

名 夫婦，夫妻

例 夫婦になる。

譯 成為夫妻。

---

08 ｜まご【孫】

名·造語 孫子；隔代，間接

例 孫ができた。

譯 抱孫子了。

---

09 ｜みょうじ【名字・苗字】

名 姓，姓氏

例 結婚して名字が変わる。

譯 結婚後更改姓氏。

---

10 ｜めい【姪】

名 姪女，外甥女

例 今日は姪の誕生日だ。

譯 今天是姪子的生日。

---

11 ｜もち【持ち】

接尾 負擔，持有，持久性

例 彼(かれ)は妻子(さいし)持(も)ちだ。

譯 他有家室。

12 ｜ゆらす【揺らす】

(他五) 搖擺，搖動

例 揺(ゆ)りかごを揺(ゆ)らす。

譯 推晃搖籃。

13 ｜りこん【離婚】

(名·自サ) (法)離婚

例 二人(ふたり)は離婚(りこん)した。

譯 兩個人離婚了。

Memo

パート
9
第九章

動物

- 動物 -

01 | うし【牛】 N3 ◉ 9

㊔ 牛

例 牛(うし)を飼(か)う。

譯 養牛。

02 | うま【馬】

㊔ 馬

例 馬(うま)に乗(の)る。

譯 騎馬。

03 | かう【飼う】

(他五) 飼養(動物等)

例 豚(ぶた)を飼(か)う。

譯 養豬。

04 | せいぶつ【生物】

㊔ 生物

例 生物(せいぶつ)がいる。

譯 有生物生存。

05 | とう【頭】

(接尾) (牛、馬等)頭

例 動物園(どうぶつえん)には牛(うし)が1頭(いっとう)いる。

譯 動物園有一隻牛。

06 | わ【羽】

(接尾) (數鳥或兔子)隻

例 鶏(にわとり)が1羽(いちわ)いる。

譯 有一隻雞。

パート
10
第十章

植物

- 植物 -

01 ｜さくら【桜】 N3 ● 10

㊔（植）櫻花，櫻花樹；淡紅色

例 桜（さくら）が咲（さ）く。

譯 櫻花開了。

02 ｜そば【蕎麦】

㊔ 蕎麥；蕎麥麵

例 蕎麦（そば）を植（う）える。

譯 種植蕎麥。

03 ｜はえる【生える】

自下一（草，木）等生長

例 雑草（ざっそう）が生（は）えてきた。

譯 雜草長出來了。

04 ｜ひょうほん【標本】

㊔ 標本；（統計）樣本；典型

例 植物（しょくぶつ）の標本（ひょうほん）を作（つく）る。

譯 製作植物的標本。

05 ｜ひらく【開く】

自五・他五 綻放；開，拉開

例 花（はな）が開（ひら）く。

譯 花兒綻放開來。

06 ｜フルーツ【fruits】

㊔ 水果

例 フルーツジュースをよく飲（の）んでいる。

譯 我常喝果汁。

パート
11
第十一章

物質

- 物質 -

N3 ◉ 11-1

11-1 物、物質 / 物、物質

01 | かがくはんのう【化学反応】

㊔ 化學反應

例 化学反応(かがくはんのう)が起(お)こる。

譯 起化學反應。

02 | こおり【氷】

㊔ 冰

例 氷(こおり)が溶(と)ける。

譯 冰融化。

03 | ダイヤモンド【diamond】

㊔ 鑽石

例 ダイヤモンドを買(か)う。

譯 買鑽石。

04 | とかす【溶かす】

他五 溶解，化開，溶入

例 完全(かんぜん)に溶(と)かす。

譯 完全溶解。

05 | はい【灰】

㊔ 灰

例 タバコの灰(はい)が飛(と)んできた。

譯 煙灰飄過來了。

06 | リサイクル【recycle】

名・サ変 回收，（廢物）再利用

例 牛乳(ぎゅうにゅう)パックをリサイクルする。

譯 回收牛奶盒。

N3 ◉ 11-2

11-2 エネルギー、燃料 / 能源、燃料

01 | エネルギー【（徳）energie】

㊔ 能量，能源，精力，氣力

例 エネルギーが不足(ふそく)する。

譯 能源不足。

02 | かわる【替わる】

自五 更換，交替

例 石油(せきゆ)に替(か)わる燃料(ねんりょう)を作(つく)る。

譯 製作替代石油的燃料。

03 | けむり【煙】

㊔ 煙

例 工場(こうじょう)から煙(けむり)が出(で)ている。

譯 煙正從工廠冒出來。

04 | しげん【資源】

㊔ 資源

例 資源(しげん)が少(すく)ない。

譯 資源不足。

05 | もやす【燃やす】

他五 燃燒；(把某種情感)燃燒起來，激起

例 落ち葉を燃やす。

譯 燒落葉。

N3 ● 11-3

11-3 原料、材料 /
原料、材料

01 | あさ【麻】

名 (植物)麻，大麻；麻紗，麻布，麻纖維

例 麻の布で拭く。

譯 用麻布擦拭。

02 | ウール【wool】

名 羊毛，毛線，毛織品

例 ウールのセーターを出す。

譯 取出毛料的毛衣。

03 | きれる【切れる】

自下一 斷；用盡

例 糸が切れる。

譯 線斷掉。

04 | コットン【cotton】

名 棉，棉花；木棉，棉織品

例 下着はコットンしか着られない。

譯 內衣只能穿純棉製品。

05 | しつ【質】

名 質量；品質，素質；質地，實質；抵押品；真誠，樸實

例 質がいい。

譯 品質良好。

06 | シルク【silk】

名 絲，絲綢；生絲

例 シルクのドレスを買った。

譯 買了一件絲綢的洋裝。

07 | てっこう【鉄鋼】

名 鋼鐵

例 鉄鋼業が盛んだ。

譯 鋼鐵業興盛。

08 | ビニール【vinyl】

名 (化)乙烯基；乙烯基樹脂；塑膠

例 野菜をビニール袋に入れた。

譯 把蔬菜放進了塑膠袋裡。

09 | プラスチック【plastic・plastics】

名 (化)塑膠，塑料

例 プラスチック製の車を発表する。

譯 發表塑膠製的車子。

10 | ポリエステル【polyethylene】

名 (化學)聚乙稀，人工纖維

例 ポリエステルの服を洗濯機に入れる。

譯 把人造纖維的衣服放入洗衣機。

11 | めん【綿】

名·漢造 棉，棉線；棉織品；綿長；詳盡；棉，棉花

例 綿のシャツを着る。

譯 穿棉襯衫。

パート 12 第十二章 天体、気象

- 天體、氣象 -

N3 ● 12-1

12-1 天体、気象、気候 / 天體、氣象、氣候

01 | あたる【当たる】

(自五・他五) 碰撞；擊中；合適；太陽照射；取暖， 吹(風)；接觸；(大致)位於；當…時候；(粗暴)對待

例 日が当たる。

譯 陽光照射。

02 | いじょうきしょう【異常気象】

(名) 氣候異常

例 異常気象が続いている。

譯 氣候異常正持續著。

03 | いんりょく【引力】

(名) 物體互相吸引的力量

例 引力が働く。

譯 引力產生作用。

04 | おんど【温度】

(名) (空氣等)溫度，熱度

例 温度が下がる。

譯 溫度下降。

05 | くれ【暮れ】

(名) 日暮，傍晚；季末，年末

例 日の暮れが早くなる。

譯 日落得早。

06 | しっけ【湿気】

(名) 濕氣

例 部屋の湿気が酷い。

譯 房間濕氣非常嚴重。

07 | しつど【湿度】

(名) 濕度

例 湿度が高い。

譯 濕度很高。

08 | たいよう【太陽】

(名) 太陽

例 太陽の光を浴びる。

譯 沐浴在陽光下。

09 | ちきゅう【地球】

(名) 地球

例 地球は 46 億年前に誕生した。

譯 地球誕生於四十六億年前。

10 | つゆ【梅雨】

(名) 梅雨；梅雨季

例 梅雨が明ける。

譯 梅雨期結束。

11 | のぼる【昇る】

(自五) 上升

例 太陽が昇る。

譯 太陽升起。

12 | ふかまる【深まる】

(自五) 加深，變深

例 秋(あき)が深(ふか)まる。

譯 秋深。

13 | まっくら【真っ暗】

(名·形動) 漆黑；(前途)黯淡

例 真(ま)っ暗(くら)になる。

譯 變得漆黑。

14 | まぶしい【眩しい】

(形) 耀眼，刺眼的；華麗奪目的，鮮豔的，刺目

例 太陽(たいよう)が眩(まぶ)しかった。

譯 太陽很刺眼。

15 | むしあつい【蒸し暑い】

(形) 悶熱的

例 昼間(ひるま)は蒸(む)し暑(あつ)い。

譯 白天很悶熱。

16 | よ【夜】

(名) 夜、夜晚

例 夏(なつ)の夜(よ)は短(みじか)い。

譯 夏夜很短。

N3 ● 12-2

12-2 さまざまな自然現象 / 各種自然現象

01 | うまる【埋まる】

(自五) 被埋上；填滿，堵住；彌補，補齊

例 雪(ゆき)に埋(う)まる。

譯 被雪覆蓋住。

02 | かび

(名) 霉

例 かびが生(は)える。

譯 發霉。

03 | かわく【乾く】

(自五) 乾，乾燥

例 土(つち)が乾(かわ)く。

譯 地面乾。

04 | すいてき【水滴】

(名) 水滴；(注水研墨用的)硯水壺

例 水滴(すいてき)が落(お)ちた。

譯 水滴落下來。

05 | たえず【絶えず】

(副) 不斷地，經常地，不停地，連續

例 絶(た)えず水(みず)が流(なが)れる。

譯 水源源不絕流出。

06 | ちらす【散らす】

(他五·接尾) 把…分散開，驅散；吹散，灑散；散佈，傳播；消腫

例 火花(ひばな)を散(ち)らす。

譯 吹散煙火。

07 | ちる【散る】

(自五) 凋謝，散漫，落；離散，分散；遍佈；消腫；渙散

例 桜(さくら)が散(ち)った。

譯 櫻花飄落了。

08 | つもる【積もる】

(自五·他五) 積，堆積；累積；估計；計算；推測

例 雪(ゆき)が積(つ)もる。

譯 積雪。

09 | つよまる【強まる】

(自五) 強起來，加強，增強

例 風(かぜ)が強(つよ)まった。

譯 風勢逐漸增強。

---

10 | とく【溶く】

(他五) 溶解，化開，溶入

例 お湯(ゆ)に溶(と)く。

譯 用熱開水沖泡。

---

11 | とける【溶ける】

(自下一) 溶解，融化

例 水(みず)に溶(と)けません。

譯 不溶於水。

---

12 | ながす【流す】

(他五) 使流動，沖走；使漂走；流(出)；放逐；使流產；傳播；洗掉(汙垢)；不放在心上

例 水(みず)を流(なが)す。

譯 沖水。

---

13 | ながれる【流れる】

(自下一) 流動；漂流；飄動；傳布；流逝；流浪；(壞的)傾向；流產；作罷；偏離目標；瀰漫；降落

例 汗(あせ)が流(なが)れる。

譯 流汗。

---

14 | なる【鳴る】

(自五) 響，叫；聞名

例 ベルが鳴(な)る。

譯 鈴聲響起。

---

15 | はずれる【外れる】

(自下一) 脫落，掉下；(希望)落空，不合(道理)；離開(某一範圍)

例 ボタンが外(はず)れる。

譯 鈕釦脫落。

---

16 | はる【張る】

(自五・他五) 延伸，伸展；覆蓋；膨脹，負擔過重；展平，擴張；設置，布置

例 池(いけ)に氷(こおり)が張(は)る。

譯 池塘都結了一層薄冰。

---

17 | ひがい【被害】

(名) 受害，損失

例 被害(ひがい)がひどい。

譯 受災嚴重。

---

18 | まわり【回り】

(名・接尾) 轉動；走訪，巡迴；周圍；周，圈

例 火(ひ)の回(まわ)りが速(はや)い。

譯 火蔓延得快。

---

19 | もえる【燃える】

(自下一) 燃燒，起火；(轉)熱情洋溢，滿懷希望；(轉)顏色鮮明

例 怒(いか)りに燃(も)える。

譯 怒火中燒。

---

20 | やぶれる【破れる】

(自下一) 破損，損傷；破壞，破裂，被打破；失敗

例 紙(かみ)が破(やぶ)れる。

譯 紙破了。

---

21 | ゆれる【揺れる】

(自下一) 搖晃，搖動；躊躇

例 船(ふね)が揺(ゆ)れる。

譯 船在搖晃。

パート
13
第十三章

地理、場所

- 地理、地方 -

N3 ● 13-1

13-1 地理 /
地理

01 | あな【穴】

㊔ 孔，洞，窟窿；坑；穴，窩；礦井；藏匿處；缺點；虧空

例 穴(あな)に入(はい)る。

譯 鑽進洞裡。

02 | きゅうりょう【丘陵】

㊔ 丘陵

例 丘陵(きゅうりょう)を歩(ある)く。

譯 走在山岡上。

03 | こ【湖】

接尾 湖

例 琵琶湖(びわこ)に張(は)っていた氷(こおり)が溶(と)けた。

譯 在琵琶湖面上凍結的冰層融解了。

04 | こう【港】

漢造 港口

例 神戸港(こうべこう)まで 30 分(ぷん)で着(つ)く。

譯 三十分鐘就可以抵達神戶港。

05 | こきょう【故郷】

㊔ 故鄉，家鄉，出生地

例 故郷(こきょう)を離(はな)れる。

譯 離開故鄉。

06 | さか【坂】

㊔ 斜面，坡道；(比喻人生或工作的關鍵時刻)大關，陡坡

例 坂(さか)を上(のぼ)る。

譯 爬上坡。

07 | さん【山】

接尾 山；寺院，寺院的山號

例 富士山(ふじさん)に登(のぼ)る。

譯 爬富士山。

08 | しぜん【自然】

名·形動·副 自然，天然；大自然，自然界；自然地

例 自然(しぜん)が豊(ゆた)かだ。

譯 擁有豐富的自然資源。

09 | じばん【地盤】

㊔ 地基，地面；地盤，勢力範圍

例 地盤(じばん)が強(つよ)い。

譯 地基強固。

10 | わん【湾】

㊔ 灣，海灣

例 東京湾(とうきょうわん)にもたくさんの魚(さかな)がいる。

譯 東京灣也有很多魚。

13-2 場所、空間 / 地方、空間

01 | あける【空ける】

(他下一) 倒出，空出；騰出(時間)

例 会議室を空ける。

譯 空出會議室。

02 | くう【空】

(名·形動·漢造) 空中，空間；空虛

例 空に消える。

譯 消失在空中。

03 | そこ【底】

(名) 底，底子；最低處，限度；底層，深處；邊際，極限

例 海の底に沈んだ。

譯 沉入海底。

04 | ちほう【地方】

(名) 地方，地區；(相對首都與大城市而言的)地方，外地

例 地方から全国へ広がる。

譯 從地方蔓延到全國。

05 | どこか

(連語) 哪裡是，豈止，非但

例 どこか暖かい国へ行きたい。

譯 想去暖活的國家。

06 | はたけ【畑】

(名) 田地，旱田；專業的領域

例 畑の野菜を採る。

譯 採收田裡的蔬菜。

13-3 地域、範囲 / 地域、範圍

01 | あたり【辺り】

(名·造語) 附近，一帶；之類，左右

例 あたりを見回す。

譯 環視周圍。

02 | かこむ【囲む】

(他五) 圍上，包圍；圍攻

例 自然に囲まれる。

譯 沐浴在大自然之中。

03 | かんきょう【環境】

(名) 環境

例 環境が変わる。

譯 環境改變。

04 | きこく【帰国】

(名·自サ) 回國，歸國；回到家鄉

例 夏に帰国する。

譯 夏天回國。

05 | きんじょ【近所】

(名) 附近，左近，近郊

例 近所で工事が行われる。

譯 這附近將會施工。

06 | コース【course】

(名) 路線，(前進的)路徑；跑道；課程，學程；程序；套餐

例 コースを変える。

譯 改變路線。

07 | しゅう【州】

㊔ 大陸，州

例 州によって法律が違う。

譯 每一州的法律各自不同。

08 | しゅっしん【出身】

㊔ 出生(地)，籍貫；出身；畢業於…

例 彼女は東京の出身だ。

譯 她出生於東京。

09 | しょ【所】

(漢造) 處所，地點；特定地

例 次の場所へ行く。

譯 前往到下一個地方。

10 | しょ【諸】

(漢造) 諸

例 欧米諸国を旅行する。

譯 旅行歐美各國。

11 | せけん【世間】

㊔ 世上，社會上；世人；社會輿論；(交際活動的)範圍

例 世間を広げる。

譯 交遊廣闊。

12 | ちか【地下】

㊔ 地下；陰間；(政府或組織)地下，秘密(組織)

例 地下に眠る。

譯 沉睡在地底下。

13 | ちく【地区】

㊔ 地區

例 この地区は古い家が残っている。

譯 此地區留存著許多老房子。

14 | ちゅうしん【中心】

㊔ 中心，當中；中心，重點，焦點；中心地，中心人物

例 Aを中心とする。

譯 以A為中心。

15 | とうよう【東洋】

㊔ (地)亞洲；東洋，東方(亞洲東部和東南部的總稱)

例 東洋文化を研究する。

譯 研究東洋文化。

16 | ところどころ【所々】

㊔ 處處，各處，到處都是

例 所々に間違いがある。

譯 有些地方錯了。

17 | とし【都市】

㊔ 都市，城市

例 東京は日本で一番大きい都市だ。

譯 東京是日本最大的都市。

18 | ない【内】

(漢造) 內，裡頭；家裡；內部

例 校内で走るな。

譯 校內嚴禁奔跑。

19 | はなれる【離れる】

(自下一) 離開，分開；離去；距離，相隔；脱離(關係)，背離

例 故郷を離れる。

譯 離開家鄉。

20 | はんい【範囲】

(名) 範圍，界線

例 広い範囲に渡る。

譯 範圍遍佈極廣。

21 | ひろまる【広まる】

(自五) (範圍)擴大；傳播，遍及

例 話が広まる。

譯 事情漸漸傳開。

22 | ひろめる【広める】

(他下一) 擴大，增廣；普及，推廣；披漏，宣揚

例 知識を広める。

譯 普及知識。

23 | ぶ【部】

(名·漢造) 部分；部門；冊

例 一部の人だけが悩んでいる。

譯 只有部分的人在煩惱。

24 | ふうぞく【風俗】

(名) 風俗；服裝，打扮；社會道德

例 地方の風俗を紹介する。

譯 介紹地方的風俗。

25 | ふもと【麓】

(名) 山腳

例 富士山の麓に広がる。

譯 蔓延到富士山下。

26 | まわり【周り】

(名) 周圍，周邊

例 周りの人が驚いた。

譯 周圍的人嚇了一跳。

27 | よのなか【世の中】

(名) 人世間，社會；時代，時期；男女之情

例 世の中の動きを知る。

譯 知曉社會的變化。

28 | りょう【領】

(名·接尾·漢造) 領土；脖領；首領

例 日本領を犯す。

譯 侵犯日本領土。

N3 13-4

13-4 方向、位置 /
方向、位置

01 | か【下】

(漢造) 下面；屬下；低下；下，降

例 上学年と下学年に分ける。

譯 分為上半學跟下半學年。

02 | かしょ【箇所】

(名·接尾) (特定的)地方；(助數詞)處

例 1 箇所間違える。

譯 一個地方錯了。

03 | くだり【下り】

㊔ 下降的；東京往各地的列車

例 下(くだ)りの列車(れっしゃ)に乗(の)る。

譯 搭乘南下的列車。

04 | くだる【下る】

(自五) 下降，下去；下野，脱離公職；由中央到地方；下達；往河的下游去

例 川(かわ)を下(くだ)る。

譯 順流而下。

05 | しょうめん【正面】

㊔ 正面；對面；直接，面對面

例 建物(たてもの)の正面(しょうめん)から入(はい)る。

譯 從建築物的正面進入。

06 | しるし【印】

㊔ 記號，符號；象徵(物)，標記；徽章；(心意的)表示；紀念(品)；商標

例 大事(だいじ)な所(ところ)に印(しるし)をつける。

譯 重要處蓋上印章。

07 | すすむ【進む】

(自五・接尾) 進，前進；進步，先進；進展；升級，進級；升入，進入，到達；繼續下去

例 ゆっくりと進(すす)んだ。

譯 緩慢地前進。

08 | すすめる【進める】

(他下一) 使向前推進，使前進；推進，發展，開展；進行，舉行；提升，晉級；增進，使旺盛

例 計画(けいかく)を進(すす)める。

譯 進行計畫。

09 | ちかづく【近づく】

(自五) 臨近，靠近；接近，交往；幾乎，近似

例 目的地(もくてきち)に近付(ちかづ)く。

譯 接近目的地。

10 | つきあたり【突き当たり】

㊔ (道路的)盡頭

例 廊下(ろうか)の突(つ)き当(あ)たりまで歩(ある)く。

譯 走到走廊的盡頭。

11 | てん【点】

㊔ 點；方面；(得)分

例 その点(てん)について説明(せつめい)する。

譯 關於那一點容我進行說明。

12 | とじょう【途上】

㊔ (文)路上；中途

例 通学(つうがく)の途上(とじょう)、祖母(そぼ)に会(あ)った。

譯 去學校的途中遇到奶奶。

13 | ななめ【斜め】

(名・形動) 斜，傾斜；不一般，不同往常

例 斜(なな)めになっていた。

譯 歪了。

14 | のぼる【上る】

(自五) 進京；晉級，高昇；(數量)達到，高達

例 階段(かいだん)を上(のぼ)る。

譯 爬樓梯。

15 | はし【端】

㊔ 開端，開始；邊緣；零頭，片段；開始，盡頭

例 道の端を歩く。

譯 走在路的兩旁。

16 | ふたて【二手】

㊔ 兩路

例 二手に分かれる。

譯 兵分兩路。

17 | むかい【向かい】

㊔ 正對面

例 駅の向かいにある。

譯 在車站的對面。

18 | むき【向き】

㊔ 方向；適合，合乎；認真，慎重其事；傾向，趨向；（該方面的）人，人們

例 向きが変わる。

譯 轉變方向。

19 | むく【向く】

（自五・他五） 朝，向，面；傾向，趨向；適合；面向，著

例 気の向くままにやる。

譯 隨心所欲地做。

20 | むける【向ける】

（自他下一） 向，朝，對；差遣，派遣；撥用，用在

例 銃を男に向けた。

譯 槍指向男人。

21 | もくてきち【目的地】

㊔ 目的地

例 目的地に着く。

譯 抵達目的地。

22 | よる【寄る】

（自五） 順道去…；接近

例 喫茶店に寄る。

譯 順道去咖啡店。

23 | りょう【両】

（漢造） 雙，兩

例 川の両岸に桜が咲く。

譯 河川的兩岸櫻花綻放著。

24 | りょうがわ【両側】

㊔ 兩邊，兩側，兩方面

例 道の両側に寄せる。

譯 使靠道路兩旁。

パート
14
第十四章

施設、機関

- 設施、機關單位 -

N3 14-1

14-1 施設、機関 / 設施、機關單位

01 | かん【館】

漢造 旅館；大建築物或商店

はくぶつかん けんがく
例 博物館を見学する。

譯 參觀博物館。

02 | くやくしょ【区役所】

名（東京都特別區與政令指定都市所屬的）區公所

く やくしょ はたら
例 区役所で働く。

譯 在區公所工作。

03 | けいさつしょ【警察署】

名 警察署

けいさつしょ つ い
例 警察署に連れて行かれる。

譯 被帶去警局。

04 | こうみんかん【公民館】

名（市町村等的）文化館，活動中心

こうみんかん さどう きょうしつ
例 公民館で茶道の教室がある。

譯 公民活動中心裡設有茶道的課程。

05 | しやくしょ【市役所】

名 市政府，市政廳

し やくしょ つと
例 市役所に勤めている。

譯 在市公所工作。

06 | じょう【場】

名·漢造 場，場所；場面

かいじょう かた づ
例 会場を片付ける。

譯 整理會場。

07 | しょうぼうしょ【消防署】

名 消防局，消防署

しょうぼうしょ れんらく
例 消防署に連絡する。

譯 聯絡消防局。

08 | にゅうこくかんりきょく【入国管理局】

名 入國管理局

にゅうこくかん り きょく しんせい
例 入国管理局にビザを申請する。

譯 在入國管理局申請了簽證。

09 | ほけんじょ【保健所】

名 保健所，衛生所

ほ けんじょ けんこうしんだん う
例 保健所で健康診断を受ける。

譯 在衛生所做健康檢查。

N3 14-2

14-2 いろいろな施設 / 各種設施

01 | えん【園】

接尾 園

おとうと よう ち えん かよ
例 弟は幼稚園に通っている。

譯 弟弟上幼稚園。

02 ｜げきじょう【劇場】

㊔ 劇院，劇場，電影院

例 劇場(げきじょう)へ行(い)く。

譯 去劇場。

03 ｜じ【寺】

(漢造) 寺

例 金閣寺(きんかくじ)には金閣(きんかく)、銀閣寺(ぎんかくじ)には銀閣(ぎんかく)がある。

譯 金閣寺有金閣，銀閣寺有銀閣。

04 ｜はくぶつかん【博物館】

㊔ 博物館，博物院

例 博物館(はくぶつかん)を楽(たの)しむ。

譯 到博物館欣賞。

05 ｜ふろや【風呂屋】

㊔ 浴池，澡堂

例 風呂屋(ふろや)に行(い)く。

譯 去澡堂。

06 ｜ホール【hall】

㊔ 大廳；舞廳；（有舞台與觀眾席的）會場

例 新(あたら)しいホールをオープンする。

譯 新的禮堂開幕了。

07 ｜ほいくえん【保育園】

㊔ 幼稚園，保育園

例 2歳(さい)から保育園(ほいくえん)に行(い)く。

譯 從兩歲起就讀育幼園。

14-3 店 / 商店

01 ｜あつまり【集まり】

㊔ 集會，會合；收集（的情況）

例 客(きゃく)の集(あつ)まりが悪(わる)い。

譯 上門顧客不多。

02 ｜オープン【open】

(名·自他サ·形動) 開放，公開；無蓋，敞篷；露天，野外

例 3月(がつ)にオープンする。

譯 於三月開幕。

03 ｜コンビニ（エンスストア）【convenience store】

㊔ 便利商店

例 コンビニで買(か)う。

譯 在便利商店買。

04 ｜（じどう）けんばいき【（自動）券売機】

㊔ （門票、車票等）自動售票機

例 自動券売機(じどうけんばいき)で買(か)う。

譯 於自動販賣機購買。

05 ｜しょうばい【商売】

(名·自サ) 經商，買賣，生意；職業，行業

例 商売(しょうばい)がうまくいく。

譯 生意順利。

06 | チケット【ticket】

㊔ 票，券；車票；入場券；機票

例 コンサートのチケットを買(か)う。

譯 買票。

07 | ちゅうもん【注文】

名·他サ 點餐，訂貨，訂購；希望，要求，願望

例 パスタを注文(ちゅうもん)した。

譯 點了義大利麵。

08 | バーゲンセール【bargain sale】

㊔ 廉價出售，大拍賣

例 バーゲンセールが始(はじ)まった。

譯 開始大拍賣囉。

09 | ばいてん【売店】

㊔ (車站等)小賣店

例 駅(えき)の売店(ばいてん)で新聞(しんぶん)を買(か)う。

譯 在車站的小賣店買報紙。

10 | ばん【番】

名·接尾·漢造 輪班；看守，守衛；(表順序與號碼)第…號；(交替)順序，次序

例 店(みせ)の番(ばん)をする。

譯 照看店鋪。

N3 ⊙ 14-4

14-4 団体、会社 / 團體、公司行號

01 | かい【会】

㊔ 會，會議，集會

例 会(かい)に入(はい)る。

譯 入會。

02 | しゃ【社】

名·漢造 公司，報社(的簡稱)；社會團體；組織；寺院

例 新聞社(しんぶんしゃ)に就職(しゅうしょく)する。

譯 在報社上班。

03 | つぶす【潰す】

他五 毀壞，弄碎；熔毀，熔化；消磨，消耗；宰殺；堵死，填滿

例 会社(かいしゃ)を潰(つぶ)す。

譯 讓公司倒閉。

04 | とうさん【倒産】

名·自サ 破產，倒閉

例 激(はげ)しい競争(きょうそう)に負(ま)けて倒産(とうさん)した。

譯 在激烈競爭裡落敗而倒閉了。

05 | ほうもん【訪問】

名·他サ 訪問，拜訪

例 会社(かいしゃ)を訪問(ほうもん)する。

譯 訪問公司。

パート
15
第十五章

交通
- 交通 -

N3 ⊙ 15-1

15-1 交通、運輸 /
交通、運輸

01 | いき・ゆき【行き】
㊔ 去，往
例 東京行きの列車が来た。
譯 開往東京的列車進站了。

02 | おろす【下ろす・降ろす】
(他五) (從高處)取下，拿下，降下，弄下；開始使用(新東西)；砍下
例 車から荷物を降ろす。
譯 從卡車上卸下貨。

03 | かたみち【片道】
㊔ 單程，單方面
例 片道の電車賃をもらう。
譯 取得單程的電車費。

04 | けいゆ【経由】
(名·自サ) 經過，經由
例 新宿経由で東京へ行く。
譯 經新宿到東京。

05 | しゃ【車】
(名·接尾·漢造) 車；(助數詞)車，輛，車廂
例 電車に乗る。
譯 搭電車。

06 | じゅうたい【渋滞】
(名·自サ) 停滯不前，遲滯，阻塞
例 道が渋滞している。
譯 路上塞車。

07 | しょうとつ【衝突】
(名·自サ) 撞，衝撞，碰上；矛盾，不一致；衝突
例 車が壁に衝突した。
譯 車子撞上了牆壁。

08 | しんごう【信号】
(名·自サ) 信號，燈號；(鐵路、道路等的)號誌；暗號
例 信号が変わる。
譯 燈號改變。

09 | スピード【speed】
㊔ 快速，迅速；速度
例 スピードを上げる。
譯 加速，加快。

10 | そくど【速度】
㊔ 速度
例 速度を上げる。
譯 加快速度。

11 ｜ダイヤ【diamond・diagram 之略】

㊔ 鑽石（「ダイヤモンド」之略稱）；列車時刻表；圖表，圖解（「ダイヤグラム」之略稱）

例 大雪でダイヤが乱れる。

譯 交通因大雪而陷入混亂。

12 ｜たかめる【高める】

他下一 提高，抬高，加高

例 安全性を高める。

譯 加強安全性。

13 ｜たつ【発つ】

自五 立，站；冒，升；離開；出發；奮起；飛，飛走

例 9時の列車で発つ。

譯 坐九點的火車離開。

14 ｜ちかみち【近道】

㊔ 捷徑，近路

例 学問に近道はない。

譯 學問沒有捷徑。

15 ｜ていきけん【定期券】

㊔ 定期車票；月票

例 定期券を申し込む。

譯 申請定期車票。

16 ｜ていりゅうじょ【停留所】

㊔ 公車站；電車站

例 バスの停留所で待つ。

譯 在公車站等車。

17 ｜とおりこす【通り越す】

自五 通過，越過

例 バス停を通り越す。

譯 錯過了下車的公車站牌。

18 ｜とおる【通る】

自五 經過；穿過；合格

例 左側を通る。

譯 往左側走路。

19 ｜とっきゅう【特急】

㊔ 火速；特急列車（「特別急行」之略稱）

例 特急で東京へたつ。

譯 坐特快車前往東京。

20 ｜とばす【飛ばす】

他五・接尾 使…飛，使飛起；（風等）吹起，吹跑；飛濺，濺起

例 バイクを飛ばす。

譯 飆摩托車。

21 ｜ドライブ【drive】

名・自サ 開車遊玩；兜風

例 ドライブに出かける。

譯 開車出去兜風。

22 ｜のせる【乗せる】

他下一 放在高處，放到…；裝載；使搭乘；使參加；騙人，誘拐；記載，刊登；合著音樂的拍子或節奏

例 子供を車に乗せる。

譯 讓小孩上車。

23 ｜ブレーキ【brake】

㊔ 煞車；制止，控制，潑冷水

例 ブレーキをかける。

譯 踩煞車。

24 ｜めんきょ【免許】

(名·他サ) (政府機關)批准，許可；許可證，執照；傳授秘訣

例 車(くるま)の免許(めんきょ)を取(と)る。

譯 考到汽車駕照。

25 ｜ラッシュ【rush】

㊔ (眾人往同一處)湧現；蜂擁，熱潮

例 帰省(きせい)ラッシュで込(こ)んでいる。

譯 因返鄉人潮而擁擠。

26 ｜ラッシュアワー【rushhour】

㊔ 尖峰時刻，擁擠時段

例 ラッシュアワーに遇(あ)う。

譯 遇上交通尖峰。

27 ｜ロケット【rocket】

㊔ 火箭發動機；(軍)火箭彈；狼煙火箭

例 ロケットで飛(と)ぶ。

譯 乘火箭飛行。

N3 ● 15-2

15-2 鉄道、船、飛行機 / 鐵路、船隻、飛機

01 ｜かいさつぐち【改札口】

㊔ (火車站等)剪票口

例 改札口(かいさつぐち)を出(で)る。

譯 出剪票口。

02 ｜かいそく【快速】

(名·形動) 快速，高速度

例 快速電車(かいそくでんしゃ)に乗(の)る。

譯 搭乘快速電車。

03 ｜かくえきていしゃ【各駅停車】

㊔ 指電車各站都停車，普通車

例 各駅停車(かくえきていしゃ)の電車(でんしゃ)に乗(の)る。

譯 搭乘各站停車的列車。

04 ｜きゅうこう【急行】

(名·自サ) 急忙前往，急趕；急行列車

例 急行(きゅうこう)に乗(の)る。

譯 搭急行電車。

05 ｜こむ【込む・混む】

(自五·接尾) 擁擠，混雜；費事，精緻，複雜；表進入的意思；表深入或持續到極限

例 電車(でんしゃ)が込(こ)む。

譯 電車擁擠。

06 ｜こんざつ【混雜】

(名·自サ) 混亂，混雜，混染

例 混雑(こんざつ)を避(さ)ける。

譯 避免混亂。

07 ｜ジェットき【jet 機】

㊔ 噴氣式飛機，噴射機

例 ジェット機(き)に乗(の)る。

譯 乘坐噴射機。

08 | しんかんせん【新幹線】

㊔ 日本鐵道新幹線

例 新幹線に乗る。

譯 搭新幹線。

09 | つなげる【繋げる】

(他五) 連接，維繫

例 船を港に繋げる。

譯 把船綁在港口。

10 | とくべつきゅうこう【特別急行】

㊔ 特別快車，特快車

例 特別急行が遅れた。

譯 特快車誤點了。

11 | のぼり【上り】

㊔（「のぼる」的名詞形）登上，攀登；上坡（路）；上行列車（從地方往首都方向的列車）；進京

例 上り電車が到着した。

譯 上行的電車已抵達。

12 | のりかえ【乗り換え】

㊔ 換乘，改乘，改搭

例 次の駅で乗り換える。

譯 在下一站轉乘。

13 | のりこし【乗り越し】

(名·自サ)（車）坐過站

例 乗り越した分を払う。

譯 支付坐過站的份。

14 | ふみきり【踏切】

㊔（鐵路的）平交道，道口；（轉）決心

例 踏切を渡る。

譯 過平交道。

15 | プラットホーム【platform】

㊔ 月台

例 プラットホームを出る。

譯 走出月台。

16 | ホーム【platform 之略】

㊔ 月台

例 ホームから手を振る。

譯 在月台招手。

17 | まにあう【間に合う】

(自五) 來得及，趕得上；夠用

例 終電に間に合う。

譯 趕上末班車。

18 | むかえ【迎え】

㊔ 迎接；去迎接的人；接，請

例 空港まで迎えに行く。

譯 迎接機。

19 | れっしゃ【列車】

㊔ 列車，火車

例 列車が着く。

譯 列車到站。

15-3 自動車、道路 / 汽車、道路

01 ｜かわる【代わる】

(自五) 代替，代理，代理

例 運転（うんてん）を代（か）わる。

譯 交替駕駛。

02 ｜つむ【積む】

(自五・他五) 累積，堆積；裝載；積蓄，積累

例 トラックに積（つ）んだ。

譯 裝到卡車上。

03 ｜どうろ【道路】

(名) 道路

例 道路（どうろ）が混雑（こんざつ）する。

譯 道路擁擠。

04 ｜とおり【通り】

(名) 大街，馬路；通行，流通

例 広（ひろ）い通（とお）りに出（で）る。

譯 走到大馬路。

05 ｜バイク【bike】

(名) 腳踏車；摩托車（「モーターバイク」之略稱）

例 バイクで旅行（りょこう）したい。

譯 想騎機車旅行。

06 ｜バン【van】

(名) 大篷貨車

例 新型（しんがた）のバンがほしい。

譯 想要有一台新型貨車。

07 ｜ぶつける

(他下一) 扔，投；碰，撞，（偶然）碰上，遇上；正當，恰逢；衝突，矛盾

例 車（くるま）をぶつける。

譯 撞上了車。

08 ｜レンタル【rental】

(名・サ変) 出租，出賃；租金

例 車（くるま）をレンタルする。

譯 租車。

パート 16 第十六章

通信、報道

- 通訊、報導 -

N3 16-1

16-1 通信、電話、郵便 / 通訊、電話、郵件

01 | あてな【宛名】

㊔ 收信(件)人的姓名住址

例 手紙（てがみ）の宛名（あてな）を書（か）く。

譯 寫收件人姓名。

02 | インターネット【internet】

㊔ 網路

例 インターネットに繋（つな）がる。

譯 連接網路。

03 | かきとめ【書留】

㊔ 掛號郵件

例 書留（かきとめ）で郵送（ゆうそう）する。

譯 用掛號信郵寄。

04 | こうくうびん【航空便】

㊔ 航空郵件；空運

例 航空便（こうくうびん）で送（おく）る。

譯 用空運運送。

05 | こづつみ【小包】

㊔ 小包裹；包裹

例 小包（こづつみ）を出（だ）す。

譯 寄包裹。

06 | そくたつ【速達】

名・自他サ 快速信件

例 速達（そくたつ）で送（おく）る。

譯 寄快遞。

07 | たくはいびん【宅配便】

㊔ 宅急便

例 宅配便（たくはいびん）が届（とど）く。

譯 收到宅配包裹。

08 | つうじる・つうずる【通じる・通ずる】

自上一・他上一 通；通到，通往；通曉，精通；明白，理解；使…通；在整個期間內

例 電話（でんわ）が通（つう）じる。

譯 通電話。

09 | つながる【繋がる】

自五 相連，連接，聯繫；(人)排隊，排列；有(血緣、親屬)關係，牽連

例 電話（でんわ）が繋（つな）がった。

譯 電話接通了。

10 | とどく【届く】

自五 及，達到；(送東西)到達；周到；達到(希望)

例 手紙（てがみ）が届（とど）いた。

譯 收到信。

11 | ふなびん【船便】

㊔ 船運

例 船便(ふなびん)で送(おく)る。

譯 用船運過去。

12 | やりとり【やり取り】

名·他サ 交換，互換，授受

例 手紙(てがみ)のやり取(と)りをする。

譯 書信來往。

13 | ゆうそう【郵送】

名·他サ 郵寄

例 原稿(げんこう)を郵送(ゆうそう)する。

譯 郵寄稿件。

14 | ゆうびん【郵便】

㊔ 郵政；郵件

例 郵便(ゆうびん)が来(く)る。

譯 寄來郵件。

N3 ◉ 16-2

16-2 伝達、通知、情報 / 傳達、告知、信息

01 | アンケート【(法) enquête】

㊔ (以同樣內容對多數人的)問卷調查，民意測驗

例 アンケートをとる。

譯 問卷調查。

02 | こうこく【広告】

名·他サ 廣告；作廣告，廣告宣傳

例 広告(こうこく)を出(だ)す。

譯 拍廣告。

03 | しらせ【知らせ】

㊔ 通知；預兆，前兆

例 知(し)らせが来(き)た。

譯 通知送來了。

04 | せんでん【宣伝】

名·自他サ 宣傳，廣告；吹噓，鼓吹，誇大其詞

例 製品(せいひん)を宣伝(せんでん)する。

譯 宣傳產品。

05 | のせる【載せる】

他下一 放在…上，放在高處；裝載，裝運；納入，使參加；欺騙；刊登，刊載

例 新聞(しんぶん)に公告(こうこく)を載(の)せる。

譯 在報上刊登廣告。

06 | はやる【流行る】

自五 流行，時興；興旺，時運佳

例 ヨガダイエットが流行(はや)っている。

譯 流行瑜珈減肥。

07 | ふきゅう【普及】

名·自サ 普及

例 テレビが普及(ふきゅう)している。

譯 電視普及。

08 | ブログ【blog】

㊔ 部落格

例 ブログを作(つく)る。

譯 架設部落格。

09 | ホームページ【homepage】

㊔ 網站，網站首頁

例 ホームページを作(つく)る。

譯 架設網站。

---

10 | よせる【寄せる】

(自下一・他下一) 靠近，移近；聚集，匯集，集中；加；投靠，寄身

例 意見(いけん)をお寄(よ)せください。

譯 集中大家的意見。

N3 ◉ 16-3

16-3 報道、放送 / 報導、廣播

01 | アナウンス【announce】

(名・他サ) 廣播；報告；通知

例 選手(せんしゅ)の名前(なまえ)をアナウンスする。

譯 廣播選手的名字。

---

02 | インタビュー【interview】

(名・自サ) 會面，接見；訪問，採訪

例 インタビューを始(はじ)める。

譯 開始採訪。

---

03 | きじ【記事】

㊔ 報導，記事

例 新聞記事(しんぶんきじ)に載(の)る。

譯 報導刊登在報上。

---

04 | じょうほう【情報】

㊔ 情報，信息

例 情報(じょうほう)を得(え)る。

譯 獲得情報。

---

05 | スポーツちゅうけい【スポーツ中継】

㊔ 體育(競賽)直播，轉播

例 スポーツ中継(ちゅうけい)を見(み)た。

譯 看了現場直播的運動比賽。

---

06 | ちょうかん【朝刊】

㊔ 早報

例 毎朝朝刊(まいあさちょうかん)を読(よ)む。

譯 每天早上讀早報。

---

07 | テレビばんぐみ【television 番組】

㊔ 電視節目

例 テレビ番組(ばんぐみ)を録画(ろくが)する。

譯 錄下電視節目。

---

08 | ドキュメンタリー【documentary】

㊔ 紀錄，紀實；紀錄片

例 ドキュメンタリー映画(えいが)が作(つく)られていた。

譯 拍攝成紀錄片。

---

09 | マスコミ【mass communication 之略】

㊔（透過報紙、廣告、電視或電影等向群眾進行的）大規模宣傳；媒體（「マスコミュニケーション」之略稱）

例 マスコミに追(お)われている。

譯 蜂擁而上的採訪媒體。

---

10 | ゆうかん【夕刊】

㊔ 晚報

例 夕刊(ゆうかん)を取(と)る。

譯 訂閱晚報。

パート
17 第十七章 スポーツ
- 體育運動 -

N3 ◉ 17-1

17-1 スポーツ / 體育運動

01 | オリンピック【Olympics】
㊔ 奥林匹克
例 オリンピックに出る。
譯 參加奧運。

02 | きろく【記録】
名·他サ 記錄，記載，(體育比賽的)紀錄
例 記録をとる。
譯 做記錄。

03 | しょうひ【消費】
名·他サ 消費，耗費
例 カロリーを消費する。
譯 消耗卡路理。

04 | スキー【ski】
㊔ 滑雪；滑雪橇，滑雪板
例 スキーに行く。
譯 去滑雪。

05 | チーム【team】
㊔ 組，團隊；(體育)隊
例 チームを作る。
譯 組織團隊。

06 | とぶ【跳ぶ】
自五 跳，跳起；跳過(順序、號碼等)
例 跳び箱を跳ぶ。
譯 跳過跳箱。

07 | トレーニング【training】
名·他サ 訓練，練習
例 週二日トレーニングをしている。
譯 每週鍛鍊身體兩次。

08 | バレエ【ballet】
㊔ 芭蕾舞
例 バレエを習う。
譯 學習芭蕾舞。

N3 ◉ 17-2

17-2 試合 / 比賽

01 | あらそう【争う】
他五 爭奪；爭辯；奮鬥，對抗，競爭
例 相手チームと1位を争う。
譯 與競爭隊伍爭奪冠軍。

02 | おうえん【応援】
名·他サ 援助，支援；聲援，助威
例 試合を応援する。
譯 為比賽加油。

03 | かち【勝ち】

㊔ 勝利

例 勝ちを得る。

譯 獲勝。

04 | かつやく【活躍】

(名·自サ) 活躍

例 試合で活躍する。

譯 在比賽中很活躍。

05 | かんぜん【完全】

(名·形動) 完全，完整；完美，圓滿

例 完全な勝利を信じる。

譯 相信將能得到完美的獲勝。

06 | きん【金】

(名·漢造) 黃金，金子；金錢

例 金メダルを取る。

譯 獲得金牌。

07 | しょう【勝】

(漢造) 勝利；名勝

例 勝利を得た。

譯 獲勝。

08 | たい【対】

(名·漢造) 對比，對方；同等，對等；相對，相向；(比賽)比；面對

例 3対1で、白組の勝ちだ。

譯 以三比一的結果由白隊獲勝。

09 | はげしい【激しい】

㊊ 激烈，劇烈；(程度上)很高，厲害；熱烈

例 競争が激しい。

譯 競爭激烈。

N3 ⊙ 17-3

17-3 球技、陸上競技 / 球類、田徑賽

01 | ける【蹴る】

(他五) 踢；沖破(浪等)；拒絕，駁回

例 ボールを蹴る。

譯 踢球。

02 | たま【球】

㊔ 球

例 球を打つ。

譯 打球。

03 | トラック【track】

㊔ (操場、運動場、賽馬場的)跑道

例 トラックを1周する。

譯 繞跑道跑一圈。

04 | ボール【ball】

㊔ 球；(棒球)壞球

例 サッカーボールを追いかける。

譯 追足球。

05 | ラケット【racket】

㊔ (網球、乒乓球等的)球拍

例 ラケットを張りかえた。

譯 重換網球拍。

パート 18 第十八章

趣味、娯楽

- 愛好、嗜好、娛樂 -

01 | アニメ【animation】 N3 ◎ 18

㊔ 卡通，動畫片

例 アニメが放送(ほうそう)される。

譯 播映卡通。

02 | かるた【carta・歌留多】

㊔ 紙牌；寫有日本和歌的紙牌

例 歌留多(かるた)で遊(あそ)ぶ。

譯 玩日本紙牌。

03 | かんこう【観光】

名・他サ 觀光，遊覽，旅遊

例 観光(かんこう)の名所(めいしょ)を紹介(しょうかい)する。

譯 介紹觀光勝地。

04 | クイズ【quiz】

㊔ 回答比賽，猜謎；考試

例 クイズ番組(ばんぐみ)に参加(さんか)する。

譯 參加益智節目。

05 | くじ【籤】

㊔ 籤；抽籤

例 籤(くじ)で決(き)める。

譯 用抽籤方式決定。

06 | ゲーム【game】

㊔ 遊戲，娛樂；比賽

例 ゲームで負(ま)ける。

譯 遊戲比賽比輸。

07 | ドラマ【drama】

㊔ 劇；連戲劇；戲劇；劇本；戲劇文學；(轉)戲劇性的事件

例 大河(たいが)ドラマを放送(ほうそう)する。

譯 播放大河劇。

08 | トランプ【trump】

㊔ 撲克牌

例 トランプを切(き)る。

譯 洗牌。

09 | ハイキング【hiking】

㊔ 健行，遠足

例 鎌倉(かまくら)へハイキングに行(い)く。

譯 到鐮倉去健行。

10 | はく・ぱく【泊】

接尾 宿，過夜；停泊

例 京都(きょうと)に1泊(いっぱく)する。

譯 在京都住一晚。

11 | バラエティー【variety】

㊔ 多樣化，豐富多變；綜藝節目(「バラエティーショー」之略稱)

例 バラエティーに富(と)んだ。

譯 豐富多樣。

12 | ピクニック【picnic】

㊔ 郊遊，野餐

例 ピクニックに行(い)く。

譯 去野餐。

パート 19 第十九章

芸術

- 藝術 -

N3 19-1

19-1 芸術、絵画、彫刻／藝術、繪畫、雕刻

01 ｜えがく【描く】

(他五) 畫，描繪；以…為形式，描寫；想像

例 人物(じんぶつ)を描(えが)く。

譯 畫人物。

02 ｜かい【会】

(接尾) …會

例 展覧会(てんらんかい)が終(お)わる。

譯 展覽會結束。

03 ｜げいじゅつ【芸術】

(名) 藝術

例 芸術(げいじゅつ)がわからない。

譯 不懂藝術。

04 ｜さくひん【作品】

(名) 製成品；（藝術）作品，（特指文藝方面）創作

例 作品(さくひん)に題(だい)をつける。

譯 取作品的名稱。

05 ｜し【詩】

(名・漢造) 詩，詩歌

例 詩(し)を作(つく)る。

譯 作詩。

06 ｜しゅつじょう【出場】

(名・自サ) （參加比賽）上場，入場；出站，走出場

例 コンクールに出場(しゅつじょう)する。

譯 參加比賽。

07 ｜デザイン【design】

(名・自他サ) 設計（圖）；（製作）圖案

例 制服(せいふく)をデザインする。

譯 設計制服。

08 ｜びじゅつ【美術】

(名) 美術

例 美術(びじゅつ)の研究(けんきゅう)を深(ふか)める。

譯 深入研究美術。

N3 19-2

19-2 音楽／音樂

01 ｜えんか【演歌】

(名) 演歌（現多指日本民間特有曲調哀愁的民謠）

例 演歌歌手(えんかかしゅ)になる。

譯 成為演歌歌手。

02 ｜えんそう【演奏】

(名・他サ) 演奏

例 音楽(おんがく)を演奏(えんそう)する。

譯 演奏音樂。

03 | か【歌】

漢造 唱歌；歌詞

例 演歌（えんか）を歌（うた）う。

譯 唱傳統歌謠。

04 | きょく【曲】

名·漢造 曲調；歌曲；彎曲

例 歌詞（かし）に曲（きょく）をつける。

譯 為歌詞譜曲。

05 | クラシック【classic】

名 經典作品，古典作品，古典音樂；古典的

例 クラシックのレコードを聴（き）く。

譯 聽古典音樂唱片。

06 | ジャズ【jazz】

名·自サ （樂）爵士音樂

例 ジャズのレコードを集（あつ）める。

譯 收集爵士唱片。

07 | バイオリン【violin】

名 （樂）小提琴

例 バイオリンを弾（ひ）く。

譯 拉小提琴。

08 | ポップス【pops】

名 流行歌，通俗歌曲（「ポピュラーミュージック」之略稱）

例 80年代（ねんだい）のポップスが懐（なつ）かしい。

譯 八〇年代的流行歌很叫人懷念。

19-3 演劇、舞踊、映画 / 戲劇、舞蹈、電影

01 | アクション【action】

名 行動，動作；（劇）格鬥等演技

例 アクションドラマが人気（にんき）だ。

譯 動作片很紅。

02 | エスエフ（SF）【science fiction】

名 科學幻想

例 SF映画（えいが）を見（み）る。

譯 看科幻電影。

03 | えんげき【演劇】

名 演劇，戲劇

例 演劇（えんげき）の練習（れんしゅう）をする。

譯 排演戲劇。

04 | オペラ【opera】

名 歌劇

例 妻（つま）とオペラを観（み）る。

譯 與妻子觀看歌劇。

05 | か【化】

漢造 化學的簡稱；變化

例 小説（しょうせつ）を映画化（えいがか）する。

譯 把小說改成電影。

06 | かげき【歌劇】

名 歌劇

例 歌劇（かげき）に夢中（むちゅう）になる。

譯 沈迷於歌劇。

07｜コメディー【comedy】
㊔ 喜劇

例 コメディー映画(えいが)が好(す)きだ。
譯 喜歡看喜劇電影。

08｜ストーリー【story】
㊔ 故事，小説；(小説、劇本等的)劇情，結構

例 このドラマは俳優(はいゆう)に加(くわ)えてストーリーもいい。
譯 這部影集不但演員好，故事情節也精彩。

09｜ばめん【場面】
㊔ 場面，場所；情景，(戲劇、電影等)場景，鏡頭；市場的情況，行情

例 場面(ばめん)が変(か)わる。
譯 轉換場景。

10｜ぶたい【舞台】
㊔ 舞台；大顯身手的地方

例 舞台(ぶたい)に立(た)つ。
譯 站上舞台。

11｜ホラー【horror】
㊔ 恐怖，戰慄

例 ホラー映画(えいが)のせいで眠(ねむ)れなかった。
譯 因為恐怖電影而睡不著。

12｜ミュージカル【musical】
㊔ 音樂劇；音樂的，配樂的

例 ミュージカルが好(す)きだ。
譯 喜歡看歌舞劇。

Memo

パート
20
第二十章

数量、図形、色彩

- 數量、圖形、色彩 -

N3 20-1

20-1 数 / 數目

01 | かく【各】

接頭 各，每人，每個，各個

例 各クラスから一人出してください。

譯 請每個班級選出一名。

02 | かず【数】

名 數，數目；多數，種種

例 数が多い。

譯 數目多。

03 | きすう【奇数】

名 (數)奇數

例 奇数を使う。

譯 使用奇數。

04 | けた【桁】

名 (房屋、橋樑的)橫樑，桁架；算盤的主柱；數字的位數

例 桁を間違える。

譯 弄錯位數。

05 | すうじ【数字】

名 數字；各個數字

例 数字で示す。

譯 用數字表示。

06 | せいすう【整数】

名 (數)整數

例 答えは整数だ。

譯 答案為整數。

07 | ちょう【兆】

名·漢造 徵兆；(數)兆

例 国の借金は 1000 兆円だ。

譯 國家的債務有1000兆圓。

08 | ど【度】

名·漢造 尺度；程度；溫度；次數，回數；規則，規定；氣量，氣度

例 昨日より 5 度ぐらい高い。

譯 溫度比昨天高五度。

09 | ナンバー【number】

名 數字，號碼；(汽車等的)牌照

例 自動車のナンバーを変更したい。

譯 想換汽車號碼牌。

10 | パーセント【percent】

名 百分率

例 手数料が 3 パーセントかかる。

譯 手續費要三個百分比。

11 | びょう【秒】

名·漢造 (時間單位)秒

例 タイムを秒(びょう)まで計(はか)る。

譯 以秒計算。

---

12 | プラス【plus】

(名・他サ) (數)加號，正號；正數；有好處，利益；加(法)；陽性

例 プラスになる。

譯 有好處。

---

13 | マイナス【minus】

(名・他サ) (數)減，減法；減號，負數；負極；(溫度)零下

例 マイナスになる。

譯 變得不好。

N3 ⊙ 20-2

20-2 計算 /
計算

01 | あう【合う】

(自五) 正確，適合；一致，符合；對，準；合得來；合算

例 計算(けいさん)が合(あ)う。

譯 計算符合。

---

02 | イコール【equal】

(名) 相等；(數學)等號

例 A イコール B だ。

譯 A等於B。

---

03 | かけざん【掛け算】

(名) 乘法

例 まだ5歳(さい)だが掛(か)け算(ざん)もできる。

譯 雖然才五歲連乘法也會。

---

04 | かぞえる【数える】

(他下一) 數，計算；列舉，枚舉

例 羊(ひつじ)の数(かず)を 1,000 匹(びき)まで数(かぞ)えた。

譯 數羊數到了一千隻。

---

05 | けい【計】

(名) 總計，合計；計畫，計

例 1年(いちねん)の計(けい)は春(はる)にあり。

譯 一年之計在於春。

---

06 | けいさん【計算】

(名・他サ) 計算，演算；估計，算計，考慮

例 計算(けいさん)が早(はや)い。

譯 計算得快。

---

07 | ししゃごにゅう【四捨五入】

(名・他サ) 四捨五入

例 小数点第三位(しょうすうてんだいさんい)を四捨五入(ししゃごにゅう)する。

譯 四捨五入取到小數點後第二位。

---

08 | しょうすう【小数】

(名) (數)小數

例 小数点(しょうすうてん)以下(いか)は、四捨五入(ししゃごにゅう)する。

譯 小數點以下，要四捨五入。

---

09 | しょうすうてん【小数点】

(名) 小數點

例 小数点(しょうすうてん)以下(いか)は、書(か)かなくてもいい。

譯 小數點以下的數字可以不必寫出來。

10 | たしざん【足し算】

㊔ 加法，加算

例 足し算の教材を 10 冊やる。

譯 做了十本加法的教材。

11 | でんたく【電卓】

㊔ 電子計算機（「電子式卓上計算機（でんししきたくじょうけいさんき）」之略稱）

例 電卓で計算する。

譯 用計算機計算。

12 | ひきざん【引き算】

㊔ 減法

例 引き算を習う。

譯 學習減法。

13 | ぶんすう【分数】

㊔ （數學的）分數

例 分数を習う。

譯 學分數。

14 | わり【割り・割】

造語 分配；（助數詞用）十分之一，一成；比例；得失

例 4 割引きにする。

譯 給你打了四折。

15 | わりあい【割合】

㊔ 比例；比較起來

例 空気の成分の割合を求める。

譯 算出空氣中的成分的比例。

16 | わりざん【割り算】

㊔ （算）除法

例 割り算は難しい。

譯 除法很難。

N3 ◉ 20-3 (1)

20-3 量、長さ、広さ、重さなど (1) / 量、容量、長度、面積、重量等 (1)

01 | あさい【浅い】

形 （水等）淺的；（顏色）淡的；（程度）膚淺的，少的，輕的；（時間）短的

例 考えが浅い。

譯 思慮不周到。

02 | アップ【up】

名・他サ 增高，提高；上傳（檔案至網路）

例 給料アップを望む。

譯 希望提高薪水。

03 | いちどに【一度に】

副 同時地，一塊地，一下子

例 卵と牛乳を一度に入れる。

譯 蛋跟牛奶一齊下鍋。

04 | おおく【多く】

名・副 多數，許多；多半，大多

例 人がどんどん多くなる。

譯 愈來愈多人。

05 | おく【奥】

㊔ 裡頭，深處；裡院；盡頭

例 のどの奥に魚の骨が引っかかった。

譯 喉嚨深處鯁到魚刺了。

06 | かさねる【重ねる】

(他下一) 重疊堆放；再加上，蓋上；反覆，重複，屢次

例 本を 3 冊重ねる。

譯 把三本書疊起來。

07 | きょり【距離】

(名) 距離，間隔，差距

例 距離が遠い。

譯 距離遙遠。

08 | きらす【切らす】

(他五) 用盡，用光

例 名刺を切らす。

譯 名片用完。

09 | こ【小】

(接頭) 小，少；稍微

例 小雨が降る。

譯 下小雨。

10 | こい【濃い】

(形) 色或味濃深；濃稠，密

例 化粧が濃い。

譯 化著濃妝。

11 | こう【高】

(名·漢造) 高；高處，高度；(地位等)高

例 高層ビルを建築する。

譯 蓋摩天大樓。

12 | こえる【越える・超える】

(自下一) 越過；度過；超出，超過

例 山を越える。

譯 翻過山頭。

13 | ごと

(接尾) (表示包含在內)一共，連同

例 リンゴを皮ごと食べる。

譯 蘋果帶皮一起吃。

14 | ごと【毎】

(接尾) 每

例 月ごとの支払いになる。

譯 規定每月支付。

15 | さい【最】

(漢造·接頭) 最

例 学年で最優秀の成績を取った。

譯 得到了全學年第一名的成績。

16 | さまざま【様々】

(名·形動) 種種，各式各樣的，形形色色的

例 様々な原因を考えた。

譯 想到了各種原因。

17 | しゅるい【種類】

(名) 種類

例 種類が多い。

譯 種類繁多。

18 | しょ【初】

(漢造) 初，始；首次，最初

例 初級から上級までレベルが揃っている。

譯 從初級到高級等各種程度都有。

19 | しょうすう【少数】

(名) 少數

例 少数の意見を大事にする。

譯 尊重少數的意見。

20 | すくなくとも【少なくとも】

(副) 至少，對低，最低限度

例 少なくとも 3 時間はかかる。

譯 至少要花三個小時。

21 | すこしも【少しも】

(副) (下接否定)一點也不，絲毫也不

例 お金には、少しも興味がない。

譯 金錢這東西，我一點都不感興趣。

22 | ぜん【全】

(漢造) 全部，完全；整個；完整無缺

例 全科目の成績が上がる。

譯 全科成績都進步。

23 | センチ【centimeter】

(名) 厘米，公分

例 1 センチ右に動かす。

譯 往右移動了一公分。

24 | そう【総】

(漢造) 總括；總覽；總，全體；全部

例 総員 50 名だ。

譯 總共有五十人。

25 | そく【足】

(接尾·漢造) (助數詞)雙；足；足夠；添

例 靴下を 2 足買った。

譯 買了兩雙襪子。

26 | そろう【揃う】

(自五) (成套的東西)備齊；成套；一致，(全部)一樣，整齊；(人)到齊，齊聚

例 色々な商品が揃った。

譯 各種商品一應備齊。

27 | そろえる【揃える】

(他下一) 使…備齊；使…一致；湊齊，弄齊，使成對

例 必要なものを揃える。

譯 準備好必需品。

28 | たてなが【縦長】

(名) 矩形，長形

例 縦長の封筒が多く使われている。

譯 有許多人使用長方形的信封。

29 | たん【短】

(名·漢造) 短；不足，缺點

例 LINE と Facebook、それぞれの短所は何ですか。

譯 LINE和臉書的缺點各是什麼？

30 | ちぢめる【縮める】

(他下一) 縮小，縮短，縮減；縮回，捲縮，起皺紋

例 亀が驚いて首を縮めた。

譯 烏龜受了驚嚇把頭縮了起來。

20-3 量、長さ、広さ、重さなど（2）／
量、容量、長度、面積、重量等（2）

31 | つき【付き】
(接尾)（前接某些名詞）樣子；附屬
例 デザート付き(つ)の定食(ていしょく)を注文(ちゅうもん)する。
譯 點附甜點的套餐。

32 | つく【付く】
(自五) 附著，沾上；長，添增；跟隨；隨從，聽隨；偏坦；設有；連接著
例 ご飯粒(はんつぶ)が付(つ)く。
譯 沾到飯粒。

33 | つづき【続き】
(名) 接續，繼續；接續部分，下文；接連不斷
例 続(つづ)きがある。
譯 有後續。

34 | つづく【続く】
(自五) 繼續，延續，連續；接連發生，接連不斷；隨後發生，接著；連著，通到，與…接連；接得上，夠用；後繼，跟上；次於，居次位
例 暖(あたた)かい日(ひ)が続(つづ)いた。
譯 一連好幾天都很暖和。

35 | とう【等】
(接尾) 等等；（助數詞用法，計算階級或順位的單位）等（級）
例 フランス、ドイツ等(とう)の EU 諸国(しょこく)が対象(たいしょう)になる。
譯 以法、德等歐盟各國為對象。

36 | トン【ton】
(名)（重量單位）噸，公噸，一千公斤
例 1万(いちまん)トンの船(ふね)が入(はい)ってきた。
譯 一萬噸的船隻開進來了。

37 | なかみ【中身】
(名) 裝在容器裡的內容物，內容；刀身
例 中身(なかみ)がない。
譯 沒有內容。

38 | のうど【濃度】
(名) 濃度
例 放射能濃度(ほうしゃのうのうど)が高(たか)い。
譯 輻射線濃度高。

39 | ばい【倍】
(名・漢造・接尾) 倍，加倍；（數助詞的用法）倍
例 賞金(しょうきん)を倍(ばい)にする。
譯 獎金加倍。

40 | はば【幅】
(名) 寬度，幅面；幅度，範圍；勢力；伸縮空間
例 幅(はば)を広(ひろ)げる。
譯 拓寬。

41 | ひょうめん【表面】
(名) 表面
例 表面(ひょうめん)だけ飾(かざ)る。
譯 只裝飾表面。

42 | ひろがる【広がる】

(自五) 開放，展開；(面積、規模、範圍)擴大，蔓延，傳播

例 事業(じぎょう)が広(ひろ)がる。

譯 擴大事業。

43 | ひろげる【広げる】

(他下一) 打開，展開；(面積、規模、範圍)擴張，發展

例 趣味(しゅみ)の範囲(はんい)を広(ひろ)げる。

譯 擴大嗜好的範圍。

44 | ひろさ【広さ】

(名) 寬度，幅度，廣度

例 広(ひろ)さは3万坪(まんつぼ)ある。

譯 有三萬坪的寬度。

45 | ぶ【無】

(接頭・漢造) 無，沒有，缺乏

例 店員(てんいん)が無愛想(ぶあいそう)で不親切(ふしんせつ)だ。

譯 店員不和氣又不親切。

46 | ふくめる【含める】

(他下一) 包含，含括；囑咐，告知，指導

例 子供(こども)を含(ふく)めて300人(さんびゃくにん)だ。

譯 包括小孩在內共三百人。

47 | ふそく【不足】

(名・形動・自サ) 不足，不夠，短缺；缺乏，不充分；不滿意，不平

例 不足(ふそく)を補(おぎな)う。

譯 彌補不足。

48 | ふやす【増やす】

(他五) 繁殖；增加，添加

例 人手(ひとで)を増(ふ)やす。

譯 增加人手。

49 | ぶん【分】

(名・漢造) 部分；份；本分；地位

例 減(へ)った分(ぶん)を補(おぎな)う。

譯 補充減少部分。

50 | へいきん【平均】

(名・自サ・他サ) 平均；(數)平均值；平衡，均衡

例 1月(がつ)の平均気温(へいきんきおん)は氷点下(ひょうてんか)だ。

譯 一月的平均氣溫在冰點以下。

51 | へらす【減らす】

(他五) 減，減少；削減，縮減；空(腹)

例 体重(たいじゅう)を減(へ)らす。

譯 減輕體重。

52 | へる【減る】

(自五) 減，減少；磨損；(肚子)餓

例 収入(しゅうにゅう)が減(へ)る。

譯 收入減少。

53 | ほんの

(連體) 不過，僅僅，一點點

例 ほんの少(すこ)し残(のこ)っている。

譯 只有留下一點點。

54 | ますます【益々】

(副) 越發，益發，更加

例 ますます強くなる。
譯 更加強大了。

55 | ミリ【(法) millimetre 之略】
(造語·名) 毫，千分之一；毫米，公厘
例 1時間100ミリの豪雨を記録する。
譯 一小時達到下100毫米雨的記錄。

56 | むすう【無数】
(名·形動) 無數
例 無数の星が空に輝いていた。
譯 有無數的星星在天空閃爍。

57 | めい【名】
(接尾) (計算人數)名，人
例 3名一組になる。
譯 三個人一組。

58 | やや
(副) 稍微，略；片刻，一會兒
例 やや短すぎる。
譯 有點太短。

59 | わずか【僅か】
(副·形動) (數量、程度、價值、時間等)很少，僅僅；一點也(後加否定)
例 わずかに覚えている。
譯 略微記得。

20-4 回数、順番 / 次數、順序

01 | い【位】
(接尾) 位；身分，地位
例 学年で1位になる。
譯 年度中取得第一。

02 | いちれつ【一列】
(名) 一列，一排
例 一列に並ぶ。
譯 排成一列。

03 | おいこす【追い越す】
(他五) 超過，趕過去
例 前の人を追い越す。
譯 趕過前面的人。

04 | くりかえす【繰り返す】
(他五) 反覆，重覆
例 失敗を繰り返す。
譯 重蹈覆轍。

05 | じゅんばん【順番】
(名) 輪班(的次序)，輪流，依次交替
例 順番を待つ。
譯 依序等待。

06 | だい【第】
(漢造·接頭) 順序；考試及格，錄取
例 相手のことを第一に考える。
譯 以對方為第一優先考慮。

07 | ちゃく【着】

(名·接尾·漢造) 到達，抵達；(計算衣服的單位)套；(記數順序或到達順序)著，名；穿衣；黏貼；沉著；著手

例 3着以内に入った。

譯 進入前三名。

08 | つぎつぎ・つぎつぎに・つぎつぎと【次々・次々に・次々と】

(副) 一個接一個，接二連三地，絡繹不絕的，紛紛；按著順序，依次

例 次々と事件が起こる。

譯 案件接二連三發生。

09 | トップ【top】

(名) 尖端；(接力賽)第一棒；領頭，率先；第一位，首位，首席

例 成績がトップまで伸びる。

譯 成績前進到第一名。

10 | ふたたび【再び】

(副) 再一次，又，重新

例 再びやってきた。

譯 捲土重來。

11 | れつ【列】

(名·漢造) 列，隊列，隊；排列；行，列，級，排

例 列に並ぶ。

譯 排成一排。

12 | れんぞく【連続】

(名·他サ·自サ) 連續，接連

例 3年連続黒字になる。

譯 連續了三年的盈餘。

N3 ● 20-5

20-5 図形、模様、色彩 /
圖形、花紋、色彩

01 | かた【型】

(名) 模子，形，模式；樣式

例 型をとる。

譯 模壓成型。

02 | カラー【color】

(名) 色，彩色；(繪畫用)顏料；特色

例 カラーは白と黒がある。

譯 顏色有白的跟黑的。

03 | くろ【黒】

(名) 黑，黑色；犯罪，罪犯

例 黒に染める。

譯 染成黑色。

04 | さんかく【三角】

(名) 三角形

例 三角にする。

譯 畫成三角。

05 | しかく【四角】

(名) 四角形，四方形，方形

例 四角の所の数字を求める。

譯 請算出方形處的數字。

06 | しま【縞】

(名) 條紋，格紋，條紋布

例 縞模様（しまもよう）を描（えが）く。
譯 織出條紋。

---

07 | しまがら【縞柄】
名 條紋花樣
例 この縞柄（しまがら）が気（き）に入（い）った。
譯 喜歡這種條紋花樣。

---

08 | しまもよう【縞模様】
名 條紋花樣
例 縞模様（しまもよう）のシャツを持（も）つ。
譯 有條紋襯衫。

---

09 | じみ【地味】
形動 素氣，樸素，不華美；保守
例 色（いろ）は地味（じみ）だがデザインがいい。
譯 顏色雖樸素但設計很凸出。

---

10 | しょく【色】
漢造 顏色；臉色，容貌；色情；景象
例 顔色（がんしょく）を失（うしな）う。
譯 花容失色。

---

11 | しろ【白】
名 白，皎白，白色；清白
例 雪（ゆき）で辺（あた）りは一面（いちめん）真（ま）っ白（しろ）になった。
譯 雪把這裡變成了一片純白的天地。

---

12 | ストライプ【strip】
名 條紋；條紋布
例 制服（せいふく）は白（しろ）と青（あお）のストライプです。
譯 制服上面印有白和藍條紋圖案。

---

13 | ずひょう【図表】
名 圖表
例 実験（じっけん）の結果（けっか）を図表（ずひょう）にする。
譯 將實驗結果以圖表呈現。

---

14 | ちゃいろい【茶色い】
形 茶色
例 茶色（ちゃいろ）い紙（かみ）で折（お）る。
譯 用茶色的紙張摺紙。

---

15 | はいいろ【灰色】
名 灰色
例 空（そら）が灰色（はいいろ）だ。
譯 天空是灰色的。

---

16 | はながら【花柄】
名 花的圖樣
例 花柄（はながら）のワンピースに合（あ）う。
譯 跟有花紋圖樣的連身洋裝很搭配。

---

17 | はなもよう【花模様】
名 花的圖樣
例 花模様（はなもよう）のハンカチを取（と）り出（だ）した。
譯 取出綴有花樣的手帕。

---

18 | ピンク【pink】
名 桃紅色，粉紅色；桃色
例 ピンク色（いろ）のセーターを貸（か）す。
譯 借出粉紅色的毛衣。

19 | まじる【混じる・交じる】

(自五) 夾雜，混雜；加入，交往，交際

例 色々な色が混じっている。

譯 加入各種顏色。

20 | まっくろ【真っ黒】

(名·形動) 漆黑，烏黑

例 日差しで真っ黒になった。

譯 被太陽晒得黑黑的。

21 | まっさお【真っ青】

(名·形動) 蔚藍，深藍；(臉色)蒼白

例 真っ青な顔をしている。

譯 變成鐵青的臉。

22 | まっしろ【真っ白】

(名·形動) 雪白，淨白，皓白

例 頭の中が真っ白になる。

譯 腦中一片空白。

23 | まっしろい【真っ白い】

(形) 雪白的，淨白的，皓白的

例 真っ白い雪が降ってきた。

譯 下起雪白的雪來了。

24 | まる【丸】

(名·造語·接頭·接尾) 圓形，球狀；句點；完全

例 丸を書く。

譯 畫圈圈。

25 | みずたまもよう【水玉模様】

(名) 小圓點圖案

例 水玉模様の洋服がかわいらしい。

譯 圓點圖案的衣服可愛極了。

26 | むじ【無地】

(名) 素色

例 ワイシャツは無地がいい。

譯 襯衫以素色的為佳。

27 | むらさき【紫】

(名) 紫，紫色；醬油；紫丁香

例 好みの色は紫です。

譯 喜歡紫色。

パート 21 第二十一章

教育

- 教育 -

N3 ◉ 21-1

21-1 教育、学習 / 教育、學習

01 | おしえ【教え】

㊔ 教導，指教，教誨；教義

例 先生(せんせい)の教(おし)えを守(まも)る。

譯 謹守老師的教誨。

02 | おそわる【教わる】

他五 受教，跟…學習

例 パソコンの使(つか)い方(かた)を教(おそ)わる。

譯 學習電腦的操作方式。

03 | か【科】

名·漢造 (大專院校)科系；(區分種類)科

例 英文科(えいぶんか)だから英語(えいご)を勉強(べんきょう)する。

譯 因為是英文系所以讀英語。

04 | かがく【化学】

㊔ 化學

例 化学(かがく)を知(し)る。

譯 認識化學。

05 | かていか【家庭科】

㊔ (學校學科之一)家事，家政

例 家庭科(かていか)を学(まな)ぶ。

譯 學家政課。

06 | きほん【基本】

㊔ 基本，基礎，根本

例 基本(きほん)をゼロから学(まな)ぶ。

譯 學習基礎東西。

07 | きほんてき(な)【基本的(な)】

形動 基本的

例 基本的(きほんてき)な単語(たんご)から教(おし)える。

譯 教授基本單字。

08 | きょう【教】

漢造 教，教導；宗教

例 仏教(ぶっきょう)が伝(つた)わる。

譯 佛教流傳。

09 | きょうかしょ【教科書】

㊔ 教科書，教材

例 歴史(れきし)の教科書(きょうかしょ)を使(つか)う。

譯 使用歷史教科書。

10 | こうか【効果】

㊔ 效果，成效，成績；(劇)效果

例 効果(こうか)が上(あ)がる。

譯 效果提升。

11 | こうみん【公民】

㊔ 公民

例 公民(こうみん)の授業(じゅぎょう)で政治(せいじ)を学(まな)んだ。

譯 在公民課上學了政治。

12 | さんすう【算数】

㊔ 算數，初等數學；計算數量

例 算数(さんすう)が苦手(にがて)だ。

譯 不擅長算數。

13 | しかく【資格】

㊔ 資格，身份；水準

例 資格(しかく)を持(も)つ。

譯 擁有資格。

14 | どくしょ【読書】

名·自サ 讀書

例 読書(どくしょ)だけで人(ひと)は変(か)わる。

譯 光是讀書就能改變人生。

15 | ぶつり【物理】

㊔ （文）事物的道理；物理（學）

例 物理(ぶつり)に強(つよ)い。

譯 物理學科很強。

16 | ほけんたいいく【保健体育】

㊔ （國高中學科之一）保健體育

例 保健体育(ほけんたいいく)の授業(じゅぎょう)を見学(けんがく)する。

譯 參觀健康體育課。

17 | マスター【master】

名·他サ 老闆；精通

例 日本語(にほんご)をマスターしたい。

譯 我想精通日語。

18 | りか【理科】

㊔ 理科（自然科學的學科總稱）

例 理科系(りかけい)に進(すす)むつもりだ。

譯 準備考理科。

19 | りゅうがく【留学】

名·自サ 留學

例 アメリカに留学(りゅうがく)する。

譯 去美國留學。

N3 ⊙ 21-2

21-2 学校 / 學校

01 | がくれき【学歴】

㊔ 學歷

例 学歴(がくれき)が高(たか)い。

譯 學歷高。

02 | こう【校】

漢造 學校；校對；（軍銜）校；學校

例 校則(こうそく)を守(まも)る。

譯 遵守校規。

03 | ごうかく【合格】

名·自サ 及格；合格

例 試験(しけん)に合格(ごうかく)する。

譯 考試及格。

04 | しょうがくせい【小学生】

㊔ 小學生

例 小学生になる。

譯 上小學。

---

05 | しん【新】

名·漢造 新；剛收穫的；新曆

例 新学期が始まった。

譯 新學期開始了。

---

06 | しんがく【進学】

名·自サ 升學；進修學問

例 大学に進学する。

譯 念大學。

---

07 | しんがくりつ【進学率】

名 升學率

例 あの高校は進学率が高い。

譯 那所高中升學率很高。

---

08 | せんもんがっこう【専門学校】

名 專科學校

例 専門学校に行く。

譯 進入專科學校就讀。

---

09 | たいがく【退学】

名·自サ 退學

例 退学して仕事を探す。

譯 退學後去找工作。

---

10 | だいがくいん【大学院】

名 (大學的)研究所

例 大学院に進む。

譯 進研究所唸書。

---

11 | たんきだいがく【短期大学】

名 (兩年或三年制的)短期大學

例 短期大学で勉強する。

譯 在短期大學裡就讀。

---

12 | ちゅうがく【中学】

名 中學，初中

例 中学生になった。

譯 上了國中。

N3 ● 21-3

21-3 学生生活 / 學生生活

01 | うつす【写す】

他五 抄襲，抄寫：照相；摹寫

例 ノートを写す。

譯 抄寫筆記。

---

02 | か【課】

名·漢造 (教材的)課；課業；(公司等)課，科

例 第 3 課を練習する。

譯 練習第三課。

---

03 | かきとり【書き取り】

名·自サ 抄寫，記錄； 聽寫，默寫

例 書き取りのテストを行う。

譯 進行聽寫測驗。

---

04 | かだい【課題】

名 提出的題目；課題，任務

例 課題を解決する。

譯 解決課題。

05 | かわる【換わる】

(自五) 更換，更替

例 教室(きょうしつ)が換(か)わる。

譯 換教室。

---

06 | クラスメート【classmate】

(名) 同班同學

例 クラスメートに会(あ)う。

譯 與同班同學見面。

---

07 | けっせき【欠席】

(名·自サ) 缺席

例 授業(じゅぎょう)を欠席(けっせき)する。

譯 上課缺席。

---

08 | さい【祭】

(漢造) 祭祀，祭禮；節日，節日的狂歡

例 文化祭(ぶんかさい)が行(おこな)われる。

譯 舉辦文化祭。

---

09 | ざいがく【在学】

(名·自サ) 在校學習，上學

例 在学中(ざいがくちゅう)のことを思(おも)い出(だ)す。

譯 想起求學時的種種。

---

10 | じかんめ【時間目】

(接尾) 第…小時

例 2時間目(にじかんめ)の授業(じゅぎょう)を受(う)ける。

譯 上第二節課。

---

11 | チャイム【chime】

(名) 組鐘；門鈴

例 チャイムが鳴(な)った。

譯 鈴聲響了。

---

12 | てんすう【点数】

(名) (評分的)分數

例 読解(どっかい)の点数(てんすう)はまあまあだった。

譯 閱讀理解項目的分數還算可以。

---

13 | とどける【届ける】

(他下一) 送達；送交；報告

例 忘(わす)れ物(もの)を届(とど)ける。

譯 把遺失物送回來。

---

14 | ねんせい【年生】

(接尾) …年級生

例 3年生(ねんせい)に上(あ)がる。

譯 升為三年級。

---

15 | もん【問】

(接尾) (計算問題數量)題

例 5問(もん)のうち4問(もん)は正解(せいかい)だ。

譯 五題中對四題。

---

16 | らくだい【落第】

(名·自サ) 不及格，落榜，沒考中；留級

例 彼(かれ)は落第(らくだい)した。

譯 他落榜了。

パート
22
第二十二章

行事、一生の出 事

- 儀式活動、一輩子會遇到的事情 -

01 ｜いわう【祝う】 N3 ◎ 22

(他五) 祝賀，慶祝；祝福；送賀禮；致賀詞

例 成人(せいじん)を祝(いわ)う。

譯 慶祝長大成人。

02 ｜きせい【帰省】

(名·自サ) 歸省，回家（省親），探親

例 お正月(しょうがつ)に帰省(きせい)する。

譯 元月新年回家探親。

03 ｜クリスマス【christmas】

(名) 聖誕節

例 メリークリスマス。

譯 聖誕節快樂！

04 ｜まつり【祭り】

(名) 祭祀；祭日，廟會祭典

例 お祭(まつ)りを楽(たの)しむ。

譯 觀賞節日活動。

05 ｜まねく【招く】

(他五) （搖手、點頭）招呼；招待，宴請；招聘，聘請；招惹，招致

例 パーティーに招(まね)かれた。

譯 受邀參加派對。

パート
23
第二十三章

道具
- 工具 -

N3 23-1(1)

23-1 道具 (1) / 工具 (1)

01 | おたまじゃくし【お玉杓子】
㊔ 圓杓，湯杓；蝌蚪
例 お玉（たま）じゃくしを持（も）つ。
譯 拿湯杓。

02 | かん【缶】
㊔ 罐子
例 缶詰（かんづめ）にする。
譯 做成罐頭。

03 | かんづめ【缶詰】
㊔ 罐頭；關起來，隔離起來；擁擠的狀態
例 缶詰（かんづめ）を開（あ）ける。
譯 打開罐頭。

04 | くし【櫛】
㊔ 梳子
例 櫛（くし）を髪（かみ）に挿（さ）す。
譯 頭髮插上梳子。

05 | こくばん【黒板】
㊔ 黑板
例 黒板（こくばん）を拭（ふ）く。
譯 擦黑板。

06 | ゴム【(荷) gom】
㊔ 樹膠，橡皮，橡膠
例 輪（わ）ゴムで結（むす）んでください。
譯 請用橡皮筋綁起來。

07 | ささる【刺さる】
自五 刺在…在，扎進，刺入
例 布団（ふとん）に針（はり）が刺（さ）さっている。
譯 被子有針插著。

08 | しゃもじ【杓文字】
㊔ 杓子，飯杓
例 しゃもじにご飯（はん）がついている。
譯 飯匙上沾著飯。

09 | しゅうり【修理】
名·他サ 修理，修繕
例 車（くるま）を修理（しゅうり）する。
譯 修繕車子。

10 | せいのう【性能】
㊔ 性能，機能，效能
例 性能（せいのう）が悪（わる）い。
譯 性能不好。

11 | せいひん【製品】
㊔ 製品，產品

例 製品のデザインを決める。
譯 決定把新產品的設計定案。

12 | せんざい【洗剤】
㊔ 洗滌劑，洗衣粉(精)
例 洗剤で洗う。
譯 用洗滌劑清洗。

13 | タオル【towel】
㊔ 毛巾；毛巾布
例 タオルを洗う。
譯 洗毛巾。

14 | ちゅうかなべ【中華なべ】
㊔ 中華鍋(炒菜用的中式淺底鍋)
例 中華なべで野菜を炒める。
譯 用中式淺底鍋炒菜。

15 | でんち【電池】
㊔ (理)電池
例 電池がいる。
譯 需要電池。

16 | テント【tent】
㊔ 帳篷
例 テントを張る。
譯 搭帳篷。

17 | なべ【鍋】
㊔ 鍋子；火鍋
例 鍋で野菜を炒める。
譯 用鍋炒菜。

18 | のこぎり【鋸】
㊔ 鋸子
例 のこぎりで板を引く。
譯 用鋸子鋸木板。

19 | はぐるま【歯車】
㊔ 齒輪
例 機械の歯車に油を差した。
譯 往機器的齒輪裡注了油。

20 | はた【旗】
㊔ 旗，旗幟；(佛)幡
例 旗をかかげる。
譯 掛上旗子。

N3 23-1(2)

23-1 道具 (2) / 工具(2)

21 | ひも【紐】
㊔ (布、皮革等的)細繩，帶
例 靴ひもを結ぶ。
譯 繫鞋帶。

22 | ファスナー【fastener】
㊔ (提包、皮包與衣服上的)拉鍊
例 ファスナーがついている。
譯 有附拉鍊。

23 | ふくろ・～ぶくろ【袋】
㊔ 袋子；口袋；囊
例 袋に入れる。
譯 裝入袋子。

24 | ふた【蓋】

名 (瓶、箱、鍋等)的蓋子；(貝類的)蓋

例 蓋(ふた)をする。

譯 蓋上。

25 | ぶつ【物】

名·漢造 大人物；物，東西

例 危険物(きけんぶつ)の持(も)ち込(こ)みはやめましょう。

譯 請勿帶入危險物品。

26 | フライがえし【fry 返し】

名 (把平底鍋裡煎的東西翻面的用具)鍋鏟

例 使(つか)いやすいフライ返(がえ)しを選(えら)ぶ。

譯 選擇好用的炒菜鏟。

27 | フライパン【frypan】

名 平底鍋

例 フライパンで焼(や)く。

譯 用平底鍋烤。

28 | ペンキ【(荷) pek】

名 油漆

例 ペンキが乾(かわ)いた。

譯 油漆乾了。

29 | ベンチ【bench】

名 長凳，長椅；(棒球)教練、選手席

例 ベンチに腰掛(こしか)ける。

譯 坐到長椅上。

30 | ほうちょう【包丁】

名 菜刀；廚師；烹調手藝

例 包丁(ほうちょう)で切(き)る。

譯 用菜刀切。

31 | マイク【mike】

名 麥克風

例 マイクを通(つう)じて話(はな)す。

譯 透過麥克風說話。

32 | まないた【まな板】

名 切菜板

例 まな板(いた)の上(うえ)で野菜(やさい)を切(き)る。

譯 在砧板切菜。

33 | ゆのみ【湯飲み】

名 茶杯，茶碗

例 湯飲(ゆの)み茶碗(ちゃわん)を手(て)に入(い)れる。

譯 得到茶杯。

34 | ライター【lighter】

名 打火機

例 ライターで火(ひ)をつける。

譯 用打火機點火。

35 | ラベル【label】

名 標籤，籤條

例 金額(きんがく)のラベルを張(は)る。

譯 貼上金額標籤。

36 | リボン【ribbon】

名 緞帶，絲帶；髮帶；蝴蝶結

例 リボンを付(つ)ける。

譯 繫上緞帶。

37 | レインコート【raincoat】

㊔ 雨衣

例 レインコートを忘(わす)れた。

譯 忘了帶雨衣。

38 | ロボット【robot】

㊔ 機器人；自動裝置；傀儡

例 家事(かじ)をしてくれるロボットが人気(にんき)だ。

譯 會幫忙做家事的機器人很受歡迎。

39 | わん【椀・碗】

㊔ 碗，木碗；(計算數量)碗

例 一碗(いちわん)のお茶(ちゃ)を頂(いただ)く。

譯 喝一碗茶。

N3 ⊙ 23-2

23-2 家具、工具、文房具 / 傢俱、工作器具、文具

01 | アイロン【iron】

㊔ 熨斗、烙鐵

例 アイロンをかける。

譯 用熨斗燙。

02 | アルバム【album】

㊔ 相簿，記念冊

例 スマホの写真(しゃしん)でアルバムを作(つく)る。

譯 把手機裡的照片編作相簿。

03 | インキ【ink】

㊔ 墨水

例 万年筆(まんねんひつ)のインキがなくなる。

譯 鋼筆的墨水用完。

04 | インク【ink】

㊔ 墨水，油墨(也寫作「インキ」)

例 インクをつける。

譯 醮墨水。

05 | エアコン【air conditioning】

㊔ 空調；溫度調節器

例 エアコンつきの部屋(へや)を探(さが)す。

譯 找附有冷氣的房子。

06 | カード【card】

㊔ 卡片；撲克牌

例 カードを切(き)る。

譯 洗牌。

07 | カーペット【carpet】

㊔ 地毯

例 カーペットにコーヒーをこぼした。

譯 把咖啡灑到地毯上了。

08 | かぐ【家具】

㊔ 家具

例 家具(かぐ)を置(お)く。

譯 放家具。

09 | かでんせいひん【家電製品】

㊔ 家用電器

例 家電製品(かでんせいひん)を安全(あんぜん)に使(つか)う。

譯 安全使用家電用品。

10 | かなづち【金槌】

㊔ 釘錘，榔頭；旱鴨子

例 金槌で釘を打つ。

譯 用榔頭敲打釘子。

11 | き【機】

(名·接尾·漢造) 機器；時機；飛機；(助數詞用法)架

例 洗濯機が壊れた。

譯 洗衣機壞了。

12 | クーラー【cooler】

㊔ 冷氣設備

例 クーラーをつける。

譯 開冷氣。

13 | さす【指す】

(他五) 指，指示；使，叫，令，命令做…

例 時計が２時を指している。

譯 時鐘指著兩點。

14 | じゅうたん【絨毯】

㊔ 地毯

例 絨毯を織ってみた。

譯 試著編地毯。

15 | じょうぎ【定規】

㊔ (木工使用)尺，規尺；標準

例 定規で線を引く。

譯 用尺畫線。

16 | しょっきだな【食器棚】

㊔ 餐具櫃，碗廚

例 食器棚に皿を置く。

譯 把盤子放入餐具櫃裡。

17 | すいはんき【炊飯器】

㊔ 電子鍋

例 炊飯器でご飯を炊く。

譯 用電鍋煮飯。

18 | せき【席】

(名·漢造) 席，坐墊；席位，坐位

例 席を譲る。

譯 讓座。

19 | せともの【瀬戸物】

㊔ 陶瓷品

例 瀬戸物の茶碗を大事にしている。

譯 非常珍惜陶瓷碗。

20 | せんたくき【洗濯機】

㊔ 洗衣機

例 洗濯機で洗う。

譯 用洗衣機洗。

21 | せんぷうき【扇風機】

㊔ 風扇，電扇

例 扇風機を止める。

譯 關上電扇。

22 | そうじき【掃除機】

㊔ 除塵機，吸塵器

例 掃除機をかける。

譯 用吸塵器清掃。

23 | ソファー【sofa】

㊔ 沙發（亦可唸作「ソファ」）

例 ソファーに座（すわ）る。

譯 坐在沙發上。

24 | たんす

㊔ 衣櫥，衣櫃，五斗櫃

例 たんすにしまった。

譯 收入衣櫃裡。

25 | チョーク【chalk】

㊔ 粉筆

例 チョークで黒板（こくばん）に書（か）く。

譯 用粉筆在黑板上寫字。

26 | てちょう【手帳】

㊔ 筆記本，雜記本

例 手帳（てちょう）で予定（よてい）を確認（かくにん）する。

譯 翻看隨身記事本確認行程。

27 | でんしレンジ【電子 range】

㊔ 電子微波爐

例 電子（でんし）レンジで温（あたた）める。

譯 用微波爐加熱。

28 | トースター【toaster】

㊔ 烤麵包機

例 トースターで焼（や）く。

譯 以烤箱加熱。

29 | ドライヤー【dryer・drier】

㊔ 乾燥機，吹風機

例 ドライヤーをかける。

譯 用吹風機吹。

30 | はさみ【鋏】

㊔ 剪刀；剪票鉗

例 はさみで切（き）る。

譯 用剪刀剪。

31 | ヒーター【heater】

㊔ 電熱器，電爐；暖氣裝置

例 ヒーターをつける。

譯 裝暖氣。

32 | びんせん【便箋】

㊔ 信紙，便箋

例 かわいい便箋（びんせん）をダウンロードする。

譯 下載可愛的信紙。

33 | ぶんぼうぐ【文房具】

㊔ 文具，文房四寶

例 文房具屋（ぶんぼうぐや）さんでペンを買（か）って来（き）た。

譯 去文具店買了筆回來。

34 | まくら【枕】

㊔ 枕頭

例 枕（まくら）につく。

譯 就寢，睡覺。

35 | ミシン【sewingmachine 之略】

㊔ 縫紉機

例 ミシンで着物（きもの）を縫（ぬ）い上（あ）げる。

譯 用縫紉機縫好一件和服。

23-3 容器類 / 容器類

01 | さら【皿】

㊔ 盤子；盤形物；(助數詞)一碟等

例 料理を皿に盛る。

譯 把菜放到盤子裡。

02 | すいとう【水筒】

㊔ (旅行用)水筒，水壺

例 水筒に熱いコーヒを入れる。

譯 把熱咖啡倒入水壺。

03 | びん【瓶】

㊔ 瓶，瓶子

例 瓶を壊す。

譯 打破瓶子。

04 | メモリー・メモリ【memory】

㊔ 記憶，記憶力；懷念；紀念品；(電腦)記憶體

例 メモリーが不足している。

譯 記憶體空間不足。

05 | ロッカー【locker】

㊔ (公司、機關用可上鎖的)文件櫃；(公共場所用可上鎖的)置物櫃，置物箱，櫃子

例 ロッカーに入れる。

譯 放進置物櫃裡。

23-4 照明、光学機器、音響、情報機器 / 燈光照明、光學儀器、音響、信息器具

01 | CD ドライブ【CD drive】

㊔ 光碟機

例 CDドライブが開かない。

譯 光碟機沒辦法打開。

02 | DVD デッキ【DVD tape deck】

㊔ DVD 播放機

例 DVDデッキが壊れた。

譯 DVD播映機壞了。

03 | DVD ドライブ【DVD drive】

㊔ (電腦用的)DVD 機

例 DVDドライブをパソコンにつなぐ。

譯 把DVD磁碟機接上電腦。

04 | うつる【写る】

(自五) 照相，映顯；顯像；(穿透某物)看到

例 私の隣に写っているのは兄です。

譯 照片中站在我隔壁的是哥哥。

05 | かいちゅうでんとう【懐中電灯】

㊔ 手電筒

例 懐中電灯が必要だ。

譯 需要手電筒。

06 | カセット【cassette】

㊔ 小暗盒；(盒式)錄音磁帶，錄音帶

例 カセットに入れる。

譯 錄進錄音帶。

07 | がめん【画面】

㊔(繪畫的)畫面；照片，相片；(電影等)畫面，鏡頭

例 画面(がめん)を見(み)る。

譯 看畫面。

08 | キーボード【keyboard】

㊔(鋼琴、打字機等)鍵盤

例 キーボードを弾(ひ)く。

譯 彈鍵盤(樂器)。

09 | けいこうとう【蛍光灯】

㊔螢光燈，日光燈

例 蛍光灯(けいこうとう)の調子(ちょうし)が悪(わる)い。

譯 日光燈的壞了。

10 | けいたい【携帯】

(名·他サ) 攜帶；手機(「携帯電話(けいたいでんわ)」的簡稱)

例 携帯電話(けいたいでんわ)を持(も)つ。

譯 攜帶手機。

11 | コピー【copy】

㊔抄本，謄本，副本；(廣告等的)文稿

例 書類(しょるい)をコピーする。

譯 影印文件。

12 | つける【点ける】

(他下一) 點燃；打開(家電類)

例 クーラーをつける。

譯 開冷氣。

13 | テープ【tape】

㊔窄帶，線帶，布帶；卷尺；錄音帶

例 テープに録音(ろくおん)する。

譯 在錄音帶上錄音。

14 | ディスプレイ【display】

㊔陳列，展覽，顯示；(電腦的)顯示器

例 ディスプレイをリサイクルに出(だ)す。

譯 把顯示器送去回收。

15 | ていでん【停電】

(名·自サ) 停電，停止供電

例 台風(たいふう)で停電(ていでん)した。

譯 因為颱風所以停電了。

16 | デジカメ【digital camera之略】

㊔數位相機(「デジタルカメラ」之略稱)

例 デジカメで撮(と)った。

譯 用數位相機拍攝。

17 | デジタル【digital】

㊔數位的，數字的，計量的

例 デジタル製品(せいひん)を使(つか)う。

譯 使用數位電子製品。

18 | でんきスタンド【電気 stand】

㊔檯燈

例 電気(でんき)スタンドを点(つ)ける。

譯 打開檯燈。

19 | **でんきゅう【電球】**

㊔ 電燈泡

例 電球(でんきゅう)が切(き)れた。

譯 電燈泡壞了。

20 | **ハードディスク【hard disk】**

㊔（電腦）硬碟

例 ハードディスクが壊(こわ)れた。

譯 硬碟壞了。

21 | **ビデオ【video】**

㊔ 影像，錄影；錄影機；錄影帶

例 ビデオを再生(さいせい)する。

譯 播放錄影帶。

22 | **ファックス【fax】**

(名·サ変) 傳真

例 地図(ちず)をファックスする。

譯 傳真地圖。

23 | **プリンター【printer】**

㊔ 印表機；印相片機

例 プリンターのインクが切(き)れた。

譯 印表機的油墨沒了。

24 | **マウス【mouse】**

㊔ 滑鼠；老鼠

例 マウスを移動(いどう)する。

譯 移動滑鼠。

25 | **ライト【light】**

㊔ 燈，光

例 ライトを点(つ)ける。

譯 點燈。

26 | **ろくおん【録音】**

(名·他サ) 錄音

例 彼(かれ)は録音(ろくおん)のエンジニアだ。

譯 他是錄音工程師。

27 | **ろくが【録画】**

(名·他サ) 錄影

例 大河(たいが)ドラマを録画(ろくが)した。

譯 錄下大河劇了。

パート 24 第二十四章

職業、仕事

- 職業、工作 -

N3 ⊙ 24-1

24-1 仕事、職場 / 工作、職場

01 | オフィス【office】

㊔ 辦公室，辦事處；公司；政府機關

例 課長（かちょう）はオフィスにいる。

譯 課長在辦公室。

02 | おめにかかる【お目に掛かる】

慣 (謙讓語)見面，拜會

例 社長（しゃちょう）にお目（め）に掛（か）かりたい。

譯 想拜會社長。

03 | かたづく【片付く】

自五 收拾，整理好；得到解決，處裡好；出嫁

例 仕事（しごと）が片付（かたづ）く。

譯 做完工作。

04 | きゅうけい【休憩】

名·自サ 休息

例 休憩（きゅうけい）する暇（ひま）もない。

譯 連休息的時間也沒有。

05 | こうかん【交換】

名·他サ 交換；交易

例 名刺（めいし）を交換（こうかん）する。

譯 交換名片。

06 | ざんぎょう【残業】

名·自サ 加班

例 残業（ざんぎょう）して仕事（しごと）を片付（かたづ）ける。

譯 加班把工作做完。

07 | じしん【自信】

㊔ 自信，自信心

例 自信（じしん）を持（も）つ。

譯 有自信。

08 | しつぎょう【失業】

名·自サ 失業

例 会社（かいしゃ）が倒産（とうさん）して失業（しつぎょう）した。

譯 公司倒閉而失業了。

09 | じつりょく【実力】

㊔ 實力，實際能力

例 実力（じつりょく）がつく。

譯 具有實力。

10 | じゅう【重】

名·漢造 (文)重大；穩重；重要

例 重要（じゅうよう）な仕事（しごと）を任（まか）せられている。

譯 接下相當重要的工作。

11 | しゅうしょく【就職】

名·自サ 就職，就業，找到工作

例 日本語（にほんご）ができれば就職（しゅうしょく）に有利（ゆうり）だ。

譯 會日文對於求職將非常有利。

12 | じゅうよう【重要】

(名·形動) 重要，要緊

例 重要な仕事をする。

譯 從事重要的工作。

13 | じょうし【上司】

(名) 上司，上級

例 上司に確認する。

譯 跟上司確認。

14 | すます【済ます】

(他五·接尾) 弄完，辦完；償還，還清；對付，將就，湊合；（接在其他動詞連用形下面）表示完全成為……

例 用事を済ました。

譯 辦完事情。

15 | すませる【済ませる】

(他五·接尾) 弄完，辦完；償還，還清；將就，湊合

例 手続きを済ませた。

譯 辦完手續。

16 | せいこう【成功】

(名·自サ) 成功，成就，勝利；功成名就，成功立業

例 仕事が成功した。

譯 工作大告成功。

17 | せきにん【責任】

(名) 責任，職責

例 責任を持つ。

譯 負責任。

18 | たいしょく【退職】

(名·自サ) 退職

例 退職してゆっくり生活したい。

譯 退休後想休閒地過生活。

19 | だいひょう【代表】

(名·他サ) 代表

例 代表となる。

譯 作為代表。

20 | つうきん【通勤】

(名·自サ) 通勤，上下班

例 マイカーで通勤する。

譯 開自己的車上班。

21 | はたらき【働き】

(名) 勞動，工作；作用，功效；功勞，功績；功能，機能

例 妻が働きに出る。

譯 妻子外出工作。

22 | ふく【副】

(名·漢造) 副本，抄件；副；附帶

例 副社長が挨拶する。

譯 副社長致詞。

23 | へんこう【変更】

(名·他サ) 變更，更改，改變

例 計画を変更する。

譯 變更計畫。

24 | めいし【名刺】

(名) 名片

例 名刺を交換する。

譯 交換名片。

25 | めいれい【命令】

(名·他サ) 命令，規定；(電腦)指令

例 命令を受ける。

譯 接受命令。

26 | めんせつ【面接】

(名·自サ) (為考察人品、能力而舉行的)面試，接見，會面

例 面接を受ける。

譯 接受面試。

27 | もどり【戻り】

(名) 恢復原狀；回家；歸途

例 部長、お戻りは何時ですか。

譯 部長，幾點回來呢？

28 | やくだつ【役立つ】

(自五) 有用，有益

例 実際に会社で役立つ。

譯 實際上對公司有益。

29 | やくだてる【役立てる】

(他下一) (供)使用，使…有用

例 何とか役立てたい。

譯 我很想幫上忙。

30 | やくにたてる【役に立てる】

(慣) (供)使用，使…有用

例 社会の役に立てる。

譯 對社會有貢獻。

31 | やめる【辞める】

(他下一) 辭職；休學

例 仕事を辞める。

譯 辭掉工作。

32 | ゆうり【有利】

(形動)有利

例 免許があると仕事に有利です。

譯 持有證照對工作較有益處。

33 | れい【例】

(名·漢造) 慣例；先例；例子

例 前例がないなら、作ればいい。

譯 如果從來沒有人做過，就由我們來當開路先鋒。

34 | れいがい【例外】

(名) 例外

例 例外として扱う。

譯 特別待遇。

35 | レベル【level】

(名) 水平，水準；水平線；水平儀

例 社員のレベルが向上する。

譯 員工的水準提高。

36 | わりあて【割り当て】

(名) 分配，分擔

例 仕事の割り当てをする。

譯 分派工作。

24-2 職業、事業 (1) /
職業、事業 (1)

01 | アナウンサー【announcer】
㊔ 廣播員，播報員
例 アナウンサーになる。
譯 成為播報員。

02 | いし【医師】
㊔ 醫師，大夫
例 心の温かい医師になりたい。
譯 我想成為一個有人情味的醫生。

03 | ウェーター・ウェイター【waiter】
㊔ (餐廳等的)侍者，男服務員
例 ウェーターを呼ぶ。
譯 叫服務生。

04 | ウェートレス・ウェイトレス【waitress】
㊔ (餐廳等的)女侍者，女服務生
例 ウェートレスを募集する。
譯 招募女服務生。

05 | うんてんし【運転士】
㊔ 司機；駕駛員，船員
例 運転士をしている。
譯 當司機。

06 | うんてんしゅ【運転手】
㊔ 司機
例 タクシーの運転手が道に詳しい。
譯 計程車司機對道路很熟悉。

07 | えきいん【駅員】
㊔ 車站工作人員，站務員
例 駅員に聞く。
譯 詢問站務員。

08 | エンジニア【engineer】
㊔ 工程師，技師
例 エンジニアとして働きたい。
譯 想以工程師的身份工作。

09 | おんがくか【音楽家】
㊔ 音樂家
例 音楽家になる。
譯 成為音樂家。

10 | かいごし【介護士】
㊔ 專門照顧身心障礙者日常生活的專門技術人員
例 介護士の資格を取る。
譯 取得看護的資格。

11 | かいしゃいん【会社員】
㊔ 公司職員
例 会社員になる。
譯 當公司職員。

12 | がか【画家】
㊔ 畫家
例 画家になる。
譯 成為畫家。

13 | かしゅ【歌手】
㊔ 歌手，歌唱家

例 歌手になりたい。
譯 我想當歌手。

14 | カメラマン【cameraman】

㊔ 攝影師；(報社、雜誌等)攝影記者

例 アマチュアカメラマンが増える。
譯 增加許多業餘攝影師。

15 | かんごし【看護師】

㊔ 護士，看護

例 看護師さんが優しい。
譯 護士人很和善貼心。

16 | きしゃ【記者】

㊔ 執筆者，筆者；(新聞)記者，編輯

例 記者が質問する。
譯 記者發問。

17 | きゃくしつじょうむいん【客室乗務員】

㊔ (車、飛機、輪船上)服務員

例 客室乗務員になる。
譯 成為空服人員。

18 | ぎょう【業】

(名·漢造) 業，職業；事業；學業

例 金融業で働く。
譯 在金融業工作。

19 | きょういん【教員】

㊔ 教師，教員

例 教員になる。
譯 當上教職員。

20 | きょうし【教師】

㊔ 教師，老師

例 両親とも高校の教師だ。
譯 我父母都是高中老師。

21 | ぎんこういん【銀行員】

㊔ 銀行行員

例 銀行員になる。
譯 成為銀行行員。

22 | けいえい【経営】

(名·他サ) 經營，管理

例 会社を経営する。
譯 經營公司。

23 | けいさつかん【警察官】

㊔ 警察官，警官

例 警察官を騙す。
譯 欺騙警官。

24 | けんちくか【建築家】

㊔ 建築師

例 有名な建築家が建てた。
譯 由名建築師建造。

25 | こういん【行員】

㊔ 銀行職員

例 銃を銀行の行員に向けた。
譯 拿槍對準了銀行職員。

26 | さっか【作家】

㊔ 作家，作者，文藝工作者；藝術家，藝術工作者

例 作家(さっか)が小説(しょうせつ)を書(か)いた。

譯 作家寫了小説。

27 | さっきょくか【作曲家】

㊔ 作曲家

例 作曲家(さっきょくか)になる。

譯 成為作曲家。

28 | サラリーマン【salariedman】

㊔ 薪水階級，職員

例 サラリーマンにはなりたくない。

譯 不想從事領薪工作。

29 | じえいぎょう【自営業】

㊔ 獨立經營，獨資

例 自営業(じえいぎょう)で商売(しょうばい)する。

譯 獨資經商。

30 | しゃしょう【車掌】

㊔ 車掌，列車員

例 車掌(しゃしょう)が特急券(とっきゅうけん)の確認(かくにん)をする。

譯 乘務員來查特快票。

N3 ◎ 24-2(2)

24-2 職業、事業 (2) /
職業、事業 (2)

31 | じゅんさ【巡査】

㊔ 巡警

例 巡査(じゅんさ)に捕(つか)まえられた。

譯 被警察逮捕。

32 | じょゆう【女優】

㊔ 女演員

例 将来(しょうらい)は女優(じょゆう)になる。

譯 將來成為女演員。

33 | スポーツせんしゅ【sports 選手】

㊔ 運動選手

例 スポーツ選手(せんしゅ)になりたい。

譯 想成為了運動選手。

34 | せいじか【政治家】

㊔ 政治家（多半指議員）

例 どの政治家(せいじか)を応援(おうえん)しますか。

譯 你聲援哪位政治家呢？

35 | だいく【大工】

㊔ 木匠，木工

例 大工(だいく)を頼(たの)む。

譯 雇用木匠。

36 | ダンサー【dancer】

㊔ 舞者；舞女；舞蹈家

例 夢(ゆめ)はダンサーになることだ。

譯 夢想是成為一位舞者。

37 | ちょうりし【調理師】

㊔ 烹調師，廚師

例 調理師(ちょうりし)の免許(めんきょ)を持(も)つ。

譯 具有廚師執照。

38 | つうやく【通訳】

名・他サ 口頭翻譯，口譯；翻譯者，譯員

例 彼(かれ)は通訳(つうやく)をしている。

譯 他在擔任口譯。

39 | デザイナー【designer】

㊔（服裝、建築等）設計師，圖案家

例 デザイナーになる。

譯 成為設計師。

40 | のうか【農家】

㊔ 農民，農戶；農民的家

例 農家(のうか)で育(そだ)つ。

譯 生長在農家。

41 | パート【part time 之略】

㊔（按時計酬）打零工

例 パートに出(で)る。

譯 出外打零工。

42 | はいゆう【俳優】

㊔（男）演員

例 夢(ゆめ)は映画(えいが)俳優(はいゆう)になることだ。

譯 我的夢想是當一位電影演員。

43 | パイロット【pilot】

㊔ 領航員；飛行駕駛員；實驗性的

例 パイロットから説明(せつめい)を受(う)ける。

譯 接受飛行員的説明。

44 | ピアニスト【pianist】

㊔ 鋼琴師，鋼琴家

例 ピアニストの方(かた)が演奏(えんそう)している。

譯 鋼琴家正在演奏。

45 | ひきうける【引き受ける】

（他下一）承擔，負責；照應，照料；應付，對付；繼承

例 事業(じぎょう)を引(ひ)き受(う)ける。

譯 繼承事業。

46 | びようし【美容師】

㊔ 美容師

例 人気(にんき)の美容師(びようし)を紹介(しょうかい)する。

譯 介紹極受歡迎的美髮設計師。

47 | フライトアテンダント【flight attendant】

㊔ 空服員

例 フライトアテンダントになりたい。

譯 我想當空服員。

48 | プロ【professional 之略】

㊔ 職業選手，專家

例 プロになる。

譯 成為專家。

49 | べんごし【弁護士】

㊔ 律師

例 将来(しょうらい)は弁護士(べんごし)になりたい。

譯 將來想成為律師。

50 | ほいくし【保育士】

㊔ 保育士

例 保育士(ほいくし)の資格(しかく)を取(と)る。

譯 取得幼教老師資格。

51 | ミュージシャン【musician】

㊔ 音樂家

例 ミュージシャンになった。

譯 成為音樂家了。

52 ｜ゆうびんきょくいん【郵便局員】

㊔ 郵局局員

例 郵便局員(ゆうびんきょくいん)として働(はたら)く。

譯 從事郵差先生的工作。

53 ｜りょうし【漁師】

㊔ 漁夫，漁民

例 漁師(りょうし)の仕事(しごと)はきつい。

譯 漁夫的工作很累人。

N3 ⊙ 24-3

24-3 家事 / 家務

01 ｜かたづけ【片付け】

㊔ 整理，整頓，收拾

例 部屋(へや)の片付(かたづ)けをする。

譯 整理房間。

02 ｜かたづける【片付ける】

(他下一) 收拾，打掃；解決

例 母(はは)が台所(だいどころ)を片付(かたづ)ける。

譯 母親在打掃廚房。

03 ｜かわかす【乾かす】

(他五) 曬乾；晾乾；烤乾

例 洗濯物(せんたくもの)を乾(かわ)かす。

譯 曬衣服。

04 ｜さいほう【裁縫】

(名·自サ) 裁縫，縫紉

例 裁縫(さいほう)を習(なら)う。

譯 學習縫紉。

05 ｜せいり【整理】

(名·他サ) 整理，收拾，整頓；清理，處理；捨棄，淘汰，裁減

例 部屋(へや)を整理(せいり)する。

譯 整理房間。

06 ｜たたむ【畳む】

(他五) 疊，折；闔，闔上；關閉，結束；藏在心裡

例 布団(ふとん)を畳(たた)む。

譯 折棉被。

07 ｜つめる【詰める】

(他下一·自下一) 守候，值勤；不停的工作，緊張；塞進，裝入；緊挨著，緊靠著

例 ごみを袋(ふくろ)に詰(つ)める。

譯 將垃圾裝進袋中。

08 ｜ぬう【縫う】

(他五) 縫，縫補；刺繡；穿過，穿行；(醫)縫合(傷口)

例 服(ふく)を縫(ぬ)った。

譯 縫衣服。

09 ｜ふく【拭く】

(他五) 擦，抹

例 雑巾(ぞうきん)で拭(ふ)く。

譯 用抹布擦拭。

パート
25
第二十五章

生產、產業

- 生產、產業 -

01 | かんせい【完成】 N3 ◉ 25

名・自他サ 完成

例 正月(しょうがつ)に完成(かんせい)の予定(よてい)だ。

譯 預定正月完成。

02 | こうじ【工事】

名・自サ 工程，工事

例 内装工事(ないそうこうじ)がうるさい。

譯 室內裝修工程很吵。

03 | さん【產】

名・漢造 生產，分娩；(某地方)出生；財產

例 日本產(にほんさん)の車(くるま)は質(しつ)がいい。

譯 日產汽車品質良好。

04 | サンプル【sample】

名・他サ 樣品，樣本

例 サンプルを見(み)て作(つく)る。

譯 依照樣品來製作。

05 | しょう【商】

名・漢造 商，商業；商人；(數)商；商量

例 この店(みせ)の商品(しょうひん)はプロ向(む)けだ。

譯 這家店的商品適合專業人士使用。

06 | しんぽ【進步】

名・自サ 進步

例 技術(ぎじゅつ)が進步(しんぽ)する。

譯 技術進步。

07 | せいさん【生產】

名・他サ 生產，製造；創作(藝術品等)；生業，生計

例 米(こめ)を生產(せいさん)する。

譯 生產米。

08 | たつ【建つ】

自五 蓋，建

例 新(あたら)しい家(いえ)が建(た)つ。

譯 蓋新房。

09 | たてる【建てる】

他下一 建造，蓋

例 家(いえ)を建(た)てる。

譯 蓋房子。

10 | のうぎょう【農業】

名 農耕；農業

例 日本(にほん)の農業(のうぎょう)は進(すす)んでいる。

譯 日本的農業有長足的進步。

11 | まざる【交ざる】

自五 混雜，交雜，夾雜

例 不良品(ふりょうひん)が交(ま)ざっている。

譯 摻進了不良品。

12 | まざる【混ざる】

自五 混雜，夾雜

例 米(こめ)に砂(すな)が混(ま)ざっている。

譯 米裡面夾帶著沙。

パート 26 第二十六章

經済

- 經濟 -

N3 26-1

26-1 取り引き / 交易

01 ｜かいすうけん【回数券】

㊔（車票等的）回數票

例 回数券を買う。

譯 買回數票。

02 ｜かえる【代える・換える・替える】

他下一 代替，代理：改變，變更，變換

例 円をドルに替える。

譯 圓換美金。

03 ｜けいやく【契約】

名・自他サ 契約，合同

例 契約を結ぶ。

譯 立合同。

04 ｜じどう【自動】

㊔ 自動（不單獨使用）

例 自動販売機で野菜を買う。

譯 在自動販賣機購買蔬菜。

05 ｜しょうひん【商品】

㊔ 商品，貨品

例 商品が揃う。

譯 商品齊備。

06 ｜セット【set】

名・他サ 一組，一套；舞台裝置，布景；(網球等)盤，局；組裝，裝配；梳整頭髮

例 ワンセットで売る。

譯 整組來賣。

07 ｜ヒット【hit】

名・自サ 大受歡迎，最暢銷；(棒球)安打

例 今度の商品はヒットした。

譯 這回的產品取得了大成功。

08 ｜ブランド【brand】

㊔（商品的）牌子；商標

例 ブランドのバックが揃う。

譯 名牌包包應有盡有。

09 ｜プリペイドカード【prepaid card】

㊔ 預先付款的卡片（電話卡、影印卡等）

例 使い捨てのプリペイドカードを買った。

譯 購買用完就丟的預付卡。

10 ｜むすぶ【結ぶ】

他五・自五 連結，繫結；締結關係，結合，結盟；(嘴)閉緊，(手)握緊

例 契約を結ぶ。

譯 簽合約。

11 | りょうがえ【両替】

(名·他サ) 兌換，換錢，兑幣

例 円（えん）とドルの両替（りょうがえ）をする。

譯 以日圓兑換美金。

12 | レシート【receipt】

(名) 收據；發票

例 レシートをもらう。

譯 拿收據。

13 | わりこむ【割り込む】

(自五) 擠進，插隊；闖進；插嘴

例 横（よこ）から急（きゅう）に列（れつ）に割（わ）り込（こ）んできた。

譯 突然從旁邊擠進隊伍來。

N3 ◉ 26-2

26-2 価格、収支、貸借 / 價格、收支、借貸

01 | かえる【返る】

(自五) 復原；返回；回應

例 貸（か）したお金（かね）が返（かえ）る。

譯 收回借出去的錢。

02 | かし【貸し】

(名) 借出，貸款；貸方；給別人的恩惠

例 貸（か）しがある。

譯 有借出的錢。

03 | かしちん【貸し賃】

(名) 租金，賃費

例 貸（か）し賃（ちん）が高（たか）い。

譯 租金昂貴。

04 | かり【借り】

(名) 借，借入；借的東西；欠人情；怨恨，仇恨

例 借（か）りを返（かえ）す。

譯 還人情。

05 | きゅうりょう【給料】

(名) 工資，薪水

例 給料（きゅうりょう）が上（あ）がる。

譯 提高工資。

06 | さがる【下がる】

(自五) 後退；下降

例 給料（きゅうりょう）が下（さ）がる。

譯 降低薪水。

07 | ししゅつ【支出】

(名·他サ) 開支，支出

例 支出（ししゅつ）を抑（おさ）える。

譯 減少支出。

08 | じょ【助】

(漢造) 幫助；協助

例 お金（かね）を援助（えんじょ）する。

譯 出錢幫助。

09 | せいさん【清算】

(名·他サ) 結算，清算；清理財產；結束，了結

例 溜（た）まった家賃（やちん）を清算（せいさん）した。

譯 還清了積欠的房租。

10 ｜ただ

(名・副) 免費，不要錢；普通，平凡；只有，只是（促音化為「たった」）

例 ただで参加(さんか)できる。

譯 能夠免費參加。

11 ｜とく【得】

(名・形動) 利益；便宜

例 まとめて買(か)うと得(とく)だ。

譯 一次買更划算。

12 ｜ねあがり【値上がり】

(名・自サ) 價格上漲，漲價

例 土地(とち)の値上(ねあ)がりが始(はじ)まっている。

譯 地價開始高漲了。

13 ｜ねあげ【値上げ】

(名・他サ) 提高價格，漲價

例 来月(らいげつ)から入場料(にゅうじょうりょう)が値上(ねあ)げになる。

譯 下個月開始入場費將漲價。

14 ｜ぶっか【物価】

(名) 物價

例 物価(ぶっか)が上(あ)がった。

譯 物價上漲。

15 ｜ボーナス【bonus】

(名) 特別紅利，花紅；獎金，額外津貼，紅利

例 ボーナスが出(で)る。

譯 發獎金。

26-3 消費、費用 (1) /
消費、費用 (1)

01 ｜いりょうひ【衣料費】

(名) 服裝費

例 子供(こども)の衣料費(いりょうひ)は私(わたし)が出(だ)す。

譯 我支付小孩的服裝費。

02 ｜いりょうひ【医療費】

(名) 治療費，醫療費

例 医療費(いりょうひ)を払(はら)う。

譯 支付醫療費。

03 ｜うんちん【運賃】

(名) 票價；運費

例 運賃(うんちん)を払(はら)う。

譯 付運費。

04 ｜おごる【奢る】

(自五・他五) 奢侈，過於講究；請客，作東

例 友人(ゆうじん)に昼飯(ひるめし)を奢(おご)る。

譯 請朋友吃中飯。

05 ｜おさめる【納める】

(他下一) 交，繳納

例 授業料(じゅぎょうりょう)を納(おさ)める。

譯 繳納學費。

06 ｜がくひ【学費】

(名) 學費

例 アルバイトで学費(がくひ)をためる。

譯 打工存學費。

07 | がすりょうきん【ガス料金】

㊔ 瓦斯費

例 ガス料金(りょうきん)を払(はら)う。

譯 付瓦斯費。

08 | くすりだい【薬代】

㊔ 藥費

例 薬代(くすりだい)が高(たか)い。

譯 醫療費昂貴。

09 | こうさいひ【交際費】

㊔ 應酬費用

例 交際費(こうさいひ)を増(ふ)やす。

譯 增加應酬費用。

10 | こうつうひ【交通費】

㊔ 交通費，車馬費

例 交通費(こうつうひ)を計算(けいさん)する。

譯 計算交通費。

11 | こうねつひ【光熱費】

㊔ 電費和瓦斯費等

例 光熱費(こうねつひ)を払(はら)う。

譯 繳水電費。

12 | じゅうきょひ【住居費】

㊔ 住宅費，居住費

例 住居費(じゅうきょひ)が高(たか)い。

譯 住宿費用很高。

13 | しゅうりだい【修理代】

㊔ 修理費

例 修理代(しゅうりだい)を支払(しはら)う。

譯 支付修理費。

14 | じゅぎょうりょう【授業料】

㊔ 學費

例 授業料(じゅぎょうりょう)が高(たか)い。

譯 授課費用很高。

15 | しようりょう【使用料】

㊔ 使用費

例 会場(かいじょう)の使用料(しようりょう)を支払(しはら)う。

譯 支付場地租用費。

16 | しょくじだい【食事代】

㊔ 餐費，飯錢

例 母(はは)が食事代(しょくじだい)をくれた。

譯 媽媽給了我飯錢。

17 | しょくひ【食費】

㊔ 伙食費，飯錢

例 食費(しょくひ)を節約(せつやく)する。

譯 節省伙食費。

18 | すいどうだい【水道代】

㊔ 自來水費

例 水道代(すいどうだい)をカードで払(はら)う。

譯 用信用卡支付水費。

19 | すいどうりょうきん【水道料金】

㊔ 自來水費

例 コンビニで水道料金(すいどうりょうきん)を払(はら)う。

譯 在超商支付自來水費。

20 | せいかつひ【生活費】

㊔ 生活費

例 息子に生活費を送る。

譯 寄生活費給兒子。

N3 ◉ 26-3(2)

26-3 消費、費用 (2) /
消費、費用 (2)

21 | ぜいきん【税金】

㊔ 税金，稅款

例 税金を納める。

譯 繳納稅金。

22 | そうりょう【送料】

㊔ 郵費，運費

例 送料を払う。

譯 付郵資。

23 | タクシーだい【taxi 代】

㊔ 計程車費

例 タクシー代が上がる。

譯 計程車的車資漲價。

24 | タクシーりょうきん【taxi 料金】

㊔ 計程車費

例 タクシー料金が値上げになる。

譯 計程車的費用要漲價。

25 | チケットだい【ticket 代】

㊔ 票錢

例 チケット代を払う。

譯 付買票的費用。

26 | ちりょうだい【治療代】

㊔ 治療費，診察費

例 歯の治療代が高い。

譯 治療牙齒的費用很昂貴。

27 | てすうりょう【手数料】

㊔ 手續費；回扣

例 手数料がかかる。

譯 要付手續費。

28 | でんきだい【電気代】

㊔ 電費

例 電気代が高い。

譯 電費很貴。

29 | でんきりょうきん【電気料金】

㊔ 電費

例 電気料金が値上がりする。

譯 電費上漲。

30 | でんしゃだい【電車代】

㊔ (坐)電車費用

例 電車代が安くなる。

譯 電車費更加便宜。

31 | でんしゃちん【電車賃】

㊔ (坐)電車費用

例 電車賃は 250 円だ。

譯 電車費是二百五十圓。

32 | でんわだい【電話代】

㊔ 電話費

例 夜11時以後は電話代が安くなる。
譯 夜間十一點以後的電話費率比較便宜。

33 | にゅうじょうりょう【入場料】
名 入場費，進場費
例 入場料が高い。
譯 門票很貴呀。

34 | バスだい【bus 代】
名 公車(乘坐)費
例 バス代を払う。
譯 付公車費。

35 | バスりょうきん【bus 料金】
名 公車(乘坐)費
例 大阪までのバス料金は安い。
譯 搭到大阪的公車費用很便宜。

36 | ひ【費】
漢造 消費，花費；費用
例 大学の学費は親が出してくれる。
譯 大學的學費是父母幫我支付的。

37 | へやだい【部屋代】
名 房租；旅館住宿費
例 部屋代を払う。
譯 支付房租。

38 | ほんだい【本代】
名 買書錢
例 本代がかなりかかる。
譯 買書的花費不少。

39 | やちん【家賃】
名 房租
例 家賃が高い。
譯 房租貴。

40 | ゆうそうりょう【郵送料】
名 郵費
例 郵送料が高い。
譯 郵資貴。

41 | ようふくだい【洋服代】
名 服裝費
例 子供たちの洋服代がかからない。
譯 小孩們的衣物費用所費不多。

42 | りょう【料】
接尾 費用，代價
例 入場料は2倍に値上がる。
譯 入場費漲了兩倍。

43 | レンタルりょう【rental 料】
名 租金
例 ウエディングドレスのレンタル料は10万だ。
譯 結婚禮服的租借費是十萬。

N3 26-4

26-4 財產、金錢 /
財産、金銭

01 | あずかる【預かる】
他五 收存，(代人)保管；擔任，管理，負責處理；保留，暫不公開
例 お金を預かる。
譯 保管錢。

02 | あずける【預ける】

(他下一) 寄放，存放；委託，託付

例 銀行にお金を預ける。

譯 把錢存放進銀行裡。

03 | かね【金】

(名) 金屬；錢，金錢

例 金がかかる。

譯 花錢。

04 | こぜに【小銭】

(名) 零錢；零用錢；少量資金

例 1000 円札を小銭に替える。

譯 將千元鈔兌換成硬幣。

05 | しょうきん【賞金】

(名) 賞金；獎金

例 賞金を手に入れた。

譯 獲得賞金。

06 | せつやく【節約】

(名·他サ) 節約，節省

例 交際費を節約する。

譯 節省應酬費用。

07 | ためる【溜める】

(他下一) 積，存，蓄；積壓，停滯

例 お金を溜める。

譯 存錢。

08 | ちょきん【貯金】

(名·自他サ) 存款，儲蓄

例 毎月決まった額を貯金する。

譯 每個月定額存錢。

Memo

パート 27 第二十七章

政治

- 政治 -

N3 ◉ 27-1

27-1 政治、行政、国際 / 政治、行政、國際

01 | けんちょう【県庁】

㊔ 縣政府

例 県庁(けんちょう)を訪問(ほうもん)する。

譯 訪問縣政府。

02 | こく【国】

(漢造) 國；政府；國際，國有

例 国民(こくみん)の怒(いか)りが高(たか)まる。

譯 人們的怒氣日益高漲。

03 | こくさいてき【国際的】

(形動) 國際的

例 国際的(こくさいてき)な会議(かいぎ)に参加(さんか)する。

譯 參加國際會議。

04 | こくせき【国籍】

㊔ 國籍

例 国籍(こくせき)を変更(へんこう)する。

譯 變更國籍。

05 | しょう【省】

(名·漢造) 省掉；(日本內閣的)省，部

例 新(あたら)しい省(しょう)をつくる。

譯 建立新省。

06 | せんきょ【選挙】

(名·他サ) 選舉，推選

例 議長(ぎちょう)を選挙(せんきょ)する。

譯 選出議長。

07 | ちょう【町】

(名·漢造) (市街區劃單位)街，巷；鎮，街

例 町長(ちょうちょう)に選出(せんしゅつ)された。

譯 當上了鎮長。

08 | ちょう【庁】

(漢造) 官署；行政機關的外局

例 官庁(かんちょう)に勤(つと)める。

譯 在政府機關工作。

09 | どうちょう【道庁】

㊔ 北海道的地方政府(「北海道庁」之略稱)

例 道庁(どうちょう)は札幌市(さっぽろし)にある。

譯 北海道道廳(地方政府)位於札幌市。

10 | とちょう【都庁】

㊔ 東京都政府(「東京都庁」之略稱)

例 新宿都庁(しんじゅくとちょう)が目(め)の前(まえ)だ。

譯 新宿都政府就在眼前。

11 ｜パスポート【passport】

名 護照；身分證

例 パスポートを出（だ）す。

譯 取出護照。

12 ｜ふちょう【府庁】

名 府辦公室

例 府庁（ふちょう）に招（まね）かれる。

譯 受府辦公室的招待。

13 ｜みんかん【民間】

名 民間；民營，私營

例 皇室（こうしつ）から民間人（みんかんじん）になる。

譯 從皇室成為民間老百姓。

14 ｜みんしゅ【民主】

名 民主，民主主義

例 民主主義（みんしゅしゅぎ）を壊（こわ）す。

譯 破壞民主主義。

N3 ⊙ 27-2

27-2 軍事 / 軍事

01 ｜せん【戦】

漢造 戰爭；決勝負，體育比賽；發抖

例 博物館（はくぶつかん）で昔（むかし）の戦車（せんしゃ）を見（み）る。

譯 在博物館參觀以前的戰車。

02 ｜たおす【倒す】

他五 倒，放倒，推倒，翻倒；推翻，打倒；毀壞，拆毀；打敗，擊敗；殺死，擊斃；賴帳，不還債

例 敵（てき）を倒（たお）す。

譯 打倒敵人。

03 ｜だん【弾】

漢造 砲彈

例 弾丸（だんがん）のように速（はや）い。

譯 如彈丸一般地快。

04 ｜へいたい【兵隊】

名 士兵，軍人；軍隊

例 兵隊（へいたい）に行（い）く。

譯 去當兵。

05 ｜へいわ【平和】

名·形動 和平，和睦

例 平和（へいわ）に暮（く）らす。

譯 過和平的生活。

パート
28
第二十八章

法律、規則、犯罪

- 法律、規則、犯罪 -

01 | おこる【起こる】 N3 ◎ 28

(自五) 發生，鬧；興起，興盛；(火)著旺

例 事件が起こる。

譯 發生事件。

02 | きまり【決まり】

(名) 規定，規則；習慣，常規，慣例；終結；收拾整頓

例 決まりを守る。

譯 遵守規則。

03 | きんえん【禁煙】

(名·自サ) 禁止吸菸；禁菸，戒菸

例 車内は禁煙だ。

譯 車內禁止抽煙。

04 | きんし【禁止】

(名·他サ) 禁止

例 「ながらスマホ」は禁止だ。

譯 「走路時玩手機」是禁止的。

05 | ころす【殺す】

(他五) 殺死，致死；抑制，忍住，消除；埋沒；浪費，犧牲，典當；殺，(棒球)使出局

例 人を殺す。

譯 殺人。

06 | じけん【事件】

(名) 事件，案件

例 事件が起きる。

譯 發生案件。

07 | じょうけん【条件】

(名) 條件；條文，條款

例 条件を決める。

譯 決定條件。

08 | しょうめい【証明】

(名·他サ) 證明

例 資格を証明する。

譯 證明資格。

09 | つかまる【捕まる】

(自五) 抓住，被捉住，逮捕；抓緊，揪住

例 警察に捕まった。

譯 被警察抓到了。

10 | にせ【偽】

(名) 假，假冒；贗品

例 偽の1万円札が見つかった。

譯 找到萬圓偽鈔。

11 | はんにん【犯人】

(名) 犯人

例 犯人を探す。

譯 尋找犯人。

12 | プライバシー【privacy】

(名) 私生活，個人私密

例 プライバシーを守る。

譯 保護隱私。

13 | ルール【rule】

(名) 規章，章程；尺，界尺

例 交通ルールを守る。

譯 遵守交通規則。

パート
29
第二十九章

心理、感情

- 心理、感情 -

N3 29-1(1)

29-1 心(1) / 心、內心(1)

01 | あきる【飽きる】

(自上一) 夠，滿足；厭煩，煩膩

例 飽(あ)きることを知(し)らない。

譯 貪得無厭。

02 | いつのまにか【何時の間にか】

(副) 不知不覺地，不知什麼時候

例 いつの間(ま)にか春(はる)が来(き)た。

譯 不知不覺春天來了。

03 | いんしょう【印象】

(名) 印象

例 印象(いんしょう)が薄(うす)い。

譯 印象不深。

04 | うむ【生む】

(他五) 產生，產出

例 誤解(ごかい)を生(う)む。

譯 產生誤解。

05 | うらやましい【羨ましい】

(形) 羨慕，令人嫉妒，眼紅

例 あなたがうらやましい。

譯 (我)羨慕你。

06 | えいきょう【影響】

(名·自サ) 影響

例 影響(えいきょう)が大(おお)きい。

譯 影響很大。

07 | おもい【思い】

(名) (文)思想，思考；感覺，情感；想念，思念；願望，心願

例 思(おも)いにふける。

譯 沈浸在思考中。

08 | おもいで【思い出】

(名) 回憶，追憶，追懷；紀念

例 思(おも)い出(で)になる。

譯 成為回憶。

09 | おもいやる【思いやる】

(他五) 體諒，表同情；想像，推測

例 不幸(ふこう)な人を思(おも)いやる。

譯 同情不幸的人。

10 | かまう【構う】

(自他五) 介意，顧忌，理睬；照顧，招待；調戲，逗弄；放逐

例 叩(たた)かれても構(かま)わない。

譯 被攻擊也無所謂。

11 | かん【感】

(名·漢造) 感覺，感動；感

例 責任感(せきにんかん)が強(つよ)い。

譯 有很強的責任感。

12 | かんじる·かんずる【感じる·感ずる】

(自他上一) 感覺，感到；感動，感觸，有所感

例 痛(いた)みを感(かん)じる。

譯 感到疼痛。

13 | かんしん【感心】

(名·形動·自サ) 欽佩；贊成；(貶)令人吃驚

例 皆(みな)さんの努力(どりょく)に感心(かんしん)した。

譯 大家的努力令人欽佩。

14 | かんどう【感動】

(名·自サ) 感動，感激

例 感動(かんどう)を受(う)ける。

譯 深受感動。

15 | きんちょう【緊張】

(名·自サ) 緊張

例 緊張(きんちょう)が解(と)けた。

譯 緊張舒緩了。

16 | くやしい【悔しい】

(形) 令人懊悔的

例 悔(くや)しい思(おも)いをする。

譯 覺得遺憾不甘。

17 | こうふく【幸福】

(名·形動) 沒有憂慮，非常滿足的狀態

例 幸福(こうふく)な人生(じんせい)を送(おく)る。

譯 過著幸福的生活。

18 | しあわせ【幸せ】

(名·形動) 運氣，機運；幸福，幸運

例 幸(しあわ)せになる。

譯 變得幸福、走運。

19 | しゅうきょう【宗教】

(名) 宗教

例 宗教(しゅうきょう)を信(しん)じる。

譯 信仰宗教。

20 | すごい【凄い】

(形) 非常(好)；厲害；好的令人吃驚；可怕，嚇人

例 すごい嵐(あらし)になった。

譯 轉變成猛烈的暴風雨了。

N3 ◉ 29-1(2)

29-1 心 (2) /
心、內心 (2)

21 | そぼく【素朴】

(名·形動) 樸素，純樸，質樸；(思想)純樸

例 素朴(そぼく)な考(かんが)え方(かた)が生(う)まれる。

譯 單純的想法孕育而生。

22 | そんけい【尊敬】

(名·他サ) 尊敬

例 両親(りょうしん)を尊敬(そんけい)する。

譯 尊敬雙親。

23 | たいくつ【退屈】

(名・自サ・形動) 無聊，鬱悶，寂，厭倦

例 退屈な日々が続く。

譯 無聊的生活不斷持續著。

24 | のんびり

(副・自サ) 舒適，逍遙，悠然自得

例 のんびり暮らす。

譯 悠閒度日。

25 | ひみつ【秘密】

(名・形動) 秘密，機密

例 これは二人だけの秘密だよ。

譯 這是屬於我們兩個人的秘密喔。

26 | ふこう【不幸】

(名) 不幸，倒楣；死亡，喪事

例 不幸を招く。

譯 招致不幸。

27 | ふしぎ【不思議】

(名・形動) 奇怪，難以想像，不可思議

例 不思議なことを起こす。

譯 發生不可思議的事。

28 | ふじゆう【不自由】

(名・形動・自サ) 不自由，不如意，不充裕；(手腳)不聽使喚；不方便

例 金に不自由しない。

譯 不缺錢。

29 | へいき【平気】

(名・形動) 鎮定，冷靜；不在乎，不介意，無動於衷

例 平気な顔をする。

譯 一副冷靜的表情。

30 | ほっと

(副・自サ) 嘆氣貌；放心貌

例 ほっと息をつく。

譯 鬆了一口氣。

31 | まさか

(副) (後接否定語氣)絕不…，總不會…，難道；萬一，一旦

例 まさかの時に備える。

譯 以備萬一。

32 | まんぞく【満足】

(名・自他サ・形動) 滿足，令人滿意的，心滿意足；滿足，符合要求；完全，圓滿

例 満足に暮らす。

譯 美滿地過日子。

33 | むだ【無駄】

(名・形動) 徒勞，無益；浪費，白費

例 無駄な努力はない。

譯 沒有白費力氣的。

34 | もったいない

(形) 可惜的，浪費的；過份的，惶恐的，不敢當

例 もったいないことをした。

譯 真是浪費。

35 | ゆたか【豊か】
(形動) 豐富，寬裕；豐盈；十足，足夠
例 豊(ゆた)かな生活(せいかつ)を送(おく)る。
譯 過著富裕的生活。

---

36 | ゆめ【夢】
(名) 夢；夢想
例 甘(あま)い夢(ゆめ)を見続(みつづ)けている。
譯 持續做著美夢。

---

37 | よい【良い】
(形) 好的，出色的；漂亮的；(同意)可以
例 良(よ)い友(とも)に恵(めぐ)まれる。
譯 遇到益友。

---

38 | らく【楽】
(名・形動・漢造) 快樂，安樂，快活；輕鬆，簡單；富足，充裕
例 楽(らく)に暮(く)らす。
譯 輕鬆地過日子。

N3 ● 29-2

29-2 意志 /
意志

01 | あたえる【与える】
(他下一) 給與，供給；授與；使蒙受；分配
例 機会(きかい)を与(あた)える。
譯 給予機會。

---

02 | がまん【我慢】
(名・他サ) 忍耐，克制，將就，原諒；(佛)饒恕
例 我慢(がまん)ができない。
譯 不能忍受。

---

03 | がまんづよい【我慢強い】
(形) 忍耐性強，有忍耐力
例 本当(ほんとう)にがまん強(づよ)い。
譯 有耐性。

---

04 | きぼう【希望】
(名・他サ) 希望，期望，願望
例 どんな時(とき)も希望(きぼう)を持(も)つ。
譯 懷抱希望。

---

05 | きょうちょう【強調】
(名・他サ) 強調；權力主張；(行情)看漲
例 特(とく)に強調(きょうちょう)する。
譯 特別強調。

---

06 | くせ【癖】
(名) 癖好，脾氣，習慣；(衣服的)摺線；頭髮亂翹
例 癖(くせ)がつく。
譯 養成習慣。

---

07 | さける【避ける】
(他下一) 躲避，避開，逃避；避免，忌諱
例 問題(もんだい)を避(さ)ける。
譯 迴避問題。

---

08 | さす【刺す】
(他五) 刺，穿，扎；螫，咬，釘；縫綴，衲；捉住，黏捕
例 包丁(ほうちょう)で刺(さ)す。
譯 以菜刀刺入。

09 | さんか【参加】

(名·自サ) 參加，加入

例 参加を申し込む。

譯 報名參加。

10 | じっこう【実行】

(名·他サ) 實行，落實，施行

例 実行に移す。

譯 付諸實行。

11 | じっと

(副·自サ) 保持穩定，一動不動；凝神，聚精會神；一聲不響地忍住；無所做為，呆住

例 相手の顔をじっと見る。

譯 凝神注視對方的臉。

12 | じまん【自慢】

(名·他サ) 自滿，自誇，自大，驕傲

例 成績を自慢する。

譯 以成績為傲。

13 | しんじる·しんずる【信じる·信ずる】

(他上一) 信，相信；確信，深信；信賴，可靠；信仰

例 あなたを信じる。

譯 信任你。

14 | しんせい【申請】

(名·他サ) 申請，聲請

例 facebook で友達申請が来た。

譯 有人向我的臉書傳送了交友邀請。

15 | すすめる【薦める】

(他下一) 勸告，勸告，勸誘；勸，敬(煙、酒、茶、座等)

例 A大学を薦める。

譯 推薦A大學。

16 | すすめる【勧める】

(他下一) 勸告，勸誘；勸，進(煙茶酒等)

例 入会を勧める。

譯 勸說加入會員。

17 | だます【騙す】

(副) 騙，欺騙，誆騙，矇騙；哄

例 人を騙す。

譯 騙人。

18 | ちょうせん【挑戦】

(名·自サ) 挑戰

例 世界記録に挑戦する。

譯 挑戰世界紀錄。

19 | つづける【続ける】

(接尾) (接在動詞連用形後，複合語用法)繼續…，不斷地…

例 テニスを練習し続ける。

譯 不斷地練習打網球。

20 | どうしても

(副) (後接否定)怎麼也，無論怎樣也；務必，一定，無論如何也要

例 どうしても行きたい。

譯 無論如何我都要去。

21 | なおす【直す】

(接尾)(前接動詞連用形)重做…

例 もう1度(いちど)人生(じんせい)をやり直(なお)す。

譯 人生再次從零出發。

22 | ふちゅうい(な)【不注意(な)】

(形動) 不注意，疏忽，大意

例 不注意(ふちゅうい)な発言(はつげん)が多(おお)すぎる。

譯 失言之處過多。

23 | まかせる【任せる】

(他下一) 委託，託付；聽任，隨意；盡力，盡量

例 運(うん)を天(てん)に任(まか)せる。

譯 聽天由命。

24 | まもる【守る】

(他五) 保衛，守護；遵守，保守；保持(忠貞)；(文)凝視

例 秘密(ひみつ)を守(まも)る。

譯 保密。

25 | もうしこむ【申し込む】

(他五) 提議，提出；申請；報名；訂購；預約

例 結婚(けっこん)を申(もう)し込(こ)む。

譯 求婚。

26 | もくてき【目的】

(名) 目的，目標

例 目的(もくてき)を達成(たっせい)する。

譯 達到目的。

27 | ゆうき【勇気】

(形動) 勇敢

例 勇気(ゆうき)を出(だ)す。

譯 提起勇氣。

28 | ゆずる【譲る】

(他五) 讓給，轉讓；謙讓，讓步；出讓，賣給；改日，延期

例 道(みち)を譲(ゆず)る。

譯 讓路。

N3 ● 29-3

29-3 好き、嫌い / 喜歡、討厭

01 | あい【愛】

(名・漢造) 愛，愛情；友情，恩情；愛好，熱愛；喜愛；喜歡；愛惜

例 親(おや)の愛(あい)が伝(つた)わる。

譯 感受到父母的愛。

02 | あら【粗】

(名) 缺點，毛病

例 粗(あら)を探(さが)す。

譯 雞蛋裡挑骨頭。

03 | にんき【人気】

(名) 人緣，人望

例 あのタレントは人気(にんき)がある。

譯 那位藝人很受歡迎。

04 | ねっちゅう【熱中】

(名・自サ) 熱中，專心；酷愛，著迷於

例 ゲームに熱中(ねっちゅう)する。

譯 沈迷於電玩。

05 | ふまん【不満】

(名·形動) 不滿足，不滿，不平

例 不満をいだく。

譯 心懷不滿。

06 | むちゅう【夢中】

(名·形動) 夢中，在睡夢裡；不顧一切，熱中，沉醉，著迷

例 夢中になる。

譯 入迷。

07 | めいわく【迷惑】

(名·自サ) 麻煩，煩擾；為難，困窘；討厭，妨礙，打擾

例 迷惑をかける。

譯 添麻煩。

08 | めんどう【面倒】

(名·形動) 麻煩，費事；繁瑣，棘手；照顧，照料

例 面倒を見る。

譯 照料。

09 | りゅうこう【流行】

(名·自サ) 流行，時髦，時興；蔓延

例 去年はグレーが流行した。

譯 去年是流行灰色。

10 | れんあい【恋愛】

(名·自サ) 戀愛

例 恋愛に陥った。

譯 墜入愛河。

29-4 喜び、笑い / 高興、笑

01 | こうふん【興奮】

(名·自サ) 興奮，激昂；情緒不穩定

例 興奮して眠れなかった。

譯 激動得睡不著覺。

02 | さけぶ【叫ぶ】

(自五) 喊叫，呼叫，大聲叫；呼喊，呼籲

例 急に叫ぶ。

譯 突然大叫。

03 | たかまる【高まる】

(自五) 高漲，提高，增長；興奮

例 気分が高まる。

譯 情緒高漲。

04 | たのしみ【楽しみ】

(名) 期待，快樂

例 楽しみにしている。

譯 很期待。

05 | ゆかい【愉快】

(名·形動) 愉快，暢快；令人愉快，討人喜歡；令人意想不到

例 愉快に楽しめる。

譯 愉快的享受。

06 | よろこび【喜び・慶び】

(名) 高興，歡喜，喜悅；喜事，喜慶事；道喜，賀喜

例 慶びの言葉を述べる。

譯 致賀詞。

07 | わらい【笑い】

㊔ 笑；笑聲；嘲笑，譏笑，冷笑

例 お腹が痛くなるほど笑った。

譯 笑得肚子都痛了。

N3 29-5

29-5 悲しみ、苦しみ / 悲傷、痛苦

01 | かなしみ【悲しみ】

㊔ 悲哀，悲傷，憂愁，悲痛

例 悲しみを感じる。

譯 感到悲痛。

02 | くるしい【苦しい】

㊆ 艱苦；困難；難過；勉強

例 生活が苦しい。

譯 生活很艱苦。

03 | ストレス【stress】

㊔（語）重音；（理）壓力；（精神）緊張狀態

例 ストレスで胃が痛い。

譯 由於壓力而引起胃痛。

04 | たまる【溜まる】

(自五) 事情積壓；積存，囤積，停滯

例 ストレスが溜まっている。

譯 累積了不少壓力。

05 | まけ【負け】

㊔ 輸，失敗；減價；（商店送給客戶的）贈品

例 私の負けだ。

譯 我輸了。

06 | わかれ【別れ】

㊔ 別，離別，分離；分支，旁系

例 別れが悲しい。

譯 傷感離別。

N3 29-6

29-6 驚き、恐れ、怒り / 驚懼、害怕、憤怒

01 | いかり【怒り】

㊔ 憤怒，生氣

例 怒りが抑えられない。

譯 怒不可遏。

02 | さわぎ【騒ぎ】

㊔ 吵鬧，吵嚷；混亂，鬧事；轟動一時(的事件)，激動，振奮

例 騒ぎが起こった。

譯 引起騷動。

03 | ショック【shock】

㊔ 震動，刺激，打擊；（手術或注射後的）休克

例 ショックを受けた。

譯 受到打擊。

04 | ふあん【不安】

(名·形動) 不安，不放心，擔心；不穩定

例 不安をおぼえる。

譯 感到不安。

05 | ぼうりょく【暴力】

㊔ 暴力，武力

例 夫に暴力を振るわれる。

譯 受到丈夫家暴。

06 | もんく【文句】

㊔ 詞句，語句；不平或不滿的意見，異議

例 文句を言う。

譯 抱怨。

N3 ⊙ 29-7

29-7 感謝、後悔 /

感謝、悔恨

01 | かんしゃ【感謝】

(名·自他サ) 感謝

例 心から感謝する。

譯 衷心感謝。

02 | こうかい【後悔】

(名·他サ) 後悔，懊悔

例 話を聞けばよかったと後悔している。

譯 後悔應該聽他説的才對。

03 | たすかる【助かる】

(自五) 得救，脱險；有幫助，輕鬆；節省（時間、費用、麻煩等）

例 ご協力いただけると助かります。

譯 能得到您的鼎力相助那就太好了。

04 | にくらしい【憎らしい】

㊎ 可憎的，討厭的，令人憎恨的

例 あの男が憎らしい。

譯 那男人真是可恨啊。

05 | はんせい【反省】

(名·他サ) 反省，自省（思想與行為）；重新考慮

例 深く反省している。

譯 深深地反省。

06 | ひ【非】

(名·接頭) 非，不是

例 自分の非を詫びる。

譯 承認自己的錯誤。

07 | もうしわけない【申し訳ない】

(寒暄) 實在抱歉，非常對不起，十分對不起

例 申し訳ない気持ちでいっぱいだ。

譯 心中充滿歉意。

08 | ゆるす【許す】

(他五) 允許，批准；寬恕；免除；容許；承認；委託；信賴；疏忽，放鬆；釋放

例 君を許す。

譯 我原諒你。

09 | れい【礼】

(名·漢造) 禮儀，禮節，禮貌；鞠躬；道謝，致謝；敬禮；禮品

例 礼を欠く。

譯 欠缺禮貌。

10 | れいぎ【礼儀】

㊔ 禮儀，禮節，禮法，禮貌

例 礼儀正しい青年だ。

譯 有禮的青年。

11 | わび【詫び】

㊔ 賠不是，道歉，表示歉意

例 丁寧なお詫びの言葉を頂きました。

譯 得到畢恭畢敬的賠禮。

パート
30
第三十章

思考、言語

- 思考、語言 -

N3 ◉ 30-1

30-1 思考 /
思考

01 | あいかわらず【相変わらず】

副 照舊，仍舊，和往常一樣

例 相変わらずお元気ですね。

譯 您還是那麼精神百倍啊！

02 | アイディア【idea】

名 主意，想法，構想；(哲)觀念

例 アイディアを考える。

譯 想點子。

03 | あんがい【案外】

副·形動 意想不到，出乎意外

例 案外やさしかった。

譯 出乎意料的簡單。

04 | いがい【意外】

名·形動 意外，想不到，出乎意料

例 意外に簡単だ。

譯 意外的簡單。

05 | おもいえがく【思い描く】

他五 在心裡描繪，想像

例 将来の生活を思い描く。

譯 在心裡描繪未來的生活。

06 | おもいつく【思い付く】

自他五 (忽然)想起，想起來

例 いいことを思いついた。

譯 我想到了一個好點子。

07 | かのう【可能】

名·形動 可能

例 可能な範囲でお願いします。

譯 在可能的範圍內請多幫忙。

08 | かわる【変わる】

自五 變化；與眾不同；改變時間地點，遷居，調任

例 考えが変わる。

譯 改變想法。

09 | かんがえ【考え】

名 思想，想法，意見；念頭，觀念，信念；考慮，思考；期待，願望；決心

例 考えが甘い。

譯 想法天真。

10 | かんそう【感想】

名 感想

例 感想を聞く。

譯 聽取感想。

11 ｜ごかい【誤解】

(名·他サ) 誤解，誤會

例 誤解を招く。

譯 導致誤會。

---

12 ｜そうぞう【想像】

(名·他サ) 想像

例 想像もつきません。

譯 真叫人無法想像。

---

13 ｜つい

(副) (表時間與距離)相隔不遠，就在眼前；不知不覺，無意中；不由得，不禁

例 つい傘を間違えた。

譯 不小心拿錯了傘。

---

14 ｜ていあん【提案】

(名·他サ) 提案，建議

例 提案を受ける。

譯 接受建議。

---

15 ｜ねらい【狙い】

(名) 目標，目的；瞄準，對準

例 狙いを外す。

譯 錯過目標。

---

16 ｜のぞむ【望む】

(他五) 遠望，眺望；指望，希望；仰慕，景仰

例 成功を望む。

譯 期望成功。

---

17 ｜まし(な)

(形動) (比)好些，勝過：像樣

例 ないよりましだ。

譯 有勝於無。

---

18 ｜まよう【迷う】

(自五) 迷，迷失；困惑；迷戀；(佛)執迷；(古)(毛線、線繩等)絮亂，錯亂

例 道に迷う。

譯 迷路。

---

19 ｜もしかしたら

(連語·副) 或許，萬一，可能，說不定

例 もしかしたら優勝するかも。

譯 也許會獲勝也說不定。

---

20 ｜もしかして

(連語·副) 或許，可能

例 もしかして伊藤さんですか。

譯 您該不會是伊藤先生吧？

---

21 ｜もしかすると

(副) 也許，或，可能

例 もしかすると、受かるかもしれない。

譯 說不定會考上。

---

22 ｜よそう【予想】

(名·自サ) 預料，預測，預計

例 予想が当たった。

譯 預料命中。

N3 ● 30-2

30-2 判断 /
判斷

01 ｜あてる【当てる】

(他下一) 碰撞，接觸；命中；猜，預測；貼上，放上；測量；對著，朝向

例 年(とし)を当(あ)てる。

譯 猜中年齡。

02 | おもいきり【思い切り】

(名·副) 斷念，死心；果斷，下決心；狠狠地，盡情地，徹底的

例 思(おも)い切(き)り遊(あそ)びたい。

譯 想盡情地玩。

03 | おもわず【思わず】

(副) 禁不住，不由得，意想不到地，下意識地

例 思(おも)わず殴(なぐ)る。

譯 不由自主地揍了下去。

04 | かくす【隠す】

(他五) 藏起來，隱瞞，掩蓋

例 帽子(ぼうし)で顔(かお)を隠(かく)す。

譯 用帽子蓋住頭。

05 | かくにん【確認】

(名·他サ) 證實，確認，判明

例 確認(かくにん)を取(と)る。

譯 加以確認。

06 | かくれる【隠れる】

(自下一) 躲藏，隱藏；隱遁；不為人知，潛在的

例 親(おや)に隠(かく)れてたばこを吸(す)っていた。

譯 以前瞞著父母偷偷抽菸。

07 | かもしれない

(連語) 也許，也未可知

例 あなたの言(い)う通(とお)りかもしれない。

譯 或許如你說的。

08 | きっと

(副) 一定，必定；(神色等)嚴厲地，嚴肅地

例 明日(あした)はきっと晴(は)れるでしょう。

譯 明日一定會放晴。

09 | ことわる【断る】

(他五) 謝絕；預先通知，事前請示

例 結婚(けっこん)を申(もう)し込(こ)んだが断(ことわ)られた。

譯 向他求婚，卻遭到了拒絕。

10 | さくじょ【削除】

(名·他サ) 刪掉，刪除，勾消，抹掉

例 名前(なまえ)を削除(さくじょ)する。

譯 刪除姓名。

11 | さんせい【賛成】

(名·自サ) 贊成，同意

例 提案(ていあん)に賛成(さんせい)する。

譯 贊成這項提案。

12 | しゅだん【手段】

(名) 手段，方法，辦法

例 手段(しゅだん)を選(えら)ばない。

譯 不擇手段。

13 | しょうりゃく【省略】

(名·副·他サ) 省略，從略

例 説明(せつめい)を省略(しょうりゃく)する。

譯 省略說明。

14 | たしか【確か】

(副) (過去的事不太記得)大概，也許

例 確(たし)か言(い)ったことがある。

譯 好像曾經有說過。

15 | **たしかめる【確かめる】**

(他下一) 查明，確認，弄清

例 気持ちを確かめる。

譯 確認心意。

16 | **たてる【立てる】**

(他下一) 立起；訂立

例 旅行の計画を立てる。

譯 訂定旅遊計畫。

17 | **たのみ【頼み】**

(名) 懇求，請求，拜託；信賴，依靠

例 頼みがある。

譯 有事想拜託你。

18 | **チェック【check】**

(名・他サ) 確認，檢查；核對，打勾；格子花紋；支票；號碼牌

例 メールをチェックする。

譯 檢查郵件。

19 | **ちがい【違い】**

(名) 不同，差別，區別；差錯，錯誤

例 違いが出る。

譯 出現差異。

20 | **ちょうさ【調査】**

(名・他サ) 調查

例 調査が行われる。

譯 展開調查。

21 | **つける【付ける・附ける・着ける】**

(他下一・接尾) 掛上，裝上；穿上，配戴；評定，決定；寫上，記上；定(價)，出(價)；養成；分配，派；安裝；注意；抹上，塗上

例 値段をつける。

譯 定價。

22 | **てきとう【適当】**

(名・形動・自サ) 適當；適度；隨便

例 送別会に適当な店を探す。

譯 尋找適合舉辦歡送會的店家。

23 | **できる**

(自上一) 完成；能夠

例 1週間でできる。

譯 一星期內完成。

24 | **てってい【徹底】**

(名・自サ) 徹底；傳遍，普遍，落實

例 徹底した調査を行う。

譯 進行徹底的調查。

25 | **とうぜん【当然】**

(形動・副) 當然，理所當然

例 夫は家族を養うのが当然だ。

譯 老公養家餬口是理所當然的事。

26 | **ぬるい【温い】**

(形) 微溫，不冷不熱，不夠熱

例 考え方が温い。

譯 思慮不夠周密。

27 | のこす【残す】

(他五) 留下，剩下；存留；遺留；（相撲頂住對方的進攻）開腳站穩

例 メモを残(のこ)す。

譯 留下紙條。

28 | はんたい【反対】

(名·自サ) 相反；反對

例 意見(いけん)に反対(はんたい)する。

譯 對意見給予反對。

29 | ふかのう（な）【不可能（な）】

(形動) 不可能的，做不到的

例 彼(かれ)に勝(か)つことは不可能(ふかのう)だ。

譯 不可能贏過他的。

N3 ● 30-3

30-3 理解 /

理解

01 | かいけつ【解決】

(名·自他サ) 解決，處理

例 問題(もんだい)が解決(かいけつ)する。

譯 問題得到解決。

02 | かいしゃく【解釈】

(名·他サ) 解釋，理解，說明

例 正(ただ)しく解釈(かいしゃく)する。

譯 正確的解釋。

03 | かなり

(副·形動·名) 相當，頗

例 かなり疲(つか)れる。

譯 相當疲憊。

04 | さいこう【最高】

(名·形動) (高度、位置、程度)最高，至高無上；頂，極，最

例 最高(さいこう)に面白(おもしろ)い映画(えいが)だ。

譯 最有趣的電影。

05 | さいてい【最低】

(名·形動) 最低，最差，最壞

例 君(きみ)は最低(さいてい)の男(おとこ)だ。

譯 你真是個差勁無比的男人。

06 | そのうえ【その上】

(接續) 又，而且，加之，兼之

例 質(しつ)がいい、その上(うえ)値段(ねだん)も安(やす)い。

譯 不只品質佳，而且價錢便宜。

07 | そのうち【その内】

(副·連語) 最近，過幾天，不久；其中

例 兄(あに)はその内(うちかえ)帰ってくるから、暫(しばら)く待(ま)ってください。

譯 我哥哥就快要回來了，請稍等一下。

08 | それぞれ

(副) 每個（人），分別，各自

例 それぞれの問題(もんだい)が違(ちが)う。

譯 每個人的問題不同。

09 | だいたい【大体】

(副) 大部分；大致；大概

例 この曲(きょく)はだいたい弾(ひ)けるようになった。

譯 大致會彈這首曲子了。

10 | だいぶ【大分】

(名·形動) 很，頗，相當，相當地，非常

例 だいぶ日(ひ)が長(なが)くなった。

譯 白天變得比較長了。

11 | ちゅうもく【注目】

(名·他サ·自サ) 注目，注視

例 人(ひと)に注目(ちゅうもく)される。

譯 引人注目。

12 | ついに【遂に】

(副) 終於；竟然；直到最後

例 遂(つい)に現(あらわ)れた。

譯 終於出現了。

13 | とく【特】

(漢造) 特，特別，與眾不同

例 すばらしい特等席(とくとうせき)へどうぞ。

譯 請上坐最棒的頭等座。

14 | とくちょう【特徴】

(名) 特徵，特點

例 特徴(とくちょう)のある顔(かお)をしている。

譯 長著一副別具特色的臉。

15 | なっとく【納得】

(名·他サ) 理解，領會；同意，信服

例 納得(なっとく)がいく。

譯 信服。

16 | ひじょう【非常】

(名·形動) 非常，很，特別；緊急，緊迫

例 社員(しゃいん)の提案(ていあん)を非常(ひじょう)に重視(じゅうし)する。

譯 非常重視社員的提案。

17 | べつ【別】

(名·形動·漢造) 分別，區分；分別

例 別(べつ)の方法(ほうほう)を考(かんが)える。

譯 想別的方法。

18 | べつべつ【別々】

(形動) 各自，分別

例 別々(べつべつ)に研究(けんきゅう)する。

譯 分別研究。

19 | まとまる【纏まる】

(自五) 解決，商訂，完成，談妥；湊齊，湊在一起；集中起來，概括起來，有條理

例 意見(いけん)がまとまる。

譯 意見一致。

20 | まとめる【纏める】

(他下一) 解決，結束；總結，概括；匯集，收集；整理，收拾

例 意見(いけん)をまとめる。

譯 整理意見。

21 | やはり・やっぱり

(副) 果然；還是，仍然

例 やっぱり思(おも)ったとおりだ。

譯 果然跟我想的一樣。

22 | りかい【理解】

(名·他サ) 理解，領會，明白；體諒，諒解

例 彼女(かのじょ)の考(かんが)えは理解(りかい)しがたい。

譯 我無法理解她的想法。

23 | わかれる【分かれる】

(自下一) 分裂；分離，分開；區分，劃分；區別

例 意見が分かれる。
譯 意見產生分歧。

24 | わける【分ける】

他下一 分，分開；區分，劃分；分配，分給；分開，排開，擠開

例 等分に分ける。
譯 均分。

N3 ◎ 30-4

30-4 知識 / 知識

01 | あたりまえ【当たり前】

名 當然，應然；平常，普通

例 借金を返すのは当たり前だ。
譯 借錢就要還。

02 | うる【得る】

他下二 得到；領悟

例 得るところが多い。
譯 獲益良多。

03 | える【得る】

他下一 得，得到；領悟，理解；能夠

例 知識を得る。
譯 獲得知識。

04 | かん【観】

名·漢造 觀感，印象，樣子；觀看；觀點

例 人生観が変わる。
譯 改變人生觀。

05 | くふう【工夫】

名·自サ 設法

例 やりやすいように工夫する。
譯 設法讓工作更有效率。

06 | くわしい【詳しい】

形 詳細；精通，熟悉

例 事情に詳しい。
譯 深知詳情。

07 | けっか【結果】

名·自他サ 結果，結局

例 結果から見る。
譯 從結果上來看。

08 | せいかく【正確】

名·形動 正確，準確

例 正確に記録する。
譯 正確記錄下來。

09 | ぜったい【絶対】

名·副 絕對，無與倫比；堅絕，斷然，一定

例 絶対に面白いよ。
譯 一定很有趣喔。

10 | ちしき【知識】

名 知識

例 知識を得る。
譯 獲得知識。

11 | てき【的】

接尾·形動 （前接名詞）關於，對於；表示狀態或性質

例 一般的な例を挙げる。
譯 舉一般性的例子。

12 | できごと【出来事】

㊔（偶發的）事件，變故

例 不思議な出来事に遭う。

譯 遇到不可思議的事情。

13 | とおり【通り】

(接尾) 種類；套，組

例 やり方は三通りある。

譯 作法有三種方法。

14 | とく【解く】

(他五) 解開；拆開（衣服）；消除，解除（禁令、條約等）；解答

例 謎を解く。

譯 解開謎題。

15 | とくい【得意】

(名·形動)（店家的）主顧；得意，滿意；自滿，得意洋洋；拿手

例 得意先を回る。

譯 拜訪老主顧。

16 | とける【解ける】

(自下一) 解開，鬆開（綁著的東西）；消，解消（怒氣等）；解除（職責、契約等）；解開（疑問等）

例 問題が解けた。

譯 問題解決了。

17 | ないよう【内容】

㊔ 內容

例 手紙の内容を知っている。

譯 知道信的內容。

18 | にせる【似せる】

(他下一) 模仿，仿效；偽造

例 本物に似せる。

譯 與真物非常相似。

19 | はっけん【発見】

(名·他サ) 發現

例 新しい星を発見した。

譯 發現新的行星。

20 | はつめい【発明】

(名·他サ) 發明

例 機械を発明した。

譯 發明機器。

21 | ふかめる【深める】

(他下一) 加深，加強

例 知識を深める。

譯 增進知識。

22 | ほうほう【方法】

㊔ 方法，辦法

例 方法を考え出す。

譯 想出辦法。

23 | まちがい【間違い】

㊔ 錯誤，過錯；不確實

例 間違いを直す。

譯 改正錯誤。

24 | まちがう【間違う】

(他五·自五) 做錯，搞錯；錯誤

例 計算を間違う。

譯 算錯了。

25 | まちがえる【間違える】

(他下一) 錯；弄錯

例 人(ひと)の傘(かさ)と間違(まちが)える。

譯 跟別人的傘弄錯了。

26 | まったく【全く】

(副) 完全，全然；實在，簡直；(後接否定)絕對，完全

例 まったく違(ちが)う。

譯 全然不同。

27 | ミス【miss】

(名·自サ) 失敗，錯誤，差錯

例 仕事(しごと)でミスを犯(おか)す。

譯 工作上犯了錯。

28 | りょく【力】

(漢造) 力量

例 実力(じつりょく)がある。

譯 有實力。

N3 ● 30-5

30-5 言語 / 語言

01 | ぎょう【行】

(名·漢造) (字的)行；(佛)修行；行書

例 行(ぎょう)をかえる。

譯 另起一行。

02 | く【句】

(名) 字，字句；俳句

例 俳句(はいく)の季語(きご)を春(はる)に換(か)える。

譯 俳句的季語換成春。

03 | ごがく【語学】

(名) 外語的學習，外語，外語課

例 語学(ごがく)が得意(とくい)だ。

譯 在語言方面頗具長才。

04 | こくご【国語】

(名) 一國的語言；本國語言；(學校的)國語(課)，語文(課)

例 国語(こくご)の教師(きょうし)になる。

譯 成為國文老師。

05 | しめい【氏名】

(名) 姓與名，姓名

例 解答用紙(かいとうようし)の右上(みぎうえ)に氏名(しめい)を書(か)く。

譯 在答案用紙的右上角寫上姓名。

06 | ずいひつ【随筆】

(名) 隨筆，小品文，散文，雜文

例 随筆(ずいひつ)を書(か)く。

譯 寫散文。

07 | どう【同】

(名) 同樣，同等；(和上面的)相同

例 国同士(くにどうし)の関係(かんけい)が深(ふか)まる。

譯 加深國與國之間的關係。

08 | ひょうご【標語】

(名) 標語

例 交通安全(こうつうあんぜん)の標語(ひょうご)を考(かんが)える。

譯 正在思索交通安全的標語。

09 ｜ふ【不】

(接頭·漢造) 不；壞；醜；笨

例 不注意でけがをした。

譯 因為不小心而受傷。

10 ｜ふごう【符号】

(名) 符號，記號；(數)符號

例 数学の符号を使う。

譯 使用數學符號。

11 ｜ぶんたい【文体】

(名)(某時代特有的)文體;(某作家特有的)風格

例 漱石の文体をまねる。

譯 模仿夏目漱石的文章風格。

12 ｜へん【偏】

(名·漢造) 漢字的(左)偏旁；偏，偏頗

例 辞典で衣偏を見る。

譯 看辭典的衣部(部首)。

13 ｜めい【名】

(名·接頭) 知名…

例 この映画は名作だ。

譯 這電影是一部傑出的名作。

14 ｜やくす【訳す】

(他五) 翻譯；解釋

例 英語を日本語に訳す。

譯 英譯日。

15 ｜よみ【読み】

(名) 唸，讀；訓讀；判斷，盤算

例 正しい読み方は別にある。

譯 有別的正確念法。

16 ｜ローマじ【Roma 字】

(名) 羅馬字

例 ローマ字で入力する。

譯 用羅馬字輸入。

N3 ◉ 30-6(1)

30-6 表現(1) / 表達(1)

01 ｜あいず【合図】

(名·自サ) 信號，暗號

例 合図を送る。

譯 遞出信號。

02 ｜アドバイス【advice】

(名·他サ) 勸告，提意見；建議

例 アドバイスをする。

譯 提出建議。

03 ｜あらわす【表す】

(他五) 表現出，表達；象徵，代表

例 言葉で表せない。

譯 無法言喻。

04 ｜あらわれる【表れる】

(自下一) 出現，出來；表現，顯出

例 不満が顔に表れている。

譯 臉上露出不服氣的神情。

05 ｜あらわれる【現れる】

(自下一) 出現，呈現，顯露

例 彼(かれ)の能力(のうりょく)が現(あらわ)れる。
譯 他顯露出才華。

06 | あれっ・あれ

感 哎呀

例 あれ、どうしたの。
譯 哎呀，怎麼了呢？

07 | いえ

感 不，不是

例 いえ、違(ちが)います。
譯 不，不是那樣。

08 | いってきます【行ってきます】

寒暄 我出門了

例 挨拶(あいさつ)に行(い)ってきます。
譯 去打聲招呼。

09 | いや

感 不；沒什麼

例 いや、それは違(ちが)う。
譯 不，不是那樣的。

10 | うわさ【噂】

名·自サ 議論，閒談；傳説，風聲

例 噂(うわさ)を立(た)てる。
譯 散布謠言。

11 | おい

感 （主要是男性對同輩或晚輩使用）打招呼的喂，唉；（表示輕微的驚訝）呀！啊！

例 おい、大丈夫(だいじょうぶ)か。
譯 喂！你還好吧。

12 | おかえり【お帰り】

寒暄 （你）回來了

例 もう、お帰(かえ)りですか。
譯 您要回去了啊？

13 | おかえりなさい【お帰りなさい】

寒暄 回來了

例 「ただいま」「お帰(かえ)りなさい」。
譯 「我回來了」「你回來啦。」

14 | おかけください

敬 請坐

例 どうぞ、おかけください。
譯 請坐下。

15 | おかまいなく【お構いなく】

敬 不管，不在乎，不介意

例 どうぞ、お構(かま)いなく。
譯 請不必客氣。

16 | おげんきですか【お元気ですか】

寒暄 你好嗎？

例 ご両親(りょうしん)はお元気(げんき)ですか。
譯 請問令尊與令堂安好嗎？

17 | おさきに【お先に】

敬 先離開了，先告辭了

例 お先(さき)に、失礼(しつれい)します。
譯 我先告辭了。

18 | おしゃべり【お喋り】

名·自サ·形動 閒談，聊天；愛說話的人，健談的人

例 おしゃべりに夢中(むちゅう)になる。

譯 熱中於閒聊。

19 | おじゃまします【お邪魔します】

敬 打擾了

例「いらっしゃいませ」「お邪魔(じゃま)します」。

譯「歡迎光臨」「打擾了」。

20 | おせわになりました【お世話になりました】

敬 受您照顧了

例 いろいろと、お世話(せわ)になりました。

譯 感謝您多方的關照。

21 | おまちください【お待ちください】

敬 請等一下

例 少々(しょうしょう)、お待(ま)ちください。

譯 請等一下。

22 | おまちどおさま【お待ちどおさま】

敬 久等了

例 お待(ま)ちどおさま、こちらへどうぞ。

譯 久等了，這邊請。

23 | おめでとう

寒暄 恭喜

例 大学合格(だいがくごうかく)、おめでとう。

譯 恭喜你考上大學。

24 | おやすみ【お休み】

寒暄 休息；晚安

例「お休(やす)み」「お休(やす)みなさい」。

譯「晚安！」「晚安！」。

25 | おやすみなさい【お休みなさい】

寒暄 晚安

例 もう寝(ね)るよ。お休(やす)みなさい。

譯 我要睡了，晚安。

26 | おん【御】

接頭 表示敬意

例 御礼申(おんれいもう)し上(あ)げます。

譯 致以深深的謝意。

27 | けいご【敬語】

名 敬語

例 敬語(けいご)を使(つか)う。

譯 使用敬語。

28 | ごえんりょなく【ご遠慮なく】

敬 請不用客氣

例 どうぞ、ご遠慮(えんりょ)なく。

譯 請不用客氣。

29 | ごめんください

名·形動·副 (道歉、叩門時)對不起，有人在嗎？

例 ごめんください、おじゃまします。

譯 對不起，打擾了。

30 | じつは【実は】

副 說真的，老實說，事實是，說實在的

例 実は私がやったのです。
譯 老實說是我做的。

N3 ◉ 30-6(2)

30-6 表現 (2) /
表達 (2)

31 | しつれいします【失礼します】

(感) (道歉)對不起；(先行離開)先走一步；(進門)不好意思打擾了；(職場用語－掛電話時)不好意思先掛了；(入座)謝謝

例 お先に失礼します。
譯 我先失陪了。

32 | じょうだん【冗談】

(名) 戲言，笑話，詼諧，玩笑

例 冗談を言うな。
譯 不要亂開玩笑。

33 | すなわち【即ち】

(接續) 即，換言之；即是，正是；則，彼時；乃，於是

例 1 ポンド、すなわち 100 ペンスで買った。
譯 以一磅也就是100英鎊購買。

34 | すまない

(連語) 對不起，抱歉；(做寒暄語)對不起

例 すまないと言ってくれた。
譯 向我道了歉。

35 | すみません【済みません】

(連語) 抱歉，不好意思

例 お待たせしてすみません。
譯 讓您久等，真是抱歉。

36 | ぜひ【是非】

(名·副) 務必；好與壞

例 是非お電話ください。
譯 請一定打電話給我。

37 | そこで

(接續) 因此，所以；(轉換話題時)那麼，下面，於是

例 そこで、私は意見を言った。
譯 於是，我說出了我的看法。

38 | それで

(接) 因此；後來

例 それで、いつ終わるの。
譯 那麼，什麼時候結束呢？

39 | それとも

(接續) 或著，還是

例 コーヒーにしますか、それとも紅茶にしますか。
譯 您要咖啡還是紅茶？

40 | ただいま

(名·副) 現在；馬上；剛才；(招呼語)我回來了

例 ただいま帰りました。
譯 我回來了。

41 | つたえる【伝える】

(他下一) 傳達，轉告；傳導

例 部下に伝える。
譯 轉告給下屬。

42 ｜つまり

（名·副）阻塞，困窘；到頭，盡頭；總之，説到底；也就是説，即…

例 つまり、こういうことです。

譯 也就是説，是這個意思。

43 ｜で

（接續）那麼；(表示原因)所以

例 台風で学校が休みだ。

譯 因為颱風所以學校放假。

44 ｜でんごん【伝言】

（名·自他サ）傳話，口信；帶口信

例 伝言がある。

譯 有留言。

45 ｜どんなに

（副）怎樣，多麼，如何；無論如何…也

例 どんなにがんばっても、うまくいかない。

譯 不管你再怎麼努力，事情還是不能順利發展。

46 ｜なぜなら(ば)【何故なら(ば)】

（接續）因為，原因是

例 もういや、なぜなら彼はひどい。

譯 我投降了，因為他太惡劣了。

47 ｜なにか【何か】

（連語·副）什麼；總覺得

例 何か飲みたい。

譯 想喝點什麼。

48 ｜バイバイ【bye-bye】

（寒暄）再見，拜拜

例 バイバイ、またね。

譯 掰掰，再見。

49 ｜ひょうろん【評論】

（名·他サ）評論，批評

例 雑誌に映画の評論を書く。

譯 為雜誌撰寫影評。

50 ｜べつに【別に】

（副）(後接否定)不特別

例 別に忙しくない。

譯 不特別忙。

51 ｜ほうこく【報告】

（名·他サ）報告，匯報，告知

例 事件を報告する。

譯 報告案件。

52 ｜まねる【真似る】

（他下一）模效，仿效

例 上司の口ぶりを真似る。

譯 仿效上司的説話口吻。

53 ｜まるで

（副）(後接否定)簡直，全部，完全；好像，宛如，恰如

例 まるで夢のようだ。

譯 宛如作夢一般。

54 ｜メッセージ【message】

（名）電報，消息，口信；致詞，祝詞；(美國總統)咨文

例 祝賀のメッセージを送る。

譯 寄送賀詞。

55 ｜よいしょ

感 (搬重物等吆喝聲)嘿咻

例「よいしょ」と立ち上がる。

譯 一聲「嘿咻」就站了起來。

56 ｜ろん【論】

名·漢造·接尾 論，議論

例 その論の立て方はおかしい。

譯 那一立論方法很奇怪。

57 ｜ろんじる·ろんずる【論じる·論ずる】

他上一 論，論述，闡述

例 事の是非を論じる。

譯 論述事情的是與非。

N3 30-7

30-7 文書、出版物 / 文章文書、出版物

01 ｜エッセー・エッセイ【essay】

名 小品文，隨筆；(隨筆式的)短論文

例 エッセーを読む。

譯 閱讀小品文。

02 ｜かん【刊】

漢造 刊，出版

例 朝刊と夕刊を取る。

譯 訂早報跟晚報。

03 ｜かん【巻】

名·漢造 卷，書冊；(書畫的)手卷；卷曲

例 上、中、下、全３巻ある。

譯 有上中下共三冊。

04 ｜ごう【号】

名·漢造 (雜誌刊物等)期號；(學者等)別名

例 雑誌の一月号を買う。

譯 買一月號的雜誌。

05 ｜し【紙】

漢造 報紙的簡稱；紙；文件，刊物

例 表紙を作る。

譯 製作封面。

06 ｜しゅう【集】

名·漢造 (詩歌等的)集；聚集

例 作品を全集にまとめる。

譯 把作品編輯成全集。

07 ｜じょう【状】

名·漢造 (文)書面，信件；情形，狀況

例 推薦状のおかげで就職が決まった。

譯 承蒙推薦信找到工作了。

08 ｜しょうせつ【小説】

名 小說

例 恋愛小説を読むのが好きです。

譯 我喜歡看言情小說。

09 ｜しょもつ【書物】

名 (文)書，書籍，圖書

例 書物を読む。

譯 閱讀書籍。

10 | しょるい【書類】

㊔ 文書，公文，文件

例 書類を送る。

譯 寄送文件。

11 | だい【題】

(名·自サ·漢造) 題目，標題；問題；題辭

例 作品に題をつける。

譯 給作品題上名。

12 | タイトル【title】

㊔ (文章的)題目，(著述的)標題；稱號，職稱

例 タイトルを決める。

譯 決定名稱。

13 | だいめい【題名】

㊔ (圖書、詩文、戲劇、電影等的)標題，題名

例 題名をつける。

譯 題名。

14 | ちょう【帳】

(漢造) 帳幕；帳本

例 銀行の預金通帳と印鑑を盜まれた。

譯 銀行存摺及印章被偷了。

15 | データ【data】

㊔ 論據，論證的事實；材料，資料；數據

例 データを集める。

譯 收集情報。

16 | テーマ【theme】

㊔ (作品的)中心思想，主題；(論文、演説的)題目，課題

例 研究のテーマを考える。

譯 思考研究題目。

17 | としょ【図書】

㊔ 圖書

例 読みたい図書が見つかった。

譯 找到想看的書。

18 | パンフレット【pamphlet】

㊔ 小冊子

例 詳しいパンフレットをダウンロードできる。

譯 可以下載詳細的小冊子。

19 | びら

㊔ (宣傳、廣告用的)傳單

例 ビラをまく。

譯 發傳單。

20 | へん【編】

(名·漢造) 編，編輯；(詩的)卷

例 前編と後編に分ける。

譯 分為前篇跟後篇。

21 | めくる【捲る】

(他五) 翻，翻開；揭開，掀開

例 雑誌をめくる。

譯 翻閱雜誌。

必勝

N2

情境分類單字

パート
1
第一章

時間
- 時間 -

N2 ◉ 1-1 (1)

1-1 時、時間、時刻 (1) /
時候、時間、時刻 (1)

01 | あくる【明くる】
(連體) 次，翌，明，第二
例 明(あ)くる朝(あさ)が大変(たいへん)でした。
譯 第二天早上累壞了。

02 | いっしゅん【一瞬】
(名) 一瞬間，一剎那
例 一瞬(いっしゅん)の出来事(できごと)だった。
譯 一剎那間發生的事。

03 | いったん【一旦】
(副) 一旦，既然；暫且，姑且
例 一旦約束(いったんやくそく)したことは必(かなら)ず守(まも)る。
譯 一旦約定了的事就應該遵守。

04 | いつでも【何時でも】
(副) 無論什麼時候，隨時，經常，總是
例 勘定(かんじょう)はいつでもよろしい。
譯 哪天付款都可以。

05 | いまに【今に】
(副) 就要，即將，馬上；至今，直到現在
例 今(いま)に追(お)い越(こ)される。
譯 即將要被超越。

06 | いまにも【今にも】
(副) 馬上，不久，眼看就要
例 今(いま)にも雨(あめ)が降(ふ)りそうだ。
譯 眼看就要下雨。

07 | いよいよ【愈々】
(副) 愈發；果真；終於；即將要；緊要關頭
例 いよいよ夏休(なつやす)みだ。
譯 終於要放暑假了。

08 | えいえん【永遠】
(名) 永遠，永恆，永久
例 永遠(えいえん)の眠(ねむ)りについた。
譯 長眠不起。

09 | えいきゅう【永久】
(名) 永遠，永久
例 永久(えいきゅう)に続(つづ)く。
譯 萬古長青。

10 | おえる【終える】
(他下一・自下一) 做完，完成，結束
例 仕事(しごと)を終(お)える。
譯 工作結束。

11 | おわる【終わる】

(自五・他五) 完畢，結束，告終；做完，完結；(接於其他動詞連用形下)…完

例 夢で終わる。

譯 以夢告終。

12 | き【機】

(名・接尾・漢造) 時機；飛機；(助數詞用法)架；機器

例 時機を待つ。

譯 等待時機。

13 | きしょう【起床】

(名・自サ) 起床

例 起床時間を設定する。

譯 設定起床時間。

14 | きゅう【旧】

(名・漢造) 陳舊；往昔，舊日；舊曆，農曆；前任者

例 旧正月に餃子を食べる。

譯 舊曆年吃水餃。

15 | じき【時期】

(名) 時期，時候；期間；季節

例 時期が重なる。

譯 時期重疊。

16 | じこく【時刻】

(名) 時刻，時候，時間

例 時刻どおりに来る。

譯 遵守時間來。

17 | してい【指定】

(名・他サ) 指定

例 時間を指定する。

譯 指定時間。

18 | しばる【縛る】

(他五) 綁，捆，縛；拘束，限制；逮捕

例 時間に縛られる。

譯 受時間限制。

19 | しゅんかん【瞬間】

(名) 瞬間，剎那間，剎那；當時，…的同時

例 決定的瞬間を捉えた。

譯 捕捉關鍵時刻。

20 | しょうしょう【少々】

(名・副) 少許，一點，稍稍，片刻

例 少々お待ちください。

譯 請稍等一下。

N2 1-1 (2)

1-1 時、時間、時刻 (2) /
時候、時間、時刻 (2)

21 | しょうみ【正味】

(名) 實質，內容，淨剩部分；淨重；實數；實價，不折不扣的價格，批發價

例 正味1時間かかった。

譯 實際花了整整一小時。

22 | ずらす

(他五) 挪開，錯開，差開

例 時期をずらす。

譯 錯開時期。

23 | ずれる

(自下一) (從原來或正確的位置)錯位，移動；離題，背離(主題、正路等)

例 タイミングがずれる。

譯 錯失時機。

24 | そのころ

(接) 當時，那時

例 そのころはちょうど移動中(いどうちゅう)でした。

譯 那時正好在移動中。

25 | ただちに【直ちに】

(副) 立即，立刻；直接，親自

例 直(ただ)ちに出動(しゅつどう)する。

譯 立刻出動。

26 | たちまち

(副) 轉眼間，一瞬間，很快，立刻；忽然，突然

例 たちまち売(う)り切(き)れる。

譯 一瞬間賣個精光。

27 | たったいま【たった今】

(副) 剛才；馬上

例 たった今(いま)まいります。

譯 馬上前往。

28 | たま【偶】

(名) 偶爾，偶然；難得，少有

例 たまの休日(きゅうじつ)が嬉(うれ)しい。

譯 難得少有的休息日真叫人高興。

29 | たらず【足らず】

(接尾) 不足…

例 10分(ぶん)足(た)らずで着(つ)く。

譯 不到十分鐘就抵達了。

30 | ちかごろ【近頃】

(名・副) 最近，近來，這些日子來；萬分，非常

例 近頃(ちかごろ)の若者(わかもの)が出世(しゅっせ)したがらない。

譯 最近的年輕人成功慾很低。

31 | ちかぢか【近々】

(副) 不久，近日，過幾天；靠的很近

例 近々(ちかぢか)訪(おとず)れる。

譯 近日將去拜訪您。

32 | つぶす【潰す】

(他五) 毀壞，弄碎；熔毀，熔化；消磨，消耗；宰殺；堵死，填滿

例 時間(じかん)を潰(つぶ)す。

譯 消磨時間。

33 | どうじ【同時】

(名・副・接) 同時，時間相同；同時代；同時，立刻；也，又，並且

例 同時(どうじ)に出発(しゅっぱつ)する。

譯 同時出發。

34 | とき【時】

(名) 時間；(某個)時候；時期，時節，季節；情況，時候；時機，機會

例 その時(とき)がやって来(く)る。

譯 時候已到。

35 | とたん【途端】

(名・他サ・自サ) 正當…的時候；剛…的時候，一…就…

例 買った途端に後悔した。

譯 才剛買下就後悔了。

36 | とっくに

(他サ・自サ) 早就，好久以前

例 とっくに帰った。

譯 早就回去了。

37 | ながい【永い】

(形) (時間)長，長久

例 永い眠りにつく。

譯 長眠。

38 | ながびく【長引く】

(自五) 拖長，延長

例 病気が長引く。

譯 疾病久久不癒。

39 | のびのび【延び延び】

(名) 拖延，延緩

例 運動会が雨で延び延びになる。

譯 運動會因雨勢而拖延。

40 | はつ【発】

(名・接尾) (交通工具等)開出，出發；(信、電報等)發出；(助數詞用法)(計算子彈數量)發，顆

例 6時発の列車が遅れる。

譯 六點發車的列車延誤了。

41 | ふきそく【不規則】

(名・形動) 不規則，無規律；不整齊，凌亂

例 不規則な生活をする。

譯 生活不規律。

42 | ぶさた【無沙汰】

(名・自サ) 久未通信，久違，久疏問候

例 大変ご無沙汰致しました。

譯 久違了。

43 | ふだん【普段】

(名・副) 平常，平日

例 普段の状態に戻る。

譯 回到平常的狀態。

44 | ま【間】

(名・接尾) 間隔，空隙；間歇；機會，時機；(音樂)節拍間歇；房間；(數量)間

例 間に合う。

譯 趕得上。

45 | まっさき【真っ先】

(名) 最前面，首先，最先

例 真っ先に駆けつける。

譯 最先趕到。

46 | まもなく【間も無く】

(副) 馬上，一會兒，不久

例 間もなく試験が始まる。

譯 快考試了。

47 ｜やがて

㊀ 不久，馬上；幾乎，大約；歸根究柢，亦即，就是

例 やがて夜(よる)になった。

譯 不久天就黑了。

N2 ◉ 1-2 (1)

1-2 季節、年、月、週、日 (1) / 季節、年、月、週、日 (1)

01 ｜おひる【お昼】

㊔ 白天；中飯，午餐

例 お昼(ひる)の献立(こんだて)を用意(ようい)した。

譯 準備了午餐的菜單。

02 ｜か【日】

(漢造) 表示日期或天數

例 二日(ふつか)かかる。

譯 需要兩天。

03 ｜がんじつ【元日】

㊔ 元旦

例 元日(がんじつ)から営業(えいぎょう)する。

譯 從元旦開始營業。

04 ｜がんたん【元旦】

㊔ 元旦

例 元旦(がんたん)に初詣(はつもうで)に行(い)く。

譯 元旦去新年參拜。

05 ｜さきおととい【一昨昨日】

㊔ 大前天，前三天

例 一昨昨日(さきおととい)の出来事(できごと)だ。

譯 大前天的事情。

06 ｜しあさって

㊔ 大後天

例 しあさっての試合(しあい)が中止(ちゅうし)になった。

譯 大後天的比賽中止了。

07 ｜しき【四季】

㊔ 四季

例 四季(しき)を味(あじ)わう。

譯 欣賞四季。

08 ｜しゅう【週】

(名・漢造) 星期；一圈

例 先週(せんしゅう)から腰痛(ようつう)が酷(ひど)い。

譯 上禮拜開始腰疼痛不已。

09 ｜じゅう【中】

(名・接尾) (舊)期間；表示整個期間或區域

例 熱帯地方(ねったいちほう)は1年中(いちねんじゅう)暑(あつ)い。

譯 熱帶地區整年都熱。

10 ｜しょじゅん【初旬】

㊔ 初旬，上旬

例 10月(がつ)の初旬(しょじゅん)は紅葉(こうよう)がきれいだ。

譯 十月上旬紅葉美極了。

11 ｜しんねん【新年】

㊔ 新年

例 新年(しんねん)を迎(むか)える。

譯 迎接新年。

12 | せいれき【西曆】

㊔ 西曆，西元

例 東京オリンピックが西暦 2020 年です。

譯 東京奧林匹克是在西元2020年。

13 | せんせんげつ【先々月】

(接頭) 上上個月，前兩個月

例 先々月の下旬に伊豆に行った。

譯 上上個月的下旬去了伊豆。

14 | せんせんしゅう【先々週】

(接頭) 上上週

例 先々週から痛みが強くなった。

譯 上上週開始疼痛加劇。

15 | つきひ【月日】

㊔ 日與月；歲月，時光；日月，日期

例 月日が経つ。

譯 時光流逝。

16 | とうじつ【当日】

(名・副) 當天，當日，那一天

例 大会の当日に配布される。

譯 在大會當天發送。

17 | としつき【年月】

㊔ 年和月，歲月，光陰；長期，長年累月；多年來

例 年月が流れる。

譯 歲月流逝。

18 | にちじ【日時】

㊔（集會和出發的）日期時間

例 出発の日時が決まった。

譯 出發的時日決定了。

19 | にちじょう【日常】

㊔ 日常，平常

例 日常会話ができる。

譯 日常會話沒問題。

20 | にちや【日夜】

(名・副) 日夜；總是，經常不斷地

例 日夜研究に励む。

譯 不分晝夜努力研究。

N2 ⊙ 1-2 (2)

1-2 季節、年、月、週、日 (2) / 季節、年、月、週、日(2)

21 | にっちゅう【日中】

㊔ 白天，晝間（指上午十點到下午三、四點間）；日本與中國

例 日中の一番暑い時に出かけた。

譯 在白天最熱之時出門了。

22 | にってい【日程】

㊔（旅行、會議的）日程；每天的計畫（安排）

例 日程を変える。

譯 改變日程。

23 | ねんかん【年間】

(名・漢造) 一年間；（年號使用）期間，年間

例 年間所得が少ない。

譯 年收入低。

24 | ねんげつ【年月】

㊔ 年月，光陰，時間

例 長い年月がたつ。

譯 經年累月。

25 | ねんじゅう【年中】

(名・副) 全年，整年；一年到頭，總是，始終

例 年中無休にて営業しております。

譯 營業全年無休。

26 | ねんだい【年代】

㊔ 年代；年齡層；時代

例 1990年代に登場した。

譯 在1990年代(90年代)登場。

27 | ねんど【年度】

㊔ (工作或學業)年度

例 年度が変わる。

譯 換年度。

28 | はやおき【早起き】

㊔ 早起

例 早起きは苦手だ。

譯 不擅長早起。

29 | はんつき【半月】

㊔ 半個月；半月形；上(下)弦月

例 半月かかる。

譯 花上半個月。

30 | はんにち【半日】

㊔ 半天

例 半日で終わる。

譯 半天就結束。

31 | ひがえり【日帰り】

(名・自サ) 當天回來

例 日帰りの旅行がおすすめです。

譯 推薦一日遊。

32 | ひづけ【日付】

㊔ (報紙、新聞上的)日期

例 日付を入れる。

譯 填上日期。

33 | ひにち【日にち】

㊔ 日子，時日；日期

例 同窓会の日にちを決める。

譯 決定同學會的日期。

34 | ひるすぎ【昼過ぎ】

㊔ 過午

例 もう昼過ぎなの。

譯 已經過中午了。

35 | ひるまえ【昼前】

㊔ 上午；接近中午時分

例 昼前なのにもうお腹がすいた。

譯 還不到中午肚子已經餓了。

36 | へいせい【平成】

㊔ 平成(日本年號)

例 平成の次は令和に決定致しました。

譯 平成之後決定為令和。

37 | まふゆ【真冬】

㊔ 隆冬，正冬天

例 真冬(まふゆ)に冷水浴(れいすいよく)をして鍛(きた)える。

譯 在嚴冬裡沖冷水澡鍛練體魄。

38 | よ【夜】

㊔ 夜，晚上，夜間

例 夜(よ)が明(あ)ける。

譯 天亮。

39 | よあけ【夜明け】

㊔ 拂曉，黎明

例 夜明(よあ)けになる。

譯 天亮。

40 | よなか【夜中】

㊔ 半夜，深夜，午夜

例 夜中(よなか)まで起(お)きている。

譯 直到半夜都還醒著。

N2 ◉ 1-3

1-3 過去、現在、未来 / 過去、現在、未來

01 | いこう【以降】

㊔ 以後，之後

例 8月(がつ)以降(いこう)はずっといる。

譯 八月以後都在。

02 | いずれ【何れ】

(代・副) 哪個，哪方；反正，早晚，歸根到底；不久，最近，改日

例 いずれまたお話(はな)ししましょう。

譯 改日我們再聊聊。

03 | いつか【何時か】

(副) 未來的不定時間，改天；過去的不定時間，以前；不知不覺

例 願(ねが)い事(ごと)はいつかは叶(かな)う。

譯 願望總有一天會實現。

04 | いつまでも【何時までも】

(副) 到什麼時候也…，始終，永遠

例 いつまでも忘(わす)れない。

譯 永遠不會忘記。

05 | いらい【以来】

㊔ 以來，以後；今後，將來

例 生(う)まれて以来(いらい)ずっと愛(あい)され続(つづ)けている。

譯 出生以來一直都被深愛著。

06 | かこ【過去】

㊔ 過去，往昔；(佛)前生，前世

例 過去(かこ)を顧(かえり)みる。

譯 回顧往事。

07 | きんだい【近代】

㊔ 近代，現代(日本則意指明治維新之後)

例 近代化(きんだいか)を進(すす)める。

譯 推行近代化。

08 | げん【現】

(名・漢造) 現，現在的

例 現社長(げんしゃちょう)が会長(かいちょう)に就任(しゅうにん)する。

譯 現在的社長就任為會長。

09 | げんざい【現在】

(名) 現在，目前，此時

例 現在(げんざい)に至(いた)る。

譯 到現在。

10 | げんし【原始】

(名) 原始；自然

例 原始林(げんしりん)が広(ひろ)がる。

譯 原始森林展現開來。

11 | げんじつ【現実】

(名) 現實，實際

例 現実(げんじつ)に起(お)こる。

譯 發生在現實中。

12 | こん【今】

(漢造) 現在；今天；今年

例 今日(こんにち)の日本(にほん)が必要(ひつよう)としている。

譯 如今的日本是很需要的。

13 | こんにち【今日】

(名) 今天，今日；現在，當今

例 今日(こんにち)に至(いた)る。

譯 直到今日。

14 | さからう【逆らう】

(自五) 逆，反方向；違背，違抗，抗拒，違拗

例 歴史(れきし)の流(なが)れに逆(さか)らう。

譯 違抗歷史的潮流。

15 | さきほど【先程】

(副) 剛才，方才

例 先程(さきほど)お見(み)えになりました。

譯 剛才蒞臨的。

16 | しょうらい【将来】

(名・副・他サ) 將來，未來，前途；(從外國)傳入；帶來，拿來；招致，引起

例 将来(しょうらい)を考(かんが)える。

譯 思考將來要做什麼。

17 | すえ【末】

(名) 結尾，末了；末端，盡頭；將來，未來，前途；不重要的，瑣事；(排行)最小

例 末(すえ)が案(あん)じられる。

譯 前途堪憂。

18 | せんご【戦後】

(名) 戰後

例 戦後(せんご)の発展(はってん)がめざましい。

譯 戰後的發展極為出色。

19 | ちゅうせい【中世】

(名) (歷史)中世紀，古代與近代之間(在日本指鎌倉、室町時代)

例 中世(ちゅうせい)のヨーロッパを舞台(ぶたい)にした。

譯 以中世紀歐洲為舞台。

20 | とうじ【当時】

(名・副) 現在，目前；當時，那時

例 当時(とうじ)を思(おも)い出(だ)す。

譯 憶起當時。

21 | のちほど【後程】

副 過一會兒

例 後程(のちほど)またご相談(そうだん)しましょう。

譯 回頭再來和你談談。

22 | み【未】

漢造 未，沒；(地支的第八位)未

例 未知(みち)の世界(せかい)が広(ひろ)がっている。

譯 未知的世界展現在眼前。

23 | らい【来】

連體 (時間)下個，下一個

例 来年(らいねん) 3 月(がつ)に卒業(そつぎょう)する。

譯 明年三月畢業。

N2 1-4

1-4 期間、期限 /
期間、期限

01 | いちじ【一時】

造語・副 某時期，一段時間；那時；暫時；一點鐘；同時，一下子

例 一時(いちじ)のブームが去(さ)った。

譯 風靡一時的熱潮已過。

02 | えんちょう【延長】

名・自他サ 延長，延伸，擴展；全長

例 期間(きかん)を延長(えんちょう)する。

譯 延長期限。

03 | かぎり【限り】

名 限度，極限；(接在表示時間、範圍等名詞下)只限於…，以…為限，在…範圍內

例 限(かぎ)りある命(いのち)を楽(たの)しむ。

譯 享受有限的生命。

04 | かぎる【限る】

自他五 限定，限制；限於；以…為限；不限，不一定，未必

例 今日(きょう)に限(かぎ)る。

譯 限於今日。

05 | き【期】

名 時期；時機；季節；(預定的)時日

例 入学(にゅうがく)の時期(じき)が訪(おとず)れる。

譯 又到開學期了。

06 | きげん【期限】

名 期限

例 期限(きげん)が切(き)れる。

譯 期滿，過期。

07 | たんき【短期】

名 短期

例 短期(たんき)の留学生(りゅうがくせい)が急増(きゅうぞう)した。

譯 短期留學生急速增加。

08 | ちょうき【長期】

名 長期，長時間

例 長期(ちょうき)にわたる。

譯 經過很長一段時間。

09 | ていきてき【定期的】

形動 定期，一定的期間

例 定期的(ていきてき)に送(おく)る。

譯 定期運送。

パート
2
第二章

住居

- 住房 -

N2 ◉ 2-1

2-1 家 / 住家

01 | いしょくじゅう【衣食住】
名 衣食住
例 衣食住に困らない。
譯 不愁吃穿住。

02 | いど【井戸】
名 井
例 井戸を掘る。
譯 挖井。

03 | がいしゅつ【外出】
名・自サ 出門，外出
例 外出を控える。
譯 減少外出。

04 | かえす【帰す】
他五 讓…回去，打發回家
例 家に帰す。
譯 讓…回家。

05 | かおく【家屋】
名 房屋，住房
例 家屋が立ち並ぶ。
譯 房屋羅列。

06 | くらし【暮らし】
名 度日，生活；生計，家境
例 暮らしを立てる。
譯 謀生。

07 | じたく【自宅】
名 自己家，自己的住宅
例 自宅で事務仕事をやっている。
譯 在家中做事務性工作。

08 | じゅうきょ【住居】
名 住所，住宅
例 住居を移転する。
譯 移居。

09 | しゅうぜん【修繕】
名・他サ 修繕，修理
例 古い家屋を修繕した。
譯 整修舊房屋。

10 | じゅうたく【住宅】
名 住宅
例 住宅が密集する。
譯 住宅密集。

11 | じゅうたくち【住宅地】
名 住宅區
例 閑静な住宅地にある。
譯 在安靜的住宅區。

12 | スタート【start】

(名・自サ) 起動，出發，開端；開始(新事業等)

例 新生活(しんせいかつ)がスタートする。

譯 開始新生活。

13 | たく【宅】

(名・漢造) 住所，自己家，宅邸；(加接頭詞「お」成為敬稱)尊處

例 先生(せんせい)のお宅(たく)を訪問(ほうもん)した。

譯 拜訪了老師的尊府。

14 | ついで

㊔ 順便，就便；順序，次序

例 ついでの折(おり)に立(た)ち寄(よ)る。

譯 順便過來拜訪。

15 | でかける【出かける】

(自下一) 出門，出去，到…去；剛要走，要出去；剛要…

例 家(いえ)を出(で)かけた時(とき)に電話(でんわ)が鳴(な)った。

譯 正要出門時，電話響起。

16 | とりこわす【取り壊す】

(他五) 拆除

例 古(ふる)い家(いえ)を取(と)り壊(こわ)す。

譯 拆除舊屋。

17 | のき【軒】

㊔ 屋簷

例 軒(のき)を並(なら)べる。

譯 房屋鱗次櫛比。

18 | べっそう【別荘】

㊔ 別墅

例 別荘(べっそう)を建(た)てる。

譯 蓋別墅。

19 | ほうもん【訪問】

(名・他サ) 訪問，拜訪

例 お宅(たく)を訪問(ほうもん)する。

譯 到貴宅拜訪。

N2 2-2

2-2 家の外側 / 住家的外側

01 | あまど【雨戸】

㊔ (為防風防雨而罩在窗外的)木板套窗，滑窗

例 雨戸(あまど)を開(あ)ける。

譯 拉開木板套窗。

02 | いしがき【石垣】

㊔ 石牆

例 石垣(いしがき)のある家(いえ)に住(す)みたい。

譯 想住有石牆的房子。

03 | かきね【垣根】

㊔ 籬笆，柵欄，圍牆

例 垣根(かきね)を取(と)り払(はら)う。

譯 拆除籬笆。

04 | かわら【瓦】

㊔ 瓦

例 瓦(かわら)で屋根(やね)を葺(ふ)く。

譯 用瓦鋪屋頂。

N2 2 住房

05 | すきま【隙間】

㊔ 空隙，隙縫；空閒，閒暇

すきま
例 隙間ができる。

譯 產生縫隙。

06 | すずむ【涼む】

(自五) 乘涼，納涼

えんがわ　すず
例 縁側で涼む。

譯 在走廊乘涼。

07 | へい【塀】

㊔ 圍牆，牆院，柵欄

へい　かたむ
例 塀が傾く。

譯 圍牆傾斜。

08 | ものおき【物置】

㊔ 庫房，倉房

ものおき　い
例 物置に入れる。

譯 放入倉庫。

09 | れんが【煉瓦】

㊔ 磚，紅磚

れんが　つ
例 煉瓦を積む。

譯 砌磚。

N2 ◉ 2-3

2-3 部屋、設備 / 房間、設備

01 | あわ【泡】

㊔ 泡，沫，水花

あわ　た
例 泡が立つ。

譯 起泡泡。

02 | いた【板】

㊔ 木板；薄板；舞台

ゆか　いた　は
例 床に板を張る。

譯 地板鋪上板子。

03 | かいてき【快適】

(形動) 舒適，暢快，愉快

かいてき　くうかん
例 快適な空間になる。

譯 成為舒適的空間。

04 | かんき【換気】

(名・自他サ) 換氣，通風，使空氣流通

まど　あ　かんき
例 窓を開けて換気する。

譯 打開窗戶使空氣流通。

05 | きゃくま【客間】

㊔ 客廳

きゃくま　とお
例 客間に通す。

譯 請到客廳。

06 | きれい【綺麗・奇麗】

㊎ 好看，美麗；乾淨；完全徹底；清白，純潔；正派，公正

へや
例 部屋をきれいにする。

譯 把房間打掃乾淨。

07 | ざしき【座敷】

㊔ 日本式客廳；酒席，宴會，應酬；宴客的時間；接待客人

ざしき　とお
例 座敷に通す。

譯 到客廳。

08 | しく【敷く】

(自五・他五) 鋪上一層，(作接尾詞用)鋪滿，遍佈，落滿鋪墊，鋪設；布置，發佈

例 座布団(ざぶとん)を敷(し)く。

譯 鋪坐墊。

---

09 | しょうじ【障子】

㊔ 日本式紙拉門，隔扇

例 壁(かべ)に耳(みみ)あり、障子(しょうじ)に目(め)あり。

譯 隔牆有耳，隔籬有眼。

---

10 | しょくたく【食卓】

㊔ 餐桌

例 食卓(しょくたく)を囲(かこ)む。

譯 圍著餐桌。

---

11 | しょさい【書斎】

㊔ (個人家中的)書房，書齋

例 書斎(しょさい)に閉(と)じこもる。

譯 關在書房裡。

---

12 | せんめん【洗面】

(名・他サ) 洗臉

例 洗面台(せんめんだい)が詰(つ)まった。

譯 洗臉台塞住了。

---

13 | ちらかす【散らかす】

(他五) 弄得亂七八糟；到處亂放，亂扔

例 部屋(へや)を散(ち)らかす。

譯 把房間弄得亂七八糟。

---

14 | ちらかる【散らかる】

(自五) 凌亂，亂七八糟，到處都是

例 部屋(へや)が散(ち)らかる。

譯 房間凌亂。

---

15 | てあらい【手洗い】

㊔ 洗手；洗手盆，洗手用的水；洗手間

例 手洗(てあら)いに行(い)く。

譯 去洗手間。

---

16 | とこのま【床の間】

㊔ 壁龕(牆身所留空間，傳統和室常有擺設插花或是貴重的藝術品之特別空間)

例 床(とこ)の間(ま)に飾(かざ)る。

譯 裝飾壁龕。

---

17 | ひっこむ【引っ込む】

(自五・他五) 引退，隱居；縮進，縮入；拉入，拉進；拉攏

例 部屋(へや)の隅(すみ)に引(ひ)っ込(こ)む。

譯 退往房間角落。

---

18 | ふう【風】

(名・漢造) 樣子，態度；風度；習慣；情況；傾向；打扮；風；風教；風景；因風得病；諷刺

例 和風(わふう)に染(そ)まる。

譯 沾染上日本風味。

---

19 | ふすま【襖】

㊔ 隔扇，拉門

例 襖(ふすま)を開(あ)ける。

譯 拉開隔扇。

---

20 | ふわふわ

(副・自サ) 輕飄飄地；浮躁，不沈著；軟綿綿的

例 ふわふわの掛(か)け布団(ぶとん)が好(す)きだ。

譯 喜歡軟綿綿的棉被。

21 | べんじょ【便所】

㊔ 廁所，便所

例 便所(べんじょ)へ行(い)く。

譯 上廁所。

22 | またぐ【跨ぐ】

(他五) 跨立，叉開腿站立；跨過，跨越

例 敷居(しきい)をまたぐ。

譯 跨過門檻。

23 | めいめい【銘々】

(名・副) 各自，每個人

例 銘々(めいめい)に部屋(へや)がある。

譯 每人都有各自的房間。

24 | ものおと【物音】

㊔ 響聲，響動，聲音

例 物音(ものおと)がする。

譯 發出聲響。

25 | やぶく【破く】

(他五) 撕破，弄破

例 障子(しょうじ)を破(やぶ)く。

譯 把紙拉門弄破。

N2 ◉ 2-4

2-4 住む / 居住

01 | うすぐらい【薄暗い】

㊁ 微暗的，陰暗的

例 薄暗(うすぐら)い部屋(へや)に閉(と)じ込(こ)められた。

譯 被關進微暗的房間。

02 | かしま【貸間】

㊔ 出租的房間

例 貸間(かしま)を探(さが)す。

譯 找出租房子。

03 | かしや【貸家】

㊔ 出租的房子

例 貸家(かしや)の広告(こうこく)をアップする。

譯 上傳出租房屋的廣告。

04 | かす【貸す】

(他五) 借出，出借；出租；提出策劃

例 部屋(へや)を貸(か)す。

譯 房屋租出。

05 | げしゅく【下宿】

(名・自サ) 租屋；住宿

例 おじの家(いえ)に下宿(げしゅく)している。

譯 在叔叔家裡租房間住。

06 | すまい【住まい】

㊔ 居住；住處，寓所；地址

例 一人(ひとり)住(ず)まいが不安(ふあん)になってきた。

譯 對獨居開始感到不安。

07 | だんち【団地】

㊔ (為發展產業而成片劃出的)工業區；(有計畫的集中建立住房的)住宅區

例 団地(だんち)に住(す)む。

譯 住在住宅區。

パート
3
第三章

食事

- 用餐 -

N2 3-1

3-1 食事、食べる、味 / 用餐、吃、味道

01 | あじわう【味わう】

(他五) 品嚐；體驗，玩味，鑑賞

例 味(あじ)わって食(た)べる。

譯 邊品嚐邊吃。

02 | おうせい【旺盛】

(形動) 旺盛

例 食欲(しょくよく)が旺盛(おうせい)だ。

譯 食慾很旺盛。

03 | おかわり【お代わり】

(名・自サ) (酒、飯等)再來一杯、一碗

例 ご飯(はん)をお代(か)わりする。

譯 再來一碗飯。

04 | かじる【齧る】

(他五) 咬，啃；一知半解

例 木(き)の実(み)をかじる。

譯 啃樹木的果實。

05 | カロリー【calorie】

(名) (熱量單位)卡，卡路里；(食品營養價值單位)卡，大卡

例 カロリーが高(たか)い。

譯 熱量高。

06 | くう【食う】

(他五) (俗)吃，(蟲)咬

例 飯(めし)を食(く)う。

譯 吃飯。

07 | こうきゅう【高級】

(名・形動) (級別)高，高級；(等級程度)高

例 高級(こうきゅう)な料理(りょうり)を楽(たの)しめる。

譯 可以享受高級料理。

08 | こえる【肥える】

(自下一) 肥，胖；土地肥沃；豐富；(識別力)提高，(鑑賞力)強

例 口(くち)が肥(こ)える。

譯 講究吃。

09 | こんだて【献立】

(名) 菜單

例 献立(こんだて)を作(つく)る。

譯 安排菜單。

10 | さしみ【刺身】

(名) 生魚片

例 刺身(さしみ)は苦手(にがて)だ。

譯 不敢吃生魚片。

11 | さっぱり

(名・他サ) 整潔，俐落，瀟灑；(個性)直爽，坦率；(感覺)爽快，病癒；(味道)清淡

例 さっぱりしたものが食(た)べたい。

譯 想吃些清淡的菜。

12 | しおからい【塩辛い】

(形) 鹹的

例 味(あじ)は塩辛(しおから)い。

譯 味道很鹹。

13 | しつこい

(形) (色香味等)過於濃的，油膩；執拗，糾纏不休

例 しつこい味(あじ)がする。

譯 味道濃厚

14 | しゃぶる

(他五) (放入口中)含，吸吮

例 飴(あめ)をしゃぶる。

譯 吃糖果。

15 | じょう【上】

(名・漢造) 上等；(書籍的)上卷；上部，上面；上好的，上等的

例 うな丼(どん)の上(じょう)を頼(たの)んだ。

譯 點了上等鰻魚丼。

16 | じょうひん【上品】

(名・形動) 高級品，上等貨；莊重，高雅，優雅

例 上品(じょうひん)な味(あじ)をお楽(たの)しみください。

譯 享用口感高雅的料理。

17 | しょくせいかつ【食生活】

(名) 飲食生活

例 食生活(しょくせいかつ)が豊(ゆた)かになった。

譯 飲食生活變得豐富。

18 | しょくよく【食欲】

(名) 食慾

例 食欲(しょくよく)がない。

譯 沒有食慾。

19 | そのまま

(副) 照樣的，按照原樣；(不經過一般順序、步驟)就那樣，馬上，立刻；非常相像

例 そのまま食(た)べる。

譯 就那樣直接吃。

20 | そまつ【粗末】

(名・形動) 粗糙，不精緻；疏忽，簡慢；糟蹋

例 粗末(そまつ)な食事(しょくじ)をとる。

譯 粗茶淡飯。

21 | ちゅうしょく【昼食】

(名) 午飯，午餐，中飯，中餐

例 昼食(ちゅうしょく)をとる。

譯 吃中餐。

22 | ちょうしょく【朝食】

(名) 早餐

例 朝食(ちょうしょく)はパンとコーヒーで済(す)ませる。

譯 早餐吃麵包和咖啡解決。

23 | ついか【追加】

(名・他サ) 追加，添付，補上

例 料理(りょうり)を追加(ついか)する。

譯 追加料理。

---

24 | つぐ【注ぐ】

(他五) 注入，斟，倒入(茶、酒等)

例 お茶(ちゃ)を注(つ)ぐ。

譯 倒茶。

---

25 | のこらず【残らず】

(副) 全部，通通，一個不剩

例 残(のこ)らず食(た)べる。

譯 一個不剩全部吃完。

---

26 | のみかい【飲み会】

(名) 喝酒的聚會

例 飲(の)み会(かい)に誘(さそ)われる。

譯 被邀去參加聚會。

---

27 | バイキング【Viking】

(名) 自助式吃到飽

例 朝食(ちょうしょく)のバイキング。

譯 自助式吃到飽的早餐

---

28 | まかなう【賄う】

(他五) 供給飯食；供給，供應；維持

例 食事(しょくじ)を賄(まかな)う。

譯 供餐。

---

29 | ゆうしょく【夕食】

(名) 晚餐

例 夕食(ゆうしょく)はハンバーグだ。

譯 晚餐吃漢堡排。

---

30 | よう【酔う】

(自五) 醉，酒醉；暈(車、船)；(吃魚等)中毒；陶醉

例 酒(さけ)に酔(よ)う。

譯 喝醉酒。

---

31 | よくばる【欲張る】

(自五) 貪婪，貪心，貪得無厭

例 欲張(よくば)って食(た)べ過(す)ぎる。

譯 貪心結果吃太多了。

N2 ● 3-2

3-2 食べ物 / 食物

01 | あめ【飴】

(名) 糖，麥芽糖

例 飴(あめ)をしゃぶらせる。

譯 (為了討好，欺騙等而)給(對方)些甜頭。

---

02 | ウィスキー【whisky】

(名) 威士忌(酒)

例 スコッチウィスキーを飲(の)む。

譯 喝蘇格蘭威士忌。

---

03 | おかず【お数・お菜】

(名) 菜飯，菜餚

例 ご飯(はん)のおかずになる。

譯 成為配菜。

04 | おやつ

㊔（特指下午二到四點給兒童吃的）點心，零食

例 おやつを食(た)べる。

譯 吃零食。

05 | か【可】

㊔ 可，可以；及格

例 お弁当(べんとう)持(も)ち込(こ)み可(か)。

譯 可攜帶便當進入。

06 | かし【菓子】

㊔ 點心，糕點，糖果

例 和菓子(わがし)を家庭(かてい)で作(つく)る。

譯 在家裡製作日本點心。

07 | かたよる【偏る・片寄る】

（自五）偏於，不公正，偏袒；失去平衡

例 栄養(えいよう)が偏(かたよ)る。

譯 營養不均。

08 | クリーム【cream】

㊔ 鮮奶油，奶酪；膏狀化妝品；皮鞋油；冰淇淋

例 生(なま)クリームを使(つか)う。

譯 使用鮮奶油。

09 | じさん【持参】

（名・他サ）帶來（去），自備

例 弁当(べんとう)を持参(じさん)する。

譯 自備便當。

10 | しょくえん【食塩】

㊔ 食鹽

例 食塩(しょくえん)と砂糖(さとう)で味付(あじつ)けする。

譯 以鹽巴和砂糖調味。

11 | しょくひん【食品】

㊔ 食品

例 食品(しょくひん)売(う)り場(ば)を拡大(かくだい)する。

譯 擴大食品販賣部。

12 | しょくもつ【食物】

㊔ 食物

例 食物(しょくもつ)アレルギーをおこす。

譯 食物過敏。

13 | しる【汁】

㊔ 汁液，漿；湯；味噌湯

例 みそ汁(しる)を作(つく)る。

譯 做味噌湯。

14 | ちゃ【茶】

（名・漢造）茶；茶樹；茶葉；茶水

例 茶(ちゃ)を入(い)れる。

譯 泡茶。

15 | チップ【chip】

㊔（削木所留下的）片削；洋芋片

例 ポテト・チップスを作(つく)る。

譯 做洋芋片。

16 | とうふ【豆腐】
㊔ 豆腐
例 豆腐(とうふ)は安(やす)い。
譯 豆腐很便宜。

17 | ハム【ham】
㊔ 火腿
例 ハムサンドをください。
譯 請給我火腿三明治。

18 | めし【飯】
㊔ 米飯；吃飯，用餐；生活，生計
例 飯(めし)を炊(た)く。
譯 煮飯。

19 | もち【餅】
㊔ 年糕
例 餅(もち)をつく。
譯 搗年糕。

20 | もる【盛る】
(他五) 盛滿，裝滿；堆滿，堆高；配藥，下毒；刻劃，標刻度
例 ご飯(はん)を盛(も)る。
譯 盛飯。

21 | れいとうしょくひん【冷凍食品】
㊔ 冷凍食品
例 冷凍食品(れいとうしょくひん)は便利(べんり)だ。
譯 冷凍食品很方便。

3-3 調理、料理、クッキング / 調理、菜餚、烹調

01 | あぶる【炙る・焙る】
(他五) 烤；烘乾；取暖
例 海苔(のり)をあぶる。
譯 烤海苔。

02 | いる【煎る・炒る】
(他五) 炒，煎
例 豆(まめ)を煎(い)る。
譯 炒豆子。

03 | うすめる【薄める】
(他下一) 稀釋，弄淡
例 水(みず)で薄(うす)める。
譯 摻水稀釋。

04 | かねつ【加熱】
(名・他サ) 加熱，高溫處理
例 牛乳(ぎゅうにゅう)を加熱(かねつ)する。
譯 把牛乳加熱。

05 | こがす【焦がす】
(他五) 弄糊，烤焦，燒焦；（心情）焦急，焦慮；用香薰
例 ご飯(はん)を焦(こ)がす。
譯 把飯煮糊。

06 | こげる【焦げる】
(自下一) 烤焦，燒焦，焦，糊；曬褪色
例 茶色(ちゃいろ)に焦(こ)げる。
譯 燒焦成茶色。

07 | すいじ【炊事】

(名・自サ) 烹調，煮飯

例 彼は炊事当番になった。

譯 輪到他做飯。

08 | そそぐ【注ぐ】

(自五・他五) (水不斷地)注入,流入;(雨、雪等)落下;(把液體等)注入,倒入;澆,灑

例 水を注ぐ。

譯 灌入水。

09 | ちょうみりょう【調味料】

(名) 調味料，佐料

例 調味料を加える。

譯 加入調味料。

10 | できあがり【出来上がり】

(名) 做好，做完;完成的結果(手藝，質量)

例 出来上がりを待つ。

譯 等待成果。

11 | できあがる【出来上がる】

(自五) 完成，做好；天性，生來就…

例 ようやく出来上がった。

譯 好不容易才完成。

12 | ねっする【熱する】

(自サ・他サ) 加熱，變熱，發熱；熱中於，興奮，激動

例 火で熱する。

譯 用火加熱。

13 | ひをとおす【火を通す】

(慣) 加熱；烹煮

例 さっと火を通す。

譯 很快地加熱一下。

14 | ゆげ【湯気】

(名) 蒸氣，熱氣；(蒸汽凝結的)水珠，水滴

例 湯気が立つ。

譯 冒熱氣。

15 | れいとう【冷凍】

(名・他サ) 冷凍

例 肉を冷凍する。

譯 將肉冷凍。

N2 ● 3-4

3-4 食器 / 餐廚用具

01 | かま【窯】

(名) 窯，爐；鍋爐

例 窯で焼く。

譯 在窯裡燒。

02 | かんづめ【缶詰】

(名) 罐頭；不與外界接觸的狀態；擁擠的狀態

例 缶詰にする。

譯 關起來。

03 | さじ【匙】

(名) 匙子，小杓子

例 匙ですくう。

譯 用匙舀。

04 | さら【皿】

㊔ 盤子；盤形物；(助數詞)一碟等

例 目(め)を皿(さら)のようにする。

譯 睜大雙眼。

05 | しょっき【食器】

㊔ 餐具

例 食器(しょっき)を洗(あら)う。

譯 洗餐具。

06 | ずみ【済み】

㊔ 完了，完結；付清，付訖

例 使用済(しようず)みの紙(かみ)コップを活用(かつよう)できる。

譯 使用過的紙杯可以加以活用。

07 | せともの【瀬戸物】

㊔ 陶瓷品

例 瀬戸物(せともの)を紹介(しょうかい)する。

譯 介紹瓷器。

08 | ひび【罅・皹】

㊔ (陶器、玻璃等)裂紋，裂痕；(人和人之間)發生裂痕；(身體、精神)發生毛病

例 罅(ひび)が入(はい)る。

譯 出現裂痕。

09 | びんづめ【瓶詰】

㊔ 瓶裝；瓶裝罐頭

例 瓶詰(びんづめ)で売(う)る。

譯 用瓶裝銷售。

10 | ふさぐ【塞ぐ】

(他五・自五) 塞閉；阻塞，堵；佔用；不舒服，鬱悶

例 瓶(びん)の口(くち)を塞(ふさ)ぐ。

譯 塞住瓶口。

11 | やかん【薬缶】

㊔ (銅、鋁製的)壺，水壺

例 やかんで湯(ゆ)を沸(わ)かす。

譯 用壺燒水。

パート **4** 第四章

衣服

- 衣服 -

N2 ◉ 4-1

4-1 衣服、洋服、和服 /
衣服、西服、和服

01 | いふく【衣服】
㊔ 衣服

例 衣服(いふく)を整(ととの)える。

譯 整裝。

02 | いりょうひん【衣料品】
㊔ 衣料；衣服

例 衣料品店(いりょうひんてん)を営(いとな)む。

譯 經營服飾店。

03 | うつす【映す】
(他五) 映，照；放映

例 姿(すがた)を映(うつ)す。

譯 映照出姿態。

04 | おでかけ【お出掛け】
㊔ 出門，正要出門

例 お出(で)かけ用(よう)の靴(くつ)がない。

譯 沒有出門用的鞋子。

05 | かおり【香り】
㊔ 芳香，香氣

例 香(かお)りを付(つ)ける。

譯 讓…有香氣。

06 | きじ【生地】
㊔ 本色，素質，本來面目；布料；(陶器等)毛坏

例 ドレスの生地(きじ)が粗(あら)い。

譯 洋裝布料質地粗糙。

07 | きれ【切れ】
㊔ 衣料，布頭，碎布

例 余(あま)ったきれでハンカチを作(つく)る。

譯 用剩布做手帕。

08 | けがわ【毛皮】
㊔ 毛皮

例 毛皮(けがわ)のコートが特売中(とくばいちゅう)だ。

譯 毛皮大衣特賣中。

09 | しみ【染み】
㊔ 汙垢；玷汙

例 服(ふく)に醤油(しょうゆ)の染(し)みが付(つ)く。

譯 衣服沾上醬油。

10 | つるす【吊るす】
(他五) 懸起，吊起，掛著

例 洋服(ようふく)を吊(つ)るす。

譯 吊起西裝。

11 | ドレス【dress】
㊔ 女西服，洋裝，女禮服

例 ドレスを脱ぐ。
譯 脫下洋裝。

12 | ねまき【寝間着】
名 睡衣
例 寝間着に着替える。
譯 換穿睡衣。

13 | はだぎ【肌着】
名 （貼身）襯衣，汗衫
例 婦人の肌着の品は豊富です。
譯 女性的汗衫類產品很豐富。

14 | はなやか【華やか】
形動 華麗；輝煌；活躍；引人注目
例 華やかな服装で出席する。
譯 穿著華麗的服裝出席。

15 | ふくそう【服装】
名 服裝，服飾
例 服装に凝る。
譯 講究服裝。

16 | ふくらむ【膨らむ】
自五 鼓起，膨脹；（因為不開心而）噘嘴
例 ポケットが膨んだ。
譯 口袋鼓起來。

17 | みずぎ【水着】
名 泳裝
例 水着に着替える。
譯 換上泳裝。

18 | モダン【modern】
名・形動 現代的，流行的，時髦的
例 モダンな服装で現れる。
譯 穿著時髦的服裝出現。

19 | ゆかた【浴衣】
名 夏季穿的單衣，浴衣
例 浴衣を着る。
譯 穿浴衣。

20 | ゆったり
副・自サ 寬敞舒適
例 ゆったりした服が着たくなる。
譯 想穿寬鬆的服裝。

21 | わふく【和服】
名 日本和服，和服
例 和服姿で現れる。
譯 以和服打扮出場。

22 | ワンピース【one-piece】
名 連身裙，洋裝
例 ワンピースを着る。
譯 穿洋裝。

N2 ● 4-2

4-2 着る、装身具 / 穿戴、服飾用品

01 | うらがえす【裏返す】
他五 翻過來；通敵，叛變
例 靴下を裏返して履く。
譯 襪子反過來穿。

02 | うわ【上】

(漢造) (位置的)上邊，上面，表面；(價值、程度)高；輕率，隨便

例 上着(うわぎ)を脱(ぬ)ぐ。

譯 脱上衣。

03 | エプロン【apron】

(名) 圍裙

例 エプロンを付(つ)ける。

譯 圍圍裙。

04 | おび【帯】

(名) (和服裝飾用的)衣帶，腰帶；「帶紙」的簡稱

例 帯(おび)を巻(ま)く。

譯 穿衣帶。

05 | かぶせる【被せる】

(他下一) 蓋上；(用水)澆沖；戴上(帽子等)；推卸

例 帽子(ぼうし)を被(かぶ)せる。

譯 戴上帽子。

06 | きがえ【着替え】

(名) 換衣服；換的衣服

例 着替(きが)えを持(も)つ。

譯 攜帶換洗衣物。

07 | げた【下駄】

(名) 木屐

例 下駄(げた)を履(は)く。

譯 穿木屐。

08 | じかに【直に】

(副) 直接地，親自地；貼身

例 肌(はだ)に直(じか)に着(き)る。

譯 貼身穿上。

09 | たび【足袋】

(名) 日式白布襪

例 足袋(たび)を履(は)く。

譯 穿日式白布襪。

10 | たれさがる【垂れ下がる】

(自五) 下垂

例 ひもが垂(た)れ下(さ)がる。

譯 帶子垂下。

11 | つける【着ける】

(他下一) 佩帶，穿上

例 服(ふく)を身(み)に付(つ)ける。

譯 穿上衣服。

12 | ながそで【長袖】

(名) 長袖

例 長袖(ながそで)の服(ふく)を着(き)る。

譯 穿長袖衣物。

13 | バンド【band】

(名) 樂團帶；狀物；皮帶，腰帶

例 バンドを締(し)める。

譯 繫皮帶。

14 | ブローチ【brooch】

(名) 胸針

例 ブローチを付ける。
譯 別上胸針。

15 | ほころびる【綻びる】

自下一 脱線；使微微地張開，綻放
例 袖口が綻びる。
譯 袖口綻開。

16 | ほどく【解く】

他五 解開（繩結等）；拆解（縫的東西）
例 結び目を解く。
譯 把結扣解開。

N2 4-3

4-3 纖維 / 衣料纖維

01 | けいと【毛糸】

名 毛線
例 毛糸で編む。
譯 以毛線編織。

02 | てぬぐい【手ぬぐい】

名 布手巾
例 手ぬぐいを絞る。
譯 扭（乾）毛巾。

03 | ぬの【布】

名 布匹；棉布；麻布
例 布を織る。
譯 織布。

04 | ひも【紐】

名（布、皮革等的）細繩，帶
例 紐がつく。
譯 帶附加條件。

05 | ようもう【羊毛】

名 羊毛
例 羊毛を刈る。
譯 剪羊毛。

06 | わた【綿】

名（植）棉；棉花；柳絮；絲棉
例 綿を入れる。
譯（往衣被裡）塞棉花。

パート 5 第五章

人体

- 人體 -

N2 ◉ 5-1

5-1 身体、体 / 胴體、身體

01 | あびる【浴びる】

(他上一) 洗，浴；曬，照；遭受，蒙受

例 シャワーを浴(あ)びる。

譯 淋浴。

02 | い【胃】

(名) 胃

例 胃(い)が痛(いた)い。

譯 胃痛。

03 | かつぐ【担ぐ】

(他五) 扛，挑；推舉，擁戴；受騙

例 荷物(にもつ)を担(かつ)ぐ。

譯 搬行李。

04 | きんにく【筋肉】

(名) 肌肉

例 筋肉(きんにく)を鍛(きた)える。

譯 鍛鍊肌肉。

05 | こし【腰】

(名・接尾) 腰；（衣服、裙子等的）腰身

例 腰(こし)が抜(ぬ)ける。

譯 站不起來；嚇得腿軟。

06 | こしかける【腰掛ける】

(自下一) 坐下

例 ベンチに腰掛(こしか)ける。

譯 坐長板凳。

07 | ころぶ【転ぶ】

(自五) 跌倒，倒下；滾轉；趨勢發展，事態變化

例 滑(すべ)って転(ころ)ぶ。

譯 滑倒。

08 | しせい【姿勢】

(名) （身體）姿勢；態度

例 姿勢(しせい)をとる。

譯 採取…姿態。

09 | しゃがむ

(自五) 蹲下

例 しゃがんで小石(こいし)を拾(ひろ)う。

譯 蹲下撿小石頭。

10 | しんしん【心身】

(名) 身和心；精神和肉體

例 心身(しんしん)を鍛(きた)える。

譯 鍛鍊身心。

11 | しんぞう【心臓】

㊔ 心臟；厚臉皮，勇氣

例 心臓(しんぞう)が強(つよ)い。

譯 心臟很強。

12 | ぜんしん【全身】

㊔ 全身

例 症状(しょうじょう)が全身(ぜんしん)に広(ひろ)がる。

譯 症狀擴散到全身。

13 | だらり（と）

副 無力地（下垂著）

例 だらりとぶら下(さ)がる。

譯 無力地垂吊。

14 | ていれ【手入れ】

名・他サ 收拾，修整；檢舉，搜捕

例 肌(はだ)の手入(てい)れをする。

譯 保養肌膚。

15 | どうさ【動作】

名・自サ 動作

例 動作(どうさ)が速(はや)い。

譯 動作迅速。

16 | とびはねる【飛び跳ねる】

自下一 跳躍

例 飛(と)び跳(は)ねて喜(よろこ)ぶ。

譯 欣喜而跳躍。

17 | にぶい【鈍い】

形 （刀劍等）鈍，不鋒利；（理解、反應）慢，遲鈍，動作緩慢；（光）朦朧，（聲音）渾濁

例 動作(どうさ)が鈍(にぶ)い。

譯 動作遲鈍。

18 | はだ【肌】

㊔ 肌膚，皮膚；物體表面；氣質，風度；木紋

例 肌(はだ)が白(しろ)い。

譯 皮膚很白。

19 | はだか【裸】

㊔ 裸體；沒有外皮的東西；精光，身無分文；不存先入之見，不裝飾門面

例 裸(はだか)になる。

譯 裸體。

20 | みあげる【見上げる】

他下一 仰視，仰望；欽佩，尊敬，景仰

例 空(そら)を見上(みあ)げる。

譯 仰望天空。

21 | もたれる【凭れる・靠れる】

自下一 依靠，憑靠；消化不良

例 ドアに凭(もた)れる。

譯 靠在門上。

22 | もむ【揉む】

他五 搓，揉；捏，按摩；（很多人）互相推擠；爭辯；（被動式型態）錘鍊，受磨練

例 肩(かた)を揉(も)む。

譯 按摩肩膀。

23 | わき【脇】

㊔ 腋下，夾肢窩；(衣服的)旁側；旁邊，附近，身旁；旁處，別的地方；(演員)配角

例 脇(わき)に抱(かか)える。

譯 夾在腋下。

N2 ⦿ 5-2 (1)

5-2 顔 (1) /
臉 (1)

01 | あむ【編む】

(他五) 編，織；編輯，編纂

例 お下(さ)げを編(あ)む。

譯 編髮辮。

02 | いき【息】

㊔ 呼吸，氣息；步調

例 息(いき)をつく。

譯 喘口氣。

03 | うがい【嗽】

(名・自サ) 漱口

例 うがい薬(ぐすり)が苦手(にがて)だ。

譯 漱口水我最怕了。

04 | うなずく【頷く】

(自五) 點頭同意，首肯

例 軽(かる)くうなずく。

譯 輕輕地點頭。

05 | えがお【笑顔】

㊔ 笑臉，笑容

例 笑顔(えがお)を作(つく)る。

譯 強顏歡笑。

06 | おおう【覆う】

(他五) 覆蓋，籠罩；掩飾；籠罩，充滿；包含，蓋擴

例 顔(かお)を覆(おお)う。

譯 蒙面。

07 | おもなが【面長】

(名・形動) 長臉，橢圓臉

例 面長(おもなが)の人(ひと)に合(あ)う。

譯 適合臉長的人。

08 | くち【口】

(名・接尾) 口，嘴；用嘴說話；口味；人口，人數；出入或存取物品的地方；口，放進口中或動口的次數；股，份

例 口(くち)がうまい。

譯 花言巧語，善於言詞。

09 | くぼむ【窪む・凹む】

(自五) 凹下，塌陷

例 目(め)がくぼむ。

譯 眼窩深陷。

10 | くわえる【銜える】

(他一) 叼，銜

例 楊枝(ようじ)をくわえる。

譯 叼著牙籤。

11 | けむい【煙い】

㊫ 煙撲到臉上使人無法呼吸，嗆人

例 煙草(たばこ)が煙(けむ)い。

譯 菸薰嗆人。

12 | こきゅう【呼吸】

(名・自他サ) 呼吸，吐納；(合作時)步調，拍子，節奏；竅門，訣竅

例 呼吸がとまる。

譯 停止呼吸。

13 | さぐる【探る】

(他五) (用手腳等)探，摸；探聽，試探，偵查；探索，探求，探訪

例 手で探る。

譯 用手摸索。

14 | ささやく【囁く】

(自五) 低聲自語，小聲說話，耳語

例 耳元でささやく。

譯 附耳私語。

15 | しょうてん【焦点】

(名) 焦點；(問題的)中心，目標

例 焦点が合う。

譯 對準目標。

16 | しらが【白髪】

(名) 白頭髮

例 白髪が増える。

譯 白髮增多。

17 | すきとおる【透き通る】

(自五) 通明，透亮，透過去；清澈；清脆(的聲音)

例 透き通った声で話す。

譯 以清脆的聲音說話。

18 | するどい【鋭い】

(形) 尖的；(刀子)鋒利的；(視線)尖銳的；激烈，強烈；(頭腦)敏銳，聰明

例 鋭い目つきで見つめる。

譯 以銳利的目光注視著。

19 | そる【剃る】

(他五) 剃(頭)，刮(臉)

例 ひげを剃る。

譯 刮鬍子。

20 | ためいき【ため息】

(名) 嘆氣，長吁短嘆

例 ため息をつく。

譯 嘆氣。

N2 5-2 (2)

5-2 顔 (2) /
臉 (2)

21 | たらす【垂らす】

(名) 滴；垂

例 よだれを垂らす。

譯 流口水。

22 | ちぢれる【縮れる】

(自下一) 捲曲；起皺，出摺

例 毛が縮れる。

譯 毛捲曲。

23 | つき【付き】

(接尾) (前接某些名詞)樣子；附屬

例 顔つきが変わる。

譯 神情變了。

24 | つっこむ【突っ込む】

(他五・自五) 衝入，闖入；深入；塞進，插入；沒入；深入追究

例 首(くび)を突(つ)っ込(こ)む。

譯 一頭栽入。

25 | つや【艶】

(名) 光澤，潤澤；興趣，精彩；豔事，風流事

例 艶(つや)が出(で)る。

譯 顯出光澤。

26 | のぞく【覗く】

(自五・他五) 露出(物體的一部份)；窺視，探視；往下看；晃一眼；窺探他人秘密

例 隙間(すきま)から覗(のぞ)く。

譯 從縫隙窺看。

27 | はさまる【挟まる】

(自五) 夾，(物體)夾在中間；夾在(對立雙方中間)

例 歯(は)に挟(はさ)まる。

譯 卡牙縫，塞牙縫。

28 | ぱっちり

(副・自サ) 眼大而水汪汪；睜大眼睛

例 目(め)がぱっちりとしている。

譯 眼兒水汪汪。

29 | ひとみ【瞳】

(名) 瞳孔，眼睛

例 瞳(ひとみ)を輝(かがや)かせる。

譯 目光炯炯。

30 | ふと

(副) 忽然，偶然，突然；立即，馬上

例 ふと見(み)ると何(なに)かが落(お)ちている。

譯 猛然一看好像有東西掉落。

31 | ほほえむ【微笑む】

(自五) 微笑，含笑；(花)微開，乍開

例 にっこりと微笑(ほほえ)む。

譯 嫣然一笑。

32 | ぼんやり

(名・副・自サ) 模糊，不清楚；迷糊，傻楞楞；心不在焉；笨蛋，呆子

例 ぼんやりと見(み)える。

譯 模糊的看見。

33 | まえがみ【前髪】

(名) 瀏海

例 前髪(まえがみ)を切(き)る。

譯 剪瀏海。

34 | みおろす【見下ろす】

(他五) 俯視，往下看；輕視，藐視，看不起；視線從上往下移動

例 下(した)を見下(みお)ろす。

譯 往下看。

35 | みつめる【見詰める】

(他下一) 凝視，注視，盯著

例 顔(かお)を見(み)つめる。

譯 凝視對方的臉孔。

36 | めだつ【目立つ】

(自五) 顯眼，引人注目，明顯

例 ニキビが目立ってきた。

譯 痘痘越來越多了。

N2 5-3

5-3 手足 /

手腳

01 | あおぐ【扇ぐ】

(自・他五) (用扇子)搧(風)

例 うちわで扇ぐ。

譯 用團扇搧。

02 | あしあと【足跡】

(名) 腳印；(逃走的)蹤跡；事蹟，業績

例 足跡を残す。

譯 留下足跡。

03 | あしもと【足元】

(名) 腳下；腳步；身旁，附近

例 足下にも及ばない。

譯 望塵莫及。

04 | あしをはこぶ【足を運ぶ】

(慣) 去，前往拜訪

例 何度も足を運ぶ。

譯 多次前往拜訪。

05 | きよう【器用】

(名・形動) 靈巧，精巧；手藝巧妙；精明

例 彼は手先が器用だ。

譯 他手很巧。

06 | くむ【汲む】

(他五) 打水，取水

例 バケツに水を汲む。

譯 用水桶打水。

07 | くむ【組む】

(自五) 聯合，組織起來

例 足を組む。

譯 蹺腳。

08 | こぐ【漕ぐ】

(他五) 划船，搖櫓，蕩槳；蹬(自行車)，打(鞦韆)

例 自転車をこぐ。

譯 踩自行車。

09 | こする【擦る】

(他五) 擦，揉，搓；摩擦

例 目を擦る。

譯 揉眼睛。

10 | しびれる【痺れる】

(自下一) 麻木；(俗)因強烈刺激而興奮

例 足がしびれる。

譯 腳痲。

11 | しぼる【絞る】

(他五) 扭，擠；引人(流淚)；拼命發出(高聲)，絞盡(腦汁)；剝削，勒索；拉開(幕)

例 タオルを絞る。

譯 擰毛巾。

12 | しまう【仕舞う】

(自五・他五・補動) 結束，完了，收拾；收拾起來；關閉；表不能恢復原狀

例 ナイフをしまう。

譯 把刀子收拾起來。

13 | すっと

(副・自サ) 動作迅速地，飛快，輕快；（心中）輕鬆，痛快，輕鬆

例 すっと手(て)を出(だ)す。

譯 敏捷地伸出手。

14 | たちどまる【立ち止まる】

(自五) 站住，停步，停下

例 呼(よ)ばれて立(た)ち止(ど)まる。

譯 被叫住而停下腳步。

15 | ちぎる

(他五・接尾) 撕碎（成小段）；摘取，揪下；（接動詞連用形後加強語氣）非常，極力

例 花(はな)びらをちぎる。

譯 摘下花瓣。

16 | のろい【鈍い】

(形) （行動）緩慢的，慢吞吞的；（頭腦）遲鈍的，笨的；對女人軟弱，唯命是從的人

例 足(あし)が鈍(のろ)い。

譯 走路慢。

17 | のろのろ

(副・自サ) 遲緩，慢吞吞地

例 のろのろ（と）歩(ある)く。

譯 慢吞吞地走。

18 | はがす【剥がす】

(他五) 剝下

例 ポスターをはがす。

譯 拿下海報。

19 | ひっぱる【引っ張る】

(他五) （用力）拉；拉上，拉緊；強拉走；引誘；拖長；拖延；拉（電線等）；（棒球向左面或右面）打球

例 綱(つな)を引(ひ)っ張(ぱ)る。

譯 拉緊繩索。

20 | ふさがる【塞がる】

(自五) 阻塞；關閉；佔用，佔滿

例 手(て)が塞(ふさ)がっている。

譯 騰不出手來。

21 | ふし【節】

(名) （竹、葦的）節；關節，骨節；（線、繩的）繩結；曲調

例 指(ゆび)の節(ふし)を鳴(な)らす。

譯 折手指關節。

22 | ぶつ【打つ】

(他五) （「うつ」的強調説法）打，敲

例 平手(ひらて)で打(ぶ)つ。

譯 打一巴掌。

23 | ぶらさげる【ぶら下げる】

(他下一) 佩帶，懸掛；手提，拎

例 バケツをぶら下(さ)げる。

譯 提水桶。

24 ｜ふるえる【震える】

(自下一) 顫抖，發抖，震動

例 手(て)が震(ふる)える。

譯 手顫抖。

25 ｜ふれる【触れる】

(他下一・自下一) 接觸，觸摸(身體)；涉及，提到；感觸到；抵觸，觸犯；通知

例 電気(でんき)に触(ふ)れる。

譯 觸電。

26 ｜ほ【歩】

(名・漢造) 步，步行；(距離單位)步

例 歩(ほ)を進(すす)める。

譯 邁步向前。

27 ｜もちあげる【持ち上げる】

(他下一) (用手)舉起，抬起；阿諛奉承，吹捧；抬頭

例 荷物(にもつ)を持(も)ち上(あ)げる。

譯 舉起行李。

28 ｜ゆっくり

(副・自サ) 慢慢地，不著急的，從容地；安適的，舒適的；充分的，充裕的

例 ゆっくり歩(ある)く。

譯 慢慢地走。

Memo

パート
6
第六章

生理

- 生理(現象)-

N2 6-1

6-1 誕生、生命 / 誕生、生命

01 | いでん【遺伝】

(名・自サ) 遺傳

例 ハゲは遺伝(いでん)するの。

譯 禿頭會遺傳嗎？

02 | いでんし【遺伝子】

(名) 基因

例 遺伝子(いでんし)が存在(そんざい)する。

譯 存有遺傳基因。

03 | うまれ【生まれ】

(名) 出生；出生地；門第，出生

例 生(う)まれ変(か)わる。

譯 脱胎換骨。

04 | さん【産】

(名) 生產，分娩；(某地方)出生；財產

例 お産(さん)をする。

譯 生產。

05 | じんめい【人命】

(名) 人命

例 人命(じんめい)にかかわる。

譯 攸關人命。

06 | せい【生】

(名・漢造) 生命，生活；生業，營生；出生，生長；活著，生存

例 生(せい)は死(し)の始(はじ)めだ。

譯 生為死的開始。

07 | せいめい【生命】

(名) 生命，壽命；重要的東西，關鍵，命根子

例 生命(せいめい)を維持(いじ)する。

譯 維持生命。

N2 6-2

6-2 老い、死 / 老年、死亡

01 | いたい【遺体】

(名) 遺體

例 遺体(いたい)を埋葬(まいそう)する。

譯 埋葬遺體。

02 | かかわる【係わる】

(自五) 關係到，涉及到；有牽連，有瓜葛；拘泥

例 命(いのち)に係(かか)わる。

譯 攸關性命。

03 | さる【去る】

(自五・他五・連體) 離開；經過，結束；(空間、時間)距離；消除，去掉

例 世を去る。

譯 逝世。

04 | じさつ【自殺】

(名・自サ) 自殺，尋死

例 自殺を図る。

譯 企圖自殺。

05 | ししゃ【死者】

(名) 死者，死人

例 災害で死者が出る。

譯 災害導致有人死亡。

06 | したい【死体】

(名) 屍體

例 白骨死体が発見された。

譯 骨骸被發現了。

07 | じゅみょう【寿命】

(名) 壽命；(物)耐用期限

例 寿命が尽きる。

譯 壽命已盡。

08 | しわ

(名) (皮膚的)皺紋；(紙或布的)縐折，摺子

例 しわが増える。

譯 皺紋增加。

09 | せいぞん【生存】

(名・自サ) 生存

例 事故の生存者を収容した。

譯 收容事故的倖存者。

10 | たつ【絶つ】

(他五) 切，斷；絕，斷絕；斷絕，消滅；斷，切斷

例 命を絶つ。

譯 自殺。

11 | ちぢめる【縮める】

(他下一) 縮小，縮短，縮減；縮回，捲縮，起皺紋

例 命を縮める。

譯 縮短壽命。

12 | つる【吊る】

(他五) 吊，懸掛，佩帶

例 首を吊る。

譯 上吊。

13 | ふける【老ける】

(自下一) 上年紀，老

例 年の割には老けてみえる。

譯 顯得比實際年齡還老。

N2 6-3

6-3 発育、健康 / 發育、健康

01 | いくじ【育児】

(名) 養育兒女

例 育児に追われる。

譯 忙於撫育兒女。

02 | いけない

(形・連語) 不好，糟糕；沒希望，不行；不能喝酒，不能喝酒的人；不許，不可以

例 いけない子(こ)に育(そだ)ってほしくない。

譯 不想培育出壞孩子。

03 | いじ【維持】

(名・他サ) 維持，維護

例 健康(けんこう)を維持(いじ)する。

譯 維持健康。

04 | こんなに

(副) 這樣，如此

例 こんなに大(おお)きくなったよ。

譯 長這麼大了喔！

05 | さほう【作法】

(名) 禮法，禮節，禮貌，規矩；(詩、小説等文藝作品的)作法

例 作法(さほう)をしつける。

譯 進行禮節教育。

06 | しょうがい【障害】

(名) 障礙，妨礙；(醫)損害，毛病；(障礙賽中的)欄，障礙物

例 障害(しょうがい)を乗(の)り越(こ)える。

譯 跨過障礙。

07 | せいちょう【生長】

(名・自サ) (植物、草木等)生長，發育

例 生長(せいちょう)が早(はや)い。

譯 長得快，發育得快。

08 | そくてい【測定】

(名・他サ) 測定，測量

例 体力(たいりょく)を測定(そくてい)する。

譯 測量體力。

09 | ちぢむ【縮む】

(自五) 縮，縮小，抽縮；起皺紋，出摺；畏縮，退縮，惶恐；縮回去，縮進去

例 背(せ)が縮(ちぢ)む。

譯 縮著身體。

10 | のびのび(と)【伸び伸び(と)】

(副・自サ) 生長茂盛；輕鬆愉快

例 子供(こども)が伸(の)び伸(の)びと育(そだ)つ。

譯 讓小孩在自由開放的環境下成長。

11 | はついく【発育】

(名・自サ) 發育，成長

例 発育(はついく)を妨(さまた)げる。

譯 阻擾發育。

12 | ひるね【昼寝】

(名・自サ) 午睡

例 昼寝(ひるね)(を)する。

譯 睡午覺。

13 | わかわかしい【若々しい】

(形) 年輕有朝氣的，年輕輕的，富有朝氣的

例 色(いろ)つやが若々(わかわか)しい。

譯 色澤鮮艷。

6-4 体調、体質 / 身體狀況、體質

01 | あくび【欠伸】

(名・自サ) 哈欠

例 あくびが出(で)る。

譯 打哈欠。

02 | あらい【荒い】

(形) 凶猛的；粗野的，粗暴的；濫用

例 呼吸(こきゅう)が荒(あら)い。

譯 呼吸急促。

03 | あれる【荒れる】

(自下一) 天氣變壞；(皮膚)變粗糙；荒廢，荒蕪；暴戾，胡鬧；秩序混亂

例 肌(はだ)が荒(あ)れる。

譯 皮膚變粗糙。

04 | いしき【意識】

(名・他サ) (哲學的)意識；知覺，神智；自覺，意識到

例 意識(いしき)を失(うしな)う。

譯 失去意識。

05 | いじょう【異常】

(名・形動) 異常，反常，不尋常

例 異常(いじょう)が見(み)られる。

譯 發現有異常。

06 | いねむり【居眠り】

(名・自サ) 打瞌睡，打盹兒

例 居眠(いねむ)り運転(うんてん)をする。

譯 開車打瞌睡。

07 | うしなう【失う】

(他五) 失去，喪失；改變常態；喪，亡；迷失；錯過

例 気(き)を失(うしな)う。

譯 意識不清。

08 | きる【切る】

(接尾) (接助詞運用形)表示達到極限；表示完結

例 疲(つか)れきる。

譯 疲乏至極。

09 | くずす【崩す】

(他五) 拆毀，粉碎

例 体調(たいちょう)を崩(くず)す。

譯 把身體搞壞。

10 | しょうもう【消耗】

(名・自他サ) 消費，消耗；(體力)耗盡，疲勞；磨損

例 体力(たいりょく)を消耗(しょうもう)する。

譯 消耗體力。

11 | しんたい【身体】

(名) 身體，人體

例 身体検査(しんたいけんさ)を受(う)ける。

譯 接受身體檢查。

12 | すっきり

(副・自サ) 舒暢，暢快，輕鬆；流暢，通暢；乾淨整潔，俐落

例 頭(あたま)がすっきりする。

譯 神清氣爽。

13 | たいおん【体温】

㊔ 體溫

例 体温を測る。

譯 測量體溫。

14 | とれる【取れる】

(自下一) (附著物)脱落，掉下；需要，花費(時間等)；去掉，刪除；協調，均衡

例 疲れが取れる。

譯 去除疲勞。

15 | はかる【計る】

(他五) 測量；計量；推測，揣測；徵詢，諮詢

例 心拍数をはかる。

譯 計算心跳次數。

16 | はきけ【吐き気】

㊔ 噁心，作嘔

例 吐き気がする。

譯 令人作嘔，想要嘔吐。

17 | まわす【回す】

(他五・接尾) 轉，轉動；(依次)傳遞；傳送；調職；各處活動奔走；想辦法；運用；投資；(前接某些動詞連用形)表示遍布四周

例 目を回す。

譯 吃驚。

18 | めまい【目眩・眩暈】

㊔ 頭暈眼花

例 めまいを感じる。

譯 感到頭暈。

19 | よみがえる【蘇る】

(自五) 甦醒，復活；復興，復甦，回復；重新想起

例 記憶が蘇る。

譯 重新憶起。

N2 ◉ 6-5

6-5 痛み / 痛疼

01 | いたみ【痛み】

㊔ 痛，疼；悲傷，難過；損壞；(水果因碰撞而)腐爛

例 痛みを訴える。

譯 訴說痛苦。

02 | いたむ【痛む】

(自五) 疼痛；苦惱；損壞

例 心が痛む。

譯 傷心。

03 | うなる【唸る】

(自五) 呻吟；(野獸)吼叫；發出嗚聲；吟，哼；贊同，喝彩

例 うなり声を上げる。

譯 發出呻吟聲。

04 | きず【傷】

㊔ 傷口，創傷；缺陷，瑕疵

例 傷を負う。

譯 受傷。

05 | こる【凝る】

(自五) 凝固，凝集；(因血行不周、肌肉僵硬等)痠痛；狂熱，入迷；講究，精緻

例 肩が凝る。

譯 肩膀痠痛。

06 | ずつう【頭痛】

(名) 頭痛

例 頭痛が治まる。

譯 頭痛止住。

07 | ていど【程度】

(名・接尾) (高低大小)程度，水平；(適當的)程度，適度，限度

例 軽い程度でした。

譯 程度輕。

08 | むしば【虫歯】

(名) 齲齒，蛀牙

例 虫歯が痛む。

譯 蛀牙疼。

09 | やけど【火傷】

(名・自サ) 燙傷，燒傷；(轉)遭殃，吃虧

例 手に火傷をする。

譯 手燙傷。

10 | よる【因る】

(自五) 由於，因為；任憑，取決於；依靠，依賴；按照，根據

例 不注意によって怪我する。

譯 由於疏忽受傷。

6-6 病気、治療 /
疾病、治療

01 | あそこ

(代) 那裡；那種程度；那種地步

例 彼の病気があそこまで悪いとは思わなかった。

譯 沒想到他的病會那麼嚴重。

02 | がい【害】

(名・漢造) 為害，損害；災害；妨礙

例 健康に害がある。

譯 對健康有害。

03 | かぜぐすり【風邪薬】

(名) 感冒藥

例 風邪薬を飲む。

譯 吃感冒藥。

04 | がち【勝ち】

(接尾) 往往，容易，動輒；大部分是

例 病気がちな人が多い。

譯 很多人常常感冒。

05 | かんびょう【看病】

(名・他サ) 看護，護理病人

例 病人を看病する。

譯 護理病人。

06 | きみ・ぎみ【気味】

(名・接尾) 感觸，感受，心情；有一點兒，稍稍

例 風邪気味に効く。

譯 對感冒初期有效。

07 | くるしめる【苦しめる】
(他下一) 使痛苦，欺負
例 持病に苦しめられる。
譯 受宿疾折磨。

08 | こうかてき【効果的】
(形動) 有效的
例 効果的な治療を求める。
譯 尋求有效的醫治方法。

09 | こうりょく【効力】
(名) 效力，效果，效應
例 効力を生じる。
譯 生效。

10 | こくふく【克服】
(名・他サ) 克服
例 病を克服する。
譯 戰勝病魔。

11 | こっせつ【骨折】
(名・自サ) 骨折
例 足を骨折する。
譯 腳骨折。

12 | さしつかえ【差し支え】
(名) 不方便，障礙，妨礙
例 日常生活に差し支えありません。
譯 生活上沒有妨礙。

13 | じゅうしょう【重傷】
(名) 重傷
例 重傷を負う。
譯 受重傷。

14 | じゅうたい【重体】
(名) 病危，病篤
例 重体に陥る。
譯 病危。

15 | じゅんちょう【順調】
(名・形動) 順利，順暢；(天氣、病情等)良好
例 順調に回復する。
譯 (病情)恢復良好。

16 | しょうどく【消毒】
(名・他サ) 消毒，殺菌
例 傷口を消毒する。
譯 消毒傷口。

17 | せいかつしゅうかんびょう【生活習慣病】
(名) 文明病
例 糖尿病は生活習慣病の一つだ。
譯 糖尿病是文明病之一。

18 | たたかう【戦う・闘う】
(自五) (進行)作戰，戰爭；鬥爭；競賽
例 病気と闘う。
譯 和病魔抗戰。

19 | ていか【低下】

(名・自サ) 降低，低落；(力量、技術等)下降

例 機能(きのう)が急(きゅう)に低下(ていか)する。

譯 機能急遽下降。

20 | てきせつ【適切】

(名・形動) 適當，恰當，妥切

例 適切(てきせつ)な処置(しょち)をする。

譯 適當的處理。

21 | でんせん【伝染】

(名・自サ) (病菌的)傳染；(惡習的)傳染，感染

例 麻疹(はしか)が伝染(でんせん)する。

譯 傳染痲疹。

22 | びょう【病】

(漢造) 病，患病；毛病，缺點

例 仮病(けびょう)をつかう。

譯 裝病。

23 | やむ【病む】

(自他五) 得病，患病；煩惱，憂慮

例 肺(はい)を病(や)む。

譯 得了肺病。

24 | ゆけつ【輸血】

(名・自サ) (醫)輸血

例 輸血(ゆけつ)を受(う)ける。

譯 接受輸血。

6-7 体の器官の働き / 身體器官功能

01 | あせ【汗】

(名) 汗

例 汗(あせ)をかく。

譯 流汗。

02 | あふれる【溢れる】

(自下一) 溢出，漾出，充滿

例 涙(なみだ)があふれる。

譯 淚眼盈眶。

03 | きゅうそく【休息】

(名・自サ) 休息

例 休息(きゅうそく)を取(と)る。

譯 休息。

04 | きゅうよう【休養】

(名・自サ) 休養

例 休養(きゅうよう)を取(と)る。

譯 休養。

05 | くしゃみ【嚔】

(名) 噴嚏

例 くしゃみが出(で)る。

譯 打噴嚏。

06 | けつあつ【血圧】

(名) 血壓

例 血圧(けつあつ)が上(あ)がる。

譯 血壓上升。

07 | じゅんかん【循環】

(名・自サ) 循環

例 血液(けつえき)が循環(じゅんかん)する。

譯 血液循環。

08 | しょうか【消化】

(名・他サ) 消化(食物)；掌握，理解，記牢(知識等)；容納，吸收，處理

例 消化(しょうか)に良(よ)い。

譯 有益消化。

09 | しょうべん【小便】

(名・自サ) 小便，尿;(俗)終止合同，食言，毀約

例 立(た)ち小便(しょうべん)をする。

譯 站著小便。

10 | しんけい【神経】

(名) 神經；察覺力，感覺，神經作用

例 神経(しんけい)が太(ふと)い。

譯 神經大條，感覺遲鈍。

11 | すいみん【睡眠】

(名・自サ) 睡眠，休眠，停止活動

例 睡眠(すいみん)を取(と)る。

譯 睡覺。

12 | はく【吐く】

(他五) 吐，吐出；説出，吐露出；冒出，噴出

例 息(いき)を吐(は)く。

譯 呼氣，吐氣。

Memo

パート 7 第七章 人物

- 人物 -

N2 7-1

7-1 人物 / 人物

01 | いだい【偉大】

(形動) 偉大的，魁梧的

例 偉大(いだい)な人物(じんぶつ)が登場(とうじょう)する。

譯 偉人上台。

02 | えんじ【園児】

(名) 幼園童

例 園児(えんじ)が多(おお)い。

譯 有很多幼園童。

03 | おんなのひと【女の人】

(名) 女人

例 女(おんな)の人(ひと)に嫌(きら)われる。

譯 被女人討厭。

04 | かくう【架空】

(名) 空中架設；虛構的，空想的

例 架空(かくう)の人物(じんぶつ)がいる。

譯 有虛擬人物。

05 | かくじ【各自】

(名) 每個人，各自

例 各自(かくじ)で用意(ようい)する。

譯 每人各自準備。

06 | かげ【影】

(名) 影子；倒影；蹤影，形跡

例 影(かげ)が薄(うす)い。

譯 不受重視。

07 | かねそなえる【兼ね備える】

(他下一) 兩者兼備

例 知性(ちせい)と美貌(びぼう)を兼(か)ね備(そな)える。

譯 兼具智慧與美貌。

08 | けはい【気配】

(名) 跡象，苗頭，氣息

例 気配(けはい)がない。

譯 沒有跡象。

09 | さいのう【才能】

(名) 才能，才幹

例 才能(さいのう)に恵(めぐ)まれる。

譯 很有才幹。

10 | じしん【自身】

(名・接尾) 自己，本人；本身

例 扉(とびら)は自分自身(じぶんじしん)で開(あ)ける。

譯 門要自己開。

11 | じつに【実に】

副 確實，實在，的確；(驚訝或感慨時)實在是，非常，很

例 実(じつ)に頼(たの)もしい。

譯 實在很可靠。

12 | じつぶつ【実物】

名 實物，實在的東西，原物；(經)現貨

例 実物(じつぶつ)そっくりに描(えが)く。

譯 照原物一樣地畫。

13 | じんぶつ【人物】

名 人物；人品，為人；人材；人物(繪畫的)，人物(畫)

例 危険人物(きけんじんぶつ)を追放(ついほう)する。

譯 逐出危險人物。

14 | たま【玉】

名 玉，寶石，珍珠；球，珠；眼鏡鏡片；燈泡；子彈

例 玉(たま)にきず。

譯 美中不足

15 | たん【短】

名・漢造 短；不足，缺點

例 長(ちょう)をのばし、短(たん)を補(おぎな)う。

譯 取長補短。

16 | な【名】

名 名字，姓名；名稱；名分；名譽，名聲；名義，藉口

例 名(な)を売(う)る。

譯 提高聲望。

17 | にんげん【人間】

名 人，人類；人品，為人；(文)人間，社會，世上

例 人間味(にんげんみ)に欠(か)ける。

譯 缺乏人情味。

18 | ねんれい【年齢】

名 年齡，歲數

例 年齢(ねんれい)が高(たか)い。

譯 年紀大。

19 | ひとめ【人目】

名 世人的眼光；旁人看見；一眼望盡，一眼看穿

例 人目(ひとめ)に立(た)つ。

譯 顯眼。

20 | ひとりひとり【一人一人】

名 逐個地，依次的；人人，每個人，各自

例 一人一人(ひとりひとり)診察(しんさつ)する。

譯 一一診察。

21 | みぶん【身分】

名 身份，社會地位；(諷刺)生活狀況，境遇

例 身分(みぶん)が高(たか)い。

譯 地位高。

22 | よっぱらい【酔っ払い】

名 醉鬼，喝醉酒的人

例 酔(よ)っぱらい運転(うんてん)をするな。

譯 請勿酒醉駕駛。

23｜よびかける【呼び掛ける】

（他下一）招呼，呼喚；號召，呼籲

例 人に呼びかける。

譯 呼喚他人。

N2 ◉ 7-2

7-2 老若男女 /
男女老少

01｜ウーマン【woman】

㊔ 婦女，女人

例 キャリアウーマンになる。

譯 成為職業婦女。

02｜おとこのひと【男の人】

㊔ 男人，男性

例 男の人に会う。

譯 跟男性會面。

03｜じどう【児童】

㊔ 兒童

例 児童虐待があとを絶たない。

譯 虐待兒童問題不斷的發生。

04｜じょし【女子】

㊔ 女孩子，女子，女人

例 女子学生が行方不明になった。

譯 女學生行蹤不明。

05｜せいしょうねん【青少年】

㊔ 青少年

例 青少年の犯罪をなくす。

譯 消滅青少年的犯罪。

06｜せいべつ【性別】

㊔ 性別

例 性別を記入する。

譯 填寫性別。

07｜たいしょう【対象】

㊔ 對象

例 子供を対象とした。

譯 以小孩為對象。

08｜だんし【男子】

㊔ 男子，男孩，男人，男子漢

例 男子だけのクラスが設けられる。

譯 設立只有男生的班級。

09｜としした【年下】

㊔ 年幼，年紀小

例 年下なのに生意気だ。

譯 明明年紀小還那麼囂張。

10｜びょうどう【平等】

（名・形動）平等，同等

例 男女平等が進んでいる。

譯 男女平等很先進。

11｜ぼうや【坊や】

㊔ 對男孩的親切稱呼；未見過世面的男青年；對別人男孩的敬稱

例 坊やは今年いくつ。

譯 小弟弟，你今年幾歲？

12 ｜ぼっちゃん【坊ちゃん】

㊔（對別人男孩的稱呼）公子，令郎；少爺，不通事故的人，少爺作風的人

例 坊(ぼっ)ちゃん育(そだ)ち。

譯 嬌生慣養。

---

13 ｜めした【目下】

㊔ 部下，下屬，晚輩

例 目下(めした)の者(もの)を可愛(かわい)がる。

譯 愛護晚輩。

N2 ◉ 7-3 (1)

7-3 いろいろな人を表すことば (1) / 各種人物的稱呼 (1)

01 ｜おう【王】

㊔ 帝王，君王，國王；首領，大王；(象棋)王將

例 ライオンは百獣(ひゃくじゅう)の王(おう)だ。

譯 獅子是百獸之王。

---

02 ｜おうさま【王様】

㊔ 國王，大王

例 裸(はだか)の王様(おうさま)。

譯 國王的新衣。

---

03 ｜おうじ【王子】

㊔ 王子；王族的男子

例 第二王子(だいにおうじ)が成人(せいじん)を迎(むか)える。

譯 二王子迎接成年。

---

04 ｜おうじょ【王女】

㊔ 公主；王族的女子

例 王女(おうじょ)に仕(つか)える。

譯 侍奉公主。

---

05 ｜おおや【大家】

㊔ 房東；正房，上房，主房

例 大家(おおや)さんと相談(そうだん)する。

譯 與房東商量。

---

06 ｜おてつだいさん【お手伝いさん】

㊔ 佣人

例 お手伝(てつだ)いさんを雇(やと)う。

譯 雇傭人。

---

07 ｜おまえ【お前】

(代・名) 你(用在交情好的對象或同輩以下。較為高姿態說話)；神前，佛前

例 お前(まえ)の彼女(かのじょ)が見(み)てるぞ。

譯 你的女友睜著眼睛在看喔！

---

08 ｜か【家】

(漢造) 專家

例 専門家(せんもんか)もびっくりする。

譯 專家都嚇一跳。

---

09 ｜ガールフレンド【girl friend】

㊔ 女友

例 ガールフレンドとデートに行(い)く。

譯 和女友去約會。

---

10 ｜がくしゃ【学者】

㊔ 學者；科學家

例 著名(ちょめい)な学者(がくしゃ)を育成(いくせい)した。

譯 培育了著名的學者。

11 | かたがた【方々】

(名・代・副) (敬)大家；您們；這個那個，種種；各處；總之

例 父兄の方々が応援に来られる。

譯 各位父兄長輩前來支援。

12 | かんじゃ【患者】

(名) 病人，患者

例 患者を診る。

譯 診察患者。

13 | ぎいん【議員】

(名) (國會，地方議會的)議員

例 議員を辞する。

譯 辭去議員職位。

14 | ぎし【技師】

(名) 技師，工程師，專業技術人員

例 レントゲン技師が行う。

譯 X光技師著手進行。

15 | ぎちょう【議長】

(名) 會議主席，主持人；(聯合國等)主席

例 議長を務める。

譯 擔任會議主席。

16 | キャプテン【captain】

(名) 團體的首領；船長；隊長；主任

例 キャプテンに従う。

譯 服從隊長。

17 | ギャング【gang】

(名) 持槍強盜團體，盜伙

例 ギャングに襲われる。

譯 被盜匪搶劫。

18 | きょうじゅ【教授】

(名・他サ) 教授；講授，教

例 書道を教授する。

譯 教書法。

19 | コーチ【coach】

(名・他サ) 教練，技術指導；教練員

例 ピッチングをコーチする。

譯 指導投球的技巧。

20 | こうし【講師】

(名) (高等院校的)講師；演講者

例 講師を務める。

譯 擔任講師。

21 | こくおう【国王】

(名) 國王，國君

例 国王に会う。

譯 謁見國王。

22 | コック【cook】

(名) 廚師

例 コックになる。

譯 成為廚師。

23 | さくしゃ【作者】

(名) 作者

例 本の作者が登場する。

譯 書的作者上場。

24 ｜し【氏】

(代・接尾・漢造)（做代詞用）這位，他；（接人姓名表示敬稱）先生；氏，姓氏；家族

例 トランプ氏が大統領になる。

譯 川普成為總統。

25 ｜しかい【司会】

(名・自他サ) 司儀，主持會議（的人）

例 司会を務める。

譯 擔任司儀。

26 ｜ジャーナリスト【journalist】

(名) 記者

例 ジャーナリストを目指す。

譯 想當記者。

27 ｜しゅしょう【首相】

(名) 首相，內閣總理大臣

例 首相に指名される。

譯 被指名為首相。

28 ｜しゅふ【主婦】

(名) 主婦，女主人

例 専業主婦がブログで稼ぐ。

譯 專業的家庭主婦在部落格上賺錢。

29 ｜じゅんきょうじゅ【准教授】

(名)（大學的）副教授

例 准教授に就任しました。

譯 擔任副教授。

30 ｜じょうきゃく【乗客】

(名) 乘客，旅客

例 乗客を降ろす。

譯 讓乘客下車。

N2 ● 7-3 (2)

7-3 いろいろな人を表すことば (2) / 各種人物的稱呼 (2)

31 ｜しょうにん【商人】

(名) 商人

例 大阪商人は商売が上手い。

譯 大阪商人很會做生意。

32 ｜じょおう【女王】

(名) 女王，王后；皇女，王女

例 新しい女王が誕生した。

譯 新的女王誕生了。

33 ｜じょきょう【助教】

(名) 助理教員；代理教員

例 助教に内定した。

譯 已內定採用為助教。

34 ｜じょしゅ【助手】

(名) 助手，幫手；（大學）助教

例 助手を雇う。

譯 雇用助手。

35 ｜しろうと【素人】

(名) 外行，門外漢；業餘愛好者，非專業人員；良家婦女

例 素人向きの本を読んだ。

譯 閱讀給非專業人士看的書。

36 | しんゆう【親友】

㊔ 知心朋友

例 親友を守る。

譯 守護知心好友。

37 | たいし【大使】

㊔ 大使

例 大使に任命する。

譯 任命為大使。

38 | ちしきじん【知識人】

㊔ 知識份子

例 知識人の意見が一致した。

譯 知識分子的意見一致。

39 | ちじん【知人】

㊔ 熟人，認識的人

例 知人を訪れる。

譯 拜訪熟人。

40 | ちょしゃ【著者】

㊔ 作者

例 著者の素顔が知りたい。

譯 想知道作者的真面目。

41 | でし【弟子】

㊔ 弟子，徒弟，門生，學徒

例 弟子を取る。

譯 收徒弟。

42 | てんのう【天皇】

㊔ 日本天皇

例 天皇陛下が 30 日に退位する。

譯 天皇陛下在30日退位。

43 | はかせ【博士】

㊔ 博士；博學之人

例 物知り博士が説明してくれる。

譯 知識淵博的人為我們進行說明。

44 | はんじ【判事】

㊔ 審判員，法官

例 裁判所の判事が参加する。

譯 加入法院的審判員。

45 | ひっしゃ【筆者】

㊔ 作者，筆者

例 本文の筆者をお呼びしました。

譯 邀請本文的作者。

46 | ぶし【武士】

㊔ 武士

例 武士に二言なし。

譯 武士言必有信。

47 | ふじん【婦人】

㊔ 婦女，女子

例 婦人警官が現れた。

譯 女警出現了。

48 | ふりょう【不良】

(名・形動) 不舒服，不適；壞，不良；(道德、品質)敗壞；流氓，小混混

例 不良少年がパクリをする。

譯 不良少年偷東西。

49 | ボーイフレンド【boy friend】

㊔ 男朋友

例 ボーイフレンドと映画(えいが)を見(み)る。

譯 和男朋友看電影。

50 | ぼうさん【坊さん】

㊔ 和尚

例 坊(ぼう)さんがお経(きょう)を上(あ)げる。

譯 和尚念經。

51 | まいご【迷子】

㊔ 迷路的孩子，走失的孩子

例 迷子(まいご)になる。

譯 迷路。

52 | ママ【mama】

㊔（兒童對母親的愛稱）媽媽；（酒店的）老闆娘

例 スナックのママがきれいだ。

譯 小酒館的老闆娘很漂亮。

53 | めいじん【名人】

㊔ 名人，名家，大師，專家

例 料理(りょうり)の名人(めいじん)が手(て)がける。

譯 料理專家親自烹煮。

54 | もの【者】

㊔（特定情況之下的）人，者

例 家(いえ)の者(もの)が車(くるま)で迎(むか)えに来(く)る。

譯 家裡人會開車來接我。

55 | やくしゃ【役者】

㊔ 演員；善於做戲的人，手段高明的人

例 役者(やくしゃ)が揃(そろ)う。

譯 人才聚集。

N2 ● 7-4

7-4 人の集まりを表すことば／各種人物相關團體的稱呼

01 | こくみん【国民】

㊔ 國民

例 国民(こくみん)の義務(ぎむ)を果(は)たす。

譯 竭盡國民的義務。

02 | じゅうみん【住民】

㊔ 居民

例 都市(とし)の住民(じゅうみん)を襲(おそ)う。

譯 襲擊城市的居民。

03 | じんるい【人類】

㊔ 人類

例 人類(じんるい)の進化(しんか)を導(みちび)く。

譯 導向人類的進化。

04 | のうみん【農民】

㊔ 農民

例 農民人口(のうみんじんこう)が増(ふ)える。

譯 農民人口增多。

05 | われわれ【我々】

(代)（人稱代名詞）我們；（謙卑說法的）我；每個人

例 我々(われわれ)の仲間(なかま)を紹介致(しょうかいいた)します。

譯 我來介紹我們的夥伴。

7-5 容姿 /
姿容

01 | げひん【下品】
(形動) 卑鄙，下流，低俗，低級

例 笑い方が下品だ。

譯 笑得很粗俗。

02 | さま【様】
(名・代・接尾) 樣子，狀態；姿態；表示尊敬

例 様になる。

譯 像樣。

03 | スタイル【style】
(名) 文體；(服裝、美術、工藝、建築等)樣式；風格，姿態，體態

例 映画から流行のスタイルが生まれる。

譯 從電影產生流行的款式。

04 | すてき【素敵】
(形動) 絕妙的，極好的，極漂亮；很多

例 素敵な服装をする。

譯 穿著美麗的服裝。

05 | スマート【smart】
(形動) 瀟灑，時髦，漂亮；苗條；智能型，智慧型

例 スマートな体型がいい。

譯 我喜歡苗條的身材。

06 | せんれん【洗練】
(名・他サ) 精鍊，講究

例 あの人の服装は洗練されている。

譯 那個人的衣著很講究。

07 | ちゅうにくちゅうぜい【中肉中背】
(名) 中等身材

例 中肉中背の男が歩いていた。

譯 體型中等的男人在路上走著。

08 | ハンサム【handsome】
(名・形動) 帥，英俊，美男子

例 ハンサムな少年が踊っている。

譯 英俊的少年跳著舞。

09 | びよう【美容】
(名) 美容

例 美容整形した。

譯 做了整形美容。

10 | ひん【品】
(名・漢造) (東西的)品味，風度；辨別好壞；品質；種類

例 品がない。

譯 沒有風度。

11 | へいぼん【平凡】
(名・形動) 平凡的

例 平凡な顔こそが美しい。

譯 平凡的臉才美。

12 | ほっそり
(副・自サ) 纖細，苗條

例 体つきがほっそりしている。

譯 身材苗條。

13 | ぽっちゃり

(副・自サ) 豐滿，胖

例 ぽっちゃりして可愛(かわい)い。

譯 胖嘟嘟的很可愛。

14 | みかけ【見掛け】

(名) 外貌，外觀，外表

例 人(ひと)は見掛(みか)けによらない。

譯 人不可貌相。

15 | みっともない【見っとも無い】

(形) 難看的，不像樣的，不體面的，不成體統；醜

例 みっともない服装(ふくそう)をしている。

譯 穿著難看的服裝。

16 | みにくい【醜い】

(形) 難看的，醜的；醜陋，醜惡

例 醜(みにく)いアヒルの子(こ)が生(う)まれた。

譯 生出醜小鴨。

17 | みりょく【魅力】

(名) 魅力，吸引力

例 魅力(みりょく)がある。

譯 有魅力。

N2 ● 7-6 (1)

7-6 態度、性格（1）/

態度、性格（1）

01 | あいまい【曖昧】

(形動) 含糊，不明確，曖昧，模稜兩可；可疑，不正經

例 曖昧(あいまい)な態度(たいど)をとる。

譯 採取模稜兩可的態度。

02 | あつかましい【厚かましい】

(形) 厚臉皮的，無恥

例 厚(あつ)かましいお願(ねが)いですが。

譯 真是不情之請，不過……。

03 | あやしい【怪しい】

(形) 奇怪的，可疑的；靠不住的，難以置信；奇異，特別；笨拙；關係曖昧的

例 動(うご)きが怪(あや)しい。

譯 行徑可疑的。

04 | あわただしい【慌ただしい】

(形) 匆匆忙忙的，慌慌張張的

例 あわただしい毎日(まいにち)がやってくる。

譯 匆匆忙忙的每一天即將到來。

05 | いきいき【生き生き】

(副・自サ) 活潑，生氣勃勃，栩栩如生

例 生(い)き生(い)きとした表情(ひょうじょう)をしている。

譯 一副生動的表情。

06 | いさましい【勇ましい】

(形) 勇敢的，振奮人心的；活潑的；(俗) 有勇無謀

例 勇(いさ)ましく立(た)ち向(む)かう。

譯 勇往直前。

07 | いちだんと【一段と】

(副) 更加，越發

例 一段(いちだん)と美(うつく)しくなった。

譯 變得更加美麗。

08 | いばる【威張る】

(自五) 誇耀，逞威風

例 部下に威張る。
譯 對部下擺架子。

09 | うろうろ

(副・自サ) 徘徊；不知所措，張慌失措
例 慌ててうろうろする。
譯 慌張得不知所措。

10 | おおざっぱ【大雑把】

(形動) 草率，粗枝大葉；粗略，大致
例 大雑把な見積もりを出す。
譯 拿出大致的估計。

11 | おちつく【落ち着く】

(自五) (心神，情緒等)穩靜；鎮靜，安祥；穩坐，穩當；(長時間)定居；有頭緒；淡雅，協調
例 落ち着いた人になりたい。
譯 想成為穩重沈著的人。

12 | かしこい【賢い】

(形) 聰明的，周到，賢明的
例 賢いやり方があった。
譯 有聰明的作法。

13 | かっき【活気】

(名) 活力，生氣；興旺
例 活気にあふれる。
譯 充滿活力。

14 | かって【勝手】

(形動) 任意，任性，隨便
例 勝手な行動を取る。
譯 採取專斷的行動。

15 | からかう

(他五) 逗弄，調戲
例 子供をからかう。
譯 逗小孩。

16 | かわいがる【可愛がる】

(他五) 喜愛，疼愛；嚴加管教，教訓
例 子供を可愛がる。
譯 疼愛小孩。

17 | かわいらしい【可愛らしい】

(形) 可愛的，討人喜歡；小巧玲瓏
例 可愛らしい猫が出迎えてくれる。
譯 可愛的貓出來迎接我。

18 | かんげい【歓迎】

(名・他サ) 歡迎
例 歓迎を受ける。
譯 受歡迎。

19 | きげん【機嫌】

(名) 心情，情緒
例 機嫌を取る。
譯 討好，取悦。

20 | ぎょうぎ【行儀】

(名) 禮儀，禮節，舉止
例 行儀が悪い。
譯 沒有禮貌。

21 | くどい

㊋ 冗長乏味的，(味道)過於膩的

例 表現(ひょうげん)がくどい。

譯 表現過於繁複。

22 | けってん【欠点】

㊔ 缺點，欠缺，毛病

例 欠点(けってん)を改(あらた)める。

譯 改正缺點。

23 | けんきょ【謙虚】

(形動) 謙虚

例 謙虚(けんきょ)に反省(はんせい)する。

譯 虛心地反省。

24 | けんそん【謙遜】

(名・形動・自サ) 謙遜，謙虛

例 謙遜(けんそん)の文化(ぶんか)を持(も)つ。

譯 擁有謙虛文化。

25 | けんめい【懸命】

(形動) 拼命，奮不顧身，竭盡全力

例 懸命(けんめい)にこらえる。

譯 拼命忍耐。

26 | ごういん【強引】

(形動) 強行，強制，強勢

例 強引(ごういん)なやり方(かた)が批判(ひはん)される。

譯 強勢的做法深受批評。

27 | じぶんかって【自分勝手】

(形動) 任性，恣意妄為

例 あの人(ひと)は自分勝手(じぶんかって)だ。

譯 那個人很任性。

28 | じゅんじょう【純情】

(名・形動) 純真，天真

例 純情(じゅんじょう)な青年(せいねん)を騙(だま)す。

譯 欺騙純真的少年。

29 | じゅんすい【純粋】

(名・形動) 純粹的，道地；純真，純潔，無雜念的

例 純粋(じゅんすい)な動機(どうき)を持(も)つ。

譯 擁有純正的動機。

30 | じょうしき【常識】

㊔ 常識

例 常識(じょうしき)がない。

譯 沒有常識。

N2 ◉ 7-6 (2)

7-6 態度、性格 (2) /
態度、性格 (2)

31 | しんちょう【慎重】

(名・形動) 慎重，穩重，小心謹慎

例 慎重(しんちょう)な態度(たいど)をとる。

譯 採取慎重的態度。

32 | ずうずうしい【図々しい】

㊋ 厚顏，厚皮臉，無恥

例 ずうずうしい人(ひと)が溢(あふ)れている。

譯 到處都是厚臉皮的人。

33 | すなお【素直】

(形動) 純真，天真的，誠摯的，坦率的；大方，工整，不矯飾的；(沒有毛病)完美的，無暇的

例 素直(すなお)な女性(じょせい)がタイプだ。

譯 我喜歡純真的女性。

34 | せきにんかん【責任感】

(名) 責任感

例 責任感(せきにんかん)が強(つよ)い。

譯 責任感很強。

35 | そそっかしい

(形) 冒失的，輕率的，毛手毛腳的，粗心大意的

例 そそっかしい人(ひと)に忘(わす)れ物(もの)が多(おお)い。

譯 冒失鬼經常忘東忘西的。

36 | たいそう【大層】

(形動・副) 很，非常，了不起；過份的，誇張的

例 たいそうな口(くち)をきく。

譯 誇大其詞。

37 | たっぷり

(副・自サ) 足夠，充份，多；寬綽，綽綽有餘；(接名詞後)充滿(某表情、語氣等)

例 自信(じしん)たっぷりだ。

譯 充滿自信。

38 | たのもしい【頼もしい】

(形) 靠得住的；前途有為的，有出息的

例 頼(たの)もしい人(ひと)が好(す)きだ。

譯 我喜歡可靠的人。

39 | だらしない

(形) 散慢的，邋遢的，不檢點的；不爭氣的，沒出息的，沒志氣

例 金(かね)にだらしない。

譯 用錢沒計畫。

40 | たんじゅん【単純】

(名・形動) 單純，簡單；無條件

例 単純(たんじゅん)な計算(けいさん)ができない。

譯 無法做到簡單的計算。

41 | たんしょ【短所】

(名) 缺點，短處

例 短所(たんしょ)を直(なお)す。

譯 改正缺點。

42 | ちょうしょ【長所】

(名) 長處，優點

例 長所(ちょうしょ)を生(い)かす。

譯 發揮長處。

43 | つよき【強気】

(名・形動) (態度)強硬，(意志)堅決；(行情)看漲

例 強気(つよき)で談判(だんぱん)する。

譯 以強硬的態度進行談判。

44 | とくしょく【特色】

(名) 特色，特徵，特點，特長

例 特色(とくしょく)を生(い)かす。

譯 發揮特長。

45 | とくちょう【特長】

㊔ 專長

例 特長を生かす。

譯 活用專長。

46 | なまいき【生意気】

(名・形動) 驕傲，狂妄；自大，逞能，臭美，神氣活現

例 生意気を言う。

譯 說大話。

47 | なまける【怠ける】

(自他下一) 懶惰，怠惰

例 仕事を怠ける。

譯 工作怠惰。

48 | にこにこ

(副・自サ) 笑嘻嘻，笑容滿面

例 にこにこする。

譯 笑嘻嘻。

49 | にっこり

(副・自サ) 微笑貌，莞爾，嫣然一笑，微微一笑

例 にっこりと笑う。

譯 莞爾一笑。

50 | のんき【呑気】

(名・形動) 悠閑，無憂無慮；不拘小節，不慌不忙；蠻不在乎，漫不經心

例 呑気に暮らす。

譯 悠閒度日。

7-6 態度、性格 (3) /
態度、性格 (3)

51 | パターン【pattern】

㊔ 形式，樣式，模型；紙樣；圖案，花樣

例 行動のパターンが変わった。

譯 行動模式改變了。

52 | はんこう【反抗】

(名・自サ) 反抗，違抗，反擊

例 命令に反抗する。

譯 違抗命令。

53 | ひきょう【卑怯】

(名・形動) 怯懦，卑怯；卑鄙，無恥

例 卑怯なやり方だ。

譯 卑鄙的作法。

54 | ふけつ【不潔】

(名・形動) 不乾淨，骯髒；(思想)不純潔

例 不潔な心を起こす。

譯 生起骯髒的心。

55 | ふざける【巫山戯る】

(自下一) 開玩笑，戲謔；愚弄人，戲弄人；(男女)調情，調戲；(小孩)吵鬧

例 謝罪しないだと、ふざけるな。

譯 說不謝罪，開什麼玩笑。

56 | ふとい【太い】

㊒ 粗的；肥胖；膽子大；無恥，不要臉；聲音粗

例 神経が太い。

譯 粗枝大葉。

57 | ふるまう【振舞う】

(自五・他五) (在人面前的)行為，動作；請客，招待，款待

例 愛想(あいそ)よく振舞(ふるま)う。

譯 舉止和藹可親。

58 | ふんいき【雰囲気】

(名) 氣氛，空氣

例 雰囲気(ふんいき)が明(あか)るい。

譯 愉快的氣氛。

59 | ほがらか【朗らか】

(形動) (天氣)晴朗，萬里無雲；明朗，開朗；(聲音)嘹亮；(心情)快活

例 朗(ほが)らかな顔(かお)が印象的(いんしょうてき)でした。

譯 愉快的神色令人印象深刻。

60 | まごまご

(名・自サ) 不知如何是好，惶張失措，手忙腳亂；閒蕩，遊蕩，懶散

例 出口(でぐち)が分(わ)からずまごまごしている。

譯 找不到出口，不知如何是好。

61 | もともと

(名・副) 與原來一樣，不增不減；從來，本來，根本

例 彼(かれ)は元々親切(もともとしんせつ)な人(ひと)だ。

譯 他原本就是熱心的人。

62 | ゆうじゅうふだん【優柔不断】

(名・形動) 優柔寡斷

例 優柔不断(ゆうじゅうふだん)な性格(せいかく)でも可愛(かわい)い。

譯 優柔寡斷的個性也很可愛。

63 | ゆうゆう【悠々】

(副・形動) 悠然，不慌不忙；綽綽有餘，充分；(時間)悠久，久遠；(空間)浩瀚無垠

例 悠々(ゆうゆう)と歩(ある)く。

譯 不慌不忙地走。

64 | よう【様】

(名・形動) 樣子，方式；風格；形狀

例 話(はな)し様(よう)が悪(わる)い。

譯 說的方式不好。

65 | ようき【陽気】

(名・形動) 季節，氣候；陽氣(萬物發育之氣)；爽朗，快活；熱鬧，活躍

例 陽気(ようき)になる。

譯 變得爽朗快活。

66 | ようじん【用心】

(名・自サ) 注意，留神，警惕，小心

例 用心深(ようじんぶか)い人(ひと)だ。

譯 非常謹慎自保的人。

67 | ようち【幼稚】

(名・形動) 年幼的；不成熟的，幼稚的

例 幼稚(ようち)な議論(ぎろん)が続(つづ)いている。

譯 幼稚的爭論持續著。

68 | よくばり【欲張り】

(名・形動) 貪婪，貪得無厭(的人)

例 欲張(よくば)りな人(ひと)に悩(なや)まされている。

譯 因貪得無厭的人而感到頭痛。

69 | よゆう【余裕】

(名) 富餘，剩餘；寬裕，充裕

例 余裕(よゆう)がある。

譯 綽綽有餘。

70 | らくてんてき【楽天的】

(形動) 樂觀的

例 楽天的(らくてんてき)な性格(せいかく)が裏目(うらめ)に出(で)る。

譯 因樂天的性格而起反效果。

71 | りこしゅぎ【利己主義】

(名) 利己主義

例 利己主義(りこしゅぎ)はよくない。

譯 利己主義是不好的。

72 | れいせい【冷静】

(名・形動) 冷靜，鎮靜，沉著，清醒

例 冷静(れいせい)を保(たも)つ。

譯 保持冷靜。

N2 ◉ 7-7 (1)

7-7 人間関係 (1) / 人際關係 (1)

01 | おたがいさま【お互い様】

(名・形動) 彼此，互相

例 お互(たが)い様(さま)です。

譯 彼此彼此。

02 | かんせつ【間接】

(名) 間接

例 間接的(かんせつてき)に影響(えいきょう)する。

譯 間接影響。

03 | きょうりょく【強力】

(名・形動) 力量大，強力，強大

例 強力(きょうりょく)な味方(みかた)になる。

譯 成為強大的夥伴。

04 | こうさい【交際】

(名・自サ) 交際，交往，應酬

例 交際(こうさい)がひろい。

譯 交際廣。

05 | こうりゅう【交流】

(名・自サ) 交流，往來；交流電

例 交流(こうりゅう)を深(ふか)める。

譯 深入交流。

06 | さく【裂く】

(他五) 撕開，切開；扯散；分出，擠出，勻出；破裂，分裂

例 二人(ふたり)の仲(なか)を裂(さ)く。

譯 兩人關係破裂。

07 | じょうげ【上下】

(名・自他サ) (身分、地位的)高低，上下，低賤

例 上下関係(じょうげかんけい)にうるさい。

譯 非常注重上下關係。

08 | すき【隙】

(名) 空隙，縫；空暇，功夫，餘地；漏洞，可乘之機

例 隙(すき)に付(つ)け込(こ)む。

譯 鑽漏洞。

09 | せっする【接する】

(自他サ) 接觸；連接，靠近；接待，應酬；連結，接上；遇上，碰上

例 多くの人に接する。

譯 認識許多人。

10 | そうご【相互】

(名) 相互，彼此；輪流，輪班；交替，交互

例 相互に依存する。

譯 互相依賴。

11 | そんざい【存在】

(名・自サ) 存在，有；人物，存在的事物；存在的理由，存在的意義

例 級友から存在を無視された。

譯 同學無視他的存在。

12 | そんちょう【尊重】

(名・他サ) 尊重，重視

例 人権を尊重する。

譯 尊重人權。

13 | たちば【立場】

(名) 立腳點，站立的場所；處境；立場，觀點

例 立場が変わる。

譯 立場改變。

14 | たにん【他人】

(名) 別人，他人；(無血緣的)陌生人，外人；局外人

例 赤の他人を家族だと思えるのか。

譯 能否把毫無關係的人當作家人呢？

15 | たまたま【偶々】

(副) 偶然，碰巧，無意間；偶爾，有時

例 たまたま出会う。

譯 偶然遇見。

16 | たより【便り】

(名) 音信，消息，信

例 便りが絶える。

譯 音信中斷。

17 | たよる【頼る】

(自他五) 依靠，依賴，仰仗；拄著；投靠，找門路

例 兄を頼りにする。

譯 依靠哥哥。

18 | つきあい【付き合い】

(名・自サ) 交際，交往，打交道；應酬，作陪

例 付き合いがある。

譯 有交往。

19 | であい【出会い】

(名) 相遇，不期而遇，會合；幽會；河流會合處

例 別れと出会い。

譯 分離及相遇。

20 | てき【敵】

(名・漢造) 敵人，仇敵；(競爭的)對手；障礙，大敵；敵對，敵方

例 敵に回す。

譯 與…為敵。

7-7 人間関係 (2) / 人際關係 (2)

21 | どういつ【同一】

(名・形動) 同樣，相同；相等，同等

例 同一歩調を取る。

譯 採取同一步調。

22 | とけこむ【溶け込む】

(自五) (理、化)融化，溶解，熔化；融合，融

例 チームに溶け込む。

譯 融入團隊。

23 | とも【友】

(名) 友人，朋友；良師益友

例 友となる。

譯 成為朋友。

24 | なかなおり【仲直り】

(名・自サ) 和好，言歸於好

例 弟と仲直りする。

譯 與弟弟和好。

25 | なかま【仲間】

(名) 伙伴，同事，朋友；同類

例 仲間に入る。

譯 加入夥伴。

26 | なかよし【仲良し】

(名) 好朋友；友好，相好

例 仲良しになる。

譯 成為好友。

27 | ばったり

(副) 物體突然倒下(跌落)貌；突然相遇貌；突然終止貌

例 ばったり(と)会う。

譯 突然遇到。

28 | はなしあう【話し合う】

(自五) 對話，談話；商量，協商，談判

例 楽しく話し合う。

譯 相談甚歡。

29 | はなしかける【話しかける】

(自下一) (主動)跟人說話，攀談；開始談，開始說

例 子供に話しかける。

譯 跟小孩說話。

30 | はなはだしい【甚だしい】

(形) (不好的狀態)非常，很，甚

例 甚だしい誤解がある。

譯 有很大的誤會。

31 | ひっかかる【引っ掛かる】

(自五) 掛起來，掛上，卡住；連累，牽累；受騙，上當；心裡不痛快

例 甘い言葉に引っ掛かる。

譯 被花言巧語騙過去。

32 | へだてる【隔てる】

(他下一) 隔開，分開；(時間)相隔；遮檔；離間；不同，有差別

例 友達の仲を隔てる。

譯 離間朋友之間的關係。

33 ｜ぼろ【襤褸】

名 破布，破爛衣服；破爛的狀態；破綻，缺點

例 ぼろが出(で)る。

譯 露出破綻。

34 ｜まさつ【摩擦】

名・自他サ 摩擦；不和睦，意見紛歧，不合

例 摩擦(まさつ)が起(お)こる。

譯 產生分歧。

35 ｜まちあわせる【待ち合わせる】

自他下一 （事先約定的時間、地點）等候，會面，碰頭

例 駅(えき)で4時(じ)に待(ま)ち合(あ)わせる。

譯 四點在車站見面。

36 ｜みおくる【見送る】

他五 目送；送別；（把人）送到（某的地方）；觀望，擱置，暫緩考慮；送葬

例 友達(ともだち)を見送(みおく)る。

譯 送朋友。

37 ｜みかた【味方】

名・自サ 我方，自己的這一方；夥伴

例 味方(みかた)に引(ひ)き込(こ)む。

譯 拉入自己一夥。

38 ｜ゆうこう【友好】

名 友好

例 友好(ゆうこう)を深(ふか)める。

譯 加深友好關係。

39 ｜ゆうじょう【友情】

名 友情

例 友情(ゆうじょう)を結(むす)ぶ。

譯 結交朋友。

40 ｜りょう【両】

漢造 雙，兩

例 両者(りょうしゃ)の合意(ごうい)が必要(ひつよう)だ。

譯 需要雙方的同意。

41 ｜わ【和】

名 和，人和；停止戰爭，和好

例 和(わ)を保(たも)つ。

譯 保持和諧。

42 ｜わるくち・わるぐち【悪口】

名 壞話，誹謗人的話；罵人

例 悪口(わるくち)を言(い)う。

譯 說壞話。

N2 ● 7-8

7-8 神仏、化け物 / 神佛、怪物

01 ｜あくま【悪魔】

名 惡魔，魔鬼

例 悪魔(あくま)を払(はら)う。

譯 驅逐魔鬼。

02 ｜おがむ【拝む】

他五 叩拜；合掌作揖；懇求，央求；瞻仰，見識

例 神様(かみさま)を拝(おが)む。

譯 拜神。

03 | おに【鬼】

(名・接頭) 鬼：人們想像中的怪物，具有人的形狀，有角和獠牙。也指沒有人的感情的冷酷的人。熱衷於一件事的人。也引申為大型的，突出的意思。

例 鬼(おに)に金棒(かなぼう)。

譯 如虎添翼。

04 | おばけ【お化け】

(名) 鬼；怪物

例 お化(ば)け屋敷(やしき)に入(はい)る。

譯 進到鬼屋。

05 | おまいり【お参り】

(名・自サ) 參拜神佛或祖墳

例 神社(じんじゃ)にお参(まい)りする。

譯 到神社參拜。

06 | おみこし【お神輿・お御輿】

(名) 神轎；(俗)腰

例 お神輿(みこし)を担(かつ)ぐ。

譯 扛神轎。

07 | かみ【神】

(名) 神，神明，上帝，造物主；(死者的)靈魂

例 神(かみ)に祈(いの)る。

譯 向神禱告。

08 | かみさま【神様】

(名) (神的敬稱)上帝，神；(某方面的)專家，活神仙，(接在某方面技能後)…之神

例 神様(かみさま)を信(しん)じる。

譯 信神。

09 | しんこう【信仰】

(名・他サ) 信仰，信奉

例 信仰(しんこう)を持(も)つ。

譯 有信仰。

10 | しんわ【神話】

(名) 神話

例 神話(しんわ)になる。

譯 成為神話。

11 | せい【精】

(名) 精，精靈；精力

例 森(もり)の精(せい)が宿(やど)る。

譯 存有森林的精靈。

12 | ほとけ【仏】

(名) 佛，佛像；(佛一般)溫厚，仁慈的人；死者，亡魂

例 仏(ほとけ)に祈(いの)る。

譯 向佛祈禱。

パート 8 第八章 親族

- 親屬 -

N2 ⊙ 8-1

8-1 家族 / 家族

01 | あまやかす【甘やかす】

(他五) 嬌生慣養，縱容放任；嬌養，嬌寵

例 甘(あま)やかして育(そだ)てる。

譯 嬌生慣養。

02 | いっか【一家】

(名) 一所房子；一家人；一個團體；一派

例 一家(いっか)の主(あるじ)が亡(な)くなった。

譯 一家之主去世。

03 | おい【甥】

(名) 姪子，外甥

例 叔父(おじ)甥(おい)の間柄(あいだがら)だけだった。

譯 僅只是叔姪的關係。

04 | おやこ【親子】

(名) 父母和子女

例 仲(なか)の良(い)い親子(おやこ)だ。

譯 感情融洽的親子。

05 | ぎゃくたい【虐待】

(名・他サ) 虐待

例 児童虐待(じどうぎゃくたい)は深刻(しんこく)な問題(もんだい)だ。

譯 虐待兒童是很嚴重的問題。

06 | こうこう【孝行】

(名・自サ・形動) 孝敬，孝順

例 孝行(こうこう)を尽(つ)くす。

譯 盡孝心。

07 | ささえる【支える】

(他下一) 支撐；維持，支持；阻止，防止

例 暮(く)らしを支(ささ)える。

譯 維持生活。

08 | しまい【姉妹】

(名) 姊妹

例 三人姉妹(さんにんしまい)が 100 円(えん)ショップを営(いとな)んでいる。

譯 姊妹三人經營著百元商店。

09 | しんせき【親戚】

(名) 親戚，親屬

例 親戚(しんせき)のおじさんがかっこいい。

譯 我叔叔很帥氣。

10 | しんるい【親類】

(名) 親戚，親屬；同類，類似

例 親類(しんるい)づきあい。

譯 像親戚一樣往來

11 | せい【姓】

(名・漢造) 姓氏；族，血族；(日本古代的)氏族姓，稱號

例 姓が変わる。

譯 改姓。

12 | ぜんぱん【全般】

㊔ 全面，全盤，通盤

例 生活全般にわたる。

譯 遍及所有生活的方方面面。

13 | つれ【連れ】

(名・接尾) 同伴，伙伴；(能劇，狂言的)配角

例 子供連れの客が多い。

譯 有許多帶小孩的客人。

14 | どくしん【独身】

㊔ 單身

例 独身で暮らしている。

譯 獨自一人過生活。

15 | ははおや【母親】

㊔ 母親

例 母親のいない子になってしまう。

譯 成為無母之子。

16 | ぶじ【無事】

(名・形動) 平安無事，無變故；健康；最好，沒毛病；沒有過失

例 無事を知らせる。

譯 報平安。

8-2 夫婦 /
夫婦

01 | おくさま【奥様】

㊔ 尊夫人，太太

例 奥様はお元気ですか。

譯 尊夫人別來無恙？

02 | こんやく【婚約】

(名・自サ) 訂婚，婚約

例 婚約を発表する。

譯 宣佈訂婚訊息。

03 | ともに【共に】

㊓ 共同，一起，都；隨著，隨同；全，都，均

例 一生を共にする。

譯 終生在一起。

04 | にょうぼう【女房】

㊔ (自己的)太太，老婆

例 世話女房が付いている。

譯 有位對丈夫照顧周到的妻子。

05 | はなよめ【花嫁】

㊔ 新娘

例 花嫁の姿がひときわ映える。

譯 新娘的打扮格外耀眼奪目。

06 | ふさい【夫妻】

㊔ 夫妻

例 林氏夫妻を招く。

譯 邀請林氏夫婦。

07 | ふじん【夫人】

㊔ 夫人

例 夫人同伴(ふじんどうはん)で出席(しゅっせき)する。

譯 與夫人一同出席。

08 | よめ【嫁】

㊔ 兒媳婦，妻，新娘

例 嫁(よめ)にいく。

譯 嫁人。

N2 ⊙ 8-3

8-3 先祖、親 / 祖先、父母

01 | せんぞ【先祖】

㊔ 始祖；祖先，先人

例 先祖(せんぞ)の墓(はか)がある。

譯 祖先的墳墓。

02 | そせん【祖先】

㊔ 祖先

例 祖先(そせん)から伝(つた)わる。

譯 從祖先代代流傳下來。

03 | だい【代】

(名・漢造) 代，輩；一生，一世；代價

例 代(だい)が変(か)わる。

譯 換代。

04 | ちちおや【父親】

㊔ 父親

例 父親(ちちおや)に似(に)る。

譯 和父親相像。

05 | つとめ【務め】

㊔ 本分，義務，責任

例 親(おや)の務(つと)めを果(は)たす。

譯 完成父母的義務。

06 | どくりつ【独立】

(名・自サ) 孤立，單獨存在；自立，獨立，不受他人援助

例 親(おや)から独立(どくりつ)する。

譯 脱離父母獨立。

07 | はか【墓】

㊔ 墓地，墳墓

例 墓(はか)まいりする。

譯 上墳祭拜。

08 | ふぼ【父母】

㊔ 父母，雙親

例 父母(ふぼ)の膝下(ひざもと)を離(はな)れる。

譯 離開父母。

09 | まいる【参る】

(自五・他五) (敬)去，來；參拜(神佛)；認輸；受不了，吃不消；(俗)死；(文)(從前婦女寫信，在收件人的名字右下方寫的敬語)鈞啟；(古)獻上；吃，喝；做

例 お墓(はか)に参(まい)る。

譯 去墓地參拜。

10 | まつる【祭る】

(他五) 祭祀，祭奠；供奉

例 先祖(せんぞ)をまつる。

譯 祭祀先祖。

8-4 子、子孫 / 孩子、子孫

01 | おさない【幼い】

形 幼小的，年幼的；孩子氣，幼稚的

例 幼(おさな)い子供(こども)がいる。

譯 有幼小的孩子。

02 | しそん【子孫】

名 子孫；後代

例 子孫(しそん)の繁栄(はんえい)を願(ねが)う。

譯 祈求多子多孫。

03 | すえっこ【末っ子】

名 最小的孩子

例 末(すえ)っ子(こ)に生(う)まれる。

譯 我是么兒。

04 | すがた【姿】

名・接尾 身姿，身段；裝束，風采；形跡，身影；面貌，狀態；姿勢，形象

例 姿(すがた)が消(き)える。

譯 消失蹤跡。

05 | てきする【適する】

自サ (天氣、飲食、水土等)適宜，適合；適當，適宜於(某情況)；具有做某事的資格與能力

例 子供(こども)に適(てき)した映画(えいが)を紹介(しょうかい)する。

譯 介紹適合兒童觀賞的電影。

06 | ふたご【双子】

名 雙胞胎，孿生；雙

例 双子(ふたご)を生(う)んだ。

譯 生了雙胞胎。

07 | むけ【向け】

造語 向，對

例 子供(こども)向(む)けの番組(ばんぐみ)が減(へ)った。

譯 以小孩為對象的節目減少了。

パート 9 第九章

動物

- 動物 -

N2 9-1

9-1 動物の仲間 / 動物類

01 | いきもの【生き物】

名 生物，動物；有生命力的東西，活的東西

例 生き物を殺す。

譯 殺生。

02 | うお【魚】

名 魚

例 うお座に入る。

譯 進入雙魚座。

03 | うさぎ【兎】

名 兔子

例 ウサギの登り坂だ。

譯 事情順利進行。

04 | えさ【餌】

名 飼料，飼食

例 鳥に餌をやる。

譯 餵鳥飼料。

05 | か【蚊】

名 蚊子

例 蚊に刺される。

譯 被蚊子咬。

06 | きんぎょ【金魚】

名 金魚

例 金魚すくいが楽しい。

譯 撈金魚很有趣。

07 | さる【猿】

名 猴子，猿猴

例 猿も木から落ちる。

譯 智者千慮必有一失。

08 | す【巣】

名 巢，窩，穴；賊窩，老巢；家庭；蜘蛛網

例 巣離れをする。

譯 離巢，出窩。

09 | ぜつめつ【絶滅】

名・自他サ 滅絕，消滅，根除

例 絶滅の危機に瀕する。

譯 瀕臨絕種。

10 | ぞう【象】

名 大象

例 アフリカ象は絶滅の危機にある。

譯 非洲象面臨滅亡的危機。

11 | ぞくする【属する】

(自サ) 屬於，歸於，從屬於；隸屬，附屬

例 虎はネコ科に属する。

譯 老虎屬於貓科。

12 | つばさ【翼】

㊔ 翼，翅膀；(飛機)機翼；(風車)翼板；使者，使節

例 想像の翼が広がる。

譯 想像的翅膀擴展開來。

13 | とら【虎】

㊔ 老虎

例 虎の尾を踏む。

譯 若蹈虎尾。

14 | とる【捕る】

(他五) 抓，捕捉，逮捕

例 鼠を捕る。

譯 捉老鼠。

15 | なでる【撫でる】

(他下一) 摸，撫摸；梳理(頭髮)；撫慰，安撫

例 犬の頭を撫でる。

譯 撫摸狗的頭。

16 | なれる【馴れる】

(自下一) 馴熟

例 この馬は人に馴れている。

譯 這匹馬很親人。

17 | にわとり【鶏】

㊔ 雞

例 鶏を飼う。

譯 養雞。

18 | ねずみ

㊔ 老鼠

例 ねずみが出る。

譯 有老鼠。

19 | むれ【群れ】

㊔ 群，伙，幫；伙伴

例 群れになる。

譯 結成群。

N2 ⦿ 9-2

9-2 動物の動作、部位 / 動物的動作、部位

01 | かけまわる【駆け回る】

(自五) 到處亂跑

例 子犬が駆け回る。

譯 小狗到處亂跑。

02 | きば【牙】

㊔ 犬齒，獠牙

例 ライオンの牙が獲物を噛み砕く。

譯 獅子的尖牙咬碎獵物。

03 | しっぽ【尻尾】

㊔ 尾巴；末端，末尾；尾狀物

例 しっぽを出す。

譯 露出馬腳。

04 ｜はう【這う】

(自五) 爬,爬行;(植物)攀纏,緊貼;(趴)下

例 蛇(へび)が這(は)う。

譯 蛇在爬行。

05 ｜はね【羽】

(名) 羽毛;(鳥與昆蟲等的)翅膀;(機器等)翼，葉片；箭翎

例 羽(はね)を伸(の)ばす。

譯 無所顧慮，無拘無束。

06 ｜はねる【跳ねる】

(自下一) 跳，蹦起；飛濺；散開，散場；爆，裂開

例 馬(うま)がはねる。

譯 馬騰躍。

07 ｜ほえる【吠える】

(自下一) (狗、犬獸等)吠，吼；(人)大聲哭喊，喊叫

例 犬(いぬ)が吠(ほ)える。

譯 狗吠叫。

Memo

パート 10 第十章

植物

- 植物 -

N2 ● 10-1

10-1 野菜、果物 / 蔬菜、水果

01 | いちご【苺】

㊔ 草莓

例 苺(いちご)を栽培(さいばい)する。

譯 種植草莓。

02 | うめ【梅】

㊔ 梅花，梅樹；梅子

例 梅(うめ)の実(み)をたくさんつける。

譯 梅樹結了許多梅子。

03 | かじつ【果実】

㊔ 果實，水果

例 果実(かじつ)が実(みの)る。

譯 結出果實。

04 | じゃがいも【じゃが芋】

㊔ 馬鈴薯

例 じゃが芋(いも)を茹(ゆ)でる。

譯 用水煮馬鈴薯。

05 | すいか【西瓜】

㊔ 西瓜

例 西瓜(すいか)を冷(ひ)やす。

譯 冰鎮西瓜。

06 | たね【種】

㊔ (植物的)種子，果核；(動物的)品種；原因，起因；素材，原料

例 種(たね)を吐(は)き出(だ)す。

譯 吐出種子。

07 | まめ【豆】

(名・接頭) (總稱)豆；大豆；小的，小型；(手腳上磨出的)水泡

例 豆(まめ)を撒(ま)く。

譯 撒豆子。

08 | み【実】

㊔ (植物的)果實；(植物的)種子；成功，成果；內容，實質

例 実(み)がなる。

譯 結果。

09 | みのる【実る】

(自五) (植物)成熟，結果；取得成績，獲得成果，結果實

例 柿(かき)が実(みの)る。

譯 結柿子。

10 | もも【桃】

㊔ 桃子

例 桃(もも)のおいしい季節(きせつ)がやってきた。

譯 到了桃子的盛產期。

10-2 草、木、樹木 /
草木、樹木

01 | いね【稲】
㊔ 水稻，稻子
例 稲(いね)を刈(か)る。
譯 割稻。

02 | うえき【植木】
㊔ 植種的樹；盆景
例 植木(うえき)を植(う)える。
譯 種樹。

03 | がいろじゅ【街路樹】
㊔ 行道樹
例 街路樹(がいろじゅ)がきれいだ。
譯 行道樹很漂亮。

04 | こうよう【紅葉】
(名・自サ) 紅葉；變成紅葉
例 紅葉(こうよう)を見(み)る。
譯 賞楓葉。

05 | こくもつ【穀物】
㊔ 五穀，糧食
例 穀物(こくもつ)を輸入(ゆにゅう)する。
譯 進口五穀。

06 | こむぎ【小麦】
㊔ 小麥
例 小麦粉(こむぎこ)をこねる。
譯 揉麵粉糰。

07 | しなやか
(形動) 柔軟，和軟；巍巍顫顫，有彈性；優美，柔和，溫柔
例 しなやかな竹(たけ)は美(うつく)しい。
譯 柔軟的竹子美極了。

08 | しばふ【芝生】
㊔ 草皮，草地
例 芝生(しばふ)に寝転(ねころ)ぶ。
譯 睡在草地上。

09 | しょくぶつ【植物】
㊔ 植物
例 植物(しょくぶつ)を育(そだ)てる。
譯 種植植物。

10 | すぎ【杉】
㊔ 杉樹，杉木
例 杉(すぎ)の花粉(かふん)が飛(と)び始(はじ)めた。
譯 杉樹的花粉開始飛散。

11 | たいぼく【大木】
㊔ 大樹，巨樹
例 百年(ひゃくねん)を超(こ)える大木(たいぼく)がある。
譯 有百年以上的大樹。

12 | たけ【竹】
㊔ 竹子
例 竹(たけ)が茂(しげ)る。
譯 竹林繁茂。

13 | なみき【並木】

㊔ 街樹，路樹；並排的樹木

例 並木道(なみきみち)がきれいでした。

譯 蔭林大道美極了。

---

14 | まつ【松】

㊔ 松樹，松木；新年裝飾正門的松枝，裝飾松枝的期間

例 松(まつ)を植(う)える。

譯 種植松樹。

---

15 | もみじ【紅葉】

㊔ 紅葉；楓樹

例 紅葉(もみじ)を楽(たの)しむ。

譯 觀賞紅葉。

N2 ⦿ 10-3

10-3 植物関連のことば / 植物相關用語

01 | うわる【植わる】

(自五) 栽上，栽植

例 桃(もも)が植(う)わっている。

譯 種著桃樹。

---

02 | えんげい【園芸】

㊔ 園藝

例 園芸(えんげい)を楽(たの)しむ。

譯 享受園藝。

---

03 | おんしつ【温室】

㊔ 溫室，暖房

例 温室(おんしつ)で苺(いちご)を作(つく)る。

譯 在溫室栽培草莓。

04 | から【殻】

㊔ 外皮，外殼

例 殻(から)を脱(ぬ)ぐ。

譯 脱殼，脱皮。

---

05 | かる【刈る】

(他五) 割，剪，剃

例 草(くさ)を刈(か)る。

譯 割草。

---

06 | かれる【枯れる】

(自上一) 枯萎，乾枯；老練，造詣精深；(身材)枯瘦

例 作物(さくもつ)が枯(か)れる。

譯 作物枯萎。

---

07 | かんさつ【観察】

(名・他サ) 觀察

例 植物(しょくぶつ)を観察(かんさつ)する。

譯 觀察植物。

---

08 | さくもつ【作物】

㊔ 農作物；莊稼

例 園芸作物(えんげいさくもつ)を栽培(さいばい)する。

譯 栽培園藝作物。

---

09 | しげる【茂る】

(自五) (草木)繁茂，茂密

例 雑草(ざっそう)が茂(しげ)る。

譯 雜草茂密。

---

10 | しぼむ【萎む・凋む】

(自五) 枯萎，凋謝；扁掉

例 花がしぼむ。

譯 花兒凋謝。

11 | ちらばる【散らばる】

自五 分散；散亂

例 花びらが散らばる。

譯 花瓣散落。

12 | なる【生る】

自五 (植物)結果；生，產出

例 柿が生る。

譯 長出柿子。

13 | におう【匂う】

自五 散發香味，有香味；(顏色)鮮豔美麗；隱約發出，使人感到似乎…

例 花が匂う。

譯 花散發出香味。

14 | ね【根】

名 (植物的)根；根底；根源，根據；天性，根本

例 根がつく。

譯 生根。

15 | はち【鉢】

名 缽盆；大碗；花盆；頭蓋骨

例 バラを鉢に植える。

譯 玫瑰花種在花盆裡。

16 | はちうえ【鉢植え】

名 盆栽

例 鉢植えの手入れをする。

譯 照顧盆栽。

17 | まく【蒔く】

他五 播種；(在漆器上)畫泥金畫

例 種を蒔く。

譯 播種。

18 | みつ【蜜】

名 蜜；花蜜；蜂蜜

例 花の蜜を吸う。

譯 吸花蜜。

19 | め【芽】

名 (植)芽

例 芽が出る。

譯 發芽。

20 | ようぶん【養分】

名 養分

例 養分を吸収する。

譯 吸收養分。

21 | わかば【若葉】

名 嫩葉、新葉

例 若葉が萌える。

譯 長出新葉。

パート 11 第十一章

物質

- 物質 -

N2 11-1

11-1 物、物質 / 物、物質

01 | えきたい【液体】

名 液體

例 液体(えきたい)に浸(ひた)す。

譯 浸泡在液體之中。

02 | かたまり【塊】

名・接尾 塊狀，疙瘩；集團；極端…的人

例 欲(よく)の塊(かたまり)が踊(おど)っている。

譯 貪得無厭的人上竄下跳。

03 | かたまる【固まる】

自五 (粉末、顆粒、黏液等)變硬，凝固；固定，成形；集在一起，成群；熱中，篤信(宗教等)

例 粘土(ねんど)が固(かた)まる。

譯 把黏土捏成一塊。

04 | きたい【気体】

名 (理)氣體

例 気体(きたい)は通(とお)すが水(みず)は通(とお)さない。

譯 氣體可通過，但水無法通過。

05 | きんぞく【金属】

名 金屬，五金

例 金属(きんぞく)は熱(ねつ)で溶(と)ける。

譯 金屬被熱熔化。

06 | くず【屑】

名 碎片；廢物，廢料(人)；(挑選後剩下的)爛貨

例 人間(にんげん)のくずだ。

譯 無用的人。

07 | げすい【下水】

名 污水，髒水，下水；下水道的簡稱

例 下水処理場(げすいしょりじょう)に届(とど)く。

譯 抵達污水處理場。

08 | こうぶつ【鉱物】

名 礦物

例 豊(ゆた)かな鉱物資源(こうぶつしげん)に恵(めぐ)まれる。

譯 豐富的礦資源。

09 | こたい【固体】

名 固體

例 固体(こたい)に変(か)わる。

譯 變成固體。

10 | こな【粉】

名 粉，粉末，麵粉

例 粉(こな)になる。

譯 變成粉末。

11 | こんごう【混合】

(名・自他サ) 混合

例 砂と小石を混合する。

譯 混合砂和小石子。

12 | さび【錆】

㊔（金屬表面因氧化而生的）鏽；（轉）惡果

例 金属が錆付く。

譯 金屬生鏽。

13 | さんせい【酸性】

㊔（化）酸性

例 尿が酸性になる。

譯 尿變成酸性的。

14 | さんそ【酸素】

㊔（理）氧氣

例 酸素マスクをつける。

譯 戴上氧氣面具。

15 | すいそ【水素】

㊔ 氫

例 水素を含む。

譯 含氫。

16 | せいぶん【成分】

㊔（物質）成分，元素；（句子）成分；（數）成分

例 成分を分析する。

譯 分析成分。

17 | ダイヤモンド【diamond】

㊔ 鑽石

例 大きなダイヤモンドをずらりと並べる。

譯 大顆鑽石排成一排。

18 | たから【宝】

㊔ 財寶，珍寶；寶貝，金錢

例 国の宝に指定された。

譯 被指定為國寶。

19 | ちしつ【地質】

㊔（地）地質

例 地質を調べる。

譯 調查地質。

20 | つち【土】

㊔ 土地，大地；土壤，土質；地面，地表；地面土，泥土

例 土が乾く。

譯 土地乾旱。

21 | つぶ【粒】

(名・接尾)（穀物的）穀粒；粒，丸，珠；（數小而圓的東西）粒，滴，丸

例 麦の粒が大きい。

譯 麥粒很大。

22 | てつ【鉄】

㊔ 鐵

例 鉄の意志が生んだ。

譯 產生如鋼鐵般的意志。

23 | どう【銅】

㊔ 銅

例 銅を含む。

譯 含銅。

24 | とうめい【透明】

(名・形動) 透明；純潔，單純

例 透明(とうめい)なガラスで仕切(しき)られた。

譯 被透明的玻璃隔開。

25 | どく【毒】

(名・自サ・漢造) 毒，毒藥；毒害，有害；惡毒，毒辣

例 毒(どく)にあたる。

譯 中毒。

26 | はなび【花火】

(名) 煙火

例 花火(はなび)を打(う)ち上(あ)げる。

譯 放煙火。

27 | はへん【破片】

(名) 破片，碎片

例 ガラスの破片(はへん)が飛(と)び散(ち)る。

譯 玻璃碎片飛散開來。

28 | はめる【嵌める】

(他下一) 嵌上，鑲上；使陷入，欺騙；擲入，使沈入

例 指輪(ゆびわ)にダイヤをはめる。

譯 在戒指上鑲入鑽石。

29 | ぶっしつ【物質】

(名) 物質；(哲)物體，實體

例 物質文明(ぶっしつぶんめい)が発達(はったつ)した。

譯 物質文明進步發展。

30 | ふる【古】

(名・漢造) 舊東西；舊，舊的

例 古新聞(ふるしんぶん)をリサイクルする。

譯 舊報紙資源回收。

31 | ほうせき【宝石】

(名) 寶石

例 宝石(ほうせき)で飾(かざ)る。

譯 用寶石裝飾。

32 | ほこり【埃】

(名) 灰塵，塵埃

例 埃(ほこり)を払(はら)う。

譯 擦灰塵。

33 | む【無】

(名・接頭・漢造) 無，沒有；徒勞，白費；無…，不…；欠缺，無

例 無(む)から有(ゆう)を生(しょう)ずる。

譯 無中生有。

34 | やくひん【薬品】

(名) 藥品；化學試劑

例 化学薬品(かがくやくひん)を取(と)り扱(あつか)っている。

譯 管理化學藥品。

N2 ◉ 11-2

11-2 エネルギー、燃料 / 能源、燃料

01 | あげる【上げる】

(他下一・自下一) 舉起，抬起，揚起，懸掛；(從船上)卸貨；增加；升遷；送入；表示做完；表示自謙

例 温度(おんど)を上(あ)げる。

譯 提高溫度。

02 | オイル【oil】

㊔ 油，油類；油畫，油畫顏料；石油

例 オイル漏(も)れがひどい。

譯 嚴重漏油。

03 | すいじょうき【水蒸気】

㊔ 水蒸氣；霧氣，水霧

例 水蒸気(すいじょうき)がふき出(だ)す。

譯 噴出水蒸汽。

04 | すいぶん【水分】

㊔ 物體中的含水量；（蔬菜水果中的）液體，含水量，汁

例 水分(すいぶん)をとる。

譯 攝取水分。

05 | すいめん【水面】

㊔ 水面

例 水面(すいめん)に浮(う)かべる。

譯 浮出水面。

06 | せきたん【石炭】

㊔ 煤炭

例 石炭(せきたん)を燃(も)やす。

譯 燒煤炭。

07 | せきゆ【石油】

㊔ 石油

例 石油(せきゆ)を採掘(さいくつ)する。

譯 開採石油。

08 | だんすい【断水】

（名・他サ・自サ） 斷水，停水

例 夜間断水(やかんだんすい)する。

譯 夜間限時停水。

09 | ちかすい【地下水】

㊔ 地下水

例 地下水(ちかすい)を蓄(たくわ)える。

譯 儲存地下水。

10 | ちょくりゅう【直流】

（名・自サ） 直流電；（河水）直流，沒有彎曲的河流；嫡系

例 直流(ちょくりゅう)に変換(へんかん)する。

譯 變換成直流電。

11 | でんりゅう【電流】

㊔ （理）電流

例 電流(でんりゅう)が通(つう)じる。

譯 通電。

12 | でんりょく【電力】

㊔ 電力

例 電力(でんりょく)を供給(きょうきゅう)する。

譯 供電。

13 | とうゆ【灯油】

㊔ 燈油；煤油

例 灯油(とうゆ)で動(うご)く。

譯 以燈油啟動。

14 | ばくはつ【爆発】

（名・自サ） 爆炸，爆發

例 火薬(かやく)が爆発(ばくはつ)する。

譯 火藥爆炸。

15 | はつでん【発電】

(名・他サ) 發電

例 川(かわ)を発電(はつでん)に利用(りよう)する。

譯 利用河川發電。

16 | ひ【灯】

(名) 燈光，燈火

例 灯(ひ)をともす。

譯 點燈。

17 | ほのお【炎】

(名) 火焰，火苗

例 炎(ほのお)に包(つつ)まれる。

譯 被火焰包圍。

18 | ようがん【溶岩】

(名) (地)溶岩

例 溶岩(ようがん)が流(なが)れる。

譯 熔岩流動。

N2 ● 11-3

11-3 原料、材料 /
原料、材料

01 | げんりょう【原料】

(名) 原料

例 石油(せきゆ)を原料(げんりょう)とするプラスチック。

譯 塑膠是以石油為原料做出來的。

02 | コンクリート【concrete】

(名・形動) 混凝土；具體的

例 コンクリートが固(かた)まる。

譯 水泥凝固。

03 | ざいもく【材木】

(名) 木材，木料

例 材木(ざいもく)を選(えら)ぶ。

譯 選擇木材。

04 | ざいりょう【材料】

(名) 材料，原料；研究資料，數據

例 材料(ざいりょう)がそろう。

譯 備齊材料。

05 | セメント【cement】

(名) 水泥

例 セメントを塗(ぬ)る。

譯 抹水泥。

06 | どろ【泥】

(名・造語) 泥土；小偷

例 泥(どろ)がつく。

譯 沾上泥土。

07 | ビタミン【vitamin】

(名) (醫)維他命，維生素

例 ビタミンC(シー)に富(と)む。

譯 富含維他命C。

08 | もくざい【木材】

(名) 木材，木料

例 建築用(けんちくよう)の木材(もくざい)を事前(じぜん)にカットする。

譯 事先裁切建築用木材。

パート
12
第十二章

天体、気象

- 天體、氣象 -

N2 ◎ 12-1

12-1 天体 / 天體

01 ｜うちゅう【宇宙】

㊔ 宇宙；(哲)天地空間；天地古今

例 宇宙旅行に申し込む。

譯 申請太空旅行。

02 ｜おせん【汚染】

(名・自他サ) 汚染

例 大気汚染が問題となった。

譯 大氣污染成為問題。

03 ｜かがやく【輝く】

(自五) 閃光，閃耀；洋溢；光榮，顯赫

例 太陽が空に輝く。

譯 太陽在天空照耀。

04 ｜かんそく【観測】

(名・他サ) 觀察(事物)，(天體，天氣等)觀測

例 天体を観測する。

譯 觀測天體。

05 ｜きあつ【気圧】

㊔ 氣壓；(壓力單位)大氣壓

例 高気圧が張り出す。

譯 高氣壓伸展開來。

06 ｜きらきら

(副・自サ) 閃耀

例 星がきらきら光る。

譯 星光閃耀。

07 ｜ぎらぎら

(副・自サ) 閃耀(程度比きらきら還強)

例 太陽がぎらぎら照りつける。

譯 陽光照得刺眼。

08 ｜こうきあつ【高気圧】

㊔ 高氣壓

例 南の海上に高気圧が発生した。

譯 南方海面上形成高氣壓。

09 ｜こうせん【光線】

㊔ 光線

例 太陽の光線が反射される。

譯 太陽光線反射。

10 ｜たいき【大気】

㊔ 大氣；空氣

例 大気が地球を包んでいる。

譯 大氣將地球包圍。

11 ｜みかづき【三日月】

㊔ 新月，月牙；新月形

例 三日月のパンが可愛い。

譯 月牙形的麵包很可愛。

12 ｜みちる【満ちる】

(自上一) 充滿；月盈，月圓；(期限)滿，到期；潮漲

例 月が満ちる。

譯 滿月。

N2 12-2(1)

12-2 気象、天気、気候 (1) / 氣象、天氣、氣候 (1)

01 ｜あけがた【明け方】

㊔ 黎明，拂曉

例 明け方まで勉強する。

譯 開夜車通宵讀書。

02 ｜あたたかい【暖かい】

(形) 溫暖，暖和；熱情，熱心；和睦；充裕，手頭寬裕

例 懐が暖かい。

譯 手頭寬裕。

03 ｜あらし【嵐】

㊔ 風暴，暴風雨

例 嵐の前の静けさが漂う。

譯 籠罩著暴風雨前寧靜的氣氛。

04 ｜いきおい【勢い】

㊔ 勢，勢力；氣勢，氣焰

例 勢いを増す。

譯 勢頭增強。

05 ｜いっそう【一層】

(副) 更，越發

例 一層寒くなった。

譯 更冷了。

06 ｜おだやか【穏やか】

(形動) 平穩；溫和，安詳；穩妥，穩當

例 穏やかな天気に恵まれた。

譯 遇到溫和的好天氣。

07 ｜おとる【劣る】

(自五) 劣，不如，不及，比不上

例 昨日に劣らず暑い。

譯 不亞於昨天的熱。

08 ｜おんだん【温暖】

(名・形動) 溫暖

例 地球温暖化を防ぐ。

譯 防止地球暖化。

09 ｜かいせい【快晴】

㊔ 晴朗，晴朗無雲

例 天気は快晴だ。

譯 天氣晴朗無雲。

10 ｜かくべつ【格別】

(副) 特別，顯著，格外；姑且不論

例 今日の寒さは格別だ。

譯 今天格外寒冷。

11 ｜かみなり【雷】

㊔ 雷；雷神；大發雷霆的人

例 雷が鳴る。

譯 雷鳴。

12 | きおん【気温】

名 氣溫

例 気温が下がる。

譯 氣溫下降。

13 | きこう【気候】

名 氣候

例 気候が暖かい。

譯 天氣溫暖。

14 | きょうふう【強風】

名 強風

例 強風が吹く。

譯 強風吹拂。

15 | ぐずつく【愚図つく】

自五 陰天；動作遲緩拖延

例 天気が愚図つく。

譯 天氣總不放晴。

16 | くずれる【崩れる】

自下一 崩潰；散去；潰敗，粉碎

例 天気が崩れる。

譯 天氣變天。

17 | こごえる【凍える】

自下一 凍僵

例 手足が凍える。

譯 手腳凍僵。

18 | さす【差す】

他五・助動・五型 指，指示；使，叫，令，命令做…

例 西日が差す。

譯 夕陽照射。

19 | さむさ【寒さ】

名 寒冷

例 寒さで震える。

譯 冷得發抖。

20 | さわやか【爽やか】

形動 (心情、天氣)爽朗的，清爽的；(聲音、口齒)鮮明的，清楚的，巧妙的

例 爽やかな朝が迎えられる。

譯 迎接清爽的早晨。

N2 12-2(2)

12-2 気象、天気、気候 (2) / 氣象、天氣、氣候 (2)

21 | じき【直】

名・副 直接；(距離)很近，就在眼前；(時間)立即，馬上

例 雨が直にやむ。

譯 雨馬上會停。

22 | しずまる【静まる】

自五 變平靜；平靜，平息；減弱；平靜的(存在)

例 風が静まる。

譯 風平息下來。

23 | しずむ【沈む】

(自五) 沉沒，沈入；西沈，下山；消沈，落魄，氣餒；沈淪

例 太陽が沈む。

譯 日落。

24 | てる【照る】

(自五) 照耀，曬，晴天

例 日が照る。

譯 太陽照射。

25 | てんこう【天候】

(名) 天氣，天候

例 天候が変わる。

譯 天氣轉變。

26 | にっこう【日光】

(名) 日光，陽光；日光市

例 洗濯物を日光で乾かす。

譯 陽光把衣服曬乾。

27 | にわか

(名・形動) 突然，驟然；立刻，馬上；一陣子，臨時，暫時

例 天候がにわかに変化する。

譯 天候忽然起變化。

28 | ばいう【梅雨】

(名) 梅雨

例 梅雨前線が停滞する。

譯 梅雨鋒面停滯不前。

29 | はれ【晴れ】

(名) 晴天；隆重；消除嫌疑

例 さわやかな晴れの日だ。

譯 舒爽的晴天。

30 | ひあたり【日当たり】

(名) 採光，向陽處

例 日当りがいい。

譯 採光佳。

31 | ひかげ【日陰】

(名) 陰涼處，背陽處；埋沒人間；見不得人

例 日陰で休む。

譯 在陰涼處休息。

32 | ひざし【日差し】

(名) 陽光照射，光線

例 日差しを浴びる。

譯 曬太陽。

33 | ひのいり【日の入り】

(名) 日暮時分，日落，黃昏

例 夏の日の入りは午後6時30分だ。

譯 夏天的日落時刻是下午6點30分。

34 | ひので【日の出】

(名) 日出(時分)

例 初日の出が見られる。

譯 可以看到元旦的日出。

35 | ひよけ【日除け】

(名) 遮日；遮陽光的遮棚

例 日除け(ひよけ)に帽子(ぼうし)をかぶる。
譯 戴上帽子遮陽。

36 | ふぶき【吹雪】
㊔ 暴風雪
例 吹雪(ふぶき)に遭(あ)う。
譯 遇到暴風雪。

37 | ふわっと
(副・自サ) 輕軟蓬鬆貌；輕飄貌
例 ふわっとした雪(ゆき)を見(み)る。
譯 仰望輕飄飄的雲朵。

38 | まう【舞う】
(自五) 飛舞；舞蹈
例 雪(ゆき)が舞(ま)う。
譯 雪花飛舞。

39 | めっきり
㊖ 變化明顯，顯著的，突然，劇烈
例 めっきり寒(さむ)くなる。
譯 明顯地變冷。

40 | ものすごい【物凄い】
㊋ 可怕的，恐怖的，令人恐懼的；猛烈的，驚人的
例 ものすごく寒(さむ)い。
譯 冷得要命。

41 | ゆうだち【夕立】
㊔ 雷陣雨
例 夕立(ゆうだち)が上(あ)がる。
譯 驟雨停了。

42 | ゆうひ【夕日】
㊔ 夕陽
例 夕日(ゆうひ)が沈(しず)む。
譯 夕陽西下。

43 | よほう【予報】
(名・他サ) 預報
例 予報(よほう)が当(あ)たる。
譯 預報說中。

44 | らくらい【落雷】
(名・自サ) 打雷，雷擊
例 落雷(らくらい)で火事(かじ)になる。
譯 打雷引起火災。

N2 ● 12-3

12-3 さまざまな自然現象 / 各種自然現象

01 | あかるい【明るい】
㊋ 明亮的，光明的；開朗的，快活的；精通，熟悉
例 明(あか)るくなる。
譯 發亮。

02 | およぼす【及ぼす】
(他五) 波及到，影響到，使遭到，帶來
例 被害(ひがい)を及(およ)ぼす。
譯 帶來危害。

03 | かさい【火災】
㊔ 火災
例 火災(かさい)に遭(あ)う。
譯 遭遇火災。

04 | かんそう【乾燥】

(名・自他サ) 乾燥；枯燥無味

例 空気(くうき)が乾燥(かんそう)している。

譯 空氣乾燥。

05 | きよい【清い】

(形) 清澈的，清潔的；(內心)暢快的，問心無愧的；正派的，光明磊落；乾脆

例 清(きよ)い水(みず)を湧(わ)き出(だ)させる。

譯 湧出清水。

06 | きり【霧】

(名) 霧，霧氣；噴霧

例 霧(きり)が晴(は)れる。

譯 霧散。

07 | くだける【砕ける】

(自下一) 破碎，粉碎

例 コップが粉々(こなごな)に砕(くだ)ける。

譯 杯子摔成碎片。

08 | くもる【曇る】

(自五) 天氣陰，朦朧

例 鏡(かがみ)が曇(くも)る。

譯 鏡子模糊。

09 | げんしょう【現象】

(名) 現象

例 自然現象(しぜんげんしょう)が発生(はっせい)する。

譯 發生自然現象。

10 | さびる【錆びる】

(自上一) 生鏽，長鏽；(聲音)蒼老

例 包丁(ほうちょう)が錆(さ)びる。

譯 菜刀生鏽。

11 | しめる【湿る】

(自五) 受潮，濡濕；(火)熄滅，(勢頭)漸消

例 のりが湿(しめ)る。

譯 紫菜受潮變軟了。

12 | しも【霜】

(名) 霜；白髮

例 霜(しも)が降(お)りる。

譯 降霜。

13 | じゅうりょく【重力】

(名) (理)重力

例 重力(じゅうりょく)が加(くわ)わる。

譯 加上重力。

14 | じょうき【蒸気】

(名) 蒸汽

例 蒸気(じょうき)が立(た)ち上(のぼ)る。

譯 蒸氣冉冉升起。

15 | じょうはつ【蒸発】

(名・自サ) 蒸發，汽化；(俗)失蹤，出走，去向不明，逃之夭夭

例 水分(すいぶん)が蒸発(じょうはつ)する。

譯 水分蒸發。

16 | せっきん【接近】

(名・自サ) 接近，靠近；親密，親近，密切

例 台風(たいふう)が接近(せっきん)する。

譯 颱風靠近。

17 | ぞうすい【増水】

(名・自サ) 氾濫，漲水

例 川(かわ)が増水(ぞうすい)して危(あぶ)ない。

譯 河川暴漲十分危險。

18 | そなえる【備える】

(他下一) 準備，防備；配置，裝置；天生具備

例 地震(じしん)に備(そな)える。

譯 地震災害防範。

19 | てんねん【天然】

(名) 天然，自然

例 天然(てんねん)の良港(りょうこう)に恵(めぐ)まれている。

譯 天然的良港得天獨厚。

20 | どしゃくずれ【土砂崩れ】

(名) 土石流

例 土砂崩(どしゃくず)れで通行(つうこう)止(ど)めだ。

譯 因土石流而禁止通行。

21 | とっぷう【突風】

(名) 突然颳起的暴風

例 突風(とっぷう)に帽子(ぼうし)を飛(と)ばされる。

譯 帽子被突然颳起的風給吹走了。

22 | なる【成る】

(自五) 成功，完成；組成，構成；允許，能忍受

例 氷(こおり)が水(みず)に成(な)る。

譯 冰變成水。

23 | にごる【濁る】

(自五) 混濁，不清晰；(聲音)嘶啞；(顏色)不鮮明；(心靈)污濁，起邪念

例 空気(くうき)が濁(にご)る。

譯 空氣混濁。

24 | にじ【虹】

(名) 虹，彩虹

例 七色(なないろ)の虹(にじ)が出(で)る。

譯 出現七色彩虹。

25 | はんえい【反映】

(名・自サ・他サ) (光)反射；反映

例 湖面(こめん)に反映(はんえい)する。

譯 反射在湖面。

26 | ぴかぴか

(副・自サ) 雪亮地；閃閃發亮的

例 ぴかぴか光(ひか)る。

譯 閃閃發光。

27 | ひとりでに【独りでに】

(副) 自行地，自動地，自然而然也

例 窓(まど)が独(ひと)りでに開(ひら)いた。

譯 窗戶自動打開了。

28 | ふせぐ【防ぐ】

(他五) 防禦，防守，防止；預防，防備

例 火(ひ)を防(ふせ)ぐ。

譯 防火。

29 ｜ふんか【噴火】

(名・自サ) 噴火

例 噴火口(ふんかこう)が残(のこ)っている。

譯 留下火山口。

30 ｜ほうそく【法則】

(名) 規律，定律；規定，規則

例 法則(ほうそく)に合(あ)う。

譯 合乎規律。

31 ｜まんいち【万一】

(名・副) 萬一

例 万一(まんいち)に備(そな)える。

譯 以備萬一。

32 ｜わく【湧く】

(自五) 湧出；產生(某種感情)；大量湧現

例 清水(しみず)が湧(わ)く。

譯 清水泉湧。

Memo

パート
13
第十三章

地理、場所

- 地理、地方 -

N2 13-1(1)

13-1 地理 (1) / 地理 (1)

01 | いずみ【泉】

㊔ 泉，泉水；泉源；話題

例 本(ほん)は知識(ちしき)の泉(いずみ)だ。

譯 書籍是知識之泉源。

02 | いど【緯度】

㊔ 緯度

例 緯度(いど)が高(たか)い。

譯 緯度高。

03 | うんが【運河】

㊔ 運河

例 運河(うんが)を開(ひら)く。

譯 開運河。

04 | おか【丘】

㊔ 丘陵，山崗，小山

例 丘(おか)を越(こ)える。

譯 越過山崗。

05 | おぼれる【溺れる】

自下一 溺水，淹死；沉溺於，迷戀於

例 川(かわ)で溺(おぼ)れる。

譯 在河裡溺水。

06 | おんせん【温泉】

㊔ 溫泉

例 温泉(おんせん)に入(はい)る。

譯 泡溫泉。

07 | かい【貝】

㊔ 貝類

例 貝(かい)を拾(ひろ)う。

譯 撿貝殼。

08 | かいよう【海洋】

㊔ 海洋

例 海洋公園(かいようこうえん)に行(い)く。

譯 去海洋公園。

09 | かこう【火口】

㊔ （火山）噴火口；（爐灶等）爐口

例 火口(かこう)からマグマが噴出(ふんしゅつ)する。

譯 從火山口噴出岩漿。

10 | かざん【火山】

㊔ 火山

例 火山(かざん)が噴火(ふんか)する。

譯 火山噴火。

11 | きし【岸】

㊔ 岸，岸邊；崖

例 岸を離れる。

譯 離岸。

12 | きゅうせき【旧跡】

㊔ 古蹟

例 京都の名所旧跡を訪ねる。

譯 造訪京都的名勝古蹟。

13 | けいど【経度】

㊔ （地）經度

例 経度を調べる。

譯 查詢經度。

14 | けわしい【険しい】

㊄ 陡峭，險峻；險惡，危險；（表情等）嚴肅，可怕，粗暴

例 険しい山道が続く。

譯 山路綿延崎嶇。

15 | こうち【耕地】

㊔ 耕地

例 耕地面積を知りたい。

譯 想知道耕地面積。

16 | こす【越す・超す】

（自他五）越過，跨越，渡過；超越，勝於；過，度過；遷居，轉移

例 山を越す。

譯 翻越山嶺。

17 | さばく【砂漠】

㊔ 沙漠

例 砂漠に生きる。

譯 在沙漠生活。

18 | さんりん【山林】

㊔ 山上的樹林；山和樹林

例 山林に交わる。

譯 出家。

19 | じばん【地盤】

㊔ 地基，地面；地盤，勢力範圍

例 地盤を固める。

譯 堅固地基。

20 | じめん【地面】

㊔ 地面，地表；土地，地皮，地段

例 地面がぬれる。

譯 地面溼滑。

21 | しんりん【森林】

㊔ 森林

例 森林を守る。

譯 守護森林。

22 | すいへいせん【水平線】

㊔ 水平線；地平線

例 太陽が水平線から昇る。

譯 太陽從地平線升起。

23 | せきどう【赤道】

㊔ 赤道

例 赤道(せきどう)を横切(よこぎ)る。
譯 穿過赤道。

24 | ぜんこく【全国】
名 全國
例 全国(ぜんこく)を巡(めぐ)る。
譯 巡迴全國。

25 | たいりく【大陸】
名 大陸，大洲；(日本指)中國；(英國指)歐洲大陸
例 新大陸(しんたいりく)を発見(はっけん)した。
譯 發現新大陸。

26 | たき【滝】
名 瀑布
例 滝(たき)のように汗(あせ)が流(なが)れる。
譯 汗流如注。

27 | たに【谷】
名 山谷，山澗，山洞
例 人生山(じんせいやま)あり谷(たに)あり。
譯 人生有高有低，有起有落。

28 | たにぞこ【谷底】
名 谷底
例 谷底(たにぞこ)に転落(てんらく)する。
譯 跌到谷底。

29 | ダム【dam】
名 水壩，水庫，攔河壩，堰堤
例 ダムを造(つく)る。
譯 建造水庫。

30 | たんすい【淡水】
名 淡水
例 淡水魚(たんすいぎょ)が見(み)られる。
譯 可以看到淡水魚。

N2 13-1(2)

13-1 地理 (2) / 地理 (2)

31 | ち【地】
名 大地，地球，地面；土壤，土地；地表；場所；立場，地位
例 地(ち)に落(お)ちる。
譯 落到地上。

32 | ちへいせん【地平線】
名 (地)地平線
例 地平線(ちへいせん)が見(み)える。
譯 看得見地平線。

33 | ちめい【地名】
名 地名
例 地名(ちめい)を調(しら)べる。
譯 調查地名。

34 | ちょうじょう【頂上】
名 山頂，峰頂；極點，頂點
例 頂上(ちょうじょう)を目指(めざ)す。
譯 以山頂為目標。

35 | ちょうてん【頂点】
名 (數)頂點；頂峰，最高處；極點，絕頂
例 頂点(ちょうてん)に立(た)つ。
譯 立於頂峰。

36 | つりばし【釣り橋・吊り橋】

㊔ 吊橋

例 吊り橋を渡る。

譯 過吊橋。

37 | とう【島】

㊔ 島嶼

例 離島が数多くある。

譯 有許多離島。

38 | とうげ【峠】

㊔ 山路最高點（從此點開始下坡），山巔；頂部，危險期，關頭

例 峠に着く。

譯 到達山頂。

39 | とうだい【灯台】

㊔ 燈塔

例 灯台守が住んでいる。

譯 住守著燈塔守衛。

40 | とびこむ【飛び込む】

（自五） 跳進；飛入；突然闖入；（主動）投入，加入

例 川に飛び込む。

譯 跳進河裡。

41 | ながめ【眺め】

㊔ 眺望，瞭望；（眺望的）視野，景致，景色

例 眺めが良い。

譯 視野好。

42 | ながめる【眺める】

（他下一） 眺望；凝視，注意看；（商）觀望

例 星を眺める。

譯 眺望星星。

43 | ながれ【流れ】

㊔ 水流，流動；河流，流水；潮流，趨勢；血統；派系，（藝術的）風格

例 流れを下る。

譯 順流而下。

44 | なみ【波】

㊔ 波浪，波濤；波瀾，風波；聲波；電波；潮流，浪潮；起伏，波動

例 波に乗る。

譯 趁著浪頭，趁勢。

45 | の【野】

（名・漢造） 原野；田地，田野；野生的

例 野の花が飾られている。

譯 擺飾著野花。

46 | のはら【野原】

㊔ 原野

例 野原で遊ぶ。

譯 在原野玩耍。

47 | はら【原】

㊔ 平原，平地；荒原，荒地

例 野原の花が咲く。

譯 野地的小花綻放著。

48 | はんとう【半島】

㊔ 半島

例 伊豆半島を１周する。

譯 繞伊豆半島一周。

49 | ふうけい【風景】

㊔ 風景，景致；情景，光景，狀況；(美術)風景

例 風景を楽しむ。

譯 觀賞風景。

50 | ふるさと【故郷】

㊔ 老家，故鄉

例 故郷に帰る。

譯 回故鄉。

51 | へいや【平野】

㊔ 平原

例 関東平野が見える。

譯 可眺望關東平原。

52 | ぼんち【盆地】

㊔ (地)盆地

例 山の間が盆地になっている。

譯 山中間形成盆地。

53 | みさき【岬】

㊔ (地)海角，岬

例 岬には燈台がある。

譯 海角上有燈塔。

54 | みなれる【見慣れる】

(自下一) 看慣，眼熟，熟識

例 景色が見慣れる。

譯 看慣景色。

55 | りく【陸】

(名・漢造) 陸地，旱地；陸軍的通稱

例 陸が見える。

譯 看見陸地。

56 | りゅういき【流域】

㊔ 流域

例 長江流域が水稲の生産地である。

譯 長江流域是生產水稻的中心區域。

57 | れっとう【列島】

㊔ (地)列島，群島

例 日本列島を横断する。

譯 橫越日本列島。

N2 ● 13-2

13-2 場所、空間 /
地方、空間

01 | あき【空き】

㊔ 空隙，空白；閒暇；空額

例 空きを作る。

譯 騰出空間。

02 | したまち【下町】

㊔ (普通百姓居住的)小工商業區；(都市中)低窪地區

例 下町で町工場を営む。

譯 於庶民(工商業者)居住區開工廠。

03 | しんくう【真空】

名 真空；（作用、勢力達不到的）空白，真空狀態

例 真空パックをして保存する。

譯 真空包裝後保存起來。

04 | てんてん【転々】

副・自サ 轉來轉去，輾轉，不斷移動；滾轉貌，嘰哩咕嚕

例 各地を転々とする。

譯 輾轉各地。

05 | とうざい【東西】

名（方向）東和西；（國家）東方和西方；方向；事理，道理

例 東西に分ける。

譯 分為東西。

06 | どこか

連語 某處，某個地方

例 どこか遠くへ行きたい。

譯 想要去某個遙遠的地方。

07 | とち【土地】

名 土地，耕地；土壤，土質；某地區，當地；地面；地區

例 土地が肥える。

譯 土地肥沃。

08 | なつかしい【懐かしい】

形 懷念的，思慕的，令人懷念的；眷戀，親近的

例 故郷が懐かしい。

譯 懷念故鄉。

09 | ば【場】

名 場所，地方；座位；（戲劇）場次；場合

例 その場で断った。

譯 當場推絕了。

10 | バック【back】

名・自サ 後面，背後；背景；後退，倒車；金錢的後備，援助；靠山

例 綺麗な景色をバックにする。

譯 以美麗的風景為背景。

11 | ひろば【広場】

名 廣場；場所

例 広場で行う。

譯 於廣場進行。

12 | ひろびろ【広々】

副・自サ 寬闊的，遼闊的

例 広々とした庭だ。

譯 寬敞的院子。

13 | ほうぼう【方々】

名・副 各處，到處

例 方々でもてはやされる。

譯 到處受歡迎。

14 | ほうめん【方面】

名 方面，方向；領域

例 大阪方面へ出張する。

譯 到大阪方向出差。

15 | まちかど【街角】

㊔ 街角，街口，拐角

例 街角(まちかど)に佇(たたず)む。

譯 佇立於街角。

16 | むげん【無限】

(名・形動) 無限，無止境

例 無限(むげん)の空間(くうかん)がある。

譯 有無限的空間。

17 | むこうがわ【向こう側】

㊔ 對面；對方

例 川(かわ)の向(む)こう側(がわ)にいる。

譯 在河川的另一側。

18 | めいしょ【名所】

㊔ 名勝地，古蹟

例 名所(めいしょ)を見物(けんぶつ)する。

譯 參觀名勝。

19 | よそ【他所】

㊔ 別處，他處；遠方；別的，他的；不顧，無視，漠不關心

例 よそを向(む)く。

譯 看別的地方。

20 | りょうめん【両面】

㊔ (表裡或內外)兩面；兩個方面

例 物事(ものごと)を両面(りょうめん)から見(み)る。

譯 從正反兩面來看事情。

13-3 地域、範囲(1) / 地域、範圍(1)

01 | あちこち

㊹ 這兒那兒，到處

例 あちこちにある。

譯 到處都有。

02 | あちらこちら

㊹ 到處，四處；相反，顛倒

例 あちらこちらに散(ち)らばっている。

譯 四處散亂著。

03 | いたる【至る】

(自五) 到，來臨；達到；周到

例 至(いた)る所(ところ)が音楽(おんがく)であふれる。

譯 到處充滿音樂。

04 | おうべい【欧米】

㊔ 歐美

例 欧米諸国(おうべいしょこく)が対立(たいりつ)する。

譯 歐美各國相互對立。

05 | おき【沖】

㊔ (離岸較遠的)海面，海上；湖心；(日本中部方言)寬闊的田地、原野

例 沖(おき)に出(で)る。

譯 出海。

06 | おくがい【屋外】

㊔ 戶外

例 屋外運動靴(おくがいうんどうぐつ)が必要(ひつよう)だ。

譯 戶外需要運動鞋。

07 ｜おんたい【温帯】

㊔ 溫帶

例 温帯気候に属す。

譯 屬於溫帶氣候。

08 ｜がい【外】

(接尾・漢造) 以外，之外；外側，外面，外部；妻方親戚；除外

例 予想外の答えを出す。

譯 做出意料之外的答案。

09 ｜かいがい【海外】

㊔ 海外，國外

例 海外で暮らす。

譯 居住海外。

10 ｜かくじゅう【拡充】

(名・他サ) 擴充

例 工場を拡充する。

譯 擴大工廠。

11 ｜かくだい【拡大】

(名・自他サ) 擴大，放大

例 規模が拡大する。

譯 擴大規模。

12 ｜かくち【各地】

㊔ 各地

例 各地を巡る。

譯 巡迴各地。

13 ｜かくちょう【拡張】

(名・他サ) 擴大，擴張

例 領土を拡張する。

譯 擴大領土。

14 ｜かしょ【箇所】

(名・接尾) (特定的)地方；(助數詞)處

例 訛りのある箇所。

譯 糾正錯誤的地方。

15 ｜かんさい【関西】

㊔ 日本關西地區(以京都、大阪為中心的地帶)

例 関西地方を襲った。

譯 襲擊關西地區。

16 ｜かんたい【寒帯】

㊔ 寒帶

例 寒帯の動物が南下した。

譯 寒帶動物向南而去。

17 ｜かんとう【関東】

㊔ 日本關東地區(以東京為中心的地帶)

例 関東地方が強く揺れる。

譯 關東地區強烈搖晃。

18 ｜きょうかい【境界】

㊔ 境界，疆界，邊界

例 境界線を引く。

譯 劃上界線。

19 ｜くいき【区域】

㊔ 區域

例 危険区域に入った。

譯 進入危險地區。

20 くうちゅう【空中】

㊔ 空中，天空

例 ロボットが空中を飛ぶ。

譯 機器人飛在空中。

21 ぐん【郡】

㊔（地方行政區之一）郡

例 国の下に郡を置く。

譯 國下面設郡。

22 こっきょう【国境】

㊔ 國境，邊境，邊界

例 国境を越える。

譯 越過國境。

23 さい【際】

名・漢造 時候，時機，在…的狀況下；彼此之間，交接；會晤；邊際

例 この際にお伝え致します。

譯 在這個時候通知您

24 さかい【境】

㊔ 界線，疆界，交界；境界，境地；分界線，分水嶺

例 生死の境をさまよう。

譯 在生死之間徘徊。

25 しきち【敷地】

㊔ 建築用地，地皮；房屋地基

例 学校の敷地を図にした。

譯 把學校用地繪製成圖。

26 しゅう【州】

漢造 大陸，州

例 世界は五大州に分かれている。

譯 世界分五大洲。

27 しゅうい【周囲】

㊔ 周圍，四周；周圍的人，環境

例 周囲を森に囲まれている。

譯 被周圍的森林圍繞著。

28 しゅうへん【周辺】

㊔ 周邊，四周，外圍

例 都市の周辺に住んでいる。

譯 住在城市的四周。

29 しゅと【首都】

㊔ 首都

例 首都が変わる。

譯 改首都。

30 しゅとけん【首都圏】

㊔ 首都圈

例 首都圏の人口が減り始める。

譯 首都圈人口開始減少。

N2 ● 13-3(2)

13-3 地域、範囲 (2) / 地域、範圍 (2)

31 じょうきょう【上京】

名・自サ 進京，到東京去

例 18 歳で上京する。

譯 十八歲到東京。

32 | ちいき【地域】

㊔ 地區

例 周辺の地域が緑であふれる。

譯 周圍地區綠意盎然。

33 | ちたい【地帯】

㊔ 地帶，地區

例 安全地帯を求める。

譯 尋找安全地帶。

34 | ちょうめ【丁目】

(結尾) (街巷區劃單位)段，巷，條

例 田中町三丁目に住む。

譯 住在田中町三段。

35 | と【都】

(名・漢造) 首都；「都道府縣」之一的行政單位，都市；東京都

例 東京都水道局が管理する。

譯 東京都水利局進行管理。

36 | とかい【都会】

㊔ 都會，城市，都市

例 彼は都会育ちだ。

譯 他在城市長大的。

37 | とくてい【特定】

(名・他サ) 特定；明確指定，特別指定

例 特定の店しか扱わない。

譯 只有特定的店家使用。

38 | としん【都心】

㊔ 市中心

例 都心から５キロ離れている。

譯 離市中心五公里。

39 | なんきょく【南極】

㊔ (地)南極；(理)南極(磁針指南的一端)

例 南極海が凍る。

譯 南極海結冰。

40 | なんべい【南米】

㊔ 南美洲

例 南米大陸をわたる。

譯 橫越南美洲。

41 | なんぼく【南北】

㊔ (方向)南與北；南北

例 南北に縦断する。

譯 縱貫南北。

42 | にほん【日本】

㊔ 日本

例 日本語で話す。

譯 用日語交談。

43 | ねったい【熱帯】

㊔ (地)熱帶

例 熱帯気候がない。

譯 沒有熱帶氣候。

44 | ばんち【番地】

㊔ 門牌號；住址

例 番地を記入する。

譯 填寫地址。

45 | ひとごみ【人込み・人混み】

㊔ 人潮擁擠（的地方），人山人海

例 人込みを避ける。

譯 避開人群。

46 | ふきん【付近】

㊔ 附近，一帶

例 付近の商店街が変わりつつある。

譯 附近的店家逐漸改變樣貌。

47 | ぶぶん【部分】

㊔ 部分

例 部分的には優れている。

譯 一部份還不錯。

48 | ぶんぷ【分布】

（名・自サ）分布，散布

例 分布区域が拡大する。

譯 擴大分布區域。

49 | ぶんや【分野】

㊔ 範圍，領域，崗位，戰線

例 分野が違う。

譯 不同領域。

50 | ほっきょく【北極】

㊔ 北極

例 北極星を見る。

譯 看見北極星。

51 | みやこ【都】

㊔ 京城，首都；大都市，繁華的都市

例 ウィーンは音楽の都だ。

譯 維也納是音樂之都。

52 | ヨーロッパ【Europe】

㊔ 歐洲

例 ヨーロッパへ行く。

譯 去歐洲。

N2 ⊙ 13-4(1)

13-4 方向、位置 (1) / 方向、位置 (1)

01 | あがる【上がる】

（自五・他五・接尾）（效果，地位，價格等）上升，提高；上，登，進入；上漲；提高；加薪；吃，喝，吸（煙）；表示完了

例 値段が上がる。

譯 漲價。

02 | あと【後】

㊔（地點、位置）後面，後方；（時間上）以後；（距現在）以前；（次序）之後，其後；以後的事；結果，後果；其餘，此外；子孫，後人

例 後を付ける。

譯 跟蹤。

03 | いち【位置】

（名・自サ）位置，場所；立場，遭遇；位於

例 位置を占める。

譯 占據位置。

04 | かこう【下降】

（名・自サ）下降，下沉

例 パラシュートが下降する。

譯 降落傘下降。

05 | かみ【上】

(名・漢造) 上邊，上方，上游，上半身；以前，過去；開始，起源於；統治者，主人；京都；上座；（從觀眾看）舞台右側

例 上座に座る。

譯 坐上位。

06 | ぎゃく【逆】

(名・漢造) 反，相反，倒；叛逆

例 逆にする。

譯 弄反過來。

07 | げ【下】

(名) 下等；（書籍的）下卷

例 状況は下の下だ。

譯 狀況為下下等。

08 | さかさ【逆さ】

(名)（「さかさま」的略語）逆，倒，顛倒，相反

例 上下が逆さになる。

譯 上下顛倒。

09 | さかさま【逆様】

(名・形動) 逆，倒，顛倒，相反

例 裏表を逆さまに着る。

譯 穿反。

10 | さかのぼる【遡る】

(自五) 溯，逆流而上；追溯，回溯

例 流れをさかのぼる。

譯 回溯。

11 | さゆう【左右】

(名・他サ) 左右方；身邊，旁邊；左右其詞，支支吾吾；（年齡）大約，上下；掌握，支配，操縱

例 命運を左右する。

譯 支配命運。

12 | すいへい【水平】

(名・形動) 水平；平衡，穩定，不升也不降

例 水平に置く。

譯 水平放置。

13 | ぜんご【前後】

(名・自サ・接尾)（空間與時間）前和後，前後；相繼，先後；前因後果

例 前後を見回す。

譯 環顧前後。

14 | せんたん【先端】

(名) 頂端，尖端；時代的尖端，時髦，流行，前衛

例 流行の先端を行く。

譯 走在流行尖端。

15 | せんとう【先頭】

(名) 前頭，排頭，最前列

例 先頭に立つ。

譯 站在先鋒。

16 | そい【沿い】

(造語) 順，延

例 線路沿いに歩く。

譯 沿著鐵路走路。

17 | それる【逸れる】

(自下一) 偏離正軌，歪向一旁；不合調，走調；走向一邊，轉過去

例 話(はなし)がそれる。

譯 話離題了。

18 | たいら【平ら】

(名・形動) 平，平坦；(山區的)平原，平地；(非正坐的)隨意坐，盤腿作；平靜，坦然

例 平(たい)らな土地(とち)が少(すく)ない。

譯 平坦的大地較少。

19 | ちてん【地点】

(名) 地點

例 通過地点(つうかちてん)をライトアップする。

譯 點亮通過的地點。

20 | ちゅうおう【中央】

(名) 中心，正中；中心，中樞；中央，首都

例 中央(ちゅうおう)に置(お)く。

譯 放在中間。

N2 13-4(2)

13-4 方向、位置 (2) / 方向、位置 (2)

21 | ちゅうかん【中間】

(名) 中間，兩者之間；(事物進行的)中途，半路

例 中間(ちゅうかん)を取(と)る。

譯 折衷。

22 | ちょくせん【直線】

(名) 直線

例 一直線(いっちょくせん)に進(すす)む。

譯 直線前進。

23 | つうか【通過】

(名・自サ) 通過，經過；(電車等)駛過；(議案、考試等)通過，過關，合格

例 列車(れっしゃ)が通過(つうか)する。

譯 列車通過。

24 | とうちゃく【到着】

(名・自サ) 到達，抵達

例 目的地(もくてきち)に到着(とうちゃく)する。

譯 到達目的地。

25 | どく【退く】

(自五) 讓開，離開，躲開

例 早(はや)く退(ど)いてくれ。

譯 快點讓開。

26 | どける【退ける】

(他下一) 移開

例 石(いし)を退(ど)ける。

譯 移開石頭。

27 | なだらか

(形動) 平緩，坡度小，平滑；平穩，順利；順利，流暢

例 なだらかな坂(さか)をくだる。

譯 走下平緩的斜坡。

28 | はす【斜】

(名) (方向)斜的，歪斜

例 道(みち)を斜(はす)に横切(よこぎ)る。

譯 斜行走過馬路。

29 | はん【反】

(名・漢造) 反，反對；(哲)反對命題；犯規；反覆

例 靴を反対に履く。

譯 鞋子穿反了。

30 | ひだりがわ【左側】

(名) 左邊，左側

例 左側に並ぶ。

譯 排在左側。

31 | ひっくりかえる【引っくり返る】

(自五) 翻倒，顛倒，翻過來；逆轉，顛倒過來

例 コップが引っくり返る。

譯 翻倒杯子。

32 | ふち【縁】

(名) 邊緣，框，檐，旁側

例 眼鏡の縁がない。

譯 沒有鏡框。

33 | ふりむく【振り向く】

(自五) (向後)回頭過去看；回顧，理睬

例 彼女は自分の方を振り向いた。

譯 她往我這裡看。

34 | へいこう【平行】

(名・自サ) (數)平行；並行

例 平行線に終わる。

譯 以平行線告終。

35 | ほうがく【方角】

(名) 方向，方位

例 方角を表す。

譯 表示方向。

36 | ほうこう【方向】

(名) 方向；方針

例 方向が変わる。

譯 方向改變。

37 | まがりかど【曲がり角】

(名) 街角；轉折點

例 曲がり角で別れる。

譯 在街角道別。

38 | まんまえ【真ん前】

(名) 正前方

例 銀行は駅の真ん前にある。

譯 車站正前方有銀行。

39 | みぎがわ【右側】

(名) 右側，右方

例 右側に郵便局が見える。

譯 右手邊能看到郵局。

40 | むかう【向かう】

(自五) 向著，朝著；面向；往…去，向…去；趨向，轉向

例 鏡に向かう。

譯 對著鏡子。

41 | むき【向き】

㊔ 方向；適合，合乎；認真，慎重其事；傾向，趨向；(該方面的)人，人們

例 向(む)きが変(か)わる。

譯 轉變方向。

42 | めじるし【目印】

㊔ 目標，標記，記號

例 目印(めじるし)をつける。

譯 留記號。

43 | もどす【戻す】

(自五・他五) 退還，歸還；送回，退回；使倒退；(經)市場價格急遽回升

例 本(ほん)を戻(もど)す。

譯 歸還書。

44 | やじるし【矢印】

㊔ (標示去向、方向的)箭頭，箭形符號

例 矢印(やじるし)の方向(ほうこう)に進(すす)む。

譯 沿箭頭方向前進。

45 | りょうたん【両端】

㊔ 兩端

例 ケーブルの両端(りょうたん)に挿入(そうにゅう)する。

譯 插入電線兩端。

Memo

パート 14 第十四章

施設、機関

- 設施、機關單位 -

N2 14-1

14-1 施設、機関 / 設施、機關單位

01 | かいいん【会員】

名 會員

例 会員制(かいいんせい)になっております。

譯 為會員制。

02 | かいかん【会館】

名 會館

例 市民会館(しみんかいかん)を作(つく)る。

譯 建造市民會館。

03 | かかり【係・係り】

名 負責擔任某工作的人；關聯，牽聯

例 案内係(あんないがかり)がゲートを開(あ)ける。

譯 招待員打開大門。

04 | かしだし【貸し出し】

名 (物品的)出借，出租；(金錢的)貸放，借出

例 本(ほん)の貸(か)し出(だ)しを行(おこな)う。

譯 進行書籍出租。

05 | かんちょう【官庁】

名 政府機關

例 官庁(かんちょう)に勤(つと)める。

譯 在政府機關工作。

06 | きかん【機関】

名 (組織機構的)機關，單位；(動力裝置)機關

例 行政機関(ぎょうせいきかん)が定(さだ)める。

譯 行政機關規定。

07 | きぎょう【企業】

名 企業；籌辦事業

例 企業(きぎょう)を起(お)こす。

譯 創辦企業。

08 | けんがく【見学】

名・他サ 參觀

例 工場見学(こうじょうけんがく)を始(はじ)める。

譯 開始參觀工廠。

09 | けんちく【建築】

名・他サ 建築，建造

例 立派(りっぱ)な建築(けんちく)を残(のこ)す。

譯 留下漂亮的建築。

10 | こうそう【高層】

名 高空，高氣層；高層

例 高層(こうそう)ビルが立(た)ち並(なら)ぶ。

譯 高樓大廈林立。

11 | こくりつ【国立】

㊔ 國立

例 国立公園を訪ねる。

譯 尋訪國家公園。

12 | こや【小屋】

㊔ 簡陋的小房，茅舍；（演劇、馬戲等的）棚子；畜舍

例 小屋を建てる。

譯 蓋小屋。

13 | せつび【設備】

（名・他サ）設備，裝設，裝設

例 設備が整う。

譯 設備完善。

14 | センター【center】

㊔ 中心機構；中心區；（棒球）中場

例 国際交流センターが設置される。

譯 設立國際交流中心。

15 | そうこ【倉庫】

㊔ 倉庫，貨棧

例 倉庫にしまう。

譯 存入倉庫。

16 | でいりぐち【出入り口】

㊔ 出入口

例 出入り口に立つ。

譯 站在出入口。

17 | はしら【柱】

（名・接尾）（建）柱子；支柱；（轉）靠山

例 柱が倒れる。

譯 柱子倒下。

18 | ふんすい【噴水】

㊔ 噴水；（人工）噴泉

例 噴水を設ける。

譯 架設噴泉。

19 | やくしょ【役所】

㊔ 官署，政府機關

例 役所に勤める。

譯 在政府機關工作。

N2 14-2

14-2 いろいろな施設 / 各種設施

01 | おとしもの【落とし物】

㊔ 不慎遺失的東西

例 落とし物を届ける。

譯 送交遺失物。

02 | きょく【局】

（名・接尾）房間，屋子；（官署，報社）局，室；特指郵局，廣播電臺；局面，局勢；（事物的）結局

例 郵便局が近い。

譯 郵局很近。

03 | クラブ【club】

㊔ 俱樂部，夜店；（學校）課外活動，社團活動

例 ナイトクラブが増加している。

譯 夜總會增多。

04 | こうしゃ【校舍】

㊔ 校舍

例 校舎を建て替える。

譯 改建校舍。

05 | さかば【酒場】

㊔ 酒館，酒家，酒吧

例 酒場で喧嘩が始まった。

譯 酒吧裡開始吵起架了。

06 | じいん【寺院】

㊔ 寺院

例 寺院に参拝する。

譯 參拜寺院。

07 | してん【支店】

㊔ 分店

例 支店を出す。

譯 開分店。

08 | しゅくはく【宿泊】

(名・自サ) 投宿，住宿

例 ホテルに宿泊する。

譯 投宿旅館。

09 | しょてん【書店】

㊔ 書店；出版社，書局

例 書店を回る。

譯 尋遍書店。

10 | しろ【城】

㊔ 城，城堡；(自己的)權力範圍，勢力範圍

例 城が落ちる。

譯 城池陷落。

11 | すいしゃ【水車】

㊔ 水車

例 水車が回る。

譯 水車轉動。

12 | たいざい【滞在】

(名・自サ) 旅居，逗留，停留

例 ホテルに滞在する。

譯 住在旅館。

13 | てんじかい【展示会】

㊔ 展示會

例 着物の展示会に行った。

譯 去參加和服展示會。

14 | てんぼうだい【展望台】

㊔ 瞭望台

例 展望台からの眺め。

譯 從瞭望台看到的風景。

15 | とう【塔】

(名・漢造) 塔

例 宝塔に登る。

譯 登上寶塔。

16 | とめる【泊める】

(他下一) (讓…)住，過夜；(讓旅客)投宿；(讓船隻)停泊

例 観光客を泊める。

譯 讓觀光客投宿。

17 | びよういん【美容院】

㊔ 美容院，美髮沙龍

例 美容院に行く。

譯 去美容院。

18 | ビルディング【building】

㊔ 建築物

例 朝日ビルディングを賃貸する。

譯 朝日大樓出租。

19 | ボーイ【boy】

㊔ 少年，男孩；男服務員

例 ホテルのボーイを呼ぶ。

譯 叫喚旅館的男服務員。

20 | ほり【堀】

㊔ 溝渠，壕溝；護城河

例 堀で囲む。

譯 以城壕圍著。

21 | まちあいしつ【待合室】

㊔ 候車室，候診室，等候室

例 駅の待合室で待つ。

譯 在候車室等候。

22 | まどぐち【窓口】

㊔ （銀行，郵局，機關等）窗口；（與外界交涉的）管道，窗口

例 3番の窓口へどうぞ。

譯 請至三號窗口。

23 | やど【宿】

㊔ 家，住處，房屋；旅館，旅店；下榻處，過夜

例 宿に泊まる。

譯 住旅店。

24 | ゆうえんち【遊園地】

㊔ 遊樂場

例 遊園地で遊ぶ。

譯 在遊樂園玩

25 | ようちえん【幼稚園】

㊔ 幼稚園

例 幼稚園に入る。

譯 上幼稚園。

26 | りょう【寮】

（名・漢造） 宿舍（狹指學生、公司宿舍）；茶室；別墅

例 寮生活をする。

譯 過著宿舍生活。

27 | ロビー【lobby】

㊔ （飯店、電影院等人潮出入頻繁的建築物的）大廳，門廳；接待室，休息室，走廊

例 ホテルのロビーで待ち合わせる。

譯 在飯店的大廳碰面。

N2 ◉ 14-3

14-3 病院 / 醫院

01 | いりょう【医療】

㊔ 醫療

例 医療が提供される。

譯 提供醫療。

02 ｜えいせい【衛生】

(名) 衛生

例 環境衛生を維持する。

譯 維護環境衛生。

03 ｜きゅうしん【休診】

(名・他サ) 停診

例 日曜休診が多い。

譯 週日大多停診。

04 ｜げか【外科】

(名) (醫)外科

例 外科医を育てる。

譯 培育外科醫生。

05 ｜しんさつ【診察】

(名・他サ) (醫)診察，診斷

例 診察を受ける。

譯 接受診斷。

06 ｜しんだん【診断】

(名・他サ) (醫)診斷；判斷

例 診断が出る。

譯 診斷書出來了。

07 ｜せいけい【整形】

(名) 整形

例 整形外科で診てもらう。

譯 看整形外科。

08 ｜ないか【内科】

(名) (醫)内科

例 内科医になる。

譯 成為內科醫生。

09 ｜フリー【free】

(名・形動) 自由，無拘束，不受限制；免費；無所屬；自由業

例 検査はフリーパスだった。

譯 不用檢查。

10 ｜みまい【見舞い】

(名) 探望，慰問；蒙受，挨(打)，遭受(不幸)

例 見舞いにいく。

譯 去探望。

11 ｜みまう【見舞う】

(他五) 訪問，看望；問候，探望；遭受，蒙受(災害等)

例 病人を見舞う。

譯 探望病人。

N2 ◎ 14-4

14-4 店 /
商店

01 ｜いちば【市場】

(名) 市場，商場

例 魚市場が大変混雑している。

譯 魚市場擁擠不堪。

02 ｜いてん【移転】

(名・自他サ) 轉移位置；搬家；(權力等)轉交，轉移

例 今月末に移転する。

譯 這個月底搬遷。

03 ｜えいぎょう【営業】

(名・自他サ) 營業，經商

例 営業(えいぎょう)を開始(かいし)。

譯 開始營業。

04 ｜かんばん【看板】

(名) 招牌；牌子，幌子；(店鋪)關門，停止營業時間

例 看板(かんばん)にする。

譯 打著招牌；以…為榮；商店打烊。

05 ｜きっさ【喫茶】

(名) 喝茶，喫茶，飲茶

例 喫茶店(きっさてん)で待(ま)ち合(あ)わせ。

譯 在咖啡店碰面。

06 ｜きょうどう【共同】

(名・自サ) 共同

例 共同(きょうどう)で経営(けいえい)する。

譯 一起經營。

07 ｜ぎょうれつ【行列】

(名・自サ) 行列，隊伍，列隊；(數)矩陣

例 行列(ぎょうれつ)のできる店(みせ)などがある。

譯 有排隊人潮的店家等等。

08 ｜クリーニング【cleaning】

(名・他サ) (洗衣店)洗滌

例 クリーニングに出(だ)す。

譯 送去洗衣店洗。

09 ｜これら

(代) 這些

例 これらの商品(しょうひん)を扱(あつか)っている。

譯 銷售這些商品。

10 ｜サービス【service】

(名・自他サ) 售後服務；服務，接待，侍候；(商店)廉價出售，附帶贈品出售

例 サービスをしてくれる。

譯 得到(減價)服務。

11 ｜しな【品】

(名・接尾) 物品，東西；商品，貨物；(物品的)質量，品質；品種，種類；情況，情形

例 よい品(しな)を揃(そろ)えた。

譯 好貨一應俱全。

12 ｜しまい【仕舞い】

(名) 終了，末尾；停止，休止；閉店；賣光；化妝，打扮

例 おしまいにする。

譯 打烊；結束。

13 ｜シャッター【shutter】

(名) 鐵捲門；照相機快門

例 シャッターを下(お)ろす。

譯 放下鐵捲門。

14 ｜しょうてん【商店】

(名) 商店

例 商店(しょうてん)が立(た)ち並(なら)ぶ。

譯 商店林立。

15 | じょうとう【上等】

(名・形動) 上等，優質；很好，令人滿意

例 上等な品を使っている。

譯 用的是高級品。

16 | ショップ【shop】

(接尾) (一般不單獨使用)店鋪，商店

例 ショップを開店する。

譯 店舗開張。

17 | ずらり（と）

(副) 一排排，一大排，一長排

例 石をずらりと並べる。

譯 把石頭排成一排。

18 | そばや【蕎麦屋】

(名) 蕎麥麵店

例 蕎麦屋で昼食を取る。

譯 在蕎麥麵店吃中餐。

19 | つとめる【努める】

(他下一) 努力，為…奮鬥，盡力；勉強忍住

例 サービスに努める。

譯 努力服務。

20 | ていきゅうび【定休日】

(名) (商店、機關等)定期公休日

例 定休日が変わる。

譯 改變公休日。

21 | でむかえる【出迎える】

(他下一) 迎接

例 客を駅に出迎える。

譯 到車站接客人。

22 | てん【店】

(名) 店家，店

例 店員になる。

譯 成為店員。

23 | とうじょう【登場】

(名・自サ) (劇)出場，登台，上場演出；(新的作品、人物、產品)登場，出現

例 新製品が登場する。

譯 新商品登場。

24 | ひきとめる【引き止める】

(他下一) 留，挽留；制止，拉住

例 客を引き止める。

譯 挽留客人。

25 | ひとまず【一先ず】

(副) (不管怎樣)暫且，姑且

例 ひとまず閉店する。

譯 暫且停止營業。

26 | ひょうばん【評判】

(名) (社會上的)評價，評論；名聲，名譽；受到注目，聞名；傳説，風聞

例 評判が広がる。

譯 風聲傳開。

27 へいてん【閉店】

(名·自サ)（商店）關門；倒閉

例 あの店(みせ)は７時(じ)閉店(へいてん)だ。

譯 那間店七點打烊。

28 みせや【店屋】

(名) 店鋪，商店

例 店屋(みせや)が並(なら)ぶ。

譯 商店林立。

29 や【屋】

(接尾)（前接名詞，表示經營某家店或從事某種工作的人）店，舖；（前接表示個性、特質）帶點輕蔑的稱呼；（寫作「舍」）表示堂號，房舍的雅號

例 ケーキ屋(や)がある。

譯 有蛋糕店。

30 やっきょく【薬局】

(名)（醫院的）藥局；藥鋪，藥店

例 薬局(やっきょく)に処方箋(しょほうせん)を出(だ)す。

譯 在藥局開立了處方箋。

31 ようひんてん【洋品店】

(名) 舶來品店，精品店，西裝店

例 洋品店(ようひんてん)を開(ひら)く。

譯 開精品店。

Memo

パート
15
第十五章

交通

- 交通 -

N2 ⊙ 15-1

15-1 交通、運輸 /
交通、運輸

01 | あう【遭う】
(自五) 遭遇，碰上

例 事故に遭う。

譯 碰上事故。

02 | いどう【移動】
(名・自他サ) 移動，轉移

例 部隊を移動する。

譯 部隊轉移。

03 | うんぱん【運搬】
(名・他サ) 搬運，運輸

例 木材を運搬する。

譯 搬運木材。

04 | エンジン【engine】
(名) 發動機，引擎

例 エンジンがかかる。

譯 引擎啟動。

05 | かそく【加速】
(名・自他サ) 加速

例 アクセルを踏んで加速する。

譯 踩油門加速。

06 | かそくど【加速度】
(名) 加速度；加速

例 進歩に加速度がつく。

譯 加快速度進步。

07 | かもつ【貨物】
(名) 貨物；貨車

例 貨物を輸送する。

譯 送貨。

08 | げしゃ【下車】
(名・自サ) 下車

例 途中下車する。

譯 中途下車。

09 | こうつうきかん【交通機関】
(名) 交通機關，交通設施

例 交通機関を利用する。

譯 乘坐交通工具。

10 | さいかい【再開】
(名・自他サ) 重新進行

例 電車が運転を再開する。

譯 電車重新運駛。

11 | ざせき【座席】
(名) 座位，座席，乘坐，席位

例 座席に着く。

譯 就座。

12 | さまたげる【妨げる】

(他下一) 阻礙，防礙，阻攔，阻撓

例 交通(こうつう)を妨(さまた)げる。

譯 妨礙交通。

13 | じそく【時速】

㊔ 時速

例 平均時速(へいきんじそく)は 15 キロです。

譯 時速15公里。

14 | しゃりん【車輪】

㊔ 車輪；(演員)拼命，努力表現；拼命於，盡力於

例 車輪(しゃりん)の下敷(したじ)きになる。

譯 被車輪輾過去。

15 | せいげん【制限】

(名・他サ) 限制，限度，極限

例 制限(せいげん)を越(こ)える。

譯 超過限度。

16 | そくりょく【速力】

㊔ 速率，速度

例 速力(そくりょく)を上(あ)げる。

譯 加快速度。

17 | でむかえ【出迎え】

㊔ 迎接；迎接的人

例 出迎(でむか)えに上(あ)がる。

譯 去迎接。

18 | トンネル【tunnel】

㊔ 隧道

例 トンネルを掘(ほ)る。

譯 挖隧道。

19 | はいたつ【配達】

(名・他サ) 送，投遞

例 新聞(しんぶん)を配達(はいたつ)する。

譯 送報紙。

20 | はっしゃ【発車】

(名・自サ) 發車，開車

例 発車(はっしゃ)が遅(おく)れる。

譯 逾時發車。

21 | ハンドル【handle】

㊔ (門等)把手；(汽車、輪船)方向盤

例 ハンドルを回(まわ)す。

譯 轉動方向盤。

22 | ひょうしき【標識】

㊔ 標誌，標記，記號，信號

例 交通標識(こうつうひょうしき)が曲(ま)がっている。

譯 交通標誌彎曲了。

23 | ぶつかる

(自五) 碰，撞；偶然遇上；起衝突

例 自転車(じてんしゃ)にぶつかる。

譯 撞上腳踏車。

24 | べん【便】

(名・形動・漢造) 便利，方便；大小便；信息，音信；郵遞；隨便，平常

例 便(べん)がいい。

譯 很方便。

25 | めんきょしょう【免許証】

名 (政府機關)批准；許可證，執照

例 運転免許証(うんてんめんきょしょう)を見(み)せてください。

譯 駕照讓我看一下。

26 | モノレール【monorail】

名 單軌電車，單軌鐵路

例 モノレールが走(はし)る。

譯 單軌電車行駛著。

27 | ゆそう【輸送】

名・他サ 輸送，傳送

例 貨物(かもつ)を輸送(ゆそう)する。

譯 輸送貨物。

28 | ヨット【yacht】

名 遊艇，快艇

例 ヨットに乗(の)る。

譯 乘遊艇。

N2 ● 15-2

15-2 鉄道、船、飛行機 / 鐵路、船隻、飛機

01 | おうふく【往復】

名・自サ 往返，來往；通行量

例 往復切符(おうふくきっぷ)を買(か)う。

譯 購買來回車票。

02 | かいさつ【改札】

名・自サ (車站等)的驗票

例 改札(かいさつ)を抜(ぬ)ける。

譯 通過驗票口。

03 | きかんしゃ【機関車】

名 機車，火車

例 蒸気機関車(じょうききかんしゃ)を運転(うんてん)する。

譯 駕駛蒸汽火車。

04 | こうくう【航空】

名 航空；「航空公司」的簡稱

例 航空会社(こうくうがいしゃ)を利用(りよう)する。

譯 使用航空公司。

05 | こうど【高度】

名・形動 (地)高度，海拔；(地平線到天體的)仰角；(事物的水平)高度，高級

例 高度(こうど)を下(さ)げる。

譯 降低高度。

06 | さいしゅう【最終】

名 最後，最終，最末；(略)末班車

例 最終(さいしゅう)に間(ま)に合(あ)う。

譯 趕上末班車。

07 | してつ【私鉄】

名 私營鐵路

例 私鉄(してつ)に乗(の)る。

譯 搭乘私鐵。

08 | しゅうてん【終点】

名 終點

例 終点(しゅうてん)で降(お)りる。

譯 在終點站下車。

09 | じょうしゃ【乗車】

名・自サ 乘車，上車；乘坐的車

例 乗車の手配をする。
譯 安排乘車。

10 | じょうしゃけん【乗車券】

㊔ 車票

例 乗車券を拝見する。
譯 檢查車票。

11 | しんだい【寝台】

㊔ 床，床鋪，(火車)臥鋪

例 寝台列車が利用される。
譯 臥鋪列車被使用。

12 | せき【隻】

(接尾) (助數詞用法)計算船，箭，鳥的單位

例 船が 2 隻停泊している。
譯 兩艘船停靠著。

13 | せん【船】

(漢造) 船

例 旅客船が沈没した。
譯 客船沉沒了。

14 | せんろ【線路】

㊔ (火車、電車、公車等)線路；(火車、有軌電車的)軌道

例 線路を敷く。
譯 鋪軌道。

15 | そうさ【操作】

(名・他サ) 操作(機器等)，駕駛；(設法)安排，(背後)操縱

例 ハンドルを操作する。
譯 操作方向盤。

16 | だっせん【脱線】

(名・他サ) (火車、電車等)脱軌，出軌；(言語、行動)脱離常規，偏離本題

例 列車が脱線する。
譯 火車脱軌。

17 | ていしゃ【停車】

(名・他サ・自サ) 停車，剎車

例 各駅に停車する。
譯 各站皆停。

18 | てつどう【鉄道】

㊔ 鐵道，鐵路

例 鉄道を利用する。
譯 乘坐鐵路。

19 | とおりかかる【通りかかる】

(自五) 碰巧路過

例 通りかかった船に救助された。
譯 被經過的船隻救了。

20 | とおりすぎる【通り過ぎる】

(自上一) 走過，越過

例 うっかりして駅を通り過ぎてしまった。
譯 一不小心車站就走過頭了。

21 | ひこう【飛行】

(名・自サ) 飛行，航空

例 宇宙飛行士にあこがれる。
譯 憧憬成為太空人。

22 | びん【便】

(名・漢造) 書信；郵寄，郵遞；(交通設施等)班機，班車；機會，方便

例 定期便(ていきびん)に乗(の)る。

譯 搭乘定期班車(機)。

23 | ふみきり【踏切】

(名) (鐵路的)平交道，道口；(轉)決心

例 踏切(ふみきり)を渡(わた)る。

譯 過平交道。

24 | ヘリコプター【helicopter】

(名) 直昇機

例 ヘリコプターが飛(と)んでいる。

譯 直升飛機飛翔著。

25 | ボート【boat】

(名) 小船，小艇

例 ボートに乗(の)る。

譯 搭乘小船。

26 | まんいん【満員】

(名) (規定的名額)額滿；(車、船等)擠滿乘客，滿座；(會場等)塞滿觀眾

例 満員(まんいん)の電車(でんしゃ)が走(はし)る。

譯 滿載乘客的電車在路上跑著。

27 | やこう【夜行】

(名・接頭) 夜行；夜間列車；夜間活動

例 夜行列車(やこうれっしゃ)が出(で)る。

譯 夜間列車發車。

28 | ゆうらんせん【遊覧船】

(名) 渡輪

例 遊覧船(ゆうらんせん)に乗(の)る。

譯 搭乘渡輪。

N2 15-3

15-3 自動車、道路 / 汽車、道路

01 | いっぽう【一方】

(名・副助・接) 一個方向；一個角度；一面，同時；(兩個中的)一個；只顧，愈來愈…；從另一方面說

例 この道路(どうろ)が一方通行(いっぽうつうこう)になっている。

譯 前方為單向通行道路。

02 | おうだん【横断】

(名・他サ) 橫斷；橫渡，橫越

例 道路(どうろ)を横断(おうだん)する。

譯 橫越馬路。

03 | おうとつ【凹凸】

(名) 凹凸，高低不平

例 凹凸(おうとつ)が激(はげ)しい。

譯 非常崎嶇不平。

04 | おおどおり【大通り】

(名) 大街，大馬路

例 大通(おおどお)りを横切(よこぎ)る。

譯 橫過馬路。

05 | カー【car】

(名) 車，車的總稱，狹義指汽車

例 マイカー通勤(つうきん)が減(へ)った。

譯 開自用車上班的人減少了。

06 | カーブ【curve】

(名・自サ) 轉彎處；彎曲；(棒球、曲棍球)曲線球

例 急(きゅう)カーブを曲(ま)がる。

譯 急轉彎。

07 | かいつう【開通】

(名・自他サ) (鐵路、電話線等)開通，通車，通話

例 トンネルが開通(かいつう)する。

譯 隧道通車。

08 | こうさ【交差】

(名・自他サ) 交叉

例 道路(どうろ)が交差(こうさ)する。

譯 道路交叉。

09 | こうそく【高速】

(名) 高速

例 高速道路(こうそくどうろ)が建設(けんせつ)された。

譯 建設高速公路。

10 | しめす【示す】

(他五) 出示，拿出來給對方看；表示，表明；指示，指點，開導；呈現，顯示

例 道(みち)を示(しめ)す。

譯 指路。

11 | しゃこ【車庫】

(名) 車庫

例 車庫(しゃこ)に入(い)れる。

譯 開車入庫。

12 | しゃどう【車道】

(名) 車道

例 車道(しゃどう)に飛(と)び出(だ)す。

譯 衝到車道上。

13 | じょうようしゃ【乗用車】

(名) 自小客車

例 乗用車(じょうようしゃ)を買(か)う。

譯 買汽車。

14 | せいび【整備】

(名・自他サ) 配備，整備；整理，修配；擴充，加強；組裝；保養

例 車(くるま)のエンジンを整備(せいび)する。

譯 保養車子的引擎。

15 | ちゅうしゃ【駐車】

(名・自サ) 停車

例 路上(ろじょう)に駐車(ちゅうしゃ)する。

譯 在路邊停車。

16 | つうこう【通行】

(名・自サ) 通行，交通，往來；廣泛使用，一般通用

例 通行止(つうこうど)めになる。

譯 停止通行。

17 | つうろ【通路】

(名) (人們通行的)通路，人行道；(出入通行的)空間，通道

例 通路(つうろ)を通(とお)る。

譯 過人行道。

18 | とびだす【飛び出す】

(自五) 飛出，飛起來，起飛；跑出；(猛然)跳出；突然出現

例 子供(こども)がとび出(だ)す。

譯 小孩突然跑出來。

19 | パンク【puncture 之略】

(名・自サ) 爆胎；脹破，爆破

例 タイヤがパンクする。

譯 爆胎。

20 | ひきかえす【引き返す】

(自五) 返回，折回

例 途中(とちゅう)で引(ひ)き返(かえ)す。

譯 半路上折回。

21 | ひく【轢く】

(他五) (車)壓，軋(人等)

例 自動車(じどうしゃ)が人(ひと)を轢(ひ)いた。

譯 汽車壓了人。

22 | ひとどおり【人通り】

(名) 人來人往，通行；來往行人

例 人通(ひとどお)りが激(はげ)しい。

譯 來往行人頻繁。

23 | へこむ【凹む】

(自五) 凹下，潰下；屈服，認輸；虧空，赤字

例 道(みち)が凹(へこ)む。

譯 路面凹下。

24 | ほそう【舗装】

(名・他サ) (用柏油等)鋪路

例 舗装(ほそう)した道路(どうろ)が壊(こわ)れた。

譯 鋪過的路崩壞了。

25 | ほどう【歩道】

(名) 人行道

例 歩道(ほどう)を歩(ある)く。

譯 走人行道。

26 | まわりみち【回り道】

(名) 繞道，繞遠路

例 回(まわ)り道(みち)をしてくる。

譯 繞道而來。

27 | みちじゅん【道順】

(名) 順路，路線；步驟，程序

例 道順(みちじゅん)を聞(き)く。

譯 問路。

28 | ゆるい【緩い】

(形) 鬆，不緊；徐緩，不陡；不急；不嚴格；稀薄

例 緩(ゆる)いカーブ。

譯 慢彎。

29 | よこぎる【横切る】

(他五) 橫越，橫跨

例 通(とお)りを横切(よこぎ)る。

譯 穿越馬路。

パート
16
第十六章

通信、報道

- 通訊、報導 -

N2 ◎ 16-1

16-1 通信、電話、郵便 / 通訊、電話、郵件

01 | いちおう【一応】

副 大略做了一次，暫，先，姑且

例 一応(いちおう)目(め)を通(とお)す。

譯 大略看過。

02 | いんさつ【印刷】

名・自他サ 印刷

例 チラシを印刷(いんさつ)してもらう。

譯 請他印製宣傳單。

03 | えはがき【絵葉書】

名 圖畫明信片，照片明信片

例 絵葉書(えはがき)を出(だ)す。

譯 寄明信片。

04 | おうたい【応対】

名・他サ 應對，接待，應酬

例 電話(でんわ)の応対(おうたい)が丁寧(ていねい)になった。

譯 電話的應對變得很有禮貌。

05 | ざつおん【雑音】

名 雜音，噪音

例 電話(でんわ)に雑音(ざつおん)が入(はい)る。

譯 電話裡有雜音。

06 | じゅわき【受話器】

名 聽筒

例 受話器(じゅわき)を使(つか)う。

譯 使用聽筒。

07 | ちょくつう【直通】

名・自サ 直達（中途不停）；直通

例 直通(ちょくつう)の電話番号(でんわばんごう)ができた。

譯 有了直通的電話號碼。

08 | つうしん【通信】

名・自サ 通信，通音信；通訊，聯絡；報導消息的稿件，通訊稿

例 無線(むせん)で通信(つうしん)する。

譯 以無線電聯絡。

09 | つつみ【包み】

名 包袱，包裹

例 包(つつ)みが届(とど)く。

譯 包裹送到。

10 | でんせん【電線】

名 電線，電纜

例 電線(でんせん)を張(は)る。

譯 架設電線。

11｜でんちゅう【電柱】

㊔ 電線桿

例 電柱(でんちゅう)を立(た)てる。

譯 立電線桿。

12｜でんぱ【電波】

㊔（理）電波

例 電波(でんぱ)を出(だ)す。

譯 發出電波。

13｜といあわせ【問い合わせ】

㊔ 詢問，打聽，查詢

例 問(と)い合(あ)わせが殺到(さっとう)する。

譯 詢問人潮不斷湧來。

14｜とりあげる【取り上げる】

(他下一) 拿起，舉起；採納，受理；奪取，剝奪；沒收（財產），徵收（稅金）

例 受話器(じゅわき)を取(と)り上(あ)げる。

譯 拿起話筒。

15｜ないせん【内線】

㊔ 內線；（電話）內線分機

例 内線番号(ないせんばんごう)にかける。

譯 撥打內線分機號碼。

16｜ねんがじょう【年賀状】

㊔ 賀年卡

例 年賀状(ねんがじょう)を書(か)く。

譯 寫賀年卡。

17｜はなしちゅう【話し中】

㊔ 通話中

例 お話(はな)し中失礼(ちゅうしつれい)ですが…。

譯 不好意思打擾您了…。

18｜よびだす【呼び出す】

(他五) 喚出，叫出；叫來，喚來，邀請；傳訊

例 電話(でんわ)で呼(よ)び出(だ)す。

譯 用電話叫人來。

N2 ◉ 16-2

16-2 伝達、通知、情報 / 傳達、告知、信息

01｜あと【跡】

㊔ 印，痕跡；遺跡；跡象；行蹤下落；家業；後任，後繼者

例 跡(あと)を絶(た)つ。

譯 絕跡。

02｜おしらせ【お知らせ】

㊔ 通知，訊息

例 お知(し)らせが届(とど)く。

譯 消息到達。

03｜けいじ【掲示】

(名・他サ) 牌示，佈告欄；公佈

例 掲示(けいじ)が出(で)る。

譯 貼出告示。

04｜ごらん【ご覧】

㊔（敬）看，觀覽；（親切的）請看；（接動詞連用形）試試看

例 ご覧(らん)に入(い)れる。

譯 請看…。

05 | つうち【通知】

(名・他サ) 通知，告知

例 通知(つうち)が届(とど)く。

譯 接到通知。

06 | ふつう【不通】

(名)（聯絡、交通等）不通，斷絕；沒有音信

例 音信不通(おんしんふつう)になる。

譯 音訊不通。

07 | ぼしゅう【募集】

(名・他サ) 募集，征募

例 募集(ぼしゅう)を行(おこな)う。

譯 進行招募。

08 | ポスター【poster】

(名) 海報

例 ポスターを張(は)る。

譯 張貼海報。

N2 16-3

16-3 報道、放送 /
報導、廣播

01 | アンテナ【antenna】

(名) 天線

例 アンテナを張(は)る。

譯 搜集情報。

02 | かいせつ【解説】

(名・他サ) 解説，説明

例 ニュース解説(かいせつ)が群(ぐん)を抜(ぬ)く。

譯 新聞解説出類拔萃。

03 | こうせい【構成】

(名・他サ) 構成，組成，結構

例 番組(ばんぐみ)を構成(こうせい)する。

譯 組織節目。

04 | こうひょう【公表】

(名・他サ) 公布，發表，宣布

例 公表(こうひょう)をはばかる。

譯 害怕被公布。

05 | さつえい【撮影】

(名・他サ) 攝影，拍照；拍電影

例 屋外(おくがい)で撮影(さつえい)する。

譯 在屋外攝影。

06 | スピーチ【speech】

(名・自サ)（正式場合的）簡短演説，致詞，講話

例 スピーチをする。

譯 致詞，演講。

07 | せろん・よろん【世論】

(名) 世間一般人的意見，民意，輿論

例 世論(よろん)を反映(はんえい)させる。

譯 反應民意。

08 | そうぞうしい【騒々しい】

(形) 吵鬧的，喧囂的，宣嚷的；（社會上）動盪不安的

例 世間(せけん)が騒々(そうぞう)しい。

譯 世上騷亂。

09 | のる【載る】

(他五) 登上，放上；乘，坐，騎；參與；上當，受騙；刊載，刊登

例 新聞（しんぶん）に載（の）る。

譯 登在報上，上報。

10 | ほうそう【放送】

(名・他サ) 廣播；(用擴音器)傳播，散佈(小道消息、流言蜚語等)

例 放送（ほうそう）が中断（ちゅうだん）する。

譯 廣播中斷。

11 | ろんそう【論争】

(名・自サ) 爭論，爭辯，論戰

例 論争（ろんそう）が起（お）こる。

譯 引起爭論。

Memo

パート 17 第十七章 スポーツ

- 體育運動 -

N2 17-1

17-1 スポーツ / 體育運動

01 いんたい【引退】
名・自サ 隱退，退職
例 引退声明(いんたいせいめい)を発表(はっぴょう)する。
譯 宣布退休。

02 およぎ【泳ぎ】
名 游泳
例 泳(およ)ぎを習(なら)う。
譯 學習游泳。

03 からて【空手】
名 空手道
例 空手(からて)を習(なら)う。
譯 練習空手道。

04 かんとく【監督】
名・他サ 監督，督促；監督者，管理人；(影劇)導演；(體育)教練
例 野球(やきゅう)チームの監督(かんとく)になる。
譯 成為棒球隊教練。

05 くわえる【加える】
他下一 加，加上
例 メンバーに新人(しんじん)を加(くわ)える。
譯 會員有新人加入。

06 こうせき【功績】
名 功績
例 功績(こうせき)を残(のこ)す。
譯 留下功績。

07 スケート【skate】
名 冰鞋，冰刀；溜冰，滑冰
例 アイススケートに行(い)こう。
譯 我們去溜冰吧！

08 すもう【相撲】
名 相撲
例 相撲(すもう)にならない。
譯 力量懸殊。

09 せいしき【正式】
名・形動 正式的，正規的
例 正式(せいしき)に引退(いんたい)を表明(ひょうめい)した。
譯 正式表明引退之意。

10 たいそう【体操】
名 體操；體育課
例 体操(たいそう)をする。
譯 做體操。

11 てきど【適度】
名・形動 適度，適當的程度
例 適度(てきど)な運動(うんどう)をする。
譯 適度的運動。

12 ｜もぐる【潜る】

(自五) 潛入(水中)；鑽進，藏入，躲入；潛伏活動，違法從事活動

例 水中に潜る。

譯 潛入水中。

13 ｜ランニング【running】

(名) 賽跑，跑步

例 公園でランニングする。

譯 在公園跑步。

N2 17-2

17-2 試合 / 比賽

01 ｜アウト【out】

(名) 外，外邊；出界；出局

例 アウトになる。

譯 出局。

02 ｜おぎなう【補う】

(他五) 補償，彌補，貼補

例 欠員を補う。

譯 補足缺額。

03 ｜おさめる【収める】

(他下一) 接受；取得；收藏，收存；收集，集中；繳納；供應，賣給；結束

例 勝利を手中に収める。

譯 勝券在握。

04 ｜おどりでる【躍り出る】

(自下一) 躍進到，跳到

例 トップに躍り出る。

譯 一躍而居冠。

05 ｜かいし【開始】

(名・自他サ) 開始

例 試合開始を待つ。

譯 等待比賽開始。

06 ｜かえって【却って】

(副) 反倒，相反地，反而

例 かえって足手まといだ。

譯 反而礙手礙腳。

07 ｜かせぐ【稼ぐ】

(名・他五) (為賺錢而)拼命的勞動；(靠工作、勞動)賺錢；爭取，獲得

例 点数を稼ぐ。

譯 爭取(優勝)分數。

08 ｜きょうぎ【競技】

(名・自サ) 競賽，體育比賽

例 競技に出る。

譯 參加比賽。

09 ｜くみあわせ【組み合わせ】

(名) 組合，配合，編配

例 組み合わせが決まる。

譯 決定編組。

10 ｜けいば【競馬】

(名) 賽馬

例 競馬場に行く。

譯 去賽馬場。

11 ｜けん【券】

(名) 票，証，券

例 入場券を求める。
譯 購買入場券。

12 | こうけん【貢献】
(名・自サ) 貢獻
例 優勝に貢献する。
譯 對獲勝做出貢獻。

13 | さいちゅう【最中】
(名) 動作進行中，最頂點，活動中
例 試合の最中に雨が降って来た。
譯 正在比賽的時候下起雨來了。

14 | じゃくてん【弱点】
(名) 弱點，痛處；缺點
例 弱点をつかむ。
譯 抓住弱點。

15 | しゅうりょう【終了】
(名・自他サ) 終了，結束；作完；期滿，屆滿
例 試合が終了する。
譯 比賽終了。

16 | じゅん【準】
(接頭) 準，次
例 準優勝が一番悔しい。
譯 亞軍最叫人心有不甘。

17 | しょうはい【勝敗】
(名) 勝負，勝敗
例 勝敗が決まる。
譯 決定勝負。

18 | しょうぶ【勝負】
(名・自サ) 勝敗，輸贏；比賽，競賽
例 勝負をする。
譯 比賽。

19 | スタンド【stand】
(結尾・名) 站立；台，托，架；檯燈，桌燈；看台，觀眾席；(攤販式的)小酒吧
例 観衆がスタンドを埋めた。
譯 觀眾席坐滿了人。

20 | せんしゅ【選手】
(名) 選拔出來的人；選手，運動員
例 代表選手に選ばれる。
譯 被選為代表選手。

21 | ぜんりょく【全力】
(名) 全部力量，全力；(機器等)最大出力，全力
例 全力を挙げる。
譯 不遺餘力。

22 | たいかい【大会】
(名) 大會；全體會議
例 大会で優勝する。
譯 在大會上取得冠軍。

23 | チャンス【chance】
(名) 機會，時機，良機
例 チャンスが来る。
譯 機會到來。

24 | にゅうじょう【入場】

（名・自サ）入場

例 関係者以外の入場を禁ず。

譯 相關人員以外，請勿入場。

25 | にゅうじょうけん【入場券】

（名）門票，入場券

例 入場券売場がある。

譯 有門票販售處。

26 | ねらう【狙う】

（他五）看準，把…當做目標；把…弄到手；伺機而動

例 優勝を狙う。

譯 想取得優勝。

27 | ひきわけ【引き分け】

（名）（比賽）平局，不分勝負

例 引き分けになる。

譯 打成平局。

28 | へいかい【閉会】

（名・自サ・他サ）閉幕，會議結束

例 閉会式が開かれた。

譯 舉辦閉幕式。

29 | めざす【目指す】

（他五）指向，以…為努力目標，瞄準

例 優勝を目指す。

譯 以優勝為目標。

30 | メンバー【member】

（名）成員，一份子；（體育）隊員

例 メンバーを揃える。

譯 湊齊成員。

31 | ゆうしょう【優勝】

（名・自サ）優勝，取得冠軍

例 優勝を狙う。

譯 以冠軍為目標。

32 | ようす【様子】

（名）情況，狀態；容貌，樣子；緣故；光景，徵兆

例 様子を窺う。

譯 暗中觀察狀況。

N2 ● 17-3

17-3 球技、陸上競技 / 球類、田徑賽

01 | かいさん【解散】

（名・自他サ）散開，解散，（集合等）散會

例 野球部を解散する。

譯 就地解散棒球隊。

02 | グラウンド【ground】

（造語）運動場，球場，廣場，操場

例 グラウンドで走る。

譯 在操場跑步。

03 | ゴール【goal】

（名）（體）決勝點，終點；球門；跑進決勝點，射進球門；奮鬥的目標

例 ゴールに到達する。

譯 抵達終點。

04 ｜ころがす【転がす】

(他五) 滾動，轉動；開動(車)，推進；轉賣；弄倒，搬倒

例 ボールを転(ころ)がす。

譯 滾動球。

05 ｜サイン【sign】

(名・自サ) 簽名，署名，簽字；記號，暗號，信號，作記號

例 サインを送(おく)る。

譯 送暗號。

06 ｜すじ【筋】

(名・接尾) 筋；血管；線，條；紋絡，條紋；素質，血統；條理，道理

例 筋(すじ)がいい。

譯 有天分，有才能。

07 ｜トラック【track】

(名) (操場、運動場、賽馬場的) 跑道

例 トラックを1周(いっしゅう)する。

譯 繞跑道一圈。

08 ｜にげきる【逃げ切る】

(自五) (成功地) 逃跑

例 危(あぶ)なかったが、逃(に)げ切(き)った。

譯 雖然危險但脫逃成功。

09 ｜のう【能】

(名・漢造) 能力，才能，本領；功效；(日本古典戲劇) 能樂

例 野球(やきゅう)しか能(のう)がない。

譯 除了棒球以外沒別的本事。

10 ｜マラソン【marathon】

(名) 馬拉松長跑

例 マラソンに出(で)る。

譯 參加馬拉松大賽。

パート
18
第十八章

趣味、娯楽

- 愛好、嗜好、娯樂 -

N2 18-1

18-1 娯楽 / 娯樂

01 | かいすいよく【海水浴】

㊔ 海水浴場

例 海水浴場(かいすいよくじょう)が近(ちか)い。

譯 海水浴場很近。

02 | かんしょう【鑑賞】

(名・他サ) 鑑賞，欣賞

例 映画(えいが)を鑑賞(かんしょう)する。

譯 鑑賞電影。

03 | キャンプ【camp】

(名・自サ) 露營，野營；兵營，軍營；登山隊基地；(棒球等)集訓

例 渓谷(けいこく)でキャンプする。

譯 在溪谷露營。

04 | ごらく【娯楽】

㊔ 娛樂，文娛

例 ここは娯楽(ごらく)が少(すく)ない。

譯 這裡娛樂很少。

05 | たび【旅】

(名・他サ) 旅行，遠行

例 旅(たび)をする。

譯 去旅行。

06 | とざん【登山】

(名・自サ) 登山；到山上寺廟修行

例 家族(かぞく)を連(つ)れて登山(とざん)する。

譯 帶著家族一同爬山。

07 | ぼうけん【冒険】

(名・自サ) 冒險

例 冒険(ぼうけん)をする。

譯 冒險。

08 | めぐる【巡る】

(自五) 循環，轉回，旋轉；巡遊；環繞，圍繞

例 湖(みずうみ)を巡(めぐ)る。

譯 沿湖巡行。

09 | レクリエーション【recreation】

㊔ (身心)休養；娛樂，消遣

例 レクリエーションの施設(しせつ)が整(ととの)っている。

譯 休閒設施完善。

10 | レジャー【leisure】

㊔ 空閒，閒暇，休閒時間；休閒時間的娛樂

例 レジャーを楽(たの)しむ。

譯 享受休閒時光。

18-2 趣味 / 嗜好

01 | あたり【当(た)り】
㊔ 命中；感覺，觸感；味道；猜中；中獎；待人態度；如願；(接尾)每，平均

例 当(あ)たりが出(で)る。

譯 中獎了。

02 | あみもの【編み物】
㊔ 編織；編織品

例 編(あ)み物(もの)をする。

譯 編織。

03 | いけばな【生け花】
㊔ 生花，插花

例 生(い)け花(ばな)を習(なら)う。

譯 學插花。

04 | うらなう【占う】
(他五) 占卜，占卦，算命

例 身(み)の上(うえ)を占(うらな)う。

譯 算命。

05 | くみたてる【組み立てる】
(他下一) 組織，組裝

例 模型(もけい)を組(く)み立(た)てる。

譯 組裝模型。

06 | ご【碁】
㊔ 圍棋

例 碁(ご)を打(う)つ。

譯 下圍棋。

07 | じゃんけん【じゃん拳】
㊔ 猜拳，划拳

例 じゃんけんをする。

譯 猜拳。

08 | しょうぎ【将棋】
㊔ 日本象棋，將棋

例 将棋(しょうぎ)を指(さ)す。

譯 下日本象棋。

09 | てじな【手品】
㊔ 戲法，魔術；騙術，奸計

例 手品(てじな)を使(つか)う。

譯 變魔術。

10 | どうわ【童話】
㊔ 童話

例 童話(どうわ)に引(ひ)かれる。

譯 被童話吸引住。

11 | なぞなぞ【謎々】
㊔ 謎語

例 謎々(なぞなぞ)遊(あそ)びをする。

譯 玩猜謎遊戲。

12 | ふうせん【風船】
㊔ 氣球，氫氣球

例 風船(ふうせん)を飛(と)ばす。

譯 放氣球。

パート 19
第十九章

芸術
- 藝術 -

N2 19-1

19-1 芸術、絵画、彫刻 / 藝術、繪畫、雕刻

01 | えがく【描く】
(他五) 畫，描繪；以…為形式，描寫；想像
例 夢(ゆめ)を描(えが)く。
譯 描繪夢想。

02 | えのぐ【絵の具】
(名) 顔料
例 絵(え)の具(ぐ)を塗(ぬ)る。
譯 著色。

03 | かいが【絵画】
(名) 繪畫，畫
例 抽象絵画(ちゅうしょうかいが)を飾(かざ)る。
譯 掛上抽象畫擺飾。

04 | きざむ【刻む】
(他五) 切碎；雕刻；分成段；銘記，牢記
例 文字(もじ)を刻(きざ)む。
譯 刻上文字。

05 | げいのう【芸能】
(名) （戲劇，電影，音樂，舞蹈等的總稱）演藝，文藝，文娛
例 芸能人(げいのうじん)が集(つど)う。
譯 聚集了演藝圈人士。

06 | こうげい【工芸】
(名) 工藝
例 工芸品(こうげいひん)を販売(はんばい)する。
譯 賣工藝品。

07 | しゃせい【写生】
(名・他サ) 寫生，速寫；短篇作品，散記
例 花(はな)を写生(しゃせい)する。
譯 花卉寫生。

08 | しゅうじ【習字】
(名) 習字，練毛筆字
例 習字(しゅうじ)を習(なら)う。
譯 學書法。

09 | しょどう【書道】
(名) 書法
例 書道(しょどう)を習(なら)う。
譯 學習書法。

10 | せいさく【制作】
(名・他サ) 創作（藝術品等），製作；作品
例 芸術作品(げいじゅつさくひん)を制作(せいさく)する。
譯 創作藝術品。

11 | そうさく【創作】
(名・他サ)（文學作品）創作；捏造（謊言）；創新，創造
例 創作(そうさく)に専念(せんねん)する。
譯 專心從事創作。

12 | そしつ【素質】

名 素質，本質，天分，天資

例 素質に恵まれる。

譯 具備天分。

13 | ちかよる【近寄る】

自五 走進，靠近，接近

例 近寄ってよく見る。

譯 靠近仔細看。

14 | ちょうこく【彫刻】

名・他サ 雕刻

例 仏像を彫刻する。

譯 雕刻佛像。

15 | はいく【俳句】

名 俳句

例 俳句を読む。

譯 吟詠俳句。

16 | ぶんげい【文芸】

名 文藝，學術和藝術；(詩、小説、戲劇等)語言藝術

例 文芸映画が生まれた。

譯 誕生文藝電影。

17 | ほり【彫り】

名 雕刻

例 彫りの深い顔立ち。

譯 五官深邃。

18 | ほる【彫る】

他五 雕刻；紋身

例 像を彫る。

譯 刻雕像。

19-2 音楽 / 音樂

01 | オーケストラ【orchestra】

名 管絃樂(團)；樂池，樂隊席

例 オーケストラを結成する。

譯 組成管弦樂團。

02 | オルガン【organ】

名 風琴

例 電子オルガンが広まる。

譯 電子風琴普及。

03 | おん【音】

名 聲音，響聲；發音

例 ノイズ音を低減する。

譯 減低噪音。

04 | か【歌】

漢造 唱歌；歌詞

例 和歌を一首詠んだ。

譯 朗誦了一首和歌。

05 | がっき【楽器】

名 樂器

例 楽器を奏でる。

譯 演奏樂器。

06 | がっしょう【合唱】

名・他サ 合唱，一齊唱；同聲高呼

例 合唱部に入る。

譯 參加合唱團。

07 | かよう【歌謡】

(名) 歌謠，歌曲

例 歌謡曲(かようきょく)を歌(うた)う。

譯 唱歌謠。

08 | からから

(副・自サ) 乾的、硬的東西相碰的聲音(擬音)

例 からから音(おと)がする。

譯 鏗鏗作響。

09 | がらがら

(名・副・自サ・形動) 手搖鈴玩具；硬物相撞聲；直爽；很空

例 がらがらとシャッターを開(あ)ける。

譯 嘎啦嘎啦地把鐵門打開。

10 | きょく【曲】

(名・漢造) 曲調；歌曲；彎曲

例 曲(きょく)を演奏(えんそう)する。

譯 演奏曲子。

11 | コーラス【chorus】

(名) 合唱；合唱團；合唱曲

例 コーラス部(ぶ)に入(はい)る。

譯 參加合唱團。

12 | こてん【古典】

(名) 古書，古籍；古典作品

例 古典音楽(こてんおんがく)を楽(たの)しむ。

譯 欣賞古典音樂。

13 | コンクール【concours】

(名) 競賽會，競演會，會演

例 合唱(がっしょう)コンクールに出(で)る。

譯 出席合唱比賽。

14 | さっきょく【作曲】

(名・他サ) 作曲，譜曲，配曲

例 交響曲(こうきょうきょく)を作曲(さっきょく)する。

譯 作交響曲。

15 | たいこ【太鼓】

(名) (大)鼓

例 太鼓(たいこ)を叩(たた)く。

譯 打鼓。

16 | テンポ【tempo】

(名) (樂曲的)速度，拍子；(局勢、對話或動作的)速度

例 テンポが落(お)ちる。

譯 節奏變慢。

17 | どうよう【童謡】

(名) 童謠；兒童詩歌

例 童謡(どうよう)を作曲(さっきょく)する。

譯 創作童謠歌曲。

18 | ひびき【響き】

(名) 聲響，餘音；回音，迴響，震動；傳播振動；影響，波及

例 鐘(かね)の響(ひび)きが時(とき)を告(つ)げる。

譯 鐘聲的餘音宣報時刻。

19 | ひびく【響く】

(自五) 響，發出聲音；發出回音，震響；傳播震動；波及；出名

例 天下(てんか)に名(な)が響(ひび)く。

譯 名震天下。

20 ｜みんよう【民謠】

㊔ 民謠，民歌

例 民謡（みんよう）を歌（うた）う。

譯 唱民謠。

21 ｜リズム【rhythm】

㊔ 節奏，旋律，格調，格律

例 リズムを取（と）る。

譯 打節拍。

N2 ● 19-3

19-3 演劇、舞踊、映画 / 戲劇、舞蹈、電影

01 ｜あく【開く】

自五 開，打開；(店舖)開始營業

例 幕（まく）が開（あ）く。

譯 開幕。

02 ｜あらすじ【粗筋】

㊔ 概略，梗概，概要

例 物語（ものがたり）のあらすじが見（み）えない。

譯 看不清故事大概。

03 ｜えんぎ【演技】

名・自サ (演員的)演技，表演；做戲

例 演技派（えんぎは）の俳優（はいゆう）が演（えん）じる。

譯 由演技派演員出演。

04 ｜かいえん【開演】

名・自他サ 開演

例 7時（じ）に開演（かいえん）する。

譯 七點開演。

05 ｜かいかい【開会】

名・自他サ 開會

例 司会者（しかいしゃ）のあいさつで開会（かいかい）する。

譯 司儀致詞宣布會議開始。

06 ｜かんきゃく【観客】

㊔ 觀眾

例 観客層（かんきゃくそう）を広（ひろ）げる。

譯 擴大觀眾層。

07 ｜きゃくせき【客席】

㊔ 觀賞席；宴席，來賓席

例 客席（きゃくせき）を見渡（みわた）す。

譯 遠望觀眾席。

08 ｜けいこ【稽古】

名・自他サ (學問、武藝等的)練習，學習；(演劇、電影、廣播等的)排演，排練

例 けいこをつける。

譯 訓練。

09 ｜げき【劇】

名・接尾 劇，戲劇；引人注意的事件

例 劇（げき）を演（えん）じる。

譯 演戲。

10 ｜けっさく【傑作】

㊔ 傑作

例 傑作（けっさく）が生（う）まれる。

譯 創作出傑作。

11 ｜しばい【芝居】

㊔ 戲劇，話劇；假裝，花招；劇場

例 芝居（しばい）がうまい。

譯 演技好。

12 ｜しゅやく【主役】

㊔（戲劇）主角；（事件或工作的）中心人物

例 主役が決まる。

譯 決定主角。

13 ｜ステージ【stage】

㊔ 舞台，講台；階段，等級，步驟

例 ステージに立つ。

譯 站在舞台上。

14 ｜せりふ

㊔ 台詞，念白；（貶）使人不快的說法，說辭

例 せりふをとちる。

譯 念錯台詞。

15 ｜だい【題】

（名・自サ・漢造）題目，標題；問題；題辭

例 題が決まる。

譯 訂題。

16 ｜ダンス【dance】

（名・自サ）跳舞，交際舞

例 ダンスを習う。

譯 學習跳舞。

17 ｜びみょう【微妙】

（形動）微妙的

例 微妙な言い回しが面白い。

譯 微妙的說法很耐人尋味。

18 ｜プログラム【program】

㊔ 節目（單），說明書；計畫（表），程序（表）；編制（電腦）程式

例 プログラムを組む。

譯 編制程序。

19 ｜まく【幕】

（名・漢造）幕，布幕；（戲劇）幕；場合，場面；螢幕

例 幕を開ける。

譯 揭幕。

20 ｜みごと【見事】

（形動）漂亮，好看；卓越，出色，巧妙；整個，完全

例 見事に成功する。

譯 成功得漂亮。

21 ｜めいさく【名作】

㊔ 名作，傑作

例 不朽の名作だ。

譯 不朽的名作。

22 ｜ものがたり【物語】

㊔ 談話，事件；傳說；故事，傳奇；（平安時代後散文式的文學作品）物語

例 物語を語る。

譯 說故事。

パート 20 第二十章

數量、図形、色彩

- 數量、圖形、色彩 -

N2 ● 20-1

20-1 数 / 數目

01 | いっしゅ【一種】

㊔ 一種；獨特的；（說不出的）某種，稍許

例 彼(かれ)は一種(いっしゅ)の天才(てんさい)だ。

譯 他是某種天才。

02 | おのおの【各々】

名・副 各自，各，諸位

例 各々(おのおの)の考(かんが)えがまとまらず。

譯 各自的想法無法一致。

03 | きじゅん【基準】

㊔ 基礎，根基；規格，準則

例 基準(きじゅん)に達(たっ)する。

譯 達到基準。

04 | きゅうげき【急激】

形動 急遽

例 急激(きゅうげき)な変化(へんか)に耐(た)える。

譯 忍受急遽的變化。

05 | きゅうそく【急速】

名・形動 迅速，快速

例 急速(きゅうそく)な変化(へんか)が予測(よそく)される。

譯 預測將有迅速的變化。

06 | くらい【位】

㊔（數）位數；皇位，王位；官職，地位；（人或藝術作品的）品味，風格

例 位(くらい)が上(あ)がる。

譯 升級。

07 | ぐうすう【偶数】

㊔ 偶數，雙數

例 偶数(ぐうすう)の部屋(へや)にいすがある。

譯 偶數的房間有椅子。

08 | ごく【極】

㊓ 非常，最，極，至，頂

例 極親(ごくした)しい関係(かんけい)を持(も)つ。

譯 保持極親關係。

09 | しめる【占める】

他下一 占有，佔據，佔領；（只用於特殊形）表得到（重要的位置）

例 過半数(かはんすう)を占(し)める。

譯 佔有半數以上。

10 | しょうしか【少子化】

㊔ 少子化

例 少子化(しょうしか)が進(すす)んでいる。

譯 少子化日趨嚴重。

11 | すう【数】

(名・接頭) 數，數目，數量；定數，天命；(數學中泛指的)數；數量

例 端数を切り捨てる。

譯 去掉尾數。

12 | たいはん【大半】

(名) 大半，多半，大部分

例 大半を占める。

譯 佔大半。

13 | だいぶぶん【大部分】

(名・副) 大部分，多半

例 出席者の大部分が賛成する。

譯 大部分的出席者都贊成。

14 | たっする【達する】

(他サ・自サ) 到達；精通，通過；完成，達成；實現；下達(指示、通知等)

例 義援金が 200 億円に達する。

譯 捐款達二百億日圓。

15 | たんすう【単数】

(名) (數)單數，(語)單數

例 一人は単数である。

譯 一個人是單數。

16 | ちょうか【超過】

(名・自サ) 超過

例 時間を超過する。

譯 超過時間。

17 | とおり【通り】

(接尾) 種類；套，組

例 方法は二通りある。

譯 辦法有兩種。

18 | なかば【半ば】

(名・副) 一半，半數；中間，中央；半途；(大約)一半，一半(左右)

例 半ばの月を眺める。

譯 眺望仲秋之月。

19 | なし【無し】

(名) 無，沒有

例 何も言うことなし。

譯 無話可說。

20 | なんびゃく【何百】

(名) (數量)上百

例 蚊が何百匹もいる。

譯 有上百隻的蚊子。

21 | ひと【一】

(接頭) 一個；一回；稍微；以前

例 一勝負しようぜ。

譯 比賽一回吧！

22 | ひとしい【等しい】

(形) (性質、數量、狀態、條件等)相等的，一樣的；相似的

例 A は B に等しい。

譯 A 等於 B。

23 | ひとすじ【一筋】

(名) 一條，一根；(常用「一筋に」)一心一意，一個勁兒

例 一筋の光が差し込む。

譯 一道曙光照射進來。

24 | ひととおり【一通り】

副 大概，大略；(下接否定)普通，一般；一套；全部

例 一通り(ひととお)読(よ)む。

譯 略讀。

25 | ひょうじゅん【標準】

名 標準，水準，基準

例 標準的(ひょうじゅんてき)なサイズが1番(いちばん)売(う)れる。

譯 一般的尺寸賣最好。

26 | ぶ【分】

名・接尾 (優劣的)形勢，(有利的)程度；厚度；十分之一；百分之一

例 二割三分(にわりさんぶ)の手数料(てすうりょう)がかかる。

譯 要23%的手續費。

27 | ふくすう【複数】

名 複數

例 複数形(ふくすうけい)がない。

譯 沒有複數形。

28 | ほぼ【略・粗】

副 大約，大致，大概

例 仕事(しごと)がほぼ完成(かんせい)した。

譯 工作大略完成了。

29 | まいすう【枚数】

名 (紙、衣、版等薄物)張數，件數

例 枚数(まいすう)を数(かぞ)える。

譯 數張數。

30 | まれ【稀】

形動 稀少，稀奇，希罕

例 稀(まれ)なでき事(ごと)だ。

譯 罕見的事。

31 | メーター【meter】

名 米，公尺；儀表，測量器

例 水道(すいどう)のメーターが回(まわ)っている。

譯 自來水錶運轉著。

32 | めやす【目安】

名 (大致的)目標，大致的推測，基準；標示

例 目安(めやす)を立(た)てる。

譯 確定標準。

33 | もっとも【最も】

副 最，頂

例 世界(せかい)で最(もっと)も高(たか)い山(やま)。

譯 世界最高的山。

34 | やく【約】

名・副・漢造 約定，商定；縮寫，略語；大約，大概；簡約，節約

例 約(やく) 10 キロ走(はし)った。

譯 跑了大約十公里。

35 | よび【予備】

名 預備，準備

例 予備(よび)の電池(でんち)を買(か)う。

譯 買預備電池。

20-2 計算 /
計算

01 | えんしゅう【円周】

(名)(數)圓周

例 円周率(えんしゅうりつ)を求(もと)める。

譯 計算出圓周率。

02 | かくりつ【確率】

(名)機率，概率

例 確率(かくりつ)が高(たか)い。

譯 機率高。

03 | かげん【加減】

(名・他サ)加法與減法；調整，斟酌；程度，狀態；(天氣等)影響；身體狀況

例 手加減(てかげん)がわからない。

譯 不知道斟酌力道。

04 | かじょう【過剰】

(名・形動)過剩，過量

例 過剰(かじょう)な反応(はんのう)が起(お)こる。

譯 發生過度的反應。

05 | くわわる【加わる】

(自五)加上，添上

例 新(あたら)しい要素(ようそ)が加(くわ)わる。

譯 增添新的因素。

06 | げきぞう【激増】

(名・自サ)激增，劇增

例 人口(じんこう)が激増(げきぞう)する。

譯 人口激增。

07 | ごうけい【合計】

(名・他サ)共計，合計，總計

例 合計(ごうけい)を求(もと)める。

譯 算出總計。

08 | ぞうか【増加】

(名・自他サ)增加，增多，增進

例 人口(じんこう)が増加(ぞうか)する。

譯 人口增加。

09 | ぞうげん【増減】

(名・自他サ)增減，增加

例 売(う)り上(あ)げは月(つき)によって増減(ぞうげん)がある。

譯 銷售因月份有所增減。

10 | とうけい【統計】

(名・他サ)統計

例 統計(とうけい)を出(だ)す。

譯 做出統計數字。

11 | ぴたり

(副)突然停止；緊貼地，緊緊地；正好，正合適，正對

例 計算(けいさん)がぴたりと合(あ)う。

譯 計算的數字正確。

12 | ほうていしき【方程式】

(名)(數學)方程式

例 方程式(ほうていしき)を解(と)く。

譯 解方程式。

13 | まし

(名・形動)增，增加；勝過，強

例 一割増(いちわりまし)になる。

譯 增加一成。

14 | りつ【率】

(名) 率，比率，成數；有力或報酬等的程度

例 能率(のうりつ)を上(あ)げる。

譯 提高效率。

15 | わる【割る】

(他五) 打，劈開；用除法計算

例 6を2で割(わ)る。

譯 6除以2。

N2 ⊙ 20-3

20-3 量 /
量、容量

01 | あまる【余る】

(自五) 剩餘；超過，過分，承擔不了

例 目(め)に余(あま)る。

譯 令人看不下去。

02 | ある【或る】

(連體) (動詞「あり」的連體形轉變，表示不明確、不肯定)某，有

例 ある程度(ていど)の時間(じかん)がかかる。

譯 要花費某種程度上的時間。

03 | ある【有る・在る】

(自五) 有；持有，具有；舉行，發生；有過；在

例 二度(にど)あることは三度(さんど)ある。

譯 禍不單行。

04 | いく【幾】

(接頭) 表數量不定，幾，多少，如「幾日」(幾天)；表數量、程度很大，如「幾千万」(幾千萬)

例 幾千万(いくせんまん)の星(ほし)を見上(みあ)げた。

譯 抬頭仰望幾千萬星星。

05 | いくぶん【幾分】

(副・名) 一點，少許，多少；(分成)幾分；(分成幾分中的)一部分

例 寒(さむ)さがいくぶん和(やわ)らいだ。

譯 寒氣緩和了一些。

06 | いってい【一定】

(名・自他サ) 一定；規定，固定

例 一定(いってい)の収入(しゅうにゅう)が保証(ほしょう)される。

譯 保證有一定程度的收入。

07 | うんと

(副) 多，大大地；用力，使勁地

例 うんと殴(なぐ)る。

譯 狠揍。

08 | おお【大】

(造語) (形狀、數量)大，多；(程度)非常，很；大體，大概

例 大騒(おおさわ)ぎになっている。

譯 變成大混亂的局面。

09 | おおいに【大いに】

(副) 很，頗，大大地，非常地

例 大(おお)いに感謝(かんしゃ)している。

譯 非常感謝。

10 | おもに【主に】

(副) 主要，重要；(轉)大部分，多半

例 バイクを主(おも)に取(と)り扱(あつか)う。

譯 以機車為重點處理。

11 | かはんすう【過半数】

(名) 過半數，半數以上

例 過半数(かはんすう)に達(たっ)する。

譯 超過半數。

12 | きょだい【巨大】

(形動) 巨大，雄偉

例 巨大(きょだい)な船(ふね)が浮(う)かんでいる。

譯 巨大的船漂浮著。

13 | げんど【限度】

(名) 限度，界限

例 限度(げんど)を超(こ)える。

譯 超過限度。

14 | すべて【全て】

(名・副) 全部，一切，通通；總計，共計

例 全(すべ)てを語(かた)る。

譯 説出一切詳情。

15 | たしょう【多少】

(名・副) 多少，多寡；一點，稍微

例 多少(たしょう)の貯金(ちょきん)はある。

譯 有一點積蓄。

16 | だらけ

(接尾) (接名詞後)滿，淨，全；多，很多

例 借金(しゃっきん)だらけになる。

譯 一身債務。

17 | たりょう【多量】

(名・形動) 大量

例 多量(たりょう)の出血(しゅっけつ)を防(ふせ)ぐ。

譯 預防大量出血。

18 | たる【足る】

(自五) 足夠，充足；值得，滿足

例 読(よ)むに足(た)りない本(ほん)。

譯 不值得看的書。

19 | だん【段】

(名・形名) 層，格，節；(印刷品的)排，段；樓梯；文章的段落

例 段差(だんさ)がある。

譯 有高低落差。

20 | ちゅう【中】

(名・接尾・漢造) 中央，當中；中間；中等；…之中；正在…當中

例 中(ちゅう)ジョッキを持(も)つ。

譯 手拿中杯。

21 | ていいん【定員】

(名) (機關，團體的)編制的名額；(車輛的)定員，規定的人數

例 定員(ていいん)に達(たっ)する。

譯 達到規定人數。

22 | どっと

(副) (許多人)一齊(突然發聲)，哄堂；(人、物)湧來，雲集；(突然)病重，病倒

例 人(ひと)がどっと押(お)し寄(よ)せる。

譯 人群湧至。

23 | ばくだい【莫大】

名・形動 莫大，無尚，龐大

例 莫大な損失を被った。

譯 遭受莫大的損失。

24 | ぶん【分】

名・漢造 部分；份；本分；地位

例 これはあなたの分です。

譯 這是你的份。

25 | ぶんりょう【分量】

名 分量，重量，數量

例 分量が足りない。

譯 份量不足。

26 | ぼうだい【膨大】

名・形動 龐大的，臃腫的，膨脹

例 膨大な予算をかける。

譯 花費龐大的預算。

27 | ほうふ【豊富】

形動 豐富

例 天然資源が豊富な国だ。

譯 擁有豐富天然資源的國家。

28 | みまん【未満】

接尾 未滿，不足

例 二十歳未満の少年がいる。

譯 有未滿二十歲的少年。

29 | ゆいいつ【唯一】

名 唯一，獨一

例 唯一無二の友がいた。

譯 有獨一無二的朋友。

30 | よけい【余計】

形動・副 多餘的，無用的，用不著的；過多的；更多，格外，更加，越發

例 余計な事をするな。

譯 別多管閒事。

31 | よぶん【余分】

名・形動 剩餘，多餘的；超量的，額外的

例 人より余分に働く。

譯 比別人格外辛勤。

32 | りょう【量】

名・漢造 數量，份量，重量；推量；器量

例 量をはかる。

譯 測數量。

33 | わずか【僅か】

副・形動 （數量、程度、價值、時間等）很少，僅僅；一點也（後加否定）

例 わずかにずれる。

譯 稍稍偏離。

N2 ● 20-4

20-4 長さ、広さ、重さなど / 長度、面積、重量等

01 | いちぶ【一部】

名 一部分，（書籍、印刷物等）一冊，一份，一套

例 一部始終を話す。

譯 述說（不好的）事情來龍去脈。

02 | おもたい【重たい】

形 （份量）重的，沉的；心情沉重

例 重たい荷物を持つ。

譯 抬帶沈重的行李。

03 | かんかく【間隔】

㊔ 間隔，距離

例 間隔を取る。

譯 保持距離。

04 | さ【差】

㊔ 差別，區別，差異；差額，差數

例 差が著しい。

譯 差別明顯。

05 | じゅうりょう【重量】

㊔ 重量，分量；沈重，有份量

例 重量を測る。

譯 秤重。

06 | しょう【小】

㊔ 小(型)，(尺寸，體積)小的；小月；謙稱

例 大は小を兼ねる。

譯 大能兼小。

07 | すいちょく【垂直】

(名・形動) (數)垂直；(與地心)垂直

例 垂直に立てる。

譯 垂直站立。

08 | すんぽう【寸法】

㊔ 長短，尺寸；(預定的)計畫，順序，步驟；情況

例 寸法を測る。

譯 量尺寸。

09 | そくりょう【測量】

(名・他サ) 測量，測繪

例 土地を測量する。

譯 測量土地。

10 | だい【大】

(名・漢造) (事物、體積)大的；量多的；優越，好；宏大，大量；宏偉，超群

例 1月は大の月だ。

譯 一月是大月。

11 | だいしょう【大小】

㊔ (尺寸)大小；大和小

例 大小にかかわらず。

譯 不論大小。

12 | たいせき【体積】

㊔ (數)體積，容積

例 体積を測る。

譯 測量體積。

13 | たば【束】

㊔ 把，捆

例 束を作る。

譯 打成一捆。

14 | ちょう【長】

(名・漢造) 長，首領；長輩；長處

例 長幼の別をわきまえる。

譯 懂得長幼有序。

15 | ちょうたん【長短】

㊔ 長和短；長度；優缺點，長處和短處；多和不足

例 長短を計る。

譯 測量長短。

16 | ちょっけい【直径】

㊔（數）直徑

例 円(えん)の直径(ちょっけい)が４である。

譯 圓形直徑有４。

17 | とうぶん【等分】

（名・他サ）等分，均分；相等的份量

例 ３等分(とうぶん)する。

譯 分成三等分。

18 | はんけい【半径】

㊔ 半徑

例 半径(はんけい)５センチの円(えん)になる。

譯 成為半徑５公分的圓。

19 | めんせき【面積】

㊔ 面積

例 面積(めんせき)を測(はか)る。

譯 測量面積。

20 | ようせき【容積】

㊔ 容積，容量，體積

例 容積(ようせき)が小(ちい)さい。

譯 容量很小。

21 | リットル【liter】

㊔ 升，公升

例 １リットルの牛乳(ぎゅうにゅう)がスーパーで並(なら)んでいる。

譯 一公升的牛奶擺在超市裡。

20-5 回数、順番 / 次數、順序

01 | かいすう【回数】

㊔ 次數，回數

例 回数(かいすう)を重(かさ)ねる。

譯 三番五次。

02 | かさなる【重なる】

（自五）重疊，重複；（事情、日子）趕在一起

例 用事(ようじ)が重(かさ)なる。

譯 很多事情趕在一起。

03 | きゅう【級】

（名・漢造）等級，階段；班級，年級；頭

例 英検(えいけん)１級(いっきゅう)に合格(ごうかく)する。

譯 英檢一級合格。

04 | こうしゃ【後者】

㊔ 後來的人；（兩者中的）後者

例 後者(こうしゃ)が特(とく)に重要(じゅうよう)だ。

譯 後者特別重要。

05 | こんかい【今回】

㊔ 這回，這次，此番

例 今回(こんかい)が２回目(かいめ)です。

譯 這次是第二次。

06 | さい【再】

（漢造）再，又一次

例 再(さい)チャレンジする。

譯 再挑戰一次。

07 ｜さいさん【再三】

副 屢次，再三

例 再三注意する。

譯 屢次叮嚀。

08 ｜しばしば

副 常常，每每，屢次，再三

例 しばしば起こる。

譯 屢次發生。

09 ｜じゅう【重】

接尾 (助數詞用法)層，重

例 五重の塔に登る。

譯 登上五重塔。

10 ｜じゅんじゅん【順々】

副 按順序，依次；一點點，漸漸地，逐漸

例 順々に席を立つ。

譯 依序離開座位。

11 ｜じゅんじょ【順序】

名 順序，次序，先後；手續，過程，經過

例 順序が違う。

譯 次序不對。

12 ｜ぜんしゃ【前者】

名 前者

例 前者を選ぶ。

譯 選擇前者。

13 ｜ぞくぞく【続々】

副 連續，紛紛，連續不斷地

例 続々と入場する。

譯 紛紛入場。

14 ｜だい【第】

漢造 順序；考試及格，錄取；住宅，宅邸

例 第五回大会を開催する。

譯 召開第五次大會。

15 ｜たび【度】

名・接尾 次，回，度；(反覆)每當，每次；(接數詞後)回，次

例 この度はおめでとう。

譯 這次向你祝賀。

16 ｜たびたび【度々】

副 屢次，常常，再三

例 たびたびの警告も無視された。

譯 多次的警告都被忽視。

17 ｜ダブる

自五 重複；撞期

例 おもかげがダブる。

譯 雙影。

18 ｜つぐ【次ぐ】

自五 緊接著，繼…之後；次於，並於

例 不幸に次ぐ不幸に見舞われた。

譯 遭逢接二連三的不幸。

19 ｜ばんめ【番目】

接尾 (助數詞用法，計算事物順序的單位)第

例 四番目の姉が来られない。

譯 四姊無法來。

20 ｜ひっくりかえす【引っくり返す】

他五 推倒，弄倒，碰倒；顛倒過來；推翻，否決

例 順序を引っ繰り返す。
譯 順序弄反了。

21 | まいど【毎度】
名 曾經，常常，屢次；每次
例 毎度ありがとうございます。
譯 屢蒙關照，萬分感謝。

22 | やたらに
形動・副 胡亂的，隨便的，任意的，馬虎的；過份，非常，大膽
例 やたらに金を使う。
譯 胡亂花錢。

N2 20-6

20-6 図形、模様、色彩 / 圖形、花紋、色彩

01 | あおじろい【青白い】
形 (臉色)蒼白的；青白色的
例 青白い月の光が射す。
譯 映照著青白色的月光。

02 | えん【円】
名 (幾何)圓，圓形；(明治後日本貨幣單位)日元
例 円を描く。
譯 畫圓。

03 | かくど【角度】
名 (數學)角度；(觀察事物的)立場
例 あらゆる角度から分析する。
譯 從各種角度來分析。

04 | かっこ【括弧】
名 括號；括起來
例 括弧でくくる。
譯 括在括弧裡。

05 | がら【柄】
名・接尾 身材；花紋，花樣；性格，人品，身分；表示性格，身分，適合性
例 柄に合わない。
譯 不合身分。

06 | カラー【color】
名 色，彩色；(繪畫用)顏料
例 カラーコピーをとる。
譯 彩色影印。

07 | きごう【記号】
名 符號，記號
例 記号をつける。
譯 標上記號。

08 | きゅう【球】
名・漢造 球；(數)球體，球形
例 球の体積を求める。
譯 解出球的體積。

09 | きょくせん【曲線】
名 曲線
例 曲線を描く。
譯 畫曲線。

10 | ぎん【銀】
名 銀，白銀；銀色
例 銀の世界が広がる。
譯 展現一片銀白的雪景。

11 | グラフ【graph】

名 圖表，圖解，座標圖；畫報

例 グラフを書く。

譯 畫圖表。

12 | けい【形・型】

漢造 型，模型；樣版，典型，模範；樣式；形成，形容

例 模型を作る。

譯 製作模型。

13 | こん【紺】

名 深藍，深青

例 紺色のズボンがピンク色になった。

譯 深藍色的褲子變成粉紅色的。

14 | しかくい【四角い】

形 四角的，四方的

例 四角い窓からのぞく。

譯 從四角窗窺視。

15 | ず【図】

名 圖，圖表；地圖；設計圖；圖畫

例 図で説明する。

譯 用圖説明。

16 | ずけい【図形】

名 圖形，圖樣；(數)圖形

例 図形を描く。

譯 描繪圖形。

17 | せい【正】

名・漢造 正直；(數)正號；正確，正當；更正，糾正；主要的，正的

例 正三角形でいろんな形を作る。

譯 以正三角形做出各種形狀。

18 | せいほうけい【正方形】

名 正方形

例 正方形の用紙を使う。

譯 使用正方形的紙張。

19 | たいかくせん【対角線】

名 對角線

例 対角線を引く。

譯 畫對角線。

20 | だえん【楕円】

名 橢圓

例 楕円形になる。

譯 成為橢圓形。

21 | ちょうほうけい【長方形】

名 長方形，矩形

例 長方形の箱が用意されている。

譯 準備了長方形的箱子。

22 | ちょっかく【直角】

名・形動 (數)直角

例 直角に曲がる。

譯 彎成直角。

23 | でこぼこ【凸凹】

名・自サ 凹凸不平，坑坑窪窪；不平衡，不均勻

例 でこぼこな地面をならす。

譯 坑坑洞洞的地面整平。

24 | てんてん【点々】

㊖ 點點，分散在；(液體)點點地，滴滴地往下落

例 点々(てんてん)と滴(したた)る。

譯 滴滴答答地滴落下來。

25 | ひょう【表】

(名・漢造) 表，表格；奏章；表面，外表；表現；代表；表率

例 表(ひょう)で示(しめ)す。

譯 用表格標明。

26 | ましかく【真四角】

㊔ 正方形

例 真四角(ましかく)の机(つくえ)が置(お)いてある。

譯 放著正方形的桌子。

27 | まっか【真っ赤】

(名・形) 鮮紅；完全

例 真(ま)っ赤(か)になる。

譯 變紅。

28 | まる【丸】

(名・接尾) 圓形，球狀；句點；完全

例 丸(まる)を書(か)く。

譯 畫圈圈。

29 | まんまるい【真ん丸い】

㊒ 溜圓，圓溜溜

例 真(ま)ん丸(まる)い月(つき)が出(で)る。

譯 圓月出來了。

30 | もよう【模様】

㊔ 花紋，圖案；情形，狀況；徵兆，趨勢

例 模様(もよう)をつける。

譯 描繪圖案。

31 | よこなが【横長】

(名・形動) 長方形的，橫寬的

例 横長(よこなが)の鞄(かばん)を背負(せお)っている。

譯 背著橫長的包包。

32 | よつかど【四つ角】

㊔ 十字路口；四個犄角

例 四(よ)つ角(かど)に交番(こうばん)がある。

譯 十字路口有派出所。

33 | らせん【螺旋】

㊔ 螺旋狀物；螺旋

例 螺旋階段(らせんかいだん)が登(のぼ)りにくい。

譯 螺旋梯難以攀登。

34 | りょくおうしょく【緑黄色】

㊔ 黃綠色

例 緑黄色野菜(りょくおうしょくやさい)を毎日十分取(まいにちじゅうぶんと)っている。

譯 每天充分攝取黃綠色蔬菜。

35 | わ【輪】

㊔ 圈，環，箍；環節；車輪

例 輪(わ)を描(えが)く。

譯 圍成圈子。

パート 21 第二十一章

教育

- 教育 -

N2 21-1

21-1 教育、学習 / 教育、學習

01 | がく【学】

(名・漢造) 學校；知識，學問，學識

例 学(がく)がある。

譯 有學問。

02 | がくしゅう【学習】

(名・他サ) 學習

例 英語(えいご)を学習(がくしゅう)する。

譯 學習英文。

03 | がくじゅつ【学術】

(名) 學術

例 学術雑誌(がくじゅつざっし)に論文(ろんぶん)を掲載(けいさい)する。

譯 將論文刊登在學術雜誌上。

04 | がくもん【学問】

(名・自サ) 學業，學問；科學，學術；見識，知識

例 学問(がくもん)を修(おさ)める。

譯 求學。

05 | がっかい【学会】

(名) 學會，學社

例 学会(がっかい)に出席(しゅっせき)する。

譯 出席學會。

06 | かてい【課程】

(名) 課程

例 教育課程(きょういくかてい)が重視(じゅうし)される。

譯 教育課程深受重視。

07 | きそ【基礎】

(名) 基石，基礎，根基；地基

例 基礎(きそ)を固(かた)める。

譯 鞏固基礎。

08 | きょうよう【教養】

(名) 教育，教養，修養；（專業以外的）知識學問

例 教養(きょうよう)を身(み)につける。

譯 提高素養。

09 | こうえん【講演】

(名・自サ) 演説，講演

例 環境問題(かんきょうもんだい)について講演(こうえん)する。

譯 演講有關環境問題。

10 | さんこう【参考】

(名・他サ) 參考，借鑑

例 参考(さんこう)になる。

譯 可供參考。

11 | しくじる
(他五) 失敗，失策；(俗)被解雇

例 試験にしくじる。

譯 考壞了。

12 | じしゅう【自習】
(名・他サ) 自習，自學

例 家で自習する。

譯 在家自習。

13 | しぜんかがく【自然科学】
(名) 自然科學

例 自然科学を研究する。

譯 研究自然科學。

14 | じっけん【実験】
(名・他サ) 實驗，實地試驗；經驗

例 実験が失敗する。

譯 實驗失敗。

15 | じっしゅう【実習】
(名・他サ) 實習

例 病院で実習する。

譯 在醫院實習。

16 | しどう【指導】
(名・他サ) 指導；領導，教導

例 指導を受ける。

譯 接受指導。

17 | しゃかいかがく【社会科学】
(名) 社會科學

例 社会科学を学ぶ。

譯 學習社會科學。

18 | じょうきゅう【上級】
(名) (層次、水平高的)上級，高級

例 上級になる。

譯 升上高級。

19 | じょうたつ【上達】
(名・自他サ) (學術、技藝等)進步，長進；上呈，向上傳達

例 上達が見られる。

譯 看出進步。

20 | しょきゅう【初級】
(名) 初級

例 初級コースを学ぶ。

譯 學習初級課程。

21 | しょほ【初歩】
(名) 初學，初步，入門

例 初歩から学ぶ。

譯 從入門開始學起。

22 | じんぶんかがく【人文科学】
(名) 人文科學，文化科學(哲學、語言學、文藝學、歷史學領域)

例 人文科学を学ぶ。

譯 學習人文科學。

23 | せんこう【専攻】
(名・他サ) 專門研究，專修，專門

例 社会学を専攻する。

譯 專修社會學。

24 ｜たいいく【体育】

㊔ 體育；體育課

例 体育の授業で走る。

譯 在體育課上跑步。

---

25 ｜てつがく【哲学】

㊔ 哲學；人生觀，世界觀

例 それは僕の哲学だ。

譯 那是我的人生觀。

---

26 ｜どうとく【道徳】

㊔ 道德

例 道徳に反する。

譯 違反道德。

---

27 ｜ならう【倣う】

(自五) 仿效，學

例 先例に倣う。

譯 仿照前例。

---

28 ｜ほうしん【方針】

㊔ 方針；(羅盤的)磁針

例 方針が定まる。

譯 定下方針。

---

29 ｜ほけん【保健】

㊔ 保健，保護健康

例 保健体育が始まった。

譯 開始保健體育。

---

30 ｜まなぶ【学ぶ】

(他五) 學習；掌握，體會

例 日本語を学ぶ。

譯 學日語。

---

31 ｜み【身】

㊔ 身體；自身，自己；身份，處境；心，精神；肉；力量，能力

例 身に付く。

譯 掌握要領。

N2 21-2

21-2 学校 / 學校

01 ｜うらぐち【裏口】

㊔ 後門，便門；走後門

例 裏口入学をさせる。

譯 讓他走後門入學。

---

02 ｜がっか【学科】

㊔ 科系

例 建築学科を第一志望にする。

譯 以建築系為第一志願。

---

03 ｜がっき【学期】

㊔ 學期

例 学期末試験を受ける。

譯 考期末考試。

---

04 ｜キャンパス【campus】

㊔ (大學)校園，校內

例 大学のキャンパスがある。

譯 有大學校園。

05 | きゅうこう【休校】

(名・自サ) 停課

例 地震で休校になる。

譯 因地震而停課。

06 | こうか【校歌】

(名) 校歌

例 校歌を歌う。

譯 唱校歌。

07 | こうとう【高等】

(名・形動) 高等，上等，高級

例 高等学校を卒業する。

譯 高中畢業。

08 | ざいこう【在校】

(名・自サ) 在校

例 在校生代表が祝辞を述べる。

譯 在校生代表致祝賀詞。

09 | しつ【室】

(名・漢造) 房屋，房間；(文)夫人，妻室；家族；窖，洞；鞘

例 職員室を改装した。

譯 改換職員室的裝潢。

10 | じつぎ【実技】

(名) 實際操作

例 実技試験で不合格になる。

譯 實際操作測驗不合格。

11 | じゅけん【受験】

(名・他サ) 參加考試，應試，投考

例 大学を受験する。

譯 參加大學考試。

12 | しりつ【私立】

(名) 私立，私營

例 私立(学校)に進学する。

譯 到私立學校讀書。

13 | しんろ【進路】

(名) 前進的道路

例 進路が決まる。

譯 決定出路問題。

14 | すいせん【推薦】

(名・他サ) 推薦，舉薦，介紹

例 代表に推薦する。

譯 推薦為代表。

15 | スクール【school】

(名・造) 學校；學派；花式滑冰規定動作

例 英会話スクールに通う。

譯 上英語會話課。

16 | せいもん【正門】

(名) 大門，正門

例 正門から入る。

譯 從正門進去。

17 | ひきだす【引き出す】

(他五) 抽出，拉出；引誘出，誘騙；(從銀行)提取，提出

例 生徒の能力を引き出す。

譯 引導出學生的能力。

18 | ふぞく【付属】

(名・自サ) 附屬

例 大学付属小学校に通う。

譯 上大學附屬小學。

N2 21-3(1)

21-3 学生生活 (1) / 學生生活 (1)

01 | あらわれ【現れ・表れ】

(名)(為「あらわれる」的名詞形)表現；現象；結果

例 努力の現れが結果となっている。

譯 努力所得的結果。

02 | あんき【暗記】

(名・他サ) 記住，背誦，熟記

例 丸暗記を防ぐ。

譯 防止死記硬背。

03 | いいん【委員】

(名) 委員

例 学級委員に選ばれた。

譯 被選為班級幹部。

04 | いっせいに【一斉に】

(副) 一齊，一同

例 一斉に立ち上がる。

譯 一同起立。

05 | うけもつ【受け持つ】

(他五) 擔任，擔當，掌管

例 1年A組を受け持つ。

譯 擔任一年A班的導師。

06 | えんそく【遠足】

(名・自サ) 遠足，郊遊

例 遠足に行く。

譯 去遠足。

07 | おいつく【追い付く】

(自五) 追上，趕上；達到；來得及

例 成績が追いつく。

譯 追上成績。

08 | おうよう【応用】

(名・他サ) 應用，運用

例 応用がきかない。

譯 無法應用。

09 | か【課】

(名・漢造)(教材的)課；課業；(公司等)科

例 第3課を予習する。

譯 預習第三課。

10 | かいてん【回転】

(名・自サ) 旋轉，轉動，迴轉；轉彎，轉換(方向)；(表次數)周，圈；(資金)週轉

例 頭の回転が速い。

譯 腦筋轉動靈活。

11 | かいとう【解答】

(名・自サ) 解答

例 数学の問題に解答する。

譯 解答數學問題。

12 | がくねん【学年】

㊔ 學年(度)；年級

例 学年末試験(がくねんまつしけん)が終了(しゅうりょう)した。

譯 學期末考試結束了。

13 | がくりょく【学力】

㊔ 學習實力

例 学力(がくりょく)が高(たか)まる。

譯 提高學習實力。

14 | かせん【下線】

㊔ 下線，字下畫的線，底線

例 下線(かせん)を引(ひ)く。

譯 畫底線。

15 | がっきゅう【学級】

㊔ 班級，學級

例 学級担任(がっきゅうたんにん)を生(い)かす。

譯 使班導發揮作用。

16 | かつどう【活動】

(名・自サ) 活動，行動

例 野外活動(やがいかつどう)を行(おこな)う。

譯 舉辦野外活動。

17 | かもく【科目】

㊔ 科目，項目；(學校的)學科，課程

例 試験科目(しけんかもく)が９科目(かもく)ある。

譯 考試科目有九科。

18 | きゅうこう【休講】

(名・自サ) 停課

例 授業(じゅぎょう)が休講(きゅうこう)になる。

譯 停課。

19 | くみ【組】

㊔ 套，組，隊；班，班級；(黑道)幫

例 組(くみ)に分(わ)ける。

譯 分成組。

20 | こうてい【校庭】

㊔ 學校的庭園，操場

例 校庭(こうてい)で遊(あそ)ぶ。

譯 在操場玩。

21 | サークル【circle】

㊔ 伙伴，小組；周圍，範圍

例 文学(ぶんがく)のサークルに入(はい)った。

譯 參加文學研究社。

22 | さいてん【採点】

(名・他サ) 評分數

例 採点(さいてん)が甘(あま)い。

譯 給分寬鬆。

23 | さわがしい【騒がしい】

㊊ 吵鬧的，吵雜的，喧鬧的；(社會輿論)議論紛紛的，動盪不安的

例 教室(きょうしつ)が騒(さわ)がしい。

譯 教室吵雜。

24 | しいんと

(副・自サ) 安靜，肅靜，平靜，寂靜

例 教室(きょうしつ)がシーンとなる。

譯 教室安靜無聲。

25 | じかんわり【時間割】

㊔ 時間表

例 時間割（じかんわり）を組（く）む。

譯 安排課表。

26 | しゅうかい【集会】

(名・自サ) 集會

例 集会（しゅうかい）を開（ひら）く。

譯 舉行集會。

27 | しゅうごう【集合】

(名・自他サ) 集合；群體，集群；(數)集合

例 9時（じ）に集合（しゅうごう）する。

譯 九點集合。

28 | しゅうだん【集団】

㊔ 集體，集團

例 集団生活（しゅうだんせいかつ）になじめない。

譯 無法習慣集體生活。

29 | しょう【賞】

(名・漢造) 獎賞，獎品，獎金；欣賞

例 賞（しょう）を受（う）ける。

譯 獲獎。

30 | せいしょ【清書】

(名・他サ) 謄寫清楚，抄寫清楚

例 ノートを清書（せいしょ）する。

譯 抄寫筆記。

21-3 学生生活 (2) / 學生生活 (2)

31 | せいせき【成績】

㊔ 成績，效果，成果

例 成績（せいせき）が上（あ）がる。

譯 成績進步。

32 | ゼミ【seminar】

㊔ (跟著大學裡教授的指導)課堂討論；研究小組，研究班

例 ゼミの論文（ろんぶん）が掲載（けいさい）された。

譯 登載研究小組的論文。

33 | ぜんいん【全員】

㊔ 全體人員

例 全員参加（ぜんいんさんか）する。

譯 全體人員都參加。

34 | せんたく【選択】

(名・他サ) 選擇，挑選

例 選択（せんたく）に迷（まよ）う。

譯 不知選哪個好。

35 | そつぎょうしょうしょ【卒業証書】

㊔ 畢業證書

例 卒業証書（そつぎょうしょうしょ）を受（う）け取（と）る。

譯 領取畢業證書。

36 | たんい【単位】

㊔ 學分；單位

例 単位（たんい）を取（と）る。

譯 取得學分。

37 | ちゅうたい【中退】

(名・自サ) 中途退學

例 大学(だいがく)を中退(ちゅうたい)する。

譯 大學中輟。

38 | つうがく【通学】

(名・自サ) 上學

例 電車(でんしゃ)で通学(つうがく)する。

譯 搭電車上學。

39 | とい【問い】

(名) 問，詢問，提問；問題

例 問(と)いに答(こた)える。

譯 回答問題。

40 | とうあん【答案】

(名) 試卷，卷子

例 答案(とうあん)を出(だ)す。

譯 交卷。

41 | とうばん【当番】

(名・自サ) 值班(的人)

例 当番(とうばん)が回(まわ)ってくる。

譯 輪到值班。

42 | としょしつ【図書室】

(名) 閱覽室

例 図書室(としょしつ)で宿題(しゅくだい)をする。

譯 在閱覽室做功課。

43 | とりだす【取り出す】

(他五) (用手從裡面)取出，拿出；(從許多東西中)挑出，抽出

例 かばんからノートを取(と)り出(だ)す。

譯 從包包裡拿出筆記本。

44 | パス【pass】

(名・自サ) 免票，免費；定期票，月票；合格，通過

例 試験(しけん)にパスする。

譯 通過測驗。

45 | ばつ

(名) (表否定的)叉號

例 ばつを付(つ)ける。

譯 打叉。

46 | ひっき【筆記】

(名・他サ) 筆記；記筆記

例 講義(こうぎ)を筆記(ひっき)する。

譯 做講義的筆記。

47 | ひっきしけん【筆記試験】

(名) 筆試

例 筆記試験(ひっきしけん)を受(う)ける。

譯 參加筆試。

48 | ふゆやすみ【冬休み】

(名) 寒假

例 冬休(ふゆやす)みは短(みじか)い。

譯 寒假很短。

49 ｜まんてん【満点】

㊔ 滿分；最好，完美無缺，登峰造極

例 満点(まんてん)を取(と)る。

譯 取得滿分。

50 ｜みなおす【見直す】

(自他五) (見)起色，(病情)轉好；重看，重新看；重新評估，重新認識

例 答案(とうあん)を見直(みなお)す。

譯 把答案再檢查一次。

51 ｜やくわり【役割】

㊔ 分配任務(的人)；(分配的)任務，角色，作用

例 役割(やくわり)を決(き)める。

譯 決定角色。

52 ｜らん【欄】

(名・漢造) (表格等)欄目；欄杆；(書籍、刊物、版報等的)專欄

例 欄(らん)に記入(きにゅう)する。

譯 寫入欄內。

53 ｜れいてん【零点】

㊔ 零分；毫無價值，不夠格；零度，冰點

例 零点(れいてん)を取(と)る。

譯 得到零分。

Memo

パート 22 第二十二章

行事、一生の出来事

- 儀式活動、一輩子會遇到的事情 -

01 | ぎしき【儀式】 N2 ⊙ 22

㊔ 儀式，典禮

例 儀式(ぎしき)を行(おこな)う。

譯 舉行儀式。

02 | きちょう【貴重】

(形動) 貴重，寶貴，珍貴

例 貴重(きちょう)な体験(たいけん)ができた。

譯 得到寶貴的經驗。

03 | きねん【記念】

(名・他サ) 紀念

例 記念品(きねんひん)をもらう。

譯 收到紀念品。

04 | きねんしゃしん【記念写真】

㊔ 紀念照

例 七五三(しちごさん)の記念写真(きねんしゃしん)を撮(と)る。

譯 拍攝七五三的紀念照。

05 | ぎょうじ【行事】

㊔ (按慣例舉行的)儀式，活動

例 行事(ぎょうじ)を行(おこな)う。

譯 舉行儀式。

06 | さいじつ【祭日】

㊔ 節日；日本神社祭祀日；宮中舉行重要祭祀活動日；祭靈日

例 日曜祭日(にちようさいじつ)は会社(かいしゃ)が休(やす)み。

譯 節假日公司休息。

07 | しき【式】

(名・漢造) 儀式，典禮，(特指)婚禮；方式；樣式，類型，風格；做法；算式，公式

例 式(しき)を挙(あ)げる。

譯 舉行儀式(婚禮)。

08 | しきたり

㊔ 慣例，常規，成規，老規矩

例 古(ふる)い仕来(しきた)りを捨(す)てる。

譯 捨棄古老成規。

09 | しゅくじつ【祝日】

㊔ (政府規定的)節日

例 祝日(しゅくじつ)を祝(いわ)う。

譯 慶祝國定假日。

10 | じんせい【人生】

㊔ 人的一生；生涯，人的生活

例 人生(じんせい)が変(か)わる。

譯 改變人生。

11 | そうしき【葬式】

㊔ 葬禮

例 葬式(そうしき)を出(だ)す。

譯 舉行葬禮。

12 ｜そんぞく【存続】

(名・自他サ) 繼續存在，永存，長存

例 存続（そんぞく）を図（はか）る。

譯 謀求永存。

13 ｜つく【突く】

(他五) 扎，刺，戳；撞，頂；支撐；冒著，不顧；沖，撲（鼻）；攻擊，打中

例 鐘（かね）を突（つ）く。

譯 敲鐘。

14 ｜でんとう【伝統】

(名) 傳統

例 伝統（でんとう）を守（まも）る。

譯 遵守傳統。

15 ｜はなばなしい【華々しい】

(形) 華麗，豪華；輝煌；壯烈

例 華々（はなばな）しい結婚式（けっこんしき）が話題（わだい）になっている。

譯 豪華的婚禮成為話題。

16 ｜ぼん【盆】

(名・漢造) 拖盤，盆子；中元節略語

例 盆（ぼん）が来（く）る。

譯 盂蘭盆會要到來。

17 ｜めでたい【目出度い】

(形) 可喜可賀，喜慶的；順利，幸運，圓滿；頭腦簡單，傻氣；表恭喜慶祝

例 めでたく入学（にゅうがく）する。

譯 順利地入學。

Memo

パート 23 第二十三章 道具

- 工具 -

N2 23-1(1)

23-1 道具 (1) / 工具 (1)

01 | あつかう【扱う】

(他五) 操作，使用；對待，待遇；調停，仲裁

例 大切に扱う。

譯 認真的對待。

02 | あらい【粗い】

(形) 大；粗糙

例 目の粗い籠を使う。

譯 使用縫大的簍子。

03 | かたな【刀】

(名) 刀的總稱

例 腰に刀を差す。

譯 刀插在腰間。

04 | かね【鐘】

(名) 鐘，吊鐘

例 鐘をつく。

譯 敲鐘。

05 | かみくず【紙くず】

(名) 廢紙，沒用的紙

例 紙くずを拾う。

譯 撿廢紙。

06 | かみそり【剃刀】

(名) 剃刀，刮鬍刀；頭腦敏銳（的人）

例 剃刀でひげをそる。

譯 用剃刀刮鬍子。

07 | かんでんち【乾電池】

(名) 乾電池

例 乾電池を入れ換える。

譯 換電池。

08 | かんむり【冠】

(名) 冠，冠冕；字頭，字蓋；有點生氣

例 草かんむりになっている。

譯 為草字頭。

09 | きかい【器械】

(名) 機械，機器

例 医療器械を開発する。

譯 開發醫療器械。

10 | きぐ【器具】

(名) 器具，用具，器械

例 器具を使う。

譯 使用工具。

11 | くさり【鎖】

㊔ 鎖鏈，鎖條；連結，聯繫；(喻)段，段落

例 鎖(くさり)につなぐ。

譯 拴在鎖鏈上。

12 | くだ【管】

㊔ 細長的筒，管

例 管(くだ)を通(とお)す。

譯 疏通管子。

13 | くちべに【口紅】

㊔ 口紅，唇膏

例 口紅(くちべに)をつける。

譯 擦口紅。

14 | くるむ【包む】

(他五) 包，裹

例 風呂敷(ふろしき)でくるむ。

譯 以方巾包覆。

15 | コード【cord】

㊔ (電)軟線

例 テレビのコードを差(さ)し込(こ)む。

譯 插入電視的電線。

16 | こうすい【香水】

㊔ 香水

例 香水(こうすい)をつける。

譯 擦香水。

17 | こと【琴】

㊔ 古琴，箏

例 琴(こと)を習(なら)う。

譯 學琴。

18 | コレクション【collection】

㊔ 蒐集，收藏；收藏品

例 切手(きって)のコレクションを趣味(しゅみ)とする。

譯 以郵票收藏做為嗜好。

19 | コンセント【consent】

㊔ 電線插座

例 コンセントを差(さ)す。

譯 插插座。

20 | シーツ【sheet】

㊔ 床單

例 シーツを洗(あら)う。

譯 洗床單。

21 | じしゃく【磁石】

㊔ 磁鐵；指南針

例 磁石(じしゃく)で紙(かみ)を固定(こてい)する。

譯 用磁鐵固定紙張。

22 | じゃぐち【蛇口】

㊔ 水龍頭

例 蛇口(じゃぐち)をひねる。

譯 轉開水龍頭。

23 | じゅう【銃】

(名・漢造) 槍，槍形物；有槍作用的物品

例 銃(じゅう)を撃(う)つ。

譯 開槍。

24 | すず【鈴】

㊔ 鈴鐺，鈴

例 鈴が鳴る。

譯 鈴響。

25 | せん【栓】

㊔ 栓，塞子；閥門，龍頭，開關；阻塞物

例 栓を抜く。

譯 拔起塞子。

26 | せんす【扇子】

㊔ 扇子

例 扇子であおぐ。

譯 用扇子搧風。

27 | ぞうきん【雑巾】

㊔ 抹布

例 雑巾で拭く。

譯 用抹布擦拭。

28 | タイプライター【typewriter】

㊔ 打字機

例 タイプライターで印字する。

譯 用打字機打字。

29 | タイヤ【tire】

㊔ 輪胎

例 タイヤがパンクする。

譯 輪胎爆胎。

30 | ためし【試し】

㊔ 嘗試，試驗；驗算

例 試しに使ってみる。

譯 試用看看。

N2 ⊙ 23-1(2)

23-1 道具 (2) / 工具 (2)

31 | ちゅうこ【中古】

㊔ (歷史)中古(日本一般是指平安時代，或包含鐮倉時代)；半新不舊

例 中古のカメラが並んでいる。

譯 陣列半新的照相機。

32 | ちゅうせい【中性】

㊔ (化學)非鹼非酸，中性；(特徵)不男不女，中性；(語法)中性詞

例 中性洗剤がおすすめ。

譯 推薦中性洗滌劑。

33 | ちょうせつ【調節】

(名・他サ) 調節，調整

例 調節ができる。

譯 可以調節。

34 | ちりがみ【ちり紙】

㊔ 衛生紙；粗草紙

例 ちり紙で拭く。

譯 用衛生紙擦拭。

35 | つな【綱】

㊔ 粗繩，繩索，纜繩；命脈，依靠，保障

例 命綱が 2 本付いている。

譯 附有兩條救命繩。

36 | トイレットペーパー【toilet paper】

㊔ 衛生紙，廁紙

例 トイレットペーパーがない。

譯 沒有衛生紙。

37 | なわ【縄】

㊔ 繩子，繩索

例 縄(なわ)にかかる。

譯 (犯人)被捕，落網。

38 | にちようひん【日用品】

㊔ 日用品

例 日用品(にちようひん)を揃(そろ)える。

譯 備齊了日用品。

39 | ねじ

㊔ 螺絲，螺釘

例 ねじが緩(ゆる)む。

譯 螺絲鬆動；精神鬆懈。

40 | パイプ【pipe】

㊔ 管，導管；煙斗；煙嘴；管樂器

例 パイプが詰(つ)まる。

譯 管子堵塞。

41 | はぐるま【歯車】

㊔ 齒輪

例 歯車(はぐるま)がかみ合(あ)う。

譯 齒輪咬合；協調。

42 | バケツ【bucket】

㊔ 木桶

例 バケツに水(みず)を入(い)れる。

譯 把水裝入木桶裡。

43 | はしご

㊔ 梯子；挨家挨戶

例 はしごを上(のぼ)る。

譯 爬梯子。

44 | ばね

㊔ 彈簧，發條；(腰、腿的)彈力，彈跳力

例 ばねがきく。

譯 有彈性。

45 | はり【針】

㊔ 縫衣針；針狀物；(動植物的)針，刺

例 針(はり)に糸(いと)を通(とお)す。

譯 把線穿過針頭。

46 | はりがね【針金】

㊔ 金屬絲，(鉛、銅、鋼)線；電線

例 針金細工(はりがねざいく)が素晴(すば)らしい。

譯 金屬絲工藝品真別緻。

47 | ひつじゅひん【必需品】

㊔ 必需品，日常必須用品

例 生活必需品(せいかつひつじゅひん)を詰(つ)める。

譯 塞滿生活必需品。

48 | ピン【pin】

㊔ 大頭針，別針；(機)拴，樞

例 ピンで止(と)める。

譯 用大頭針釘住。

49 ｜ふえ【笛】
㊔ 橫笛；哨子
例 笛が鳴る。
譯 笛聲響起。

50 ｜ブラシ【brush】
㊔ 刷子
例 ブラシを掛ける。
譯 用刷子刷。

51 ｜ふろしき【風呂敷】
㊔ 包巾
例 風呂敷を広げる。
譯 打開包袱。

52 ｜ぼう【棒】
（名・漢造）棒，棍子；(音樂)指揮；(畫的)直線，粗線
例 足を棒にする。
譯 腳瘦得硬邦邦的。

53 ｜ほうき【箒】
㊔ 掃帚
例 箒で掃く。
譯 用掃帚打掃。

54 ｜マスク【mask】
㊔ 面罩，假面；防護面具；口罩；防毒面具；面相，面貌
例 マスクを掛ける。
譯 戴口罩。

55 ｜めざまし【目覚まし】
㊔ 叫醒，喚醒；小孩睡醒後的點心；醒後為打起精神吃東西；鬧鐘
例 目覚ましをセットする。
譯 設定鬧鐘。

56 ｜めざましどけい【目覚まし時計】
㊔ 鬧鐘
例 目覚まし時計を掛ける。
譯 設定鬧鐘。

57 ｜めん【面】
（名・接尾・漢造）臉，面；面具，假面；防護面具；用以計算平面的東西；會面
例 面をかぶる。
譯 戴上面具。

58 ｜モーター【motor】
㊔ 發動機；電動機；馬達
例 モーターを動かす。
譯 開動電動機。

59 ｜ようと【用途】
㊔ 用途，用處
例 用途が広い。
譯 用途廣泛。

60 ｜ろうそく【蝋燭】
㊔ 蠟燭
例 蝋燭を吹き消す。
譯 吹滅蠟燭。

23-2 家具、工具、文房具／
傢俱、工作器具、文具

01 くぎ【釘】
㊔ 釘子
例 釘（くぎ）を刺（さ）す。
譯 再三叮嚀。

02 くっつける【くっ付ける】
他下一 把…粘上，把…貼上，使靠近
例 のりでくっ付（つ）ける。
譯 用膠水黏上。

03 けずる【削る】
他五 削，刨，刮；刪減，削去，削減
例 鉛筆（えんぴつ）を削（けず）る。
譯 削鉛筆。

04 ざぶとん【座布団】
㊔（舖在席子上的）棉坐墊
例 座布団（ざぶとん）を敷（し）く。
譯 舖上坐墊。

05 シャープペンシル【（和）sharp + pencil】
㊔ 自動鉛筆
例 シャープペンシルで書（か）く。
譯 用自動鉛筆寫。

06 しん【芯】
㊔ 蕊；核；枝條的頂芽
例 鉛筆（えんぴつ）の芯（しん）が折（お）れる。
譯 鉛筆芯斷了。

07 すみ【墨】
㊔ 墨；墨汁，墨水；墨狀物；（章魚、烏賊體內的）墨狀物
例 タコが墨（すみ）を吐（は）く。
譯 章魚吐出墨汁。

08 そうち【装置】
名・他サ 裝置，配備，安裝；舞台裝置
例 暖房（だんぼう）を装置（そうち）する。
譯 安裝暖氣。

09 そろばん
㊔ 算盤，珠算
例 そろばんを弾（はじ）く。
譯 打算盤；計較個人利益。

10 とだな【戸棚】
㊔ 壁櫥，櫃櫥
例 戸棚（とだな）から取（と）り出（だ）す。
譯 從櫃櫥中拿出。

11 のり【糊】
㊔ 膠水，漿糊
例 糊（のり）をつける。
譯 塗上膠水。

12 はんこ
㊔ 印章，印鑑
例 はんこを押（お）す。
譯 蓋章。

13 | ふで【筆】

(名・接尾) 毛筆；(用毛筆)寫的字，畫的畫；(接數詞)表蘸筆次數

例 筆が立つ。

譯 文章寫得好。

---

14 | ぶひん【部品】

㊔ (機械等)零件

例 部品が揃う。

譯 零件齊備。

---

15 | ぶんかい【分解】

(名・他サ・自サ) 拆開，拆卸；(化)分解；解剖；分析(事物)

例 時計を分解する。

譯 拆開時鐘。

---

16 | ペンチ【pinchers】

㊔ 鉗子

例 ペンチを使う。

譯 使用鉗子。

---

17 | ほうそう【包装】

(名・他サ) 包裝，包捆

例 包装紙が新しく変わる。

譯 包裝紙改換新裝。

---

18 | ほんばこ【本箱】

㊔ 書箱

例 本箱がもういっぱいだ。

譯 書箱已滿了。

---

19 | メモ【memo】

(名・他サ) 筆記；備忘錄，便條；紀錄

例 メモに書く。

譯 寫在便條上。

N2 ● 23-3

23-3 計器、容器、入れ物、衛生器具 /
測量儀器、容器、器皿、衛生用具

01 | いれもの【入れ物】

㊔ 容器，器皿

例 ポテトの入れ物が変わった。

譯 馬鈴薯外裝改變了。

---

02 | かご【籠】

㊔ 籠子，筐，籃

例 かごの鳥になる。

譯 成為籠中鳥(喻失去自由的人)。

---

03 | から【空】

㊔ 空的；空，假，虛

例 空にする。

譯 騰出；花淨。

---

04 | からっぽ【空っぽ】

(名・形動) 空，空洞無一物

例 頭の中が空っぽだ。

譯 腦袋空空。

---

05 | き【器】

(名・漢造) 有才能，有某種才能的人；器具，器皿；起作用的，才幹

例 食器を片付ける。

譯 收拾碗筷。

06 | ぎっしり

㊖ (裝或擠的) 滿滿的

例 ぎっしりと詰める。

譯 塞滿，排滿。

07 | きんこ【金庫】

㊔ 保險櫃；(國家或公共團體的) 金融機關，國庫

例 金を金庫にしまう。

譯 錢收在金庫裡。

08 | ケース【case】

㊔ 盒，箱，袋；場合，情形，事例

例 ケースに入れる。

譯 裝入盒裡。

09 | しゅうのう【収納】

(名・他サ) 收納，收藏

例 収納スペースが足りない。

譯 收納空間不夠用。

10 | つりあう【釣り合う】

(自五) 平衡，均衡；勻稱，相稱

例 左右が釣り合う。

譯 左右勻稱。

11 | はかり【計り】

㊔ 秤，量，計量；份量；限度

例 計りをごまかす。

譯 偷斤減兩。

12 | はかり【秤】

㊔ 秤，天平

例 秤で量る。

譯 秤重。

13 | びん【瓶】

㊔ 瓶，瓶子

例 花瓶に花を挿す。

譯 把花插入花瓶。

14 | ものさし【物差し】

㊔ 尺；尺度，基準

例 物差しにする。

譯 作為尺度。

15 | ようき【容器】

㊔ 容器

例 容器に納める。

譯 收進容器。

N2 23-4

23-4 照明、光学機器、音響、情報機器 /
燈光照明、光學儀器、音響、信息器具

01 | あかり【明かり】

㊔ 燈，燈火；光，光亮；消除嫌疑的證據，證明清白的證據

例 明かりをつける。

譯 點燈。

02 | あっしゅく【圧縮】

(名・他サ) 壓縮；(把文章等) 縮短

例 大きいファイルを圧縮する。

譯 壓縮大的檔案。

03 | けんびきょう【顕微鏡】

㊔ 顯微鏡

例 顕微鏡（けんびきょう）で見（み）る。

譯 用電子顯微鏡觀察。

04 | しょうめい【照明】

（名・他サ） 照明，照亮，光亮，燈光；舞台燈光

例 照明（しょうめい）の明（あか）るい部屋（へや）だ。

譯 燈光明亮的房間。

05 | スイッチ【switch】

（名・他サ） 開關；接通電路；（喻）轉換（為另一種事物或方法）

例 スイッチを入（い）れる。

譯 打開開關。

06 | スピーカー【speaker】

㊔ 談話者，發言人；揚聲器；喇叭；散播流言的人

例 スピーカーから音声（おんせい）が流（なが）れる。

譯 從擴音器中傳出聲音。

07 | スライド【slide】

（名・自サ） 滑動；幻燈機，放映裝置；（棒球）滑進（壘）；按物價指數調整工資

例 スライドに映（うつ）す。

譯 映在幻燈片上。

08 | たちあがる【立ち上がる】

（自五） 站起，起來；升起，冒起；重振，恢復；著手，開始行動

例 コンピューターが立（た）ち上（あ）がる。

譯 電腦開機。

09 | ビデオ【video】

㊔ 影像，錄影；錄影機；錄影帶

例 ビデオ化（か）する。

譯 影像化。

10 | ふくしゃ【複写】

（名・他サ） 複印，複制；抄寫，繕寫

例 原稿（げんこう）を複写（ふくしゃ）する。

譯 抄寫原稿。

11 | プリント【print】

（名・他サ） 印刷（品）；油印（講義）；印花，印染

例 楽譜（がくふ）をプリントする。

譯 印刷樂譜。

12 | ぼうえんきょう【望遠鏡】

㊔ 望遠鏡

例 望遠鏡（ぼうえんきょう）で月（つき）を見（み）る。

譯 用望遠鏡賞月。

13 | レンズ【（荷）lens】

㊔ （理）透鏡，凹凸鏡片；照相機的鏡頭

例 レンズを磨（みが）く。

譯 磨鏡片。

パート
24
第二十四章

職業、仕事
- 職業、工作 -

N2 ◉ 24-1(1)

24-1 仕事、職場 (1) /
工作、職場 (1)

01 ｜いちりゅう【一流】
(名) 一流，頭等；一個流派；獨特
例 一流(いちりゅう)になる。
譯 成為第一流。

02 ｜うちあわせ【打ち合わせ】
(名・他サ) 事先商量，碰頭
例 打(う)ち合(あ)わせをする。
譯 事先商量。

03 ｜うちあわせる【打ち合わせる】
(他下一) 使…相碰，（預先）商量
例 出発時間(しゅっぱつじかん)を打(う)ち合(あ)わせる。
譯 商量出發時間。

04 ｜うむ【有無】
(名) 有無；可否，願意與否
例 欠席者(けっせきしゃ)の有無(うむ)を確(たし)かめる。
譯 確認有無缺席者。

05 ｜えんき【延期】
(名・他サ) 延期
例 会議(かいぎ)を延期(えんき)する。
譯 會議延期。

06 ｜おうせつ【応接】
(名・自サ) 接待，應接
例 客(きゃく)に応接(おうせつ)する。
譯 接見客人。

07 ｜かつりょく【活力】
(名) 活力，精力
例 活力(かつりょく)を与(あた)える。
譯 給予活力。

08 ｜かねる【兼ねる】
(他下一・接尾) 兼備；不能，無法
例 趣味(しゅみ)と実益(じつえき)を兼(か)ねる。
譯 興趣與實利兼具。

09 ｜きにゅう【記入】
(名・他サ) 填寫，寫入，記上
例 必要事項(ひつようじこう)を記入(きにゅう)する。
譯 記上必要事項。

10 ｜きばん【基盤】
(名) 基礎，底座，底子；基岩
例 基盤(きばん)を固(かた)める。
譯 鞏固基礎。

11 ｜きゅうか【休暇】
(名) （節假日以外的）休假

例 休暇を取る。
譯 請假。

12 | きゅうぎょう【休業】
(名・自サ) 停課
例 都合により本日休業します。
譯 由於私人因素，本日休息。

13 | きゅうじょ【救助】
(名・他サ) 救助，搭救，救援，救濟
例 人命救助につながる。
譯 關係到救命問題。

14 | くみあい【組合】
(名) (同業)工會，合作社
例 労働組合がない。
譯 沒有工會。

15 | けんしゅう【研修】
(名・他サ) 進修，培訓
例 研修を受ける。
譯 接受培訓。

16 | こうぞう【構造】
(名) 構造，結構
例 構造を分析する。
譯 分析結構。

17 | こうたい【交替】
(名・自サ) 換班，輪流，替換，輪換
例 当番を交替する。
譯 輪流值班。

18 | こうどう【行動】
(名・自サ) 行動，行為
例 行動を起こす。
譯 採取行動。

19 | こしかけ【腰掛け】
(名) 凳子；暫時棲身之處，一時落腳處
例 腰掛けＯＬがやっぱり多い。
譯 (婚前)暫時於此工作的女性果然很多。

20 | ころがる【転がる】
(自五) 滾動，轉動；倒下，躺下；擺著，放著，有
例 機会が転がる。
譯 機會降臨。

N2 24-1(2)

24-1 仕事、職場 (2) / 工作、職場 (2)

21 | さいしゅうてき【最終的】
(形動) 最後
例 最終的にやめることにした。
譯 最後決定不做。

22 | さいそく【催促】
(名・他サ) 催促，催討
例 返事を催促する。
譯 催促答覆。

23 | さぎょう【作業】
(名・自サ) 工作，操作，作業，勞動
例 作業を進める。
譯 進行作業。

24 | しきゅう【至急】
(名・副) 火速，緊急；急速，加速

例 至急の用件がございます。

譯 有緊急事件。

25 | しじ【指示】
(名・他サ) 指示，指點

例 指示に従う。

譯 聽從指示。

26 | じっせき【実績】
(名) 實績，實際成績

例 実績が上がる。

譯 提高實際成績。

27 | じむ【事務】
(名) 事務(多為處理文件、行政等庶務工作)

例 事務に追われる。

譯 忙於處理事務。

28 | しめきる【締切る】
(他五) (期限)屆滿，截止，結束

例 今日で締め切る。

譯 今日截止。

29 | じゅうし【重視】
(名・他サ) 重視，認為重要

例 実績を重視する。

譯 重視實際成績。

30 | しゅっきん【出勤】
(名・自サ) 上班，出勤

例 9時に出勤する。

譯 九點上班。

31 | しゅっちょう【出張】
(名・自サ) 因公前往，出差

例 米国に出張する。

譯 到美國出差。

32 | しよう【使用】
(名・他サ) 使用，利用，用(人)

例 会議室を使用する。

譯 使用會議室。

33 | しょうしゃ【商社】
(名) 商社，貿易商行，貿易公司

例 商社に勤める。

譯 在貿易公司上班。

34 | じんじ【人事】
(名) 人事，人力能做的事；人事(工作)；世間的事，人情世故

例 人事異動が行われる。

譯 進行人事異動。

35 | すぐれる【優れる】
(自下一) (才能、價值等)出色，優越，傑出，精湛；(身體、精神、天氣)好，爽朗，舒暢

例 優れた人材を招く。

譯 招聘傑出的人才。

36 | せいそう【清掃】
(名・他サ) 清掃，打掃

例 公園を清掃する。

譯 打掃公園。

37 | せっせと

副 拼命地，不停的，一個勁兒地，孜孜不倦的

例 せっせと運(はこ)ぶ。

譯 拼命地搬運。

---

38 | そうべつ【送別】

名・自サ 送行，送別

例 同僚(どうりょう)の送別会(そうべつかい)を開(ひら)く。

譯 幫同事舉辦送別派對。

---

39 | そしき【組織】

名・他サ 組織，組成；構造，構成；(生)組織；系統，體系

例 労働組合(ろうどうくみあい)を組織(そしき)する。

譯 組織勞動公會。

---

40 | たいする【対する】

自サ 面對，面向；對於，關於；對立，相對，對比；對待，招待

例 政治(せいじ)に対(たい)する関心(かんしん)が高(たか)まる。

譯 提高對政治的關心。

N2 24-1(3)

24-1 仕事、職場 (3) /
工作、職場 (3)

41 | たんとう【担当】

名・他サ 擔任，擔當，擔負

例 担当(たんとう)が決(き)まる。

譯 決定由…負責。

---

42 | ちゅうと【中途】

名 中途，半路

例 中途(ちゅうと)でやめる。

譯 中途放棄。

---

43 | ちょうせい【調整】

名・他サ 調整，調節

例 調整(ちょうせい)を行(おこな)う。

譯 進行調整。

---

44 | つとめ【勤め】

名 工作，職務，差事

例 勤(つと)めに出(で)かける。

譯 出門上班。

---

45 | つとめる【務める】

他下一 任職，工作；擔任(職務)；扮演(角色)

例 司会役(しかいやく)を務(つと)める。

譯 擔任司儀。

---

46 | つぶれる【潰れる】

自下一 壓壞，壓碎；坍塌，倒塌；倒產，破產；磨損，磨鈍；(耳)聾，(眼)瞎

例 会社(かいしゃ)が潰(つぶ)れる。

譯 公司破產。

---

47 | でいり【出入り】

名・自サ 出入，進出；(因有買賣關係而)常往來；收支；(數量的)出入；糾紛，爭吵

例 出入(でい)りがはげしい。

譯 進出頻繁。

48 | どうりょう【同僚】

名 同事，同僚

例 昔(むかし)の同僚(どうりょう)に会(あ)った。

譯 遇見以前的同事。

49 | どくとく【独特】

名・形動 獨特

例 独特(どくとく)なやり方(かた)である。

譯 是獨特的做法。

50 | とる【採る】

他五 採取，採用，錄取；採集；採光

例 新卒者(しんそつしゃ)を採(と)る。

譯 錄取畢業生。

51 | にがす【逃がす】

他五 放掉，放跑；使跑掉，沒抓住；錯過，丟失

例 チャンスを逃(に)がす。

譯 錯失機會。

52 | にゅうしゃ【入社】

名・自サ 進公司工作，入社

例 企業(きぎょう)に入社(にゅうしゃ)する。

譯 進企業上班。

53 | のうりつ【能率】

名 效率

例 能率(のうりつ)を高(たか)める。

譯 提高效率。

54 | はっき【発揮】

名・他サ 發揮，施展

例 才能(さいのう)を発揮(はっき)する。

譯 發揮才能。

55 | ひとやすみ【一休み】

名・自サ 休息一會兒

例 そろそろ一休(ひとやす)みしよう。

譯 休息一下吧！

56 | ぶ【部】

名・漢造 部分；部門；冊

例 五(いつ)つの部(ぶ)に分(わ)ける。

譯 分成五個部門。

57 | ふせい【不正】

名・形動 不正當，不正派，非法；壞行為，壞事

例 不正(ふせい)を働(はたら)く。

譯 做壞事；犯規；違法。

58 | プラン【plan】

名 計畫，方案；設計圖，平面圖；方式

例 プランを立(た)てる。

譯 訂計畫。

59 | ほうる【放る】

他五 拋，扔；中途放棄，棄置不顧，不加理睬

例 仕事(しごと)を放(ほう)っておく。

譯 放下工作不做。

60 | ほんらい【本来】

名 本來，天生，原本；按道理，本應

例 本来の使命を忘れた。
譯 忘了本來的使命。

61｜やくめ【役目】
名 責任，任務，使命，職務
例 役目を果たす。
譯 完成任務。

62｜やっかい【厄介】
名・形動 麻煩，難為，難應付的；照料，照顧，幫助；寄食，寄宿(的人)
例 厄介な仕事が迫っている。
譯 因麻煩的工作而入困境。

63｜やとう【雇う】
他五 雇用
例 船を雇う。
譯 租船。

64｜ようじ【用事】
名 (應辦的)事情，工作
例 用事が済んだ。
譯 事情辦完了。

65｜りゅう【流】
名・接尾 (表特有的方式、派系)流，流派
例 一流企業に就職する。
譯 在一流企業上班。

66｜ろうどう【労働】
名・自サ 勞動，體力勞動，工作；(經)勞動力
例 労働を強制する。
譯 強制勞動。

24-2 職業、事業 / 職業、事業

01｜がいぶ【外部】
名 外面，外部
例 外部に漏らす。
譯 洩漏出去。

02｜けいび【警備】
名・他サ 警備，戒備
例 警備に当たる。
譯 負責戒備。

03｜しほん【資本】
名 資本
例 資本を増やす。
譯 增資。

04｜しょうぎょう【商業】
名 商業
例 商業振興をはかる。
譯 計畫振興商業。

05｜しょうぼう【消防】
名 消防；消防隊員，消防車
例 消防士になる。
譯 成為消防隊員。

06｜しょく【職】
名・漢造 職業，工作；職務；手藝，技能；官署名
例 職に就く。
譯 就職。

07 | しょくぎょう【職業】
㊔ 職業
例 教師（きょうし）を職業（しょくぎょう）とする。
譯 以教師為職業。

08 | しょくば【職場】
㊔ 工作崗位，工作單位
例 職場（しょくば）を守（まも）る。
譯 堅守工作崗位。

09 | ちゃんと
㊖ 端正地，規矩地；按期，如期；整潔，整齊；完全，老早；的確，確鑿
例 ちゃんとした職業（しょくぎょう）を持（も）っていない。
譯 沒有正當職業。

10 | つまずく【躓く】
自五 跌倒，絆倒；(中途遇障礙而)失敗，受挫
例 事業（じぎょう）に躓（つまず）く。
譯 在事業上受挫折。

11 | はってん【発展】
名・自サ 擴展，發展；活躍，活動
例 発展（はってん）が目覚（めざ）ましい。
譯 發展顯著。

N2 ● 24-3

24-3 地位 / 地位職稱

01 | い【位】
漢造 位；身分，地位；(對人的敬稱)位
例 高（たか）い地位（ちい）に就（つ）く。
譯 坐上高位。

02 | しゅうにん【就任】
名・自サ 就職，就任
例 社長（しゃちょう）に就任（しゅうにん）する。
譯 就任社長。

03 | じゅうやく【重役】
㊔ 擔任重要職務的人；重要職位，重任者；(公司的)董事與監事的通稱
例 会社（かいしゃ）の重役（じゅうやく）になった。
譯 成為公司董事。

04 | そうとう【相当】
名・自サ・形動 相當，適合，相稱；相當於，相等於；值得，應該；過得去，相當好；很，頗
例 能力相当（のうりょくそうとう）の地位（ちい）を与（あた）える。
譯 授予和能力相稱的地位。

05 | ちい【地位】
㊔ 地位，職位，身份，級別
例 地位（ちい）に就（つ）く。
譯 擔任職位。

06 | つく【就く】
自五 就位；登上；就職；跟…學習；起程
例 王位（おうい）に就（つ）く。
譯 登上王位。

07 | どうかく【同格】
㊔ 同級，同等資格，等級相同；同級的(品牌)；(語法)同格語
例 課長職（かちょうしょく）と同格（どうかく）に扱（あつか）う。
譯 以課長同等地位看待。

08 | とどまる【留まる】

(自五) 停留，停頓；留下，停留；止於，限於

例 現職(げんしょく)に留(とど)まる。

譯 留職。

09 | めいじる・めいずる【命じる・命ずる】

(他上一・他サ) 命令，吩咐；任命，委派；命名

例 局長(きょくちょう)を命(めい)じられる。

譯 被任命為局長。

10 | ゆうのう【有能】

(名・形動) 有才能的，能幹的

例 有能(ゆうのう)な部下(ぶか)に脅威(きょうい)を感(かん)じる。

譯 對能幹的部屬頗感威脅。

11 | リード【lead】

(名・自他サ) 領導，帶領；(比賽)領先，贏；(新聞報導文章的)內容提要

例 人(ひと)をリードする。

譯 帶領人。

N2 ● 24-4

24-4 家事 / 家務

01 | かじ【家事】

(名) 家事，家務；家裡(發生)的事

例 家事(かじ)の手伝(てつだ)いをする。

譯 幫忙做家務。

02 | つかい【使い】

(名) 使用；派去的人；派人出去(買東西、辦事)，跑腿；(迷)(神仙的)侍者；(前接某些名詞)使用的方法，使用的人

例 母親(ははおや)の使(つか)いで出(で)かける。

譯 被母親派出去辦事。

03 | てま【手間】

(名) (工作所需的)勞力、時間與功夫；(手藝人的)計件工作，工錢

例 手間(てま)がかかる。

譯 費工夫，費事。

04 | にっか【日課】

(名) (規定好)每天要做的事情，每天習慣的活動；日課

例 日課(にっか)を書(か)きつける。

譯 寫上每天要做的事情。

05 | はく【掃く】

(他五) 掃，打掃；(拿刷子)輕塗

例 道路(どうろ)を掃(は)く。

譯 清掃道路。

06 | ほす【干す】

(他五) 曬乾；把(池)水弄乾；乾杯

例 洗濯物(せんたくもの)を干(ほ)す。

譯 曬衣服。

パート 25 第二十五章

生產、產業

- 生產、產業 -

N2 25-1

25-1 生産、産業 / 生產、產業

01 | オートメーション【automation】

名 自動化，自動控制裝置，自動操縱法

例 オートメーションに切り替える。

譯 改為自動化。

02 | かんり【管理】

名・他サ 管理，管轄；經營，保管

例 品質を管理する。

譯 品質管理。

03 | きのう【機能】

名・自サ 機能，功能，作用

例 機能を果たす。

譯 發揮作用。

04 | けっかん【欠陥】

名 缺陷，致命的缺點

例 欠陥商品に悩まされる。

譯 深受瑕疵商品所苦惱。

05 | げんさん【原産】

名 原產

例 原産地が表示される。

譯 標示原產地。

06 | こういん【工員】

名 工廠的工人，（產業）工人

例 工員が丁寧に作る。

譯 工人仔細製造。

07 | こうば【工場】

名 工廠，作坊

例 工場で働く。

譯 在工廠工作。

08 | さかり【盛り】

名・接尾 最旺盛時期，全盛狀態；壯年；（動物）發情；（接動詞連用形）表正在最盛的時候

例 盛りを過ぎる。

譯 全盛時期已過。

09 | じんこう【人工】

名 人工，人造

例 人工衛星を打ち上げる。

譯 發射人造衛星。

10 | じんぞう【人造】

名 人造，人工合成

例 人造湖が出現した。

譯 出現了人造湖。

11 | ストップ【stop】

(名・自他サ) 停止，中止；停止信號；(口令)站住，不得前進，止住；停車站

例 ストップを掛(か)ける。

譯 命令停止。

12 | せいぞう【製造】

(名・他サ) 製造，加工

例 紙(かみ)を製造(せいぞう)する。

譯 造紙。

13 | だいいち【第一】

(名・副) 第一，第一位，首先；首屈一指的，首要，最重要

例 安全第一(あんぜんだいいち)だ。

譯 安全第一。

14 | ていし【停止】

(名・他サ・自サ) 禁止，停止；停住，停下；(事物、動作等)停頓

例 作業(さぎょう)を停止(ていし)する。

譯 停止作業。

15 | でんし【電子】

(名) (理)電子

例 電子(でんし)オルガンを弾(ひ)く。

譯 演奏電子琴。

16 | へる【経る】

(自下一) (時間、空間、事物)經過、通過

例 手(て)を経(へ)る。

譯 經手。

17 | みやげ【土産】

(名) (贈送他人的)禮品，禮物；(出門帶回的)土產

例 お土産(みやげ)をもらう。

譯 收到禮品。

N2 25-2

25-2 農業、漁業、林業 / 農業、漁業、林業

01 | ぎょぎょう【漁業】

(名) 漁業，水產業

例 漁業(ぎょぎょう)が盛(さか)んである。

譯 漁業興盛。

02 | さんち【産地】

(名) 產地；出生地

例 産地直送(さんちちょくそう)にこだわる。

譯 嚴選產地直送。

03 | しゅうかく【収穫】

(名・他サ) 收獲(農作物)；成果，收穫；獵獲物

例 収穫(しゅうかく)が多(おお)い。

譯 收穫很多。

04 | すいさん【水産】

(名) 水產(品)，漁業

例 水産業(すいさんぎょう)を営(いとな)む。

譯 經營水產業，漁業。

05 | た【田】

(名) 田地；水稻，水田

例 田(た)を耕(たがや)す。

譯 耕種稻田。

06 | たうえ【田植え】
(名・他サ) (農)插秧
例 田植えをする。
譯 插秧。

07 | たがやす【耕す】
(他五) 耕作，耕田
例 荒れ地を耕す。
譯 開墾荒地。

08 | たんぼ【田んぼ】
(名) 米田，田地
例 田んぼに水を張る。
譯 放水至田。

09 | のうさんぶつ【農產物】
(名) 農產品
例 農産物に富む。
譯 農產品豐富。

10 | のうそん【農村】
(名) 農村，鄉村
例 農村の生活が長寿につながっている。
譯 農村的生活與長壽息息相關。

11 | のうやく【農薬】
(名) 農藥
例 農薬の汚染がひどい。
譯 農藥污染很嚴重。

12 | はたけ【畑】
(名) 田地，旱田；專業的領域
例 畑で働いている。
譯 在田地工作。

13 | ほかく【捕獲】
(名・他サ) (文)捕獲
例 鯨を捕獲する。
譯 捕獲鯨魚。

14 | ぼくじょう【牧場】
(名) 牧場
例 牧場を経営する。
譯 經營牧場。

15 | ぼくちく【牧畜】
(名) 畜牧
例 牧畜を営む。
譯 經營畜牧業。

16 | めいぶつ【名物】
(名) 名產，特產；(因形動奇特而)有名的人
例 青森名物のリンゴを買う。
譯 買青森名產的蘋果。

N2 ● 25-3

25-3 工業、鉱業、商業 / 工業、礦業、商業

01 | えんとつ【煙突】
(名) 煙囪
例 煙突が立ち並ぶ。
譯 煙囪林立。

02 | かいぞう【改造】

(名・他サ) 改造，改組，改建

例 ホテルを刑務所（けいむしょ）に改造（かいぞう）する。

譯 把飯店改建成監獄。

03 | かんりょう【完了】

(名・自他サ) 完了，完畢；(語法)完了，完成

例 工事（こうじ）が完了（かんりょう）する。

譯 結束工程。

04 | けんせつ【建設】

(名・他サ) 建設

例 建設（けんせつ）が進（すす）む。

譯 工程有進展。

05 | げんば【現場】

(名) (事故等的)現場；(工程等的)現場，工地

例 工事現場（こうじげんば）を囲（かこ）む。

譯 圍繞工地現場。

06 | こうがい【公害】

(名) (污水、噪音等造成的)公害

例 公害（こうがい）を出（だ）す。

譯 造成公害。

07 | せいさく【製作】

(名・他サ) (物品等)製造，製作，生產

例 精密機械（せいみつきかい）を製作（せいさく）する。

譯 製造精密儀器。

08 | せっけい【設計】

(名・他サ) (機械、建築、工程的)設計；計畫，規則

例 ビルを設計（せっけい）する。

譯 設計高樓。

09 | そうおん【騒音】

(名) 噪音；吵雜的聲音，吵鬧聲

例 騒音（そうおん）がひどい。

譯 噪音干擾嚴重。

10 | ぞうせん【造船】

(名・自サ) 造船

例 タンカーを造船（ぞうせん）する。

譯 造油輪。

11 | たんこう【炭鉱】

(名) 煤礦，煤井

例 炭鉱（たんこう）を発見（はっけん）する。

譯 發現煤礦。

12 | ちゃくちゃく【着々】

(副) 逐步地，一步步地

例 着々（ちゃくちゃく）と進（すす）んでいる。

譯 逐步地進行。

13 | てっきょう【鉄橋】

(名) 鐵橋，鐵路橋

例 鉄橋（てっきょう）をかける。

譯 架設鐵橋。

14 | てっこう【鉄鋼】

㊔ 鋼鐵

例 鉄鋼製品（てっこうせいひん）を販売（はんばい）する。

譯 販賣鋼鐵製品。

15 | ほる【掘る】

(他五) 掘，挖，刨；挖出，掘出

例 穴（あな）を掘（ほ）る。

譯 挖洞。

16 | みぞ【溝】

㊔ 水溝；（拉門門框上的）溝槽，切口；（感情的）隔閡

例 溝（みぞ）をさらう。

譯 疏通溝渠。

17 | やかましい【喧しい】

㊊ （聲音）吵鬧的，喧擾的；囉唆的，嘮叨的；難以取悦；嚴格的，嚴厲的

例 工事（こうじ）の音（おと）が喧（やかま）しい。

譯 施工噪音很吵雜。

Memo

パート 26 第二十六章

経済

- 經濟 -

N2 26-1

26-1 経済 / 經濟

01 | あんてい【安定】

(名・自サ) 安定，穩定；(物體)安穩

例 安定(あんてい)を図(はか)る。

譯 謀求安定。

02 | かいふく【回復】

(名・自他サ) 恢復，康復；挽回，收復

例 景気(けいき)が回復(かいふく)する。

譯 景氣回升。

03 | かいほう【開放】

(名・他サ) 打開，敞開；開放，公開

例 市場(しじょう)を開放(かいほう)する。

譯 開放市場。

04 | かぜい【課税】

(名・自サ) 課稅

例 輸入品(ゆにゅうひん)に課税(かぜい)する。

譯 課進口貨物稅。

05 | きんゆう【金融】

(名・自サ) 金融，通融資金

例 国際金融(こくさいきんゆう)を得意(とくい)とする。

譯 擅長國際金融。

06 | けいき【景気】

(名) (事物的)活動狀態，活潑，精力旺盛；(經濟的)景氣

例 景気(けいき)が回復(かいふく)する。

譯 景氣好轉。

07 | けいこう【傾向】

(名) (事物的)傾向，趨勢

例 傾向(けいこう)がある。

譯 有…的傾向。

08 | さんにゅう【参入】

(名・自サ) 進入；進宮

例 市場(しじょう)に参入(さんにゅう)する。

譯 投入市場。

09 | しげき【刺激】

(名・他サ) (物理的，生理的)刺激；(心理的)刺激，使興奮

例 景気(けいき)を刺激(しげき)する。

譯 刺激景氣。

10 | にち【日】

(名・漢造) 日本；星期天；日子，天，晝間；太陽

例 対日貿易赤字(たいにちぼうえきあかじ)が解消(かいしょう)される。

譯 對日貿易赤字被解除了。

11 | マーケット【market】

㊔ 商場，市場；(商品)銷售地區

例 マーケットを開拓(かいたく)する。

譯 開闢市場。

N2 ◉ 26-2

26-2 取り引き / 交易

01 | うけたまわる【承る】

(他五) 聽取；遵從，接受；知道，知悉；傳聞

例 ご注文(ちゅうもん)承(うけたまわ)りました。

譯 收到訂單了。

02 | うけとり【受け取り】

㊔ 收領；收據；計件工作(的工錢)

例 受(う)け取(と)りをもらう。

譯 拿收據。

03 | うけとる【受け取る】

(他五) 領，接收，理解，領會

例 給料(きゅうりょう)を受(う)け取(と)る。

譯 領薪。

04 | おろす【卸す】

(他五) 批發，批售，批賣

例 薬品(やくひん)を卸(おろ)す。

譯 批發藥品。

05 | かぶ【株】

(名・接尾) 株，顆；(樹的)殘株；股票；(職業等上)特權；擅長；地位

例 株価(かぶか)が上(あ)がる。

譯 股票上漲。

06 | かわせ【為替】

㊔ 匯款，匯兑

例 為替(かわせ)で支払(しはら)う。

譯 用匯款支付。

07 | きょうきゅう【供給】

(名・他サ) 供給，供應

例 供給(きょうきゅう)を断(た)つ。

譯 斷絕供給。

08 | しょめい【署名】

(名・自サ) 署名，簽名；簽的名字

例 契約書(けいやくしょ)に署名(しょめい)する。

譯 在契約書上簽名。

09 | てつづき【手続き】

㊔ 手續，程序

例 手続(てつづ)きをする。

譯 辦理手續。

10 | ふとう【不当】

(形動) 不正當，非法，無理

例 不当(ふとう)な取引(とりひき)だ。

譯 非法交易。

N2 ◉ 26-3

26-3 売買 / 買賣

01 | うりきれ【売り切れ】

㊔ 賣完

例 本日(ほんじつ)売(う)り切(き)れとなりました。

譯 今日貨已全部售完。

02 | うりきれる【売り切れる】

(自下一) 賣完，賣光

例 切符が売り切れる。

譯 票賣光了。

03 | うれゆき【売れ行き】

㊔（商品的）銷售狀況，銷路

例 売れ行きが悪い。

譯 銷路不好。

04 | うれる【売れる】

（自下一）商品賣出，暢銷；變得廣為人知，出名，聞名

例 名が売れる。

譯 馳名。

05 | かんじょう【勘定】

（名・他サ）計算；算帳；（會計上的）帳目，戶頭，結帳；考慮，估計

例 勘定を済ます。

譯 付完款，算完帳。

06 | じゅよう【需要】

㊔ 需要，要求；需求

例 需要が高まる。

譯 需求大增。

07 | だいきん【代金】

㊔ 貸款，借款

例 代金を請求する。

譯 索取貨款。

08 | どうよう【同様】

（形動）同樣的，一樣的

例 同様の値段で販売している。

譯 同樣的價錢販售。

09 | とくばい【特売】

（名・他サ）特賣；（公家機關不經標投）賣給特定的人

例 夏物を特売する。

譯 特價賣出夏季商品。

10 | のこり【残り】

㊔ 剩餘，殘留

例 売れ残りの商品をもらえる。

譯 可以得到賣剩的商品。

11 | ばいばい【売買】

（名・他サ）買賣，交易

例 土地を売買する。

譯 土地買賣。

12 | はつばい【発売】

（名・他サ）賣，出售

例 好評発売中。

譯 暢銷中。

13 | はんばい【販売】

（名・他サ）販賣，出售

例 古本を販売する。

譯 販賣舊書。

14 | わりびき【割引】

（名・他サ）（價錢）打折扣，減價；（對説話內容）打折；票據兑現

例 割引になる。

譯 可以減價。

26-4 価格 /
價格

01 ｜かかく【価格】

㊔ 價格

例 商品の価格をつける。

譯 標示商品價格。

02 ｜がく【額】

(名・漢造) 名額，數額；匾額，畫框

例 予算の額を超える。

譯 超過預算額度。

03 ｜かち【価値】

㊔ 價值

例 価値がある。

譯 有價值。

04 ｜こうか【高価】

(名・形動) 高價錢

例 高価な贈り物を渡す。

譯 授與昂貴的禮物。

05 ｜すいじゅん【水準】

㊔ 水準，水平面；水平器；(地位、質量、價值等的)水平；(標示)高度

例 水準が高まる。

譯 水準提高。

06 ｜それなり

(名・副) 恰如其分；就那樣

例 良い物はそれなりに高い。

譯 一分錢一分貨。

07 ｜ていか【定価】

㊔ 定價

例 定価で購入する。

譯 以定價買入。

08 ｜てごろ【手頃】

(名・形動) (大小輕重)合手，合適，相當；適合(自己的經濟能力、身份)

例 手頃なお値段で食べられる。

譯 能以合理的價錢品嚐。

09 ｜ね【値】

㊔ 價錢，價格，價值

例 値をつける。

譯 訂價。

10 ｜むりょう【無料】

㊔ 免費；無須報酬

例 無料で提供する。

譯 免費提供。

11 ｜ゆうりょう【有料】

㊔ 收費

例 有料駐車場が二つある。

譯 有兩座收費停車場。

12 ｜りょうきん【料金】

㊔ 費用，使用費，手續費

例 料金がかかる。

譯 收費。

13 ｜りょうしゅう【領収】

(名・他サ) 收到

例 代金を領収する。

譯 收取費用。

26-5 損得、貸借 /
損益、借貸

01 ｜うりあげ【売り上げ】
㊔（一定期間的）銷售額，營業額
例 売り上げが伸びる。
譯 銷售額增加。

02 ｜しゃっきん【借金】
名・自サ 借款，欠款，舉債
例 借金を抱える。
譯 負債。

03 ｜しょうひん【賞品】
㊔ 獎品
例 賞品が当たる。
譯 中獎。

04 ｜せいきゅう【請求】
名・他サ 請求，要求，索取
例 請求に応じる。
譯 答應要求。

05 ｜せおう【背負う】
他五 背；擔負，承擔，肩負
例 借金を背負う。
譯 肩負債務。

06 ｜そん【損】
名・自サ・形動・漢造 虧損，賠錢；吃虧，不划算；減少；損失
例 損をする。
譯 吃虧。

07 ｜そんがい【損害】
名・他サ 損失，損害，損耗
例 損害を与える。
譯 造成損失。

08 ｜そんしつ【損失】
名・自サ 損害，損失
例 損失を被る。
譯 蒙受損失。

09 ｜そんとく【損得】
㊔ 損益，得失，利害
例 損得抜きで付き合う。
譯 不計得失地交往。

10 ｜てっする【徹する】
自サ 貫徹，貫穿；通宵，徹夜；徹底，貫徹始終
例 金儲けに徹する。
譯 努力賺錢。

11 ｜ほけん【保険】
㊔ 保險；（對於損害的）保證
例 保険をかける。
譯 投保。

12 ｜もうかる【儲かる】
自五 賺到，得利；賺得到便宜，撿便宜
例 1万円儲かった。
譯 賺了一萬日圓。

13 ｜もうける【儲ける】
他下一 賺錢，得利；（轉）撿便宜，賺到
例 一割儲ける。
譯 賺一成。

14 | りえき【利益】
㊔ 利益，好處；利潤，盈利
例 利益(りえき)になる。
譯 有利潤。

15 | りがい【利害】
㊔ 利害，得失，利弊，損益
例 利害(りがい)が相反(あいはん)する。
譯 與利益相反。

N2 ⊙ 26-6

26-6 收支、賃金 / 收支、工資報酬

01 | きゅうよ【給与】
（名・他サ）供給(品)，分發，待遇；工資，津貼
例 給与(きゅうよ)をもらう。
譯 領薪水。

02 | げっきゅう【月給】
㊔ 月薪，工資
例 月給(げっきゅう)が上(あ)がる。
譯 調漲工資。

03 | さしひく【差し引く】
（他五）扣除，減去；抵補，相抵(的餘額)；(潮水的)漲落，(體溫的)升降
例 月給(げっきゅう)から税金(ぜいきん)を差(さ)し引(ひ)く。
譯 從月薪中扣除稅金。

04 | しきゅう【支給】
（名・他サ）支付，發給
例 旅費(りょひ)を支給(しきゅう)する。
譯 支付旅費。

05 | しゅうにゅう【収入】
㊔ 收入，所得
例 収入(しゅうにゅう)が安定(あんてい)する。
譯 收入穩定。

06 | ただ
（名・副・接）免費；普通，平凡；只是，僅僅；(對前面的話做出否定)但是，不過
例 ただで働(はたら)く。
譯 白幹活。

07 | ちょうだい【頂戴】
（名・他サ）(「もらう、食べる」的謙虛說法)領受，得到，吃；(女性、兒童請求別人做事)請
例 結構(けっこう)なものを頂戴(ちょうだい)した。
譯 收到了好東西。

08 | ゆうこう【有効】
（形動）有效的
例 有効(ゆうこう)に使(つか)う。
譯 有效地使用。

N2 ⊙ 26-7

26-7 消費、費用 / 消費、費用

01 | かいけい【会計】
（副・自サ）會計；付款，結帳
例 会計(かいけい)を済(す)ます。
譯 結帳。

02 | きんがく【金額】
㊔ 金額
例 金額(きんがく)が大(おお)きい。
譯 金額巨大。

03 | きんせん【金銭】

㊔ 錢財，錢款；金幣

例 金銭に細かい。

譯 錙銖必較。

04 | こうか【硬貨】

㊔ 硬幣，金屬貨幣

例 硬貨で支払う。

譯 以硬幣支付。

05 | こうきょう【公共】

㊔ 公共

例 公共料金をカードで支払う。

譯 刷卡支付公共費用。

06 | しはらい【支払い】

(名・他サ) 付款，支付(金錢)

例 支払いを済ませる。

譯 付清。

07 | しはらう【支払う】

(他五) 支付，付款

例 料金を支払う。

譯 支付費用。

08 | しゅうきん【集金】

(名・自他サ) (水電、瓦斯等)收款，催收的錢

例 集金に回る。

譯 到各處去收款。

09 | つり【釣り】

㊔ 釣，釣魚；找錢，找的錢

例 お釣りを渡す。

譯 找零。

10 | はぶく【省く】

(他五) 省，省略，精簡，簡化；節省

例 経費を省く。

譯 節省經費。

11 | はらいこむ【払い込む】

(他五) 繳納

例 税金を払い込む。

譯 繳納稅金。

12 | はらいもどす【払い戻す】

(他五) 退還(多餘的錢)，退費；(銀行)付還(存戶存款)

例 税金を払い戻す。

譯 退稅。

13 | ひよう【費用】

㊔ 費用，開銷

例 費用を納める。

譯 繳納費用。

14 | ぶんたん【分担】

(名・他サ) 分擔

例 費用を分担する。

譯 分擔費用。

15 | めんぜい【免税】

(名・他サ・自サ) 免稅

例 空港の免税店で買い物する。

譯 在機場免稅店購物。

26-8 財産、金銭 /
財產、金錢

01 | うんよう【運用】
(名・他サ) 運用，活用

例 有効（ゆうこう）に運用（うんよう）する。

譯 有效的運用。

02 | げんきん【現金】
(名) (手頭的)現款，現金；(經濟的)現款，現金

例 現金（げんきん）で支払（しはら）う。

譯 以現金支付。

03 | こしらえる【拵える】
(他下一) 做，製造；捏造，虛構；化妝，打扮；籌措，填補

例 金（かね）をこしらえる。

譯 湊錢。

04 | こづかい【小遣い】
(名) 零用錢

例 小遣（こづか）いをあげる。

譯 給零用錢。

05 | ざいさん【財産】
(名) 財產；文化遺產

例 財産（ざいさん）を継（つ）ぐ。

譯 繼承財產。

06 | さつ【札】
(名・漢造) 紙幣，鈔票；(寫有字的)木牌，紙片；信件；門票，車票

例 お札（さつ）を数（かぞ）える。

譯 數鈔票。

07 | しへい【紙幣】
(名) 紙幣

例 1万円（まんえん）紙幣（しへい）を両替（りょうがえ）する。

譯 將萬元鈔票換掉(成小鈔)。

08 | しょうがくきん【奨学金】
(名) 獎學金，助學金

例 奨学金（しょうがくきん）をもらう。

譯 得到獎學金。

09 | ぜい【税】
(名・漢造) 稅，稅金

例 税（ぜい）がかかる。

譯 課稅。

10 | そうぞく【相続】
(名・他サ) 承繼(財產等)

例 財産（ざいさん）を相続（そうぞく）する。

譯 繼承財產。

11 | たいきん【大金】
(名) 巨額金錢，巨款

例 大金（たいきん）をつかむ。

譯 獲得巨款。

12 | ちょぞう【貯蔵】
(名・他サ) 儲藏

例 地下室（ちかしつ）に貯蔵（ちょぞう）する。

譯 儲放在地下室。

13 | ちょちく【貯蓄】
(名・他サ) 儲蓄

例 貯蓄（ちょちく）を始（はじ）める。

譯 開始儲蓄。

14 | つうか【通貨】

㊔ 通貨，(法定)貨幣

例 通貨が流通する。

譯 貨幣流通。

15 | つうちょう【通帳】

㊔ (存款、賒帳等的)折子，帳簿

例 通帳を記入する。

譯 記入帳本。

16 | はさん【破産】

(名・自サ) 破產

例 破産を宣告する。

譯 宣告破產。

N2 26-9

26-9 貧富 /
貧富

01 | えんじょ【援助】

(名・他サ) 援助，幫助

例 援助を受ける。

譯 接受援助。

02 | ききん【飢饉】

㊔ 飢饉，飢荒；缺乏，…荒

例 飢饉に見舞われる。

譯 鬧飢荒。

03 | きふ【寄付】

(名・他サ) 捐贈，捐助，捐款

例 寄付を募る。

譯 募捐。

04 | ごうか【豪華】

(形動) 奢華的，豪華的

例 豪華な衣装をもらった。

譯 收到奢華的服裝。

05 | さべつ【差別】

(名・他サ) 輕視，區別

例 差別が激しい。

譯 差別極為明顯。

06 | ぜいたく【贅沢】

(名・形動) 奢侈，奢華，浪費，鋪張；過份要求，奢望

例 ぜいたくな暮らしを送った。

譯 過著奢侈的生活。

07 | まずしい【貧しい】

㊕ (生活)貧窮的，窮困的；(經驗、才能的)貧乏，淺薄

例 貧しい家に生まれた。

譯 生於貧窮人家。

08 | めぐまれる【恵まれる】

(自下一) 得天獨厚，被賦予，受益，受到恩惠

例 恵まれた生活をする。

譯 過著富裕的生活。

パート

27

第二十七章

政治

- 政治 -

N2 ◉ 27-1

27-1 政治 /
政治

01 | あん【案】

㊔ 計畫，提案，意見；預想，意料

例 案(あん)を立(た)てる。

譯 草擬計畫。

02 | うちけす【打ち消す】

(他五) 否定，否認；熄滅，消除

例 事実(じじつ)を打(う)ち消(け)す。

譯 否定事實。

03 | おさめる【治める】

(他下一) 治理；鎮壓

例 国(くに)を治(おさ)める。

譯 治國。

04 | かいかく【改革】

(名・他サ) 改革

例 改革(かいかく)を進(すす)める。

譯 進行改革。

05 | かげ【陰】

㊔ 日陰，背影處；背面；背地裡，暗中

例 陰(かげ)で糸(いと)を引(ひ)く。

譯 暗中操縱。

06 | かんする【関する】

(自サ) 關於，與…有關

例 政治(せいじ)に関(かん)する問題(もんだい)を解決(かいけつ)する。

譯 解決有關政治問題。

07 | げんじょう【現状】

㊔ 現狀

例 現状(げんじょう)を維持(いじ)する。

譯 維持現狀。

08 | こっか【国家】

㊔ 國家

例 国家試験(こっかしけん)がある。

譯 有國家考試。

09 | さらに【更に】

(副) 更加，更進一步；並且，還；再，重新；(下接否定)一點也不，絲毫不

例 更(さら)に事態(じたい)が悪化(あっか)する。

譯 事情更進一步惡化。

10 | じじょう【事情】

㊔ 狀況，內情，情形；(局外人所不知的)原因，緣故，理由

例 事情(じじょう)が変(か)わる。

譯 情況有所變化。

11 | じつげん【実現】

(名・自他サ) 實現

例 実現を望む。

譯 期望能實現。

12 | しゅぎ【主義】

㊔ 主義，信條；作風，行動方針

例 社会主義の国が次々に生まれた。

譯 社會主義的國家一個接一個的誕生。

13 | ずのう【頭脳】

㊔ 頭腦，判斷力，智力；(團體的)決策部門，首腦機構，領導人

例 日本の頭脳が挑んでいる。

譯 對日本人才進行挑戰。

14 | せいかい【政界】

㊔ 政界，政治舞台

例 政界の大物が集まる。

譯 集結政界的大人物。

15 | せいふ【政府】

㊔ 政府；內閣，中央政府

例 ひき逃げ事故の被害者に政府が保障する。

譯 政府會保障肇事逃逸事故的被害者。

16 | せんせい【専制】

㊔ 專制，獨裁；獨斷，專斷獨行

例 専制政治が倒れた。

譯 獨裁政治垮台了。

17 | だんかい【段階】

㊔ 梯子，台階，樓梯；階段，時期，步驟；等級，級別

例 面接の段階に進む。

譯 來到面試的階段。

18 | デモ【demonstration】

㊔ 抗議行動

例 デモに参加する。

譯 参加抗議活動。

19 | にらむ【睨む】

(他五) 瞪著眼看，怒目而視；盯著，注視，仔細觀察；估計，揣測，意料；盯上

例 情勢を睨む。

譯 觀察情勢。

N2 ● 27-2

27-2 行政、公務員 /
行政、公務員

01 | こうむ【公務】

㊔ 公務，國家及行政機關的事務

例 公務員になりたい。

譯 想當公務員。

02 | じち【自治】

㊔ 自治，地方自治

例 地方自治を守る。

譯 守護地方自治。

03 | じゅうてん【重点】

㊔ 重點(物)作用點

例 福祉に重点を置いた。

譯 以福利為重點。

04 ｜じょじょに【徐々に】

㊓ 徐徐地，慢慢地，一點點；逐漸，漸漸

例 徐々に移行する。

譯 慢慢地轉移。

05 ｜せいど【制度】

㊔ 制度；規定

例 社会保障制度が完備する。

譯 完善的社會保障制度。

06 ｜ぜんたい【全体】

(名・副) 全身，整個身體；全體，總體；根本，本來；究竟，到底

例 全体に関わる問題。

譯 和全體有關的問題。

07 ｜ぞうだい【増大】

(名・自他サ) 增多，增大

例 予算が増大する。

譯 預算大幅增加。

08 ｜たいけい【体系】

㊔ 體系，系統

例 体系をたてる。

譯 建立體系。

09 ｜たいさく【対策】

㊔ 對策，應付方法

例 対策をたてる。

譯 制定對策。

10 ｜とうしょ【投書】

(名・他サ・自サ) 投書，信訪，匿名投書；(向報紙、雜誌)投稿

例 役所に投書する。

譯 向政府機關投書。

11 ｜ぼうし【防止】

(名・他サ) 防止

例 火災を防止する。

譯 防止火災。

12 ｜ほしょう【保証】

(名・他サ) 保証，擔保

例 生活が保証されている。

譯 生活有了保證。

13 ｜やく【役】

(名・漢造) 職務，官職；責任，任務，(負責的)職位；角色；使用，作用

例 役に就く。

譯 就職。

14 ｜やくにん【役人】

㊔ 官員，公務員

例 役人になる。

譯 成為公務員。

15 ｜よさん【予算】

㊔ 預算

例 予算を立てる。

譯 訂立預算。

16 ｜りんじ【臨時】

㊔ 臨時，暫時，特別

例 臨時に雇われる。

譯 臨時雇用。

27-3 議会、選挙 / 議會、選舉

01 ｜えんぜつ【演説】

(名・自サ) 演説

例 演説(えんぜつ)を行(おこな)う。

譯 舉行演説。

02 ｜かいごう【会合】

(名・自サ) 聚會，聚餐

例 会合(かいごう)を重(かさ)ねる。

譯 多次聚會。

03 ｜かけつ【可決】

(名・他サ) (提案等)通過

例 法案(ほうあん)が可決(かけつ)する。

譯 通過法案。

04 ｜かたむく【傾く】

(自五) 傾斜；有…的傾向；(日月)偏西；衰弱，衰微

例 賛成(さんせい)に傾(かたむ)く。

譯 傾向贊成。

05 ｜ぎかい【議会】

(名) 議會，國會

例 議会(ぎかい)を解散(かいさん)する。

譯 解散國會。

06 ｜きょうさん【共産】

(名) 共產；共產主義

例 共産党(きょうさんとう)が発表(はっぴょう)した。

譯 共產黨發表了。

07 ｜ぎろん【議論】

(名・他サ) 爭論，討論，辯論

例 議論(ぎろん)を交(か)わす。

譯 進行辯論。

08 ｜ぐたい【具体】

(名) 具體

例 具体例(ぐたいれい)を示(しめ)す。

譯 以具體的例子表示。

09 ｜けつろん【結論】

(名・自サ) 結論

例 結論(けつろん)が出(で)る。

譯 得出結論。

10 ｜こうしゅう【公衆】

(名) 公眾，公共，一般人

例 公衆(こうしゅう)の前(まえ)で演説(えんぜつ)する。

譯 在大眾面前演講。

11 ｜こうほ【候補】

(名) 候補，候補人；候選，候選人

例 候補(こうほ)に上(あ)がる。

譯 被提名為候補。

12 ｜こっかい【国会】

(名) 國會，議會

例 国会(こっかい)を解散(かいさん)する。

譯 解散國會。

13 | じっさい【実際】

(名・副) 實際；事實，真面目；確實，真的，實際上

例 実際(じっさい)は難(むずか)しい。

譯 實際上很困難。

14 | じつれい【実例】

㊔ 實例

例 実例(じつれい)を挙(あ)げる。

譯 舉出實例。

15 | しゅちょう【主張】

(名・他サ) 主張，主見，論點

例 自説(じせつ)を主張(しゅちょう)する。

譯 堅持己見。

16 | しょうにん【承認】

(名・他サ) 批准，認可，通過；同意；承認

例 承認(しょうにん)を求(もと)める。

譯 請求批准。

17 | せいとう【政党】

㊔ 政黨

例 政党政治(せいとうせいじ)が展開(てんかい)される。

譯 展開政黨政治。

18 | せいりつ【成立】

(名・自サ) 產生，完成，實現；成立，組成；達成

例 予算案(よさんあん)が成立(せいりつ)する。

譯 成立預算案。

19 | そうりだいじん【総理大臣】

㊔ 總理大臣，首相

例 内閣総理大臣(ないかくそうりだいじん)に任命(にんめい)される。

譯 任命為首相。

20 | た【他】

(名・漢造) 其他，他人，別處，別的事物；他心二意；另外

例 他(た)に例(れい)を見(み)ない。

譯 未見他例。

21 | だいじん【大臣】

㊔ (政府)部長，大臣

例 大臣(だいじん)に任命(にんめい)される。

譯 任命為大臣。

22 | だいとうりょう【大統領】

㊔ 總統

例 大統領(だいとうりょう)に就任(しゅうにん)する。

譯 就任總統。

23 | だいり【代理】

(名・他サ) 代理，代替；代理人，代表

例 代理(だいり)で出席(しゅっせき)する。

譯 以代理身份出席。

24 | たいりつ【対立】

(名・他サ) 對立，對峙

例 意見(いけん)が対立(たいりつ)する。

譯 意見相對立。

25 | ちからづよい【力強い】
(形) 強而有力的；有信心的，有依仗的

例 力強(ちからづよ)い演説(えんぜつ)が魅力(みりょく)だった。

譯 有力的演說深具魅力。

26 | ちじ【知事】
(名) 日本都、道、府、縣的首長

例 知事(ちじ)に報告(ほうこく)する。

譯 向知事報告。

27 | とう【党】
(名・漢造) 鄉里；黨羽，同夥；黨，政黨

例 党(とう)の決定(けってい)に従(したが)う。

譯 服從黨的決定。

28 | とういつ【統一】
(名・他サ) 統一，一致，一律

例 意見(いけん)を統一(とういつ)する。

譯 統一意見。

29 | とうひょう【投票】
(名・自サ) 投票

例 投票(とうひょう)に行(い)く。

譯 去投票。

30 | とりいれる【取り入れる】
(他下一) 收穫，收割；收進，拿入；採用，引進，採納

例 提案(ていあん)を取(と)り入(い)れる。

譯 採用提案。

31 | とりけす【取り消す】
(他五) 取消，撤銷，作廢

例 発言(はつげん)を取(と)り消(け)す。

譯 撤銷發言。

32 | もうける【設ける】
(他下一) 預備，準備；設立，制定；生，得(子女)

例 席(せき)を設(もう)ける。

譯 準備酒宴。

33 | もと【元・基】
(名) 起源，本源；基礎，根源；原料；原因；本店；出身；成本

例 元首相(もとしゅしょう)が出席(しゅっせき)する。

譯 前首相將出席。

N2 27-4

27-4 国際、外交 / 國際、外交

01 | がいこう【外交】
(名) 外交；對外事務，外勤人員

例 外交関係(がいこうかんけい)を絶(た)つ。

譯 斷絕外交關係。

02 | かっこく【各国】
(名) 各國

例 各国(かっこく)の代表(だいひょう)が集(あつ)まる。

譯 各國代表齊聚。

03 | こんらん【混乱】
(名・自サ) 混亂

例 混乱(こんらん)が起(お)こる。

譯 發生混亂。

04 | さいほう【再訪】
(名・他サ) 再訪，重遊
例 大阪(おおさか)を再訪(さいほう)する。
譯 重遊大阪。

05 | じたい【事態】
(名) 事態，情形，局勢
例 事態(じたい)が悪化(あっか)する。
譯 事態惡化。

06 | じっし【実施】
(名・他サ) (法律、計畫、制度的)實施，實行
例 実施(じっし)に移(うつ)す。
譯 付諸行動。

07 | しゅよう【主要】
(名・形動) 主要的
例 四(よっ)つの主要(しゅよう)な役割(やくわり)がある。
譯 有四個主要的任務。

08 | じょうきょう【状況】
(名) 狀況，情況
例 状況(じょうきょう)が変(か)わる。
譯 狀況有所改變。

09 | しょこく【諸国】
(名) 各國
例 アフリカ諸国(しょこく)を歴訪(れきほう)した。
譯 追訪非洲各國。

10 | しんこく【深刻】
(形動) 嚴重的，重大的，莊重的；意味深長的，發人省思的，尖銳的
例 深刻(しんこく)な問題(もんだい)を抱(かか)えている。
譯 存在嚴重的問題。

11 | じんしゅ【人種】
(名) 人種，種族；(某)一類人；(俗)(生活環境、愛好等不同的)階層
例 人種(じんしゅ)による偏見(へんけん)をなくす。
譯 消除種族歧視。

12 | ぜいかん【税関】
(名) 海關
例 税関(ぜいかん)の検査(けんさ)が厳(きび)しくなる。
譯 海關的檢查更加嚴格。

13 | たいせい【体制】
(名) 體制，結構；(統治者行使權力的)方式
例 厳戒体制(げんかいたいせい)をとる。
譯 實施嚴加戒備的體制。

14 | つうよう【通用】
(名・自サ) 通用，通行；兼用，兩用；(在一定期間內)通用，有效；通常使用
例 世界(せかい)に通用(つうよう)する。
譯 在世界通用。

15 | ととのう【整う】
(自五) 齊備，完整；整齊端正，協調；(協議等)達成，談妥
例 条件(じょうけん)が整(ととの)う。
譯 條件齊備。

16 | とんでもない

(連語・形) 出乎意料，不合情理；豈有此理，不可想像；(用在堅決的反駁或表示客套)哪裡的話

例 とんでもない要求をする。

譯 做無理的要求。

17 | ふり【不利】

(名・形動) 不利

例 不利に陥る。

譯 陷入不利。

18 | もとめる【求める】

(他下一) 想要，渴望，需要；謀求，探求；征求，要求；購買

例 協力を求める。

譯 尋求協助。

19 | もよおし【催し】

(名) 舉辦，主辦；集會，文化娛樂活動；預兆，兆頭

例 歓迎の催しを開く。

譯 舉行歡迎派對。

20 | ようきゅう【要求】

(名・他サ) 要求，需求

例 要求に応じる。

譯 回應要求。

21 | らいにち【来日】

(名・自サ) (外國人)來日本，到日本來

例 米大統領が来日する。

譯 美國總統來訪日本。

22 | りょうじ【領事】

(名) 領事

例 日本領事が発行する。

譯 日本領事所發行。

23 | れんごう【連合】

(名・他サ・自サ) 聯合，團結；(心)聯想

例 国際連合を批判する。

譯 批評聯合國。

N2 27-5

27-5 軍事 / 軍事

01 | あまい【甘い】

(形) 甜的；淡的；寬鬆，好說話；鈍，鬆動；藐視；天真的；樂觀的；淺薄的；愚蠢的

例 敵を甘く見る。

譯 小看了敵人。

02 | えんしゅう【演習】

(名・自サ) 演習，實際練習；(大學內的)課堂討論，共同研究

例 軍事演習を中止する。

譯 中止軍事演習。

03 | かいほう【解放】

(名・他サ) 解放，解除，擺脱

例 奴隷を解放する。

譯 解放奴隸。

04 | きち【基地】

(名) 基地，根據地

例 基地を建設する。

譯 建設基地。

05 | きょうか【強化】

(名・他サ) 強化，加強

例 警備(けいび)を強化(きょうか)する。

譯 加強警備。

---

06 | くだく【砕く】

(他五) 打碎，弄碎

例 敵(てき)の野望(やぼう)を砕(くだ)く。

譯 粉碎敵人的野心。

---

07 | くっつく【くっ付く】

(自五) 緊貼在一起，附著

例 敵方(てきがた)にくっつく。

譯 支持敵方。

---

08 | ぐん【軍】

(名) 軍隊；(軍隊編排單位)軍

例 軍(ぐん)を率(ひき)いる。

譯 率領軍隊。

---

09 | ぐんたい【軍隊】

(名) 軍隊

例 軍隊(ぐんたい)に入(はい)る。

譯 入伍當軍人。

---

10 | くんれん【訓練】

(名・他サ) 訓練

例 訓練(くんれん)を受(う)ける。

譯 接受訓練。

---

11 | こうげき【攻撃】

(名・他サ) 攻擊，進攻；抨擊，指責，責難；(棒球)擊球

例 攻撃(こうげき)を受(う)ける。

譯 遭到攻擊。

---

12 | ごうどう【合同】

(名・自他サ) 合併，聯合；(數)全等

例 二国(にこく)の軍隊(ぐんたい)が合同演習(ごうどうえんしゅう)を行(おこな)う。

譯 兩國的軍隊舉行聯合演習。

---

13 | ごうりゅう【合流】

(名・自サ) (河流)匯合，合流；聯合，合併

例 本隊(ほんたい)に合流(ごうりゅう)する。

譯 與主力部隊會合。

---

14 | サイレン【siren】

(名) 警笛，汽笛

例 サイレンを鳴(な)らす。

譯 鳴放警笛。

---

15 | じえい【自衛】

(名・他サ) 自衛

例 自衛手段(じえいしゅだん)をとる。

譯 採取自衛手段。

---

16 | しはい【支配】

(名・他サ) 指使，支配；統治，控制，管轄；決定，左右

例 支配(しはい)を受(う)ける。

譯 受到控制。

---

17 | しゅくしょう【縮小】

(名・他サ) 縮小

例 軍備(ぐんび)を縮小(しゅくしょう)する。

譯 裁減軍備。

18 | せめる【攻める】

(他下一) 攻，攻打

例 城を攻める。

譯 攻打城池。

19 | せんすい【潜水】

(名・自サ) 潛水

例 潜水艦が水中を潜航する。

譯 潛水艇在水中潛行。

20 | たいせん【大戦】

(名・自サ) 大戰，大規模戰爭；世界大戰

例 第二次世界大戦が勃発した。

譯 爆發第二次世界大戰。

21 | たたかい【戦い】

(名) 戰鬥，戰鬥；鬥爭；競賽，比賽

例 戦いに勝つ。

譯 打勝仗。

22 | たま【弾】

(名) 子彈

例 弾が当たる。

譯 中彈。

23 | ていこう【抵抗】

(名・自サ) 抵抗，抗拒，反抗；(物理)電阻，阻力；(產生)抗拒心理，不願接受

例 命令に抵抗する。

譯 違抗命令。

24 | てっぽう【鉄砲】

(名) 槍，步槍

例 鉄砲を向ける。

譯 舉槍瞄準。

25 | はっしゃ【発射】

(名・他サ) 發射(火箭、子彈等)

例 ロケットを発射する。

譯 發射火箭。

26 | ぶき【武器】

(名) 武器，兵器；(有利的)手段，武器

例 武器を捨てる。

譯 放下武器。

27 | ほんぶ【本部】

(名) 本部，總部

例 本部の指令に従う。

譯 遵照總部的指令。

パート
28
第二十八章

法律

- 法律 -

N2 ◎ 28-1

28-1 規則 /
規則

01 | あてはまる【当てはまる】

(自五) 適用，適合，合適，恰當

例 条件(じょうけん)に当(あ)てはまる。

譯 符合條件。

02 | あてはめる【当てはめる】

(他下一) 適用；應用

例 規則(きそく)に当(あ)てはめる。

譯 適用規則。

03 | エチケット【etiquette】

(名) 禮節，禮儀，(社交)規矩

例 エチケットを守(まも)る。

譯 遵守社交禮儀。

04 | おこたる【怠る】

(他五) 怠慢，懶惰；疏忽，大意

例 注意(ちゅうい)を怠(おこた)る。

譯 疏忽大意。

05 | かいせい【改正】

(名・他サ) 修正，改正

例 規則(きそく)を改正(かいせい)する。

譯 修改規定。

06 | かいぜん【改善】

(名・他サ) 改善，改良，改進

例 改善(かいぜん)を図(はか)る。

譯 謀求改善。

07 | ぎむ【義務】

(名) 義務

例 義務(ぎむ)を果(は)たす。

譯 履行義務。

08 | きょか【許可】

(名・他サ) 許可，批准

例 許可(きょか)が出(で)る。

譯 批准。

09 | きりつ【規律】

(名) 規則，紀律，規章

例 規律(きりつ)を守(まも)る。

譯 遵守紀律。

10 | けいしき【形式】

(名) 形式，樣式；方式

例 正当(せいとう)な形式(けいしき)をふむ。

譯 走正當程序。

11 | けいとう【系統】

(名) 系統，體系

例 系統(けいとう)を立(た)てる。

譯 建立系統。

12 | けん【権】

(名・漢造) 權力；權限

例 兵馬の権を握る。
譯 握有兵權。

13 | けんり【権利】
名 權利
例 権利を持つ。
譯 具有權力。

14 | こうしき【公式】
名・形動 正式；(數)公式
例 公式に認める。
譯 正式承認。

15 | したがう【従う】
自五 跟隨；服從，遵從；按照；順著，沿著；隨著，伴隨
例 意向にしたがう。
譯 按照意圖。

16 | つけくわえる【付け加える】
他下一 添加，附帶
例 説明を付け加える。
譯 附帶說明。

17 | ふ【不】
漢造 不；壞；醜；笨
例 飲食不可になる。
譯 不可食用。

18 | ふか【不可】
名 不可，不行；(成績評定等級)不及格
例 可もなく不可もなし。
譯 不好不壞，普普通通。

19 | ほう【法】
名・漢造 法律；佛法；方法，作法；禮節；道理
例 法に従う。
譯 依法。

20 | モデル【model】
名 模型；榜樣，典型，模範；(文學作品中)典型人物，原型；模特兒
例 モデルにする。
譯 作為原型。

21 | もとづく【基づく】
自五 根據，按照；由…而來，因為，起因
例 規則に基づく。
譯 根據規則。

N2 28-2

28-2 法律 / 法律

01 | いはん【違反】
名・自サ 違反，違犯
例 交通違反に問われる。
譯 被控違反交通規則。

02 | きる【斬る】
他五 砍；切
例 人を斬る。
譯 砍人。

03 | けいこく【警告】
名・他サ 警告
例 警告を受ける。
譯 受到警告。

04 ｜けんぽう【憲法】

㊔ 憲法

例 憲法（けんぽう）に違反（いはん）する。

譯 違反憲法。

05 ｜しょうじる【生じる】

(自他サ) 生，長；出生，產生；發生；出現

例 義務（ぎむ）が生（しょう）じる。

譯 具有義務。

06 ｜てきよう【適用】

(名・他サ) 適用，應用

例 法律（ほうりつ）に適用（てきよう）しない。

譯 不適用於法律。

N2 ⦿ 28-3

28-3 犯罪 /
犯罪

01 ｜あやまり【誤り】

㊔ 錯誤

例 誤（あやま）りを犯（おか）す。

譯 犯錯。

02 ｜あやまる【誤る】

(自五・他五) 錯誤，弄錯；耽誤

例 道（みち）を誤（あやま）る。

譯 走錯路。

03 ｜いっち【一致】

(名・自サ) 一致，相符

例 指紋（しもん）が一致（いっち）する。

譯 指紋相符。

04 ｜うったえる【訴える】

(他下一) 控告，控訴，申訴；求助於；使…感動，打動

例 警察（けいさつ）に訴（うった）える。

譯 向警察控告。

05 ｜うばう【奪う】

(他五) 剝奪；強烈吸引；除去

例 命（いのち）を奪（うば）う。

譯 奪去性命。

06 ｜おおよそ【大凡】

㊓ 大體，大概，一般；大約，差不多

例 事件（じけん）のおおよそを知（し）る。

譯 得知事件的大致狀況。

07 ｜きせる【着せる】

(他下一) 給穿上(衣服)；鍍上；嫁禍，加罪

例 罪（つみ）を着（き）せる。

譯 嫁禍罪名。

08 ｜げんじゅう【厳重】

(形動) 嚴重的，嚴格的，嚴厲的

例 厳重（げんじゅう）に取（と）り締（し）まる。

譯 嚴格取締。

09 ｜ごうとう【強盗】

㊔ 強盜；行搶

例 強盗（ごうとう）を働（はたら）く。

譯 行搶。

10 ｜こっそり

㊓ 悄悄地，偷偷地，暗暗地

例 こっそりと忍（しの）び込（こ）む。

譯 悄悄地進入。

11 ｜じりき【自力】

㊔ 憑自己的力量

例 自力で逃げ出す。

譯 自行逃脫。

12 | しんにゅう【侵入】

(名・自サ) 浸入，侵略；(非法)闖入

例 賊が侵入する。

譯 盜賊入侵。

13 | せまる【迫る】

(自五・他五) 強迫，逼迫；臨近，迫近；變狹窄，縮短；陷於困境，窘困

例 危険が迫る。

譯 危險迫近。

14 | たいほ【逮捕】

(名・他サ) 逮捕，拘捕，捉拿

例 現行犯で逮捕する。

譯 以現行犯加以逮捕。

15 | つながり【繋がり】

(名) 相連，相關；系列；關係，聯繫

例 繋がりを調べる。

譯 調查關係。

16 | つみ【罪】

(名・形動) (法律上的)犯罪；(宗教上的)罪惡，罪孽；(道德上的)罪責，罪過

例 罪を償う。

譯 贖罪。

17 | どうか

(副) (請求他人時)請；設法，想辦法；(情況)和平時不一樣，不正常；(表示不確定的疑問，多用かどうか)是…還是怎麼樣

例 どうか見逃してください。

譯 請原諒我。

18 | とうなん【盜難】

(名) 失竊，被盜

例 盜難に遭う。

譯 遭竊。

19 | とらえる【捕らえる】

(他下一) 捕捉，逮捕；緊緊抓住；捕捉，掌握；令陷入…狀態

例 犯人を捕らえる。

譯 抓住犯人。

20 | はんざい【犯罪】

(名) 犯罪

例 犯罪を犯す。

譯 犯罪。

21 | ピストル【pistol】

(名) 手槍

例 ピストルで撃つ。

譯 用手槍打。

22 | ぶっそう【物騒】

(名・形動) 騷亂不安，不安定；危險

例 物騒な世の中だ。

譯 騷亂的世間。

23 | ぼうはん【防犯】

(名) 防止犯罪

例 防犯に協力する。

譯 齊心協力防止犯罪。

24 | みぜん【未然】

(名) 尚未發生

例 未然に防ぐ。

譯 防患未然。

25 | みとめる【認める】

(他下一) 看出，看到；認識，賞識，器重；承認；斷定，認為；許可，同意

例 彼の犯行と認める。

譯 確認他的犯罪行為。

26 | やっつける【遣っ付ける】

(他下一) (俗)幹完(工作等，「やる」的強調表現)；教訓一頓；幹掉；打敗，擊敗

例 一撃で遣っ付ける。

譯 一拳就把對方擊敗了。

27 | ゆくえ【行方】

(名) 去向，目的地；下落，行蹤；前途，將來

例 行方を探す。

譯 搜尋行蹤。

28 | ゆくえふめい【行方不明】

(名) 下落不明

例 行方不明になる。

譯 下落不明。

29 | ようそ【要素】

(名) 要素，因素；(理、化)要素，因子

例 犯罪要素を構成する。

譯 構成犯罪的要素。

N2 28-4

28-4 裁判、刑罰 /

判決、審判、刑罰

01 | かしつ【過失】

(名) 過錯，過失

例 (重大な)過失を犯す。

譯 犯下(重大)過錯。

02 | けいじ【刑事】

(名) 刑事；刑事警察

例 刑事責任を問われる。

譯 被追究刑事責任。

03 | こうせい【公正】

(名・形動) 公正，公允，不偏

例 公正な立場に立つ。

譯 站在公正的立場上。

04 | こうへい【公平】

(名・形動) 公平，公道

例 公平に扱う。

譯 公平對待。

05 | さいばん【裁判】

(名・他サ) 裁判，評斷，判斷；(法)審判，審理

例 裁判を受ける。

譯 接受審判。

06 | しきりに【頻りに】

(副) 頻繁地，再三地，屢次；不斷地，一直地；熱心，強烈

例 警笛がしきりに鳴る。

譯 警笛不停地響。

07 | じじつ【事実】

(名) 事實；(作副詞用)實際上

例 事実を認める。

譯 承認事實。

08 | しじゅう【始終】

(名・副) 開頭和結尾；自始至終；經常，不斷，總是

例 事件の始終を語る。

譯 敘述事件的始末。

---

09 ｜しだい【次第】

(名・接尾) 順序，次序；依序，依次；經過，緣由；任憑，取決於

例 事の次第を話す。

譯 敘述事情的經過。

---

10 ｜しょり【処理】

(名・他サ) 處理，處置，辦理

例 処理を頼む。

譯 委託處理。

---

11 ｜しんぱん【審判】

(名・他サ) 審判，審理，判決；(體育比賽等的)裁判；(上帝的)審判

例 審判が下る。

譯 作出判決。

---

12 ｜ぜんしん【前進】

(名・他サ) 前進

例 解決に向けて一歩前進する。

譯 朝解決方向前進一步。

---

13 ｜ていしゅつ【提出】

(名・他サ) 提出，交出，提供

例 証拠物件を提出する。

譯 提出證物。

---

14 ｜とくしゅ【特殊】

(名・形動) 特殊，特別

例 特殊なケース。

譯 特殊的案子。

---

15 ｜ばつ【罰】

(名・漢造) 懲罰，處罰

例 罰を受ける。

譯 遭受報應。

---

16 ｜ばっする【罰する】

(他サ) 處罰，處分，責罰；(法)定罪，判罪

例 違反者を罰する。

譯 處分違反者。

---

17 ｜ひ【非】

(名・漢造) 非，不是

例 非を認める。

譯 認錯。

パート
29
第二十九章

心理、感情

- 心理、感情 -

N2 ⊙ 29-1(1)

29-1 心 (1) /
心、內心 (1)

01 | あきれる【呆れる】

(自下一) 吃驚，愕然，嚇呆，發愣

例 呆(あき)れて物(もの)が言(い)えない。

譯 嚇得說不出話來。

02 | あつい【熱い】

(形) 熱的，燙的；熱情的，熱烈的

例 熱(あつ)いものがこみあげてくる。

譯 激起一股熱情。

03 | うえる【飢える】

(自下一) 飢餓，渴望

例 愛情(あいじょう)に飢(う)える。

譯 渴望愛情。

04 | うたがう【疑う】

(他五) 懷疑，疑惑，不相信，猜測

例 目(め)を疑(うたが)う。

譯 感到懷疑。

05 | うやまう【敬う】

(他五) 尊敬

例 師(し)を敬(うやま)う。

譯 尊師。

06 | うらやむ【羨む】

(他五) 羨慕，嫉妒

例 人(ひと)を羨(うらや)む。

譯 羨慕別人。

07 | うん【運】

(名) 命運，運氣

例 運(うん)がいい。

譯 運氣好。

08 | おしい【惜しい】

(形) 遺憾；可惜的，捨不得；珍惜

例 時間(じかん)が惜(お)しい。

譯 珍惜時間。

09 | おもいこむ【思い込む】

(自五) 確信不疑，深信；下決心

例 できないと思(おも)い込(こ)む。

譯 一直認為無法達成。

10 | おもいやり【思い遣り】

(名) 同情心，體貼

例 思(おも)い遣(や)りのある言葉(ことば)だ。

譯 富有同情心的話語。

11 | かくご【覚悟】

(名・自他サ) 精神準備，決心；覺悟

例 覚悟(かくご)を決(き)める。
譯 堅定決心。

---

12 | がっかり

(副・自サ) 失望，灰心喪氣；筋疲力盡

例 がっかりさせる。
譯 令人失望。

---

13 | かん【感】

(名・漢造) 感覺，感動；感

例 隔世(かくせい)の感(かん)がある。
譯 有恍如隔世的感覺。

---

14 | かんかく【感覚】

(名・他サ) 感覺

例 感覚(かんかく)が鋭(するど)い。
譯 感覺敏銳。

---

15 | かんげき【感激】

(名・自サ) 感激，感動

例 感激(かんげき)を与(あた)える。
譯 使人感慨。

---

16 | かんじ【感じ】

(名) 知覺，感覺；印象

例 感(かん)じがいい。
譯 感覺良好。

---

17 | かんじょう【感情】

(名) 感情，情緒

例 感情(かんじょう)を抑(おさ)える。
譯 壓抑情緒。

---

18 | かんしん【関心】

(名) 關心，感興趣

例 関心(かんしん)を持(も)つ。
譯 關心，感興趣。

---

19 | きがする【気がする】

(慣) 好像；有心

例 見(み)たことがあるような気(き)がする。
譯 好像有看過。

---

20 | きたい【期待】

(名・他サ) 期待，期望，指望

例 期待(きたい)を裏切(うらぎ)る。
譯 違背期望。

---

21 | きにする【気にする】

(慣) 介意，在乎

例 失敗(しっぱい)を気(き)にする。
譯 對失敗耿耿於懷。

---

22 | きになる【気になる】

(慣) 擔心，放心不下

例 外(そと)の音(おと)が気(き)になる。
譯 在意外面的聲音。

---

23 | きのどく【気の毒】

(名・形動) 可憐的，可悲；可惜，遺憾；過意不去，對不起

例 気(き)の毒(どく)な境遇(きょうぐう)にあった。
譯 遭逢悲慘的處境。

24 | きぶんてんかん【気分転換】

(連語・名) 轉換心情

例 気分転換に散歩に出る。

譯 出門散步換個心情。

25 | きらく【気楽】

(名・形動) 輕鬆，安閒，無所顧慮

例 気楽に暮らす。

譯 悠閒度日。

26 | くうそう【空想】

(名・他サ) 空想，幻想

例 空想にふける。

譯 沈溺於幻想。

27 | くるう【狂う】

(自五) 發狂，發瘋，失常，不準確，有毛病；落空，錯誤；過度著迷，沉迷

例 気が狂う。

譯 發瘋。

28 | こいしい【恋しい】

(形) 思慕的，眷戀的，懷戀的

例 ふるさとが恋しい。

譯 思念故鄉。

29 | こううん【幸運】

(名・形動) 幸運，僥倖

例 幸運をつかむ。

譯 抓住機遇。

30 | こうきしん【好奇心】

(名) 好奇心

例 好奇心が強い。

譯 好奇心很強。

N2 ● 29-1(2)

29-1 心 (2) /
心、內心 (2)

31 | こころあたり【心当たり】

(名) 想像，(估計、猜想)得到；線索，苗頭

例 心当たりがある。

譯 有線索。

32 | こらえる【堪える】

(他下一) 忍耐，忍受；忍住，抑制住；容忍，寬恕

例 怒りをこらえる。

譯 忍住怒火。

33 | さいわい【幸い】

(名・形動・副) 幸運，幸福；幸虧，好在；對…有幫助，對…有利，起好影響

例 不幸中の幸い。

譯 不幸中的大幸。

34 | しかたがない【仕方がない】

(連語) 沒有辦法；沒有用處，無濟於事，迫不得已；受不了，…得不得了；不像話

例 仕方がないと思う。

譯 覺得沒有辦法。

35 | じっかん【実感】

(名・他サ) 真實感，確實感覺到；真實的感情

例 実感がない。

譯 沒有真實感。

36 | しみじみ

(副) 痛切，深切地；親密，懇切；仔細，認真的

例 しみじみと感じる。

譯 痛切地感受到。

37 | しめた【占めた】

(連語・感) (俗)太好了，好極了，正中下懷

例 しめたと思う。

譯 心想太好了。

38 | しんけん【真剣】

(名・形動) 真刀，真劍；認真，正經

例 真剣に考える。

譯 認真的思考。

39 | しんじゅう【心中】

(名・自サ) (古)守信義；(相愛男女因不能在一起而感到悲哀)一同自殺，殉情；(轉)兩人以上同時自殺

例 無理心中を図る。

譯 企圖強迫對方殉情。

40 | しんり【心理】

(名) 心理

例 顧客の心理をつかむ。

譯 抓住顧客心理。

41 | すむ【澄む】

(自五) 清澈；澄清；晶瑩，光亮；(聲音)清脆悅耳；清靜，寧靜

例 心が澄む。

譯 心情平靜。

42 | ずるい

(形) 狡猾，奸詐，耍滑頭，花言巧語

例 ずるい手を使う。

譯 使用奸詐手段。

43 | せいしん【精神】

(名) (人的)精神，心；心神，精力，意志；思想，心意；(事物的)根本精神

例 精神が強い。

譯 意志堅強。

44 | ぜん【善】

(名・漢造) 好事，善行；善良；優秀，卓越；妥善，擅長；關係良好

例 善は急げ。

譯 好事不宜遲。

45 | たいした【大した】

(連體) 非常的，了不起的；(下接否定詞)沒什麼了不起，不怎麼樣

例 たいしたことはない。

譯 沒什麼大不了的事。

46 | たいして【大して】

(副) (一般下接否定語)並不太…，並不怎麼

例 たいして面白くない。

譯 並不太有趣。

47 | たまらない【堪らない】

(連語・形) 難堪，忍受不了；難以形容，…的不得了；按耐不住

例 たまらなく好きだ。

譯 喜歡得不得了。

48 | ためらう【躊躇う】

(自五) 猶豫，躊躇，遲疑，踟躕不前

例 ためらわずに実行する。

譯 毫不猶豫地實行。

49 | ちかう【誓う】

(他五) 發誓，起誓，宣誓

例 神に誓う。

譯 對神發誓。

50 | とがる【尖る】

(自五) 尖；發怒；神經過敏，神經緊張

例 神経が尖る。

譯 神經緊張。

51 | なんとなく【何となく】

(副) (不知為何)總覺得，不由得；無意中

例 何となく心が引かれる。

譯 不由自主地被吸引。

52 | なんとも

(副・連) 真的，實在；(下接否定，表無關緊要)沒關係，沒什麼；(下接否定)怎麼也不…

例 結果はなんとも言えない。

譯 結果還不能確定。

53 | ねがい【願い】

(名) 願望，心願；請求，請願；申請書，請願書

例 願いを聞き入れる。

譯 如願所償。

54 | ふくらます【膨らます】

(他五) (使)弄鼓，吹鼓

例 胸を膨らます。

譯 鼓起胸膛；充滿希望。

55 | めんどうくさい【面倒臭い】

(形) 非常麻煩，極其費事的

例 面倒くさい問題を排除する。

譯 排除棘手的問題。

56 | ゆだん【油断】

(名・自サ) 缺乏警惕，疏忽大意

例 油断してしくじる。

譯 因大意而失敗了。

N2 29-2

29-2 意志 /

意志

01 | あきらめる【諦める】

(他下一) 死心，放棄；想開

例 諦めきれない。

譯 不放棄。

02 | あくまで(も)【飽くまで(も)】

(副) 徹底，到底

例 あくまで頑張る。

譯 堅持努力到底。

03 | あらた【新た】

(形動) 重新；新的，新鮮的

例 決意を新たにする。

譯 重下決心。

04 | あらためる【改める】

(他下一) 改正，修正，革新；檢查

例 行(おこな)いを改(あらた)める。

譯 改正行為。

05 | いき【意気】

(名) 意氣，氣概，氣勢，氣魄

例 意気投合(いきとうごう)する。

譯 意氣相投。

06 | いし【意志】

(名) 意志，志向，心意

例 意志(いし)が弱(よわ)い。

譯 意志薄弱。

07 | おいかける【追い掛ける】

(他下一) 追趕；緊接著

例 流行(りゅうこう)を追(お)いかける。

譯 追求流行。

08 | おう【追う】

(他五) 追；趕走；逼催，忙於；趨趕；追求；遵循，按照

例 理想(りそう)を追(お)う。

譯 追尋理想。

09 | おくる【贈る】

(他五) 贈送，餽贈；授與，贈給

例 記念品(きねんひん)を贈(おく)る。

譯 贈送紀念品。

10 | おもいっきり【思いっ切り】

(副) 死心；下決心；狠狠地，徹底的

例 思(おも)いっきり悪口(わるくち)を言(い)う。

譯 痛罵一番。

11 | きをつける【気を付ける】

(慣) 當心，留意

例 忘(わす)れ物(もの)をしないように気(き)を付(つ)ける。

譯 注意有無遺忘物品。

12 | けっしん【決心】

(名・自他サ) 決心，決意

例 決心(けっしん)がつく。

譯 下定決心。

13 | さっさと

(副) （毫不猶豫、毫不耽擱時間地）趕緊地，痛快地，迅速地

例 さっさと帰(かえ)る。

譯 趕快回去。

14 | さっそく【早速】

(副) 立刻，馬上，火速，趕緊

例 早速(さっそく)とりかかる。

譯 火速處理。

15 | しゅうちゅう【集中】

(名・自他サ) 集中；作品集

例 精神(せいしん)を集中(しゅうちゅう)する。

譯 集中精神。

16 | すくう【救う】

(他五) 拯救，搭救，救援，解救；救濟，賑災；挽救

例 信仰(しんこう)に救(すく)われる。

譯 因信仰得到救贖。

17 | せいぜい【精々】

副 盡量，盡可能；最大限度，充其量

例 精々頑張る。

譯 盡最大努力。

18 | せめる【責める】

他下一 責備，責問；苛責，折磨，摧殘；嚴加催討；馴服馬匹

例 失敗を責める。

譯 責備失敗。

19 | つねに【常に】

副 時常，經常，總是

例 常に一貫している。

譯 總是貫徹到底。

20 | なす【為す】

他五 (文)做，為

例 善を為す。

譯 為善。

21 | ねがう【願う】

他五 請求，請願，懇求；願望，希望；祈禱，許願

例 復興を願う。

譯 祈禱能復興。

22 | のぞみ【望み】

名 希望，願望，期望；抱負，志向；眾望

例 望みが叶う。

譯 實現願望。

23 | はいけん【拝見】

名・他サ (「みる」的自謙語)看，瞻仰

例 お宝を拝見しましょう。

譯 讓我們看看您收藏的珍寶吧！

24 | はりきる【張り切る】

自五 拉緊；緊張，幹勁十足，精神百倍

例 張り切って働く。

譯 幹勁十足地工作。

25 | ひっし【必死】

名・形動 必死；拼命，殊死

例 必死に逃げる。

譯 拼命逃走。

26 | ふきとばす【吹き飛ばす】

他五 吹跑；吹牛；趕走

例 迷いを吹き飛ばす。

譯 拋開迷惘。

27 | みずから【自ら】

代・名・副 我；自己，自身；親身，親自

例 自らを省みる。

譯 反省自己。

28 | もくひょう【目標】

名 目標，指標

例 目標とする。

譯 作為目標。

29-3 好き、嫌い / 喜歡、討厭

01 | あいじょう【愛情】

(名) 愛，愛情

[例] 愛情を持つ。

[譯] 有熱情。

02 | あいする【愛する】

(他サ) 愛，愛慕；喜愛，有愛情，疼愛，愛護；喜好

[例] あなたを愛している。

[譯] 愛著你。

03 | あこがれる【憧れる】

(自下一) 嚮往，憧憬，愛慕；眷戀

[例] スターに憧れる。

[譯] 崇拜明星偶像。

04 | いやがる【嫌がる】

(他五) 討厭，不願意，逃避

[例] 嫌がる相手がいる。

[譯] 我有厭惡的對象。

05 | うらぎる【裏切る】

(他五) 背叛，出賣，通敵；辜負，違背

[例] 期待を裏切る。

[譯] 辜負期待。

06 | かかえる【抱える】

(他下一) (雙手)抱著，夾(在腋下)；擔當，負擔；雇佣

[例] 頭を抱える。

[譯] 抱頭(思考或發愁等)。

07 | きにいる【気に入る】

(連語) 稱心如意，喜歡，寵愛

[例] プレゼントを気に入る。

[譯] 喜歡禮物。

08 | きらう【嫌う】

(他五) 嫌惡，厭惡；憎惡；區別

[例] 世間から嫌われる。

[譯] 被世間所厭惡。

09 | こい【恋】

(名・自他サ) 戀，戀愛；眷戀

[例] 恋に落ちる。

[譯] 墜入愛河。

10 | このみ【好み】

(名) 愛好，喜歡，願意

[例] 好みに合う。

[譯] 合口味。

11 | このむ【好む】

(他五) 愛好，喜歡，願意；挑選，希望；流行，時尚

[例] 甘いものを好む。

[譯] 喜愛甜食。

12 | しつれん【失恋】

(名・自サ) 失戀

[例] 失恋して落ち込む。

[譯] 因失戀而消沈。

13 | すききらい【好き嫌い】

㊔ 好惡，喜好和厭惡；挑肥揀瘦，挑剔

例 好き嫌いの激しい性格。

譯 好惡分明的激烈性格。

14 | すきずき【好き好き】

(名・副・自サ) (各人)喜好不同，不同的喜好

例 蓼食う虫も好き好き。

譯 人各有所好。

15 | ひにく【皮肉】

(名・形動) 皮和肉；挖苦，諷刺，冷嘲熱諷；令人啼笑皆非

例 皮肉に聞こえる。

譯 聽起來帶諷刺味。

16 | ひはん【批判】

(名・他サ) 批評，批判，評論

例 批判を受ける。

譯 受到批評。

17 | ひひょう【批評】

(名・他サ) 批評，批論

例 批評を受け止める。

譯 接受批評。

18 | ふへい【不平】

(名・形動) 不平，不滿意，牢騷

例 不平を言う。

譯 發牢騷。

29-4 悲しみ、苦しみ / 悲傷、痛苦

01 | あわれ【哀れ】

(名・形動) 可憐，憐憫；悲哀，哀愁；情趣，風韻

例 哀れなやつだ。

譯 可憐的傢伙。

02 | いきなり

㊖ 突然，冷不防，馬上就…

例 いきなり泣き出す。

譯 突然哭了起來。

03 | うかべる【浮かべる】

(他下一) 浮，泛；露出；想起

例 涙を浮かべる。

譯 熱淚盈眶。

04 | うく【浮く】

(自五) 飄浮；動搖，鬆動；高興，愉快；結餘，剩餘；輕薄

例 浮かない顔をしている。

譯 一副陰沈的臉。

05 | かなしむ【悲しむ】

(他五) 感到悲傷，痛心，可歎

例 別れを悲しむ。

譯 為離別感傷。

06 | かわいそう【可哀相・可哀想】

(形動) 可憐

例 かわいそうな子が増える。

譯 可憐的小孩增多。

07 | きつい

(形) 嚴厲的，嚴苛的；剛強，要強；緊的，瘦小的；強烈的；累人的，費力的

例 仕事がきつい。

譯 費力的工作。

08 | くしん【苦心】

(名・自サ) 苦心，費心

例 苦心が実る。

譯 苦心總算得到成果。

09 | くたびれる【草臥れる】

(自下一) 疲勞，疲乏

例 人生にくたびれる。

譯 對人生感到疲乏。

10 | くつう【苦痛】

(名) 痛苦

例 苦痛を感じる。

譯 感到痛苦。

11 | くるしい【苦しい】

(形) 艱苦；困難；難過；勉強

例 家計が苦しい。

譯 生活艱苦。

12 | くるしむ【苦しむ】

(自五) 感到痛苦，感到難受

例 理解に苦しむ。

譯 難以理解。

13 | くろう【苦労】

(名・形動・自サ) 辛苦，辛勞

例 苦労をかける。

譯 讓…擔心。

14 | こんなん【困難】

(名・形動) 困難，困境；窮困

例 困難に打ち勝つ。

譯 克服困難。

15 | しつぼう【失望】

(名・他サ) 失望

例 失望を禁じえない。

譯 感到非常失望。

16 | つきあたる【突き当たる】

(自五) 撞上，碰上；走到道路的盡頭；(轉)遇上，碰到(問題)

例 厚い壁に突き当たる。

譯 撞上厚牆。

17 | つらい【辛い】

(形・接尾) 痛苦的，難受的，吃不消；刻薄的，殘酷的；難…，不便…

例 言い辛い話を伝えた。

譯 說出難以啟齒的話。

18 | なぐさめる【慰める】

(他下一) 安慰，慰問；使舒暢；慰勞，撫慰

例 心を慰める。

譯 安撫情緒。

19 | ひげき【悲劇】

(名) 悲劇

例 悲劇が重なる。

譯 悲劇接連發生。

20 ｜ふうん【不運】

(名・形動) 運氣不好的，倒楣的，不幸的

例 不運(ふうん)に見舞(みま)われる。

譯 遭到不幸，倒楣。

21 ｜ます【増す】

(自五・他五) (數量)增加，增長，增多；(程度)增進，增高；勝過，變的更甚

例 不安(ふあん)が増(ま)す。

譯 更為不安。

22 ｜みじめ【惨め】

(形動) 悽慘，慘痛

例 惨(みじ)めな生活(せいかつ)を送(おく)る。

譯 過著悲慘的生活。

N2 29-5

29-5 驚き、恐れ、怒り／
驚懼、害怕、憤怒

01 ｜あばれる【暴れる】

(自下一) 胡鬧；放蕩，橫衝直撞

例 大(おお)いに暴(あば)れる。

譯 橫衝直撞。

02 ｜あやうい【危うい】

(形) 危險的；令人擔憂，靠不住

例 危(あや)ういところを助(たす)かる。

譯 在危急之際得救了。

03 ｜えらい【偉い】

(形) 偉大，卓越，了不起；(地位)高，(身分)高貴；(出乎意料)嚴重

例 えらい目(め)にあった。

譯 吃了苦頭。

04 ｜おそれる【恐れる】

(自下一) 害怕，恐懼；擔心

例 恐(おそ)れるものがない。

譯 天不怕地不怕。

05 ｜おそろしい【恐ろしい】

(形) 可怕；驚人，非常，厲害

例 恐(おそ)ろしい経験(けいけん)をした。

譯 經歷了恐怖的經驗。

06 ｜おどかす【脅かす】

(他五) 威脅，逼迫；嚇唬

例 脅(おど)かさないで。

譯 別逼迫我。

07 ｜おどろかす【驚かす】

(他五) 使吃驚，驚動；嚇唬；驚喜；使驚覺

例 世間(せけん)を驚(おどろ)かす。

譯 震驚世人。

08 ｜おもいがけない【思い掛けない】

(形) 意想不到的，偶然的，意外的

例 思(おも)いがけない出来事(できごと)に巻(ま)き込(こ)まれる。

譯 被卷入意想不到的事。

09 ｜きみがわるい【気味が悪い】

(形) 毛骨悚然的；令人不快的

例 気味(きみ)が悪(わる)い夢(ゆめ)を見(み)た。

譯 夢到可怕的夢。

10 | きみょう【奇妙】

(形動) 奇怪，出奇，奇異，奇妙

例 奇妙な現象に驚く。

譯 對奇怪的現象感到驚訝。

11 | きょうふ【恐怖】

(名・自サ) 恐怖，害怕

例 恐怖に襲われる。

譯 感到害怕、恐怖。

12 | ぐうぜん【偶然】

(名・形動・副) 偶然，偶而；(哲)偶然性

例 偶然の一致が起きている。

譯 發生偶然的一致。

13 | くじょう【苦情】

(名) 不平，抱怨

例 苦情を訴える。

譯 抱怨。

14 | くだらない【下らない】

(連語・形) 無價值，無聊，不下於…

例 くだらない冗談はやめろ。

譯 別淨說些無聊的笑話。

15 | こうけい【光景】

(名) 景象，情況，場面，樣子

例 恐ろしい光景を見てしまった。

譯 遭遇恐怖的情景。

16 | ごめん【御免】

(名・感) 原諒；表拒絕

例 御免なさい。

譯 對不起。

17 | こわがる【怖がる】

(自五) 害怕

例 お化けを怖がる。

譯 懼怕妖怪。

18 | さいなん【災難】

(名) 災難，災禍

例 災難に遭う。

譯 遭遇災難。

19 | しまった

(連語・感) 糟糕，完了

例 しまったと気付く。

譯 發現糟糕了。

20 | てんかい【展開】

(名・他サ・自サ) 開展，打開；展現；進展；(隊形)散開

例 思わぬ方向に展開した。

譯 向意想不到的方向發展。

21 | どなる【怒鳴る】

(自五) 大聲喊叫，大聲申訴

例 上司に怒鳴られた。

譯 被上司罵。

22 | なんで【何で】

(副) 為什麼，何故

例 何で文句ばかりいうんだ。

譯 為什麼老愛發牢騷？

23 | にくい【憎い】

㊊ 可憎，可惡；（說反話）漂亮，令人佩服

例 冷酷(れいこく)な犯人(はんにん)が憎(にく)い。

譯 冷酷的犯人真可恨。

24 | にくむ【憎む】

(他五) 憎恨，厭惡；嫉妒

例 戦争(せんそう)を憎(にく)む。

譯 憎恨戰爭。

25 | のぞく【除く】

(他五) 消除，刪除，除外，剷除；除了…，…除外；殺死

例 不安(ふあん)を除(のぞ)く。

譯 消除不安。

26 | はんぱつ【反発】

(名・他サ・自サ) 回彈，排斥；拒絕，不接受；反攻，反抗

例 反発(はんぱつ)を買(か)う。

譯 遭到反對。

27 | びっくり

(副・自サ) 吃驚，嚇一跳

例 ニュースを聞(き)いてびっくりした。

譯 看到新聞嚇了一跳。

28 | まねく【招く】

(他五) （搖手、點頭）招呼；招待，宴請；招聘，聘請；招惹，招致

例 災(わざわ)いを招(まね)く。

譯 惹禍。

29 | みょう【妙】

(名・形動・漢造) 奇怪的，異常的，不可思議；格外，分外；妙處，奧妙；巧妙

例 妙(みょう)な話(はなし)が書(か)いてある。

譯 寫著不可思議的事。

30 | めったに【滅多に】

㊙ （後接否定語）不常，很少

例 めったに怒(おこ)らない。

譯 很少生氣。

N2 ● 29-6

29-6 感謝、後悔 /
感謝、悔恨

01 | ありがたい【有り難い】

㊊ 難得，少有；值得感謝，感激，值得慶幸

例 ありがたく頂戴(ちょうだい)する。

譯 拜領了。

02 | いわい【祝い】

㊔ 祝賀，慶祝；賀禮；慶祝活動

例 お祝(いわ)いを述(の)べる。

譯 致賀詞。

03 | うらみ【恨み】

㊔ 恨，怨，怨恨

例 恨(うら)みを買(か)う。

譯 招致怨恨。

04 | うらむ【恨む】

(他五) 抱怨，恨；感到遺憾，可惜；雪恨，報仇

例 敵(てき)を恨(うら)む。

譯 怨恨敵人。

---

05 | おわび【お詫び】

(名・自サ) 道歉

例 お詫(わ)びを言(い)う。

譯 道歉。

---

06 | おん【恩】

(名) 恩情，恩

例 恩(おん)を売(う)る。

譯 賣人情。

---

07 | おんけい【恩恵】

(名) 恩惠，好處，恩賜

例 恩恵(おんけい)を受(う)ける。

譯 領受恩典。

---

08 | くやむ【悔やむ】

(他五) 懊悔的，後悔的

例 過去(かこ)の過(あやま)ちを悔(く)やむ。

譯 後悔過去錯誤的作為。

---

09 | こう【請う】

(他五) 請求，希望

例 許(ゆる)しを請(こ)う。

譯 請求原諒。

---

10 | (どうも)ありがとう

(感) 謝謝

例 (どうも)ありがとうございます。

譯 非常感謝。

---

11 | ほこり【誇り】

(名) 自豪，自尊心；驕傲，引以為榮

例 誇(ほこ)りを持(も)つ。

譯 有自尊心。

---

12 | ほこる【誇る】

(自五) 誇耀，自豪

例 成功(せいこう)を誇(ほこ)る。

譯 以成功自豪。

---

13 | わびる【詫びる】

(自五) 道歉，賠不是，謝罪

例 心(こころ)から詫(わ)びる。

譯 由衷地道歉。

パート
30
第三十章

思考、言語

- 思考、語言 -

N2 ◉ 30-1

30-1 思考 /
思考

01 | あるいは【或いは】

(接・副) 或者，或是，也許；有的，有時

例 父(ちち)あるいは母(はは)が出席(しゅっせき)する。

譯 父親或母親出席。

02 | あれこれ

(名) 這個那個，種種

例 あれこれと考(かんが)える。

譯 東想西想。

03 | あんい【安易】

(名・形動) 容易，輕而易舉；安逸，舒適，遊手好閒

例 安易(あんい)に考(かんが)える。

譯 想得容易。

04 | いだく【抱く】

(他五) 抱；懷有，懷抱

例 疑問(ぎもん)を抱(いだ)く。

譯 抱持疑問。

05 | うかぶ【浮かぶ】

(自五) 漂，浮起；想起，浮現，露出；(佛)超度；出頭，擺脱困難

例 名案(めいあん)が浮(う)かぶ。

譯 想出好方法。

06 | おそらく【恐らく】

(副) 恐怕，或許，很可能

例 おそらく無理(むり)だ。

譯 恐怕沒辦法。

07 | およそ【凡そ】

(名・形動・副) 大概，概略；(一句話之開頭)凡是，所有；大概，大約；完全，全然

例 およそ１トンのカバがいる。

譯 有大約一噸重的河馬。

08 | かてい【仮定】

(名・字サ) 假定，假設

例 仮定(かてい)に基(もと)づく。

譯 根據假設。

09 | かてい【過程】

(名) 過程

例 過程(かてい)を経(へ)る。

譯 經過過程。

10 | きっかけ【切っ掛け】

(名) 開端，動機，契機

例 きっかけを作(つく)る。

譯 製造機會。

11 | ぎもん【疑問】

㊔ 疑問，疑惑

例 疑問(ぎもん)に答(こた)える。

譯 回答疑問。

12 | けんとう【見当】

㊔ 推想，推測；大體上的方位，方向；(接尾)表示大致數量，大約，左右

例 見当(けんとう)がつく。

譯 推測出。

13 | こうじつ【口実】

㊔ 藉口，口實

例 口実(こうじつ)を作(つく)る。

譯 編造藉口。

14 | しそう【思想】

㊔ 思想

例 東洋(とうよう)思想(しそう)を学(まな)ぶ。

譯 學習東洋思想。

15 | そうぞう【創造】

(名・他サ) 創造

例 創造力(そうぞうりょく)がある。

譯 很有創意。

16 | てっきり

㊓ 一定，必然；果然

例 てっきり晴(は)れると思(おも)った。

譯 以為一定會放晴。

17 | はたして【果たして】

㊓ 果然，果真

例 果(は)たして成功(せいこう)するのだろうか。

譯 到底真的能夠成功嗎？

18 | はっそう【発想】

(名・自他サ) 構想，主意；表達，表現；(音樂)表現

例 アメリカ人的(じんてき)な発想(はっそう)だね。

譯 很有美國人的思維邏輯嘛。

19 | りそう【理想】

㊔ 理想

例 理想(りそう)を抱(いだ)く。

譯 懷抱理想。

N2 ◉ 30-2(1)

30-2 判断 (1) / 判斷 (1)

01 | あいにく【生憎】

(副・形動) 不巧，偏偏

例 あいにく先約(せんやく)があります。

譯 不巧，我有約了。

02 | あらためて【改めて】

㊓ 重新；再

例 改(あらた)めてお願(ねが)いします。

譯 再次請求你。

03 | いらい【依頼】

(名・自他サ) 委託，請求，依靠

例 依頼人(いらいにん)から提供(ていきょう)してもらう。

譯 委託人所提供。

04 | おうじる・おうずる【応じる・応ずる】

(自上一) 響應；答應；允應，滿足；適應

例 希望(きぼう)に応(おう)じる。

譯 滿足希望。

---

05 | かん【勘】

(名) 直覺，第六感；領悟力

例 勘(かん)が鈍(にぶ)い。

譯 反應遲鈍，領悟性低。

---

06 | きのせい【気の所為】

(連語) 神經過敏；心理作用

例 気(き)のせいかもしれない。

譯 可能是我神經過敏吧。

---

07 | くべつ【区別】

(名・他サ) 區別，分清

例 区別(くべつ)が付(つ)く。

譯 分辨清楚。

---

08 | けつだん【決断】

(名・自他サ) 果斷明確地做出決定，決斷

例 決断(けつだん)を下(くだ)す。

譯 下決定。

---

09 | けってい【決定】

(名・自他サ) 決定，確定

例 決定(けってい)を待(ま)つ。

譯 等待決定。

---

10 | げんかい【限界】

(名) 界限，限度，極限

例 限界(げんかい)を超(こ)える。

譯 超過極限。

---

11 | けんとう【検討】

(名・他サ) 研討，探討；審核

例 検討(けんとう)を重(かさ)ねる。

譯 反覆地檢討。

---

12 | こうりょ【考慮】

(名・他サ) 考慮

例 相手(あいて)の立場(たちば)を考慮(こうりょ)する。

譯 站在對方的立場考量。

---

13 | ことわる【断る】

(他五) 預先通知，事前請示；謝絕

例 借金(しゃっきん)を断(ことわ)られる。

譯 借錢被拒絕。

---

14 | ざっと

(副) 粗略地，簡略地，大體上的；（估計）大概，大略；潑水狀

例 ざっと拝見(はいけん)します。

譯 大致上已讀過。

---

15 | しんよう【信用】

(名・他サ) 堅信，確信；信任，相信；信用，信譽；信用交易，非現款交易

例 彼(かれ)の話(はなし)は信用(しんよう)できる。

譯 他說的可以信任。

---

16 | しんらい【信頼】

(名・他サ) 信賴，相信

例 信頼(しんらい)が厚(あつ)い。

譯 深受信賴。

17 | すいてい【推定】

(名・他サ) 推斷，判定；(法)(無反證之前的)推定，假定

例 原因(げんいん)を推定(すいてい)する。

譯 推測原因。

18 | せい

(名) 原因，緣故，由於；歸咎

例 人(ひと)のせいにする。

譯 歸咎於別人。

19 | そのため

(接) (表原因)正是因為這樣…

例 そのため電話(でんわ)に出(で)られませんでした。

譯 因為這樣所以沒辦法接電話。

20 | それでも

(接續) 儘管如此，雖然如此，即使這樣

例 それでもまだ続(つづ)ける。

譯 即使這樣，還是持續下去。

N2 30-2(2)

30-2 判断 (2) / 判斷 (2)

21 | それなのに

(他五) 雖然那樣，儘管如此

例 それなのにこの対応(たいおう)はひどい。

譯 儘管如此，這樣的應對真是太差勁了。

22 | それなら

(他五) 要是那樣，那樣的話，如果那樣

例 それならこうすればいい。

譯 那樣的話，這樣做就可以了。

23 | だけど

(接續) 然而，可是，但是

例 美人(びじん)だけど、好(す)きになれない。

譯 她人雖漂亮，但我不喜歡。

24 | だって

(接・提助) 可是，但是，因為；即使是，就算是

例 あやまる必要(ひつよう)はない。だってきみは悪(わる)くないんだから。

譯 沒有道歉的必要，再説錯不在你。

25 | だとう【妥当】

(名・形動・自サ) 妥當，穩當，妥善

例 妥当(だとう)な方法(ほうほう)を取(と)る。

譯 採取適當的方法。

26 | たとえ

(副) 縱然，即使，那怕

例 たとえそうだとしてもぼくは行(い)く。

譯 即使是那樣我還是要去。

27 | ためす【試す】

(他五) 試，試驗，試試

例 能力(のうりょく)を試(ため)す。

譯 考驗一下能力。

28 | だんてい【断定】

(名・他サ) 斷定，判斷

例 断定(だんてい)を下(くだ)す。

譯 做出判斷。

29 | ちがいない【違いない】

㊎ 一定是，肯定，沒錯，的確是

例 雨が降るに違いない。

譯 一定會下雨。

---

30 | どうせ

㊙ （表示沒有選擇餘地）反正，總歸就是，無論如何

例 どうせ勝つんだ。

譯 反正怎樣都會贏。

---

31 | ところが

(接・接助) 然而，可是，不過；一…，剛要

例 ところがそううまくはいかない。

譯 可是，沒那麼好的事。

---

32 | はんだん【判断】

(名・他サ) 判斷；推斷，推測；占卜

例 判断がつく。

譯 做出判斷。

---

33 | むし【無視】

(名・他サ) 忽視，無視，不顧

例 事実を無視する。

譯 忽視事實。

---

34 | もちいる【用いる】

(自五) 使用；採用，採納；任用，錄用

例 意見を用いる。

譯 採納意見。

---

35 | やむをえない【やむを得ない】

㊎ 不得已的，沒辦法的

例 やむをえない事情がある。

譯 有不得已的情由。

---

36 | よす【止す】

(他五) 停止，做罷；戒掉；辭掉

例 行くのは止そう。

譯 不要去了吧。

N2 ◉ 30-3

30-3 理解 /
理解

01 | あらゆる【有らゆる】

(連體) 一切，所有

例 あらゆる可能性を探る。

譯 探查所有的可能性。

---

02 | いけん【異見】

(名・他サ) 不同的意見，不同的見解，異議

例 異見を唱える。

譯 持異議。

---

03 | かいしゃく【解釈】

(名・他サ) 解釋，理解，説明

例 解釈を間違える。

譯 弄錯了解釋。

---

04 | かんねん【観念】

(名・自他サ) 觀念；決心；斷念，不抱希望

例 時間の観念がない。

譯 沒有時間觀念。

05 | くぎる【区切る】

(他四) (把文章)斷句，分段

例 区切(くぎ)って話(はな)す。

譯 分段說。

06 | くぶん【区分】

(名・他サ) 區分，分類

例 レベルを5段階(だんかい)に区分(くぶん)する。

譯 將層級區分為五個階段。

07 | けっきょく【結局】

(名・副) 結果，結局；最後，最終，終究

例 結局(けっきょく)だめになる。

譯 結果最後失敗。

08 | けんかい【見解】

(名) 見解，意見

例 見解(けんかい)が違(ちが)う。

譯 看法不同。

09 | こうてい【肯定】

(名・他サ) 肯定，承認

例 肯定的(こうていてき)な意見(いけん)を言(い)ってくれた。

譯 提出了肯定的意見。

10 | こうもく【項目】

(名) 文章項目，財物項目；(字典的)詞條，條目

例 項目別(こうもくべつ)に分(わ)ける。

譯 以項目來分類。

11 | こころえる【心得る】

(他下一) 懂得，領會，理解；有體驗；答應，應允記在心上的

例 事情(じじょう)を心得(こころえ)る。

譯 充分理解事情。

12 | さすが【流石】

(副・形動) 真不愧是，果然名不虛傳；雖然…，不過還是；就連…也都，甚至

例 さすがに寂(さび)しい。

譯 果然很荒涼。

13 | しょうち【承知】

(名・他サ) 同意，贊成，答應；知道；許可，允許

例 ご承知(しょうち)の通(とお)りです。

譯 誠如您所知。

14 | そうい【相違】

(名・自サ) 不同，懸殊，互不相符

例 事実(じじつ)と相違(そうい)がある。

譯 與事實不符。

15 | そうっと

(副) 悄悄地(同「そっと」)

例 秘密(ひみつ)をそうっと打(う)ち明(あ)ける。

譯 把秘密悄悄地傳出去。

16 | ぞんじる・ぞんずる【存じる・存ずる】

(自他サ) 有，存，生存；在於

例 よく存(ぞん)じております。

譯 完全了解。

17 | たんなる【単なる】

(連體) 僅僅，只不過

例 単(たん)なる好奇心(こうきしん)にすぎない。

譯 只不過是好奇心罷了。

18 | たんに【単に】

(副) 單，只，僅

例 単(たん)に忘(わす)れただけだ。

譯 只是忘記了而已。

19 | ちゅうしょう【抽象】

(名・他サ) 抽象

例 抽象的(ちゅうしょうてき)な概念(がいねん)を理解(りかい)する。

譯 理解抽象的概念。

20 | ひかく【比較】

(名・他サ) 比，比較

例 比較(ひかく)にならない。

譯 比不上。

21 | ひかくてき【比較的】

(副・形動) 比較地

例 比較的(ひかくてき)やさしい問題(もんだい)だ。

譯 相較來說簡單的問題。

22 | ぶんるい【分類】

(名・他サ) 分類，分門別類

例 分類表(ぶんるいひょう)が作(つく)られた。

譯 製作分類表。

23 | べつ【別】

(名・形動・漢造) 分別，區分；分別

例 正邪(せいじゃ)の別(べつ)を明(あき)らかにする。

譯 明白的區分正邪。

24 | まさに

(副) 真的，的確，確實

例 まさに君(きみ)の言(い)った通(とお)りだ。

譯 您說得一點都沒錯。

25 | みかた【見方】

(名) 看法，看的方法；見解，想法

例 見方(みかた)が違(ちが)う。

譯 看法不同。

26 | みたい

(助動・形動型) (表示和其他事物相像)像…一樣；(表示具體的例子)像…這樣；表示推斷或委婉的斷定

例 子供(こども)みたい。

譯 像小孩般。

27 | めいかく【明確】

(名・形動) 明確，準確

例 明確(めいかく)に答(こた)える。

譯 明確回答。

28 | もしも

(副) (強調)如果，萬一，倘若

例 もしものことがあっても安心(あんしん)だ。

譯 有意外之事也安心。

29 | もって【以って】

(連語・接續) (…をもって形式，格助詞用法)以，用，拿；因為；根據；(時間或數量)到；(加強を的語感)把；而且；因此；對此

例 身をもって経験する。

譯 親身經驗。

30 | もっとも【尤も】

(連語・接續) 合理，正當，理所當有的；話雖如此，不過

例 もっともな意見を言う。

譯 提出合理的意見。

31 | より

(副) 更，更加

例 より深く理解する。

譯 更加深入地理解。

32 | れんそう【連想】

(名・他サ) 聯想

例 雲を見て羊を連想する。

譯 看見雲朵就聯想到綿羊。

33 | わりと・わりに【割と・割に】

(副) 比較；分外，格外，出乎意料

例 柿が割に甘い。

譯 柿子分外香甜。

N2 30-4(1)

30-4 知識 (1) / 知識 (1)

01 | あきらか【明らか】

(形動) 顯然，清楚，明確；明亮

例 明らかになる。

譯 變得清楚。

02 | かいとう【回答】

(名・自サ) 回答，答覆

例 読者の質問に回答する。

譯 答覆讀者的問題。

03 | かくじつ【確実】

(形動) 確實，準確；可靠

例 確実な情報を得る。

譯 得到可靠的情報。

04 | かつよう【活用】

(名・他サ) 活用，利用，使用

例 知識を活用する。

譯 活用知識。

05 | カバー【cover】

(名・他サ) 罩，套；補償，補充；覆蓋

例 欠点をカバーする。

譯 補償缺陷。

06 | かんちがい【勘違い】

(名・自サ) 想錯，判斷錯誤，誤會

例 君と勘違いした。

譯 誤以為是你。

07 | きおく【記憶】

(名・他サ) 記憶，記憶力；記性

例 記憶に新しい。

譯 記憶猶新。

08 ｜きづく【気付く】

(自五) 察覺，注意到，意識到；(神志昏迷後)甦醒過來

例 誤りに気付く。

譯 意識到錯誤。

09 ｜きゅうしゅう【吸収】

(名・他サ) 吸收

例 知識を吸収する。

譯 吸收知識。

10 ｜げんに【現に】

(副) 做為不可忽略的事實，實際上，親眼

例 現にこの目で見た。

譯 親眼看到。

11 ｜げんり【原理】

(名) 原理；原則

例 てこの原理を使う。

譯 使用槓桿原理。

12 ｜ごうり【合理】

(名) 合理

例 合理性に欠ける。

譯 缺乏合理性。

13 ｜したがって【従って】

(他五) 因此，從而，因而，所以

例 線からはみ出ました。したがってアウトです。

譯 跑出線了，所以是出局。

14 ｜じつよう【実用】

(名・他サ) 實用

例 実用的なものが喜ばれる。

譯 實用的東西備受歡迎。

15 ｜じゅうだい【重大】

(形動) 重要的，嚴重的，重大的

例 重大な誤りにつながる。

譯 導致嚴重的錯誤。

16 ｜じゅん【順】

(名・漢造) 順序，次序；輪班，輪到；正當，必然，理所當然；順利

例 先着順にてご予約を承ります。

譯 按到達先後接受預約。

17 ｜すでに【既に】

(副) 已經，業已；即將，正值，恰好

例 すでに知っている。

譯 已經知道了。

18 ｜すなわち【即ち】

(接) 即，換言之；即是，正是；則，彼時；乃，於是

例 戦えば即ち勝つ。

譯 戰則勝。

19 ｜せつ【説】

(名・漢造) 意見，論點，見解；學説；述説

例 その原因には二つの説があります。

譯 原因有兩種説法。

20 | そっちょく【率直】

(形動) 坦率，直率

例 率直(そっちょく)な意見(いけん)を聞(き)きたい。

譯 想聽坦然直率的意見。

---

21 | たくわえる【蓄える・貯える】

(他下一) 儲蓄，積蓄；保存，儲備；留，留存

例 知識(ちしき)を蓄(たくわ)える。

譯 累積知識。

---

22 | ちえ【知恵】

(名) 智慧，智能；腦筋，主意

例 知恵(ちえ)がつく。

譯 有了主意。

---

23 | ちのう【知能】

(名) 智能，智力，智慧

例 知能(ちのう)を持(も)つ。

譯 具有…的智力。

---

24 | てきかく【的確】

(形動) 正確，準確，恰當

例 的確(てきかく)な数字(すうじ)を出(だ)す。

譯 提出正確的數字。

---

25 | でたらめ

(名・形動) 荒唐，胡扯，胡説八道，信口開河

例 でたらめを言(い)うな。

譯 別胡説八道。

---

26 | てらす【照らす】

(他五) 照耀，曬，晴天

例 先例(せんれい)に照(て)らす。

譯 參照先例。

---

27 | なぞ【謎】

(名) 謎語；暗示，口風；神秘，詭異，莫名其妙，不可思議，想不透(為何)

例 謎(なぞ)を解(と)く。

譯 解謎。

---

28 | ばか【馬鹿】

(名・形動) 愚蠢，糊塗

例 馬鹿(ばか)にする。

譯 輕視，瞧不起。

---

29 | ひてい【否定】

(名・他サ) 否定，否認

例 うわさを否定(ひてい)する。

譯 否認謠言。

---

30 | ひねる【捻る】

(他五) (用手)扭，擰；(俗)打敗，擊敗；別有風趣

例 頭(あたま)を捻(ひね)る。

譯 轉頭；左思右想。

N2 ● 30-4(2)

30-4 知識 (2) /
知識 (2)

31 | ひょうか【評価】

(名・他サ) 定價，估價；評價

例 評価(ひょうか)が上(あ)がる。

譯 評價提高。

32 | ぶんせき【分析】

(名・他サ) (化)分解，化驗；分析，解剖

例 分析を行う。

譯 進行分析。

---

33 | ぶんめい【文明】

(名) 文明；物質文化

例 文明が進む。

譯 文明進步。

---

34 | へん【偏】

(名・漢造) 漢字的(左)偏旁；偏，偏頗

例 偏見を持っている。

譯 有偏見。

---

35 | ほんと【本当】

(名・形動) 真實，真心；實在，的確；真正；本來，正常

例 ほんとに悪いと思う。

譯 實在是感到很抱歉。

---

36 | ほんもの【本物】

(名) 真貨，真的東西

例 本物と偽物とを見分ける。

譯 辨別真貨假貨。

---

37 | まね【真似】

(名・他サ・自サ) 模仿，裝，仿效；(愚蠢糊塗的)舉止，動作

例 まねがうまい。

譯 模仿的很好。

---

38 | みにつく【身に付く】

(慣) 學到手，掌握

例 技術が身に付く。

譯 學技術。

---

39 | みにつける【身に付ける】

(慣) (知識、技術等)學到，掌握到

例 一芸を身に付ける。

譯 學得一技之長。

---

40 | むじゅん【矛盾】

(名・自サ) 矛盾

例 矛盾が起こる。

譯 產生矛盾。

---

41 | めいしん【迷信】

(名) 迷信

例 迷信を信じる。

譯 相信迷信。

---

42 | めちゃくちゃ

(名・形動) 亂七八糟，胡亂，荒謬絕倫

例 めちゃくちゃなことを言う。

譯 胡說八道。

---

43 | もと【元・旧・故】

(名・接尾) 原，從前；原來

例 うわさの元をただす。

譯 追究流言的起源。

---

44 | ものがたる【物語る】

(他五) 談，講述；說明，表明

例 経験を物語る。

譯 談經驗。

45 | ものごと【物事】

名 事情，事物；一切事情，凡事

例 物事が分かる。

譯 懂事。

46 | もんどう【問答】

名・自サ 問答；商量，交談，爭論

例 人生について問答する。

譯 談論人生的問題。

47 | ようい【容易】

形動 容易，簡單

例 容易にできる。

譯 容易完成。

48 | ようてん【要点】

名 要點，要領

例 要点をつかむ。

譯 抓住要點。

49 | ようりょう【要領】

名 要領，要點；訣竅，竅門

例 要領を得る。

譯 很得要領。

50 | よき【予期】

名・自サ 預期，預料，料想

例 予期せぬ出来事が次々と起こった。

譯 意料之外的事件接二連三地發生。

51 | よそく【予測】

名・他サ 預測，預料

例 予測がつく。

譯 可以預料。

52 | りこう【利口】

名・形動 聰明，伶利機靈；巧妙，周到，能言善道

例 利口な子が揃った。

譯 齊聚了一群機靈的小孩。

53 | わざと【態と】

副 故意，有意，存心；特意地，有意識地

例 わざと意地悪を言う。

譯 故意説話刁難。

N2 30-5(1)

30-5 言語 (1) / 語言 (1)

01 | アクセント【accent】

名 重音；重點，強調之點；語調；(服裝或圖案設計上)突出點，著眼點

例 文章にアクセントをつける。

譯 在文章上標示重音。

02 | いぎ【意義】

名 意義，意思；價值

例 人生の意義を問う。

譯 追問人生意義。

03 | えいわ【英和】

名 英日辭典

例 英和辞典を使う。

譯 使用英日辭典。

04 | おくりがな【送り仮名】

㊔ 漢字訓讀時，寫在漢字下的假名；用日語讀漢文時，在漢字右下方寫的假名

例 送り仮名を付ける。

譯 寫上送假名。

05 | かつじ【活字】

㊔ 鉛字，活字

例 活字を読む。

譯 閱讀。

06 | かなづかい【仮名遣い】

㊔ 假名的拼寫方法

例 仮名遣いが簡単になった。

譯 假名拼寫方式變簡單了。

07 | かんれん【関連】

（名・自サ） 關聯，有關係

例 関連が深い。

譯 關係深遠。

08 | かんわ【漢和】

㊔ 漢語和日語；漢日辭典(用日文解釋古漢語的辭典)

例 漢和辞典を使いこなす。

譯 善用漢和辭典。

09 | くとうてん【句読点】

㊔ 句號，逗點；標點符號

例 句読点を打つ。

譯 標上標點符號。

10 | くん【訓】

㊔ (日語漢字的)訓讀(音)

例 訓読みを覚える。

譯 背誦訓讀(用日本固有語言讀漢字的方法)。

11 | けいようし【形容詞】

㊔ 形容詞

例 形容詞に相当する。

譯 相當於形容詞。

12 | けいようどうし【形容動詞】

㊔ 形容動詞

例 形容動詞に付く。

譯 接在形容動詞後面。

13 | げんご【言語】

㊔ 言語

例 言語に絶する。

譯 無法形容。

14 | ごじゅうおん【五十音】

㊔ 五十音

例 五十音順で並ぶ。

譯 以五十音的順序排序。

15 | ことばづかい【言葉遣い】

㊔ 說法，措辭，表達

例 丁寧な言葉遣いをする。

譯 有禮貌的言辭。

16 | ことわざ【諺】

㊔ 諺語，俗語，成語，常言

例 ことわざに曰く。

譯 俗話說…。

17 | じゅくご【熟語】

㊔ 成語，慣用語；(由兩個以上單詞組成)複合詞；(由兩個以上漢字構成的)漢語詞

例 熟語を使う。

譯 引用成語。

18 | しゅご【主語】

㊔ 主語；(邏)主詞

例 主語と述語から成り立つ。

譯 由主語跟述語所構成的。

19 | じゅつご【述語】

㊔ 謂語

例 主語の動作、性質を表わす部分を述語という。

譯 敘述主語的動作或性質部份叫述語。

20 | せつぞく【接続】

(名・自他サ) 連續，連接；(交通工具)連軌，接運

例 文と文を接続する。

譯 把句子跟句子連接起來。

N2 30-5(2)

30-5 言語 (2) / 語言 (2)

21 | だいめいし【代名詞】

㊔ 代名詞，代詞；(以某詞指某物、某事)代名詞

例 代名詞となる。

譯 成為代名詞。

22 | たんご【単語】

㊔ 單詞

例 単語がわかる。

譯 看懂單詞。

23 | ちゅう【注】

(名・漢造) 註解，注釋；注入；注目；註釋

例 注をつける。

譯 加入註解。

24 | てき【的】

(造語) …的

例 科学的に実証される。

譯 在科學上得到證實。

25 | どうし【動詞】

㊔ 動詞

例 動詞の活用が苦手だ。

譯 動詞的活用最難。

26 | なになに【何々】

(代・感) 什麼什麼，某某

例 何々会社の人。

譯 某公司的社員。

27 | ノー【no】

(名・感・造) 表否定；沒有，不；(表示禁止)不必要，禁止

例 ノースモーキング。

譯 禁止吸菸

28 | ひとこと【一言】

㊔ 一句話；三言兩語

例 一言も言わない。

譯 一言不發。

29 | ぶ【無】
(漢造) 無，沒有，缺乏
例 無愛想な返事をする。
譯 冷淡的回應。

30 | ふくし【副詞】
(名) 副詞
例 様態の副詞を使う。
譯 使用樣態副詞。

31 | ぶしゅ【部首】
(名) (漢字的)部首
例 部首索引を使ってみる。
譯 嘗試使用部首索引。

32 | ふりがな【振り仮名】
(名) (在漢字旁邊)標註假名
例 振り仮名をつける。
譯 標上假名。

33 | ペラペラ
(副・自サ) 說話流利貌(特指外語)；單薄不結實貌；連續翻紙頁貌
例 英語がペラペラだ。
譯 英語流利。

34 | ぽい
(接尾・形型) (前接名詞、動詞連用形，構成形容詞)表示有某種成分或傾向
例 忘れっぽい。
譯 健忘。

35 | ほうげん【方言】
(名) 方言，地方話，土話
例 方言で話す。
譯 說方言。

36 | めいし【名詞】
(名) (語法)名詞
例 名詞は変化が無い。
譯 名詞沒有變化。

37 | もじ【文字】
(名) 字跡，文字，漢字；文章，學問
例 文字を書く。
譯 寫字。

38 | やく【訳】
(名・他サ・漢造) 譯，翻譯；漢字的訓讀
例 訳文を付ける。
譯 加上譯文。

39 | ようご【用語】
(名) 用語，措辭；術語，專業用語
例 ＩＴ用語を解説する。
譯 解說資訊科技專門術語。

40 | よみ【読み】
(名) 唸，讀；訓讀；判斷，盤算；理解
例 この字の読みがわからない。
譯 不知道這個字的讀法。

41 | りゃくする【略する】
(他サ) 簡略；省略，略去；攻佔，奪取

例 マクドナルドを略してマック。
譯 麥當勞簡稱麥克。

42 | わえい【和英】

名 日本和英國；日語和英語；日英辭典的簡稱

例 和英辞典で調べた。
譯 查日英辭典。

N2 30-6(1)

30-6 表現 (1) / 表達 (1)

01 | あら

感 (女性用語)(出乎意料或驚訝時發出的聲音)唉呀！唉唷

例 あら、大変だ。
譯 哎呀，可不得了！

02 | あれ(っ)

感 (驚訝、恐怖、出乎意料等場合發出的聲音)呀！唉呀？

例 あれっ、今日どうしたの。
譯 唉呀！今天怎麼了？

03 | あんなに

副 那麼地，那樣地

例 被害があんなにひどいとは思わなかった。
譯 沒想到災害會如此嚴重。

04 | あんまり

形動・副 太，過於，過火

例 あんまりなことを言う。
譯 說過分的話。

05 | いいだす【言い出す】

他五 開始說，說出口

例 言い出しにくい。
譯 難以啟齒的。

06 | いいつける【言い付ける】

他下一 命令；告狀；說慣，常說

例 用事を言い付ける。
譯 吩咐事情。

07 | いわば【言わば】

副 譬如，打個比方，說起來，打個比方說

例 これはいわば一種の宣伝だ。
譯 這可說是一種宣傳。

08 | いわゆる【所謂】

連體 所謂，一般來說，大家所說的，常說的

例 ああいう人たちがいわゆるゲイなんだ。
譯 那樣的人就是所謂的同性戀。

09 | うんぬん【云々】

名・他サ 云云，等等；說長道短

例 理由が云々と言う。
譯 說了種種理由。

10 | えっ

感 (表示驚訝、懷疑)啊！；怎麼？

例 えっ、何ですって。
譯 啊，你說甚麼？

11 | おきのどくに【お気の毒に】

(連語・感) 令人同情；過意不去，給人添麻煩

例 お気の毒に思う。

譯 覺得可憐。

12 | おげんきで【お元気で】

(寒暄) 請保重

例 では、お元気で。

譯 那麼，請您保重。

13 | おめでたい【お目出度い】

(形) 恭喜，可賀

例 おめでたい話だ。

譯 可喜可賀的事。

14 | かたる【語る】

(他五) 說，陳述；演唱，朗讀

例 真実を語る。

譯 陳述事實。

15 | かならずしも【必ずしも】

(副) 不一定，未必

例 必ずしも正しいとは限らない。

譯 未必一定正確。

16 | かまいません【構いません】

(寒暄) 沒關係，不在乎

例 私は構いません。

譯 我沒關係。

17 | かんぱい【乾杯】

(名・自サ) 乾杯

例 乾杯の音頭を取る。

譯 首先帶頭乾杯。

18 | きょうしゅく【恐縮】

(名・自サ) (對對方的厚意感覺)惶恐(表感謝或客氣)；(給對方添麻煩表示)對不起，過意不去；(感覺)不好意思，羞愧，慚愧

例 恐縮ですが…。

譯 (給對方添麻煩，表示)對不起，過意不去。

19 | くれぐれも

(副) 反覆，周到

例 くれぐれも気をつけて。

譯 請多多留意。

20 | ごくろうさま【ご苦労様】

(名・形動) (表示感謝慰問)辛苦，受累，勞駕

例 ご苦労様と声をかける。

譯 說聲「辛苦了」。

21 | ごちそうさま【ご馳走様】

(連語) 承蒙您的款待了，謝謝

例 ごちそうさまと言って箸を置く。

譯 說「謝謝款待」後，就放下筷子。

22 | ことづける【言付ける】

(他下一) 託帶口信，託付

例 手紙を言付ける。

譯 托付帶信。

23 | ことなる【異なる】

(自五) 不同，不一樣

例 習慣が異なる。
譯 習慣不同。

24 | ごぶさた【ご無沙汰】

(名・自サ) 久疏問候，久未拜訪，久不奉函

例 久しくご無沙汰しています。
譯 久疏問候(寫信時致歉)。

25 | こんばんは【今晩は】

(寒暄) 晚安，你好

例 こんばんは、寒くなりましたね。
譯 你好，變冷了呢。

26 | さて

(副・接・感) 一旦，果真；那麼，卻說，於是；(自言自語，表猶豫)到底，那可…

例 さて、本題に入ります。
譯 接下來，我們來進入主題。

27 | しかも

(接) 而且，並且；而，但，卻；反而，竟然，儘管如此還…

例 安くてしかも美味い。
譯 便宜又好吃。

28 | しゃれ【洒落】

(名) 俏皮話，雙關語；(服裝)亮麗，華麗，好打扮

例 洒落をとばす。
譯 說俏皮話。

29 | しようがない【仕様がない】

(慣) 沒辦法

例 負けても仕様がない。
譯 輸了也沒輒。

30 | せっかく【折角】

(名・副) 特意地；好不容易；盡力，努力，拼命的

例 せっかくの努力が水の泡になる。
譯 辛苦努力都成泡影。

N2 ◉ 30-6(2)

30-6 表現 (2) / 表達 (2)

31 | ぜひとも【是非とも】

(副) (是非的強調說法)一定，無論如何，務必

例 是非ともお願いしたい。
譯 務必請您(幫忙)。

32 | せめて

(副) (雖然不夠滿意，但)那怕是，至少也，最少

例 せめてもう1度受けなさい。
譯 至少再報考一次吧！

33 | そういえば【そう言えば】

(他五) 這麼說來，這樣一說

例 そう言えばあの件はどうなった。
譯 這樣一說，那件事怎麼樣了？

34 | だが

(接) 但是，可是，然而

例 その日はひどい雨だった。だが、我々は出発した。
譯 那天雖然下大雨，但我們仍然出發前往。

35 | ただし【但し】

(接續) 但是，可是

例 ただし条件(じょうけん)がある。

譯 可是有條件。

36 | たとえる【例える】

(他下一) 比喻，比方

例 人生(じんせい)を旅(たび)に例(たと)える。

譯 把人生比喻為旅途。

37 | で

(接續) 那麼；(表示原因)所以

例 で、結果(けっか)はどうだった。

譯 那麼，結果如何。

38 | できれば

(連語) 可以的話，可能的話

例 できればもっと早(はや)く来(き)てほしい。

譯 希望能盡早來。

39 | ですから

(接續) 所以

例 ですから先(さき)ほど話(はな)したとおりです。

譯 所以，正如我剛剛說的那樣。

40 | どういたしまして【どう致しまして】

(寒暄) 不客氣，不敢當

例 「ありがとう。」「どう致(いた)しまして。」

譯 「謝謝。」「不客氣。」

41 | どうも

(副) (後接否定詞)怎麼也…；總覺得，似乎；實在是，真是

例 どうも調子(ちょうし)がおかしい。

譯 總覺得怪怪的。

42 | どころ

(接尾) (前接動詞連用形)值得…的地方，應該…的地方；生產…的地方；們

例 彼(かれ)の話(はなし)はつかみどころがない。

譯 他的話沒辦法抓到重點。

43 | ところで

(接續・接助) (用於轉變話題)可是，不過；即使，縱使，無論

例 ところであの話(はなし)はどうなりましたか。

譯 不過，那件事結果怎麼樣？

44 | とにかく

(副) 總之，無論如何，反正

例 とにかく待(ま)ってみよう。

譯 總之先等看看。

45 | ともかく

(副・接) 暫且不論，姑且不談；總之，反正；不管怎樣

例 ともかく先(さき)を急(いそ)ごう。

譯 總之，趕快先走吧！

46 | なお

(副・接) 仍然，還，尚；更，還，再；猶如，如；尚且，而且，再者

例 なお議論(ぎろん)の余地(よち)がある。

譯 還有議論的餘地。

47 | なにしろ【何しろ】

(副) 不管怎樣，總之，到底；因為，由於

例 なにしろ話してごらん。
譯 不管怎樣，你就說說看。

48 ｜なにぶん【何分】

(名・副) 多少；無奈…

例 何分経験不足なのでできない。
譯 無奈經驗不足故辦不到。

49 ｜なにも

(連語・副) (後面常接否定)什麼也…，全都…；並(不)，(不)必

例 なにも知らない。
譯 什麼也不知道。

50 ｜なんて

(副助) 什麼的，…之類的話；說是…；(輕視)叫什麼…來的；等等，之類；表示意外，輕視或不以為然

例 勉強なんて大嫌いだ。
譯 我最討厭讀書了。

N2 ● 30-6(3)

30-6 表現 (3) /
表達 (3)

51 ｜なんでも【何でも】

(副) 什麼都，不管什麼；不管怎樣，無論怎樣；據說是，多半是

例 何でも出来る。
譯 什麼都會。

52 ｜なんとか【何とか】

(副) 設法，想盡辦法；好不容易，勉強；(不明確的事情、模糊概念)什麼，某事

例 何とか間に合った。
譯 勉強趕上時間了。

53 ｜のべる【述べる】

(他下一) 敘述，陳述，說明，談論

例 意見を述べる。
譯 陳述意見。

54 ｜はあ

(感) (應答聲)是，唉；(驚訝聲)嘿

例 はあ、かしこまりました。
譯 是，我知道了。

55 ｜ばからしい【馬鹿らしい】

(形) 愚蠢的，無聊的；划不來，不值得

例 馬鹿らしくて話にならない。
譯 荒唐得不成體統。

56 ｜はきはき

(副・自サ) 活潑伶俐的樣子；乾脆，爽快；(動作)俐落

例 はきはきと答える。
譯 乾脆地回答。

57 ｜はじめまして【初めまして】

(寒暄) 初次見面

例 初めまして、山田太郎と申します。
譯 初次見面，我叫山田太郎。

58 ｜はっぴょう【発表】

(名・他サ) 發表，宣布，聲明；揭曉

例 発表を行う。
譯 進行發表。

59 | はやくち【早口】

(名) 説話快

例 早口でしゃべる。

譯 説話速度快。

60 | ばんざい【万歳】

(名・感) 萬歳；(表示高興)太好了，好極了

例 万歳を三唱する。

譯 三呼萬歳。

61 | ひとりごと【独り言】

(名) 自言自語(的話)

例 独り言を言う。

譯 自言自語。

62 | ひょうげん【表現】

(名・他サ) 表現，表達，表示

例 言葉の表現が面白かった。

譯 言語的表現很有意思。

63 | ふく【吹く】

(他五・自五) (風)刮，吹；(用嘴)吹；吹(笛等)；吹牛，説大話

例 ほらを吹く。

譯 吹牛。

64 | ぶつぶつ

(名・副) 嘮叨，抱怨，嘟囔；煮沸貌；粒狀物，小疙瘩

例 ぶつぶつ文句を言う。

譯 嘟囔抱怨。

65 | まあ

(副・感) (安撫、勸阻)暫且先，一會；躊躇貌；還算，勉強；制止貌；(女性表示驚訝)哎唷，哎呀

例 まあ、かわいそうに。

譯 哎呀！多麼可憐。

66 | まあまあ

(副・感) (催促、撫慰)得了，好了好了，哎哎；(表示程度中等)還算，還過得去；(女性表示驚訝)哎唷，哎呀

例 まあまあそう言うなよ。

譯 好啦好啦！別再説氣話了！

67 | むしろ【寧ろ】

(副) 與其説…倒不如，寧可，莫如，索性

例 あの人は作家というよりむしろ評論家だ。

譯 那個人與其説是作家不如説是評論家。

68 | もうしわけ【申し訳】

(名・他サ) 申辯，辯解；道歉；敷衍塞責，有名無實

例 申し訳が立たない。

譯 沒辦法辯解。

69 | ようするに【要するに】

(副・連) 總而言之，總之

例 要するにこの話は信用できない。

譯 總而言之，此話不可信。

70 | ようやく【漸く】

(副) 好不容易，勉勉強強，終於；漸漸

例 ようやく完成した。

譯 終於完成了。

30-7 文書、出版物 (1) /
文章文書、出版物 (1)

01 | いんよう【引用】
(名・自他サ) 引用
例 名言(めいげん)を引用(いんよう)する。
譯 引用名言。

02 | えいぶん【英文】
(名) 用英語寫的文章；「英文學」、「英文學科」的簡稱
例 英文(えいぶん)から日本語(にほんご)に翻訳(ほんやく)される。
譯 把英文翻譯成日文。

03 | おんちゅう【御中】
(名)（用於寫給公司、學校、機關團體等的書信）公啟
例 株式会社丸々商事(かぶしきがいしゃまるまるしょうじ) 御中(おんちゅう)
譯 丸丸商事株式會社 敬啟

04 | がいろん【概論】
(名) 概論
例 経済学概論(けいざいがくがいろん)が刊行(かんこう)された。
譯 經濟學概論出版了。

05 | けいぞく【継続】
(名・自他サ) 繼續，繼承
例 連載(れんさい)を継続(けいぞく)する。
譯 繼續連載。

06 | げんこう【原稿】
(名) 原稿
例 原稿(げんこう)を書(か)く。
譯 撰稿。

07 | こう【校】
(名) 學校；校對
例 校(こう)を重(かさ)ねる。
譯 多次校對。

08 | さくいん【索引】
(名) 索引
例 索引(さくいん)をつける。
譯 附加索引。

09 | さくせい【作成】
(名・他サ) 寫，作，造成（表、件、計畫、文件等）；製作，擬制
例 報告書(ほうこくしょ)を作成(さくせい)する。
譯 寫報告。

10 | さくせい【作製】
(名・他サ) 製造
例 カタログを作製(さくせい)する。
譯 製作型錄。

11 | しあがる【仕上がる】
(自五) 做完，完成；做成的情形
例 論文(ろんぶん)が仕上(しあ)がる。
譯 完成論文。

12 | したがき【下書き】
(名・他サ) 試寫；草稿，底稿；打草稿；試畫，畫輪廓
例 下書(したが)きに手(て)を加(くわ)える。
譯 在底稿上加工。

13 | したじき【下敷き】

㊔ 墊子；墊板；範本，樣本

例 体験を下敷きにして書く。

譯 根據經驗撰寫。

14 | しっぴつ【執筆】

(名・他サ) 執筆，書寫，撰稿

例 執筆を依頼する。

譯 請求(某人)撰稿。

15 | しゃせつ【社説】

㊔ 社論

例 社説を読む。

譯 閱讀社論。

16 | しゅう【集】

(漢造) (詩歌等的)集；聚集

例 文学全集を編む。

譯 編纂文學全集。

17 | しゅうせい【修正】

(名・他サ) 修改，修正，改正

例 原稿に修正を加える。

譯 修改原稿。

18 | しゅっぱん【出版】

(名・他サ) 出版

例 本を出版する。

譯 出版書籍。

19 | しょう【章】

㊔ (文章，樂章的)章節；紀念章，徽章

例 章を改める。

譯 換章節。

20 | しょせき【書籍】

㊔ 書籍

例 書籍を検索する。

譯 檢索書籍。

N2 30-7(2)

30-7 文書、出版物 (2) / 文章文書、出版物 (2)

21 | シリーズ【series】

㊔ (書籍等的)彙編，叢書，套；(影片、電影等)系列；(棒球)聯賽

例 全シリーズを揃える。

譯 全集一次收集齊全。

22 | しりょう【資料】

㊔ 資料，材料

例 資料を集める。

譯 收集資料。

23 | ずかん【図鑑】

㊔ 圖鑑

例 植物図鑑が送られてきた。

譯 收到植物圖鑑。

24 | する【刷る】

(他五) 印刷

例 ポスターを刷る。

譯 印刷宣傳海報。

25 | ぜんしゅう【全集】

㊔ 全集

例 世界美術全集を揃える。
譯 搜集全世界美術史全套。

26 ｜ぞうさつ【増刷】

(名・他サ) 加印，增印
例 本が増刷になった。
譯 書籍加印。

27 ｜たいしょう【対照】

(名・他サ) 對照，對比
例 原文と対照する。
譯 跟原文比對。

28 ｜たてがき【縦書き】

(名) 直寫
例 縦書きのほうが読みやすい。
譯 直寫較好閱讀。

29 ｜たんぺん【短編】

(名) 短篇，短篇小説
例 短編小説を書く。
譯 寫短篇小説。

30 ｜てんけい【典型】

(名) 典型，模範
例 典型とされる作品。
譯 典型作品。

31 ｜のせる【載せる】

(他下一) 刊登；載運；放到高處；和著音樂拍子
例 雑誌に記事を載せる。
譯 在雜誌上刊登報導。

32 ｜はさむ【挟む】

(他五) 夾，夾住；隔；夾進，夾入；插
例 本にしおりを挟む。
譯 把書籤夾在書裡。

33 ｜はっこう【発行】

(名・自サ) (圖書、報紙、紙幣等) 發行；發放，發售
例 雑誌を発行する。
譯 發行雜誌。

34 ｜ひゃっかじてん【百科辞典】

(名) 百科全書
例 百科事典で調べる。
譯 查閱百科全書。

35 ｜ひょうし【表紙】

(名) 封面，封皮，書皮
例 表紙を付ける。
譯 裝封面。

36 ｜ぶん【文】

(名・漢造) 文學，文章；花紋；修飾外表，華麗；文字，字體；學問和藝術
例 文に書く。
譯 寫成文章。

37 ｜ぶんけん【文献】

(名) 文獻，參考資料
例 文献が残る。
譯 留下文獻。

38 | ぶんたい【文体】

㊔（某時代特有的）文體；（某作家特有的）風格

なつめそうせき　ぶんたい　ひじょう　うつく
例 夏目漱石の文体が非常に美しかった。

譯 夏目漱石的文體極為優美。

39 | ぶんみゃく【文脈】

㊔ 文章的脈絡，上下文的一貫性，前後文的邏輯；（句子、文章的）表現手法

ぶんみゃく
例 文脈がはっきりする。

譯 文章脈絡清楚。

40 | へんしゅう【編集】

（名・他サ）編集；（電腦）編輯

ざっし　へんしゅう
例 雑誌を編集する。

譯 編輯雜誌。

41 | みだし【見出し】

㊔（報紙等的）標題；目錄，索引；選拔，拔擢；（字典的）詞目，條目

み　だ　　よ
例 見出しを読む。

譯 讀標題。

42 | みほん【見本】

㊔ 樣品，貨樣；榜樣，典型

み　ほん　ていきょう
例 見本を提供する。

譯 提供樣品。

43 | もくじ【目次】

㊔（書籍）目錄，目次；（條目、項目）目次

もく　じ　つく
例 目次を作る。

譯 編目次。

44 | ようし【要旨】

㊔ 大意，要旨，要點

よう　し
例 要旨をまとめる。

譯 彙整重點。

45 | ようやく【要約】

（名・他サ）摘要，歸納

ろんぶん　ようやく
例 論文を要約する。

譯 做論文摘要。

46 | よこがき【横書き】

㊔ 橫寫

よこ　が　ざっ　し　つく
例 横書きの雑誌を作っている。

譯 編製橫寫編排的雜誌。

47 | ろんぶん【論文】

㊔ 論文；學術論文

ろんぶん　ていしゅつ
例 論文を提出する。

譯 提出論文。

48 | わだい【話題】

㊔ 話題，談話的主題、材料；引起爭論的人事物

わ　だい　か
例 話題が変わる。

譯 改變話題。

必 勝

N1

情境分類單字

パート
1
第一章

時間
- 時間 -

N1 ◎ 1-1 (1)

1-1 時、時間、時刻 (1) / 時候、時間、時刻 (1)

01 | あいま【合間】
(名) (事物中間的)空隙，空閒時間；餘暇
例 仕事の合間に小説を書く。
譯 利用工作空檔寫小說。

02 | アワー【hour】
(名·造) 時間；小時
例 ラッシュ・アワー。
譯 尖峰時刻。

03 | いっきに【一気に】
(副) 一口氣地
例 一気に飲み干す。
譯 一口氣喝乾。

04 | いっこく【一刻】
(名·形動) 一刻；片刻；頑固；愛生氣
例 一刻も早く会いたい。
譯 迫不及待想早點相見。

05 | おくらす【遅らす】
(他五) 延遲，拖延；(時間)調慢，調回
例 予定を遅らす。
譯 延遲預定行程。

06 | おり【折】
(名) 折，折疊；折縫，折疊物；紙盒小匣；時候；機會，時機
例 折に詰める。
譯 裝進紙盒裡。

07 | きっかり
(副) 正，洽
例 きっかり 1 時半。
譯 正好一點半。

08 | けいか【経過】
(名·自サ) (時間的)經過，流逝，度過；過程，經過
例 経過は良好。
譯 過程良好。

09 | ゴールデンタイム【(和) golden + time】
(名) 黃金時段(晚上 7 到 10 點)
例 ゴールデンタイムのドラマ。
譯 黃金時段的連續劇。

10 | こうりつ【効率】
(名) 效率
例 効率が悪い。
譯 效率差。

11 | さっきゅう・そうきゅう【早急】

㊔名・形動 盡量快些，趕快，趕緊

例 早急(そうきゅう)に手配(てはい)する。

譯 趕緊安排。

12 | さっと

副(形容風雨突然到來)倏然，忽然；(形容非常迅速)忽然，一下子

例 さっと顔色(かおいろ)が変(か)わる。

譯 臉色突然變了。

13 | じこくひょう【時刻表】

名 時間表

例 電車(でんしゃ)の時刻表(じこくひょう)を検索(けんさく)する。

譯 上網搜尋電車時刻表。

14 | じさ【時差】

名 (各地標準時間的)時差；錯開時間

例 時差(じさ)ボケする。

譯 時差(而身體疲倦等)。

15 | じっくり

副 慢慢地，仔細地，不慌不忙

例 じっくり考(かんが)える。

譯 仔細考慮。

16 | しまい

名 完了，終止，結束；完蛋，絕望

例 しまいにお茶漬(ちゃづ)けにしよう。

譯 最後來碗茶泡飯吧！

17 | しゅうし【終始】

副・自サ 末了和起首；從頭到尾，一貫

例 終始善戦(しゅうしぜんせん)した。

譯 始終頑強抗爭。

18 | しょっちゅう

副 經常，總是

例 しょっちゅう喧嘩(けんか)している。

譯 總是在吵架。

19 | しろくじちゅう【四六時中】

名 一天到晚，一整天；經常，始終

例 四六時中気(しろくじちゅうき)にしている。

譯 始終耿耿於懷。

20 | じんそく【迅速】

名・形動 迅速

例 迅速(じんそく)に処理(しょり)する。

譯 迅速處理。

21 | すぎ【過ぎ】

接尾 超過；過度

例 3時過(じす)ぎにお客(きゃく)さんが来(き)た。

譯 三點過後有來客。

22 | すばやい【素早い】

形 身體的動作與頭腦的思考很快；迅速，飛快

例 動作(どうさ)が素早(すばや)い。

譯 動作迅速。

23 | すみやか【速やか】

形動 做事敏捷的樣子，迅速

例 速(すみ)やかに行動(こうどう)する。

譯 迅速行動。

24 | スムーズ【smooth】

(名·形動) 圓滑，順利；流暢

例 話(はなし)がスムーズに進(すす)む。

譯 協商順利進行。

25 | ずるずる

(副·自サ) 拖拉貌；滑溜；拖拖拉拉

例 ずるずると返事(へんじ)を延(の)ばす。

譯 遲遲不回覆。

26 | ずれ

(名) (位置，時間意見等)不一致，分歧；偏離；背離，不吻合

例 ずれが生(しょう)じる。

譯 產生不一致。

27 | せかす【急かす】

(他五) 催促

例 仕事(しごと)をせかす。

譯 催促工作。

28 | せん【先】

(名) 先前，以前；先走的一方

例 先住民(せんじゅうみん)に敬意(けいい)を払(はら)う。

譯 對原住民表示敬意。

29 | そくざに【即座に】

(副) 立即，馬上

例 即座(そくざ)に返答(へんとう)する。

譯 立刻回答。

30 | そくする【即する】

(自サ) 就，適應，符合，結合

例 実情(じつじょう)に即(そく)して考(かんが)える。

譯 就實際情況來考量。

N1 ● 1-1 (2)

1-1 時、時間、時刻 (2) / 時候、時間、時刻 (2)

31 | タイト【tight】

(名·形動) 緊，緊貼(身)；緊身裙之略

例 タイトなスケジュールが懸念(けねん)される。

譯 緊湊的行程叫人擔憂。

32 | タイマー【timer】

(名) 秒錶，計時器；定時器

例 タイマーをセットする。

譯 設定計時器。

33 | タイミング【timing】

(名) 計時，測時；調時，使同步；時機，事實

例 タイミングが合(あ)う。

譯 合時宜。

34 | タイム【time】

(名) 時，時間；時代，時機；(體)比賽所需時間；(體)比賽暫停

例 タイムを計(はか)る。

譯 計時。

35 | タイムリー【timely】

(形動) 及時，適合的時機

例 タイムリーな企画(きかく)が好評(こうひょう)だ。

譯 切合時宜的企畫大受好評。

36 | たんしゅく【短縮】

(名・他サ) 縮短，縮減

例 時間(じかん)を短縮(たんしゅく)する。

譯 縮短時間。

37 | ついやす【費やす】

(他五) 用掉，耗費，花費；白費，浪費

例 歳月(さいげつ)を費(つい)やす。

譯 虛度光陰。

38 | つかのま【束の間】

(名) 一瞬間，轉眼間，轉瞬

例 束(つか)の間(ま)のできごと。

譯 瞬間發生的事。

39 | ときおり【時折】

(副) 有時，偶爾

例 時折(ときおり)思(おも)い出(だ)す。

譯 偶爾想起。

40 | とっさに

(副) 瞬間，一轉眼，轉眼之間

例 とっさに思(おも)い出(だ)す。

譯 瞬間想了起來。

41 | ながなが(と)【長々(と)】

(副) 長長地；冗長；長久

例 長々(ながなが)と話(はな)す。

譯 說話冗長。

42 | はやまる【早まる】

(自五) 倉促，輕率，貿然；過早，提前

例 予定(よてい)が早(はや)まる。

譯 預定提前。

43 | はやめる【速める・早める】

(他下一) 加速，加快；提前，提早

例 時刻(じこく)を早(はや)める。

譯 提早。

44 | ひび【日々】

(名) 天天，每天

例 日々(ひび)の暮(く)らしが楽(たの)しくなる。

譯 對日常平淡的生活感到有趣。

45 | まちあわせ【待ち合わせ】

(名)(指定的時間地點)等候會見

例 待(ま)ち合(あ)わせに遅(おく)れる。

譯 約好了卻遲到。

46 | まっき【末期】

(名) 末期，最後的時期，最後階段；臨終

例 末期癌(まっきがん)の患者(かんじゃ)を担当(たんとう)する。

譯 負責醫治癌症末期患者。

47 | まつ【末】

(接尾・漢造) 末，底；末尾；末期；末節

例 年末(ねんまつ)の行事(ぎょうじ)を終(お)わらせる。

譯 完成年底的行程。

48 | めど【目途・目処】

(名) 目標；眉目，頭緒

例 目途(めど)が立(た)たない。

譯 無法解決。

49 | もちきり【持ち切り】

㊔（某一段時期）始終談論一件事

例 その話題(わだい)で持(も)ち切(き)りだ。

譯 始終談論那個話題。

---

50 | よか【余暇】

㊔ 閒暇，業餘時間

例 余暇(よか)を生(い)かす。

譯 利用餘暇。

---

51 | ルーズ【loose】

(名·形動) 鬆懈，鬆弛，散漫，吊兒郎當

例 ルーズな生活(せいかつ)を送(おく)る。

譯 過著散漫的生活。

N1 ◉ 1-2

1-2 季節、年、月、週、日 /

季節、年、月、週、日

01 | かくしゅう【隔週】

㊔ 每隔一週，隔週

例 隔週(かくしゅう)で発刊(はっかん)される。

譯 隔週發行。

---

02 | がんねん【元年】

㊔ 元年

例 平成元年(へいせいがんねん)が始(はじ)まる。

譯 平成元年正式開始。

---

03 | こよみ【暦】

㊔ 曆，曆書

例 暦(こよみ)をめくる。

譯 翻閱日曆。

04 | サイクル【cycle】

㊔ 周期，循環，一轉；自行車

例 サイクル・レースに参戦(さんせん)する。

譯 參加自行車競賽。

---

05 | しゅうじつ【終日】

㊔ 整天，終日

例 終日雨(しゅうじつあめ)が降(ふ)る。

譯 下一整天的雨。

---

06 | スプリング【spring】

㊔ 春天；彈簧；跳躍，彈跳

例 スプリングベッドが使(つか)われ始(はじ)めた。

譯 開始使用彈簧床。

---

07 | せつ【節】

(名·漢造) 季節，節令；時候，時期；節操；（物體的）節；（詩文歌等的）短句，段落

例 その節(せつ)はよろしく。

譯 那時請多關照。

---

08 | せんだって【先だって】

㊔ 前幾天，前些日子，那一天；事先

例 先(せん)だってはありがとう。

譯 前些日子謝謝了。

---

09 | つきなみ【月並み】

㊔ 每月，按月；平凡，平庸；每月的例會

例 月並(つきな)みな考(かんが)え。

譯 平凡的想法。

10 | ねんごう【年号】

㊔ 年號

例 年号が変わる。

譯 改年號。

11 | ばんねん【晚年】

㊔ 晚年，暮年

例 晚年を迎える。

譯 邁入晚年。

12 | ひごろ【日頃】

(名·副) 平素，平日，平常

例 日頃の努力が実を結んだ。

譯 平素的努力結了果。

13 | めざめる【目覚める】

(自下一) 醒，睡醒；覺悟，覺醒，發現

例 才能に目覚める。

譯 激發出才能。

14 | ゆうぐれ【夕暮れ】

㊔ 黃昏；傍晚

例 夕暮れの鐘が鳴る。

譯 傍晚時分鐘聲響起。

15 | ゆうやけ【夕焼け】

㊔ 晚霞

例 夕焼けを眺める。

譯 欣賞晚霞。

16 | よふかし【夜更かし】

(名·自サ) 熬夜

例 夜更かしをする。

譯 熬夜。

17 | よふけ【夜更け】

㊔ 深夜，深更半夜

例 夜更けに尋ねる。

譯 三更半夜來訪。

18 | れんきゅう【連休】

㊔ 連假

例 連休明けに連絡します。

譯 放完連假就聯絡。

19 | れんじつ【連日】

㊔ 連日，接連幾天

例 連日の猛練習に励んでいる。

譯 接連好幾天辛苦的練習。

N1 1-3

1-3 過去、現在、未来 / 過去、現在、未來

01 | いきさつ【経緯】

㊔ 原委，經過

例 事の経緯を説明する。

譯 說明事情始末。

02 | いぜん【依然】

(副·形動) 依然，仍然，依舊

例 依然として不景気だ。

譯 依然不景氣。

03 | いにしえ【古】

㊔ 古代

例 古(いにしえ)をしのぶ。

譯 思古幽情。

---

04 | いまだ【未だ】

副 (文)未，還(沒)，尚未(後多接否定語)

例 いまだに終(お)わらない。

譯 至今尚未結束。

---

05 | かつて

副 曾經，以前；(後接否定語)至今(未曾)，從來(沒有)

例 かつての名選手(めいせんしゅ)。

譯 昔日著名的選手。

---

06 | かねて

副 事先，早先，原先

例 かねての望(のぞ)みを達(たっ)する。

譯 達成宿願。

---

07 | がんらい【元来】

副 本來，原本，生來

例 これは元来外国(がんらいがいこく)の物(もの)だ。

譯 這個原本是國外的東西喔。

---

08 | きげん【起源】

㊔ 起源

例 起源(きげん)を探(さぐ)る。

譯 探究起源。

---

09 | けいい【経緯】

㊔ (事情的)經過，原委，細節；經度和緯度

例 経緯(けいい)を話(はな)す。

譯 説明原委。

---

10 | こだい【古代】

㊔ 古代

例 古代文明(こだいぶんめい)を紹介(しょうかい)する。

譯 介紹古代文明。

---

11 | さきに【先に】

副 以前，以往

例 先(さき)に述(の)べたように。

譯 如同方才所述。

---

12 | じきに

副 很接近，就快了

例 じきに追(お)いつくよ。

譯 就快追上了喔。

---

13 | じゅうらい【従来】

名·副 以來，從來，直到現在

例 従来(じゅうらい)の考(かんが)えが覆(くつがえ)される。

譯 過去的想法被加以推翻。

---

14 | せんこう【先行】

名·自サ 先走，走在前頭；領先，佔先；優先施行，領先施行

例 時代(じだい)に先行(せんこう)する。

譯 走在時代的尖端。

---

15 | ぜんれい【前例】

㊔ 前例，先例；前面舉的例子

例 前例(ぜんれい)がない。

譯 沒有前例。

16 | でんらい【伝来】

(名·自サ) (從外國)傳來，傳入；祖傳，世傳

例 先祖伝来(せんぞでんらい)の土地(とち)。

譯 世代相傳的土地。

17 | ニュー【new】

(名·造語) 新，新式

例 ニューカップルが誕生(たんじょう)する。

譯 新情侶誕生了。

18 | ひさしい【久しい】

(形) 過了很久的時間，長久，好久

例 卒業(そつぎょう)して久(ひさ)しい。

譯 畢業很久了。

19 | ひところ【一頃】

(名) 前些日子；曾有一時

例 一頃栄(ひところさか)えた町(まち)が崩壊(ほうかい)した。

譯 曾經繁榮一時的城鎮已衰退。

20 | へんせん【変遷】

(名·自サ) 變遷

例 時代(じだい)の変遷(へんせん)。

譯 時代變遷。

21 | ぼうとう【冒頭】

(名) 起首，開頭

例 交渉(こうしょう)が冒頭(ぼうとう)から難行(なんこう)する。

譯 交涉一開始就不順利。

22 | みてい【未定】

(名·形動) 未定，未決定

例 日時(にちじ)は未定(みてい)です。

譯 日期未定。

23 | もはや

(副) (事到如今)已經

例 もはやこれまでだ。

譯 事到如今只能這樣了。

24 | よ【世】

(名) 世上，人世；一生，一世；時代，年代；世界

例 世(よ)も末(すえ)だ。

譯 世界末日了。

N1 1-4

1-4 期間、期限 /
期間、期限

01 | うけつける【受け付ける】

(他下一) 受理，接受；容納(特指吃藥、東西不嘔吐)

例 リクエストを受(う)け付(つ)ける。

譯 受理要求。

02 | おそくとも【遅くとも】

(副) 最晚，至遲

例 遅(おそ)くとも9時(じ)には寝(ね)る。

譯 最晚九點就寢。

03 | かぎりない【限りない】

(形) 無限，無止盡；無窮無盡；無比，非常

例 限(かぎ)りない悲(かな)しみ。

譯 無盡的悲痛。

04 | かみつ【過密】

(名·形動) 過密，過於集中

例 過密(かみつ)スケジュール。

譯 行程過於集中。

05 | きじつ【期日】

(名) 日期；期限

例 期日(きじつ)に遅(おく)れる。

譯 過期。

06 | きり

(副助) 只，僅；一…(就…)；(結尾詞用法)只，全然

例 彼(かれ)とはそれっきりだった。

譯 跟他就只有那些。

07 | きり【切り】

(名) 切，切開；限度；段落；(能劇等的)煞尾

例 切(き)りがない。

譯 無止盡。

08 | しゅうき【周期】

(名) 周期

例 10年(ねん)を周期(しゅうき)として。

譯 十年為週期。

09 | ひどり【日取り】

(名) 規定的日期；日程

例 日取(ひど)りを決(き)める。

譯 決定日程。

10 | むこう【無効】

(名·形動) 無效，失效，作廢

例 割引券(わりびきけん)が無効(むこう)になる。

譯 折價券失效。

Memo

パート
2
第二章

住居

- 住房 -

N1 2-1

2-1 家 / 住家

01 | いえで【家出】

名・自サ 逃出家門，逃家；出家為僧

例 娘(むすめ)が家出(いえで)する。

譯 女兒逃家。

02 | かまえる【構える】

他下一 修建，修築；(轉)自立門戶，住在(獨立的房屋)；採取某種姿勢，擺出姿態；準備好；假造，裝作，假托

例 店(みせ)を構(かま)える。

譯 開店。

03 | かまえ【構え】

名 (房屋等的)架構，格局；(身體的)姿勢，架勢；(精神上的)準備

例 構(かま)えの大(おお)きな家(いえ)に住(す)んでいた。

譯 住在格局大的房子。

04 | きしむ【軋む】

自五 (兩物相摩擦)吱吱嘎嘎響

例 床(ゆか)がきしむ。

譯 地板嘎吱作響。

05 | くら【蔵】

名 倉庫，庫房；穀倉，糧倉；財源

例 蔵(くら)にしまう。

譯 收進倉庫裡。

06 | こうきょ【皇居】

名 皇居

例 皇居前広場(こうきょまえひろば)。

譯 皇居前廣場。

07 | こもる【籠もる】

自五 閉門不出；包含，含蓄；(煙氣等)停滯，充滿，(房間等)不通風

例 部屋(へや)にこもる。

譯 閉門不出。

08 | じっか【実家】

名 娘家；親生父母家

例 実家(じっか)に戻(もど)る。

譯 回到娘家。

09 | しゃたく【社宅】

名 公司的員工住宅，職工宿舍

例 社宅(しゃたく)から通勤(つうきん)する。

譯 從員工宿舍去上班。

10 | そうしょく【装飾】

名・他サ 裝飾

例 店内(てんない)を装飾(そうしょく)する。

譯 裝飾店內。

11 | つくり【作り・造り】

㊔（建築物的）構造，樣式；製造（的樣式）；身材，體格；打扮，化妝

例 頑丈な作りの建物。

譯 堅固結構的建物。

12 | ていたく【邸宅】

㊔ 宅邸，公館

例 大邸宅が並んでいる。

譯 櫛比鱗次的大宅院並排著。

13 | どうきょ【同居】

(名·自サ) 同居；同住，住在一起

例 三世代が同居する。

譯 三代同堂。

14 | とじまり【戸締まり】

㊔ 關門窗，鎖門

例 戸締りを忘れる。

譯 忘記鎖門。

15 | のきなみ【軒並み】

(名·副) 屋簷節比，成排的屋簷；家家戶戶，每家；一律

例 軒並みの美しい町を揃えている。

譯 屋簷櫛比的美麗街道整齊排列著。

16 | べっきょ【別居】

(名·自サ) 分居

例 妻と別居する。

譯 和太太分居。

17 | ようふう【洋風】

㊔ 西式，洋式；西洋風格

例 洋風のたたずまい。

譯 西式外觀。

N1 ◉ 2-2

2-2 家の外側 / 住家的外側

01 | インターホン【interphone】

㊔（船、飛機、建築物等的）內部對講機

例 インターホンで確認する。

譯 用對講機確認一下。

02 | えんがわ【縁側】

㊔ 迴廊，走廊

例 縁側に出る。

譯 到走廊。

03 | がいかん【外観】

㊔ 外觀，外表，外型

例 外観を損なう。

譯 外觀破損。

04 | かだん【花壇】

㊔ 花壇，花圃

例 花壇に花を植える。

譯 在花圃上種花。

05 | ガレージ【garage】

㊔ 車庫

例 車をガレージに入れる。

譯 把車停入車庫。

06 | がんじょう【頑丈】

(形動) (構造)堅固；(身體)健壯

例 頑丈な扉を設置した。

譯 安裝堅固的門。

07 | かん【管】

(名・漢造・接尾) 管子；(接數助詞)支；圓管；筆管；管樂器

例 ガス管が破裂する。

譯 瓦斯管破裂。

08 | さく【柵】

(名) 柵欄；城寨

例 柵で囲う。

譯 用柵欄圍住。

09 | タイル【tile】

(名) 磁磚

例 タイル張りの床が少ない。

譯 磁磚材質的地板較為稀少。

10 | だん【壇】

(名・漢造) 台，壇

例 花壇の草取りをする。

譯 拔除花園裡的雜草。

11 | とびら【扉】

(名) 門，門扇；(印刷)扉頁

例 扉を開く。

譯 開門。

12 | ブザー【buzzer】

(名) 鈴；信號器

例 ブザーを鳴らす。

譯 鳴汽笛。

13 | ほうち【放置】

(名・他サ) 放置不理，置之不顧

例 駅前の放置自転車は減った。

譯 車站前放置被人丟棄的自行車減少了。

14 | やしき【屋敷】

(名) (房屋的)建築用地，宅地；宅邸，公館

例 お化け屋敷に入る。

譯 進入鬼屋。

N1 2-3

2-3 部屋、設備 / 房間、設備

01 | こなごな【粉々】

(形動) 粉碎，粉末

例 粉々に砕ける。

譯 磨成粉末狀。

02 | すいせん【水洗】

(名・他サ) 水洗，水沖；用水沖洗

例 水洗式便所を使用する。

譯 使用沖水馬桶。

03 | すえつける【据え付ける】

(他下一) 安裝，安放，安設；裝配，配備；固定，連接

例 電話を据え付ける。

譯 裝配電話。

04 | すえる【据える】

他下一 安放，設置；擺列，擺放；使坐在…；使就…職位；沉著（不動）；針灸治療；蓋章

例 社長に据える。

譯 安排（他）當經理。

05 | ちゃのま【茶の間】

名 茶室；（家裡的）餐廳

例 茶の間で食事をする。

譯 在餐廳吃飯。

06 | ながし【流し】

名 流，沖；流理台

例 流しに下げる。

譯 收拾到流理台裡。

07 | にゅうよく【入浴】

名·自サ 沐浴，入浴，洗澡

例 入浴剤を入れる。

譯 加入入浴劑。

08 | はいすい【排水】

名·自サ 排水

例 排水工事をする。

譯 做排水工程。

09 | はいち【配置】

名·他サ 配置，安置，部署，配備；分派點

例 配置を変更する。

譯 變更配置。

10 | バス【bath】

名 浴室

例 ジャグジーバスに入る。

譯 進按摩浴缸泡澡。

11 | ぼうか【防火】

名 防火

例 防火訓練を行う。

譯 進行防火演練。

12 | ユニットバス【（和）unit + bath】

名 （包含浴缸、洗手台與馬桶的）一體成形的衛浴設備

例 最新のユニットバスが取り付けられている。

譯 附有最新型的衛浴設備。

13 | ようしき【洋式】

名 西式，洋式，西洋式

例 洋式トイレにリフォームする。

譯 改裝西式廁所。

14 | よくしつ【浴室】

名 浴室

例 サウナを完備した浴室。

譯 三溫暖設備齊全的浴室。

15 | わしき【和式】

名 日本式

例 和式のトイレ。

譯 和式廁所。

2-4 住む / 居住

01 | アットホーム【at home】

(形動) 舒適自在，無拘無束

例 アットホームな雰囲気。

譯 舒適的氣氛。

02 | いじゅう【移住】

(名·自サ) 移居；(候鳥)定期遷徙

例 外国に移住する。

譯 移居國外。

03 | きょじゅう【居住】

(名·自サ) 居住；住址，住處

例 居住地域。

譯 居住地區。

04 | じゅう【住】

(名·漢造) 居住，住處；停住；住宿；住持

例 衣食住に事欠く。

譯 食衣住樣樣貧困。

05 | てんきょ【転居】

(名·自サ) 搬家，遷居

例 転居先に転送する。

譯 轉寄到遷居地。

06 | ふざい【不在】

(名) 不在，不在家

例 不在通知を受け取る。

譯 收到郵件招領通知。

Memo

パート
3
第三章

食事

- 用餐 -

N1 3-1

3-1 食事、食べる、味 / 用餐、吃、味道

01 | あじわい【味わい】

名 味，味道；趣味，妙處

例 味わいのある言葉。

譯 富饒趣味的言語。

02 | あっさり

副·自サ （口味）清淡；（樣式）樸素，不花俏；（個性）坦率，淡泊；簡單，輕鬆

例 お金にあっさりしている。

譯 對金錢淡泊。

03 | あまくち【甘口】

名 帶甜味的；好吃甜食的人；（騙人的）花言巧語，甜言蜜語

例 甘口の酒を飲む。

譯 喝帶甜味的酒。

04 | あわせ【合わせ】

名 （當造語成分用）合在一起；對照；比賽；（猛拉鉤絲）鉤住魚

例 刺身の盛り合わせを頼む。

譯 叫生魚片拼盤。

05 | えんぶん【塩分】

名 鹽分，鹽濃度

例 塩分を取り除く。

譯 除去鹽分。

06 | かけ【掛け】

接尾·造語 （前接動詞連用形）表示動作已開始而還沒結束，或是中途停了下來；（表示掛東西用的）掛

例 食べかけの饅頭。

譯 吃到一半的豆沙包。

07 | かみきる【噛み切る】

他五 咬斷，咬破

例 肉を噛み切る。

譯 咬斷肉。

08 | かみ【加味】

名·他サ 調味，添加調味料；添加，放進，採納

例 スパイスを加味する。

譯 添加辛香料。

09 | きょう【供】

漢造 供給，供應，提供

例 食事を供する。

譯 供膳。

10 | ぐっと

副 使勁；一口氣地；更加；啞口無言；（俗）深受感動

例 ぐっと飲(の)む。

譯 一口氣喝完。

11 | しゅしょく【主食】

㊔ 主食(品)

例 米(こめ)を主食(しゅしょく)とする。

譯 以米飯為主食。

12 | ていしょく【定食】

㊔ 客飯，套餐

例 定食(ていしょく)を注文(ちゅうもん)する。

譯 點套餐。

13 | なまぐさい【生臭い】

㊋ 發出生魚或生肉的氣味；腥

例 生臭(なまぐさ)い匂(にお)いがする。

譯 發出腥臭味。

14 | なめる

他下一 舔；嚐；經歷；小看，輕視；(比喻火)燒，吞沒

例 辛酸(しんさん)をなめる。

譯 飽嚐辛酸。

15 | のみこむ【飲み込む】

他五 咽下，吞下；領會，熟悉

例 コツを飲(の)み込(こ)む。

譯 掌握要領。

16 | ひるめし【昼飯】

㊔ 午飯

例 昼飯(ひるめし)を食(く)う。

譯 吃午餐。

17 | ふくれる【膨れる・脹れる】

自下一 脹，腫，鼓起來

例 お腹(なか)が膨(ふく)れる。

譯 肚子脹起來。

18 | まずい【不味い】

㊋ 難吃；笨拙，拙劣；難看；不妙

例 空腹(くうふく)にまずい物(もの)なし。

譯 餓肚子時沒有不好吃的東西。

19 | まちまち【区々】

名·形動 形形色色，各式各樣

例 噂(うわさ)がまちまちだ。

譯 傳說不一。

20 | みかく【味覚】

㊔ 味覺

例 味覚(みかく)が鋭(するど)い。

譯 味覺敏銳。

21 | みずみずしい【瑞瑞しい】

㊋ 水嫩，嬌嫩；新鮮

例 みずみずしい果物(くだもの)が旬(しゅん)を迎(むか)えます。

譯 新鮮的水果正當季好吃。

22 | み【味】

漢造 (舌的感覺)味道；事物的內容；鑑賞，玩味；(助數詞用法)(食品、藥品、調味料的)種類

例 旨味(うまみ)がある。

譯 (食物)好滋味。

23 | めす【召す】

㊀他五 (敬語)召見，召喚；吃；喝；穿；乘；入浴；感冒；買

例 お召しになりますか。

譯 您要嚐一下嗎。

N1 3-2

3-2 食べ物 /
食物

01 | うめぼし【梅干し】

名 鹹梅，醃的梅子

例 梅干しを漬ける。

譯 醃製酸梅。

02 | おせちりょうり【お節料理】

名 年菜

例 お節料理を作る。

譯 煮年菜。

03 | かいとう【解凍】

名・他サ 解凍

例 解凍してから焼く。

譯 先解凍後烤。

04 | カクテル【cocktail】

名 雞尾酒

例 カクテルを飲む。

譯 喝雞尾酒。

05 | かしら【頭】

名 頭，腦袋；頭髮；首領，首腦人物；頭一名，頂端，最初

例 お頭つきの鯛を買った。

譯 買了頭尾俱全的鯛魚。

06 | こうしんりょう【香辛料】

名 香辣調味料(薑，胡椒等)

例 香辛料を入れる。

譯 加入香辣調味料。

07 | ゼリー【jelly】

名 果凍；膠狀物

例 ゼリー状から液状になっていく。

譯 從膠狀變成液狀。

08 | ぜん【膳】

名・接尾・漢造 (吃飯時放飯菜的)方盤，食案，小飯桌；擺在食案上的飯菜；(助數詞用法)(飯等的)碗數；一雙(筷子)；飯菜等

例 お膳にお椀を並べる。

譯 在飯桌上擺放碗筷。

09 | ぞうに【雑煮】

名 日式年糕湯

例 うちのお雑煮は醤油味だ。

譯 我們家的年糕湯是醬油風味。

10 | そえる【添える】

他下一 添，加，附加，配上；伴隨，陪同

例 口を添える。

譯 替人美言。

11 | とろける

自下一 溶化，溶解；心盪神馳

例 とろけるチーズ。

譯 入口即化的起司。

12 | ねつりょう【熱量】

㊔ 熱量

例 熱量(ねつりょう)を測(はか)る。

譯 計算熱量。

13 | はいきゅう【配給】

名·他サ 配給，配售，定量供應

例 配給制度(はいきゅうせいど)に移行(いこう)する。

譯 更換為配給制度。

14 | はごたえ【歯応え】

㊔ 咬勁，嚼勁；有幹勁

例 この煎餅(せんべい)は歯応(はごた)えがある。

譯 這個煎餅咬起來很脆。

15 | はちみつ【蜂蜜】

㊔ 蜂蜜

例 蜂蜜(はちみつ)を塗(ぬ)る。

譯 塗蜂蜜。

16 | ぶっし【物資】

㊔ 物資

例 救援物資(きゅうえんぶっし)を送(おく)る。

譯 運送救援物資。

17 | ふんまつ【粉末】

㊔ 粉末

例 粉末状(ふんまつじょう)にする。

譯 弄成粉末狀。

18 | ほし【干し】

造語 乾，晒乾

例 干(ほ)しあわびを食(た)べる。

譯 吃乾鮑魚。

19 | もちこむ【持ち込む】

他五 攜入，帶入；提出(意見，建議，問題)

例 飲食物(いんしょくぶつ)をホテルに持(も)ち込(こ)む。

譯 將外食攜入飯店。

20 | ゆ【油】

漢造 …油

例 ラー油(ゆ)をたらす。

譯 淋上辣油。

21 | ライス【rice】

㊔ 米飯

例 ライスを注文(ちゅうもん)する。

譯 點米飯。

22 | れいぞう【冷蔵】

名·他サ 冷藏，冷凍

例 肉(にく)を冷蔵(れいぞう)する。

譯 冷藏肉。

23 | わふう【和風】

㊔ 日式風格，日本風俗；和風，微風

例 和風(わふう)だしで料理(りょうり)する。

譯 用和風高湯烹調。

3-3 調理、料理、クッキング / 調理、菜餚、烹調

01 | いためる【炒める】

他下一 炒(菜、飯等)

例 にんにくを炒（いた）める。

譯 爆炒蒜瓣。

02 | うでまえ【腕前】

名 能力，本事，才幹，手藝

例 腕前（うでまえ）を披露（ひろう）する。

譯 展現才能。

03 | かきまわす【掻き回す】

他五 攪和，攪拌，混合；亂翻，翻弄，翻攪；攪亂，擾亂，胡作非為

例 お湯（ゆ）をかき回（まわ）す。

譯 攪拌熱水。

04 | きれめ【切れ目】

名 間斷處，裂縫；間斷，中斷；段落；結束

例 文（ぶん）の切（き）れ目（め）をつける。

譯 標出文章的段落來。

05 | けむる【煙る】

自五 冒煙；模糊不清，朦朧

例 部屋（へや）が煙（けむ）る。

譯 房間煙霧瀰漫。

06 | こす

他五 過濾，濾

例 濾紙（ろし）で濾（こ）す。

譯 用濾紙過濾。

07 | しあげ【仕上げ】

名·他サ 做完，完成；做出的結果；最後加工，潤飾

例 みごとな仕上（しあ）げだ。

譯 成果很棒。

08 | したあじ【下味】

名 預先調味，底味

例 下味（したあじ）をつける。

譯 事先調好底味。

09 | しみる【滲みる】

自上一 滲透，浸透

例 水（みず）がしみる。

譯 水滲透進去。

10 | すくう【掬う】

他五 抄取，撈取，掬取，舀，捧；抄起對方的腳使跌倒

例 匙（さじ）ですくう。

譯 用湯匙舀。

11 | せいほう【製法】

名 製法，作法

例 独特（どくとく）の製法（せいほう）を用（もち）いる。

譯 使用獨特的製造方法。

12 | だいよう【代用】

名·他サ 代用

例 ご飯粒（はんつぶ）を糊（のり）の代用（だいよう）にする。

譯 以飯粒代替糨糊使用。

13 | ちょうり【調理】

(名·他サ) 烹調，作菜；調理，整理，管理

例 魚（さかな）を調理（ちょうり）する。

譯 烹調魚肉。

14 | ちょうわ【調和】

(名·自サ) 調和，(顏色，聲音等)和諧，(關係)協調

例 調和（ちょうわ）を取（と）る。

譯 取得和諧。

15 | てがる【手軽】

(名·形動) 簡便；輕易；簡單

例 手軽（てがる）にできる。

譯 容易做到。

16 | デコレーション【decoration】

(名) 裝潢，裝飾

例 デコレーションケーキ。

譯 花式蛋糕。

17 | ねっとう【熱湯】

(名) 熱水，開水

例 熱湯（ねっとう）を注（そそ）ぐ。

譯 注入熱水。

18 | はぐ【剥ぐ】

(他五) 剝下；強行扒下，揭掉；剝奪

例 皮（かわ）を剥（は）ぐ。

譯 剝皮。

19 | ひたす【浸す】

(他五) 浸，泡

例 水（みず）に浸（ひた）す。

譯 浸水。

20 | ほおん【保温】

(名·自サ) 保溫

例 保温効果（ほおんこうか）がある。

譯 有保溫效果。

21 | みずけ【水気】

(名) 水分

例 水気（みずけ）をふき取（と）る。

譯 拭去水分。

パート
4
第四章

衣服
- 衣服 -

N1 4-1

4-1 衣服、洋服、和服 /
衣服、西服、和服

01 | いしょう【衣装】
㊔ 衣服，(外出或典禮用的)盛裝；(戲)戲服，劇裝
例 衣装(いしょう)をつけた俳優(はいゆう)たちが役(やく)に入(はい)る。
譯 穿上戲服的演員開始入戲。

02 | いりょう【衣料】
㊔ 衣服；衣料
例 衣料品(いりょうひん)を購入(こうにゅう)する。
譯 購買衣物。

03 | いるい【衣類】
㊔ 衣服，衣裳
例 衣類(いるい)をまとめる。
譯 整理衣物。

04 | おりもの【織物】
㊔ 紡織品，織品
例 織物(おりもの)の腕(うで)を磨(みが)く。
譯 磨練紡織手藝。

05 | サイズ【size】
㊔ (服裝，鞋，帽等)尺寸，大小；尺碼，號碼；(婦女的)身材
例 サイズが大(おお)きい。
譯 尺寸很大。

06 | さける【裂ける】
自下一 裂，裂開，破裂
例 袋(ふくろ)が裂(さ)ける。
譯 袋子破了。

07 | しける【湿気る】
自五 潮濕，帶潮氣，受潮
例 洗濯物(せんたくもの)が湿気(しけ)る。
譯 換洗衣物受潮。

08 | しゃれる【洒落る】
自下一 漂亮打扮，打扮得漂亮；說俏皮話，詼諧；別緻，風趣；狂妄，自傲
例 洒落(しゃれ)た格好(かっこう)で外出(がいしゅつ)する。
譯 打扮得漂漂亮亮的出門。

09 | ジャンパー【jumper】
㊔ 工作服，運動服；夾克，短上衣
例 ジャンパー姿(すがた)で散歩(さんぽ)する。
譯 穿運動服散步。

10 | スラックス【slacks】
㊔ 西裝褲，寬鬆長褲；女褲
例 スラックスをはく。
譯 穿長褲。

11 | そろい【揃い】
名·接尾 成套，成組，一樣；(多數人)聚在一起，齊全；(助數詞用法)套，副，組

例 娘とお揃いの着物を着た。

譯 與女兒穿上成套一樣的衣服。

12 | たけ【丈】

名 身高，高度；尺寸，長度；罄其所有，毫無保留

例 丈を 3 センチつめた。

譯 長度縮短三公分。

13 | だぶだぶ

副·自サ（衣服等）寬大，肥大；（人）肥胖，肌肉鬆弛；（液體）滿，盈

例 だぶだぶのズボンを買った。

譯 買了一件寬鬆的褲子。

14 | たるみ

名 鬆弛，鬆懈，遲緩

例 靴下のたるみ。

譯 襪子的鬆緊。

15 | ハイネック【high-necked】

名 高領

例 ハイネックのセーターが欲しかった。

譯 想要高領的毛衣。

16 | パジャマ【pajamas】

名（分上下身的）西式睡衣

例 パジャマを着る。

譯 穿睡衣。

17 | ハンガー【hanger】

名 衣架

例 ハンガーに掛ける。

譯 掛在衣架上。

18 | ひっかける【引っ掛ける】

他下一 掛起來；披上；欺騙

例 コートを洋服掛けに引っ掛ける。

譯 將外套掛在衣架上。

19 | ほころびる

自上一（縫接處線斷開）開線，開綻；微笑，露出笑容

例 ズボンの裾が綻びる。

譯 褲子的下擺開線了。

20 | ほしもの【干し物】

名 曬乾物；（洗後）晾曬的衣服

例 干し物をする。

譯 曬衣服。

21 | ユニフォーム【uniform】

名 制服；（統一的）運動服，工作服

例 ユニフォームを着用する。

譯 穿制服。

22 | りゅうこう【流行】

名 流行

例 流行を追う。

譯 趕流行。

23 | レース【lace】

名 花邊，蕾絲

例 レース使いがかわいい。

譯 蕾絲花邊很可愛。

4-2 着る、装身具 / 穿戴、服飾用品

01 | きかざる【着飾る】

他五 盛裝，打扮

例 派手に着飾る。

譯 盛裝打扮。

02 | キャップ【cap】

名 運動帽，棒球帽；筆蓋

例 万年筆のキャップ。

譯 鋼筆筆蓋。

03 | くびかざり【首飾り】

名 項鍊

例 花の首飾りを渡す。

譯 遞給花做的項鍊。

04 | ジーパン【（和）jeans+pants之略】

名 牛仔褲

例 ジーパンを履く。

譯 穿牛仔褲。

05 | せいそう【盛装】

名·自サ 盛裝，華麗的裝束

例 盛装で出かける。

譯 盛裝外出。

06 | ねじれる

自下一 彎曲，歪扭；（個性）乖僻，彆扭

例 ネクタイがねじれる。

譯 領帶扭歪了。

07 | はえる【映える】

自下一 照，映照；（顯得）好看；顯眼，奪目

例 スーツに映えるネクタイ。

譯 襯托西裝的領帶。

08 | はげる【剥げる】

自下一 剝落；褪色

例 塗装が剥げる。

譯 噴漆剝落。

09 | ブーツ【boots】

名 長筒鞋，長筒靴，馬鞋

例 ブーツを履く。

譯 穿靴子。

10 | ぶかぶか

副·自サ（帽、褲）太大不合身；漂浮貌；（人）肥胖貌；（笛子、喇叭等）大吹特吹貌

例 ぶかぶかの靴を履く。

譯 穿著太大的鞋子。

11 | ほどける【解ける】

自下一 解開，鬆開

例 帯がほどける。

譯 鬆開和服腰帶。

12 | ゆるめる【緩める】

他下一 放鬆，使鬆懈；鬆弛；放慢速度

例 ベルトを緩める。

譯 放鬆皮帶。

パート 5 第五章 人体

- 人體 -

N1 ◎ 5-1

5-1 身体、体 / 胴體、身體

01 | あおむけ【仰向け】

㊔ 向上仰

例 仰向けに寝る。

譯 仰著睡。

02 | あか【垢】

㊔（皮膚分泌的）污垢；水鏽，水漬，污點

例 垢を落とす。

譯 除掉汙垢。

03 | うつぶせ【俯せ】

㊔ 臉朝下趴著，俯臥

例 うつぶせに倒れる。

譯 臉朝下跌倒，摔了個狗吃屎。

04 | うるおう【潤う】

(自五) 潤濕；手頭寬裕；受惠，沾光

例 肌が潤う。

譯 肌膚潤澤。

05 | おおがら【大柄】

(名·形動) 身材大，骨架大；大花樣

例 大柄な女が騒ぎ出した。

譯 身材高大的女人大鬧起來。

06 | かする

(他五) 掠過，擦過；揩油，剝削；（書法中）寫出飛白；（容器中東西過少）見底

例 弾が耳をかする。

譯 砲彈擦過耳際。

07 | がっしり

(副·自サ) 健壯，堅實；嚴密，緊密

例 がっしりとした体格を生かした。

譯 運用健壯的體格。

08 | からだつき【体付き】

㊔ 體格，體型，姿態

例 体付きがよい。

譯 體格很好。

09 | きたえる【鍛える】

(他下一) 鍛，錘鍊；鍛鍊

例 体を鍛える。

譯 鍛鍊身體。

10 | きゃしゃ【華奢】

(形動) 身體或容姿纖細，高雅，柔弱；東西做得不堅固，容易壞；纖細，苗條；嬌嫩，不結實

例 華奢な体で可愛らしい。

譯 纖瘦的體格真是小巧玲瓏。

11 | くぐる

(他五) 通過，走過；潛水；猜測

例 暖簾をくぐる。

譯 從門簾底下走過。

12 | けっかん【血管】

(名) 血管

例 血管が詰まる。

譯 血管栓塞。

13 | こがら【小柄】

(名·形動) 身體短小；（布料、裝飾等的）小花樣，小碎花

例 小柄な女性が好まれる。

譯 小個子的女性比較受歡迎。

14 | じんたい【人体】

(名) 人體，人的身體

例 人体に害がある。

譯 對人體有害。

15 | スリーサイズ【（和）three + size】

(名)（女性的）三圍

例 スリーサイズを計る。

譯 測量三圍。

16 | たいかく【体格】

(名) 體格；（詩的）風格

例 体格がよい。

譯 體格很好。

17 | だっしゅつ【脱出】

(名·自サ) 逃出，逃脱，逃亡

例 危険から脱出する。

譯 逃離危險。

18 | つかる【浸かる】

(自五) 淹，泡；泡在（浴盆裡）洗澡

例 お風呂につかる。

譯 洗澡。

19 | つやつや

(副·自サ) 光潤，光亮，晶瑩剔透

例 肌がつやつやと光る。

譯 皮膚晶瑩剔透。

20 | でっぱる【出っ張る】

(自五)（向外面）突出

例 腹が出っ張る。

譯 肚子突出。

21 | デブ

(名)（俗）胖子，肥子

例 ずいぶんデブだな。

譯 好一個大胖子啊。

22 | どう【胴】

(名)（去除頭部和四肢的）驅體；腹部；（物體的）中間部分

例 胴まわりがかなり大きい。

譯 腰圍頗大。

23 | なまみ【生身】

(名) 肉身，活人，活生生；生魚，生肉

例 生身(なまみ)の人間(にんげん)。
譯 活生生的人。

24 | にくたい【肉体】
㊔ 肉體
例 肉体労働(にくたいろうどう)を強(し)いる。
譯 強迫身體勞動。

25 | ひやけ【日焼け】
名·自サ （皮膚）曬黑；（因為天旱田裡的水被）曬乾
例 日焼(ひや)けした肌(はだ)が元(もと)に戻(もど)る。
譯 讓曬黑的皮膚白回來。

26 | ふるわす【震わす】
他五 使哆嗦，發抖，震動
例 肩(かた)を震(ふる)わして泣(な)く。
譯 哭得渾身顫抖。

27 | ふるわせる【震わせる】
他下一 使震驚（哆嗦、發抖）
例 怒(いか)りに声(こえ)を震(ふる)わせる。
譯 因憤怒而聲音顫抖。

28 | ふれあう【触れ合う】
自五 相互接觸，相互靠著
例 人(ひと)ごみで、体(からだ)が触(ふ)れ合(あ)う。
譯 在人群中身體相互擦擠。

29 | また【股】
㊔ 開襠，褲襠
例 大股(おおまた)で歩(ある)く。
譯 大步走路。

30 | まるまる【丸々】
名·副 雙圈；（指隱密的事物）某某；全部，完整，整個；胖嘟嘟
例 丸々(まるまる)と太(ふと)った豚(ぶた)を喰(くら)う。
譯 大啖圓胖肥美的豬肉。

31 | みがる【身軽】
名·形動 身體輕鬆，輕便；身體靈活，靈巧
例 その身軽(みがる)な動作(どうさ)に驚(おどろ)いた。
譯 對那敏捷的動作感到驚歎不已。

32 | みぶり【身振り】
㊔ （表示意志、感情的）姿態；（身體的）動作
例 身振(みぶ)り手振(てぶ)りで示(しめ)す。
譯 比手劃腳地示意。

33 | もがく
自五 （痛苦時）掙扎，折騰；焦急，著急，掙扎
例 水(みず)におぼれてもがく。
譯 溺水不斷掙扎著。

34 | やせっぽち
㊔ （俗）瘦小（的人），瘦皮猴
例 やせっぽちの少年(しょうねん)。
譯 瘦小的少年。

35 | よりかかる【寄り掛かる】
自五 倚，靠；依賴，依靠
例 壁(かべ)に寄(よ)り掛(か)かる。
譯 倚靠著牆壁。

5-2 顔(1) / 臉(1)

01 | あおぐ【仰ぐ】

(他五) 仰，抬頭；尊敬；仰賴，依靠；請，求；服用

例 空(そら)を仰(あお)ぐ。

譯 仰望天空。

02 | いちべつ【一瞥】

(名・サ変) 一瞥，看一眼

例 一瞥(いちべつ)もくれない。

譯 一眼也不看。

03 | いちもく【一目】

(名・自サ) 一隻眼睛；一看，一目；（項目）一項，一款

例 一目(いちもく)してそれと分(わ)かる。

譯 一眼就看出。

04 | いっけん【一見】

(名・副・他サ) 看一次，一看；一瞥，看一眼；乍看，初看

例 百聞(ひゃくぶん)は一見(いっけん)に如(し)かず。

譯 百聞不如一見。

05 | うつむく【俯く】

(自五) 低頭，臉朝下；垂下來，向下彎

例 恥(は)ずかしそうにうつむく。

譯 害羞地低下頭。

06 | かおつき【顔付き】

(名) 相貌，臉龐；表情，神色

例 顔付(かおつ)きが変(か)わる。

譯 改變相貌。

07 | かたむける【傾ける】

(他下一) 使…傾斜，使…歪偏；飲（酒）等；傾注；傾，敗（家），使（國家）滅亡

例 耳(みみ)を傾(かたむ)ける。

譯 傾聽。

08 | がんきゅう【眼球】

(名) 眼球

例 眼球(がんきゅう)が痛(いた)い。

譯 眼球疼痛。

09 | くちずさむ【口ずさむ】

(他五)（隨興之所致）吟，詠，誦

例 歌(うた)を口(くち)ずさむ。

譯 哼著歌。

10 | くっきり

(副・自サ) 特別鮮明，清楚

例 富士山(ふじさん)がくっきり見(み)える。

譯 清楚看到富士山。

11 | コンタクト【contact lens 之略】

(名) 隱形眼鏡

例 相手(あいて)とコンタクトをとる。

譯 與對方取得連繫。

12 | しかく【視覚】

(名) 視覺

例 視覚(しかく)に訴(うった)える。

譯 訴諸視覺。

13 | したじ【下地】

㊔ 準備，基礎，底子；素質，資質；真心；布等的底色

例 化粧下地を塗る。

譯 擦上粉底霜。

14 | すます【澄ます・清ます】

(自五・他五・接尾) 澄清（液體）；使晶瑩，使清澈；洗淨；平心靜氣；集中注意力；裝模作樣，假正經，擺架子；裝作若無其事；（接在其他動詞連用形下面）表示完全成為…

例 耳を澄まして聞く。

譯 注意聆聽。

15 | そらす【反らす】

(他五) 向後仰，（把東西）弄彎

例 体をそらす。

譯 身體向後仰。

16 | そらす【逸らす】

(他五) （把視線、方向）移開，離開，轉向別方；佚失，錯過；岔開（話題、注意力）

例 視線をそらす。

譯 移開視線。

17 | だんりょく【弾力】

㊔ 彈力，彈性

例 計画に弾力を持たせる。

譯 讓計劃保有彈性空間。

18 | ちょうかく【聴覚】

㊔ 聽覺

例 聴覚が鋭い。

譯 聽覺很敏銳。

19 | ちらっと

(副) 一閃，一晃；隱約，斷斷續續

例 ちらっと見る。

譯 稍微看了一下。

20 | つば【唾】

㊔ 唾液，口水

例 手に唾する。

譯 躍躍欲試。

21 | つぶやき【呟き】

㊔ 牢騷，嘟囊；自言自語的聲音

例 呟きをもらす。

譯 發牢騷。

N1 ◎ 5-2 (2)

5-2 顔 (2) /

臉 (2)

22 | つぶやく【呟く】

(自五) 喃喃自語，嘟囔

例 ぶつぶつと呟く。

譯 喃喃自語發牢騷。

23 | つぶら

(形動) 圓而可愛的；圓圓的

例 つぶらな目が可愛い。

譯 圓溜溜的眼睛可愛極了。

24 | つぶる

(他五) （把眼睛）閉上

例 目をつぶる。

譯 閉上眼睛；對於缺點、過失裝作沒看見。

25 | できもの【でき物】

㊔ 疙瘩，腫塊；出色的人

例 足に出来物ができた。

譯 腳上長了疙瘩。

26 | なめらか

(形動) 物體的表面滑溜溜的；光滑，光潤；流暢的像流水一樣；順利，流暢

例 滑らかな肌触りに仕上げた。

譯 打造出光滑細緻的觸感。

27 | にきび

㊔ 青春痘，粉刺

例 ニキビを潰す。

譯 擠破青春痘。

28 | はつみみ【初耳】

㊔ 初聞，初次聽到，前所未聞

例 その話は初耳だ。

譯 第一次聽到這件事。

29 | はり【張り】

(名·接尾) 當力，拉力；緊張而有力；勁頭，信心

例 張りのある肌。

譯 有彈力的肌膚。

30 | ひといき【一息】

㊔ 一口氣；喘口氣；一把勁

例 一息入れる。

譯 喘一口氣；稍事休息。

31 | ほっぺた【頬っぺた】

㊔ 面頰，臉蛋

例 ほっぺたをたたく。

譯 甩耳光。

32 | ぼつぼつ

(名·副) 小斑點；漸漸，一點一點地

例 腕にぼつぼつができた。

譯 手臂長了一點一點的疹子。

33 | ぼやける

(自下一) （物體的形狀或顏色）模糊，不清楚

例 視界がぼやける。

譯 視線模糊不清。

34 | まばたき・またたき【瞬き】

(名·自サ) 瞬，眨眼

例 瞬きもせずに見つめる。

譯 不眨眼地盯著看。

35 | まゆ【眉】

㊔ 眉毛，眼眉

例 眉をひそめる。

譯 皺眉。

36 | みとどける【見届ける】

(他下一) 看到，看清；看到最後；預見

例 成長を見届ける。

譯 見證其成長。

37 | みのがす【見逃す】

(他五) 看漏；饒過，放過；錯過；沒看成

例 決定的瞬間を見逃す。
譯 錯過決定性的瞬間。

38 | みはらし【見晴らし】
㊔ 眺望，遠望；景致
例 見晴らしのいい展望台。
譯 景致美麗的瞭望台。

39 | みわたす【見渡す】
他五 瞭望，遠望；看一遍，環視
例 見渡す限りの青空。
譯 一望無際的藍天。

40 | めつき【目付き】
㊔ 眼神
例 目付きが悪い。
譯 眼神兇狠。

41 | もうてん【盲点】
㊔（眼球中的）盲點，暗點；空白點，漏洞
例 敵の盲点をつく。
譯 乘敵之虛，攻其不備。

42 | よそみ【余所見】
名・自サ 往旁處看；給他人看見的樣子
例 よそみ運転する。
譯 左顧右盼的開車。

5-3 手足 / 手腳

01 | あゆみ【歩み】
㊔ 步行，走；腳步，步調；進度，發展
例 歩みが止まる。
譯 停下腳步。

02 | あゆむ【歩む】
自五 行走；向前進，邁進
例 苦難の道を歩む。
譯 在艱難的道路上前進。

03 | おしこむ【押し込む】
自五 闖入，硬擠；闖進去行搶 他五 塞進，硬往裡塞
例 トランクに押し込む。
譯 硬塞進行李箱裡。

04 | おてあげ【お手上げ】
㊔ 束手無策，毫無辦法，沒輒
例 お手上げの状態になった。
譯 變成束手無策的狀況。

05 | かけあし【駆け足】
名・自サ 快跑，快步；跑步似的，急急忙忙；策馬飛奔
例 駆け足で回る。
譯 走馬看花。

06 | さす【指す】

(他五) (用手)指，指示；點名指名；指向；下棋；告密

例 指(ゆび)で指(さ)す。

譯 用手指指出。

07 | しのびよる【忍び寄る】

(自五) 偷偷接近，悄悄地靠近

例 すりが忍(しの)び寄(よ)る。

譯 扒手偷偷接近。

08 | しもん【指紋】

(名) 指紋

例 指紋押(しもんおう)なつが廃止(はいし)される。

譯 捺按指紋制度被廢止。

09 | ジャンプ【jump】

(名·自サ) (體)跳躍；(商)物價暴漲

例 ジャンプしてボールを取(と)る。

譯 跳起來接球。

10 | しょじ【所持】

(名·他サ) 所持，所有；攜帶

例 証明書(しょうめいしょ)を所持(しょじ)する。

譯 持有證明文件。

11 | たちさる【立ち去る】

(自五) 走開，離去

例 黙(だま)って立(た)ち去(さ)る。

譯 默默離去。

12 | たばねる【束ねる】

(他下一) 包，捆，扎，束；管理，整飭，整頓

例 札(さつ)を束(たば)ねる。

譯 把紙鈔捆成一束。

13 | ちゃくしゅ【着手】

(名·自サ) 著手，動手，下手；(法)(罪行的)開始

例 制作(せいさく)に着手(ちゃくしゅ)する。

譯 開始進行製作。

14 | つまむ【摘む】

(他五) (用手指尖)捏，撮；(用手指尖或筷子)夾，捏

例 キツネにつままれる。

譯 被狐狸迷住了。

15 | つむ【摘む】

(他五) 夾取，摘，採，掐；(用剪刀等)剪，剪齊

例 花(はな)を摘(つ)む。

譯 摘花。

16 | てすう【手数】

(名) 費事；費心；麻煩

例 手数(てすう)をかける。

譯 費功夫。

17 | てはず【手筈】

(名) 程序，步驟；(事前的)準備

例 手(て)はずを整(ととの)える。

譯 準備好了。

18 | とほ【徒歩】

(名·自サ) 步行，徒步

例 徒歩で行く。

譯 步行前往。

---

19 | とりもどす【取り戻す】

他五 拿回，取回；恢復，挽回

例 元気を取り戻す。

譯 恢復精神。

---

20 | はたく

他五 撣；拍打；傾囊，花掉所有的金錢

例 布団をはたく。

譯 拍打棉被。

---

21 | はだし【裸足】

名 赤腳，赤足，光著腳；敵不過

例 裸足で歩く。

譯 赤腳走路。

---

22 | ひっかく【引っ掻く】

他五 搔

例 引っ掻き傷をつくる。

譯 被抓傷。

---

23 | ふみこむ【踏み込む】

自五 陷入，走進，跨進；闖入，擅自進入

例 一歩踏み込む勇気に期待する。

譯 對向前跨進的勇氣寄予期望。

---

24 | ほうりこむ【放り込む】

他五 扔進，拋入

例 ごみをごみ箱に放り込む。

譯 把垃圾扔進垃圾桶。

---

25 | むしる【毟る】

他五 揪，拔；撕，剔（骨頭）；也寫作「挘る」

例 草をむしる。

譯 拔草。

---

26 | ゆびさす【指差す】

他五 (用手指)指

例 犯人を指差す。

譯 指出犯人。

N1 5-4

5-4 內臟、器官 /

內臟、器官

01 | かんじん【肝心・肝腎】

名·形動 肝臟與心臟；首要，重要，要緊；感激

例 肝心要なとき。

譯 關鍵時刻。

---

02 | きかん【器官】

名 器官

例 消化器官を休息させる。

譯 讓消化器官休息。

---

03 | こつ【骨】

名·漢造 骨；遺骨，骨灰；要領，祕訣；品質；身體

例 こつを覚える。

譯 掌握竅門。

04 | じんぞう【腎臓】

㊔ 腎臓

例 腎臓(じんぞう)移植(いしょく)が行(おこな)われる。

譯 進行腎臟移植。

05 | ちょう【腸】

名·漢造 腸，腸子

例 胃腸(いちょう)が弱(よわ)い。

譯 胃腸虛弱。

06 | ないぞう【内臓】

㊔ 內臟

例 内臓(ないぞう)脂肪(しぼう)が増(ふ)える。

譯 內臟脂肪增加。

07 | のう【脳】

名·漢造 腦；頭腦，腦筋；腦力，記憶力；主要的東西

例 脳(のう)を働(はたら)かせる。

譯 讓腦活動。

08 | はい【肺】

名·漢造 肺；肺腑

例 肺(はい)ガンになる。

譯 得到肺癌。

09 | はれつ【破裂】

名·自サ 破裂

例 内臓(ないぞう)が破裂(はれつ)する。

譯 內臟破裂。

Memo

パート
6
第六章

生理

- 生理（現象）-

N1 6-1

6-1 誕生、生命 /
誕生、生命

01 | いかす【生かす】

他五 留活口；弄活，救活；活用，利用；恢復；讓食物變美味；使變生動

例 腕を生かす。

譯 發揮本領。

02 | いきがい【生き甲斐】

名 生存的意義，生活的價值，活得起勁

例 生き甲斐を持つ。

譯 有生活目標。

03 | うまれつき【生まれつき】

名·副 天性；天生，生來

例 生まれつきの才能に恵まれている。

譯 擁有天生的才能。

04 | うんめい【運命】

名 命，命運；將來

例 運命に導かれる。

譯 受命運的牽引。

05 | おさん【お産】

名 生孩子，分娩

例 お産の準備が整った。

譯 分娩的準備已準備妥當。

06 | おないどし【同い年】

名 同年齡，同歲

例 同い年の子供が 3 人いる。

譯 有三個同齡的小孩。

07 | しゅくめい【宿命】

名 宿命，注定的命運

例 宿命のライバルに出会った。

譯 遇到宿命的敵手。

08 | しゅっさん【出産】

名·自他サ 生育，生產，分娩

例 男児を出産した。

譯 生了個男孩。

09 | しゅっしょう·しゅっせい【出生】

名·自サ 出生，誕生；出生地

例 出生率が低下する。

譯 出生率降低。

10 | しんぴ【神秘】

名·形動 神秘，奧秘

例 生命の神秘を探る。

譯 摸索生命的奧秘。

11 | セックス【sex】

(名) 性，性別；性慾；性交

例 セックスに目覚める。

譯 情竇初開。

12 | ちぢまる【縮まる】

(自五) 縮短，縮小；慌恐，捲曲

例 命が縮まる。

譯 壽命縮短。

13 | にんしん【妊娠】

(名·自サ) 懷孕

例 安定期は妊娠 6 ヶ月が目安だ。

譯 安定期約在懷孕六個月時。

14 | はんしょく【繁殖】

(名·自サ) 繁殖；滋生

例 細菌が繁殖する。

譯 滋生細菌。

N1 6-2

6-2 老い、死 /
老年、死亡

01 | あんぴ【安否】

(名) 平安與否；起居

例 安否を気遣う。

譯 擔心是否平安。

02 | いしきふめい【意識不明】

(名) 失去意識，意識不清

例 意識不明になる。

譯 昏迷不醒。

03 | おいる【老いる】

(自上一) 老，上年紀；衰老；(雅)(季節)將盡

例 老いた母。

譯 年邁的母親。

04 | おとろえる【衰える】

(自下一) 衰落，衰退

例 体力が衰える。

譯 體力衰退。

05 | かいご【介護】

(名·他サ) 照顧病人或老人

例 親を介護する。

譯 看護照顧父母。

06 | くちる【朽ちる】

(自上一) 腐朽，腐爛，腐壞；默默無聞而終，埋沒一生；(轉)衰敗，衰亡

例 朽ち果てる。

譯 默默無聞而終。

07 | けんぜん【健全】

(形動) (身心)健康，健全；(運動、制度等)健全，穩固

例 健全に発達する。

譯 健全的發育。

08 | こ【故】

(漢造) 陳舊，故；本來；死去；有來由的事；特意

例 故人を弔う。

譯 追悼故人。

09 しいん【死因】

㊔ 死因

例 死因（しいん）は心臓発作（しんぞうほっさ）だ。

譯 死因是心臟病發作。

10 し【死】

㊔ 死亡；死罪；無生氣，無活力；殊死，拼命

例 死（し）を恐（おそ）れる。

譯 恐懼死亡。

11 しょうがい【生涯】

㊔ 一生，終生，畢生；（一生中的）某一階段，生活

例 生涯（しょうがい）にわたる。

譯 終其一生。

12 せいし【生死】

㊔ 生死；死活

例 生死（せいし）にかかわる問題（もんだい）が起（お）きる。

譯 發生了攸關生死的問題。

13 たえる【絶える】

自下一 斷絕，終了，停止，滅絕，消失

例 消息（しょうそく）が絶（た）える。

譯 音信斷絕。

14 とだえる【途絶える】

自下一 斷絕，杜絕，中斷

例 息（いき）が途絶（とだ）える。

譯 呼吸中斷。

15 としごろ【年頃】

名·副 大約的年齡；妙齡，成人年齡；幾年來，多年來

例 年頃（としごろ）の女（おんな）の子（こ）が4人集（にんあつ）まる。

譯 聚集了四位妙齡女子。

16 はてる【果てる】

自下一 完畢，終，終；死 接尾 （接在特定動詞連用形後）達到極點

例 力（ちから）が朽（く）ち果（は）てる。

譯 力量用盡。

17 ぼける【惚ける】

自下一 （上了年紀）遲鈍；（形象或顏色等）褪色，模糊

例 年（とし）とともにぼけてきた。

譯 年紀越長越遲鈍了。

18 ろうすい【老衰】

名·自サ 衰老

例 老衰（ろうすい）で亡（な）くなる。

譯 衰老而死去。

N1 6-3

6-3 発育、健康 / 發育、健康

01 きがい【危害】

㊔ 危害，禍害；災害，災禍

例 危害（きがい）を加（くわ）える。

譯 施加危害。

02 | ししゅんき【思春期】

㊔ 青春期

例 思春期(ししゅんき)の少女(しょうじょ)の心(こころ)を描(えが)く。

譯 描繪青春期的少女心。

03 | すこやか【健やか】

(形動) 身心健康；健全，健壯

例 健(すこ)やかな精神(せいしん)が宿(やど)る。

譯 富有健全的身心。

04 | せいいく【生育・成育】

(名‧自他サ) 生育，成長，發育，繁殖(寫「生育」主要用於植物，寫「成育」則用於動物)

例 作物(さくもつ)が生育(せいいく)する。

譯 農作物生長。

例 稚魚(ちぎょ)が成育(せいいく)する。

譯 魚苗成長。

05 | せいしゅん【青春】

㊔ 春季；青春，歲月

例 青春(せいしゅん)を楽(たの)しむ。

譯 享受青春。

06 | せいじゅく【成熟】

(名‧自サ)(果實的)成熟；(植)發育成樹；(人的)發育成熟

例 心身(しんしん)ともに成熟(せいじゅく)する。

譯 身心都發育成熟。

07 | せいり【生理】

㊔ 生理；月經

例 生理的現象(せいりてきげんしょう)。

譯 生理現象。

08 | そだち【育ち】

㊔ 發育，生長；長進，成長

例 育(そだ)ちが早(はや)い。

譯 長得快。

09 | たくましい【逞しい】

(形) 身體結實，健壯的樣子，強壯；充滿力量的樣子，茁壯，旺盛，迅猛

例 たくましく成長(せいちょう)する。

譯 茁壯地成長。

10 | たっしゃ【達者】

(名‧形動) 精通，熟練；健康；精明，圓滑

例 達者(たっしゃ)で暮(く)らす。

譯 健康地生活著。

11 | たもつ【保つ】

(自五‧他五) 保持不變，保存住；保持，維持；保，保住，支持

例 面目(めんもく)を保(たも)つ。

譯 保住面子。

12 | ちち【乳】

㊔ 奶水，乳汁；乳房

例 乳(ちち)を与(あた)える。

譯 餵奶。

13 | ねぐるしい【寝苦しい】

(他下一) 難以入睡

例 暑(あつ)くて寝苦(ねぐる)しい。

譯 熱得難以入睡。

14 | ほきゅう【補給】

名·他サ 補給，補充，供應

例 カルシウムを補給する。

譯 補充鈣質。

---

15 | みだれ【乱れ】

名 亂；錯亂；混亂

例 食生活の乱れ。

譯 飲食不正常。

---

16 | みなもと【源】

名 水源，發源地；(事物的)起源，根源

例 水は命の源だ。

譯 水是生命之源。

N1 6-4

6-4 体調、体質 / 身體狀況、體質

01 | うたたね【うたた寝】

名·自サ 打瞌睡，假寐

例 ソファーでうたた寝する。

譯 在沙發上假寐。

---

02 | かぶれる

自下一 (由於漆、膏藥等的過敏與中毒而)發炎，起疹子；(受某種影響而)熱中，著迷

例 肌がかぶれる。

譯 皮膚起疹子。

---

03 | かろう【過労】

名 勞累過度

例 過労死する。

譯 過勞死。

---

04 | くうふく【空腹】

名 空腹，空肚子，餓

例 空腹を満たす。

譯 填飽肚子。

---

05 | ぐったり

副·自サ 虛軟無力，虛脫

例 ぐったりと横たわる。

譯 虛脫躺平。

---

06 | こうしょきょうふしょう【高所恐怖症】

名 懼高症

例 高所恐怖症なので観覧車には乗りたくない。

譯 我有懼高症所以不想搭摩天輪。

---

07 | ぜんかい【全快】

名·自サ 痊癒，病全好

例 全快祝いの手紙を贈る。

譯 寄出祝賀痊癒的信。

---

08 | ぞうしん【増進】

名·自他サ (體力，能力)增進，增加

例 食欲を増進させる。

譯 增加食慾。

---

09 | だるい

形 因生病或疲勞而身子沉重不想動；懶；酸

例 体がだるい。

譯 身體疲憊。

10 | ちくせき【蓄積】

(名·他サ) 積蓄，積累，儲蓄，儲備

例 これまでの蓄積。

譯 至今的積蓄。

11 | ちっそく【窒息】

(名·自サ) 窒息

例 酸欠で窒息する。

譯 缺乏氧氣而窒息。

12 | デリケート【delicate】

(形動) 美味，鮮美；精緻，精密；微妙；纖弱；纖細，敏感

例 デリケートな問題に触れられた。

譯 被提到敏感問題。

13 | ひとねむり【一眠り】

(名·自サ) 睡一會兒，打個盹

例 車中で一眠りする。

譯 在車上打了個盹。

14 | ひろう【疲労】

(名·自サ) 疲勞，疲乏

例 疲労感がぬけない。

譯 無法去除疲勞感。

15 | ひんじゃく【貧弱】

(名·形動) 軟弱，瘦弱；貧乏，欠缺；遜色

例 貧弱な体が逞しくなった。

譯 瘦弱的身體變得強壯結實。

16 | ふしん【不振】

(名·形動) (成績)不好，不興旺，蕭條，(形勢)不利

例 最近食欲不振だ。

譯 最近感到食慾不振。

17 | ふちょう【不調】

(名·形動) (談判等)破裂，失敗；不順利，萎靡

例 体の不調を訴える。

譯 訴說身體不適的狀況。

18 | ふらふら

(名·自サ·形動) 蹣跚，搖晃；(心情)遊蕩不定，悠悠蕩蕩；恍惚，神不守己；蹓躂

例 体がふらふらする。

譯 身體搖搖晃晃。

19 | べんぴ【便秘】

(名·自サ) 便秘，大便不通

例 生活が不規則で便秘しがちだ。

譯 因為生活不規律有點便秘的傾向。

20 | まんせい【慢性】

(名) 慢性

例 慢性的な症状がある。

譯 有慢性的症狀。

21 | むかむか

(副·自サ) 噁心，作嘔；怒上心頭，火冒三丈

例 胸がむかむかする。

譯 感到噁心。

22 | むくむ

(自五) 浮腫，虛腫

例 むくんだ足が軽くなる。

譯 浮腫的腳消腫了。

23 | むせる

自下一 噎，嗆

例 煙（けむり）が立（た）ってむせてしようがない。

譯 直冒煙，嗆得厲害。

24 | やすめる【休める】

他下一 （活動等）使休息，使停歇；（身心等）使休息，使安靜

例 体（からだ）を休（やす）める。

譯 讓身體休息。

N1 6-5

6-5 痛み / 痛疼

01 | あざ【痣】

名 痣；（被打出來的）青斑，紫斑

例 全身（ぜんしん）あざだらけになる。

譯 全身上下青一塊紫一塊。

02 | がんがん

副・自サ 噹噹，震耳的鐘聲；強烈的頭痛或耳鳴聲；喋喋不休的責備貌

例 風邪（かぜ）で頭（あたま）ががんがんする。

譯 因感冒而頭痛欲裂。

03 | さする

他五 摩，擦，搓，撫摸，摩挲

例 腰（こし）をさする。

譯 撫摸腰部。

04 | しみる【染みる】

自上一 染上，沾染，感染；刺，殺，痛；銘刻（在心），痛（感）

例 身（み）に染（し）みる。

譯 感銘在心。

05 | すれる【擦れる】

自下一 摩擦；久經世故，（失去純真）變得油滑；磨損，磨破

例 葉（は）の擦（す）れる音（おと）が聞（き）こえた。

譯 聽到樹葉沙沙作響。

06 | だぼく【打撲】

名・他サ 打，碰撞

例 手（て）を打撲（だぼく）した。

譯 手部挫傷。

07 | つねる

他五 掐，掐住

例 ほっぺたをつねる。

譯 掐臉頰。

08 | とりのぞく【取り除く】

他五 除掉，清除；拆除

例 異物（いぶつ）を取（と）り除（のぞ）く。

譯 清除異物。

09 | ふかい【不快】

名・形動 不愉快；不舒服

例 のどの不快感（ふかいかん）が残（のこ）っている。

譯 留下喉嚨的不適感。

10 | やわらげる【和らげる】

他下一 緩和；使明白

例 痛（いた）みを和（やわ）らげる薬（くすり）。

譯 緩和疼痛的藥。

6-6 病気、治療 (1) / 疾病、治療 (1)

01 | あっか【悪化】
(名·自サ) 惡化，變壞
例 急速(きゅうそく)に悪化(あっか)する。
譯 急速惡化。

02 | あっぱく【圧迫】
(名·他サ) 壓力；壓迫
例 圧迫(あっぱく)を受(う)ける。
譯 受壓迫。

03 | アトピーせいひふえん【atopy 性皮膚炎】
(名) 過敏性皮膚炎
例 アトピー性皮膚炎(せいひふえん)を改善(かいぜん)する。
譯 改善過敏性皮膚炎。

04 | アフターケア【aftercare】
(名) 病後調養
例 アフターケアを怠(おこた)る。
譯 疏於病後調養。

05 | アルツハイマーびょう・アルツハイマーがたにんちしょう【alzheimer 病·alzheimer 型認知症】
(名) 阿茲海默症
例 アルツハイマー病(びょう)を防(ふせ)ぐ。
譯 預防阿茲海默症。

06 | あんせい【安静】
(名·形動) 安靜；靜養
例 心身(しんしん)の安静(あんせい)を保(たも)つ。
譯 保持心身的平靜安穩。

07 | うつびょう【鬱病】
(名) 憂鬱症
例 うつ病(びょう)を治(なお)す。
譯 治療憂鬱症。

08 | がいする【害する】
(他サ) 損害，危害，傷害；殺害
例 環境(かんきょう)を害(がい)する。
譯 破壞環境。

09 | かいほう【介抱】
(名·他サ) 護理，服侍，照顧(病人、老人等)
例 酔(よ)っ払(ぱら)いを介抱(かいほう)する。
譯 照顧醉酒人士。

10 | かんせん【感染】
(名·自サ) 感染；受影響
例 感染症(かんせんしょう)にかかる。
譯 罹患傳染病。

11 | がん【癌】
(名) (醫)癌；癥結
例 癌(がん)を患(わずら)う。
譯 罹患癌症。

12 | きかんしえん【気管支炎】
(名) (醫)支氣管炎
例 気管支炎(きかんしえん)になる。
譯 得支氣管炎。

13 | ききめ【効き目】

㊔ 效力，效果，靈驗

例 効(き)き目(め)が速(はや)い。

譯 效果迅速。

---

14 | きんがん【近眼】

㊔（俗）近視眼；目光短淺

例 近眼(きんがん)のメガネ。

譯 近視眼鏡。

---

15 | きんきゅう【緊急】

（名·形動）緊急，急迫，迫不及待

例 緊急地震速報(きんきゅうじしんそくほう)が流(なが)れる。

譯 發出緊急地震快報。

---

16 | きんし【近視】

㊔ 近視，近視眼

例 近視(きんし)を矯正(きょうせい)する。

譯 矯正近視。

---

17 | きん【菌】

（名·漢造）細菌，病菌，霉菌；蘑菇

例 サルモネラ菌(きん)。

譯 沙門氏菌。

---

18 | けっかく【結核】

㊔ 結核，結核病

例 結核(けっかく)に罹(かか)る。

譯 罹患肺結核。

---

19 | げっそり

（副·自サ）突然減少；突然消瘦很多；（突然）灰心，無精打采

例 げっそりと痩(や)せる。

譯 突然爆瘦。

---

20 | けつぼう【欠乏】

（名·自サ）缺乏，不足

例 ビタミンが欠乏(けつぼう)する。

譯 欠缺維他命。

---

21 | げり【下痢】

（名·自サ）（醫）瀉肚子，腹瀉

例 下痢(げり)をする。

譯 腹瀉。

---

22 | げんかく【幻覚】

㊔ 幻覺，錯覺

例 幻覚(げんかく)を見(み)る。

譯 產生幻覺。

---

23 | こうせいぶっしつ【抗生物質】

㊔ 抗生素

例 抗生物質(こうせいぶっしつ)を投与(とうよ)する。

譯 投藥抗生素。

---

24 | こじらせる【拗らせる】

（他下一）搞壞，使複雜，使麻煩；使加重，使惡化，弄糟

例 問題(もんだい)をこじらせる。

譯 使問題複雜化。

---

25 | さいきん【細菌】

㊔ 細菌

例 細菌(さいきん)を培養(ばいよう)する。

譯 培養細菌。

26 | さいはつ【再発】

名·他サ (疾病)復發，(事故等)又發生；(毛髮)再生

例 再発(さいはつ)を防止(ぼうし)する。

譯 預防再次發生。

27 | さいぼう【細胞】

名 (生)細胞；(黨的)基層組織，成員

例 細胞分裂(さいぼうぶんれつ)を繰(く)り返(かえ)す。

譯 不斷的進行細胞分裂。

28 | さむけ【寒気】

名 寒冷，風寒，發冷；憎惡，厭惡感，極不愉快感覺

例 寒気(さむけ)がする。

譯 發冷。

29 | じかく【自覚】

名·他サ 自覺，自知，認識；覺悟；自我意識

例 自覚症状(じかくしょうじょう)がある。

譯 有自覺症狀。

30 | しっしん【湿疹】

名 濕疹

例 湿疹(しっしん)がでる。

譯 長濕疹。

31 | しっちょう【失調】

名 失衡，不調和；不平衡，失常

例 栄養失調(えいようしっちょう)で亡(な)くなった。

譯 因營養失調而死亡。

32 | しゃぜつ【謝絶】

名·他サ 謝絕，拒絕

例 面会謝絶(めんかいしゃぜつ)にする。

譯 現在謝絕會客。

33 | しょう【症】

漢造 病症

例 炎症(えんしょう)を起(お)こす。

譯 造成發炎。

N1 6-6 (2)

6-6 病気、治療 (2) / 疾病、治療 (2)

34 | しょち【処置】

名·他サ 處理，處置，措施；(傷、病的)治療

例 応急処置(おうきゅうしょち)をする。

譯 緊急處置。

35 | しんこう【進行】

名·自他サ 前進，行進；進展；(病情等)發展，惡化

例 進行(しんこう)が速(はや)い。

譯 進展迅速。

36 | しんぞうまひ【心臓麻痺】

名 心臟麻痺

例 心臓麻痺(しんぞうまひ)で亡(な)くなる。

譯 心臟麻痺死亡。

37 | じんましん【蕁麻疹】

名 蕁麻疹

例 じんましんが出(で)る。

譯 出蕁麻疹。

38 | せっかい【切開】

(名·他サ)(醫)切開，開刀

例 帝王切開を受ける。

譯 接受剖腹生產。

39 | ぜんそく【喘息】

(名)(醫)喘息，哮喘

例 喘息を改善する。

譯 改善哮喘病。

40 | せんてんてき【先天的】

(形動)先天(的)，與生俱來(的)

例 先天的な病気がある。

譯 患有先天的疾病。

41 | だっすい【脱水】

(名·自サ)脱水；(醫)脱水

例 脱水してから干す。

譯 脱水之後曬乾。

42 | ちゅうどく【中毒】

(名·自サ)中毒

例 ガス中毒。

譯 瓦斯中毒 。

43 | つきそう【付き添う】

(自五)跟隨左右，照料，管照，服侍，護理

例 病人に付き添う。

譯 照料病人。

44 | つきる【尽きる】

(自上一)盡，光，沒了；到頭，窮盡

例 力が尽きる。

譯 力量耗盡。

45 | つぐ【接ぐ】

(他五)縫補；接在一起

例 骨を接ぐ。

譯 接骨。

46 | ておくれ【手遅れ】

(名)為時已晚，耽誤

例 措置が手遅れになる。

譯 處理延誤了。

47 | どわすれ【度忘れ】

(名·自サ)一時記不起來，一時忘記

例 ど忘れが激しい。

譯 常常會一時記不起來。

48 | にんちしょう【認知症】

(名)老人癡呆症

例 アルツハイマー型認知症が起こる。

譯 引起阿茲海默型老人癡呆症。

49 | ねっちゅうしょう【熱中症】

(名)中暑

例 熱中症を予防する。

譯 預防中暑。

50 | ねんざ【捻挫】

(名·他サ)扭傷、挫傷

例 足を捻挫する。

譯 扭傷腳。

51 | ノイローゼ【(德) Neurose】

㊔ 精神官能症，神經病；神經衰竭；神經崩潰

例 ノイローゼになる。

譯 精神崩潰。

52 | はいえん【肺炎】

㊔ 肺炎

例 肺炎を起こす。

譯 引起肺炎。

53 | はつびょう【発病】

名·自サ 病發，得病

例 ガンが発病する。

譯 癌症病發。

54 | ばてる

自下一 (俗)精疲力倦，累到不行

例 暑さでばてる。

譯 熱到疲憊不堪。

55 | はれる【腫れる】

自下一 腫，脹

例 顔が腫れる。

譯 臉腫脹。

56 | ひふえん【皮膚炎】

㊔ 皮炎

例 皮膚炎を治す。

譯 治好皮膚炎。

57 | ふしょう【負傷】

名·自サ 負傷，受傷

例 手足を負傷する。

譯 手腳受傷。

58 | ほっさ【発作】

名·自サ (醫)發作

例 発作を起こす。

譯 發作。

59 | ほよう【保養】

名·自サ 保養，(病後)修養，療養；(身心的)修養；消遣

例 保養施設で過ごす。

譯 住在療養中心。

60 | ますい【麻酔】

㊔ 麻醉，昏迷，不省人事

例 麻酔をかける。

譯 施打麻醉。

61 | まひ【麻痺】

名·自サ 麻痺，麻木；癱瘓

例 交通マヒに陥る。

譯 交通陷入癱瘓。

62 | めんえき【免疫】

㊔ 免疫；習以為常

例 免疫を高める。

譯 增強免疫。

63 | やまい【病】

㊔ 病；毛病；怪癖

例 病に倒れる。

譯 病倒。

64 | よわる【弱る】

自五 衰弱，軟弱；困窘，為難

例 体(からだ)が弱(よわ)る。

譯 身體虛弱。

65 | リハビリ【rehabilitation 之略】

名（為使身障人士與長期休養者能回到正常生活與工作能力的）醫療照護，心理指導，職業訓練

例 彼(かれ)は今(いま)リハビリ中(ちゅう)だ。

譯 他現在正復健中。

66 | りょうこう【良好】

名·形動 良好，優秀

例 日当(ひあ)たり良好(りょうこう)が嬉(うれ)しい。

譯 日照良好真叫人高興。

67 | レントゲン【roentgen】

名 X光線

例 レントゲンを撮(と)る。

譯 照X光。

N1 6-7

6-7 体の器官の働き / 身體器官功能

01 | いきぐるしい【息苦しい】

形 呼吸困難；苦悶，令人窒息

例 息苦(いきぐる)しく感(かん)じる。

譯 感到沈悶。

02 | いびき

名 鼾聲

例 いびきをかく。

譯 打呼。

03 | かんしょく【感触】

名 觸感，觸覺；（外界給予的）感觸，感受

例 感触(かんしょく)が伝(つた)わる。

譯 傳達出內心的感受。

04 | けむたい【煙たい】

形 煙氣嗆人，煙霧瀰漫；（因為自己理虧覺得對方）難以親近，使人不舒服

例 たき火(び)が煙(けむ)たい。

譯 篝火的火堆煙氣嗆人。

05 | しにょう【屎尿】

名 屎尿，大小便

例 し尿処理(にょうしょり)が滞(とどこお)る。

譯 大小便的處理難以進行。

06 | しゅっけつ【出血】

名·自サ 出血；（戰時士兵的）傷亡，死亡；虧本，犧牲血本

例 出血大(しゅっけつだい)サービスのチラシを見(み)る。

譯 看到跳樓大拍賣的傳單。

07 | だいべん【大便】

名 大便，糞便

例 大便(だいべん)が臭(くさ)い。

譯 大便很臭。

08 | にょう【尿】

名 尿，小便

例 尿検査(にょうけんさ)をする。

譯 進行尿液檢查。

09 | ひだりきき【左利き】

㊔ 左撇子；愛好喝酒的人

例 左利きをなおす。

譯 改正左撇子。

10 | ひんけつ【貧血】

名·自サ（醫）貧血

例 貧血に効く。

譯 對改善貧血有效。

11 | みゃく【脈】

名·漢造 脈，血管；脈搏；（山脈、礦脈、葉脈等）脈；（表面上看不出的）關連

例 脈をとる。

譯 看脈。

Memo

パート 7 第七章 人物

- 人物 -

N1 7-1

7-1 人物 /
人物

01 | あかのたにん【赤の他人】

(連語) 毫無關係的人；陌生人

例 赤の他人になる。

譯 變為陌生人。

02 | あがり【上がり】

(名·接尾) …出身；剛

例 彼は役人上がりだ。

譯 他剛剛成為公務員。

03 | うごき【動き】

(名) 活動，動作；變化，動向；調動，更動

例 動きを止める。

譯 停止動作。

04 | えいゆう【英雄】

(名) 英雄

例 彼は国民的英雄だ。

譯 他是人民的英雄。

05 | かんろく【貫録】

(名) 尊嚴，威嚴；威信；身份

例 貫禄がある。

譯 有威嚴。

06 | けいれき【経歴】

(名) 經歷，履歷；經過，體驗；周遊

例 経歴を詐称する。

譯 經歷造假。

07 | こんけつ【混血】

(名·自サ) 混血

例 混血児が生まれる。

譯 生了混血兒。

08 | しょうたい【正体】

(名) 原形，真面目；意識，神志

例 正体をあらわす。

譯 現出原形。

09 | たしゃ【他者】

(名) 別人，其他人

例 他者の言うことに惑わされる。

譯 被他人之言所迷惑。

10 | ただのひと【ただの人】

(連語) 平凡人，平常人，普通人

例 一度別れてしまえば、ただの人になる。

譯 一旦分手之後，就變成了一介普通的人。

11 | てきせい【適性】

名 適合某人的性質，資質，才能；適應性

例 適性(てきせい)がある。

譯 有…的條件。

12 | てんさい【天才】

名 天才

例 天才的(てんさいてき)な技(わざ)を繰(く)り出(だ)す。

譯 渾身解數展現出天才般的手藝。

13 | ひとかげ【人影】

名 人影；人

例 人影(ひとかげ)もまばらだ。

譯 連人影也少見。

14 | ひとけ【人気】

名 人的氣息

例 人気(ひとけ)の無(な)い場所(ばしょ)に行(い)かない。

譯 不到人跡罕至的地方。

15 | まるめる【丸める】

他下一 弄圓，糅成團；攏絡，拉攏；剃成光頭；出家

例 頭(あたま)を丸(まる)める。

譯 剃光頭。

16 | みじゅく【未熟】

名・形動 未熟，生；不成熟，不熟練

例 未熟児(みじゅくじ)が生(う)まれる。

譯 生下早産兒。

17 | みのうえ【身の上】

名 境遇，身世，經歴；命運，運氣

例 身(み)の上話(うえばなし)をする。

譯 談論身世境遇。

18 | みもと【身元】

名 (個人的)出身，來歴，經歴；身份，身世

例 身元保証人(みもとほしょうにん)を引(ひ)き受(う)ける。

譯 答應當保證人。

19 | むのう【無能】

名・形動 無能，無才，無用

例 無能(むのう)な連中(れんちゅう)を追(お)い出(だ)す。

譯 把無能之輩攆出去。

20 | りれき【履歴】

名 履歴，經歴

例 履歴書(りれきしょ)を送(おく)る。

譯 寄送履歴。

21 | わるもの【悪者】

名 壞人，壞傢伙，惡棍

例 悪者(わるもの)を懲(こ)らしめる。

譯 懲治惡人。

N1 ◉ 7-2

7-2 老若男女 / 男女老少

01 | いせい【異性】

名 異性；不同性質

例 異性関係(いせいかんけい)を持(も)つ。

譯 有男女關係。

02 | しんし【紳士】

㊔ 紳士；(泛指)男人

例 紳士靴(しんしぐつ)を履(は)く。

譯 穿上男士鞋。

03 | じ【児】

漢造 幼兒；兒子；人；可愛的年輕人

例 新生児(しんせいじ)を抱(だ)く。

譯 抱新生兒。

04 | せいねん【成年】

㊔ 成年(日本現行法律為二十歲)

例 成年(せいねん)に達(たっ)する。

譯 達到成年。

05 | ミセス【Mrs.】

㊔ 女士，太太，夫人；已婚婦女，主婦

例 ミセス向(む)けの服(ふく)。

譯 適合仕女的服裝。

06 | ヤング【young】

名·造語 年輕人，年輕一代；年輕的

例 ヤングとアダルトに分(わ)かれる。

譯 分開年輕人與成年人。

07 | レディー【lady】

㊔ 貴婦人；淑女；婦女

例 レディーファースト。

譯 女士優先。

7-3 いろいろな人を表すことば (1) / 各種人物的稱呼 (1)

01 | いちいん【一員】

㊔ 一員；一份子

例 あなたも家族(かぞく)の一員(いちいん)だ。

譯 你也是家族的一份子。

02 | いみん【移民】

名·自サ 移民；(移往外國的)僑民

例 ブラジルへ移民(いみん)する。

譯 移民到巴西。

03 | エリート【(法) elite】

㊔ 菁英，傑出人物

例 エリート意識(いしき)が強(つよ)い。

譯 優越感特別強烈。

04 | がくし【学士】

㊔ 學者；(大學)學士畢業生

例 学士(がくし)の学位(がくい)が授与(じゅよ)される。

譯 授予學士學位。

05 | かん【官】

名·漢造 (國家、政府的)官，官吏；國家機關，政府；官職，職位

例 官職(かんしょく)に就(つ)く。

譯 就任官職。

06 | きぞく【貴族】

㊔ 貴族

例 独身貴族(どくしんきぞく)を貫(つらぬ)く。

譯 堅持走單身貴族的路線。

07 | ぎょうしゃ【業者】

㊔ 工商業者

例 業者(ぎょうしゃ)を集(あつ)める。

譯 召集同業者。

08 | くろうと【玄人】

㊔ 內行，專家

例 玄人(くろうと)の腕前(うでまえ)。

譯 專家的本事。

09 | ゲスト【guest】

㊔ 客人，旅客；客串演員

例 ゲストに招(まね)く。

譯 邀請客人。

10 | こじん【故人】

㊔ 故人，舊友；死者，亡人

例 故人(こじん)を偲(しの)ぶ。

譯 緬懷故人。

11 | さむらい【侍】

㊔（古代公卿貴族的）近衛；古代的武士；有骨氣，行動果決的人

例 侍(さむらい)ジャパンが勝(か)ち越(こ)す。

譯 日本武士領先。

12 | サンタクロース【Santa Claus】

㊔ 聖誕老人

例 サンタクロースがやってくる。

譯 聖誕老人來了。

13 | じつぎょうか【実業家】

㊔ 實業鉅子

例 青年実業家(せいねんじつぎょうか)を目指(めざ)す。

譯 以成為年輕實業家為目標。

14 | じぬし【地主】

㊔ 地主，領主

例 因業(いんごう)な地主(じぬし)に取(と)り上(あ)げられた。

譯 被殘忍的地主給剝奪了。

15 | じゅうぎょういん【従業員】

㊔ 工作人員，員工，職工

例 従業員組合(じゅうぎょういんくみあい)が組織(そしき)される。

譯 組織工會。

16 | しゅうし【修士】

㊔ 碩士；修道士

例 修士(しゅうし)の学位(がくい)が授与(じゅよ)される。

譯 頒授碩士學位。

17 | しゅ【主】

（名・漢造）主人；主君；首領；主體，中心；居首者；東道主

例 主(しゅ)イエスキリストを信(しん)じる。

譯 信奉主耶穌基督。

18 | しようにん【使用人】

㊔ 佣人，雇工

例 使用人(しようにん)を雇(やと)う。

譯 雇用傭人。

19 | しょうにん【証人】

㊔（法）證人；保人，保證人

例 証人(しょうにん)に立(た)てる。

譯 成為證人。

20 | じょう【嬢】

名·漢造 姑娘，少女；(敬)小姐，女士

例 財閥(ざいばつ)のご令嬢(れいじょう)と婚約(こんやく)する。

譯 與財團千金訂婚。

21 | しょくいん【職員】

名 職員，員工

例 大学(だいがく)の職員(しょくいん)を採用(さいよう)する。

譯 錄用大學職員。

22 | じょしこうせい【女子高生】

名 女高中生

例 今(いま)どきの女子高生(じょしこうせい)を集(あつ)めてみた。

譯 嘗試集結了時下的女高中生。

23 | じょし【女史】

名·代·接尾 (敬語)女士，女史

例 山田女史(やまだじょし)が独自(どくじ)に開発(かいはつ)した。

譯 山田女士所獨自開發的。

24 | しんいり【新入り】

名 新參加(的人)，新手；新入獄(者)

例 新入(しんい)りをいじめる。

譯 欺負新人。

25 | しんじゃ【信者】

名 信徒；…迷，崇拜者，愛好者

例 仏教信者(ぶっきょうしんじゃ)を擁護(ようご)する。

譯 擁護佛教徒。

26 | しんじん【新人】

名 新手，新人；新思想的人，新一代的人

例 新人(しんじん)が活躍(かつやく)する。

譯 新人大顯身手。

27 | し【士】

漢造 人(多指男性)，人士；武士；士宦；軍人；(日本自衛隊中最低的一級)士；有某種資格的人；對男子的美稱

例 消防士(しょうぼうし)になる。

譯 當消防員。

28 | し【師】

名 軍隊；(軍事編制單位)師；老師；從事專業技術的人

例 師(し)を敬(うやま)う。

譯 尊敬師長。

29 | セレブ【celeb】

名 名人，名媛，著名人士

例 セレブな私生活(しせいかつ)に憧(あこが)れる。

譯 嚮往貴婦般的私生活。

30 | せんぽう【先方】

名 對方；那方面，那裡，目的地

例 先方(せんぽう)の言(い)い分(ぶん)にも一理(いちり)ある。

譯 對方也有一番道理。

N1 ◎ 7-3 (2)

7-3 いろいろな人を表すことば (2) / 各種人物的稱呼 (2)

31 | たいか【大家】

名 大房子；專家，權威者；名門，富豪，大戶人家

例 音楽(おんがく)の大家(たいか)が奏(かな)でる。

譯 音樂大師進行演奏。

32 | タイピスト【typist】

(名) 打字員

例 タイピストになる。

譯 成為打字員。

33 | たんしん【単身】

(名) 單身，隻身

例 単身赴任する。

譯 隻身赴任。

34 | ちょめい【著名】

(名·形動) 著名，有名

例 著名な観光地を訪れる。

譯 遊覽知名的觀光地區。

35 | どうし【同志】

(名) 同一政黨的人；同志，同夥，伙伴

例 同志を募る。

譯 招募同志。

36 | とうにん【当人】

(名) 當事人，本人

例 当人を調べる。

譯 調查當事者。

37 | どくしゃ【読者】

(名) 讀者

例 読者アンケートに答える。

譯 回答讀者問卷。

38 | とのさま【殿様】

(名) (對貴族、主君的敬稱)老爺，大人

例 殿様に謁見する。

譯 謁見大人。

39 | ドライバー【driver】

(名) (電車、汽車的)司機

例 ドライバーを雇う。

譯 雇用司機。

40 | なこうど【仲人】

(名) 媒人，婚姻介紹人

例 仲人を立てる。

譯 當媒人。

41 | ぬし【主】

(名·代·接尾) (一家人的)主人，物主；丈夫；(敬稱)您；者，人

例 世帯主は父です。

譯 戶長是父親。

42 | ばんにん【万人】

(名) 萬人，眾人

例 万人受けする。

譯 老少咸宜，萬眾喜愛。

43 | ひ【被】

(漢造) 被…，蒙受；被動

例 被保険者になる。

譯 成為被保險人。

44 | ファン【fan】

(名) 電扇，風扇；(運動，戲劇，電影等)影歌迷，愛好者

例 ファンに感謝する。

譯 感謝影(歌)迷。

45 | ふごう【富豪】

㊔ 富豪，百萬富翁

例 大富豪（だいふごう）の邸宅（ていたく）に忍（しの）び込（こ）んだ。

譯 悄悄潛入大富豪的宅邸。

46 | ペーパードライバー【(和) paper + driver】

㊔ 有駕照卻沒開過車的駕駛

例 ペーパードライバーから脱出（だっしゅつ）する。

譯 脫離紙上駕駛身份。

47 | へいし【兵士】

㊔ 兵士，戰士

例 兵士（へいし）を率（ひき）いる。

譯 率領士兵。

48 | ぼくし【牧師】

㊔ 牧師

例 牧師（ぼくし）から洗礼（せんれい）を受（う）ける。

譯 請牧師為我們受洗。

49 | ほりょ【捕虜】

㊔ 俘虜

例 捕虜（ほりょ）を捕（と）らえる。

譯 捕捉俘虜。

50 | マニア【mania】

(名·造語) 狂熱，癖好；瘋子，愛好者，…迷，…癖

例 カメラマニア。

譯 相機迷。

51 | やつ【奴】

(名·代) (蔑)人，傢伙；(粗魯的)指某物，某事情或某狀況；(蔑)他，那小子

例 おまえみたいな奴（やつ）はもう知（し）らない。

譯 我再也不管你這傢伙了。

52 | よそのひと【よその人】

㊔ 旁人，閒雜人等

例 よその人（ひと）に慣（な）れさせる。

譯 讓…習慣旁人。

53 | りょきゃく・りょかく【旅客】

㊔ 旅客，乘客

例 旅客機（りょかくき）に乗（の）る。

譯 搭乘民航機。

N1 7-4

7-4 人の集まりを表すことば / 各種人物相關團體的稱呼

01 | いちどう【一同】

㊔ 大家，全體

例 一同（いちどう）が立（た）ち上（あ）がる。

譯 全體都站起來。

02 | かんしゅう【観衆】

㊔ 觀眾

例 観衆（かんしゅう）が沸（わ）く。

譯 觀眾情緒沸騰。

03 | ぐんしゅう【群集】

(名·自サ) 群集，聚集；人群，群

例 アリの群集（ぐんしゅう）を観察（かんさつ）する。

譯 仔細觀察螞蟻群。

04 | ぐんしゅう【群衆】

名 群眾，人群

例 群衆(ぐんしゅう)が押(お)し寄(よ)せる。

譯 人群一擁而上。

---

05 | ぐん【群】

名 群，類；成群的；數量多的

例 群(ぐん)を抜(ぬ)く。

譯 出類拔萃。

---

06 | げきだん【劇団】

名 劇團

例 劇団(げきだん)に入(はい)る。

譯 加入劇團。

---

07 | けっせい【結成】

名·他サ 結成，組成

例 劇団(げきだん)を結成(けっせい)する。

譯 組劇團。

---

08 | げんじゅうみん【原住民】

名 原住民

例 アメリカ原住民(げんじゅうみん)。

譯 美國原住民。

---

09 | しゅう【衆】

名·漢造 眾多，眾人；一夥人

例 烏合(うごう)の衆(しゅう)で危機(きき)を乗(の)り越(こ)える。

譯 烏合之眾化解危機。

---

10 | しょくん【諸君】

名·代（一般為男性用語，對長輩不用）各位，諸君

例 諸君(しょくん)によろしく。

譯 向大家問好。

---

11 | しょみん【庶民】

名 庶民，百姓，群眾

例 庶民階級(しょみんかいきゅう)が台頭(たいとう)する。

譯 庶民階級勢力抬頭。

---

12 | じんみん【人民】

名 人民

例 人民(じんみん)の福祉(ふくし)を追求(ついきゅう)する。

譯 追求人民的福利。

---

13 | じん【陣】

名·漢造 陣勢；陣地；行列；戰鬥，戰役

例 背水(はいすい)の陣(じん)が意志力(いしりょく)を高(たか)める。

譯 背水一戰讓意志力更為高漲。

---

14 | たいしゅう【大衆】

名 大眾，群眾；眾生

例 大衆(たいしゅう)に訴(うった)える。

譯 訴諸民眾。

---

15 | たい【隊】

名·漢造 隊，隊伍，集體組織；（有共同目標的）幫派或及集團

例 隊(たい)を組(く)んで進(すす)む。

譯 排隊前進。

---

16 | どうし【同士】

名·接尾（意見、目的、理想、愛好相同者）同好；（彼此關係、性質相同的人）彼此，伙伴，們

例 気の合う者同士が友達になる。
譯 交到志同道合的好友。

17 | ペア【pair】
名 一雙，一對，兩個一組，一隊
例 2名様ペアでご招待。
譯 兩名一組給予招待。

18 | ぼうりょくだん【暴力団】
名 暴力組織
例 暴力団の資金源を断つ。
譯 斷絕暴力組織的資金來源。

19 | みんぞく【民俗】
名 民俗，民間風俗
例 民俗学を研究する。
譯 研究民俗學。

20 | みんぞく【民族】
名 民族
例 少数民族に出会う。
譯 遇見少數民族。

21 | れんちゅう【連中】
名 伙伴，一群人，同夥；(演藝團體的)成員們
例 とんでもない連中だ。
譯 亂七八糟的一群傢伙。

7-5 容姿 / 姿容

01 | エレガント【elegant】
形動 雅致(的)，優美(的)，漂亮(的)
例 エレガントな身のこなし。
譯 優雅的姿態。

02 | かび【華美】
名·形動 華美，華麗
例 華美な服装で参列する。
譯 穿著華麗的衣服觀禮。

03 | きひん【気品】
名 (人的容貌、藝術作品的)品格，氣派
例 気品が高い。
譯 風度高雅。

04 | きらびやか
形動 鮮豔美麗到耀眼的程度；絢麗，華麗
例 きらびやかな装い。
譯 華麗的裝扮。

05 | こうしょう【高尚】
形動 高尚；(程度)高深
例 高尚な趣味を持つ。
譯 擁有高雅的趣味。

06 | しこう【志向】
名·他サ 志向；意向
例 高い志向をもつ。
譯 有很大的志向。

07 | シック【(法) chic】

(形動) 時髦，漂亮；精緻

例 シックに着（き）こなす。

譯 衣著時髦。

08 | チェンジ【change】

(名·自他サ) 交換，兌換；變化；(網球，排球等) 交換場地

例 イメージチェンジ。

譯 改變形象。

09 | ひらたい【平たい】

(形) 沒有多少深度或廣度，少凹凸而橫向擴展；平，扁，平坦；容易，淺顯易懂

例 平（ひら）たい顔（かお）が多（おお）い。

譯 有許多扁平臉的人。

10 | ふくめん【覆面】

(名·自サ) 蒙上臉；不出面，不露面

例 覆面強盗（ふくめんごうとう）が民家（みんか）に押（お）し入（い）る。

譯 蒙面強盜闖入民宅。

11 | ぶさいく【不細工】

(名·形動) (技巧，動作) 笨拙，不靈巧；難看，醜

例 不細工（ぶさいく）な顔（かお）が歪（ゆが）んでいる。

譯 難看的臉扭曲著。

12 | ポーズ【pose】

(名) (人在繪畫、舞蹈等) 姿勢；擺樣子，擺姿勢

例 ポーズをとる。

譯 擺姿勢。

13 | みすぼらしい

(形) 外表看起來很貧窮的樣子；寒酸；難看

例 みすぼらしい格好（かっこう）が嫌（きら）いだ。

譯 不喜歡衣衫襤褸。

14 | みちがえる【見違える】

(他下一) 看錯

例 見違（みちが）えるほど変（か）わった。

譯 變得都認不出來了。

15 | みなり【身なり】

(名) 服飾，裝束，打扮

例 身（み）なりに構（かま）わない。

譯 不修邊幅。

16 | ゆうび【優美】

(名·形動) 優美

例 優美（ゆうび）なアーチを描（えが）く。

譯 描繪優美的拱門。

17 | りりしい【凜凜しい】

(形) 凜凜，威嚴可敬

例 りりしいすがたに成長（せいちょう）した。

譯 長成威風凜凜的相貌。

N1 ● 7-6 (1)

7-6 態度、性格 (1) /
態度、性格 (1)

01 | あいそう・あいそ【愛想】

(名) (接待客人的態度、表情等) 親切；接待，款待；(在飲食店) 算帳，客人付的錢

例 愛想(あいそう)がいい。
譯 和藹可親。

---

02 | あからむ【赤らむ】

(自五) 變紅，變紅了起來；臉紅
例 顔(かお)が赤(あか)らむ。
譯 臉紅了起來。

---

03 | あからめる【赤らめる】

(他下一) 使…變紅
例 顔(かお)を赤(あか)らめる。
譯 漲紅了臉。

---

04 | あさましい【浅ましい】

(形)（情形等悲慘而可憐的樣子）慘，悲慘；（作法或想法卑劣而下流）卑鄙，卑劣
例 浅(あさ)ましい行為(こうい)を重(かさ)ねる。
譯 一次又一次的做出卑鄙的行為。

---

05 | あっとう【圧倒】

(名・他サ) 壓倒；勝過；超過
例 相手(あいて)の勢(いきお)いに圧倒(あっとう)される。
譯 被對方的氣勢壓倒。

---

06 | あらっぽい【荒っぽい】

(形) 性情、語言行為等粗暴、粗野；對工作等粗糙、草率
例 行動(こうどう)が荒(あら)っぽい。
譯 行動粗野。

---

07 | いいかげん【いい加減】

(連語・形動・副) 適當；不認真；敷衍，馬虎；牽強，靠不住；相當，十分
例 いい加減(かげん)にしろ。
譯 你給我差不多一點。

---

08 | いき【粋】

(名・形動) 漂亮，瀟灑，俏皮，風流
例 粋(いき)な服装(ふくそう)をしている。
譯 穿著漂亮。

---

09 | いさぎよい【潔い】

(形) 勇敢，果斷，乾脆，毫不留戀，痛痛快快
例 潔(いさぎよ)く罪(つみ)を認(みと)める。
譯 痛快地認罪。

---

10 | いっそ

(副) 索性，倒不如，乾脆就
例 いっそ歩(ある)いて行(い)く。
譯 乾脆走路去。

---

11 | いっぺん【一変】

(名・自他サ) 一變，完全改變；突然改變
例 病勢(びょうせい)が一変(いっぺん)する。
譯 病情急變。

---

12 | いやらしい【嫌らしい】

(形) 使人產生不愉快的心情，令人討厭；令人不愉快，不正經，不規矩
例 いやらしい目(め)つきで見(み)る。
譯 用令人不愉快的眼神看。

13 | いんき【陰気】

(名·形動) 鬱悶，不開心；陰暗，陰森；陰鬱之氣

例 陰気（いんき）な顔（かお）つきをしている。

譯 一副愁眉苦臉的樣子。

---

14 | インテリ【(俄) intelligentsiya 之略】

(名) 知識份子，知識階層

例 インテリの集（あつ）まり。

譯 人才濟濟。

---

15 | おおまか【大まか】

(形動) 不拘小節的樣子，大方；粗略的樣子，概略，大略

例 大（おお）まかに見積（みつ）もる。

譯 粗略估計。

---

16 | おおらか【大らか】

(形動) 落落大方，胸襟開闊，豁達

例 おおらかな性格（せいかく）になりたい。

譯 我希望自己能落落大方的待人接物。

---

17 | おくびょう【臆病】

(名·形動) 戰戰兢兢的；膽怯，怯懦

例 臆病者（おくびょうもの）と呼（よ）ばれる。

譯 被稱做膽小鬼。

---

18 | おごそか【厳か】

(形動) 威嚴而莊重的樣子；莊嚴，嚴肅

例 厳（おごそ）かに行（おこな）われる。

譯 嚴肅的舉行。

---

19 | おせっかい

(名·形動) 愛管閒事，多事

例 おせっかいを焼（や）く。

譯 好管他人閒事。

---

20 | おちつき【落ち着き】

(名) 鎮靜，沉著，安詳；(器物等)穩當，放得穩；穩妥，協調

例 落（お）ち着（つ）きを取（と）り戻（もど）す。

譯 恢復鎮靜。

---

21 | おつかい【お使い】

(名) 被打發出去辦事，跑腿

例 お使（つか）いを頼（たの）む。

譯 受指派外出辦事。

---

22 | おっちょこちょい

(名·形動) 輕浮，冒失，不穩重；輕浮的人，輕佻的人

例 おっちょこちょいなところがある。

譯 有冒失之處。

---

23 | おどおど

(副·自サ) 提心吊膽，忐忑不安

例 人前（ひとまえ）ではいつもおどおどしている。

譯 在人面前總是提心吊膽。

---

24 | おんわ【温和】

(名·形動) (氣候等)溫和，溫暖；(性情、意見等)柔和，溫和

例 温和（おんわ）な性格（せいかく）。

譯 溫和的個性。

25 | かって【勝手】

(名·形動) 廚房；情況；任意

例 勝手(かって)にしろ。

譯 隨便你啦。

26 | かっぱつ【活発】

(形動) 動作或言談充滿活力；活潑，活躍

例 取引(とりひき)が活発(かっぱつ)である。

譯 交易活絡。

27 | がんこ【頑固】

(名·形動) 頑固，固執；久治不癒的病，痼疾

例 頑固親父(がんこおやじ)が出演(しゅつえん)した。

譯 由頑固老爹來扮演演出。

28 | かんにさわる【癇に障る】

(慣) 觸怒，令人生氣

例 あの話(はな)し方(かた)が癇(かん)に障(さわ)る。

譯 那種説話方式真令人生氣。

29 | かんよう【寛容】

(名·形動·他サ) 容許，寬容，容忍

例 寛容(かんよう)な態度(たいど)で向(む)き合(あ)う。

譯 以寬宏的態度對待。

30 | きがきく【気が利く】

(慣) 機伶，敏慧

例 新人(しんじん)なのに気(き)が利(き)く。

譯 雖是新人但做事機敏。

31 | きさく【気さく】

(形動) 坦率，直爽，隨和

例 気(き)さくな人柄(ひとがら)。

譯 隨和的性格。

N1◎ 7-6 (2)

7-6 態度、性格 (2) /
態度、性格 (2)

32 | きざ【気障】

(形動) 裝模作樣，做作；令人生厭，刺眼

例 気障(きざ)な男(おとこ)が現(あらわ)れる。

譯 出現了一位裝模作樣的男人。

33 | きしつ【気質】

(名) 氣質，脾氣；風格

例 気質(きしつ)が優(やさ)しい。

譯 性情溫柔。

34 | きだて【気立て】

(名) 性情，性格，脾氣

例 気立(きだ)てが優(やさ)しい。

譯 性情溫和。

35 | きちょうめん【几帳面】

(名·形動) 規規矩矩，一絲不苟；(自律)嚴格，(注意)周到

例 几帳面(きちょうめん)な性格(せいかく)。

譯 一絲不苟的個性。

36 | きなが【気長】

(名·形動) 緩慢，慢性；耐心，耐性

例 気長(きなが)に待(ま)つ。

譯 耐心等待。

37 | きふう【気風】

㊔ 風氣，習氣；特性，氣質；風度，氣派

例 関西人(かんさいじん)の気風(きふう)。

譯 關西人的習性。

38 | きまぐれ【気紛れ】

(名·形動) 反覆不定，忽三忽四；反復不定，變化無常

例 気(き)まぐれな性格(せいかく)を直(なお)す。

譯 改善反復無常的個性。

39 | きまじめ【生真面目】

(名·形動)一本正經，非常認真；過於耿直

例 生真面目(きまじめ)な性格(せいかく)から脱却(だっきゃく)する。

譯 改掉一本正經的性格。

40 | きょう【強】

(名·漢造) 強者；(接尾詞用法)強，有餘；強，有力；加強；硬是，勉強

例 強弱(きょうじゃく)をつける。

譯 區分強弱。

41 | きょよう【許容】

(名·他サ) 容許，允許，寬容

例 許容範囲(きょようはんい)が広(ひろ)い。

譯 允許範圍非常廣泛。

42 | きんべん【勤勉】

(名·形動) 勤勞，勤奮

例 勤勉(きんべん)な学生(がくせい)。

譯 勤勞的學生。

43 | くっせつ【屈折】

(名·自サ) 彎曲，曲折；歪曲，不正常，不自然

例 光(ひかり)が屈折(くっせつ)する。

譯 光線折射。

44 | けいせい【形成】

(名·他サ) 形成

例 人格(じんかく)を形成(けいせい)する。

譯 人格形成。

45 | けいそつ【軽率】

(名·形動) 輕率，草率，馬虎

例 軽率(けいそつ)な発言(はつげん)は控(ひか)えたい。

譯 發言草率希望能加以節制。

46 | けんめい【賢明】

(名·形動) 賢明，英明，高明

例 賢明(けんめい)な行(おこな)い。

譯 高明的作法。

47 | こうい【行為】

㊔ 行為，行動，舉止

例 親切(しんせつ)な行為(こうい)を行(おこな)う。

譯 施行舉止親切之禮節。

48 | こせい【個性】

㊔ 個性，特性

例 個性(こせい)を出(だ)す。

譯 凸出特色。

49 | こだわる【拘る】

(自五) 拘泥；妨礙，阻礙，抵觸

例 学歴にこだわる。
譯 拘泥於學歷。

50 | こつこつ

副 孜孜不倦，堅持不懈，勤奮；(硬物相敲擊)咚咚聲

例 こつこつと勉強する。
譯 孜孜不倦的讀書。

51 | こまやか【細やか】

形動 深深關懷對方的樣子；深切，深厚

例 細やかな気配りができる。
譯 能得到深切的關注。

52 | ざつ【雑】

名·形動 雜類；(不單純的)混雜；摻雜；(非主要的)雜項；粗雜；粗糙；粗枝大葉

例 雑に扱う。
譯 隨便處理。

53 | ざんこく【残酷】

形動 殘酷，殘忍

例 残酷な仕打ちをする。
譯 殘酷對待。

54 | じが【自我】

名 我，自己，自我；(哲)意識主體

例 自我が芽生える。
譯 萌生主體意識。

55 | しっとり

副·サ変 寧靜，沈靜；濕潤，潤澤

例 しっとりした感じの女性の方が良い。
譯 我比較喜歡文靜的女子。

56 | しとやか

形動 說話與動作安靜文雅；文靜

例 しとやかな女性に惹かれる。
譯 被舉止優雅，文靜的女子所吸引。

57 | しぶとい

形 對痛苦或逆境不屈服，倔強，頑強

例 しぶとい人間が勝つ。
譯 頑強的人將獲勝。

58 | じゃく【弱】

名·接尾·漢造 (文)弱，弱者；不足；年輕

例 弱肉強食が露骨になっている。
譯 弱肉強食顯得毫不留情。

59 | しゃこう【社交】

名 社交，交際

例 社交的な人と言われる。
譯 被認為是善於社交的人。

60 | じょうねつ【情熱】

名 熱情，激情

例 情熱にあふれる。
譯 熱情洋溢。

61 | じんかく【人格】

名 人格，人品；(獨立自主的)個人

例 人格が優れる。
譯 人品出眾。

7-6 態度、性格 (3) / 態度、性格 (3)

62 | すねる【拗ねる】
(自下一) 乖戾，鬧彆扭，任性撒野

例 世(よ)をすねる。

譯 玩世不恭；憤世嫉俗。

63 | せいじつ【誠実】
(名·形動) 誠實，真誠

例 誠実(せいじつ)な人柄(ひとがら)を表(あらわ)している。

譯 呈現出誠實的人格特質。

64 | せいじゅん【清純】
(名·形動) 清純，純真，清秀

例 清純(せいじゅん)な少女(しょうじょ)を絵(え)に描(か)いた。

譯 描繪著清純可人的少女。

65 | ぜんりょう【善良】
(名·形動) 善良，正直

例 善良(ぜんりょう)な風俗(ふうぞく)に反(はん)する。

譯 違反善良風俗。

66 | そうたい【相対】
(名) 對面，相對

例 空間的(くうかんてき)な相対関係(そうたいかんけい)を用(もち)いた。

譯 使用空間上的相對關係。

67 | そっけない【素っ気ない】
(形) 不表示興趣與關心；冷淡的

例 素(そ)っ気(け)なく断(ことわ)る。

譯 冷淡地拒絕。

68 | ぞんざい
(形動) 粗率，潦草，馬虎；不禮貌，粗魯

例 ぞんざいな扱(あつか)いを受(う)ける。

譯 受到粗魯無禮的對待。

69 | だいたん【大胆】
(名·形動) 大膽，有勇氣，無畏；厚顏，膽大妄為

例 大胆(だいたん)な行動(こうどう)を取(と)る。

譯 採取大膽的行動。

70 | だらだら
(副·自サ) 滴滴答答地，冗長，磨磨蹭蹭的；斜度小而長

例 汗(あせ)がだらだらと流(なが)れる。

譯 汗流浹背。

71 | たんき【短気】
(名·形動) 性情急躁，沒耐性，性急

例 短気(たんき)を起(お)こす。

譯 犯急躁。

72 | ちかよりがたい【近寄りがたい】
(形) 難以接近

例 近寄(ちかよ)りがたい人(ひと)。

譯 難以親近的人。

73 | ちっぽけ
(名) (俗)極小

例 ちっぽけな悩(なや)みがぶっ飛(と)んだ。

譯 小小的煩惱被吹走了。

74 | チャーミング【charming】

(形動) 有魅力，迷人，可愛

例 チャーミングな目をする。

譯 有迷人的眼睛。

75 | つつしむ【慎む・謹む】

(他五) 謹慎，慎重；控制，節制；恭，恭敬

例 お酒を慎む。

譯 節制飲酒。

76 | つよい【強い】

(形) 強，強勁；強壯，健壯；強烈，有害；堅強，堅決；對…強，有抵抗力；(在某方面)擅長

例 意志が強い。

譯 意志堅強。

77 | つよがる【強がる】

(自五) 逞強，裝硬漢

例 弱い者に限って強がる。

譯 唯有弱者愛逞強。

78 | でかい

(形) (俗)大的

例 態度がでかい。

譯 態度傲慢。

79 | どうどう【堂々】

(形動·副) (儀表等)堂堂；威風凜凜；冠冕堂皇，光明正大；無所顧忌，勇往直前

例 堂々と行進する。

譯 威風凜凜的前進。

80 | どきょう【度胸】

(名) 膽子，氣魄

例 度胸がある。

譯 有膽識。

81 | ドライ【dry】

(名·形動) 乾燥，乾旱；乾巴巴，枯燥無味；(處事)理智，冷冰冰；禁酒，(宴會上)不提供酒

例 ドライな性格を直したい。

譯 想改掉鐵面無私的性格。

82 | なごむ【和む】

(自五) 平靜下來，溫和起來

例 心が和む。

譯 心情平靜下來。

83 | なまぬるい【生ぬるい】

(形) 還沒熱到熟的程度，該冰的東西尚未冷卻；溫和；不嚴格，馬馬虎虎；姑息

例 生ぬるい考えにイライラした。

譯 被優柔寡斷的想法弄得情緒焦躁。

84 | なれなれしい

(形) 非常親近，完全不客氣的態度；親近，親密無間

例 馴れ馴れしい態度が嫌い。

譯 不喜歡過份親暱的態度。

85 | ネガティブ・ネガ【negative】

(名·形動) (照相)軟片，底片；否定的，消極的

例 ネガティブな思考に陥る。

譯 陷入負面思考。

86 | はいりょ【配慮】

(名·他サ) 關懷，照料，照顧，關照

例 住民に配慮する。

譯 關懷居民。

87 | びしょう【微笑】

(名·自サ) 微笑

例 微笑を浮かべる。

譯 浮上微笑。

88 | ひとがら【人柄】

(名·形動) 人品，人格，品質；人品好

例 人柄がいい。

譯 人品好。

89 | ファザコン【（和）father + complex 之略】

(名) 戀父情結

例 彼女はファザコンだ。

譯 她有戀父情結。

90 | ぶれい【無礼】

(名·形動) 沒禮貌，不恭敬，失禮

例 無礼な奴に絡まれる。

譯 被無禮的傢伙糾纏住。

91 | ほうりだす【放り出す】

(他五) （胡亂）扔出去，拋出去；擱置，丟開，扔下

例 仕事を途中で放り出す。

譯 把做到一半工作丟開。

7-6 態度、性格 (4) /
態度、性格 (4)

92 | ほしゅ【保守】

(名·他サ) 保守；保養

例 保守主義を導入する。

譯 導入保守主義。

93 | まえむき【前向き】

(名) 面像前方，面向正面；向前看，積極

例 前向きに考える。

譯 積極檢討。

94 | まけずぎらい【負けず嫌い】

(名·形動) 不服輸，好強

例 負けず嫌いな人。

譯 不服輸的人。

95 | マザコン【（和）mother + complex 之略】

(名) 戀母情結

例 あいつはマザコンなんだ。

譯 那傢伙有戀母情結。

96 | みえっぱり【見栄っ張り】

(名) 虛飾外表（的人）

例 見栄っ張りなやつ。

譯 追求虛榮的人。

97 | みくだす【見下す】

(他五) 輕視，藐視，看不起；往下看，俯視

例 人を見下した態度。

譯 輕視別人的態度。

98 | みならう【見習う】

(他五) 學習，見習，熟習；模仿

例 見習(みなら)うべき手本(てほん)を残(のこ)した。

譯 留下值得學習的範本。

99 | むくち【無口】

(名·形動) 沈默寡言，不愛説話

例 無口(むくち)な青年(せいねん)を誘惑(ゆうわく)する。

譯 引誘沈默寡言的年輕人。

100 | むじゃき【無邪気】

(名·形動) 天真爛漫，思想單純，幼稚

例 無邪気(むじゃき)な子供(こども)。

譯 天真爛漫的孩子。

101 | むちゃくちゃ【無茶苦茶】

(名·形動) 毫無道理，豈有此理；混亂，亂七八糟；亂哄哄

例 無茶苦茶(むちゃくちゃ)忙(いそが)しい日々(ひび)を過(す)ごす。

譯 過著忙亂的生活。

102 | むちゃ【無茶】

(名·形動) 毫無道理，豈有此理；胡亂，亂來；格外，過分

例 それは無茶(むちゃ)というものです。

譯 這簡直是胡來。

103 | めいろう【明朗】

(形動) 明朗；清明，公正，光明正大，不隱諱

例 健康(けんこう)で明朗(めいろう)な少年(しょうねん)。

譯 健康開朗的少年。

104 | もはん【模範】

(名) 模範，榜樣，典型

例 模範(もはん)を示(しめ)す。

譯 作為典範。

105 | よくぼう【欲望】

(名) 慾望；欲求

例 欲望(よくぼう)を満(み)たす。

譯 滿足慾望。

106 | らっかん【楽観】

(名·他サ) 樂觀

例 楽観的(らっかんてき)な性格(せいかく)。

譯 樂觀的個性。

107 | れいこく【冷酷】

(名·形動) 冷酷無情

例 彼(かれ)は冷酷(れいこく)な人間(にんげん)だ。

譯 他是個冷酷無情的人。

108 | れいたん【冷淡】

(名·形動) 冷淡，冷漠，不熱心；不熱情，不親熱

例 冷淡(れいたん)な態度(たいど)をとる。

譯 採冷淡的態度。

109 | ろこつ【露骨】

(名·形動) 露骨，坦率，明顯；毫不客氣，毫無顧忌；赤裸裸

例 露骨(ろこつ)に悪口(わるくち)を言(い)う。

譯 毫不留情的罵。

110 | ワンパターン【(和) one + pattern】

名·形動 一成不變，同樣的

例 ワンパターンな人間(にんげん)になる。

譯 成為一成不變的人。

N1 ◎ 7-7 (1)

7-7 人間関係 (1) / 人際關係 (1)

01 | あいだがら【間柄】

名 (親屬、親戚等的) 關係；來往關係，交情

例 親子(おやこ)の間柄(あいだがら)。

譯 親子關係。

---

02 | あらかじめ【予め】

副 預先，先

例 あらかじめアポをとる。

譯 事先預約。

---

03 | えん【縁】

名 廊子；關係，因緣；血緣，姻緣；邊緣；緣分，機緣

例 縁(えん)がある。

譯 有緣份。

---

04 | おとも【お供】

名·自サ 陪伴，陪同，跟隨；陪同的人，隨員

例 社長(しゃちょう)にお供(とも)する。

譯 陪同社長。

---

05 | かたとき【片時】

名 片刻

例 片時(かたとき)も忘(わす)れられない。

譯 片刻難忘。

---

06 | かわるがわる【代わる代わる】

副 輪流，輪換，輪班

例 代(かわ)る代(がわ)る看病(かんびょう)する。

譯 輪流看護。

---

07 | かんしょう【干渉】

名·自サ 干預，參與，干涉；(理) (音波，光波的) 干擾

例 他人(たにん)に干渉(かんしょう)する。

譯 干涉他人。

---

08 | がっちり

副·自サ 嚴密吻合

例 がっちりと組(く)む。

譯 牢牢裝在一起。

---

09 | きずく【築く】

他五 築，建築，修建；構成，(逐步) 形成，累積

例 キャリアを築(きず)く。

譯 累積工作經驗。

---

10 | きゅうち【旧知】

名 故知，老友

例 旧知(きゅうち)を訪(たず)ねる。

譯 拜訪老友。

---

11 | きゅうゆう【旧友】

名 老朋友

例 旧友と再会する。
譯 和老友重聚。

12 | きょうちょう【協調】
名·自サ 協調；合作
例 協調性がある。
譯 具有協調性。

13 | こうご【交互】
名 互相，交替
例 交互に使う。
譯 交替使用。

14 | こじれる【拗れる】
自下一 彆扭，執拗；(事物)複雜化，惡化，(病)纏綿不癒
例 風邪が拗れる。
譯 感冒越來越嚴重。

15 | コネ【connection 之略】
名 關係，門路
例 コネを頼って就職する。
譯 利用關係找工作。

16 | さいかい【再会】
名·自サ 重逢，再次見面
例 再会を約束する。
譯 約定再會。

17 | したしまれる【親しまれる】
自五（「親しむ」的受身形）被喜歡
例 子供に親しまれる。
譯 被小孩所喜歡。

18 | したしむ【親しむ】
自五 親近，親密，接近；愛好，喜愛
例 親しみやすい人には笑顔が多い。
譯 容易接近的人經常笑容滿面。

19 | しょたいめん【初対面】
名 初次見面，第一次見面
例 初対面の挨拶を交わした。
譯 初次見面相互寒暄致意。

20 | すくい【救い】
名 救，救援；挽救，彌補；(宗)靈魂的拯救
例 救いの手をさしのべる。
譯 伸出援手。

21 | すれちがい【擦れ違い】
名 交錯，錯過去，差開
例 擦れ違いの夫婦が増えていった。
譯 沒有交集的夫妻增多。

N1 7-7 (2)

7-7 人間関係 (2) / 人際關係 (2)

22 | たいとう【対等】
形動 對等，同等，平等
例 対等な立場が理想だ。
譯 對等的立場是最為理想的。

23 | たいめん【対面】
名·自サ 會面，見面
例 初対面が苦手だ。
譯 初次見面時最為尷尬。

24 | たすけ【助け】

㊔ 幫助，援助；救濟，救助；救命

例 なんの助けにもならない。

譯 一點幫助也沒有。

25 | ちゅうしょう【中傷】

名・他サ 重傷，毀謗，污衊

例 人を中傷する。

譯 中傷別人。

26 | つかえる【仕える】

自下一 服侍，侍候，侍奉；（在官署等）當官

例 神に仕える。

譯 侍奉神佛。

27 | どうちょう【同調】

名・自他サ 調整音調；同調，同一步調，同意

例 相手に同調する。

譯 贊同對方。

28 | とも【供】

㊔（長輩、貴人等的）隨從，從者；伴侶；夥伴，同伴

例 供に分かち合う。

譯 與伙伴共同分享。

29 | にあい【似合い】

㊔ 相配，合適

例 似合いのカップル。

譯 登對的情侶。

30 | はしわたし【橋渡し】

㊔ 架橋；當中間人，當介紹人

例 橋渡し役になる。

譯 扮演介紹人的角色。

31 | ひきたてる【引き立てる】

他下一 提拔，關照；穀粒；使…顯眼；（強行）拉走，帶走；關門（拉門）

例 後輩を引き立てる。

譯 提拔晚輩。

32 | ふさわしい

形 顯得均衡，使人感到相稱；適合，合適；相稱，相配

例 ふさわしい服装に仕上げる。

譯 完成了一件合身的衣服。

33 | ペアルック【（和）pair + look】

㊔ 情侶裝，夫妻裝

例 恋人とペアルック。

譯 與情人穿情侶裝。

34 | ほうかい【崩壊】

名・自サ 崩潰，垮台；（理）衰變，蜕變

例 家庭が崩壊する。

譯 家庭瓦解。

35 | まじえる【交える】

他下一 夾雜，摻雜；（使細長的東西）交叉；互相接觸，交

例 私情を交える。

譯 參雜私人情感。

36 | みせもの【見せ物】

㊔ 雜耍（指雜技團、馬戲團、魔術等）；被眾人耍弄的對象

例 見(み)せ物(もの)にされる。

譯 被當作耍弄的對象。

37 | みっせつ【密接】

名·自サ·形動 密接，緊連；密切

例 密接(みっせつ)な関係(かんけい)にある。

譯 有密切的關係。

38 | ムード【mood】

㊔ 心情，情緒；氣氛；（語）語氣；情趣；樣式，方式

例 ムードをぶち壊(こわ)す。

譯 破壞氣氛。

39 | むすびつき【結び付き】

㊔ 聯繫，聯合，關係

例 結(むす)び付(つ)きが強(つよ)い。

譯 結合得很堅固。

40 | むすびつける【結び付ける】

他下一 繫上，拴上；結合，聯繫

例 運命(うんめい)が彼(かれ)らを結(むす)び付(つ)ける。

譯 命運把他們結合在一起。

41 | めんかい【面会】

名·自サ 會見，會面

例 面会謝絶(めんかいしゃぜつ)になる。

譯 謝絕會面。

42 | もてなす【持て成す】

他五 接待，招待，款待；（請吃飯）宴請，招待

例 お客様(きゃくさま)を持(も)て成(な)す。

譯 宴請客人。

43 | ゆうずう【融通】

名·他サ 暢通（錢款），通融；腦筋靈活，臨機應變

例 融通(ゆうずう)がきく。

譯 善於臨機應變。

44 | ライバル【rival】

㊔ 競爭對手；情敵

例 よきライバルを見(み)つける。

譯 找到好的對手。

N1 ◎ 7-8

7-8 神仏、化け物 / 神佛、怪物

01 | おみや【お宮】

㊔ 神社

例 お宮参(みやまい)りをする。

譯 去參拜神社；孩子出生後第一次參拜神社。

02 | かいじゅう【怪獣】

㊔ 怪獸

例 怪獣(かいじゅう)が火(ひ)を噴(ふ)く。

譯 怪獸噴火。

03 | ごくらく【極楽】

㊔ 極樂世界；安定的境界，天堂

例 極楽浄土(ごくらくじょうど)に往生(おうじょう)する。

譯 往生極樂世界。

04 | ささげる【捧げる】

(他下一) 雙手抱拳，捧拳；供，供奉，敬獻；獻出，貢獻

例 神様(かみさま)に捧(ささ)げる。

譯 供奉給神明。

05 | じごく【地獄】

㊔ 地獄；苦難；受苦的地方；(火山的)噴火口

例 地獄耳(じごくみみ)が聞(き)き逃(のが)す。

譯 耳朵靈竟漏聽了。

06 | しゅう【宗】

㊔ (宗)宗派；宗旨

例 日蓮宗(にちれんしゅう)の宗徒(しゅうと)が柱(はしら)を寄付(きふ)する。

譯 日蓮宗的門徒捐贈柱子。

07 | しんせい【神聖】

(名·形動) 神聖

例 神聖(しんせい)な山(やま)が鎮座(ちんざ)している。

譯 聖山在此坐鎮。

08 | しんでん【神殿】

㊔ 神殿，神社的正殿

例 神殿(しんでん)を営造(えいぞう)する。

譯 修建神殿。

09 | すうはい【崇拝】

(名·他サ) 崇拜；信仰

例 個人崇拝(こじんすうはい)が批判(ひはん)された。

譯 個人崇拜受到批判。

10 | せいしょ【聖書】

㊔ (基督教的)聖經；古聖人的著述，聖典

例 新約聖書(しんやくせいしょ)を研究(けんきゅう)する。

譯 研究新約聖經。

11 | せんきょう【宣教】

(名·自サ) 傳教，佈道

例 宣教師(せんきょうし)を希望(きぼう)する。

譯 希望成為傳教士。

12 | ぜん【禅】

(漢造) (佛)禪，靜坐默唸；禪宗的簡稱

例 座禅(ざぜん)を組(く)む。

譯 坐禪。

13 | たてまつる【奉る】

(他五·補動·五型) 奉，獻上；恭維，捧；(文)(接動詞連用型)表示謙遜或恭敬

例 会長(かいちょう)に奉(たてまつ)る。

譯 抬舉(他)做會長。

14 | たましい【魂】

㊔ 靈魂；魂魄；精神，精力，心魂

例 魂(たましい)を入(い)れる。

譯 注入靈魂。

15 | つりがね【釣鐘】

㊔（寺院等的）吊鐘

例 釣鐘(つりがね)をつき鳴(な)らす。

譯 敲鐘。

16 | てんごく【天国】

㊔ 天國，天堂；理想境界，樂園

例 歩行者天国(ほこうしゃてんごく)を守(まも)る。

譯 守住步行天國制度。

17 | でんせつ【伝説】

㊔ 傳說，口傳

例 伝説(でんせつ)が伝(つた)わる。

譯 傳說流傳。

18 | とりい【鳥居】

㊔（神社入口處的）牌坊

例 鳥居(とりい)をくぐる。

譯 穿過牌坊。

19 | ばける【化ける】

自下一 變成，化成；喬裝，扮裝；突然變成

例 白蛇(はくじゃ)が美(うつく)しい娘(むすめ)に化(ば)ける。

譯 白蛇變成一個美麗的姑娘。

20 | ぶつぞう【仏像】

㊔ 佛像

例 仏像(ぶつぞう)を拝(おが)む。

譯 參拜佛像。

21 | ぶつだん【仏壇】

㊔ 佛龕

例 仏壇(ぶつだん)に手(て)を合(あ)わせる。

譯 對著佛龕膜拜。

22 | ゆうれい【幽霊】

㊔ 幽靈，鬼魂，亡魂；有名無實的事物

例 幽霊(ゆうれい)が出(で)る屋敷(やしき)。

譯 鬼魂出沒的屋子。

パート
8
第八章

親族

- 親屬 -

N1 8-1

8-1 家族 /
家族

01 | きょうぐう【境遇】

名 境遇，處境，遭遇，環境

例 恵(めぐ)まれた境遇(きょうぐう)に生(う)まれた。

譯 生長在得天獨厚的環境下。

02 | ぎり【義理】

名 (交往上應盡的)情意，禮節，人情；緣由，道理

例 義理(ぎり)の兄弟(きょうだい)。

譯 大伯，小叔，姊夫，妹夫。

03 | せたい【世帯】

名 家庭，戶

例 三世帯住宅(さんせたいじゅうたく)に建(た)て替(か)える。

譯 翻蓋為三代同堂的住宅。

04 | ふよう【扶養】

名・他サ 扶養，撫育

例 扶養控除(ふようこうじょ)の対象(たいしょう)にならない。

譯 無法成為受撫養減稅的對象。

05 | みうち【身内】

名 身體內部，全身；親屬；(俠客、賭徒等的)自家人，師兄弟

例 身内(みうち)だけで晩(ばん)ご飯(はん)を食(た)べる。

譯 只有親屬共進晚餐。

06 | むこ【婿】

名 女婿；新郎

例 婿養子(むこようし)をもらう。

譯 招贅。

07 | やしなう【養う】

他五 (子女)養育，撫育；養活，扶養；餵養；培養；保養，休養

例 妻(つま)と子(こ)を養(やしな)う。

譯 撫養妻子與小孩。

08 | ゆらぐ【揺らぐ】

自五 搖動，搖晃；意志動搖；搖搖欲墜，岌岌可危

例 決心(けっしん)が揺(ゆ)らぐ。

譯 決心產生動搖。

09 | よりそう【寄り添う】

自五 挨近，貼近，靠近

例 母(はは)に寄(よ)り添(そ)う。

譯 靠在母親身上。

N1 8-2

8-2 夫婦 /
夫婦

01 | えんまん【円満】

形動 圓滿，美滿，完美

例 円満(えんまん)な夫婦(ふうふ)。

譯 幸福美滿的夫妻。

02 | だんな【旦那】

㊔ 主人；特稱別人丈夫；老公；先生，老爺

例 お宅の旦那(たく)(だんな)が悪(わる)い。

譯 是您的丈夫不對。

03 | なれそめ【馴れ初め】

㊔（男女）相互親近的開端，產生戀愛的開端

例 なれそめのことを懐(なつ)かしく思(おも)い出(だ)す。

譯 想起兩人相戀的契機。

04 | にかよう【似通う】

自五 類似，相似

例 似通(にかよ)った感(かん)じ。

譯 類似的感覺。

05 | はいぐうしゃ【配偶者】

㊔ 配偶；夫婦當中的一方

例 配偶者(はいぐうしゃ)有無(うむ)の欄(らん)に書(か)く。

譯 填在配偶有無的欄位上。

N1 8-3

8-3 先祖、親 / 祖先、父母

01 | おふくろ【お袋】

㊔（俗；男性用語）母親，媽媽

例 お袋(ふくろ)に孝行(こうこう)する。

譯 孝順媽媽。

02 | おやじ【親父】

㊔（俗；男性用語）父親，我爸爸；老頭子

例 厳格(げんかく)な親父(おやじ)に育(そだ)てられた。

譯 在父親嚴格的教管下成長。

03 | けんざい【健在】

名・形動 健在

例 両親(りょうしん)は健在(けんざい)です。

譯 雙親健在。

04 | せんだい【先代】

㊔ 上一輩，上一代的主人；以前的時代；前代（的藝人）

例 先代(せんだい)の社長(しゃちょう)が倒(たお)れた。

譯 前任社長病倒了。

05 | にくしん【肉親】

㊔ 親骨肉，親人

例 肉親(にくしん)を探(さが)す。

譯 尋找親人。

06 | パパ【papa】

㊔（兒）爸爸

例 パパに懐(なつ)く。

譯 很黏爸爸。

N1 8-4

8-4 子、子孫 / 孩子、子孫

01 | おんぶ

名・他サ（幼兒語）背，背負；（俗）讓他人負擔費用，依靠別人

例 子供(こども)をおんぶする。

譯 背小孩。

02 | こじ【孤児】

㊔ 孤兒；沒有伴兒的人，孤獨的人

例 震災(しんさい)孤児(こじ)を支援(しえん)する。

譯 支援地震孤兒。

---

03 | こもりうた【子守歌・子守唄】

㊔ 搖籃曲

例 子守唄(こもりうた)を聞(き)く。

譯 聽搖籃曲。

---

04 | しそく【子息】

㊔ 兒子（指他人的），令郎

例 ご子息(しそく)が後(あと)を継(つ)ぐ。

譯 令郎將繼承衣缽。

---

05 | せがれ【倅】

㊔（對人謙稱自己的兒子）犬子；（對他人兒子，晚輩的蔑稱）小傢伙，小子

例 私(わたくし)のせがれです。

譯（這是）犬子。

---

06 | だっこ【抱っこ】

名・他サ 抱

例 赤(あか)ちゃんを抱(だ)っこする。

譯 抱起嬰兒。

---

07 | ねかす【寝かす】

他五 使睡覺

例 赤(あか)ん坊(ぼう)を寝(ね)かす。

譯 哄嬰兒睡覺。

---

08 | ねかせる【寝かせる】

他下一 使睡覺，使躺下；使平倒；存放著，賣不出去；使發酵

例 子供(こども)を寝(ね)かせる。

譯 哄孩子睡覺。

---

09 | ねんちょう【年長】

名・形動 年長，年歲大，年長的人

例 年長者(ねんちょうしゃ)を敬(うやま)う。

譯 尊敬年長者。

---

10 | はいはい

名・自サ（幼兒語）爬行

例 はいはいができるようになった。

譯 小孩會爬行了。

---

11 | はんえい【繁栄】

名・自サ 繁榮，昌盛，興旺

例 子孫(しそん)が繁栄(はんえい)する。

譯 子孫興旺。

---

12 | ようし【養子】

㊔ 養子；繼子

例 弟(おとうと)の子(こ)を養子(ようし)にもらう。

譯 領養弟弟的小孩。

N1 8-5

8-5 自分を指して言うことば / 指自己的稱呼

01 | おれ【俺】

㊹（男性用語）（對平輩，晚輩的自稱）我，俺

例 俺様(おれさま)とは何様(なにさま)のつもりだ。

譯 你以為你是誰啊！

02 | じこ【自己】

㊔ 自己，自我

例 自己催眠をかける。

譯 自我催眠。

03 | どくじ【独自】

(形動) 獨自，獨特，個人

例 独自に編み出す。

譯 獨創。

04 | マイ【my】

(造語) 我的(只用在「自家用、自己專用」時)

例 マイホームを購入する。

譯 買了自己的房子。

05 | われ【我】

(名·代) 自我，自己，本身；我，吾，我方

例 我を忘れる。

譯 忘我。

Memo

パート 9 第九章

動物

- 動物 -

N1 9-1

9-1 動物の仲間 / 動物類

01 | えもの【獲物】

㊔ 獵物；掠奪物，戰利品

例 獲物(えもの)を仕留(しと)める。

譯 射死獵物。

02 | おす【雄】

㊔（動物的）雄性，公；牡

例 雄(おす)の闘争心(とうそうしん)。

譯 雄性的鬥爭心。

03 | かえる【蛙】

㊔ 青蛙

例 蛙(かえる)が鳴(な)く。

譯 蛙鳴。

04 | かり【狩り】

㊔ 打獵；採集；遊看，觀賞；搜查，拘捕

例 狩(か)りに出(で)る。

譯 去打獵。

05 | くびわ【首輪】

㊔ 狗，貓等的脖圈

例 首輪(くびわ)をはめる。

譯 戴上項圈。

06 | けだもの【獣】

㊔ 獸；畜生，野獸

例 この獣(けだもの)め。

譯 這個畜生。

07 | けもの【獣】

㊔ 獸；野獸

例 獣(けもの)に遭遇(そうぐう)する。

譯 遇到野獸。

08 | こんちゅう【昆虫】

㊔ 昆蟲

例 昆虫類(こんちゅうるい)は苦手(にがて)だ。

譯 我最怕昆蟲類了。

09 | しかけ【仕掛け】

㊔ 開始做，著手；製作中，做到中途；找碴，挑釁；裝置，結構；規模；陷阱

例 自動的(じどうてき)に閉(し)まる仕掛(しか)け。

譯 自動開關裝置。

10 | しんか【進化】

名·自サ 進化，進步

例 進化(しんか)を妨(さまた)げる。

譯 妨礙進步。

11 | ぜんめつ【全滅】

名·自他サ 全滅，徹底消滅

例 害虫を全滅させる。
譯 徹底消滅害蟲。

12 | たいか【退化】

名·自サ (生)退化；退步，倒退
例 文明の退化が凄まじい。
譯 文明嚴重倒退。

13 | ちょう【蝶】

名 蝴蝶
例 蝶々結びにする。
譯 打蝴蝶結。

14 | つの【角】

名 (牛、羊等的)角，犄角；(蝸牛等的)觸角；角狀物
例 しかの角を川で拾った。
譯 在河裡撿到鹿角。

15 | でくわす【出くわす】

自五 碰上，碰見
例 森で熊に出くわす。
譯 在森林裡遇到熊。

16 | とうみん【冬眠】

名·自サ 冬眠；停頓
例 冬眠する動物は長寿である。
譯 冬眠的動物較為長壽。

17 | なつく

自五 親近；喜歡；馴(服)
例 犬が懐く。
譯 狗和人親近。

18 | ならす【馴らす】

他五 馴養，調馴
例 怒りの虎を飼い馴らすに至った。
譯 馴服了憤怒咆哮的老虎。

19 | はなしがい【放し飼い】

名 放養，放牧
例 猫を放し飼いにする。
譯 將貓放養。

20 | ひな【雛】

名·接頭 雛鳥，雛雞；古裝偶人；(冠於某名詞上)表小巧玲瓏
例 ヒナを育てる。
譯 飼養幼鳥。

21 | ほご【保護】

名·他サ 保護
例 自然を保護する。
譯 保護自然。

22 | めす【雌】

名 雌，母；(罵)女人
例 雌に求愛する。
譯 向雌性求愛。

23 | やせい【野生】

名·自サ·代 野生；鄙人
例 野生動物を保護する。
譯 保護野生動物。

24 | わたりどり【渡り鳥】

㊔ 候鳥；到處奔走謀生的人

例 渡（わた）り鳥（どり）が旅立（たびだ）つ。

譯 候鳥開始旅行了。

N1 9-2

9-2 動物の動作、部位 /
動物的動作、部位

01 | お【尾】

㊔（動物的）尾巴；（事物的）尾部；山腳

例 尾（お）を引（ひ）く。

譯 留下影響。

02 | くちばし【嘴】

㊔（動）鳥嘴，嘴，喙

例 くちばしでつつく。

譯 用鳥嘴啄。

03 | さえずる

自五（小鳥）婉轉地叫，嘰嘰喳喳地叫，歌唱

例 小鳥（ことり）がさえずる。

譯 小鳥歌唱。

04 | ぴんぴん

副・自サ 用力跳躍的樣子；健壯的樣子

例 魚（さかな）がぴんぴん（と）はねる。

譯 魚活蹦亂跳。

05 | むらがる【群がる】

自五 聚集，群集，密集，林立

例 アリが群（むら）がる。

譯 螞蟻群聚。

Memo

パート
10
第十章

植物
- 植物 -

N1 ⊙ 10-1

10-1 植物の仲間 / 植物類

01 | かふん【花粉】
㊔（植）花粉
例 花粉症になる。
譯 得了花粉症。

02 | きゅうこん【球根】
㊔（植）球根，鱗莖
例 球根を植える。
譯 種植球根。

03 | くき【茎】
㊔ 莖；梗；柄；稈
例 茎が折れる。
譯 折斷花莖。

04 | こずえ【梢】
㊔ 樹梢，樹枝
例 梢を切り落とす。
譯 剪去樹枝。

05 | しば【芝】
㊔（植）（鋪草坪用的）矮草，短草
例 芝を刈り込む。
譯 剪草坪。

06 | じゅもく【樹木】
㊔ 樹木
例 樹木に囲まれる。
譯 四周被樹木環繞。

07 | しゅ【種】
名·漢造 種類；（生物）種；種植；種子
例 種子植物を分類する。
譯 將種子植物加以分類。

08 | ぞうき【雑木】
㊔ 雜樹，不成材的樹木
例 雑木林が見えてきた。
譯 看得到雜木林了。

09 | つぼみ【蕾】
㊔ 花蕾，花苞；（前途有為而）未成年的人
例 つぼみが付く。
譯 長花苞。

10 | とげ【棘・刺】
㊔（植物的）刺；（扎在身上的）刺；（轉）講話尖酸，話中帶刺
例 とげが刺さる。
譯 被刺刺到。

11 | なえ【苗】
㊔ 苗，秧子，稻秧
例 野菜の苗を植えた。
譯 種植菜苗。

12 | ねんりん【年輪】

㊔（樹）年輪；技藝經驗；經年累月的歷史

例 年輪(ねんりん)を重(かさ)ねる。

譯 累積經驗。

13 | はす【蓮】

㊔ 蓮花

例 蓮(はす)の花(はな)が見頃(みごろ)だ。

譯 現在正是賞蓮的時節。

14 | はなびら【花びら】

㊔ 花瓣

例 花(はな)びらが舞(ま)う。

譯 花瓣飛舞。

15 | ほ【穂】

㊔（植）稻穗；（物的）尖端

例 稲穂(いなほ)が稔(みの)る。

譯 稻穗結實。

16 | みき【幹】

㊔ 樹幹；事物的主要部分

例 木(き)の幹(みき)と枝(えだ)が絡(から)んでいる。

譯 樹幹與樹枝纏在一起。

17 | わら【藁】

㊔ 稻草，麥桿

例 藁(わら)を束(たば)ねる。

譯 綁稻草成束。

N1 ⊙ 10-2

10-2 植物関連のことば /
植物相關用語

01 | おちば【落ち葉】

㊔ 落葉

例 落(お)ち葉(ば)を掃(は)く。

譯 打掃落葉。

02 | かれる【涸れる・枯れる】

自下一（水分）乾涸；（能力、才能等）涸竭；（草木）凋零，枯萎，枯死（木材）乾燥；（修養、藝術等）純熟，老練；（身體等）枯瘦，乾癟，（機能等）衰萎

例 涙(なみだ)が涸(か)れる。

譯 淚水乾涸。

03 | しなびる【萎びる】

自上一 枯萎，乾癟

例 野菜(やさい)が萎(しな)びる。

譯 青菜枯萎了。

04 | はつが【発芽】

名・自サ 發芽

例 種(たね)が発芽(はつが)する。

譯 種子發芽。

05 | ひりょう【肥料】

㊔ 肥料

例 肥料(ひりょう)を与(あた)える。

譯 施肥。

06 | ひんしゅ【品種】

㊔ 種類；（農）品種

例 品種改良(ひんしゅかいりょう)する。

譯 改良品種。

07 | ほうさく【豊作】

㊔ 豐收

例 豊作(ほうさく)を祝(いわ)う。

譯 慶祝豐收。

パート 11 第十一章

物質

- 物質 -

N1 11-1

11-1 物、物質 / 物、物質

01 | アルカリ【alkali】

㊔ 鹼；強鹼

例 純アルカリソーダ。

譯 純鹼蘇打。

02 | アルミ【aluminium】

㊔ 鋁（「アルミニウム」的縮寫）

例 アルミ製品を一通り揃えた。

譯 鋁製品全部都備齊了。

03 | えき【液】

名·漢造 汁液，液體

例 液状化現象を起こした。

譯 引起液態化現象。

04 | おうごん【黄金】

㊔ 黄金；金錢

例 黄金の仏像。

譯 黃金佛像。

05 | かごう【化合】

名·自サ （化）化合

例 化合物が検出された。

譯 被檢驗出含有化合物。

06 | かせき【化石】

名·自サ （地）化石；變成石頭

例 アンモナイトの化石。

譯 鸚鵡螺化石。

07 | がんせき【岩石】

㊔ 岩石

例 岩石を採取する。

譯 採集岩石。

08 | けつごう【結合】

名·自他サ 結合；黏接

例 分子が結合する。

譯 結合分子。

09 | けっしょう【結晶】

名·自サ 結晶；（事物的）成果，結晶

例 雪の結晶を撮影する。

譯 拍攝雪的結晶。

10 | げんけい【原形】

㊔ 原形，舊觀，原來的形狀

例 原形を留めていない。

譯 沒有留下舊貌。

11 | げんし【原子】

㊔(理)原子；原子核

例 原子爆弾(げんしばくだん)を投下(とうか)する。

譯 投下原子彈。

12 | げんそ【元素】

㊔(化)元素；要素

例 元素記号(げんそきごう)を覚(おぼ)える。

譯 背誦元素符號。

13 | ごうせい【合成】

(名・他サ)(由兩種以上的東西合成)合成(一個東西)；(化)(元素或化合物)合成(化合物)

例 合成着色料(ごうせいちゃくしょくりょう)を用(もち)いる。

譯 使用化學色素。

14 | さんか【酸化】

(名・自サ)(化)氧化

例 鉄(てつ)が酸化(さんか)する。

譯 鐵氧化。

15 | さん【酸】

㊔酸味；辛酸，痛苦；(化)酸

例 アミノ酸飲料(さんいんりょう)を飲(の)む。

譯 喝氨基酸飲料。

16 | じき【磁器】

㊔瓷器

例 磁器(じき)と陶器(とうき)を焼(や)き合(あ)わせた。

譯 瓷器與陶器混在一起燒。

17 | じき【磁気】

㊔(理)磁性，磁力

例 磁気(じき)で治療(ちりょう)する。

譯 用磁力治療。

18 | しずく【滴】

㊔水滴，水點

例 しずくが落(お)ちる。

譯 水滴滴落。

19 | じゃり【砂利】

㊔沙礫，碎石子

例 道路(どうろ)に砂利(じゃり)を敷(し)く。

譯 在路上鋪碎石子。

20 | じょうりゅう【蒸留】

(名・他サ)蒸餾

例 海水(かいすい)を蒸留(じょうりゅう)する。

譯 蒸餾海水。

21 | しんじゅ【真珠】

㊔珍珠

例 真珠(しんじゅ)を採取(さいしゅ)する。

譯 採集珍珠。

22 | せいてつ【製鉄】

㊔煉鐵，製鐵

例 製鉄所(せいてつじょ)を新(あら)たに建設(けんせつ)する。

譯 建設新的煉鐵廠。

23 | たれる【垂れる】

(自下一・他下一)懸垂，掛拉；滴，流，滴答；垂，使下垂，懸掛；垂飾

例 しずくが垂れる。
譯 水滴滴落。

24 | たんそ【炭素】

㊔（化）碳
例 二酸化炭素が使用される。
譯 使用二氧化碳。

25 | ちゅうわ【中和】

名·自サ 中正溫和；（理，化）中和，平衡
例 酸とアルカリが中和する。
譯 酸鹼中和。

26 | ちんでん【沈澱】

名·自サ 沈澱
例 沈殿物を生成する。
譯 產生沈澱物。

27 | なまり【鉛】

㊔（化）鉛
例 鉛を含む。
譯 含鉛。

28 | はる【張る】

自他五 伸展；覆蓋；膨脹，（負擔）過重，（價格）過高；拉；設置；盛滿（液體等）
例 湖に氷が張った。
譯 湖面結冰。

29 | びりょう【微量】

㊔ 微量，少量
例 微量の毒物が検出される。
譯 檢驗出少量毒物。

30 | ぶったい【物体】

㊔ 物體，物質
例 未確認飛行物体が見られる。
譯 可以看到未知飛行物體(UFO)。

31 | ふっとう【沸騰】

名·自サ 沸騰；群情激昂，情緒高漲
例 お湯が沸騰する。
譯 熱水沸騰。

32 | ぶんし【分子】

㊔（理·化·數）分子；…份子
例 分子を発見する。
譯 發現分子。

33 | ほうわ【飽和】

名·自サ（理）飽和；最大限度，極限
例 飽和状態に陥る。
譯 陷入飽和狀態。

34 | まく【膜】

名·漢造 膜；（表面）薄膜，薄皮
例 膜が張る。
譯 貼上薄膜。

35 | まやく【麻薬】

㊔ 麻藥，毒品
例 麻薬中毒を治療する。
譯 治療毒癮。

36 | やく【薬】

名·漢造 藥；化學藥品

例 弾薬（だんやく）を詰（つ）める。

譯 裝彈藥。

37 | ようえき【溶液】

名（理、化）溶液

例 溶液（ようえき）の濃度（のうど）を測定（そくてい）する。

譯 測量溶液的濃度。

N1 ◎ 11-2

11-2 エネルギー、燃料 / 能源、燃料

01 | げんばく【原爆】

名 原子彈

例 原爆（げんばく）を投下（とうか）する。

譯 投下原子彈。

02 | げんゆ【原油】

名 原油

例 原油（げんゆ）価格（かかく）が高騰（こうとう）する。

譯 石油價格居高不下。

03 | こう【光】

漢造 光亮；光；風光；時光；榮譽；

例 太陽光（たいようこう）で発電（はつでん）する。

譯 以太陽能發電。

04 | さかる【盛る】

自五 旺盛；繁榮；（動物）發情

例 火（ひ）が盛（さか）る。

譯 火勢旺盛。

05 | さよう【作用】

名·自サ 作用；起作用

例 薬（くすり）の副作用（ふくさよう）が心配（しんぱい）だ。

譯 擔心藥物的副作用。

06 | ソーラーシステム【the solar system】

名 太陽系；太陽能發電設備

例 ソーラーシステムを設置（せっち）する。

譯 裝設太陽能發電設備。

07 | たきび【たき火】

名 爐火，灶火；（用火）燒落葉

例 焚（た）き火（び）をする。

譯 點篝火。

08 | てんか【点火】

名·自サ 點火

例 ろうそくに点火（てんか）する。

譯 點蠟燭。

09 | どうりょく【動力】

名 動力，原動力

例 動力（どうりょく）を供給（きょうきゅう）する。

譯 供給動力。

10 | ねんしょう【燃焼】

名·自サ 燃燒；竭盡全力

例 石油（せきゆ）が燃焼（ねんしょう）する。

譯 燃燒石油。

11 | ねんりょう【燃料】

名 燃料

例 燃料をくう。

譯 耗費燃料。

12 | ばくは【爆破】

名·他サ 爆破，炸毀

例 建物を爆破する。

譯 炸毀建築物。

13 | はんしゃ【反射】

名·自他サ（光、電波等）折射，反射；（生理上的）反射（機能）

例 条件反射する。

譯 條件反射。

14 | ひばな【火花】

名 火星；（電）火花

例 火花が散る。

譯 迸出火星。

15 | ふりょく【浮力】

名（理）浮力

例 浮力が作用する。

譯 浮力起作用。

16 | ほうしゃせん【放射線】

名（理）放射線

例 放射線を浴びる。

譯 暴露在放射線之下。

17 | ほうしゃのう【放射能】

名（理）放射線

例 放射能は怖い。

譯 輻射很可怕。

18 | ほうしゃ【放射】

名·他サ 放射，輻射

例 放射性物質を垂れ流す。

譯 流放出放射性物質。

19 | ほうしゅつ【放出】

名·他サ 放出，排出，噴出；（政府）發放，投放

例 熱を放出する。

譯 放出熱能。

20 | まんタン【満 tank】

名（俗）油加滿

例 ガソリンを満タンにする。

譯 加滿了油。

21 | りょうしつ【良質】

名·形動 質量良好，上等

例 良質のタンパク質を摂る。

譯 攝取良好的蛋白質。

N1 11-3

11-3 原料、材料 /
原料、材料

01 | エコ【ecology 之略】

名·接頭 環保

例 エコグッズを活用する。

譯 活用環保商品。

02 | かいしゅう【回収】

名·他サ 回收，收回

例 資源回収を実施する。

譯 施行資源回收。

03 | かせん【化繊】

㊔ 化學纖維

例 化繊(かせん)の肌着(はだぎ)。

譯 化學纖維材質的內衣。

04 | さいくつ【採掘】

名・他サ 採掘，開採，採礦

例 金山(きんざん)を採掘(さいくつ)する。

譯 開採金礦。

05 | しぼう【脂肪】

㊔ 脂肪

例 脂肪(しぼう)を取(と)る。

譯 去除脂肪。

06 | せんい【纖維】

㊔ 纖維

例 化学繊維(かがくせんい)が生産(せいさん)される。

譯 生產化學纖維。

07 | そざい【素材】

㊔ 素材，原材料；題材

例 素材(そざい)の味(あじ)を生(い)かした料理(りょうり)。

譯 發揮食材原味的料理。

08 | たんぱくしつ【蛋白質】

㊔ (生化)蛋白質

例 タンパク質(しつ)を取(と)る。

譯 攝取蛋白質。

09 | はいき【廃棄】

名・他サ 廢除

例 廃棄処分(はいきしょぶん)する。

譯 廢棄處理。

10 | ひんしつ【品質】

㊔ 品質，質量

例 品質(ひんしつ)を疑(うたが)う。

譯 對品質有疑慮。

パート 12 第十二章

天体、気象

- 天體、氣象 -

N1 12-1

12-1 天体 / 天體

01 | うず【渦】

㊔ 漩渦，漩渦狀；混亂狀態，難以脫身的處境

例 渦を巻く。

譯 打轉；呈現混亂狀態。

02 | えいせい【衛星】

㊔ (天)衛星；人造衛星

例 人工衛星を打ち上げる。

譯 發射人造衛星。

03 | かせい【火星】

㊔ (天)火星

例 火星人と出会いました。

譯 遇到了火星人。

04 | じてん【自転】

名·自サ (地球等的)自轉；自行轉動

例 地球の自転を証明した。

譯 證明地球是自轉的。

05 | せいざ【星座】

㊔ 星座

例 星座占いを学ぶ。

譯 學占星術。

06 | てんたい【天体】

㊔ (天)天象，天體

例 天体観測会が開かれた。

譯 舉辦觀察天象大會。

07 | てん【天】

名·漢造 天，天空；天國；天理；太空；上天；天然

例 天を仰ぐ。

譯 仰望天空。

08 | ともる

自五 (燈火)亮，點著

例 明かりがともる。

譯 燈亮了。

09 | にしび【西日】

㊔ 夕陽；西照的陽光，午後的陽光

例 西日がまぶしい。

譯 夕陽炫目。

10 | ひなた【日向】

㊔ 向陽處，陽光照到的地方；處於順境的人

例 日向ぼっこをする。

譯 曬太陽；做日光浴。

11 | まんげつ【満月】

㊔ 滿月，圓月

例 満月の夜が好きだ。

譯 我喜歡望月之夜。

12 | わくせい【惑星】

㊔（天）行星；前途不可限量的人

例 惑星に探査機を送り込んだ。

譯 送上行星探測器。

N1 12-2

12-2 気象、天気、気候 / 氣象、天氣、氣候

01 | あつくるしい【暑苦しい】

㊒ 悶熱的

例 暑苦しい部屋が涼しくなった。

譯 悶熱的房間變得涼爽了。

02 | あまぐ【雨具】

㊔ 防雨的用具（雨衣、雨傘、雨鞋等）

例 雨具の用意がない 。

譯 沒有準備雨具。

03 | あられ【霰】

㊔（較冰雹小的）霰；切成小碎塊的年糕

例 あられが降る。

譯 下冰霰。

04 | いなびかり【稲光】

㊔ 閃電，閃光

例 稲光がする。

譯 出現閃電。

05 | うてん【雨天】

㊔ 雨天

例 雨天でも決行する。

譯 風雨無阻。

06 | かいじょ【解除】

㊔·他サ 解除；廢除

例 警報を解除する。

譯 解除警報。

07 | かすむ【霞む】

自五 有霞，有薄霧，雲霧朦朧

例 霞んだ空が幻想的だった。

譯 雲霧朦朧的天空如同幻夢世界一般。

08 | かんき【寒気】

㊔ 寒冷，寒氣

例 寒気がきびしい。

譯 酷冷。

09 | きざし【兆し】

㊔ 預兆，徵兆，跡象；萌芽，頭緒，端倪

例 兆しが見える。

譯 看得到徵兆。

10 | きしょう【気象】

㊔ 氣象；天性，秉性，脾氣

例 気象情報を放送する。

譯 播放氣象資訊。

11 | きょうれつ【強烈】

形動 強烈

例 強烈な光を放つ。

譯 放出刺眼的光線。

12 | きりゅう【気流】

㊔ 氣流

例 気流に乗る。

譯 乘著氣流。

13 | こうすい【降水】

㊔（氣）降水（指雪雨等的）

例 降水量が多い。

譯 降雨量很高。

14 | ざあざあ

副 (大雨)嘩啦嘩啦聲；(電視等)雜音

例 雨がざあざあ降っている。

譯 雨嘩啦嘩啦地下。

15 | じょうしょう【上昇】

名·自サ 上升，上漲，提高

例 気温が上昇する。

譯 氣溫上昇。

16 | ずぶぬれ【ずぶ濡れ】

名 全身濕透

例 ずぶぬれの着物が張り付いてしまった。

譯 濕透了的衣服緊貼在身上。

17 | せいてん【晴天】

名 晴天

例 晴天に恵まれる。

譯 遇上晴天。

18 | つゆ【露】

名·副 露水；淚；短暫，無常；(下接否定)一點也不…

例 露にぬれる。

譯 被露水打濕。

19 | てりかえす【照り返す】

他五 反射

例 西日が照り返す。

譯 夕陽反射。

20 | とつじょ【突如】

副·形動 突如其來，突然

例 突如爆発する。

譯 突然爆發。

21 | ふじゅん【不順】

名·形動 不順，不調，異常

例 天候不順が続く。

譯 氣候異常持續不斷。

22 | もる【漏る】

自五 (液體、氣體、光等)漏，漏出

例 雨が漏る。

譯 漏雨。

23 | よける

他下一 躲避；防備

例 雨をよける。

譯 避雨。

N1 12-3

12-3 さまざまな自然現象 / 各種自然現象

01 | あいつぐ【相次ぐ・相継ぐ】

自五 (文)接二連三，連續不斷

例 相次ぐ災難に見舞われる。

譯 遭受接二連三的天災人禍。

02 | おおみず【大水】

名 大水，洪水

例 大水が出る。

譯 發生大洪水。

03 | おさまる【治まる】

(自五) 安定，平息

例 嵐(あらし)が治(おさ)まる。

譯 暴風雨平息。

04 | おしよせる【押し寄せる】

(自下一) 湧進來；蜂擁而來(他下一) 挪到一旁

例 津波(つなみ)が押(お)し寄(よ)せる。

譯 海嘯席捲而來。

05 | おそう【襲う】

(他五) 襲擊，侵襲；繼承，沿襲；衝到，闖到

例 人(ひと)を襲(おそ)う。

譯 襲擊他人。

06 | きょくげん【局限】

(名·他サ) 侷限，限定

例 一部(いちぶ)に局限(きょくげん)される。

譯 侷限於其中一部份。

07 | けいかい【警戒】

(名·他サ) 警戒，預防，防範；警惕，小心

例 警戒態勢(けいかいたいせい)をとる。

譯 採取警戒狀態。

08 | こうずい【洪水】

(名) 洪水，淹大水；洪流

例 洪水(こうずい)が起(お)こる。

譯 引發洪水。

09 | さいがい【災害】

(名) 災害，災難，天災

例 災害(さいがい)を予防(よぼう)する。

譯 防災。

10 | しずめる【沈める】

(他下一) 把…沉入水中，使沉沒

例 ソファに身(み)を沈(しず)める。

譯 癱坐在沙發上。

11 | しんどう【振動】

(名·自他サ) 搖動，振動；擺動

例 窓(まど)ガラスが振動(しんどう)する。

譯 窗戶玻璃震動。

12 | じょうりく【上陸】

(名·自サ) 登陸，上岸

例 無事(ぶじ)に上陸(じょうりく)する。

譯 平安登陸。

13 | せいりょく【勢力】

(名) 勢力，權勢，威力，實力；(理)力，能

例 勢力(せいりょく)を伸ばす。

譯 擴大勢力。

14 | そうなん【遭難】

(名·自サ) 罹難，遇險

例 遭難現場(そうなんげんば)に駆(か)けつけた。

譯 急忙趕到遇難地點。

15 | ただよう【漂う】

(自五) 漂流，飄蕩；洋溢，充滿；露出

例 水面(すいめん)に花(はな)びらが漂(ただよ)う。

譯 花瓣漂在水面上。

16 | たつまき【竜巻】

(名) 龍捲風

例 竜巻(たつまき)が起(お)きる。

譯 發生龍捲風。

17 | つなみ【津波】

㊔ 海嘯

例 津波(つなみ)が発生(はっせい)する。

譯 發生海嘯。

18 | てんさい【天災】

㊔ 天災，自然災害

例 天災(てんさい)に見舞(みま)われる。

譯 遭受天災。

19 | どしゃ【土砂】

㊔ 土和沙，沙土

例 土砂災害(どしゃさいがい)が多発(たはつ)した。

譯 經常發生山崩災難。

20 | なだれ【雪崩】

㊔ 雪崩；傾斜，斜坡；雪崩一般，蜂擁

例 雪崩(なだれ)を打(う)って敗走(はいそう)する。

譯 一群人落荒而逃。

21 | はっせい【発生】

(名·自サ) 發生；(生物等)出現，蔓延

例 問題(もんだい)が発生(はっせい)する。

譯 發生問題。

22 | はんらん【氾濫】

(名·自サ) 氾濫；充斥，過多

例 川(かわ)が氾濫(はんらん)する。

譯 河川氾濫。

23 | ひなん【避難】

(名·自サ) 避難

例 避難訓練(ひなんくんれん)をする。

譯 執行避難訓練。

24 | ふんしゅつ【噴出】

(名·自他サ) 噴出，射出

例 マグマが噴出(ふんしゅつ)する。

譯 炎漿噴出。

25 | ぼうふう【暴風】

㊔ 暴風

例 暴風雨(ぼうふうう)になる。

譯 變成暴風雨。

26 | もうれつ【猛烈】

(形動) 氣勢或程度非常大的樣子，猛烈；特別；厲害

例 猛烈(もうれつ)に後悔(こうかい)する。

譯 非常後悔。

27 | よしん【余震】

㊔ 餘震

例 余震(よしん)が続(つづ)く。

譯 餘震不斷。

28 | らっか【落下】

(名·自サ) 下降，落下；從高處落下

例 落下物(らっかぶつ)に注意(ちゅうい)する。

譯 小心掉落物。

パート **13** 第十三章

地理、場所

- 地理、地方 -

N1 13-1

13-1 地理 / 地理

01 | あ【亜】

(接頭) 亞，次；(化)亞(表示無機酸中氧原子較少)；用在外語的音譯；亞細亞，亞洲

例 台湾(タイワン)の北(きた)は亜熱帯気候(あねったいきこう)だ。

譯 台灣的北邊是亞熱帶氣候。

02 | えんがん【沿岸】

(名) 沿岸

例 地中海沿岸(ちちゅうかいえんがん)は風(かぜ)が強(つよ)い。

譯 地中海沿岸風勢很強。

03 | おおぞら【大空】

(名) 太空，天空

例 晴(は)れ渡(わた)る大空(おおぞら)。

譯 萬里晴空。

04 | かいがら【貝殼】

(名) 貝殼

例 貝殼(かいがら)を拾(ひろ)う。

譯 撿拾貝殼。

05 | かいきょう【海峡】

(名) 海峽

例 海峡(かいきょう)を越(こ)える。

譯 越過海峽。

06 | かいぞく【海賊】

(名) 海盜

例 海賊(かいぞく)に襲(おそ)われる。

譯 被海盜襲擊。

07 | かいりゅう【海流】

(名) 海流

例 海流(かいりゅう)に乗(の)る。

譯 乘著海流。

08 | かい【海】

(漢造) 海；廣大

例 日本海(にほんかい)を眺(なが)める。

譯 眺望日本海。

09 | がけ【崖】

(名) 斷崖，懸崖

例 崖(がけ)から落(お)ちる。

譯 從懸崖上落下。

10 | かせん【河川】

(名) 河川

例 河川(かせん)が氾濫(はんらん)する。

譯 河川氾濫。

11 | ききょう【帰京】

(名·自サ) 回首都，回東京

例 来月(らいげつ)帰京(ききょう)する。

譯 下個月回東京。

12 | きふく【起伏】

名·自サ 起伏，凹凸；榮枯，盛衰，波瀾，起落

例 起伏が激しい。

譯 起伏劇烈。

13 | きょうそん·きょうぞん【共存】

名·自サ 共處，共存

例 自然と共存する。

譯 與自然共存。

14 | けいしゃ【傾斜】

名·自サ 傾斜，傾斜度；傾向

例 後方へ傾斜する。

譯 向後傾斜。

15 | こうげん【高原】

名 （地）高原

例 チベット高原。

譯 西藏高原。

16 | こくさん【国産】

名 國產

例 国産自動車。

譯 國產汽車。

17 | さんがく【山岳】

名 山岳

例 山岳地帯に住む。

譯 住在山區。

18 | さんみゃく【山脈】

名 山脈

例 山脈を越える。

譯 越過山脈。

19 | しお【潮】

名 海潮；海水，海流；時機，機會

例 潮の満ち引き。

譯 潮氣潮落。

20 | ジャングル【jungle】

名 叢林

例 ジャングルを探検する。

譯 進到叢林探險。

21 | じょうくう【上空】

名 高空，天空；（某地點的）上空

例 上空を横切る。

譯 橫越上空。

22 | すいげん【水源】

名 水源

例 水源を探す。

譯 尋找水源。

23 | そびえる【聳える】

自下一 聳立，峙立

例 雲に聳える塔。

譯 高聳入雲的高塔。

24 | たどる【辿る】

他五 沿路前進，邊走邊找；走難行的路，走艱難的路；追尋，追溯，探索；（事物向某方向）發展，走向

例 記憶をたどる。

譯 追尋記憶。

25 | ちけい【地形】

㊔ 地形，地勢，地貌

例 地形(ちけい)が盆地(ぼんち)だから夏(なつ)は暑(あつ)い。

譯 盆地地形所以夏天很熱。

26 | つらなる【連なる】

自五 連，連接；列，參加

例 山(やま)が連(つら)なる。

譯 山脈連綿。

27 | てんぼう【展望】

名·他サ 展望；眺望，瞭望

例 展望(てんぼう)が開(ひら)ける。

譯 視野開闊。

28 | とおまわり【遠回り】

名·自サ·形動 使其繞道，繞遠路

例 遠回(とおまわ)りして帰(かえ)る。

譯 繞遠路回家。

29 | ないりく【内陸】

㊔ 內陸，內地

例 内陸性気候(ないりくせいきこう)に属(ぞく)する。

譯 屬於大陸性氣候。

30 | なぎさ【渚】

㊔ 水濱，岸邊，海濱

例 渚(なぎさ)を駆(か)ける。

譯 在海邊奔跑。

31 | ぬま【沼】

㊔ 池塘，池沼，沼澤

例 底無(そこな)し沼(ぬま)につく。

譯 探到無底深淵的底部。

32 | はま【浜】

㊔ 海濱，河岸

例 浜(はま)に打(う)ち上(あ)げられる。

譯 被海水打上岸邊。

33 | はらっぱ【原っぱ】

㊔ 雜草叢生的曠野；空地

例 原(はら)っぱを駆(か)ける。

譯 在曠野奔跑。

34 | みかい【未開】

㊔ 不開化，未開化；未開墾；野蠻

例 未開(みかい)の地(ち)に踏(ふ)み入(い)る。

譯 進入未開墾的土地。

35 | ゆるやか【緩やか】

形動 坡度或彎度平緩；緩慢

例 緩(ゆる)やかな坂(さか)に注意(ちゅうい)しよう。

譯 走慢坡要多加小心。

N1 13-2

13-2 場所、空間 / 地方、空間

01 | あらす【荒らす】

他五 破壞，毀掉；損傷，糟蹋；擾亂；偷竊，行搶

例 トラックが道(みち)を荒(あ)らす。

譯 卡車毀壞道路。

02 | いただき【頂】

㊔ (物體的)頂部；頂峰，樹尖

例 山(やま)の頂(いただき)に立(た)つ。

譯 站在山頂上。

03 | いち【市】

㊔ 市場，集市；市街

例 蚤(のみ)の市(いち)を開(ひら)く。

譯 舉辦跳蚤市場。

04 | かいどう【街道】

㊔ 大道，大街

例 裏街道(うらかいどう)を歩(あゆ)む。

譯 走上邪道。

05 | がいとう【街頭】

㊔ 街頭，大街上

例 街頭演説(がいとうえんぜつ)が開(ひら)かれる。

譯 開始街頭演講。

06 | きゅうくつ【窮屈】

名·形動 (房屋等)窄小，狹窄，(衣服等)緊；感覺拘束，不自由；死板

例 窮屈(きゅうくつ)な部屋(へや)に住(す)む。

譯 住在狹窄的房間。

07 | きょう【橋】

名·漢造 (解)腦橋；橋

例 歩道橋(ほどうきょう)を渡(わた)る。

譯 走過天橋。

08 | くうかん【空間】

㊔ 空間，空隙

例 快適(かいてき)な空間(くうかん)を提案(ていあん)する。

譯 就舒適的空間提出議案。

09 | げんち【現地】

㊔ 現場，發生事故的地點；當地

例 現地(げんち)に向(む)かう。

譯 前往現場。

10 | コーナー【corner】

㊔ 小賣店，專櫃；角，拐角；(棒、足球)角球

例 特産品(とくさんひん)コーナーを設(もう)ける。

譯 設置特產品專櫃。

11 | こてい【固定】

名·自他サ 固定

例 足場(あしば)を固定(こてい)する。

譯 站穩腳步。

12 | さんばし【桟橋】

㊔ 碼頭；跳板

例 桟橋(さんばし)を渡(わた)る。

譯 走過碼頭。

13 | さんぷく【山腹】

㊔ 山腰，山腹

例 山腹(さんぷく)を歩(ある)く。

譯 行走山腰。

14 | しがい【市街】

㊔ 城鎮，市街，繁華街道

例 市街地(しがいち)に住(す)む。

譯 住在繁華地段。

15 | しょざい【所在】

㊔ (人的)住處，所在；(建築物的)地址；(物品的)下落

例 所在(しょざい)がわかる。

譯 知道所在處。

16 | スペース【space】

㊔ 空間，空地；(特指)宇宙空間；紙面的空白，行間寬度

例 スペースを取る。

譯 留出空白。

17 | たちよる【立ち寄る】

自五 靠近，走進；順便到，中途落腳

例 本屋に立ち寄る。

譯 順便去書店。

18 | たどりつく【辿り着く】

自五 好不容易走到，摸索找到，掙扎走到；到達(目的地)

例 頂上にたどり着く。

譯 終於到達山頂。

19 | たまり【溜まり】

㊔ 積存，積存處；休息室；聚集的地方

例 溜まり場ができた。

譯 有一個聚會地。

20 | ちゅうふく【中腹】

㊔ 半山腰

例 山の中腹。

譯 半山腰。

21 | でんえん【田園】

㊔ 田園；田地

例 のどかな田園風景。

譯 悠閒恬靜的田園風光。

22 | どて【土手】

㊔ (防風、浪的)堤防

例 土手を築く。

譯 築提防。

23 | どぶ

㊔ 水溝，深坑，下水道，陰溝

例 金を溝に捨てる。

譯 把錢丟到水溝裡。

24 | ぼち【墓地】

㊔ 墓地，墳地

例 墓地にお参りする。

譯 去墓地上香祭拜。

25 | よち【余地】

㊔ 空地；容地，餘地

例 考える余地を与える。

譯 給人思考的空間。

N1 13-3 (1)

13-3 地域、範囲 (1) /
地域、範圍 (1)

01 | アラブ【Arab】

㊔ 阿拉伯，阿拉伯人

例 ドバイのアラブ人と結婚した。

譯 跟杜拜的阿拉伯人結婚。

02 | いちぶぶん【一部分】

㊔ 一冊，一份，一套；一部份

例 一部分だけ切り取る。

譯 只切除一部分。

03 | いったい【一帯】

㊔ 一帶；一片；一條

例 付近一帯がお花畑になる。

譯 這附近將會變成一片花海。

04 | おいだす【追い出す】

他五 趕出，驅逐；解雇

例 家を追い出す。

譯 趕出家門。

05 | および【及び】

接續 和，與，以及

例 生徒及び保護者。

譯 學生與家長。

06 | およぶ【及ぶ】

自五 到，到達；趕上，及

例 被害が及ぶ。

譯 遭受災害。

07 | かい【界】

漢造 界限；各界；(地層的)界

例 芸能界に入る。

譯 進入演藝圈。

08 | がい【街】

漢造 街道，大街

例 商店街で買い物をする。

譯 在商店街購物。

09 | きぼ【規模】

名 規模；範圍；榜樣，典型

例 規模が大きい。

譯 規模龐大。

10 | きょうど【郷土】

名 故鄉，鄉土；鄉間，地方

例 郷土料理を食べる。

譯 吃有鄉土風味的料理。

11 | きょうり【郷里】

名 故鄉，鄉里

例 郷里を離れる。

譯 離鄉背井。

12 | ぎょそん【漁村】

名 漁村

例 漁村の漁師。

譯 漁村的漁夫。

13 | きんこう【近郊】

名 郊區，近郊

例 東京近郊に住む。

譯 住在東京近郊。

14 | くかく【区画】

名 區劃，劃區；(劃分的)區域，地區

例 土地を区画する。

譯 劃分土地。

15 | くかん【区間】

名 區間，段

例 区間快速に乗る。

譯 搭乘區間快速列車。

16 | く【区】

名 地區，區域；區

例 東京 23 区を比較してみた。

譯 嘗試比較了東京23區。

17 | けん【圏】

漢造 圓圈；區域，範圍

例 首都圏(しゅとけん)で雪(ゆき)が舞(ま)う。

譯 整個首都雪花飛舞。

18 | こうはい【荒廃】

名·自サ 荒廢，荒蕪；(房屋)失修；(精神)頹廢，散漫

例 荒廃(こうはい)した大地(だいち)。

譯 荒廢了的土地。

19 | こゆう【固有】

名 固有，特有，天生

例 固有(こゆう)の文化(ぶんか)を繁栄(はんえい)させる。

譯 使特有文化興盛繁榮。

20 | さしかかる【差し掛かる】

自五 來到，路過(某處)，靠近；(日期等)臨近，逼近，緊迫；垂掛，籠罩在…之上

例 分岐点(ぶんきてん)に差(さ)し掛(か)かる。

譯 來到分歧點。

21 | じもと【地元】

名 當地，本地；自己居住的地方，故鄉

例 地元(じもと)に帰(かえ)る。

譯 回到家鄉。

22 | じょうか【城下】

名 城下；(以諸侯的居城為中心發展起來的)城市，城邑

例 城下(じょうか)の盟(ちかい)をする。

譯 訂城下之盟。

23 | ずらっと

副 (俗)一大排，成排地

例 ずらっと並(なら)べる。

譯 排成一列。

24 | そうだい【壮大】

形動 雄壯，宏大

例 壮大(そうだい)な建築物(けんちくぶつ)に圧倒(あっとう)された。

譯 對雄偉的建築物讚嘆不已。

25 | そこら【其処ら】

代 那一代，那裡；普通，一般；那樣，那種程度，大約

例 そこら中(じゅう)にある。

譯 到處都有。

26 | その【園】

名 園，花園

例 エデンの園(その)を追(お)い出(だ)される。

譯 被逐出伊甸園。

27 | たい【帯】

漢造 帶，帶子；佩帶；具有；地區；地層

例 火山帯(かざんたい)を形成(けいせい)する。

譯 形成火山帶。

N1 13-3 (2)

13-3 地域、範囲 (2) /
地域、範圍 (2)

28 | とおざかる【遠ざかる】

自五 遠離；疏遠；不碰，節制，克制

例 危機(きき)が遠(とお)ざかる。

譯 遠離危機。

29 | とくゆう【特有】

形動 特有

例 日本人(にほんじん)特有(とくゆう)の性質(せいしつ)。

譯 日本人特有性格。

30 ｜ないぶ【内部】

㊔ 內部，裡面；內情，內幕

例 内部(ないぶ)を窺(うかが)う。

譯 詢問內情。

31 ｜はてしない【果てしない】

㊒ 無止境的，無邊無際的

例 果(は)てしない大宇宙(だいうちゅう)。

譯 無邊無際的大宇宙。

32 ｜はて【果て】

㊔ 邊際，盡頭；最後，結局，下場；結果

例 果(は)てのない道(みち)が広(ひろ)がる。

譯 無邊無際的道路展現在眼前。

33 ｜はまべ【浜辺】

㊔ 海濱，湖濱

例 浜辺(はまべ)を歩(ある)く。

譯 步行在海邊。

34 ｜はみだす【はみ出す】

自五 溢出；超出範圍

例 引(ひ)き出(だ)しからはみ出(だ)す。

譯 滿出抽屜外。

35 ｜ふうしゅう【風習】

㊔ 風俗，習慣，風尚

例 風習(ふうしゅう)に従(したが)う。

譯 遵從風俗習慣。

36 ｜ふうど【風土】

㊔ 風土，水土

例 風土(ふうど)になれる。

譯 服水土。

37 ｜ベッドタウン【(和) bed + town】

㊔ 衛星都市，郊區都市

例 ベッドタウン計画(けいかく)を実現(じつげん)する。

譯 實現衛星都市計畫。

38 ｜ぼこく【母国】

㊔ 祖國

例 母国(ぼこく)に帰(かえ)りたい。

譯 想回到祖國。

39 ｜ほとり【辺】

㊔ 邊，畔，旁邊

例 池(いけ)のほとりに佇(たたず)む。

譯 在池畔駐足。

40 ｜ほんごく【本国】

㊔ 本國，祖國；老家，故鄉

例 本国(ほんごく)に戻(もど)る。

譯 回到祖國。

41 ｜ほんば【本場】

㊔ 原產地，正宗產地；發源地，本地

例 本場(ほんば)の料理(りょうり)を食(た)べる。

譯 食用道地的菜餚。

42 | みぢか【身近】

㊔名·形動 切身；身邊，身旁

例 危険(きけん)が身近(みぢか)に迫(せま)る。

譯 危險臨到眼前。

43 | みね【峰】

㊔名 山峰；刀背；東西突起部分

例 峰打(みねう)ちする。

譯 用刀背砍。

44 | みのまわり【身の回り】

㊔名 身邊衣物（指衣履、攜帶品等）；日常生活；（工作或交際上）應由自己處裡的事情

例 身(み)の回(まわ)りを整頓(せいとん)する。

譯 整頓日常生活。

45 | めいさん【名産】

㊔名 名產

例 台湾(タイワン)の名産(めいさん)を買(か)う。

譯 購買台灣名產。

46 | もう【網】

㊔漢造 網；網狀物；聯絡網

例 連絡網(れんらくもう)を作成(さくせい)する。

譯 制作聯絡網。

47 | やがい【野外】

㊔名 野外，郊外，原野；戶外，室外

例 野外活動(やがいかつどう)をする。

譯 從事郊外活動。

48 | やみ【闇】

㊔名（夜間的）黑暗；（心中）辨別不清，不知所措；黑暗；黑市

例 闇(やみ)をさまよう。

譯 在黑暗中迷失方向。

49 | よう【洋】

㊔名·漢造 東洋和西洋；西方，西式；海洋；大而寬廣

例 洋画(ようが)を見(み)る。

譯 欣賞西畫。

50 | りょういき【領域】

㊔名 領域，範圍

例 領域(りょういき)が狭(せば)まる。

譯 範圍狹窄。

51 | りょうかい【領海】

㊔名（法）領海

例 領海侵犯(りょうかいしんぱん)に反発(はんぱつ)する。

譯 反抗侵犯領海。

52 | りょうち【領地】

㊔名 領土；（封建主的）領土，領地

例 領地(りょうち)を保有(ほゆう)する。

譯 保有領土。

53 | りょうど【領土】

㊔名 領土

例 北方領土問題(ほっぽうりょうどもんだい)に関心(かんしん)をもつ。

譯 對北方領土問題感興趣。

54 | わく【枠】

㊔名 框；（書的）邊線；範圍，界線，框線

例 枠にはまった表現。

譯 拘泥於框框的表現。

N1 13-4 (1)

13-4 方向、位置 (1) /
方向、位置 (1)

01 | いちめん【一面】

名 一面；另一面；全體，滿；(報紙的) 頭版

例 一面の記事が掲載された。

譯 被刊登在頭版新聞上。

02 | うらがえし【裏返し】

名 表裡相反，翻裡作面

例 裏返しにして使う。

譯 裡外顛倒使用。

03 | えんぽう【遠方】

名 遠方，遠處

例 遠方へ赴く。

譯 遠行。

04 | おもてむき【表向き】

名·副 表面(上)，外表(上)

例 表向きは知らんぷりをする。

譯 表面上裝作不知情。

05 | おもむく【赴く】

自五 赴，往，前往；趨向，趨於

例 現場に赴く。

譯 前往現場。

06 | おりかえす【折り返す】

他五·自五 折回；翻回；反覆；折回去

例 折り返し連絡する。

譯 再跟你聯絡。

07 | かく【核】

名·漢造 (生)(細胞)核；(植)核，果核；要害；核(武器)

例 戦争に核兵器が使われた。

譯 戰爭中使用核武器。

08 | かたわら【傍ら】

名 旁邊；在…同時還…，一邊…一邊…

例 家事の傍ら小説を書く。

譯 打理家務的同時還邊寫小說。

09 | かた【片】

漢造 (表示一對中的)一個，一方；表示遠離中心而偏向一方；表示不完全；表示極少

例 片足で立つ。

譯 單腳站立。

10 | きてん【起点】

名 起點，出發點

例 A点を起点とする。

譯 以A點為起點。

11 | げんてん【原点】

名 (丈量土地等的)基準點，原點；出發點

例 原点に戻る。

譯 回到原點。

12 | こみあげる【込み上げる】

自下一 往上湧，油然而生

例 涙(なみだ)がこみあげる。

譯 淚水盈眶。

13 | さき【先】

名 尖端，末稍；前面，前方；事先，先；優先，首先；將來，未來；後來(的情況)；以前，過去；目的地；對方

例 目(め)と鼻(はな)の先(さき)に岸壁(がんぺき)がある。

譯 碼頭近在眼前。

14 | さなか【最中】

名 最盛期，正當中，最高

例 忙(いそが)しい最中(さなか)に友達(ともだち)が訪(たず)ねて来(き)た。

譯 正忙著的時候朋友來了。

15 | ざひょう【座標】

名 (數)座標；標準，基準

例 座標(ざひょう)で示(しめ)す。

譯 用座標表示。

16 | すすみ【進み】

名 進，進展，進度；前進，進步；嚮往，心願

例 進(すす)みが遅(おそ)い。

譯 進展速度緩慢。

17 | ぜんと【前途】

名 前途，將來；(旅途的)前程，去路

例 前途(ぜんと)が開(ひら)ける。

譯 前程似錦。

18 | そう【沿う】

自五 沿著，順著；按照

例 方針(ほうしん)に沿(そ)う。

譯 按照方針的指示。

19 | そくめん【側面】

名 側面，旁邊；(具有複雜內容事物的)一面，另一面

例 側面(そくめん)から援助(えんじょ)する。

譯 從側面協助。

20 | そっぽ【外方】

名 一邊，外邊，別處

例 そっぽを向(む)く。

譯 把頭轉向一邊；恍若未聞。

21 | そる【反る】

自五 (向後或向外)彎曲，捲曲，翹；身子向後彎，挺起胸膛

例 本(ほん)の表紙(ひょうし)が反(そ)る。

譯 書的封面翹起。

22 | たほう【他方】

名·副 另一方面；其他方面

例 他方(たほう)から見(み)ると、～。

譯 從另一方面來看…。

23 | だんめん【断面】

名 斷面，剖面；側面

例 社会(しゃかい)の断面(だんめん)が見事(みごと)に描(えが)かれた。

譯 精彩地描繪出社會的一個縮影。

24 | ちゅうすう【中枢】

名 中樞，中心；樞組，關鍵

例 神経中枢(しんけいちゅうすう)を刺激(しげき)する。

譯 刺激神經中樞。

25 | ちゅうりつ【中立】

(名·自サ) 中立

例 中立(ちゅうりつ)を守(まも)る。

譯 保持中立。

26 | ちょくれつ【直列】

(名) (電)串聯

例 直列(ちょくれつ)に接続(せつぞく)する。

譯 串聯。

27 | てぢか【手近】

(形動) 手邊，身旁，左近；近人皆知，常見

例 手近(てぢか)な問題(もんだい)を無視(むし)された。

譯 眼前的問題遭到忽視。

28 | てっぺん

(名) 頂，頂峰；頭頂上；(事物的)最高峰，頂點

例 幸福(こうふく)のてっぺんにある。

譯 在幸福的頂點。

29 | でむく【出向く】

(自五) 前往，前去

例 こちらから出向(でむ)きます。

譯 由我到您那裡去。

30 | てんかい【転回】

(名·自他サ) 回轉，轉變

例 180度(ど)転回(てんかい)する。

譯 180度迴轉。

13-4 方向、位置 (2) /
方向、位置 (2)

31 | てんじる【転じる】

(自他上一) 轉變，轉換，改變；遷居，搬家
(自他サ) 轉變

例 攻勢(こうせい)に転(てん)じる。

譯 轉為攻勢。

32 | てんずる【転ずる】

(自五·他下一) 改變(方向、狀態)；遷居；調職

例 話題(わだい)を転(てん)ずる。

譯 轉移話題。

33 | てんち【天地】

(名) 天和地；天地，世界；宇宙，上下

例 天地(てんち)ほどの差(さ)がある。

譯 天壤之別。

34 | とうたつ【到達】

(名·自サ) 到達，達到

例 山頂(さんちょう)に到達(とうたつ)する。

譯 到達山頂。

35 | とりまく【取り巻く】

(他五) 圍住，圍繞；奉承，奉迎

例 群集(ぐんしゅう)に取(と)り巻(ま)かれる。

譯 被群眾包圍。

36 | なかほど【中程】

(名) (場所、距離的)中間；(程度)中等；(時間、事物進行的)途中，半途

例 来月(らいげつ)の中程(なかほど)までに。

譯 到下個月中旬為止。

37 | はいご【背後】

㊔ 背後；暗地，背地，幕後

例 背後に立つ。

譯 站在背後。

38 | はるか【遥か】

(副·形動) (時間、空間、程度上)遠，遙遠

例 遥かに富士山を望む。

譯 遙望富士山。

39 | ふち【縁】

㊔ 邊；緣；框

例 ハンカチの縁取りがピンク色だった。

譯 手帕的鑲邊是粉紅色的。

40 | ふりかえる【振り返る】

(他五) 回頭看，向後看；回顧

例 過去を振り返る。

譯 回顧過去。

41 | ふりだし【振り出し】

㊔ 出發點；開始，開端；(經)開出(支票、匯票等)

例 振り出しに戻る。

譯 回到出發點。

42 | へいこう【並行】

(名·自サ) 並行；並進，同時舉行

例 線路に並行して歩く。

譯 與鐵路並行走路。

43 | へり【縁】

㊔ (河岸、懸崖、桌子等)邊緣；帽簷；鑲邊

例 縁を取る。

譯 鑲邊。

44 | まうえ【真上】

㊔ 正上方，正當頭

例 真上を仰ぐ。

譯 仰望頭頂上方。

45 | ました【真下】

㊔ 正下方，正下面

例 机の真下に潜る。

譯 躲在書桌正下方。

46 | まじわる【交わる】

(自五) (線狀物)交，交叉；(與人)交往，交際

例 線が交わる。

譯 線條交叉。

47 | まと【的】

㊔ 標的，靶子；目標；要害，要點

例 的を外す。

譯 沒中目標；沒中要害。

48 | みぎて【右手】

㊔ 右手，右邊，右面

例 右手に見えるのが公園です。

譯 右邊可看到的是公園。

49 | みちばた【道端】

㊔ 道旁，路邊

例 道端で喧嘩をする。

譯 在路邊吵架。

50 | めさき【目先】

㊔ 目前，眼前；當前，現在；遇見；外觀，外貌，當場的風趣

例 目先の利益にとらわれる。

譯 只著重眼前利益。

51 | めんする【面する】

自サ（某物）面向，面對著，對著；（事件等）面對

例 道路に面する。

譯 面對著道路。

52 | もろに

副 全面，迎面，沒有不…

例 もろにぶつかる。

譯 直接撞上。

53 | ユーターン【U-turn】

名·自サ （汽車的）U 字形轉彎，180 度迴轉

例 この道路ではUターン禁止だ。

譯 這條路禁止迴轉。

54 | より【寄り】

㊔ 偏，靠；聚會，集會

例 最寄りの駅を選ぶ。

譯 選擇最近的車站。

55 | りょうきょく【両極】

㊔ 兩極，南北極，陰陽極；兩端，兩個極端

例 磁石の両極に擬えられる。

譯 比喻為磁鐵的兩極。

Memo

パート
14
第十四章

施設、機関

- 設施、機關單位 -

N1 14-1

14-1 施設、機関 / 設施、機關單位

01 | うんえい【運営】

(名·他サ) 領導(組織或機構使其發揮作用)，經營，管理

例 運営資金(うんえいしきん)を借(か)りた。

譯 借營運資金。

02 | きこう【機構】

(名) 機構，組織；(人體、機械等)結構，構造

例 機構(きこう)を改革(かいかく)する。

譯 機構改革。

03 | しせつ【施設】

(名·他サ) 設施，設備；(兒童，老人的)福利設施

例 施設(しせつ)に入(はい)る。

譯 進入孤兒院。

04 | しゅうよう【収容】

(名·他サ) 收容，容納；拘留

例 被災者(ひさいしゃ)を収容(しゅうよう)する。

譯 收容災民。

05 | すたれる【廃れる】

(自下一) 成為廢物，變成無用，廢除；過時，不再流行；衰微，衰弱，被淘汰

例 廃(すた)れた風習(ふうしゅう)が田舎(いなか)に残(のこ)されている。

譯 已廢棄的風俗在鄉下被流傳了下來。

06 | せっち【設置】

(名·他サ) 設置，安裝；設立

例 クーラーを設置(せっち)する。

譯 安裝冷氣。

07 | せつりつ【設立】

(名·他サ) 設立，成立

例 学校(がっこう)を設立(せつりつ)する。

譯 設立學校。

08 | そうりつ【創立】

(名·他サ) 創立，創建，創辦

例 専門学校(せんもんがっこう)を創立(そうりつ)する。

譯 創辦職業學校。

09 | どだい【土台】

(名·副) (建)地基，底座；基礎；本來，根本，壓根兒

例 土台(どだい)を固(かた)める。

譯 穩固基礎。

10 | とりあつかう【取り扱う】

(他五) 對待，接待；(用手)操縱，使用；處理；管理，經辦

例 高級品(こうきゅうひん)を取(と)り扱(あつか)う。

譯 經辦高級商品。

11 | ふくごう【複合】

(名·自他サ) 複合，合成

例 複合施設を建設する。

譯 建設複合設施。

N1 14-2

14-2 いろいろな施設 / 各種設施

01 いせき【遺跡】

名 故址，遺跡，古蹟

例 遺跡を発見する。

譯 發現遺跡。

02 きゅうでん【宮殿】

名 宮殿；祭神殿

例 バッキンガム宮殿。

譯 白金漢宮。

03 しきじょう【式場】

名 舉行儀式的場所，會場，禮堂

例 式場を予約する。

譯 預約禮堂。

04 スタジオ【studio】

名 藝術家工作室；攝影棚，照相館；播音室，錄音室

例 スタジオで撮影する。

譯 在攝影棚錄影。

05 タワー【tower】

名 塔

例 コントロールタワー。

譯 塔台。

06 ひ【碑】

漢造 碑

例 記念碑を建てる。

譯 建立紀念碑。

07 ふうしゃ【風車】

名 風車

例 風車を回す。

譯 風車運轉。

08 ほんかん【本館】

名（對別館、新館而言）原本的建築物，主要的樓房；此樓，本樓，本館

例 本館と別館に分かれる。

譯 分為本館與分館。

09 みんしゅく【民宿】

名・自サ（觀光地的）民宿，家庭旅店；（旅客）在民家投宿

例 民宿に泊まる。

譯 住在民宿。

10 モーテル【motel】

名 汽車旅館，附車庫的簡易旅館

例 モーテルに泊まる。

譯 留宿在汽車旅館。

N1 14-3

14-3 病院 / 醫院

01 いいん【医院】

名 醫院，診療所

例 医院の院長を務める。

譯 就任醫院的院長。

02 うけいれる【受け入れる】

他下一 收，收下；收容，接納；採納，接受

例 要求を受け入れる。

譯 接受要求。

03 | うけいれ【受け入れ】

㊔（新成員或移民等的）接受，收容；（物品或材料等的）收進，收入；答應，承認

例 受(う)け入(い)れ計画書(けいかくしょ)を作成(さくせい)する。

譯 製作接收計畫書。

04 | おうきゅう【応急】

㊔ 應急，救急

例 応急処置(おうきゅうしょち)をする。

譯 進行緊急處置。

05 | おうしん【往診】

名・自サ（醫生的）出診

例 週(しゅう)1回(かい)の往診(おうしん)を頼(たの)む。

譯 請大夫一週一次出診。

06 | ガーゼ【（德）Gaze】

㊔ 紗布，藥布

例 ガーゼを傷口(きずぐち)に当(あ)てる。

譯 把紗布蓋在傷口上。

07 | かいぼう【解剖】

名・他サ（醫）解剖；（事物、語法等）分析

例 カエルを解剖(かいぼう)する。

譯 解剖青蛙。

08 | がいらい【外来】

㊔ 外來，舶來；（醫院的）門診

例 外来種(がいらいしゅ)が繁殖(はんしょく)する。

譯 繁殖外來品種。

09 | カルテ【（德）Karte】

㊔ 病歷

例 カルテに記載(きさい)する。

譯 記載在病歷裡。

10 | がんか【眼科】

㊔（醫）眼科

例 眼科(がんか)を受診(じゅしん)する。

譯 看眼科。

11 | きょうせい【矯正】

名・他サ 矯正，糾正

例 悪癖(あくへき)を矯正(きょうせい)する。

譯 糾正惡習。

12 | さんふじんか【産婦人科】

㊔（醫）婦產科

例 産婦人科(さんふじんか)を受診(じゅしん)する。

譯 到婦產科就診。

13 | しか【歯科】

㊔（醫）牙科，齒科

例 歯科検診(しかけんしん)を受(う)ける。

譯 去牙醫檢查。

14 | じびか【耳鼻科】

㊔ 耳鼻科

例 耳鼻科医(じびかい)にかかる。

譯 去看耳鼻喉科醫生。

15 | しょうにか【小児科】

㊔ 小兒科，兒科

例 小児科病院(しょうにかびょういん)に支援物資(しえんぶっし)を送(おく)った。

譯 送支援物資到小兒科醫院。

16 | しょほうせん【処方箋】

㊔ 處方籤

例 処方箋(しょほうせん)をもらう。

譯 領取處方籤。

17 | しんりょう【診療】

名·他サ 診療，診察治療

例 診療(しんりょう)を受(う)ける。

譯 接受治療。

18 | ばいきん【ばい菌】

名 細菌，微生物

例 ばい菌(きん)を退治(たいじ)する。

譯 去除霉菌。

N1 14-4

14-4 店 /
商店

01 | あつかい【扱い】

名 使用，操作；接待，待遇；(當作…)對待；處理，調停

例 客(きゃく)の扱(あつか)いが丁寧(ていねい)だ。

譯 待客周到。

02 | アフターサービス【(和) after + service】

名 售後服務

例 アフターサービスがいい。

譯 售後服務良好。

03 | ざいこ【在庫】

名 庫存，存貨；儲存

例 在庫(ざいこ)が切(き)れる。

譯 沒有庫存。

04 | セール【sale】

名 拍賣，大減價

例 閉店(へいてん)セールを開催(かいさい)する。

譯 舉辦歇業大拍賣。

05 | ちめいど【知名度】

名 知名度，名望

例 知名度(ちめいど)が高(たか)い。

譯 知名度很高。

06 | ちんれつ【陳列】

名·他サ 陳列

例 棚(たな)に陳列(ちんれつ)する。

譯 陳列在架子上。

07 | てがける【手掛ける】

他下一 親自動手，親手

例 工事(こうじ)を手掛(てが)ける。

譯 親自施工。

08 | ドライブイン【drive-in】

名 免下車餐廳(銀行、郵局、加油站)；快餐車道

例 ドライブインに入(はい)る。

譯 開進快餐車道。

09 | とりかえ【取り替え】

名 調換，交換；退換，更換

例 取(と)り替(か)え時期(じき)が来(く)る。

譯 換季的時期到來。

10 | にぎわう【賑わう】

自五 熱鬧，擁擠；繁榮，興盛

例 商店街(しょうてんがい)が賑(にぎ)わう。

譯 商店街很繁榮。

11 | バー【bar】

名 (鐵、木的)條，桿，棒；小酒吧，酒館

例 バーで飲(の)む。

譯 在酒吧喝酒。

12 | まねき【招き】

㊔ 招待，邀請，聘請；（招攬顧客的）招牌，裝飾物

例 招き猫を飾る。

譯 用招財貓裝飾。

N1 14-5

14-5 団体、会社 / 團體、公司行號

01 | がっぺい【合併】

(名·自他サ) 合併

例 二社が合併する。

譯 兩家公司合併。

02 | かんゆう【勧誘】

(名·他サ) 勸誘，勸説；邀請

例 入会を勧誘する。

譯 勸人加入會員。

03 | きょうかい【協会】

㊔ 協會

例 協会を設立する。

譯 成立協會。

04 | じちたい【自治体】

㊔ 自治團體

例 自治体の権限を強化する。

譯 強化自治團體的權限。

05 | しょうちょう【象徴】

(名·他サ) 象徵

例 平和の象徴をモチーフにした。

譯 以和平的象徵為創作靈感。

06 | しょうれい【奨励】

(名·他サ) 獎勵，鼓勵

例 貯蓄を奨励する。

譯 獎勵儲蓄。

07 | つぐ【継ぐ】

(他五) 繼承，承接，承襲；添，加，續

例 家業を継ぐ。

譯 繼承家業。

08 | ていけい【提携】

(名·自サ) 提攜，攜手；協力，合作

例 業務提携を結ぶ。

譯 締結業務合作協議。

09 | ぬけだす【抜け出す】

(自五) 溜走，逃脱，擺脱；（髮、牙）開始脱落，掉落

例 迷路から抜け出す。

譯 從迷宮中找到出路（找到對的路）。

10 | ふどうさんや【不動産屋】

㊔ 房地產公司

例 不動産屋でアパートを探す。

譯 透過房地產公司找公寓。

11 | へいしゃ【弊社】

㊔ 敝公司

例 弊社の商品が紹介される。

譯 介紹敝公司的產品。

パート 15 第十五章 交通

- 交通 -

N1 15-1

15-1 交通、運輸 / 交通、運輸

01 | うんそう【運送】

名・他サ 運送，運輸，搬運

例 救援物資を運送する。

譯 運送救援物資。

02 | うんゆ【運輸】

名 運輸，運送，搬運

例 海上運輸を担った。

譯 負責海上運輸。

03 | かいそう【回送】

名・他サ（接人、裝貨等）空車調回；轉送，轉遞；運送

例 回送車。

譯 空車返回總站。

04 | きりかえる【切り替える】

他下一 轉換，改換，掉換；兌換

例 レバーを切り替える。

譯 切換變速裝置。

05 | きりかえ【切り替え】

名 轉換，切換；兌換；（農）開闢森林成田地（過幾年後再種樹）

例 運転免許の切替。

譯 更換駕照。

06 | けいろ【経路】

名 路徑，路線

例 経路を変える。

譯 改變路線。

07 | さえぎる【遮る】

他五 遮擋，遮住，遮蔽；遮斷，遮攔，阻擋

例 日差しを遮る。

譯 遮住陽光。

08 | せっしょく【接触】

名・自サ 接觸；交往，交際

例 接触を断つ。

譯 斷絕來往。

09 | せんよう【専用】

名・他サ 專用，獨佔，壟斷，專門使用

例 婦人専用車両に乗る。

譯 搭乘女性專用車輛。

10 | ふうさ【封鎖】

名・他サ 封鎖；凍結

例 国境を封鎖する。

譯 封鎖國界。

11 | ゆうせん【優先】

(名·自サ) 優先

例 優先席に座る。

譯 坐博愛座。

N1 ⊙ 15-2

15-2 鉄道、船、飛行機 /
鐵路、船隻、飛機

01 | えんせん【沿線】

(名) 沿線

例 鉄道沿線の住民。

譯 鐵路沿線的居民。

---

02 | かいろ【海路】

(名) 海路

例 帰りは海路をとる。

譯 回程走海路。

---

03 | きせん【汽船】

(名) 輪船，蒸汽船

例 汽船で行く。

譯 坐輪船前去。

---

04 | ぎょせん【漁船】

(名) 漁船

例 マグロ漁船。

譯 捕鮪船。

---

05 | ぐんかん【軍艦】

(名) 軍艦

例 軍艦を派遣する。

譯 派遣軍艦。

06 | こうかい【航海】

(名·自サ) 航海

例 航海に出る。

譯 出海航行。

---

07 | シート【seat】

(名) 座位，議席；防水布

例 シートベルトを着用しよう。

譯 請繫上安全帶吧！

---

08 | しはつ【始発】

(名) (最先)出發；始發(車，站)；第一班車

例 始発電車に乗る。

譯 搭乘首班車。

---

09 | じゅんきゅう【準急】

(名) (鐵)平快車，快速列車

例 準急に乗る。

譯 搭乘快速列車。

---

10 | せんぱく【船舶】

(名) 船舶，船隻

例 船舶無線局が閉鎖する。

譯 關閉船隻無線電台。

---

11 | そうじゅう【操縦】

(名·他サ) 駕駛；操縱，駕馭，支配

例 飛行機を操縦する。

譯 駕駛飛機。

---

12 | ちゃくりく【着陸】

(名·自サ) (空)降落，著陸

例 飛行機が着陸する。
譯 飛機降落。

13 | ちんぼつ【沈没】

名·自サ 沈沒；醉得不省人事；(東西)進了當鋪

例 船が沈没する。
譯 船沈沒。

14 | ついらく【墜落】

名·自サ 墜落，掉下

例 飛行機が墜落する。
譯 飛機墜落。

15 | つりかわ【つり革】

名 (電車等的)吊環，吊帶

例 つり革につかまる。
譯 抓住吊環。

16 | のりこむ【乗り込む】

自五 坐進，乘上(車)；開進，進入；(和大家)一起搭乘；(軍隊)開入；(劇團、體育團體等)到達

例 船に乗り込む。
譯 上船。

17 | フェリー【ferry】

名 渡口，渡船(フェリーボート之略)

例 フェリーが出航する。
譯 渡船出航。

18 | ふっきゅう【復旧】

名·自他サ 恢復原狀；修復

例 電力が復旧する。
譯 恢復電力。

19 | みうごき【身動き】

名 (下多接否定形)轉動(活動)身體；自由行動

例 満員で身動きもできない。
譯 人滿為患，擠得動彈不得。

20 | ロープウェー【ropeway】

名 空中纜車，登山纜車

例 ロープウェーで山を登る。
譯 搭乘空中纜車上山。

N1 15-3

15-3 自動車、道路 / 汽車、道路

01 | アクセル【accelerator 之略】

名 (汽車的)加速器

例 アクセルを踏む。
譯 踩油門。

02 | いかれる

自下一 破舊，(機能)衰退

例 エンジンがいかれる。
譯 引擎破舊。

03 | インターチェンジ【interchange】

名 高速公路的出入口；交流道

例 インターチェンジが閉鎖される。
譯 交流道被封鎖。

04 | オートマチック【automatic】

(名・形動・造) 自動裝置，自動機械；自動裝置的，自動式的

例 オートマチックな仕掛(しか)け。

譯 自動化設備。

05 | かんせん【幹線】

(名) 主要線路，幹線

例 幹線道路(かんせんどうろ)を走(はし)る。

譯 走主要幹線。

06 | じゅうじろ【十字路】

(名) 十字路，岐路

例 十字路(じゅうじろ)に立(た)つ。

譯 站在十字路口；不知所向。

07 | じょこう【徐行】

(名・自サ)(電車，汽車等)慢行，徐行

例 自動車(じどうしゃ)が徐行(じょこう)する。

譯 汽車慢慢行駛。

08 | スポーツカー【sports car】

(名) 跑車

例 スポーツカーを買(か)う。

譯 買跑車。

09 | そうこう【走行】

(名・自サ) (汽車等)行車，行駛

例 走行距離(そうこうきょり)が短(みじか)い。

譯 行車距離過短。

10 | たまつき【玉突き】

(名) 撞球；連環(車禍)

例 玉突(たまつ)き事故(じこ)が起(お)きた。

譯 引起連環車禍。

11 | ダンプ【dump】

(名) 傾卸卡車、翻斗車的簡稱(ダンプカー之略)

例 ダンプを運転(うんてん)する。

譯 駕駛傾卸卡車。

12 | みち【道】

(名) 道路；道義，道德；方法，手段；路程；專門，領域

例 道(みち)を譲(ゆず)る。

譯 讓路。

13 | レンタカー【rent-a-car】

(名) 出租汽車

例 レンタカーを運転(うんてん)する。

譯 開租來的車。

パート 16 第十六章 通信、報道

- 通訊、報導 -

N1 16-1

16-1 通信、電話、郵便 / 通訊、電話、郵件

01 | あてる【宛てる】

他下一 寄給

例 兄(あに)にあてたはがきを出(だ)す。

譯 寄明信片給哥哥。

02 | あて【宛】

造語 (寄、送)給…；每(平分、平均)

例 社長(しゃちょう)あての手紙(てがみ)。

譯 寄給社長的信。

03 | エアメール【airmail】

名 航空郵件，航空信

例 エアメールを送(おく)る。

譯 寄送航空郵件。

04 | オンライン【on-line】

名 (球)落在線上，壓線；(電・計)在線上

例 オンラインで検索(けんさく)する。

譯 在線上搜尋。

05 | さしだす【差し出す】

他五 (向前)伸出，探出；(把信件等)寄出，發出；提出，交出，獻出；派出，派遣，打發

例 ハンカチを差(さ)し出(だ)す。

譯 拿出手帕。

06 | しゅうはすう【周波数】

名 頻率

例 ラジオの周波数(しゅうはすう)が合(あ)う。

譯 調準無線電廣播的頻率。

07 | つうわ【通話】

名・自サ (電話)通話

例 通話時間(つうわじかん)が長(なが)い。

譯 通話時間很長。

08 | といあわせる【問い合わせる】

他下一 打聽，詢問

例 発売元(はつばいもと)に問(と)い合(あ)わせる。

譯 洽詢經銷商。

09 | どうふう【同封】

名・他サ 隨信附寄，附在信中

例 同封(どうふう)のはがきで返事(へんじ)をする。

譯 用附在信中的明信片回覆。

10 | とぎれる【途切れる】

自下一 中斷，間斷

例 連絡(れんらく)が途切(とぎ)れる。

譯 聯絡中斷。

11 | とりつぐ【取り次ぐ】

(他五) 傳達；(在門口)通報，傳遞；經銷，代購，代辦；轉交

例 電話を取り次ぐ。

譯 轉接電話。

12 | ふう【封】

(名・漢造) 封口，封上；封條；封疆；封閉

例 手紙に封をする。

譯 封上信封。

13 | ぼうがい【妨害】

(名・他サ) 妨礙，干擾

例 妨害電波を出す。

譯 發出干擾電波。

14 | むせん【無線】

(名) 無線，不用電線；無線電

例 無線機で話す。

譯 用無線電説話。

N1 ● 16-2

16-2 伝達、通知、情報 / 傳達、告知、信息

01 | インフォメーション【information】

(名) 通知，情報，消息；傳達室，服務台；見聞

例 インフォメーションセンターに問い合わせる。

譯 詢問服務中心。

02 | かいらん【回覧】

(名・他サ) 傳閱；巡視，巡覽

例 回覧板を回す。

譯 傳閱通知。

03 | かくさん【拡散】

(名・自サ) 擴散；(理)漫射

例 核拡散防止条約。

譯 禁止擴張核武條約。

04 | かんこく【勧告】

(名・他サ) 勸告，説服

例 社員に辞職を勧告する。

譯 勸員工辭職。

05 | こうかい【公開】

(名・他サ) 公開，開放

例 一般に公開する。

譯 全面公開。

06 | こくち【告知】

(名・他サ) 通知，告訴

例 患者に病名を告知する。

譯 告知患者疾病名稱。

07 | ことづける【言付ける】

(他下一) 託付，帶口信 (自下一) 假託，藉口

例 月曜日来てもらうように言づける。

譯 捎個口信説請星期一來一趟。

08 | ことづて【言伝】

(名) 傳聞；帶口信

例 言伝に聞く。

譯 傳聞。

09 | コマーシャル【commercial】
㊔ 商業(的)，商務(的)；商業廣告

例 コマーシャルに出る。
譯 在廣告中出現。

10 | しょうそく【消息】
㊔ 消息，信息；動靜，情況

例 消息をつかむ。
譯 掌握消息。

11 | つげる【告げる】
(他下一) 通知，告訴，宣布，宣告

例 別れを告げる。
譯 告別。

12 | テレックス【telex】
㊔ 電報，電傳

例 テレックスを使用する。
譯 使用電報。

13 | てんそう【転送】
(名·他サ) 轉寄

例 E メールを転送する。
譯 轉寄e-mail。

14 | はりがみ【張り紙】
㊔ 貼紙；廣告，標語

例 張り紙をする。
譯 張貼廣告紙。

16-3 報道、放送 / 報導、廣播

01 | えいぞう【映像】
㊔ 映像，影像；(留在腦海中的)形象，印象

例 映像を映し出す。
譯 放映出影像。

02 | おおやけ【公】
㊔ 政府機關，公家，集體組織；公共，公有；公開

例 公の場で披露した。
譯 在公開的場合宣布。

03 | かいけん【会見】
(名·自サ) 會見，會面，接見

例 会見を開く。
譯 召開會面。

04 | さんじょう【参上】
(名·自サ) 拜訪，造訪

例 参上いたします。
譯 登門拜訪。

05 | しゅざい【取材】
(名·自他サ) (藝術作品等)取材；(記者)採訪

例 現場で取材する。
譯 在現場採訪。

06 | たんぱ【短波】

㊔ 短波

例 短波放送が受信できない。

譯 無法收聽短波廣播。

07 | チャンネル【channel】

㊔（電視，廣播的）頻道

例 チャンネルを合わせる。

譯 調整頻道。

08 | ちゅうけい【中継】

名・他サ 中繼站，轉播站；轉播

例 生中継。

譯 現場轉播。

09 | とくしゅう【特集】

名・他サ 特輯，專輯

例 核問題を特集する。

譯 專題介紹核能問題。

10 | はんきょう【反響】

名・自サ 迴響，回音；反應，反響

例 反響を呼ぶ。

譯 引起迴響。

11 | ほうじる【報じる】

他上一 通知，告訴，告知，報導；報答，報復

例 ニュースの報じるところによると。

譯 根據電視新聞報導。

12 | ほうずる【報ずる】

自他サ 通知，告訴，告知，報導；報答，報復

例 新聞が報ずる内容。

譯 報紙報導的內容。

13 | ほうどう【報道】

名・他サ 報導

例 報道機関向けに提供する。

譯 提供給新聞媒體。

14 | メディア【media】

㊔ 手段，媒體，媒介

例 マスメディアが発する。

譯 宣傳媒體發出訊息。

パート 17 第十七章 スポーツ

- 體育運動 -

N1 17-1

17-1 スポーツ / 體育運動

01 | あがく

自五 掙扎；手腳亂動

例 水中(すいちゅう)であがく。

譯 在水裡掙扎。

02 | きわめる【極める】

他下一 查究；到達極限

例 山頂(さんちょう)を極(きわ)める。

譯 攻頂。

03 | けっそく【結束】

名·自他サ 捆綁，捆束；團結；準備行裝，穿戴(衣服或盔甲)

例 結束(けっそく)して戦(たたか)う。

譯 團結抗戰。

04 | さかだち【逆立ち】

名·自サ (體操等)倒立，倒豎；顛倒

例 逆立(さかだ)ちで歩(ある)く。

譯 倒立行走。

05 | さらなる【更なる】

連體 更

例 更(さら)なるご活躍(かつやく)をお祈(いの)りします。

譯 預祝您有更好的發展。

06 | しゅぎょう【修行】

名·自サ 修(學)，練(武)，學習(技藝)

例 剣道(けんどう)を修行(しゅぎょう)する。

譯 修行劍道。

07 | じっとり

副 濕漉漉，濕淋淋

例 じっとりと汗(あせ)をかく。

譯 汗流浹背。

08 | すばしっこい

形 動作精確迅速，敏捷，靈敏

例 すばしっこく動(うご)き回(まわ)る。

譯 靈活地四處活動。

09 | ちゅうがえり【宙返り】

名·自サ (在空中)旋轉，翻筋斗

例 宙返(ちゅうがえ)り飛行(ひこう)を楽(たの)しむ。

譯 享受飛機的花式飛行。

10 | ついほう【追放】

名·他サ 流逐，驅逐(出境)；肅清，流放；洗清，開除

例 国外(こくがい)に追放(ついほう)する。

譯 驅逐出境。

11 | てつぼう【鉄棒】

名 鐵棒，鐵棍；(體)單槓

例 鉄棒運動(てつぼううんどう)を始(はじ)めた。

譯 開始做單槓運動。

12 | どうじょう【道場】

㊔ 道場，修行的地方；教授武藝的場所，練武場

例 柔道の道場が建設された。

譯 修建柔道的道場。

13 | どひょう【土俵】

㊔（相撲）比賽場，摔角場；緊要關頭

例 土俵に上がる。

譯（相撲選手）上場。

14 | ひきずる【引きずる】

(自·他五) 拖，拉；硬拉著走；拖延

例 過去を引きずる。

譯 耽溺於過去。

15 | びっしょり

(副) 溼透

例 汗びっしょりになる。

譯 汗濕。

16 | フォーム【form】

㊔ 形式，樣式；（體育運動的）姿勢；月台，站台

例 フォームが崩れる。

譯 動作姿勢不對。

17 | ふっかつ【復活】

(名·自他サ) 復活，再生；恢復，復興，復辟

例 敗者復活戦が開催される。

譯 進行敗部復活戰。

18 | まかす【負かす】

(他五) 打敗，戰勝

例 議論で相手を負かす。

譯 憑辯論駁倒對方。

19 | またがる【跨がる】

(自五)（分開兩腿）騎，跨；跨越，橫跨

例 馬にまたがる。

譯 騎馬。

20 | みうしなう【見失う】

(他五) 迷失，看不見，看丟

例 目標を見失う。

譯 迷失目標。

21 | みちびく【導く】

(他五) 引路，導遊；指導，引導；導致，導向

例 勝利に導く。

譯 引向勝利。

22 | めいちゅう【命中】

(名·自サ) 命中

例 彼女のハートに命中する。

譯 命中她的心，得到她的心。

23 | よこづな【横綱】

㊔（相撲）冠軍選手繫在腰間標示身份的粗繩；（相撲冠軍選手稱號）橫綱；手屈一指

例 横綱に昇進する。

譯 晉級為橫綱。

N1 17-2 (1)

17-2 試合 (1) /
比賽 (1)

01 | あっけない【呆気ない】

(形) 因為太簡單而不過癮；沒意思；簡單；草草

例 あっけなく終わる。

譯 草草結束。

02 ｜かんせい【歓声】

㊔ 歡呼聲

例 歓声（かんせい）を上（あ）げる。

譯 發出歡呼聲。

---

03 ｜きけん【棄権】

(名·他サ) 棄權

例 試合（しあい）を棄権（きけん）する。

譯 比賽棄權。

---

04 ｜ぎゃくてん【逆転】

(名·自他サ) 倒轉，逆轉；反過來；惡化，倒退

例 逆転勝利（ぎゃくてんしょうり）で初戦（しょせん）を飾（かざ）る。

譯 以逆轉勝讓初賽增添光彩。

---

05 ｜きゅうせん【休戦】

(名·自サ) 休戰，停戰

例 一時休戦（いちじきゅうせん）する。

譯 暫時休兵。

---

06 ｜けいせい【形勢】

㊔ 形勢，局勢，趨勢

例 形勢（けいせい）が逆転（ぎゃくてん）する。

譯 形勢逆轉。

---

07 ｜けっしょう【決勝】

㊔ (比賽等)決賽，決勝負

例 決勝戦（けっしょうせん）に出（で）る。

譯 參加決賽。

---

08 ｜ゴールイン【(和) goal + in】

(名·自サ) 抵達終點，跑到終點；(足球)射門；結婚

例 ゴールインして夫婦（ふうふ）になる。

譯 抵達愛情的終點，而結婚了。

---

09 ｜さくせん【作戦】

㊔ 作戰，作戰策略，戰術；軍事行動，戰役

例 作戦（さくせん）を練（ね）る。

譯 反覆思考作戰策略。

---

10 ｜しかける【仕掛ける】

(他下一) 開始做，著手；做到途中；主動地作；挑釁，尋釁；裝置，設置，布置；準備，預備

例 わなを仕掛（しか）ける。

譯 裝設陷阱。

---

11 ｜じたい【辞退】

(名·他サ) 辭退，謝絕

例 彼（かれ）はその賞（しょう）を辞退（じたい）した。

譯 他謝絕了那個獎。

---

12 ｜しっかく【失格】

(名·自サ) 失去資格

例 失格（しっかく）して退場（たいじょう）する。

譯 失去參賽資格而退場。

---

13 ｜じょうい【上位】

㊔ 上位，上座

例 上位（じょうい）を占（し）める。

譯 居於上位。

---

14 ｜しょうり【勝利】

(名·自サ) 勝利

例 勝利（しょうり）をあげる。

譯 獲勝。

15 | しんてい【進呈】

(名·他サ) 贈送，奉送

みほん　しんてい
例 見本を進呈する。

譯 奉送樣本。

16 | せいし【静止】

(名·自サ) 靜止

せいし じょうたい　たも
例 静止状態に保つ。

譯 保持靜止狀態。

17 | せんじゅつ【戦術】

(名) (戰爭或鬥爭的) 戰術；策略；方法

せんじゅつ　ね
例 戦術を練る。

譯 在戰術上下功夫。

18 | ぜんせい【全盛】

(名) 全盛，極盛

ぜんせい　きわ
例 全盛を極める。

譯 盛極一時。

19 | せんて【先手】

(名) (圍棋) 先下；先下手

せんて　と
例 先手を取る。

譯 先發制人。

20 | せんりょく【戦力】

(名) 軍事力量，戰鬥力，戰爭潛力；工作能力強的人

せんりょく　ぞうきょう
例 戦力を増強する。

譯 加強戰鬥力。

21 | そうごう【総合】

(名·他サ) 綜合，總合，集合

そうごう　と
例 総合ビタミンを摂る。

譯 攝取綜合維他命。

22 | たいこう【対抗】

(名·自サ) 對抗，抵抗，相爭，對立

しんりゃく　たいこう
例 侵略に対抗する。

譯 抵抗侵略。

23 | たっせい【達成】

(名·他サ) 達成，成就，完成

もくひょう　たっせい
例 目標を達成する。

譯 達成目標。

N1 17-2 (2)

17-2 試合 (2) /
比賽 (2)

24 | だんけつ【団結】

(名·自サ) 團結

だんけつ　はか
例 団結を図る。

譯 謀求團結。

25 | ちゅうせん【抽選】

(名·自サ) 抽籤

ちゅうせん　あ
例 抽選に当たる。

譯 (抽籤) 被抽中。

26 | ちゅうだん【中断】

(名·自他サ) 中斷，中輟

かいぎ　ちゅうだん
例 会議を中断する。

譯 使會議暫停。

27 | てんさ【点差】

(名) (比賽時) 分數之差

てんさ　ちぢ
例 点差が縮まる。

譯 縮小比數的差距。

28 | どうてき【動的】

(形動) 動的，變動的，動態的；生動的，活潑的，積極的

例 動的な描写が見事だ。

譯 生動的描繪真是精彩。

29 | とくてん【得点】

(名)（學藝、競賽等的）得分

例 得点を稼ぐ。

譯 爭取得分。

30 | トロフィー【trophy】

(名) 獎盃

例 栄光のトロフィーを守る。

譯 守住無限殊榮的獎盃。

31 | ナイター【（和）night + er】

(名) 棒球夜場賽

例 ナイター中継を観る。

譯 觀看棒球夜場賽轉播。

32 | にゅうしょう【入賞】

(名·自サ) 得獎，受賞

例 入賞を果たす。

譯 完成得獎心願。

33 | のぞむ【臨む】

(自五) 面臨，面對；瀕臨；遭逢；蒞臨；君臨，統治

例 本番に臨む。

譯 正式上場。

34 | はいせん【敗戦】

(名·自サ) 戰敗

例 日本が敗戦する。

譯 日本戰敗。

35 | はい・ぱい【敗】

(名·漢造) 輸；失敗；腐敗；戰敗

例 1勝1敗になった。

譯 最後一勝一敗。

36 | はいぼく【敗北】

(名·自サ)（戰爭或比賽）敗北，戰敗；被擊敗；敗逃

例 敗北を喫する。

譯 吃敗仗。

37 | はんげき【反撃】

(名·自サ) 反擊，反攻，還擊

例 反撃をくらう。

譯 遭受反擊。

38 | ハンディ【handicap 之略】

(名) 讓步（給實力強者的不利條件，以使勝負機會均等的一種競賽）；障礙

例 ハンディがもらえる。

譯 取得讓步。

39 | ふんとう【奮闘】

(名·自サ) 奮鬥；奮戰

例 君の孤軍奮闘に声援を送る。

譯 給孤軍奮鬥的你熱烈的聲援。

40 | まさる【勝る】

(自五) 勝於，優於，強於

例 勝るとも劣らない。

譯 有過之而無不及。

41 | まとまり【纏まり】

㊔ 解決，結束，歸結；一貫，連貫；統一，一致

例 このクラスはまとまりがある。

譯 這個班級很團結。

42 | もてる【持てる】

自下一 受歡迎；能維持；能有

例 持(も)てる力(ちから)を出(だ)し切(き)る。

譯 發揮所有的力量。

43 | やっつける

他下一 （俗）幹完；（狠狠的）教訓一頓，整一頓；打敗，擊敗

例 相手(あいて)チームをやっつける。

譯 擊敗對方隊伍。

44 | ゆうせい【優勢】

名·形動 優勢

例 優勢(ゆうせい)に立(た)つ。

譯 處於優勢。

45 | よせあつめる【寄せ集める】

他下一 收集，匯集，聚集，拼湊

例 素人(しろうと)を寄(よ)せ集(あつ)めたチーム。

譯 外行人組成的隊伍。

46 | レース【race】

㊔ 速度比賽，競速（賽車、游泳、遊艇及車輛比賽等）；競賽；競選

例 F1のレースを見(み)る。

譯 看F1賽車比賽。

47 | レギュラー【regular】

名·造語 正式成員；正規兵；正規的，正式的；有規律的

例 レギュラーで番組(ばんぐみ)に出(で)る。

譯 以正式成員出席電視節目。

N1 17-3

17-3 球技、陸上競技 / 球類、田徑賽

01 | うけとめる【受け止める】

他下一 接住，擋下；阻止，防止；理解，認識

例 忠告(ちゅうこく)を受(う)け止(と)める。

譯 接受忠告。

02 | キャッチ【catch】

名·他サ 捕捉，抓住；（棒球）接球

例 ボールをキャッチする。

譯 接住球。

03 | けいかい【軽快】

形動 輕快；輕鬆愉快；輕便；（病情）好轉

例 軽快(けいかい)な身(み)のこなし。

譯 一身輕裝。

04 | けとばす【蹴飛ばす】

他五 踢；踢開，踢散，踢倒；拒絕

例 布団(ふとん)を蹴飛(けと)ばす。

譯 踢被子。

05 | コントロール【control】

名·他サ 支配，控制，節制，調節

例 感情(かんじょう)をコントロールする。

譯 控制情感。

06 | しゅび【守備】

名·他サ 守備，守衛；（棒球）防守

例 守備に就く。
譯 擔任防守。

07 | せめ【攻め】
名 進攻，圍攻
例 攻めのチームを作っていく。
譯 組成一個善於進攻的隊伍。

08 | だげき【打撃】
名 打擊，衝擊
例 打撃を与える。
譯 給予打擊。

09 | チームワーク【teamwork】
名 (隊員間的)團隊精神，合作，配合，默契
例 チームワークがいい。
譯 團隊合作良好。

10 | てもと【手元】
名 手邊，手頭；膝下，身邊；生計；手法，技巧
例 手元に置く。
譯 放在手邊。

11 | にぶる【鈍る】
自五 不利，變鈍；變遲鈍，減弱
例 腕が鈍る。
譯 技巧生疏。

12 | ぬかす【抜かす】
他五 遺漏，跳過，省略
例 腰を抜かす。
譯 閃了腰；嚇呆了。

13 | バット【bat】
名 球棒
例 バットを振る。
譯 揮球棒。

14 | バトンタッチ【(和) baton + touch】
名·他サ (接力賽跑中)交接接力棒;(工作、職位)交接
例 次の選手にバトンタッチする。
譯 交給下一個選手。

15 | びり
名 最後，末尾，倒數第一名
例 びりになる。
譯 拿到最後一名。

パート 18 第十八章

趣味、娯楽

- 愛好、嗜好、娛樂 -

01 | あいこ

N1 18

㊔ 不分勝負，不相上下

例 あいこになる。

譯 不分勝負。

02 | アダルトサイト【adult site】

㊔ 成人網站

例 アダルトサイトを抜(ぬ)く。

譯 去除成人網站。

03 | いじる【弄る】

他五 (俗)(毫無目的地)玩弄，擺弄；(做為娛樂消遣)玩弄，玩賞；隨便調動，改動(機構)

例 髪(かみ)をいじる。

譯 玩弄頭髮。

04 | おとずれる【訪れる】

自下一 拜訪，訪問；來臨；通信問候

例 チャンスが訪(おとず)れる。

譯 機會降臨。

05 | ガイドブック【guidebook】

㊔ 指南，入門書；旅遊指南手冊

例 ガイドブックを見(み)る。

譯 閱讀導覽書。

06 | かけっこ【駆けっこ】

名・自サ 賽跑

例 かけっこで勝(か)つ。

譯 賽跑跑贏。

07 | かける【賭ける】

他下一 打賭，賭輸贏

例 お金(かね)を賭(か)ける。

譯 賭錢。

08 | かけ【賭け】

㊔ 打賭；賭(財物)

例 賭(か)けに勝(か)つ。

譯 賭贏。

09 | かざぐるま【風車】

㊔ (動力、玩具)風車

例 風車(かざぐるま)を回(まわ)す。

譯 轉動風車。

10 | かんらん【観覧】

名・他サ 觀覽，參觀

例 観覧車(かんらんしゃ)に乗(の)る。

譯 坐摩天輪。

11 | くうぜん【空前】

㊔ 空前

例 空前(くうぜん)の大(だい)ブーム。

譯 空前盛況。

12 | くじびき【籤引き】

(名·自サ) 抽籤

例 くじ引きで当たる。

譯 抽籤抽中。

13 | ごばん【碁盤】

(名) 圍棋盤

例 道が碁盤の目のように走っている。

譯 道路如棋盤般延伸。

14 | にづくり【荷造り】

(名·自他サ) 準備行李，捆行李，包裝

例 引っ越しの荷造り。

譯 搬家的行李。

15 | パチンコ

(名) 柏青哥，小鋼珠

例 パチンコで負ける。

譯 玩小鋼珠輸了。

16 | ひきとる【引き取る】

(自五) 退出，退下；離開，回去 (他五) 取回，領取；收購；領來照顧

例 荷物を引き取る。

譯 領回行李。

17 | マッサージ【massage】

(名·他サ) 按摩，指壓，推拿

例 マッサージをする。

譯 按摩。

18 | まり【鞠】

(名)（用橡膠、皮革、布等做的）球

例 蹴鞠に熱中していた。

譯 熱衷於（平安末期以後貴族的）踢球遊戲。

19 | よきょう【余興】

(名) 餘興

例 宴会の余興に大ウケした。

譯 宴會的餘興節目大受歡迎。

20 | りょけん【旅券】

(名) 護照

例 旅券を申請する。

譯 申請護照。

パート
19
第十九章

芸術
- 藝術 -

N1 19-1

19-1 芸術、絵画、彫刻 /
藝術、繪畫、雕刻

01 | あぶらえ【油絵】
㊔ 油畫
例 油絵を描く。
譯 畫油畫。

02 | いける【生ける】
他下一 把鮮花，樹枝等插到容器裡；種植物
例 花を生ける。
譯 插花。

03 | がくげい【学芸】
㊔ 學術和藝術；文藝
例 学芸会を開く。
譯 舉辦發表會。

04 | カット【cut】
名·他サ 切，削掉，刪除；剪頭髮；插圖
例 給料をカットする。
譯 減薪。

05 | が【画】
漢造 畫；電影，影片；（讀做「かく」）策劃，筆畫
例 洋画を見る。
譯 看西部片。

06 | げい【芸】
㊔ 武藝，技能；演技；曲藝，雜技；藝術，遊藝
例 芸を磨く。
譯 磨練技能。

07 | こっとうひん【骨董品】
㊔ 古董
例 骨董品を集める。
譯 收集古董。

08 | コンテスト【contest】
㊔ 比賽；比賽會
例 コンテストに参加する。
譯 參加競賽。

09 | さいく【細工】
名·自他サ 精細的手藝（品），工藝品；耍花招，玩弄技巧，搞鬼
例 細工を施す。
譯 施展精巧的手藝。

10 | さく【作】
㊔ 著作，作品；耕種，耕作；收成；振作；動作
例 ピカソ作の絵画が保管されている。
譯 保管著畢卡索的畫作。

11 | しあげる【仕上げる】

(他下一) 做完，完成，(最後)加工，潤飾，做出成就

例 作品(さくひん)を仕上(しあ)げる。

譯 完成作品。

12 | しゅっぴん【出品】

(名·自サ) 展出作品，展出產品

例 展覧会(てんらんかい)に出品(しゅっぴん)する。

譯 在展覽會上展出。

13 | しゅほう【手法】

(名) (藝術或文學表現的)手法

例 新(あたら)しい手法(しゅほう)を取(と)り入(い)れる。

譯 採取新的手法。

14 | ショー【show】

(名) 展覽，展覽會；(表演藝術)演出，表演；展覽品

例 ショールームを巡(めぐ)る。

譯 巡游陳列室。

15 | すい【粋】

(名·漢造) 精粹，精華；通曉人情世故，圓通；瀟灑，風流；純粹

例 技術(ぎじゅつ)の粋(すい)を集(あつ)める。

譯 集中技術的精華。

16 | せいこう【精巧】

(名·形動) 精巧，精密

例 精巧(せいこう)な細工(さいく)を施(ほどこ)した。

譯 以精巧的手工製作而成。

17 | せいてき【静的】

(形動) 靜的，靜態的

例 静的(せいてき)に描写(びょうしゃ)する。

譯 靜態描寫。

18 | せんこう【選考】

(名·他サ) 選拔，權衡

例 作品(さくひん)を選考(せんこう)する。

譯 評選作品。

19 | ぞう【像】

(名·漢造) 相，像；形象，影像

例 像(ぞう)を建(た)てる。

譯 立(銅)像。

20 | ちゃのゆ【茶の湯】

(名) 茶道，品茗會；沏茶用的開水

例 茶(ちゃ)の湯(ゆ)を習(なら)う。

譯 學習茶道。

21 | デッサン【(法) dessin】

(名) (繪畫、雕刻的)草圖，素描

例 木炭(もくたん)でデッサンする。

譯 用炭筆素描。

22 | てんじ【展示】

(名·他サ) 展示，展出，陳列

例 見本(みほん)を展示(てんじ)する。

譯 展示樣品。

23 | どくそう【独創】

(名·他サ) 獨創

例 独創性にあふれる。

譯 充滿獨創性。

---

24 | はいけい【背景】

(名) 背景；(舞台上的)布景；後盾，靠山

例 背景を描く。

譯 描繪背景。

---

25 | はんが【版画】

(名) 版畫，木刻

例 版画を彫る。

譯 雕刻版畫。

---

26 | びょうしゃ【描写】

(名·他サ) 描寫，描繪，描述

例 情景を描写する。

譯 描寫情境。

---

27 | ひろう【披露】

(名·他サ) 披露；公布；發表

例 腕前を披露する。

譯 大展身手。

---

28 | び【美】

(漢造) 美麗；美好；讚美

例 美を演出する。

譯 詮釋美麗。

---

29 | ぶんかざい【文化財】

(名) 文物，文化遺產，文化財富

例 文化財に指定する。

譯 指定為文化遺產。

---

30 | わざ【技】

(名) 技術，技能；本領，手藝；(柔道、劍術、拳擊、摔角等)招數

例 技を磨く。

譯 磨練技能。

N1 19-2

19-2 音楽 / 音樂

01 | アンコール【encore】

(名·自サ) (要求)重演，再來(演，唱)一次；呼聲

例 アンコールを求める。

譯 安可。

---

02 | がくふ【楽譜】

(名) (樂)譜，樂譜

例 楽譜を読む。

譯 看樂譜。

---

03 | しき【指揮】

(名·他サ) 指揮

例 指揮をとる。

譯 指揮。

---

04 | しゃみせん【三味線】

(名) 三弦

例 三味線を弾く。

譯 彈三弦琴；說廢話來掩飾真心。

05 | ジャンル【(法) genre】

㊔ 種類，部類；(文藝作品的)風格，體裁，流派

例 ジャンル別に探す。

譯 以類別來搜尋。

06 | すいそう【吹奏】

(名·他サ) 吹奏

例 行進曲を吹奏する。

譯 吹奏進行曲。

07 | たんか【短歌】

㊔ 短歌(日本傳統和歌，由五七五七七形式組成，共三十一音)

例 短歌を嗜む。

譯 喜愛短歌。

08 | トーン【tone】

㊔ 調子，音調；色調

例 トーンを変える。

譯 變調。

09 | ねいろ【音色】

㊔ 音色

例 きれいな音色を出す。

譯 發出優美的音色。

10 | ね【音】

㊔ 聲音，音響，音色；哭聲

例 音を上げる。

譯 叫苦，發出哀鳴。

11 | ミュージック【music】

㊔ 音樂，樂曲

例 ポップミュージックを聴く。

譯 聽流行音樂。

12 | メロディー【melody】

㊔ (樂)旋律，曲調；美麗的音樂

例 メロディーを奏でる。

譯 演奏音樂。

13 | もれる【漏れる】

(自下一) (液體、氣體、光等)漏，漏出；(秘密等)洩漏；落選，被淘汰

例 声が漏れる。

譯 聲音傳出。

N1 19-3

19-3 演劇、舞踊、映画 / 戲劇、舞蹈、電影

01 | えいしゃ【映写】

(名·他サ) 放映(影片、幻燈片等)

例 アニメを映写する。

譯 播放卡通片。

02 | えんしゅつ【演出】

(名·他サ) (劇)演出，上演；導演

例 演出家が指導する。

譯 舞台劇導演給予指導。

03 | えんじる【演じる】

(他上一) 扮演，演；做出

例 ヒロインを演じる。

譯 扮演主角。

04 ｜ぎきょく【戯曲】

㊔ 劇本，腳本；戲劇

例 シェイクスピアの戯曲（ぎきょく）。

譯 莎士比亞的劇本。

05 ｜きげき【喜劇】

㊔ 喜劇，滑稽劇；滑稽的事情

例 吉本新喜劇（よしもとしんきげき）。

譯 吉本新喜劇。

06 ｜きゃくほん【脚本】

㊔ (戲劇、電影、廣播等)劇本；腳本

例 脚本（きゃくほん）を書（か）く。

譯 寫劇本。

07 ｜げんさく【原作】

㊔ 原作，原著，原文

例 原作者（げんさくしゃ）が語（かた）る。

譯 原作者進行談話。

08 ｜こうえん【公演】

(名·自他サ) 公演，演出

例 初公演（はつこうえん）を行（おこな）う。

譯 舉辦首演。

09 ｜シナリオ【scenario】

㊔ 電影劇本，腳本；劇情説明書；走向

例 シナリオを書（か）く。

譯 寫電影劇本。

10 ｜しゅえん【主演】

(名·自サ) 主演，主角

例 映画（えいが）に主演（しゅえん）する。

譯 電影的主角。

11 ｜しゅじんこう【主人公】

㊔ (小説等的)主人公，主角

例 物語（ものがたり）の主人公（しゅじんこう）が立（た）ち上（あ）がる。

譯 故事的主人翁發奮圖強。

12 ｜しゅつえん【出演】

(名·自サ) 演出，登台

例 芝居（しばい）に出演（しゅつえん）する。

譯 登台演戲。

13 ｜じょうえん【上演】

(名·他サ) 上演

例 桃太郎（ももたろう）を上演（じょうえん）する。

譯 上演《桃太郎》。

14 ｜ソロ【solo】

㊔ (樂)獨唱；獨奏；單獨表演

例 ソロで踊（おど）る。

譯 單獨跳舞。

15 ｜だいほん【台本】

㊔ (電影，戲劇，廣播等)腳本，劇本

例 台本（だいほん）どおりに物事（ものごと）が運（はこ）ぶ。

譯 事情如劇本般的進展。

パート 20 第二十章

数量、図形、色彩

- 數量、圖形、色彩 -

N1 20-1

20-1 数 / 數目

01 | ここ【個々】

名 每個，各個，各自

例 個々（ここ）に相談（そうだん）する。

譯 個別談話。

02 | こべつ【個別】

名 個別

例 個別（こべつ）に指導（しどう）する。

譯 個別指導。

03 | こ【戸】

漢造 戶

例 この地区（ちく）は約（やく） 100 戸（こ）ある。

譯 這地區約有一百戶。

04 | じゃっかん【若干】

名 若干；少許，一些

例 若干不審（じゃっかんふしん）な点（てん）がある。

譯 多少有些可疑的地方。

05 | ダース【dozen】

名·接尾 (一)打，十二個

例 えんぴつ 1 ダースを買（か）う。

譯 購買一打鉛筆。

06 | だいたすう【大多数】

名 大多數，大部分

例 大多数（だいたすう）の意見（いけん）が反映（はんえい）される。

譯 反應出多數人的意見。

07 | たすうけつ【多数決】

名 多數決定，多數表決

例 多数決（たすうけつ）で決（き）める。

譯 以少數服從多數來決定。

08 | たんいつ【単一】

名 單一，單獨；單純；(構造)簡單

例 単一（たんいつ）の行動（こうどう）を取（と）る。

譯 採取統一的行動。

09 | たん【単】

漢造 單一；單調；單位；單薄；(網球、乒乓球的)單打比賽

例 単位（たんい）が取（と）れる。

譯 得到學分。

10 | ちょう【超】

漢造 超過；超脱；(俗)最，極

例 超大型（ちょうおおがた）の巨人（きょじん）が現（あらわ）れる。

譯 出現了超大型巨人。

11 | つい【対】

(名·接尾) 成雙，成對；對句；(作助數詞用)一對，一雙

例 対の着物。

譯 成對的和服。

12 | とう【棟】

(漢造) 棟梁；(建築物等)棟，一座房子

例 子ども病棟を訪れる。

譯 探訪兒童醫院大樓。

13 | とっぱ【突破】

(名·他サ) 突破；超過

例 難関を突破する。

譯 突破難關。

14 | ないし【乃至】

(接) 至，乃至；或是，或者

例 5 名ないし 8 名。

譯 5人至8人。

15 | のべ【延べ】

(名) (金銀等)金屬壓延(的東西)；延長；共計

例 延べ人数が 1000 名を突破した。

譯 合計人數突破1000名。

16 | まっぷたつ【真っ二つ】

(名) 兩半

例 真っ二つに裂ける。

譯 分裂成兩半。

17 | ワット【watt】

(名) 瓦特，瓦(電力單位)

例 100 ワットの電球に交換したい。

譯 想換一百瓦的燈泡。

N1 20-2

20-2 計算 / 計算

01 | あわす【合わす】

(他五) 合在一起，合併；總加起來；混合，配在一起；配合，使適應；對照，核對

例 力を合わす。

譯 合力。

02 | あんざん【暗算】

(名·他サ) 心算

例 暗算が苦手だ。

譯 不善於心算。

03 | かく【欠く】

(他五) 缺，缺乏，缺少；弄壞，少(一部分)；欠，欠缺，怠慢

例 転んで前歯を欠く。

譯 跌倒弄壞了門牙。

04 | かんさん【換算】

(名·他サ) 換算，折合

例 日本円に換算する。

譯 折合成日圓。

05 | きっちり

(副·自サ) 正好，恰好

例 期限にきっちりと借金を返す。

譯 期限到來前還清借款，一分也不少。

06 | きんこう【均衡】

名·自サ 均衡，平衡，平均

例 均衡（きんこう）を保（たも）つ。

譯 保持平衡。

07 | げんしょう【減少】

名·自他サ 減少

例 減少傾向（げんしょうけいこう）にある。

譯 有減少的傾向。

08 | さくげん【削減】

名·自他サ 削減，縮減；削弱，使減色

例 給料（きゅうりょう）5パーセント削減（さくげん）。

譯 薪水縮減百分之五。

09 | しゅうけい【集計】

名·他サ 合計，總計

例 売上（うりあ）げを集計（しゅうけい）する。

譯 合計營業額。

10 | ダウン【down】

名·自他サ 下，倒下，向下，落下；下降，減退；(棒)出局；(拳擊)擊倒

例 コストダウンが進（すす）まない。

譯 降低成本無法推展。

11 | ばいりつ【倍率】

名 倍率，放大率；(入學考試的)競爭率

例 倍率（ばいりつ）が高（たか）い。

譯 放大倍率。

12 | ぴたり（と）

副 突然停止貌；緊貼的樣子；恰合，正對

例 計算（けいさん）がぴたりと合（あ）う。

譯 計算恰好符合。

13 | ひりつ【比率】

名 比率，比

例 比率（ひりつ）を変（か）える。

譯 改變比率。

14 | ひれい【比例】

名·自サ (數)比例；均衡，相稱，成比例關係

例 比例（ひれい）して大（おお）きくなる。

譯 依照比例放大。

15 | ぶんぼ【分母】

名 (數)分母

例 分子（ぶんし）を分母（ぶんぼ）で割（わ）る。

譯 分子除以分母。

16 | マイナス【minus】

名 (數)減，減號；(數)負號；(電)負，陰極；(溫度)零下；虧損，不足；不利

例 彼（かれ）の将来（しょうらい）にとってマイナスだ。

譯 對他的將來不利。

N1 20-3

20-3 量、長さ、広さ、重さなど / 量、容量、長度、面積、重量等

01 | いくた【幾多】

副 許多，多數

例 幾多（いくた）の困難（こんなん）を乗（の）り越（こ）える。

譯 克服無數困難。

02 | いっさい【一切】

(名・副) 一切，全部；(下接否定)完全，都

例 家財の一切を失う。

譯 失去所有財產。

03 | おおかた【大方】

(名・副) 大部分，多半，大體；一般人，大家，諸位

例 大方の読者が望んでいる。

譯 大部分的讀者都期待著。

04 | おおはば【大幅】

(名・形動) 寬幅(的布)；大幅度，廣泛

例 支出を大幅に削減する。

譯 大幅減少支出。

05 | おおむね【概ね】

(名・副) 大概，大致，大部分

例 おおむね分かった。

譯 大致上明白了。

06 | おびただしい【夥しい】

(形) 數量很多，極多，眾多；程度很大，厲害的，激烈的

例 おびただしい量の水が噴き出した。

譯 噴出極大量的水。

07 | おもい【重い】

(形) 重；(心情)沈重，(腳步，行動等)遲鈍；(情況，程度等)嚴重

例 何だか気が重い。

譯 不知為何心情沈重。

08 | かいばつ【海抜】

(名) 海拔

例 海抜３メートル以上ある。

譯 有海拔三公尺以上。

09 | かくしゅ【各種】

(名) 各種，各樣，每一種

例 各種取り揃える。

譯 各樣齊備。

10 | かさばる【かさ張る】

(自五)(體積、數量等)增大，體積大，增多

例 荷物がかさばる。

譯 行李龐大。

11 | かさむ

(自五)(體積、數量等)增多

例 経費がかさむ。

譯 經費增加。

12 | かすか【微か】

(形動) 微弱，些許；微暗，朦朧；貧窮，可憐

例 かすかなにおい。

譯 些微氣味。

13 | かそ【過疎】

(名)(人口)過稀，過少

例 過疎現象が起きている。

譯 發生人口過稀現象。

14 | げんてい【限定】

(名・他サ) 限定，限制(數量，範圍等)

例 100名限定で招待する。
譯 限定招待一百人。

15 | ことごとく

副 所有，一切，全部

例 ことごとく否定する。
譯 全部否定。

16 | しゃめん【斜面】

名 斜面，傾斜面，斜坡

例 丘の斜面に畑を作る。
譯 在山坡的斜面種田。

17 | ジャンボ【jumbo】

名·造 巨大的

例 ジャンボサイズを販売する(jumbo size)。
譯 銷售超大尺寸。

18 | しゅじゅ【種々】

名·副 種種，各種，多種，多方

例 種々様々ずらっと並ぶ。
譯 各種各樣排成一排。

19 | そこそこ

副·接尾 草草了事，慌慌張張；大約，左右

例 二十歳そこそこの青年。
譯 二十歲上下的青年。

20 | たかが【高が】

副 (程度、數量等)不成問題，僅僅，不過是…罷了

例 たかが5,000円くらいにくよくよするな。
譯 不過是五千日幣而已不要放在心上啦。

21 | だけ

副助 (只限於某範圍)只，僅僅；(可能的程度或限度)盡量，儘可能；(以「…ば…だけ」等的形式，表示相應關係)越…越…；(以「…だけに」的形式)正因為…更加…；(以「…(のこと)あって」的形式)不愧，值得

例 できるだけ。
譯 盡力而為…。

22 | ダブル【double】

名 雙重，雙人用；二倍，加倍；雙人床；夫婦，一對

例 ダブルパンチを食らう。
譯 遭到雙重的打擊。

23 | たよう【多様】

名·形動 各式各樣，多種多樣

例 多様な問題が含まれている。
譯 隱含各式各樣的問題。

24 | ちょうだい【長大】

名·形動 長大；高大；寬大

例 長大なアマゾン川。
譯 壯闊的亞馬遜河。

25 | はんぱ【半端】
(名·形動) 零頭，零星；不徹底；零數，尾數；無用的人

例 半端(はんぱ)な意見(いけん)に左右(さゆう)される。

譯 被模稜兩可的意見所影響。

---

26 | ひじゅう【比重】
(名) 比重，(所占的)比例

例 比重(ひじゅう)が増大(ぞうだい)する。

譯 增加比重。

---

27 | ひってき【匹敵】
(名·自サ) 匹敵，比得上

例 彼(かれ)に匹敵(ひってき)する者(もの)はない。

譯 沒有人比得上他。

---

28 | ふんだん
(形動) 很多，大量

例 ふんだんに使(つか)う。

譯 大量使用。

---

29 | へいほう【平方】
(名) (數)平方，自乘；(面積單位)平方

例 平方(へいほう)メートル。

譯 平方公尺。

---

30 | ほどほど【程程】
(副) 適當的，恰如其分的；過得去

例 酒(さけ)はほどほどに飲(の)むのがよい。

譯 喝酒要適度。

---

31 | まみれ【塗れ】
(接尾) 沾污，沾滿

例 泥(どろ)まみれで遊(あそ)ぶ。

譯 玩得滿身是泥。

---

32 | まるごと【丸ごと】
(副) 完整，完全，全部地，整個(不切開)

例 丸(まる)ごと食(た)べる。

譯 整個直接吃。

---

33 | みじん【微塵】
(名) 微塵；微小(物)，極小(物)；一點，少許；切碎，碎末

例 反省(はんせい)の色(いろ)が微塵(みじん)もない。

譯 完全沒有反省的樣子。

---

34 | みたす【満たす】
(他五) 裝滿，填滿，倒滿；滿足

例 需要(じゅよう)を満(み)たす。

譯 滿足需要。

---

35 | みっしゅう【密集】
(名·自サ) 密集，雲集

例 保育園(ほいくえん)は住宅密集地帯(じゅうたくみっしゅうちたい)にある。

譯 育幼院住宅密集地區。

---

36 | みつど【密度】
(名) 密度

例 人口密度(じんこうみつど)が高(たか)い。

譯 人口密度高。

---

37 | めかた【目方】
(名) 重量，分量

例 目方(めかた)を量(はか)る。

譯 秤重。

38 | やたら(と)

(副)(俗)胡亂，隨便，不分好歹，沒有差別；過份，非常，大量

例 やたらと長(なが)い映画(えいが)。

譯 冗長的電影。

39 | りっぽう【立方】

(名)(數)立方

例 立方体(りっぽうたい)の箱(はこ)に入(い)れる。

譯 放進立體的箱子裡。

N1 20-4

20-4 回数、順番 / 次數、順序

01 | あべこべ

(名·形動)(順序、位置、關係等)顛倒，相反

例 あべこべに着(き)る。

譯 穿反。

02 | うわまわる【上回る】

(自五)超過，超出；(能力)優越

例 記録(きろく)を上回(うわまわ)る。

譯 打破記錄。

03 | おつ【乙】

(名·形動)(天干第二位)乙；第二(位)，乙

例 甲乙(こうおつ)つけがたい。

譯 難分軒輊。

04 | かい【下位】

(名)低的地位；次級的地位

例 下位(かい)分類(ぶんるい)。

譯 下層分類。

05 | こう【甲】

(名)甲冑，鎧甲；甲殼；手腳的表面；(天干的第一位)甲；第一名

例 契約書(けいやくしょ)の甲(こう)と乙(おつ)。

譯 契約書上的甲乙雙方。

06 | したまわる【下回る】

(自五)低於，達不到

例 平年(へいねん)を下回(したまわ)る気温(きおん)。

譯 低於常年的溫度。

07 | せんちゃく【先着】

(名·自サ)先到達，先來到

例 先着順(せんちゃくじゅん)でご利用(りよう)いただけます。

譯 請按到達的先後順序取用。

08 | ちょうふく・じゅうふく【重複】

(名·自サ)重複

例 内容(ないよう)が重複(ちょうふく)している。

譯 內容是重複的。

09 | ちょくちょく

(副)(俗)往往，時常

例 ちょくちょく遊(あそ)びにいく。

譯 時常去玩耍。

10 | つらねる【連ねる】

(他下一)排列，連接；聯，列

例 名(な)を連(つら)ねる。

譯 聯名。

11 | てじゅん【手順】

㊔（工作的）次序，步驟，程序

例 手順(てじゅん)に従(したが)う。

譯 按照順序。

12 | はいれつ【配列】

(名·他サ) 排列

例 五十音順(ごじゅうおんじゅん)に配列(はいれつ)する。

譯 依照五十音順排列。

13 | はつ【初】

㊔ 最初；首次

例 初(はつ)の海外旅行(かいがいりょこう)にわくわくする。

譯 第一次出國旅行真叫人欣喜雀躍。

14 | ひんぱん【頻繁】

(名·形動) 頻繁，屢次

例 頻繁(ひんぱん)に出入(でい)りする。

譯 出入頻繁。

15 | へいれつ【並列】

(名·自他サ) 並列，並排

例 同(おな)じレベルの単語(たんご)を並列(へいれつ)する。

譯 把同一程度的單字並列在一起。

16 | ゆうい【優位】

㊔ 優勢；優越地位

例 優位(ゆうい)に立(た)つ。

譯 處於優勢。

20-5 図形、模様、色彩 / 圖形、花紋、色彩

01 | あざやか【鮮やか】

(形動) 顏色或形象鮮明美麗，鮮豔；技術或動作精彩的樣子，出色

例 鮮(あざ)やかな対照(たいしょう)をなす。

譯 形成鮮明的對比。

02 | あせる【褪せる】

(自下一) 褪色，掉色

例 色(いろ)が褪(あ)せる。

譯 褪色。

03 | あわい【淡い】

(形) 顏色或味道等清淡；感覺不這麼強烈，淡薄，微小；物體或光線隱約可見

例 淡(あわ)いピンクのバラが好(す)きだ。

譯 我喜歡淺粉紅色的玫瑰。

04 | いろちがい【色違い】

㊔ 一款多色

例 色違(いろちが)いのブラウスを買(か)う。

譯 購買一款多色的襯衫。

05 | かく【角】

(名·漢造) 角；隅角；四方形，四角形；稜角，四方；競賽

例 大根(だいこん)を 5cm 角(かく)に切(き)る。

譯 把白蘿蔔切成五公分左右的四方形。

06 | くみあわせる【組み合わせる】

(他下一) 編在一起，交叉在一起，搭在一起；配合，編組

例 色を組み合わせる。
譯 搭配顏色。

07 | グレー【gray】

㊔ 灰色；銀髮
例 グレーゾーンになる。
譯 成為灰色地帶。

08 | こうたく【光沢】

㊔ 光澤
例 光沢がある。
譯 有光澤。

09 | こげちゃ【焦げ茶】

㊔ 濃茶色，深棕色，古銅色
例 焦げ茶色が絶妙でした。
譯 深棕色真是精彩絕妙。

10 | コントラスト【contrast】

㊔ 對比，對照；(光)反差，對比度
例 画像のコントラストを上げる。
譯 提高影像的對比度。

11 | しきさい【色彩】

㊔ 彩色，色彩；性質，傾向，特色
例 色彩感覚に優れる。
譯 色彩的敏感度非常好。

12 | ずあん【図案】

㊔ 圖案，設計，設計圖
例 図案を募集する。
譯 徵求設計圖。

13 | そまる【染まる】

(自五) 染上；受(壞)影響
例 血に染まる。
譯 被血染紅。

14 | そめる【染める】

(他下一) 染顏色；塗上(映上)顏色；(轉)沾染，著手
例 黒に染める。
譯 染成黑色。

15 | ちゃくしょく【着色】

(名·自サ) 著色，塗顏色
例 人工着色料を使用する。
譯 使用人工染料。

16 | てんせん【点線】

㊔ 點線，虛線
例 点線のところから切り取る。
譯 從虛線處剪下。

17 | ブルー【blue】

㊔ 青，藍色；情緒低落
例 ブルーの瞳に目を奪われる。
譯 深深被藍色眼睛吸引住。

18 | りったい【立体】

㊔ (數)立體
例 立体的な画像を作成できる。
譯 製作立體畫面。

パート
21
第二十一章

教育
- 教育 -

N1 ◎ 21-1

21-1 教育、学習 / 教育、學習

01 | いくせい【育成】

(名・他サ) 培養，培育，扶植，扶育

例 エンジニアを育成する。

譯 培育工程師。

---

02 | がくせつ【学説】

(名) 學説

例 学説を立てる。

譯 建立學説。

---

03 | きょうざい【教材】

(名) 教材

例 教材を作る。

譯 編寫教材。

---

04 | きょうしゅう【教習】

(名・他サ) 訓練，教習

例 教習を受ける。

譯 接受訓練。

---

05 | こうがく【工学】

(名) 工學，工程學

例 工学製図を履修する。

譯 學工程繪圖課程。

---

06 | こうこがく【考古学】

(名) 考古學

例 考古学博士。

譯 考古學博士。

---

07 | こうさく【工作】

(名・他サ) (機器等)製作；(土木工程等)修理工程；(小學生的)手工；(暗中計畫性的)活動

例 工作の時間。

譯 製作時間。

---

08 | ざだんかい【座談会】

(名) 座談會

例 座談会を開く。

譯 召開座談會。

---

09 | しつける【躾ける】

(他下一) 教育，培養，管教，教養(子女)

例 子供をしつける。

譯 管教小孩。

---

10 | しつけ【躾】

(名) (對孩子在禮貌上的)教養，管教，訓練；習慣

例 しつけに厳しい母だったが、優しい人だった。

譯 母親雖管教嚴格，但非常慈愛。

11 ｜しゅうとく【習得】

(名·他サ) 學習，學會

例 日本語(にほんご)を習得(しゅうとく)する。

譯 學會日語。

12 ｜じゅく【塾】

(名·漢造) 補習班；私塾

例 塾(じゅく)を開(ひら)く。

譯 開私塾；開補習班。

13 ｜しんど【進度】

(名) 進度

例 進度(しんど)が速(はや)い。

譯 進度快。

14 ｜せっきょう【説教】

(名·自サ) 説教；教誨

例 先生(せんせい)に説教(せっきょう)される。

譯 被老師説教。

15 ｜てびき【手引き】

(名·他サ)（輔導）初學者，啟蒙；入門，初級；推薦，介紹；引路，導向

例 独学(どくがく)の手引(てび)き。

譯 自學輔導。

16 ｜てほん【手本】

(名) 字帖，畫帖；模範，榜樣；標準，示範

例 手本(てほん)を示(しめ)す。

譯 做出榜樣。

17 ｜ドリル【drill】

(名) 鑽頭；訓練，練習

例 算数(さんすう)のドリルをやる。

譯 做算數的練習題。

18 ｜ひこう【非行】

(名) 不正當行為，違背道德規範的行為

例 非行(ひこう)に走(はし)る。

譯 鋌而走險。

19 ｜ほいく【保育】

(名·他サ) 保育

例 保育園(ほいくえん)に通(かよ)う。

譯 上幼稚園。

20 ｜ほうがく【法学】

(名) 法學，法律學

例 法学(ほうがく)を学(まな)ぶ。

譯 學法學。

21 ｜ゆうぼう【有望】

(形動) 有希望，有前途

例 将来有望(しょうらいゆうぼう)な学生(がくせい)たちを支援(しえん)する。

譯 對前途有望的學生加以支援。

22 ｜ようせい【養成】

(名·他サ) 培養，培訓；造就

例 技術者(ぎじゅつしゃ)を養成(ようせい)する。

譯 培訓技師。

23 | レッスン【lesson】

㊔ 一課；課程，課業；學習

例 レッスンを受(う)ける。

譯 上課。

21-2 学校 / 學校

01 | うけもち【受け持ち】

㊔ 擔任，主管；主管人，主管的事情

例 受(う)け持(も)ちの先生(せんせい)。

譯 負責的老師。

02 | かがい【課外】

㊔ 課外

例 課外活動(かがいかつどう)に参加(さんか)する。

譯 參加課外活動。

03 | がんしょ【願書】

㊔ 申請書

例 願書(がんしょ)を出(だ)す。

譯 提出申請書。

04 | きぞう【寄贈】

名·他サ 捐贈，贈送

例 本(ほん)を図書館(としょかん)に寄贈(きぞう)する。

譯 把書捐贈給圖書館。

05 | きょうがく【共学】

㊔ (男女或黑白人種)同校，同班(學習)

例 男女共学(だんじょきょうがく)を推奨(すいしょう)する。

譯 獎勵男女共學。

06 | こうりつ【公立】

㊔ 公立(不包含國立)

例 公立(こうりつ)の学校(がっこう)に通(かよ)う。

譯 上公立學校。

07 | さずける【授ける】

他下一 授予，賦予，賜給；教授，傳授

例 学位(がくい)を授(さず)ける。

譯 授予學位。

08 | しぼう【志望】

名·他サ 志願，希望

例 進学(しんがく)を志望(しぼう)する。

譯 志願要升學。

09 | しゅうがく【就学】

名·自サ 學習，求學，修學

例 就学年齢(しゅうがくねんれい)に達(たっ)する。

譯 達到就學年齡。

10 | とうこう【登校】

名·自サ (學生)上學校，到校

例 8時前(じまえ)に登校(とうこう)する。

譯 八點前上學。

11 | へいさ【閉鎖】

名·自他サ 封閉，關閉，封鎖

例 学級閉鎖(がっきゅうへいさ)になった。

譯 將年級加以隔離(防止疾病蔓延，該年級學生自行在家隔離)。

12 | ぼこう【母校】

㊔ 母校

例 母校を訪ねる。
譯 拜訪母校。

13 | めんじょ【免除】
(名·他サ) 免除(義務、責任等)
例 学費を免除する。
譯 免除學費。

N1 21-3

21-3 学生生活 / 學生生活

01 | いいんかい【委員会】
(名) 委員會
例 学級委員会に出る。
譯 出席班聯會。

02 | うかる【受かる】
(自五) 考上，及格，上榜
例 入学試験に受かる。
譯 入學考試及格。

03 | オリエンテーション【orientation】
(名) 定向，定位，確定方針；新人教育，事前説明會
例 オリエンテーションに参加する。
譯 參加新人教育。

04 | カンニング【cunning】
(名·自サ) (考試時的)作弊
例 カンニングペーパーを隠し持つ。
譯 暗藏小抄。

05 | ききとり【聞き取り】
(名) 聽見，聽懂，聽後記住；(外語的)聽力
例 聞き取りのテスト。
譯 聽力考試。

06 | きじゅつ【記述】
(名·他サ) 描述，記述；闡明
例 記述式のテスト。
譯 申論題考試。

07 | きまつ【期末】
(名) 期末
例 期末テストが始まります。
譯 開始期末考。

08 | きゅうがく【休学】
(名·自サ) 休學
例 大学を休学する。
譯 大學休學。

09 | きゅうしょく【給食】
(名·自サ) (學校、工廠等)供餐，供給飲食
例 給食が出る。
譯 有供餐。

10 | きょうか【教科】
(名) 教科，學科，課程
例 教科書が見つからない。
譯 找不到教科書。

11 | げんてん【減点】

(名·他サ) 扣分；減少的分數

例 減点(げんてん)の対象(たいしょう)となる。

譯 成為扣分的依據。

12 | こうしゅう【講習】

(名·他サ) 講習，學習

例 講習(こうしゅう)を受(う)ける。

譯 聽講。

13 | サボる【sabotage 之略】

(他五) (俗)怠工；偷懶，逃(學)，曠(課)

例 授業(じゅぎょう)をサボる。

譯 蹺課。

14 | しゅうりょう【修了】

(名·他サ) 學完(一定的課程)

例 課程(かてい)を修了(しゅうりょう)する。

譯 學完課程。

15 | しゅつだい【出題】

(名·自サ) (考試、詩歌)出題

例 試験(しけん)を出題(しゅつだい)する。

譯 出試題。

16 | しょう【証】

(名·漢造) 證明；證據；證明書；證件

例 学生証(がくせいしょう)を紛失(ふんしつ)した。

譯 遺失學生證了。

17 | しょぞく【所属】

(名·自サ) 所屬；附屬

例 サッカー部(ぶ)に所属(しょぞく)する。

譯 隸屬於足球部。

18 | しんにゅうせい【新入生】

(名) 新生

例 小学校(しょうがっこう)の新入生(しんにゅうせい)を迎(むか)える。

譯 迎接小學新生。

19 | せいれつ【整列】

(名·自他サ) 整隊，排隊，排列

例 一列(いちれつ)に整列(せいれつ)する。

譯 排成一列。

20 | せんしゅう【専修】

(名·他サ) 主修，專攻

例 芸術(げいじゅつ)を専修(せんしゅう)する。

譯 主修藝術。

21 | そうかい【総会】

(名) 總會，全體大會

例 生徒総会(せいとそうかい)の準備(じゅんび)をする。

譯 進行學生大會的籌備工作。

22 | たいがく【退学】

(名·自サ) 退學

例 退学(たいがく)を決意(けつい)した。

譯 決定休學。

23 | ちょうこう【聴講】

(名·他サ) 聽講，聽課；旁聽

例 聴講生(ちょうこうせい)に限(かぎ)る。

譯 只限旁聽生。

24 | てんこう【転校】

(名·自サ) 轉校，轉學

例 町(まち)の学校(がっこう)に転校(てんこう)する。

譯 轉學到鄉鎮的學校。

---

25 | どうきゅう【同級】

(名) 同等級，等級相同；同班，同年級

例 同級生(どうきゅうせい)が結婚(けっこん)した。

譯 同學結婚了。

---

26 | はん【班】

(名·漢造) 班，組；集團，行列；分配；席位，班次

例 班(はん)に分(わ)かれる。

譯 分班。

---

27 | ひっしゅう【必修】

(名) 必修

例 必修(ひっしゅう)科目(かもく)になる。

譯 變成必修科目。

---

28 | ヒント【hint】

(名) 啟示，暗示，提示

例 ヒントを与(あた)える。

譯 給予提示。

---

29 | ほそく【補足】

(名·他サ) 補足，補充

例 資料(しりょう)を補足(ほそく)する。

譯 補足資料。

---

30 | ぼっしゅう【没収】

(名·他サ) (法)(司法處分的)沒收，查抄，充公

例 タバコを没収(ぼっしゅう)された。

譯 香菸被沒收了。

---

31 | ゆう【優】

(名·漢造) (成績五分四級制的)優秀；優美，雅致；優異，優厚；演員；悠然自得

例 優(ゆう)の成績(せいせき)を残(のこ)す。

譯 留下優異的成績。

---

32 | よこく【予告】

(名·他サ) 預告，事先通知

例 テストを予告(よこく)する。

譯 預告考期。

パート
22
第二十二章

行事、一生の出来事

- 儀式活動、一輩子會遇到的事情 -

01 | いんきょ【隠居】 N1 22

名·自サ 隱居，退休，閒居；(閒居的)老人

例 郊外(こうがい)に隠居(いんきょ)する。

譯 隱居郊外。

02 | うちあげる【打ち上げる】

他下一 (往高處)打上去，發射

例 花火(はなび)を打(う)ち上(あ)げる。

譯 放煙火。

03 | えんだん【縁談】

名 親事，提親，說媒

例 縁談(えんだん)がまとまる。

譯 親事談成了。

04 | かいさい【開催】

名·他サ 開會，召開；舉辦

例 オリンピックを開催(かいさい)する。

譯 舉辦奧林匹克運動會。

05 | かんれき【還暦】

名 花甲，滿 60 周歲的別稱

例 還暦(かんれき)を迎(むか)える。

譯 迎接花甲之年。

06 | きこん【既婚】

名 已婚

例 既婚者(きこんしゃ)を見分(みわ)ける。

譯 如何分辨已婚者。

07 | きたる【来る】

自五·連體 來，到來；引起，發生；下次的

例 来(きた)る一日(ついたち)に開(ひら)く。

譯 下次的一號召開。

08 | さいこん【再婚】

名·自サ 再婚，改嫁

例 父(ちち)は再婚(さいこん)した。

譯 父親再婚了。

09 | さんご【産後】

名 (婦女)分娩之後

例 産後(さんご)の肥立(ひだ)ちが悪(わる)い。

譯 產後發福恢復狀況不佳。

10 | しゅくが【祝賀】

名·他サ 祝賀，慶祝

例 祝賀(しゅくが)を受(う)ける。

譯 接受祝賀。

11 | しゅさい【主催】

名·他サ 主辦，舉辦

例 新聞社(しんぶんしゃ)が主催(しゅさい)する座談会(ざだんかい)。

譯 由報社舉辦的座談會。

12 | しんこん【新婚】

名 新婚(的人)

例 新婚生活(しんこんせいかつ)が羨(うらや)ましい。

譯 欣羨新婚生活。

13 | せいだい【盛大】

(形動) 盛大，規模宏大；隆重

例 盛大(せいだい)に祝(いわ)う。

譯 盛大慶祝。

14 | セレモニー【ceremony】

(名) 典禮，儀式

例 セレモニーに参加(さんか)する。

譯 參加典禮。

15 | ていねん【定年】

(名) 退休年齡

例 定年(ていねん)になる。

譯 到了退休年齡。

16 | ねんが【年賀】

(名) 賀年，拜年

例 年賀(ねんが)はがきを買(か)う。

譯 買賀年明信片。

17 | はき【破棄】

(名·他サ) (文件、契約、合同等)廢棄，廢除，撕毀

例 婚約(こんやく)を破棄(はき)する。

譯 解除婚約。

18 | バツイチ

(名) (俗)離過一次婚

例 バツイチになった。

譯 離了一次婚。

19 | ひなまつり【雛祭り】

(名) 女兒節，桃花節，偶人節

例 ひな祭(まつ)りパーティーをする。

譯 開女兒節慶祝派對。

20 | みあい【見合い】

(名) (結婚前的)相親；相抵，平衡，相稱

例 見合(みあ)い結婚(けっこん)する。

譯 相親結婚。

21 | みこん【未婚】

(名) 未婚

例 未婚(みこん)の母(はは)になる。

譯 成為未婚媽媽。

22 | もよおす【催す】

(他五) 舉行，舉辦；產生，引起

例 イベントを催(もよお)す。

譯 舉辦活動。

23 | も【喪】

(名) 服喪；喪事，葬禮

例 喪(も)に服(ふく)す。

譯 服喪。

24 | らいじょう【来場】

(名·自サ) 到場，出席

例 お車(くるま)でのご来場(らいじょう)はご遠慮(えんりょ)下(くだ)さい。

譯 請勿開車前來會場。

パート 23 第二十三章

道具

- 工具 -

N1 23-1

23-1 道具 / 工具

01 | あみ【網】

㊔（用繩、線、鐵絲等編的）網；法網

例 網(あみ)にかかった魚(さかな)を引(ひ)き上(あ)げた。

譯 打撈起落網之魚。

02 | あやつる【操る】

他五 操控，操縱；駕駛，駕馭；掌握，精通（語言）

例 機械(きかい)を操(あやつ)る。

譯 操作機器。

03 | うちわ【団扇】

㊔ 團扇；（相撲）裁判扇

例 うちわで扇(あお)ぐ。

譯 用團扇搧風。

04 | え【柄】

㊔ 柄，把

例 傘(かさ)の柄(え)を持(も)つ。

譯 拿著傘把。

05 | がんぐ【玩具】

㊔ 玩具

例 玩具(がんぐ)メーカーが集結(しゅうけつ)している。

譯 集合了玩具製造商。

06 | クレーン【crane】

㊔ 吊車，起重機

例 クレーンで引(ひ)き上(あ)げる。

譯 用起重機吊起。

07 | げんけい【原型】

㊔ 原型，模型

例 原型(げんけい)を作(つく)る。

譯 製作模型。

08 | けんよう【兼用】

名・他サ 兼用，兩用

例 晴雨兼用(せいうけんよう)の傘(かさ)。

譯 晴雨兩用傘。

09 | さお【竿】

㊔ 竿子，竹竿；釣竿；船篙；（助數詞用法）杆，根

例 物干(ものほ)し竿(ざお)を替(か)える。

譯 換了曬衣杆。

10 | ざっか【雑貨】

㊔ 生活雜貨

例 アジアン雑貨(ざっか)の店(みせ)が沢山(たくさん)ある。

譯 有許多亞洲風的雜貨店。

11 | じく【軸】

名·接尾·漢造 車軸；畫軸；(助數詞用法)書，畫的軸；(理)運動的中心線

例 チームの軸となって活躍する。

譯 成為隊上的中心人物而大顯身手。

12 | じぞく【持続】

名·自他サ 持續，繼續，堅持

例 効果を持続させる。

譯 讓效果持續。

13 | じゅうばこ【重箱】

名 多層方木盒，套盒

例 お節料理を重箱に詰める。

譯 將年菜裝入多層木盒中。

14 | スチーム【steam】

名 蒸汽，水蒸氣；暖氣(設備)

例 部屋にスチームヒーターを設置する。

譯 房間裡裝設暖氣。

15 | ストロー【straw】

名 吸管

例 ストローで飲む。

譯 用吸管喝。

16 | そなえつける【備え付ける】

他下一 設置，備置，裝置，安置，配置

例 消火器を備え付ける。

譯 設置滅火器。

17 | そり【橇】

名 雪橇

例 そりを引く。

譯 拉雪橇。

18 | たて【盾】

名 盾，擋箭牌；後盾

例 盾に取る。

譯 當擋箭牌。

19 | たんか【担架】

名 擔架

例 担架で運ぶ。

譯 用擔架搬運。

20 | ちょうしんき【聴診器】

名 (醫)聽診器

例 聴診器を胸に当てる。

譯 把聽診器貼在胸口上。

21 | ちょうほう【重宝】

名·形動·他サ 珍寶，至寶；便利，方便；珍視，愛惜

例 重宝な道具を手にする。

譯 將珍愛的工具歸為己有。

22 | ちりとり【塵取り】

名 畚箕

例 ほうきとちり取りセット。

譯 掃把與畚斗組。

23 | つえ【杖】

㊔ 枴杖，手杖；依靠，靠山

例 杖(つえ)を突(つ)く。

譯 拄拐杖。

24 | つかいみち【使い道】

㊔ 用法；用途，用處

例 使(つか)い道(みち)を考(かんが)える。

譯 思考如何使用。

25 | つつ【筒】

㊔ 筒，管；炮筒，槍管

例 竹(たけ)の筒(つつ)を手(て)で揺(ゆ)らす。

譯 用手搖動竹筒。

26 | つぼ【壺】

㊔ 罐，壺，甕；要點，關鍵所在

例 茶壺(ちゃつぼ)を取(と)り出(だ)した。

譯 取出茶葉罐。

27 | ティッシュペーパー【tissue paper】

㊔ 衛生紙

例 ティッシュペーパーで拭(ふ)き取(と)る。

譯 用衛生紙擦拭。

28 | でんげん【電源】

㊔ 電力資源；(供電的)電源

例 電源(でんげん)を切(き)る。

譯 切斷電源。

29 | とうき【陶器】

㊔ 陶器

例 陶器(とうき)の花瓶(かびん)が可愛(かわい)らしい。

譯 陶瓷器花瓶小巧玲瓏。

30 | とって【取っ手】

㊔ 把手

例 取(と)っ手(て)を握(にぎ)る。

譯 握把手。

31 | とりあつかい【取り扱い】

㊔ 對待，待遇；(物品的)處理，使用，(機器的)操作；(事務、工作的)處理，辦理

例 取(と)り扱(あつか)いに注意(ちゅうい)する。

譯 請小心處理。

32 | とりつける【取り付ける】

(他下一) 安裝(機器等)；經常光顧；(商)擠兑；取得

例 アンテナを取(と)り付(つ)ける。

譯 安裝天線。

33 | に【荷】

㊔ (攜帶、運輸的)行李，貨物；負擔，累贅

例 肩(かた)の荷(に)が下(お)りる。

譯 如釋重負。

34 | はた【機】

㊔ 織布機

例 機(はた)を織(お)る。

譯 織布。

35 | バッジ【badge】

㊔ 徽章

例 弁護士バッジをつける。
譯 戴上律師徽章。

36 | バッテリー【battery】
名 電池，蓄電池
例 バッテリーがあがる。
譯 電池耗盡。

37 | フィルター【filter】
名 過濾網，濾紙；濾波器，濾光器
例 フィルターを取り替える。
譯 換濾紙。

38 | ホース【(荷) hoos】
名 (灑水用的)塑膠管，水管
例 ホースを巻く。
譯 捲起塑膠水管。

39 | ポンプ【(荷) pomp】
名 抽水機，汲筒
例 ポンプで水を汲む。
譯 用抽水機汲水。

40 | もけい【模型】
名 (用於展覽、實驗、研究的實物或抽象的)模型
例 模型を組み立てる。
譯 組裝模型。

41 | もの【物】
名·接頭·造語 (有形或無形的)物品，事情；所有物；加強語氣用；表回憶或希望；不由得…；值得…的東西
例 忘れ物をする。
譯 遺失物品。

42 | や【矢】
名 箭；楔子；指針
例 白羽の矢が立つ。
譯 雀屏中選。

43 | ゆみ【弓】
名 弓；弓形物
例 弓を引く。
譯 拉弓。

44 | ようひん【用品】
名 用品，用具
例 スポーツ用品を買う。
譯 購買運動用品。

45 | ロープ【rope】
名 繩索，纜繩
例 洗濯ロープをかける。
譯 掛起洗衣繩。

N1 23-2

23-2 家具、工具、文房具 / 傢俱、工作器具、文具

01 | いんかん【印鑑】
名 印，圖章；印鑑
例 印鑑が必要だ。
譯 需要印章。

02 | こたつ【炬燵】

㊔（架上蓋著被，用以取暖的）被爐，暖爐

例 こたつに入(はい)る。

譯 坐進被爐。

03 | コンパス【（荷）kompas】

㊔ 圓規；羅盤，指南針；腿（的長度），腳步（的幅度）

例 コンパスで円(えん)を描(か)く。

譯 用圓規畫圓。

04 | ちゃくせき【着席】

（名・自サ）就坐，入座，入席

例 順番(じゅんばん)に着席(ちゃくせき)する。

譯 依序入座。

05 | とぐ【研ぐ・磨ぐ】

（他五）磨；擦亮，磨光；淘（米等）

例 包丁(ほうちょう)を研(と)ぐ。

譯 研磨菜刀。

06 | ドライバー【driver】

㊔（「screwdriver」之略稱）螺絲起子

例 ドライバー１本(ぽん)で組(く)み立(た)てられる。

譯 用一支螺絲起子組裝完成。

07 | にじむ【滲む】

（自五）（顏色等）滲出，滲入；（汗水、眼淚、血等）慢慢滲出來

例 インクがにじむ。

譯 墨水滲出。

08 | ねじまわし【ねじ回し】

㊔ 螺絲起子

例 ねじ回(まわ)しでねじを締(し)める。

譯 用螺絲起子拴螺絲。

09 | ばらす

㊔（把完整的東西）弄得七零八落；（俗）殺死，殺掉；賣掉，推銷出去；揭穿，洩漏（秘密等）

例 機械(きかい)をばらして修理(しゅうり)する。

譯 把機器拆得七零八落來修理。

10 | ばんのう【万能】

㊔ 萬能，全能，全才

例 万能包丁(ばんのうほうちょう)が一番好(いちばんこの)まれる。

譯（一般家庭使用的）萬用菜刀最愛不釋手。

11 | はん【判】

（名・漢造）圖章，印鑑；判斷，判定；判讀，判明；審判

例 判(はん)をつく。

譯 蓋圖章。

12 | は【刃】

㊔ 刀刃

例 刃(は)を研(と)ぐ。

譯 磨刀。

13 | ボルト【bolt】

㊔ 螺栓，螺絲

例 ボルトで締(し)める。

譯 拴上螺絲。

14 | やぐ【夜具】

㊔ 寢具，臥具，被褥

例 夜具（やぐ）を揃（そろ）える。

譯 寢具齊備。

15 | ようし【用紙】

㊔（特定用途的）紙張，規定用紙

例 コピー用紙（ようし）を補充（ほじゅう）する。

譯 補充影印紙。

16 | レンジ【range】

㊔ 微波爐（「電子レンジ」之略稱）；範圍；射程；有效距離

例 おかずをレンジで温（あたた）める。

譯 菜餚用微波爐加熱。

N1 23-3

23-3 計器、容器、入れ物、衛生器具 / 測量儀器、容器、器皿、衛生用具

01 | うつわ【器】

㊔ 容器，器具；才能，人才；器量

例 器（うつわ）が大（おお）きい。

譯 器量大。

02 | おさまる【収まる・納まる】

自五 容納；（被）繳納；解決，結束；滿意，泰然自若；復原

例 事態（じたい）が収（おさ）まる。

譯 事情平息。

03 | おむつ

㊔ 尿布

例 おむつを変（か）える。

譯 換尿布。

04 | けいき【計器】

㊔ 測量儀器，測量儀表

例 計器（けいき）を取（と）り付（つ）ける。

譯 裝設測量儀器。

05 | ナプキン【napkin】

㊔ 餐巾；擦嘴布；衛生綿

例 ナプキンを置（お）く。

譯 擺放餐巾。

06 | さかずき【杯】

㊔ 酒杯；推杯換盞，酒宴；飲酒為盟

例 杯（さかずき）を交（か）わす。

譯 觥籌交錯。

07 | はじく【弾く】

他五 彈；打算盤；防抗，排斥

例 そろばんを弾（はじ）く。

譯 打算盤。

08 | ふきん【布巾】

㊔ 抹布

例 布巾（ふきん）を除菌（じょきん）する。

譯 將抹布做殺菌處理。

09 | ヘルスメーター【(和) health + meter】

㊔（家庭用的）體重計，磅秤

例 様々(さまざま)な機能(きのう)のヘルスメーターが並(なら)ぶ。

譯 整排都是多功能的體重計。

10 | ほじゅう【補充】

(名·他サ) 補充

例 調味料(ちょうみりょう)を補充(ほじゅう)する。

譯 補充調味料。

11 | ポット【pot】

㊔ 壺；熱水瓶

例 電動(でんどう)ポットでお湯(ゆ)を沸(わ)かす。

譯 用電熱水瓶燒開水。

12 | めもり【目盛・目盛り】

㊔（量表上的）度數，刻度

例 目盛(めも)りを読(よ)む。

譯 看（計器的）刻度。

N1 ◉ 23-4

23-4 照明、光学機器、音響、情報機器 /

燈光照明、光學儀器、音響、信息器具

01 | かいぞうど【解像度】

㊔ 解析度

例 解像度(かいぞうど)が高(たか)い。

譯 解析度很高。

02 | かいろ【回路】

㊔（電）回路，線路

例 電気回路(でんきかいろ)を学(まな)ぶ。

譯 學習電路。

03 | こうこう（と）【煌々（と）】

(副)（文）光亮，通亮

例 煌々(こうこう)と輝(かがや)く。

譯 光輝閃耀。

04 | ストロボ【strobe】

㊔ 閃光燈

例 ストロボがまぶしい。

譯 閃光燈很刺目。

05 | トランジスタ【transistor】

㊔ 電晶體；（俗）小型

例 コンピューターのトランジスタ。

譯 電腦的電晶體。

06 | ぶれる

(自下一)（攝）按快門時（照相機）彈動

例 カメラがぶれて撮(と)れない。

譯 相機晃動無法拍照。

07 | モニター【monitor】

㊔ 監聽器，監視器；監聽員；評論員

例 モニターで監視(かんし)する。

譯 以監視器監控著。

08 | ランプ【（荷・英）lamp】

㊔ 燈，煤油燈；電燈

例 ランプに火(ひ)を灯(とも)す。

譯 點煤油燈。

09 ｜げんぞう【現像】

(名·他サ) 顯影，顯像，沖洗

例 フィルムを現像(げんぞう)する。

譯 洗照片。

10 ｜さいせい【再生】

(名·自他サ) 重生，再生，死而復生；新生，(得到)改造；(利用廢物加工，成為新產品)再生；(已錄下的聲音影像)重新播放

例 再生(さいせい)ボタンを押(お)す。

譯 按下播放鍵。

11 ｜ないぞう【内蔵】

(名·他サ) 裡面包藏，內部裝有；內庫，宮中的府庫

例 カメラが内蔵(ないぞう)されている。

譯 內部裝有攝影機。

12 ｜バージョンアップ【version up】

(名) 版本升級

例 バージョン アップができる。

譯 版本可以升級。

Memo

パート
24
第二十四章

職業、仕事

- 職業、工作 -

N1 24-1 (1)

24-1 仕事、職場 (1) / 工作、職場 (1)

01 | あっせん【斡旋】

(名·他サ) 幫助；關照；居中調解，斡旋；介紹

例 就職(しゅうしょく)の斡旋(あっせん)を頼(たの)む。

譯 請求幫助找工作。

02 | いっきょに【一挙に】

(副) 一下子；一次

例 問題(もんだい)を一挙(いっきょ)に解決(かいけつ)する。

譯 一口氣解決問題。

03 | いどう【異動】

(名·自他サ) 異動，變動，調動

例 人事(じんじ)異動(いどう)を行(おこな)う。

譯 進行人事調動。

04 | おう【負う】

(他五) 負責；背負，遭受；多虧，借重；背

例 責任(せきにん)を負(お)う。

譯 負起責任。

05 | おびる【帯びる】

(他上一) 帶，佩帶；承擔，負擔；帶有，帶著

例 重(おも)い任務(にんむ)を帯(お)びる。

譯 身負重任。

06 | カムバック【comeback】

(名·自サ) (名聲、地位等)重新恢復，重回政壇；東山再起

例 芸能界(げいのうかい)にカムバックする。

譯 重回演藝圈。

07 | かんご【看護】

(名·他サ) 護理(病人)，看護，看病

例 病人(びょうにん)を看護(かんご)する。

譯 看護病人。

08 | きどう【軌道】

(名) (鐵路、機械、人造衛星、天體等的)軌道；正軌

例 軌道(きどう)に乗(の)る。

譯 步上正軌。

09 | キャリア【career】

(名) 履歷，經歷；生涯，職業；(高級公務員考試及格的)公務員

例 キャリアを積(つ)む。

譯 累積經歷。

10 | ぎょうむ【業務】

(名) 業務，工作

例 業務用(ぎょうむよう)スーパーへ行(い)く。

譯 前往業務超市。

11 | きんむ【勤務】

(名·自サ) 工作，勤務，職務

例 勤務形態(きんむけいたい)が変(か)わる。

譯 職務型態有了變化。

12 | きんろう【勤労】

(名·自サ) 勤勞，勞動（狹意指體力勞動）

例 勤労学生(きんろうがくせい)が対象(たいしょう)になる。

譯 以勤勞的學生為對象。

13 | くぎり【区切り】

(名) 句讀；文章的段落；工作的階段

例 区切(くぎ)りをつける。

譯 使（工作）告一段落。

14 | くみこむ【組み込む】

(他五) 編入；入伙；（印）排入

例 予定(よてい)に組(く)み込(こ)む。

譯 排入預定行程中。

15 | こうぼ【公募】

(名·他サ) 公開招聘，公開募集

例 作品(さくひん)を公募(こうぼ)する。

譯 公開徵求作品。

16 | ごえい【護衛】

(名·他サ) 護衛，保衛，警衛（員）

例 首相(しゅしょう)を護衛(ごえい)する。

譯 護衛首相。

17 | こよう【雇用】

(名·他サ) 雇用；就業

例 終身雇用制度(しゅうしんこようせいど)が揺(ゆ)らぎはじめる。

譯 終身雇用制開始動搖。

18 | さいよう【採用】

(名·他サ) 採用（意見），採取；錄用（人員）

例 採用試験(さいようしけん)を受(う)ける。

譯 參加錄用考試。

19 | さしず【指図】

(名·自サ) 指示，吩咐，派遣，發號施令；指定，指明；圖面，設計圖

例 指図(さしず)を受(う)けない。

譯 不接受命令。

20 | さしつかえる【差し支える】

(自下一) （對工作等）妨礙，妨害，有壞影響；感到不方便，發生故障，出問題

例 仕事(しごと)に差(さ)し支(つか)える。

譯 妨礙工作。

21 | さんきゅう【産休】

(名) 產假

例 産休(さんきゅう)に入(はい)る。

譯 休產假。

22 | じしょく【辞職】

(名·自他サ) 辭職

例 辞職(じしょく)を余儀(よぎ)なくされる。

譯 不得不辭職。

23 | システム【system】

㊔ 組織；體系，系統；制度

例 システムを変(か)える。

譯 改變體系。

24 | しめい【使命】

㊔ 使命，任務

例 使命(しめい)を果(は)たす。

譯 完成使命。

25 | しゅうぎょう【就業】

名·自サ 開始工作，上班；就業(有一定職業)，有工作

例 農業就業人口(のうぎょうしゅうぎょうじんこう)が減少(げんしょう)する。

譯 農業就業人口減少。

N1 24-1 (2)

24-1 仕事、職場 (2) / 工作、職場 (2)

26 | じゅうじ【従事】

名·自サ 作，從事

例 研究(けんきゅう)に従事(じゅうじ)する人(ひと)が多(おお)い。

譯 從事研究的人增多。

27 | しゅえい【守衛】

㊔ (機關等的)警衛，守衛；(國會的)警備員

例 守衛(しゅえい)を置(お)く。

譯 設置守衛。

28 | しゅっしゃ【出社】

名·自サ 到公司上班

例 8時(じ)に出社(しゅっしゃ)する。

譯 八點到公司上班。

29 | しゅつどう【出動】

名·自サ (消防隊、警察等)出動

例 警官(けいかん)が出動(しゅつどう)する。

譯 警察出動。

30 | しょうしん【昇進】

名·自サ 升遷，晉升，高昇

例 昇進(しょうしん)が早(はや)い。

譯 晉升快速。

31 | しよう【私用】

名·他サ 私事；私用，個人使用；私自使用，盜用

例 私用(しよう)に供(きょう)する。

譯 提供給私人使用。

32 | しょくむ【職務】

㊔ 職務，任務

例 職務(しょくむ)に就(つ)く。

譯 就任…職務。

33 | しょむ【庶務】

㊔ 總務，庶務，雜物

例 庶務課(しょむか)が所管(しょかん)する。

譯 總務課所管轄。

34 | じんざい【人材】

㊔ 人才

例 人材(じんざい)がそろう。

譯 人才濟濟。

35 | しんにゅう【新入】

㊔ 新加入，新來(的人)

例 新入社員が入社する。
譯 新進員工正式上班。

36 | スト【strike 之略】

㊔ 罷工

例 電車がストで参った。
譯 電車罷工，真受不了。

37 | ストライキ【strike】

(名·自サ) 罷工；(學生)罷課

例 ストライキを打つ。
譯 斷然舉行罷工。

38 | せきむ【責務】

㊔ 職責，任務

例 国家に対する責務。
譯 對國家的責任。

39 | セクション【section】

㊔ 部分，區劃，段，區域；節，項，科；(報紙的)欄

例 セクション別に分ける。
譯 依據部門來劃分。

40 | たぼう【多忙】

(名·形動) 百忙，繁忙，忙碌

例 多忙を極める。
譯 繁忙至極。

41 | つとまる【務まる】

(自五) 勝任

例 議長の役が務まる。
譯 勝任議長的職務。

42 | つとまる【勤まる】

(自五) 勝任，能擔任

例 私には勤まりません。
譯 我無法勝任。

43 | つとめさき【勤め先】

㊔ 工作地點，工作單位

例 勤め先を訪ねる。
譯 到工作地點拜訪。

44 | デモンストレーション·デモ【demonstration】

㊔ 示威活動；(運動會上正式比賽項目以外的)公開表演

例 デモンストレーションを見せる。
譯 示範表演。

45 | てわけ【手分け】

(名·自サ) 分頭做，分工

例 手分けして作業する。
譯 分工作業。

46 | てんきん【転勤】

(名·自サ) 調職，調動工作

例 北京へ転勤する。
譯 調職到北京。

47 | てんにん【転任】

(名·自サ) 轉任，調職，調動工作

例 地方支店に転任する。
譯 調職到地方的分店。

48 | とくは【特派】

(名·他サ) 特派，特別派遣

例 パリ駐在の特派員に申し込んだ。

譯 提出駐巴黎特派記者的申請。

49 | ともかせぎ【共稼ぎ】

(名·自サ) 夫妻都上班

例 共稼ぎで頑張る。

譯 夫妻共同努力工作。

50 | ともなう【伴う】

(自他五) 隨同，伴隨；隨著；相符

例 リスクを伴う。

譯 伴隨著危險。

N1 24-1 (3)

24-1 仕事、職場 (3) / 工作、職場 (3)

51 | ともばたらき【共働き】

(名·自サ) 夫妻都工作

例 夫婦共働きの方が多い。

譯 雙薪家庭佔較多數。

52 | トラブル【trouble】

(名) 糾紛，糾葛，麻煩；故障

例 トラブルを解決する。

譯 解決麻煩。

53 | とりこむ【取り込む】

(自他五)(因喪事或意外而)忙碌；拿進來；騙取，侵吞；拉攏，籠絡

例 突然の不幸で取り込んでいる。

譯 因突如其來的不幸而忙碌著。

54 | になう【担う】

(他五) 擔，挑；承擔，肩負

例 責任を担う。

譯 負責。

55 | にんむ【任務】

(名) 任務，職責

例 任務を果たす。

譯 達成任務。

56 | ねまわし【根回し】

(名)（為移栽或使果樹增產的）修根，砍掉一部份樹根；事先協調，打下基礎，醞釀

例 根回しが上手い。

譯 擅長事先協調。

57 | はいふ【配布】

(名·他サ) 散發

例 資料を配布する。

譯 分發資料。

58 | はかどる

(自五)（工作、工程等）有進展

例 仕事がはかどる。

譯 工作進展。

59 | はけん【派遣】

(名·他サ) 派遣；派出

例 派遣社員として働く。

譯 以派遣員工的身份工作。

60 | はっくつ【発掘】

名·他サ 發掘，挖掘；發現

例 遺跡を発掘する。

譯 發掘了遺跡。

61 | ひとまかせ【人任せ】

名 委託別人，託付他人

例 人任せにできない性分。

譯 事必躬親的個性。

62 | ふくぎょう【副業】

名 副業

例 民芸品作りを副業としている。

譯 以做手工藝品為副業。

63 | ふくし【福祉】

名 福利，福祉

例 福祉が遅れている。

譯 福祉政策落後。

64 | ぶしょ【部署】

名 工作崗位，職守

例 部署に付く。

譯 各就各位。

65 | ふにん【赴任】

名·自サ 赴任，上任

例 単身赴任する。

譯 隻身上任。

66 | ぶもん【部門】

名 部門，部類，方面

例 部門別に分ける。

譯 依部門分別。

67 | ぶらぶら

副·自サ （懸空的東西）晃動，搖晃；蹓躂；沒工作；（病）拖長，纏綿

例 街をぶらぶらする。

譯 在街上溜達。

68 | ブレイク【break】

名·サ変 （拳擊）抱持後分開；休息；突破，爆紅

例 ティーブレイクにしましょう。

譯 稍事休息吧。

69 | フロント【front】

名 正面，前面；（軍）前線，戰線；櫃臺

例 フロントに電話する。

譯 打電話給服務台。

70 | ぶんぎょう【分業】

名·他サ 分工；專業分工

例 仕事を分業する。

譯 分工作業。

71 | ほうし【奉仕】

名·自サ （不計報酬而）效勞，服務；廉價賣貨

例 奉仕活動に専念する。

譯 專心於服務活動。

72 | まかす【任す】

(他五) 委託，託付

例 仕事を任す。

譯 託付工作。

73 | むすびつく【結び付く】

(自五) 連接，結合，繫；密切相關，有聯繫，有關連

例 成功に結び付く。

譯 成功結合。

74 | むすび【結び】

(名) 繫，連結，打結；結束，結尾；飯糰

例 話の結びを変える。

譯 改變故事的結局。

75 | ようご【養護】

(名・他サ) 護養；扶養；保育

例 特別養護老人ホームに入る。

譯 進入特殊老人照護中心。

76 | ラフ【rough】

(形動) 粗略，大致；粗糙，毛躁；輕毛紙；簡樸的大花案

例 仕事ぶりがラフだ。

譯 工作做得很粗糙。

77 | リストラ【restructuring 之略】

(名) 重建，改組，調整；裁員

例 リストラで首になった。

譯 在重建之中遭到裁員了。

78 | りょうりつ【両立】

(名・自サ) 兩立，並存

例 家事と仕事を両立させる。

譯 家事與工作相調和。

79 | れんたい【連帯】

(名・自サ) 團結，協同合作；(法)連帶，共同負責

例 連帯責任を負う。

譯 負連帶責任。

80 | ろうりょく【労力】

(名) (經)勞動力，勞力；費力，出力

例 労力を費やす。

譯 耗費勞力。

N1 24-2

24-2 職業、事業 /

職業、事業

01 | あとつぎ【跡継ぎ】

(名) 後繼者，接班人；後代，後嗣

例 家業の跡継ぎになる。

譯 繼承家業。

02 | うけつぐ【受け継ぐ】

(他五) 繼承，後繼

例 事業を受け継ぐ。

譯 繼承事業。

03 | かぎょう【家業】

(名) 家業；祖業；(謀生的)職業，行業

例 家業を継ぐ。

譯 繼承家業。

04 | ガイド【guide】

名·他サ 導遊；指南，入門書；引導，導航

例 ガイドを務(つと)める。

譯 擔任導遊。

05 | ぎせい【犠牲】

名 犧牲；(為某事業付出的)代價

例 犠牲(ぎせい)を出(だ)す。

譯 付出代價。

06 | きゅうじ【給仕】

名·自サ 伺候(吃飯)；服務生

例 ホテルの給仕(きゅうじ)。

譯 旅館的服務生。

07 | きょうしょく【教職】

名 教師的職務；(宗)教導信徒的職務

例 教職(きょうしょく)に就(つ)く。

譯 擔任教師一職。

08 | けいぶ【警部】

名 警部(日本警察職稱之一)

例 警視庁警部(けいしちょうけいぶ)を任命(にんめい)される。

譯 被任命為警視廳警部。

09 | けらい【家来】

名 (效忠於君主或主人的)家臣，臣下；僕人

例 家来(けらい)になる。

譯 成為家臣。

10 | サイドビジネス【(和) side+business】

名 副業，兼職

例 サイドビジネスを始(はじ)める。

譯 開始兼職副業。

11 | じぎょう【事業】

名 事業；(經)企業；功業，業績

例 事業(じぎょう)を始(はじ)める。

譯 開創事業。

12 | じつぎょう【実業】

名 產業，實業

例 実業(じつぎょう)に従事(じゅうじ)する。

譯 從事買賣。

13 | じにん【辞任】

名·自サ 辭職

例 大臣(だいじん)を辞任(じにん)する。

譯 請辭大臣職務。

14 | しんこう【振興】

名·自他サ 振興(使事物更為興盛)

例 産業(さんぎょう)を振興(しんこう)する。

譯 振興產業。

15 | しんしゅつ【進出】

名·自サ 進入，打入，擠進，參加；向…發展

例 映画界(えいがかい)に進出(しんしゅつ)する。

譯 向電影界發展。

16 | しんてん【進展】

(名·自サ) 發展，進展

例 事業(じぎょう)を進展(しんてん)させる。

譯 發展事業。

17 | そう【僧】

(漢造) 僧侶，出家人

例 僧侶(そうりょ)を目指(めざ)す。

譯 以成為僧侶為目標。

18 | たずさわる【携わる】

(自五) 參與，參加，從事，有關係

例 農業(のうぎょう)に携(たずさ)わる。

譯 從事農業。

19 | だったい【脱退】

(名·自サ) 退出，脫離

例 グループを脱退(だったい)する。

譯 退出團體。

20 | タレント【talent】

(名) (藝術，學術上的)才能；演出者，播音員；藝人

例 タレントが人気(にんき)を博(はく)す。

譯 藝人廣受歡迎。

21 | たんてい【探偵】

(名·他サ) 偵探；偵查

例 探偵(たんてい)を雇(やと)う。

譯 雇用偵探。

22 | とうごう【統合】

(名·他サ) 統一，綜合，合併，集中

例 力(ちから)を統合(とうごう)する。

譯 匯集力量。

23 | とっきょ【特許】

(名·他サ) (法)(政府的)特別許可；專利特許，專利權

例 特許(とっきょ)を申請(しんせい)する。

譯 申請專利。

24 | ひしょ【秘書】

(名) 祕書；祕藏的書籍

例 秘書(ひしょ)を目指(めざ)す。

譯 以秘書為終生職志。

25 | ほうさく【方策】

(名) 方策

例 方策(ほうさく)を立(た)てる。

譯 制訂對策。

26 | ほっそく【発足】

(名·自サ) 出發，動身；(團體、會議等)開始活動

例 新(しん)プロジェクトが発足(ほっそく)する。

譯 新企畫開始進行。

27 | ゆうびんやさん【郵便屋さん】

(名) (口語)郵差

例 郵便屋(ゆうびんや)さんが配達(はいたつ)に来(く)る。

譯 郵差來送信。

24-3 地位 / 地位職稱

01 | かいきゅう【階級】

㊔ (軍隊)級別；階級；(身份的)等級；階層

例 階級制度(かいきゅうせいど)を廃止(はいし)する。

譯 廢除階級制度。

02 | かく【格】

名·漢造 格調，資格，等級；規則，格式，規格

例 格(かく)が違(ちが)う。

譯 等級不同。

03 | かんぶ【幹部】

㊔ 主要部分；幹部(特指領導幹部)

例 幹部候補(かんぶこうほ)に選抜(せんばつ)される。

譯 被選為候補幹部。

04 | けんい【権威】

㊔ 權勢，權威，勢力；(具説服力的)權威，專家

例 親(おや)の権威(けんい)。

譯 父母的權威。

05 | けんげん【権限】

㊔ 權限，職權範圍

例 権限(けんげん)がない。

譯 沒有權限。

06 | しゅっせ【出世】

名·自サ 下凡；出家，入佛門；出生；出息，成功，發跡

例 出世(しゅっせ)を願(ねが)う。

譯 祈求出人頭地。

07 | しゅにん【主任】

㊔ 主任

例 会計主任(かいけいしゅにん)が押印(おういん)する。

譯 會計主任蓋上印章。

08 | しりぞく【退く】

自五 後退；離開；退位

例 第一線(だいいっせん)から退(しりぞ)く。

譯 從第一線退下。

09 | とうきゅう【等級】

㊔ 等級，等位

例 等級(とうきゅう)をつける。

譯 訂出等級。

10 | どうとう【同等】

㊔ 同等(級)；同樣資格，相等

例 男女(だんじょ)を同等(どうとう)に扱(あつか)う。

譯 男女平等對待。

11 | ひく【引く】

自五 後退；辭退；(潮)退，平息

例 身(み)を引(ひ)く。

譯 引退。

12 | ぶか【部下】

㊔ 部下，屬下

例 部下(ぶか)を褒(ほ)める。

譯 稱讚屬下。

13 | ポジション【position】
㊔ 地位，職位；(棒)守備位置

例 ポジションに就(つ)く。

譯 就任…位置。

14 | やくしょく【役職】
㊔ 官職，職務；要職

例 役職(やくしょく)に就(つ)く。

譯 就任要職。

15 | らんよう【濫用】
(名·他サ) 濫用，亂用

例 職権(しょっけん)を濫用(らんよう)する。

譯 濫用職權。

N1 ◎ 24-4

24-4 家事 /
家務

01 | あつらえる
(他下一) 點，訂做

例 スーツをあつらえる。

譯 訂作西裝。

02 | オーダーメイド【(和) order + made】
㊔ 訂做的貨，訂做的西服

例 この服(ふく)はオーダーメイドだ。

譯 這件西服是訂做的。

03 | おる【織る】
(他五) 織；編

例 機(はた)を織(お)る。

譯 織布。

04 | からむ【絡む】
(自五) 纏在…上；糾纏，無理取鬧，找碴；密切相關，緊密糾纏

例 糸(いと)が絡(から)む。

譯 線纏繞在一起。

05 | きちっと
(副) 整潔，乾乾淨淨；恰當；準時；好好地

例 きちっと入(い)れる。

譯 整齊放入。

06 | ごしごし
(副) 使力的，使勁的

例 床(ゆか)をごしごし拭(ふ)く。

譯 使勁地擦洗地板。

07 | しあがり【仕上がり】
㊔ 做完，完成；(迎接比賽)做好準備

例 仕上(しあ)がりがいい。

譯 做得很好。

08 | ししゅう【刺繍】
(名·他サ) 刺繡

例 刺繍(ししゅう)を施(ほどこ)す。

譯 刺繡加工。

09 | したてる【仕立てる】
(他下一) 縫紉，製作(衣服)；培養，訓練；準備，預備；喬裝，裝扮

例 洋服(ようふく)を仕立(した)てる。

譯 縫製洋裝。

10 | しゅげい【手芸】

㊔ 手工藝(刺繡、編織等)

例 手芸（しゅげい）を習（なら）う。

譯 學習手工藝。

11 | すすぐ

他五 (用水)刷，洗滌；漱口

例 口（くち）をすすぐ。

譯 漱口。

12 | たがいちがい【互い違い】

形動 交互，交錯，交替

例 白黒互（しろくろたが）い違（ちが）いに編（あ）む。

譯 黑白交錯編織。

13 | ちり【塵】

㊔ 灰塵，垃圾；微小，微不足道；少許，絲毫；世俗，塵世；污點，骯髒

例 ちりも積（つ）もれば山（やま）となる。

譯 積少成多。

14 | つぎめ【継ぎ目】

㊔ 接頭，接繼；家業的繼承人；骨頭的關節

例 糸（いと）の継（つ）ぎ目（め）。

譯 線的接頭。

15 | つくろう【繕う】

他五 修補，修繕；修飾，裝飾，擺；掩飾，遮掩

例 屋根（やね）を繕（つくろ）う。

譯 修補屋頂。

16 | ドライクリーニング【dry cleaning】

㊔ 乾洗

例 ドライクリーニングする。

譯 乾洗。

17 | はそん【破損】

名・自他サ 破損，損壞

例 破損箇所（はそんかしょ）を修復（しゅうふく）する。

譯 修補破損處。

18 | ゆすぐ【濯ぐ】

他五 洗滌，刷洗，洗濯；漱

例 口（くち）をゆすぐ。

譯 漱口。

19 | よごれ【汚れ】

㊔ 污穢，污物，骯髒之處

例 汚（よご）れが目立（めだ）つ。

譯 污漬顯眼。

パート 25 第二十五章

生産、産業

- 生産、産業 -

N1 25-1

25-1 生產、産業 / 生產、產業

01 | あたいする【値する】

自サ 值，相當於；值得，有…的價值

例 議論(ぎろん)に値(あたい)しない。

譯 不值得討論下去。

02 | かくしん【革新】

名·他サ 革新

例 技術革新(ぎじゅつかくしん)を支(ささ)える。

譯 支持技術革新。

03 | かこう【加工】

名·他サ 加工

例 食品(しょくひん)を加工(かこう)する。

譯 加工食品。

04 | きかく【規格】

名 規格，標準，規範

例 規格(きかく)に合(あ)う。

譯 符合規定。

05 | グレードアップ【grade-up】

名 提高水準

例 商品(しょうひん)のグレードアップを図(はか)る。

譯 訴求提高商品的水準。

06 | こうぎょう【興業】

名 振興工業，發展事業

例 殖産興業(しょくさんこうぎょう)。

譯 振興產業。

07 | さんしゅつ【産出】

名·他サ 生產；出產

例 石油(せきゆ)を産出(さんしゅつ)する。

譯 產出石油。

08 | さんぶつ【産物】

名 (某地方的)產品，產物，物產；(某種行為的結果所產生的)產物

例 時代(じだい)の産物(さんぶつ)を主題(しゅだい)にした。

譯 以時代下的產物為主題。

09 | ていたい【停滞】

名·自サ 停滯，停頓；(貨物的)滯銷

例 生産(せいさん)が停滞(ていたい)する。

譯 生產停滯。

10 | どうにゅう【導入】

名·他サ 引進，引入，輸入；(為了解決懸案)引用(材料、證據)

例 新技術(しんぎじゅつ)の導入(どうにゅう)が必要(ひつよう)だ。

譯 引進新科技是必須的。

11 | とくさん【特産】

名 特產，土產

例 地方(ちほう)の特産品(とくさんひん)を買(か)う。

譯 購買地方特產。

12 | バイオ【biotechnology 之略】

名 生物技術，生物工程學

例 バイオテクノロジーを用(もち)いる。

譯 運用生命科學。

13 | ハイテク【high-tech】

名（ハイテクノロジー之略）高科技

例 ハイテク産業(さんぎょう)が集中(しゅうちゅう)している。

譯 匯集著高科技產業。

14 | へんかく【変革】

名・自他サ 變革，改革

例 技術上(ぎじゅつじょう)の新(あたら)しい変革(へんかく)は何(なに)もなかった。

譯 沒有任何技術上的改革。

15 | メーカー【maker】

名 製造商，製造廠，廠商

例 一流(いちりゅう)のメーカー。

譯 一流廠商。

16 | むら【斑】

名（顏色）不均勻，有斑點；（事物）不齊，不定；忽三忽四，（性情）易變

例 製品(せいひん)の出来(でき)に斑(むら)がある。

譯 成品參差不齊。

N1 25-2

25-2 農業、漁業、林業 /
農業、漁業、林業

01 | かいりょう【改良】

名・他サ 改良，改善

例 品種改良(ひんしゅかいりょう)が試(こころ)みられる。

譯 嘗試進行品種改良。

02 | かちく【家畜】

名 家畜

例 家畜(かちく)を飼育(しいく)する。

譯 飼養家畜。

03 | かんがい【灌漑】

名・他サ 灌溉

例 灌漑水(かんがいすい)が供給(きょうきゅう)される。

譯 供應灌溉用水。

04 | きょうさく【凶作】

名 災荒，欠收

例 作物(さくもつ)が凶作(きょうさく)だ。

譯 農作物欠收。

05 | けんぎょう【兼業】

名・他サ 兼營，兼業

例 兼業農家(けんぎょうのうか)の生活(せいかつ)をスタートした。

譯 開始兼做務農的生活。

06 | こうさく【耕作】

名・他サ 耕種

例 田畑(たはた)を耕作(こうさく)する。

譯 下田耕種。

07 | さいばい【栽培】

名・他サ 栽培，種植

例 野菜(やさい)を栽培(さいばい)する。

譯 種植蔬菜。

08 | しいく【飼育】

名・他サ 飼養（家畜）

例 家畜(かちく)を飼育(しいく)する。

譯 飼養家畜。

09 | すいでん【水田】

㊔ 水田，稻田

はたけ　すいでん
例 畑を水田にする。

譯 旱田改為水田。

10 | ちくさん【畜産】

㊔ (農)家畜；畜產

ちくさんぎょう　たずさ
例 畜産業に携わる。

譯 從事畜產業。

11 | のうこう【農耕】

㊔ 農耕，耕作，種田

のうこうせいかつ　おく
例 農耕生活を送る。

譯 過著農耕生活。

12 | のうじょう【農場】

㊔ 農場

のうじょう　けいえい
例 農場を経営する。

譯 經營農場。

13 | のうち【農地】

㊔ 農地，耕地

のうち　かいたく
例 農地を開拓する。

譯 開發農耕地。

14 | ほげい【捕鯨】

㊔ 掠捕鯨魚

ほげい　ひなん
例 捕鯨を非難する。

譯 批評掠捕鯨魚。

15 | ゆうき【有機】

㊔ (化)有機；有生命力

ゆうきさいばい　やさい
例 有機栽培の野菜。

譯 有機蔬菜。

16 | ゆうぼく【遊牧】

(名·自サ) 游牧

ゆうぼくみん　せいかつ　たいけん
例 遊牧民の生活を体験している。

譯 體驗游牧民族的生活。

17 | らくのう【酪農】

㊔ (農)(飼養奶牛、奶羊生產乳製品的)酪農業

らくのう　けいえい
例 酪農を経営する。

譯 經營酪農業。

18 | りんぎょう【林業】

㊔ 林業

りんぎょう　さか
例 林業が盛んである。

譯 林業興盛。

N1 ◎ 25-3

25-3 工業、鉱業、商業 / 工業、礦業、商業

01 | うめたてる【埋め立てる】

(他下一) 填拓(海，河)，填海(河)造地

うみ　う　た
例 海を埋め立てる。

譯 填海造地。

02 | かいうん【海運】

㊔ 海運，航運

かいうんぎょうかい　きょうみ
例 海運業界に興味がある。

譯 對航運業深感興趣。

03 | かいしゅう【改修】

(名·他サ) 修理，修復；修訂

かいしゅうこうじ　おこな
例 改修工事を行う。

譯 進行修復工程。

04 | かいたく【開拓】

(名·他サ) 開墾，開荒；開闢

例 市場を開拓する。

譯 開拓市場。

05 | かいはつ【開発】

(名·他サ) 開發，開墾；啟發；(經過研究而)實用化；開創，發展

例 新商品の開発に力を注ぐ。

譯 傾力開發新商品。

06 | こうぎょう【鉱業】

(名) 礦業

例 鉱業権を得る。

譯 取得採礦權。

07 | こうざん【鉱山】

(名) 礦山

例 鉱山の採掘。

譯 採掘礦山。

08 | さいけん【再建】

(名·他サ) 重新建築，重新建造；重新建設

例 焼けた校舎を再建する。

譯 重建燒毀的校舍。

09 | しんちく【新築】

(名·他サ) 新建，新蓋；新建的房屋

例 事務所を新築する。

譯 新建辦公室。

10 | ゼネコン【general contractor 之略】

(名) 承包商

例 大手ゼネコンから依頼される。

譯 來自大承包商的委託。

11 | ちゃっこう【着工】

(名·自サ) 開工，動工

例 工事は来月着工する。

譯 下個月動工。

12 | ていぼう【堤防】

(名) 堤防

例 堤防が決壊する。

譯 提防決口。

13 | どぼく【土木】

(名) 土木；土木工程

例 土木工事をする。

譯 進行土木工程。

14 | とんや【問屋】

(名) 批發商

例 そうは問屋が卸さない。

譯 事情不會那麼稱心如意。

15 | ど【土】

(名·漢造) 土地，地方；(五行之一)土；土壤；地區；(國)土

例 土に帰す。

譯 歸土；死亡。

16 | ぼうせき【紡績】

(名) 紡織，紡紗

例 紡績工場で働く。

譯 在紡織工廠工作。

17 | ほきょう【補強】

(名·他サ) 補強，增強，強化

例 補強工事を行う。

譯 進行強化工程。

パート
26
第二十六章

経済

- 經濟 -

N1 26-1

26-1 経済 / 經濟

01 いとなむ【営む】

(他五) 舉辦，從事；經營；準備；建造

例 生活を営む。

譯 營生。

02 インフレ【inflation 之略】

(名)(經)通貨膨脹

例 インフレを引き起こす。

譯 引發通貨膨脹。

03 うわむく【上向く】

(自五)(臉)朝上，仰；(行市等)上漲

例 景気が上向く。

譯 景氣回升。

04 えい【営】

(漢造) 經營；軍營

例 私の父は自営業だ。

譯 父親是獨資開業的。

05 オーバー【over】

(名·自他サ) 超過，超越；外套

例 予算をオーバーする。

譯 超過預算。

06 オイルショック【(和) oil ＋ shock】

(名) 石油危機

例 オイルショックの与えた影響。

譯 石油危機帶來的影響。

07 かけい【家計】

(名) 家計，家庭經濟狀況

例 家計を支える。

譯 支援家庭經濟。

08 けいき【契機】

(名) 契機；轉機，動機，起因

例 失敗を契機にする。

譯 把危機化為轉機。

09 こうきょう【好況】

(名)(經)繁榮，景氣，興旺

例 景気が好況に向かう。

譯 景氣逐漸回升。

10 こうたい【後退】

(名·自サ) 後退，倒退

例 景気が後退する。

譯 景氣衰退。

11 ざいせい【財政】

(名) 財政；(個人)經濟情況

例 財政(ざいせい)が破綻(はたん)する。

譯 財政出現困難。

12 | しじょう【市場】

㊔ 菜市場，集市；銷路，銷售範圍，市場；交易所

例 市場調査(しじょうちょうさ)する。

譯 進行市場調查。

13 | したび【下火】

㊔ 火勢漸弱，火將熄滅；(流行，勢力的)衰退；底火

例 人気(にんき)が下火(したび)になる。

譯 人氣減弱。

14 | せいけい【生計】

㊔ 謀生，生計，生活

例 生計(せいけい)に困(こま)る。

譯 為生計所苦。

15 | そうば【相場】

㊔ 行情，市價；投機買賣，買空賣空；常例，老規矩；評價

例 外国為替相場(がいこくかわせそうば)に変動(へんどう)がない。

譯 國外匯兌行情沒有變動。

16 | だっする【脱する】

(自他サ) 逃出，逃脫；脫離，離開；脫落，漏掉；脫稿；去掉，除掉

例 危機(きき)を脱(だっ)する。

譯 解除危機。

17 | どうこう【動向】

㊔ (社會、人心等)動向，趨勢

例 景気(けいき)の動向(どうこう)がわかる。

譯 得知景氣動向。

18 | とうにゅう【投入】

(名·他サ) 投入，扔進去；投入(資本、勞力等)

例 資金(しきん)を投入(とうにゅう)する。

譯 投入資金。

19 | はっそく・ほっそく【発足】

(名·自サ) 開始(活動)，成立

例 新(しん)プロジェクトが発足(ほっそく)する。

譯 開始進行新企畫。

20 | バブル【bubble】

㊔ 泡泡，泡沫；泡沫經濟的簡稱

例 バブルの崩壊(ほうかい)が始(はじ)まる。

譯 泡沫經濟開始崩解了。

21 | はんじょう【繁盛】

(名·自サ) 繁榮昌茂，興隆，興旺

例 商売(しょうばい)が繁盛(はんじょう)する。

譯 生意興隆。

22 | ビジネス【business】

㊔ 事務，工作；商業，生意，實務

例 ビジネスマンが集(あつ)まる。

譯 匯集了許多公司職員。

23 | ブーム【boom】

㊔ (經)突然出現的景氣，繁榮；高潮，熱潮

例 ブームが去(さ)る。

譯 熱潮消退。

24 | ふきょう【不況】

㊔（經）不景氣，蕭條

例 不況に陥る。

譯 陷入景氣不佳的境地。

25 | ふけいき【不景気】

名·形動 不景氣，經濟停滯，蕭條；沒精神，憂鬱

例 不景気な顔に写っちゃった。

譯 拍到灰溜溜的表情。

26 | ぼうちょう【膨張】

名·自サ （理）膨脹；增大，增加，擴大發展

例 予算が膨張する。

譯 預算增大。

27 | ほけん【保険】

㊔ 保險；（對於損害的）保證

例 生命保険をかける。

譯 投保人壽險。

28 | みつもり【見積もり】

㊔ 估計，估量

例 見積もりを出す。

譯 提交估價單。

29 | みつもる【見積もる】

他五 估計

例 予算を見積もる。

譯 估計預算。

30 | りゅうつう【流通】

名·自サ （貨幣、商品的）流通，物流

例 流通を促す。

譯 促進流通。

N1 26-2

26-2 取り引き / 交易

01 | いたく【委託】

名·他サ 委託，託付；（法）委託，代理人

例 任務を代理人に委託する。

譯 把任務委託給代理人。

02 | うちきる【打ち切る】

他五 （「切る」的強調說法）砍，切；停止，截止，中止；（圍棋）下完一局

例 交渉を打ち切る。

譯 停止談判。

03 | オファー【offer】

名·他サ 提出，提供；開價，報價

例 オファーが来る。

譯 報價單來了。

04 | こうえき【交易】

名·自サ 交易，貿易；交流

例 外国と交易する。

譯 國際貿易。

05 | こうしょう【交渉】

名·自サ 交涉，談判；關係，聯繫

例 交渉が成立する。

譯 交涉成立。

06 | こきゃく【顧客】

㊔ 顧客

例 顧客名簿を管理する。

譯 保管顧客名冊。

07 | じょうほ【譲歩】

名·自サ 讓步

例 一歩も譲歩しない。

譯 寸步不讓。

08 | そうきん【送金】

名·自他サ 匯款，寄錢

例 大学生の息子に送金する。

譯 寄錢給唸大學的兒子。

09 | とりひき【取引】

名·自サ 交易，貿易

例 取引が成立する。

譯 交易成立。

10 | なりたつ【成り立つ】

自五 成立；談妥，達成協議；划得來，有利可圖；能維持；(古)成長

例 契約が成り立つ。

譯 契約成立。

11 | はいぶん【配分】

名·他サ 分配，分割

例 利益を配分する。

譯 分紅。

12 | ボイコット【boycott】

名 聯合抵制，拒絕交易(某貨物)，聯合排斥(某勢力)

例 ボイコットする。

譯 聯合抵制。

26-3 売買 / 買賣

01 | うりだし【売り出し】

名 開始出售；減價出售，賤賣；出名，嶄露頭角

例 売り出し中の歌手を招く。

譯 邀請開始嶄露頭角的歌手。

02 | うりだす【売り出す】

他五 上市，出售；出名，紅起來

例 新商品を売り出す。

譯 新品上市。

03 | おまけ【お負け】

名·他サ (作為贈品)另外贈送；另外附加(的東西)；算便宜

例 100円おまけしてくれた。

譯 算我便宜一百日圓。

04 | おろしうり【卸売・卸売り】

名 批發

例 卸売業者から卸値で買う。

譯 向批發商以批發價購買。

05 | かいこむ【買い込む】

他五 (大量)買進，購買

例 食糧を買い込む。

譯 大量購買食物。

06 | かにゅう【加入】

名·自サ 加上，參加

例 保険に加入する。

譯 加入保險。

07 | こうにゅう【購入】

(名·他サ) 購入，買進，購置，採購

例 日用品を購入する。

譯 採買日用品。

08 | こうばい【購買】

(名·他サ) 買，購買

例 購買意欲。

譯 購買欲。

09 | こうり【小売り】

(名·他サ) 零售，小賣

例 小売り店に卸す。

譯 供貨給零售店。

10 | しいれる【仕入れる】

(他下一) 購入，買進，採購（商品或原料）；（喻）由他處取得，獲得

例 商品を仕入れる。

譯 採購商品。

11 | したどり【下取り】

(名·他サ)（把舊物）折價貼錢換取新物

例 車を下取りに出す。

譯 車子舊換新。

12 | そくしん【促進】

(名·他サ) 促進

例 販売促進活動をサポートする。

譯 支援特賣會。

13 | とうし【投資】

(名·他サ) 投資

例 新事業に投資する。

譯 投資新事業。

14 | どくせん【独占】

(名·他サ) 獨占，獨斷；壟斷，專營

例 独占販売する。

譯 獨家販賣。

15 | まえうり【前売り】

(名·他サ) 預售

例 前売り券を買う。

譯 買預售券。

16 | りょうしゅうしょ【領収書】

(名) 收據

例 領収書をもらう。

譯 拿收據。

N1 26-4

26-4 価格 / 價格

01 | あたい【値】

(名) 價值；價錢；（數）值

例 値がある。

譯 值得（做）…。

02 | さがく【差額】

(名) 差額

例 差額を返金する。

譯 退還差額。

03 | たんか【単価】

(名) 單價

例 単価（たんか）は100円（えん）。

譯 單價為一百日圓。

04 | ねうち【値打ち】

㊔ 估價，定價；價錢；價值；聲價，品格

例 値打（ねう）ちがある。

譯 有價值。

05 | ひきあげる【引き上げる】

他下一 吊起；打撈；撤走；提拔；提高(物價)；收回 自下一 歸還，返回

例 税金（ぜいきん）を引（ひ）き上（あ）げる。

譯 提高稅金。

06 | ひきさげる【引き下げる】

他下一 降低；使後退；撤回

例 コストを引（ひ）き下（さ）げる。

譯 降低成本。

07 | へんどう【変動】

名・自サ 變動，改變，變化

例 物価（ぶっか）が変動（へんどう）する。

譯 物價變動。

08 | やすっぽい【安っぽい】

㊢ 很像便宜貨，品質差的樣子，廉價，不值錢；沒有品味，低俗，俗氣；沒有價值，沒有內容，不足取

例 安（やす）っぽい服（ふく）を着（き）ている。

譯 穿著廉價的衣服。

26-5 損得 /
損益

01 | あかじ【赤字】

㊔ 赤字，入不敷出；(校稿時寫的)紅字，校正的字

例 赤字（あかじ）を埋（う）める。

譯 彌補虧空。

02 | かくとく【獲得】

名・他サ 獲得，取得，爭得

例 賞金（しょうきん）を獲得（かくとく）する。

譯 獲得獎金。

03 | かんげん【還元】

名・自他サ (事物的)歸還，回復原樣；(化)還原

例 利益（りえき）の一部（いちぶ）を社会（しゃかい）に還元（かんげん）する。

譯 把一部份的利益還原給社會。

04 | きょうじゅ【享受】

名・他サ 享受；享有

例 恩恵（おんけい）を享受（きょうじゅ）する。

譯 享受恩惠。

05 | ぎょうせき【業績】

㊔ (工作、事業等)成就，業績

例 業績（ぎょうせき）を伸（の）ばす。

譯 提高業績。

06 | きんり【金利】

㊔ 利息；利率

例 金利（きんり）を引（ひ）き下（さ）げる。

譯 降低利息。

07 | くろじ【黒字】

㊔ 黑色的字；(經)盈餘，賺錢

例 黒字(くろじ)に転(てん)じる。

譯 轉虧為盈。

08 | ゲット【get】

(名・他サ) (籃球、兵上曲棍球等)得分；(俗)取得，獲得

例 欲(ほ)しいものをゲットする。

譯 取得想要的東西。

09 | けんしょう【懸賞】

㊔ 懸賞；賞金，獎品

例 懸賞(けんしょう)に当(あ)たる。

譯 得獎。

10 | しゅうえき【収益】

㊔ 收益

例 収益(しゅうえき)が上(あ)がる。

譯 獲得利益。

11 | しょとく【所得】

㊔ 所得，收入；(納稅時所報的)純收入；所有物

例 所得税(しょとくぜい)を払(はら)う。

譯 支付所得稅。

12 | そこなう【損なう】

(他五・接尾) 損壞，破損；傷害妨害(健康、感情等)；損傷，死傷；(接在其他動詞連用形下)沒成功，失敗，錯誤；失掉時機，耽誤；差一點，險些

例 健康(けんこう)を損(そこ)なう。

譯 有害健康。

13 | たまわる【賜る】

(他五) 蒙受賞賜；賜，賜予，賞賜

例 賞(しょう)を賜(たまわ)る。

譯 給我賞賜。

14 | つぐない【償い】

㊔ 補償；賠償；贖罪

例 事故(じこ)の償(つぐな)いをする。

譯 事故賠償。

15 | てんらく【転落】

(名・自サ) 掉落，滾下；墜落，淪落；暴跌，突然下降

例 第5位(だいい)に転落(てんらく)する。

譯 突然降到第五名。

16 | とりぶん【取り分】

㊔ 應得的份額

例 取(と)り分(ぶん)のお金(かね)が入(はい)ってくる。

譯 取得應得的份額。

17 | にゅうしゅ【入手】

(名・他サ) 得到，到手，取得

例 入手困難(にゅうしゅこんなん)が予想(よそう)された。

譯 估計很難取得。

18 | ねびき【値引き】

(名・他サ) 打折，減價

例 在庫品(ざいこひん)を値引(ねび)きする。

譯 庫存品打折販售。

19 | ふんしつ【紛失】

(名・自他サ) 遺失，丟失，失落

例 カードを紛失(ふんしつ)する。
譯 弄丟信用卡。

20 | べんしょう【弁償】
(名·他サ) 賠償
例 弁償(べんしょう)させられる。
譯 被要求賠償。

21 | ほうび【褒美】
(名) 褒獎，獎勵；獎品，獎賞
例 褒美(ほうび)をいただく。
譯 領獎賞。

22 | ほしょう【補償】
(名·他サ) 補償，賠償
例 補償(ほしょう)が受(う)けられる。
譯 接受賠償。

23 | ゆうえき【有益】
(名·形動) 有益，有意義，有好處
例 有益(ゆうえき)な情報(じょうほう)を得(え)る。
譯 獲得有益的情報。

24 | りじゅん【利潤】
(名) 利潤，紅利
例 利潤(りじゅん)を追求(ついきゅう)する。
譯 追求利潤。

25 | りそく【利息】
(名) 利息
例 利息(りそく)を支払(しはら)う。
譯 支付利息。

26-6 收支、賃金 / 收支、工資報酬

01 | かくほ【確保】
(名·他サ) 牢牢保住，確保
例 食料(しょくりょう)を確保(かくほ)する。
譯 確保糧食。

02 | かせぎ【稼ぎ】
(名) 做工；工資；職業
例 稼(かせ)ぎが少(すく)ない。
譯 賺得很少。

03 | ギャラ【guarantee 之略】
(名) (預約的)演出費，契約費
例 ギャラを支払(しはら)う。
譯 支付演出費。

04 | けっさん【決算】
(名·自他サ) 結帳；清算
例 決算(けっさん)セール。
譯 清倉大拍賣。

05 | げっぷ【月賦】
(名) 月賦，按月分配；按月分期付款
例 月賦(げっぷ)で支払(しはら)う。
譯 按月支付。

06 | さいさん【採算】
(名) (收支的)核算，核算盈虧
例 採算(さいさん)が合(あ)う。
譯 合算，有利潤。

07 | さしひき【差し引き】

(名·自他サ) 扣除，減去；(相抵的)餘額，結算(的結果)；(潮水的)漲落，(體溫的)升降

例 差(さ)し引(ひ)き 10000 円(えん)です。

譯 餘額一萬日圓。

08 | しゅうし【収支】

(名) 收支

例 収支(しゅうし)を合計(ごうけい)する。

譯 統計收支。

09 | たいぐう【待遇】

(名·他サ·接尾) 接待，對待，服務；工資，報酬

例 待遇(たいぐう)を改善(かいぜん)する。

譯 改善待遇，提高工資。

10 | ちょうしゅう【徴収】

(名·他サ) 徵收，收費

例 税金(ぜいきん)を徴収(ちょうしゅう)する。

譯 徵稅。

11 | ちんぎん【賃金】

(名) 租金；工資

例 賃金(ちんぎん)を支払(しはら)う。

譯 付租金。

12 | てどり【手取り】

(名) (相撲)技巧巧妙(的人；)(除去稅金與其他費用的)實收款，淨收入

例 手取(てど)りが少(すく)ない。

譯 實收款很少。

13 | にっとう【日当】

(名) 日薪

例 日当(にっとう)をもらう。

譯 領日薪。

14 | プラスアルファ【(和)plus＋(希臘)alpha】

(名) 加上若干，(工會與資方談判提高工資時)資方在協定外可自由支配的部分；工資附加部分，紅利

例 本給(ほんきゅう)にプラスアルファの手当(てあ)てがつく。

譯 在本薪外加發紅利。

15 | ほうしゅう【報酬】

(名) 報酬；收益

例 報酬(ほうしゅう)を支払(しはら)う。

譯 支付報酬。

16 | みいり【実入り】

(名) (五穀)節食；收入

例 実入(みい)りがいい。

譯 收入好。

N1 ⊙ 26-7

26-7 貸借 /
借貸

01 | かり【借り】

(名) 借，借入；借的東西；欠人情；怨恨，仇恨

例 借(か)りを返(かえ)す。

譯 報恩，報怨。

02 | せいさん【精算】

(名·他サ) 計算，精算；結算；清理財產；結束

例 料金(りょうきん)を精算(せいさん)する。
譯 細算費用。

03 | たいのう【滞納】

名·他サ (稅款，會費等)滯納，拖欠，逾期未繳
例 会費(かいひ)を滞納(たいのう)する。
譯 拖欠會費。

04 | たてかえる【立て替える】

他下一 墊付，代付
例 電車賃(でんしゃちん)を立(た)て替(か)える。
譯 代墊電車車資。

05 | とどこおる【滞る】

自五 拖延，耽擱，遲延；拖欠
例 支払(しはら)いが滞(とどこお)る。
譯 拖延付款。

06 | とりたてる【取り立てる】

他下一 催繳，索取；提拔
例 借金(しゃっきん)を取(と)り立(た)てる。
譯 討債。

07 | はいしゃく【拝借】

名·他サ (謙)拜借
例 お手(て)を拝借(はいしゃく)。
譯 請求幫忙。

08 | ふさい【負債】

名 負債，欠債；飢荒
例 負債(ふさい)を背負(せお)う。
譯 背負債務。

09 | へんかん【返還】

名·他サ 退還，歸還(原主)
例 土地(とち)を返還(へんかん)する。
譯 歸還土地。

10 | へんきゃく【返却】

副·他サ 還，歸還
例 本(ほん)を返却(へんきゃく)する。
譯 還書。

11 | へんさい【返済】

名·他サ 償還，還債
例 返済(へんさい)を迫(せま)る。
譯 催促償還。

12 | まえがり【前借り】

名·他サ 借，預支
例 給料(きゅうりょう)を前借(まえが)りする。
譯 預支工錢。

13 | ゆうし【融資】

名·自サ (經)通融資金，貸款
例 融資(ゆうし)を受(う)ける。
譯 接受貸款。

14 | りし【利子】

名 (經)利息，利錢
例 利子(りし)が付(つ)く。
譯 有利息。

26-8 消費、費用 /
消費、費用

01 | いっかつ【一括】
名·他サ 總括起來，全部
例 一括して購入する。
譯 全部買下。

02 | うちわけ【内訳】
名 細目，明細，詳細內容
例 内訳を示す。
譯 出示明細。

03 | かんぜい【関税】
名 關稅，海關稅
例 関税がかかる。
譯 課徵關稅。

04 | けいげん【軽減】
名·自他サ 減輕
例 負担を軽減する。
譯 減輕負擔。

05 | けいひ【経費】
名 經費，開銷，費用
例 経費を削減する。
譯 削減經費。

06 | げっしゃ【月謝】
名 (每月的)學費，月酬
例 月謝を支払う。
譯 支付每月費用。

07 | けんやく【倹約】
名·他サ 節省，節約，儉省
例 倹約家の奥さんに支えられてきた。
譯 我得到了克勤克儉的妻子的支持。

08 | こうじょ【控除】
名·他サ 扣除
例 扶養控除に入る。
譯 加入扶養扣除。

09 | ざんきん【残金】
名 餘款，餘額；尾欠，差額
例 残金を支払う。
譯 支付尾款。

10 | じっぴ【実費】
名 實際所需費用；成本
例 実費で売る。
譯 按成本出售。

11 | しゅっぴ【出費】
名·自サ 費用，出支，開銷
例 出費を節約する。
譯 節省開銷。

12 | てあて【手当て】
名·他サ 準備，預備；津貼；生活福利；醫療，治療；小費
例 手当てがつく。
譯 有補助費。

13 | とりよせる【取り寄せる】
他下一 請(遠方)送來，寄來；訂貨；函購

例 品物を取り寄せる。
譯 訂購商品。

14 ｜のうにゅう【納入】
名・他サ 繳納，交納
例 納入期限を守る。
譯 遵守繳納期限。

15 ｜ばらまく【ばら撒く】
他五 撒播，撒；到處花錢，散財
例 お金をばら撒く。
譯 散財。

16 ｜まえばらい【前払い】
名・他サ 預付
例 工事費の一部を前払いする。
譯 預付一部份的施工費。

17 ｜むだづかい【無駄遣い】
名・自サ 浪費，亂花錢
例 税金の無駄遣いをしている。
譯 浪費稅金。

18 ｜ろうひ【浪費】
名・他サ 浪費；糟蹋
例 時間の浪費を招く。
譯 造成時間的浪費。

N1 26-9

26-9 財産、金銭 /
財產、金錢

01 ｜がいか【外貨】
名 外幣，外匯
例 外貨準備高。
譯 外匯存底。

02 ｜かけ【掛け】
名 賒帳；帳款，欠賬；重量
例 掛けにする。
譯 記在帳上。

03 ｜かぶしき【株式】
名 (商)股份；股票；股權
例 株式会社を設立する。
譯 設立股份公司。

04 ｜かへい【貨幣】
名 (經)貨幣
例 貨幣経済。
譯 貨幣經濟。

05 ｜カンパ【(俄) kampanija】
名・他サ (「カンパニア」之略)勸募，募集的款項募集金；應募捐款
例 救援資金をカンパする。
譯 募集救援資金。

06 ｜ききん【基金】
名 基金
例 基金を募る。
譯 募集基金。

07 ｜こぎって【小切手】
名 支票
例 小切手を切る。
譯 開支票。

08 | ざいげん【財源】

㊔ 財源

例 財源を求める。

譯 尋求財源。

09 | ざい【財】

㊔ 財產，錢財；財寶，商品，物資

例 巨額の財を築く。

譯 累積巨額的財富。

10 | ざんだか【残高】

㊔ 餘額

例 残高を確認する。

譯 確認餘額。

11 | しきん【資金】

㊔ 資金，資本

例 資金が底をつく。

譯 資金見底。

12 | しさん【資産】

㊔ 資產，財產；(法)資產

例 資産を運用する。

譯 運用財產。

13 | しぶつ【私物】

㊔ 個人私有物件

例 会社の物品を私物化する。

譯 把公司的物品佔為己有。

14 | じゅうほう【重宝】

㊔ 貴重寶物

例 重宝を保管する。

譯 保管寶物。

15 | しゆう【私有】

名·他サ 私有

例 私有地に入ってはいけない。

譯 請勿進入私有地。

16 | しょゆう【所有】

名·他サ 所有

例 土地を所有する。

譯 擁有土地。

17 | ふどうさん【不動産】

㊔ 不動產

例 不動産を売買する。

譯 買賣不動產。

18 | ぶんぱい【分配】

名·他サ 分配，分給，配給

例 財産の分配が行われる。

譯 進行財產分配。

19 | ほかん【保管】

名·他サ 保管

例 金庫に保管する。

譯 放在保險櫃裡保管。

20 | ぼきん【募金】

名·自サ 募捐

例 募金活動を行う。

譯 進行募款活動。

21 | ほじょ【補助】

名·他サ 補助

例 生活費を補助する。

譯 補助生活費。

22 | まいぞう【埋蔵】

(名·他サ) 埋藏，蘊藏

例 埋蔵金を探す。

譯 尋找寶藏。

23 | ゆうする【有する】

(他サ) 有，擁有

例 広大な土地を有する。

譯 擁有莫大的土地。

24 | よきん【預金】

(名·自他サ) 存款

例 預金を下ろす。

譯 提領存款。

25 | わりあてる【割り当てる】

(名) 分配，分擔，分配額；分派，分擔(的任務)

例 費用を等分に割り当てる。

譯 費用均等分配。

N1 26-10

26-10 貧富 / 貧富

01 | いやしい【卑しい】

(形) 地位低下；非常貧窮，寒酸；下流，低級；貪婪

例 卑しい身なりをする。

譯 寒酸的打扮。

02 | かいそう【階層】

(名) (社會)階層；(建築物的)樓層

例 富裕な階層をますます豊かにする。

譯 富裕階層越來越富裕。

03 | かくさ【格差】

(名) (商品的)級別差別，差價，質量差別；資格差別

例 格差をつける。

譯 劃定級別。

04 | かんそ【簡素】

(名·形動) 簡單樸素，簡樸

例 簡素な結婚式。

譯 簡單的婚禮。

05 | きゅうさい【救済】

(名·他サ) 救濟

例 救済を受ける。

譯 接受救濟。

06 | きゅうぼう【窮乏】

(名·自サ) 貧窮，貧困

例 生活が窮乏する。

譯 生活窮困。

07 | しっそ【質素】

(名·形動) 素淡的，質樸的，簡陋的，樸素的

例 質素な家が並んでいる。

譯 街上整排都是簡陋的房屋。

08 | とぼしい【乏しい】

(形) 不充分，不夠，缺乏，缺少；生活貧困，貧窮

例 知識が乏しい。

譯 缺乏知識。

09 | とみ【富】

㊔ 財富，資產，錢財；資源，富源；彩券

例 富(とみ)を生(う)む。

譯 生財致富。

10 | とむ【富む】

(自五) 有錢，富裕；豐富

例 バラエティーに富(と)む。

譯 有豐富的綜藝節目。

11 | ひんこん【貧困】

(名·形動) 貧困，貧窮；（知識、思想等的）貧乏，極度缺乏

例 貧困(ひんこん)に耐(た)える。

譯 忍受貧困。

12 | びんぼう【貧乏】

(名·形動·自サ) 貧窮，貧苦

例 貧乏(びんぼう)は厭(いや)だ。

譯 討厭貧窮。

13 | ぼつらく【没落】

(名·自サ) 沒落，衰敗；破產

例 没落(ぼつらく)した貴族(きぞく)を幽閉(ゆうへい)する。

譯 幽禁沒落的貴族。

14 | ほどこす【施す】

(他五) 施，施捨，施予；施行，實施；添加；露，顯露

例 食糧(しょくりょう)を施(ほどこ)す。

譯 周濟食糧。

Memo

パート 27 第二十七章 政治

- 政治 -

N1 27-1

27-1 政治 / 政治

01 | きき【危機】

名 危機，險關

例 危機を脱する。

譯 解除危機。

02 | きょうわ【共和】

名 共和

例 共和国を崩壊させた。

譯 讓共和國倒台。

03 | くんしゅ【君主】

名 君主，國王，皇帝

例 君主に背く。

譯 背叛國王。

04 | けんりょく【権力】

名 權力

例 権力を誇示する。

譯 炫耀權力。

05 | こうしん【行進】

名・自サ （列隊）進行，前進

例 デモ行進を行った。

譯 舉行遊行示威。

06 | こうぜん【公然】

副・形動 公然，公開

例 公然の秘密が公になる。

譯 公開的秘密被公開了。

07 | こうにん【公認】

名・他サ 公認，國家機關或政黨正式承認

例 公認会計士になる。

譯 成為有執照的會計師。

08 | こうよう【公用】

名 公用；公務，公事；國家或公共集團的費用

例 公用文の書き方。

譯 公務文書的寫法。

09 | しっきゃく【失脚】

名・自サ 失足（落水、跌跤）；喪失立足地，下台；賠錢

例 大統領が失脚する。

譯 總統下台。

10 | しほう【司法】

名 司法

例 司法官が決定を下す。

譯 法官作出決定。

11 | じゅりつ【樹立】

(名·自他サ) 樹立，建立

例 新党(しんとう)を樹立(じゅりつ)する。

譯 建立新黨。

12 | じょうせい【情勢】

(名) 形勢，情勢

例 情勢(じょうせい)が悪化(あっか)する。

譯 情勢惡化。

13 | せいけん【政権】

(名) 政權；参政權

例 政権(せいけん)を失(うしな)う。

譯 喪失政權。

14 | せいさく【政策】

(名) 政策，策略

例 政策(せいさく)を実施(じっし)する。

譯 實施政策。

15 | せいふく【征服】

(名·他サ) 征服，克服，戰勝

例 敵国(てきこく)を征服(せいふく)する。

譯 征服敵國。

16 | せっちゅう【折衷】

(名·他サ) 折中，折衷

例 両案(りょうあん)を折衷(せっちゅう)する。

譯 折衷兩個方案。

17 | そうどう【騒動】

(名·自サ) 騷動，風潮，鬧事，暴亂

例 騒動(そうどう)が起(お)こる。

譯 掀起風波。

18 | ちょうかん【長官】

(名) 長官，機關首長；(都道府縣的)知事

例 文化庁長官(ぶんかちょうちょうかん)。

譯 文化廳廳長。

19 | てんか【天下】

(名) 天底下，全國，世間，宇內；(幕府的)將軍

例 天下(てんか)を取(と)る。

譯 奪取政權。

20 | とうち【統治】

(名·他サ) 統治

例 国(くに)を統治(とうち)する。

譯 統治國家。

21 | どくさい【独裁】

(名·自サ) 獨斷，獨行；獨裁，專政

例 独裁政治(どくさいせいじ)をする。

譯 施行獨裁政治。

22 | はくがい【迫害】

(名·他サ) 迫害，虐待

例 異民族(いみんぞく)を迫害(はくがい)する。

譯 迫害異族。

23 | は【派】

(名·漢造) 派，派流；衍生；派出

例 反対派(はんたいは)と推進派(すいしんは)。

譯 反對派與促進派。

24 | ひきいる【率いる】

(他上一) 帶領；率領

例 部下を率いる。

譯 率領部下。

25 | ふはい【腐敗】

名·自サ 腐敗，腐壞；墮落

例 腐敗が進む。

譯 腐敗日趨嚴重。

26 | ぶんり【分離】

名·自他サ 分離，分開

例 政教分離制度が成立した。

譯 政治宗教分離制通過了。

27 | ほうけん【封建】

名 封建

例 封建的な考え方が多い。

譯 許多人思想很封建。

28 | ぼうどう【暴動】

名 暴動

例 暴動を起こす。

譯 發生暴動。

29 | ほうむる【葬る】

他五 葬，埋葬；隱瞞，掩蓋；葬送，拋棄

例 世間から葬られる。

譯 被世人遺忘。

30 | もっか【目下】

名·副 當前，當下，目前

例 目下の急務になる。

譯 成為當前緊急任務。

31 | やとう【野党】

名 在野黨

例 野党が不信任決議案を提出する。

譯 在野黨提出不信任案。

32 | ようせい【要請】

名·他サ 要求，請求

例 救助を要請する。

譯 請求幫助。

33 | よとう【与党】

名 執政黨；志同道合的伙伴

例 与党と野党の意見が分かれた。

譯 執政黨與在野黨的意見分歧了。

34 | りゃくだつ【略奪】

名·他サ 掠奪，搶奪，搶劫

例 資源を略奪する。

譯 掠奪資源。

35 | れんぽう【連邦】

名 聯邦，聯合國家

例 アラブ首長国連邦を結成した。

譯 組成阿拉伯聯合大公國。

N1 27-2

27-2 行政、公務員 /
行政、公務員

01 | がいしょう【外相】

名 外交大臣，外交部長，外相

例 外相と会談する。

譯 與外交部長會談。

02 | かいにゅう【介入】

(名·自サ) 介入，干預，參與，染指

例 政府が介入する。

譯 政府介入。

03 | かんりょう【官僚】

(名) 官僚，官吏

例 高級官僚に憧れる。

譯 嚮往高級官員的官場世界。

04 | ぎょうせい【行政】

(名)（相對於立法、司法而言的）行政；（行政機關執行的）政務

例 行政改革に取り組む。

譯 專心致志從事行政改革。

05 | げんしゅ【元首】

(名)（國家的）元首（總統、國王、國家主席等）

例 一国の元首。

譯 國家元首。

06 | こうふ【交付】

(名·他サ) 交付，交給，發給

例 免許証を交付する。

譯 發給駕照。

07 | こくてい【国定】

(名) 國家制訂，國家規定

例 国定公園。

譯 國家公園。

08 | こくど【国土】

(名) 國土，領土，國家的土地；故鄉

例 国土計画。

譯（日本）國土開發計畫。

09 | こくゆう【国有】

(名) 國有

例 国有企業を民営化する。

譯 國營事業民營化。 。

10 | こせき【戸籍】

(名) 戶籍，戶口

例 戸籍に入れる。

譯 列入戶口。

11 | さかえる【栄える】

(自下一) 繁榮，興盛，昌盛；榮華，顯赫

例 町が栄える。

譯 城鎮繁榮。

12 | しさつ【視察】

(名·他サ) 視察，考察

例 工場を視察する。

譯 視察工廠。

13 | しゅのう【首脳】

(名) 首腦，領導人

例 首脳会談は明日開かれる。

譯 明天舉辦首腦會議。

14 | しんこく【申告】

(名·他サ) 申報，報告

例 税関に申告する。

譯 向海關申報。

15 | ぜいむしょ【税務署】

(名) 稅務局

例 税務署に連絡する。

譯 聯絡稅捐處。

16 | そち【措置】

名·他サ 措施，處理，處理方法

例 万全の措置を取る。

譯 採取萬全措施。

17 | たいじ【退治】

名·他サ 打退，討伐，征服；消滅，肅清；治療

例 悪者を退治する。

譯 懲治惡人。

18 | つかさどる【司る】

他五 管理，掌管，擔任

例 会計を司る。

譯 擔任會計。

19 | とうせい【統制】

名·他サ 統治，統歸，統一管理；控制能力

例 言論を統制する。

譯 限制言論自由。

20 | とっけん【特権】

名 特權

例 特権を与える。

譯 給予特權。

21 | とどけ【届け】

名（提交機關、工作單位、學校等）申報書，申請書

例 届けを出す。

譯 提出申請書。

22 | にんめい【任命】

名·他サ 任命

例 大臣に任命する。

譯 任命為大臣。

23 | ひのまる【日の丸】

名（日本國旗）太陽旗；太陽形

例 日の丸を揚げる。

譯 升起太陽旗。

24 | ふっこう【復興】

名·自他サ 復興，恢復原狀；重建

例 復興の目途が立たない。

譯 無法設立重建的目標。

25 | ぶんれつ【分裂】

名·自サ 分裂，裂變，裂開

例 細胞分裂を繰り返す。

譯 細胞不斷地分裂。

26 | やくば【役場】

名（町、村）鄉公所；辦事處

例 役場に届けを出す。

譯 向區公所提出申請。

N1 27-3

27-3 議会、選挙 / 議會、選舉

01 | いちれん【一連】

名 一連串，一系列；（用細繩串著的）一串

例 一連の措置をとる。

譯 採一連串措施。

02 ｜ぎあん【議案】

名 議案

ぎ あん　ていしゅつ
例 議案を提出する。

譯 提出議案。

03 ｜ぎけつ【議決】

名·他サ 議決，表決

まんじょういっ ち　ぎ けつ
例 満場一致で議決する。

譯 全場一致通過。

04 ｜ぎじどう【議事堂】

名 國會大廈；會議廳

こっかい ぎ じ どう
例 国会議事堂。

譯 國會大廈。

05 ｜ぎだい【議題】

名 議題，討論題目

ぎ だい
例 議題にする。

譯 作為議題。

06 ｜きょうぎ【協議】

名·他サ 協議，協商，磋商

きょう ぎ
例 協議がまとまる。

譯 達成協議。

07 ｜けつぎ【決議】

名·他サ 決議，決定；議決

けつ ぎ あん　さいたく
例 決議案を採択する。

譯 採納決議案。

08 ｜けつ【決】

名 決定，表決；(提防)決堤；決然，毅然；(最後)決心，決定

た すうけつ　き
例 多数決で決める。

譯 以多數決來表決。

09 ｜ごうぎ【合議】

名·自他サ 協議，協商，集議

ごう ぎ　き
例 合議のうえで決める。

譯 協商之後再決定。

10 ｜さいけつ【採決】

名·自サ 表決

さいけつ　したが
例 採決に従う。

譯 遵守裁決。

11 ｜さいたく【採択】

名·他サ 採納，通過；選定，選擇

けつ ぎ　さいたく
例 決議が採択される。

譯 決議被採納。

12 ｜さんぎいん【参議院】

名 参議院，參院(日本國會的上院)

さん ぎ いん　せんきょ　さん か
例 参議院の選挙に参加した。

譯 角逐参議院選舉。

13 ｜しじ【支持】

名·他サ 支撐；支持，擁護，贊成

ないかく　し じ
例 内閣を支持する。

譯 擁護內閣。

14 ｜しゅうぎいん【衆議院】

名 (日本國會的)眾議院

しゅう ぎ いん ぎ いん　とうせん
例 衆議院議員に当選する。

譯 當選眾議院議員。

15 | しりぞける【退ける】

(他五) 斥退；擊退；拒絕；撤銷

例 案を退ける。

譯 撤銷法案。

16 | しんぎ【審議】

(名·他サ) 審議

例 審議を打ち切る。

譯 停止審議。

17 | とうぎ【討議】

(名·自他サ) 討論，共同研討

例 討議に入る。

譯 開始討論。

18 | とうせん【当選】

(名·自サ) 當選，中選

例 当選の見込みがある。

譯 有當選希望。

19 | ないかく【内閣】

(名) 內閣，政府

例 内閣総理大臣に指名される。

譯 被提名為首相。

20 | はかる【諮る】

(他五) 商量，協商；諮詢

例 会議に諮る。

譯 在會議上商討。

21 | ばらばら

(副) 分散貌；凌亂的樣子，支離破碎的樣子；(雨點，子彈等)帶著聲響落下或飛過

例 意見がばらばらに割れる。

譯 意見紛歧。

22 | ひけつ【否決】

(名·他サ) 否決

例 議会で否決される。

譯 在會議上被否決了。

23 | ひょう【票】

(名·漢造) 票，選票；(用作憑證的)票；表決的票

例 票を投じる。

譯 投票。

24 | ほうあん【法案】

(名) 法案，法律草案

例 法案が可決される。

譯 通過法案。

25 | まんじょう【満場】

(名) 全場，滿場，滿堂

例 満場一致で可決される。

譯 全場一致贊成通過。

26 | ゆうりょく【有力】

(形動) 有勢力，有權威；有希望；有努力；有效力

例 有力者に近づく。

譯 接近有勢力者。

N1 27-4

27-4 国際、外交 / 國際、外交

01 インターナショナル【international】

名·形動 國際；國際歌；國際間的

例 インターナショナルフォーラムを開催(かいさい)する。

譯 舉辦國際論壇。

02 きょうてい【協定】

名·他サ 協定

例 協定(きょうてい)を結(むす)ぶ。

譯 締結協定。

03 こくれん【国連】

名 聯合國

例 国連(こくれん)の大使(たいし)。

譯 聯合國大使。

04 こっこう【国交】

名 國交，邦交

例 国交(こっこう)を回復(かいふく)する。

譯 恢復邦交。

05 しんぜん【親善】

名 親善，友好

例 親善訪問(しんぜんほうもん)が始(はじ)まった。

譯 友好訪問開始進行。

06 たいがい【対外】

名 對外(國)；對外(部)

例 対外政策(たいがいせいさく)を討論(とうろん)する。

譯 討論外交政策。

07 たつ【断つ】

他五 切，斷；絕，斷絕；消滅；截斷

例 外交関係(がいこうかんけい)を断(た)つ。

譯 斷絕外交關係。

08 ちょういん【調印】

名·自サ 簽字，蓋章，簽署

例 条約(じょうやく)に調印(ちょういん)する。

譯 在契約書上蓋章。

09 どうめい【同盟】

名·自サ 同盟，聯盟，聯合

例 軍事同盟(ぐんじどうめい)を結(むす)ぶ。

譯 結為軍事同盟。

10 ほうべい【訪米】

名·自サ 訪美

例 首相(しゅしょう)が訪米(ほうべい)する。

譯 首相出訪美國。

11 れんめい【連盟】

名 聯盟；聯合會

例 連盟(れんめい)に加(くわ)わる。

譯 加入聯盟。

N1 27-5

27-5 軍事 / 軍事

01 あらそい【争い】

名 爭吵，糾紛，不合；爭奪

例 争(あらそ)いが起(お)こる。

譯 發生糾紛。

02 | いくさ【戦】
名 戰爭
例 長い戦となる。
譯 演變為久戰。

03 | かくめい【革命】
名 革命；(某制度等的)大革新，大變革
例 革命を起こす。
譯 掀起革命。

04 | きゅうえん【救援】
名·他サ 救援；救濟
例 救援活動が開始された。
譯 開始進行救援活動。

05 | きょうこう【強行】
名·他サ 強行，硬幹
例 強行突破を図る。
譯 企圖強行突破。

06 | ぐんじ【軍事】
名 軍事，軍務
例 軍事機密を漏らす。
譯 泄漏軍事機密。

07 | ぐんび【軍備】
名 軍備，軍事設備；戰爭準備，備戰
例 軍備が整う。
譯 已做好備戰準備。

08 | ぐんぷく【軍服】
名 軍服，軍裝
例 軍服を着用する。
譯 穿軍服。

09 | こうそう【抗争】
名·自サ 抗爭，對抗，反抗
例 内部抗争が起こる。
譯 引起內部的對立。

10 | こうふく【降伏】
名·自サ 降服，投降
例 無条件降伏する。
譯 無條件投降。

11 | こくぼう【国防】
名 國防
例 国防会議を開く。
譯 召開國防會議。

12 | しゅうげき【襲撃】
名·他サ 襲擊
例 襲撃を受ける。
譯 受到攻擊。

13 | しょくみんち【植民地】
名 殖民地
例 植民地を開発する。
譯 開發殖民地。

14 | しんりゃく【侵略】
名·他サ 侵略
例 侵略に抵抗する。
譯 抵禦侵略。

15 | せんさい【戦災】
名 戰爭災害，戰禍
例 戦災孤児を救う。
譯 拯救戰爭孤兒。

16 | せんとう【戦闘】
(名·自サ) 戰鬥
例 戦闘に参加する。
譯 參加戰鬥。

17 | せんにゅう【潜入】
(名·自サ) 潛入，溜進；打進
例 スパイの潜入を防ぐ。
譯 防間諜潛入。

18 | せんりょう【占領】
(名·他サ) (軍)武力佔領；佔據
例 敵の占領下におかれる。
譯 在敵人的佔領之下。

19 | ぞうきょう【増強】
(名·他サ) (人員，設備的)增強，加強
例 兵力を増強する。
譯 增強兵力。

20 | そうび【装備】
(名·他サ) 裝備，配備
例 装備を整える。
譯 準備齊全。

21 | たいせい【態勢】
(名) 姿態，樣子，陣式，狀態
例 緊急態勢に入る。
譯 進入緊急情勢。

22 | ちあん【治安】
(名) 治安
例 治安を維持する。
譯 維持治安。

23 | どういん【動員】
(名·他サ) 動員，調動，發動
例 軍隊を動員する。
譯 動員軍隊。

24 | とうそつ【統率】
(名·他サ) 統率
例 一軍を統率する。
譯 統帥一軍。

25 | ないらん【内乱】
(名) 內亂，叛亂
例 内乱が起こる。
譯 引起內亂。

26 | ばくだん【爆弾】
(名) 炸彈
例 爆弾を仕掛ける。
譯 裝設炸彈。

27 | はんらん【反乱】
(名) 叛亂，反亂，反叛
例 反乱を起こす。
譯 挑起叛亂。

28 | ぶそう【武装】
(名·自サ) 武裝，軍事裝備
例 武装兵が待機する。
譯 武裝兵整裝待發。

29 | ぶたい【部隊】
(名) 部隊；一群人
例 陸軍第一部隊が攻撃してきた。
譯 陸軍第一部隊攻過來了。

30 | ぶりょく【武力】

㊔ 武力，兵力

例 武力(ぶりょく)を行使(こうし)する。

譯 行使武力。

31 | ふんそう【紛争】

名·自サ 紛爭，糾紛

例 紛争(ふんそう)が起(お)こる。

譯 引起紛爭。

32 | ベース【base】

㊔ 基礎，基本；基地(特指軍事基地)，根據地

例 二塁(にるい)ベースが空(あ)いている。

譯 二壘壘上無人。

33 | へいき【兵器】

㊔ 兵器，武器，軍火

例 核兵器(かくへいき)を保有(ほゆう)する。

譯 持有核子武器。

34 | ぼうえい【防衛】

名·他サ 防衛，保衛

例 防衛本能(ぼうえいほんのう)がはたらく。

譯 發揮防衛本能。

35 | ほろびる【滅びる】

自上一 滅亡，淪亡，消亡

例 国(くに)が滅(ほろ)びる。

譯 國家滅亡。

36 | ほろぶ【滅ぶ】

自五 滅亡，滅絕

例 人類(じんるい)もいつかは滅(ほろ)ぶ。

譯 人類終究會滅亡。

37 | ほろぼす【滅ぼす】

他五 消滅，毀滅

例 一族(いちぞく)を滅(ほろ)ぼす。

譯 全族滅亡。

38 | めつぼう【滅亡】

名·自サ 滅亡

例 滅亡(めつぼう)に瀕(ひん)する。

譯 瀕於滅亡。

パート 28 第二十八章

法律

- 法律 -

N1 28-1

28-1 規則 / 規則

01 | あやまち【過ち】
㊔ 錯誤，失敗；過錯，過失

例 過ち(あやま)を犯(おか)す。

譯 犯下過錯。

02 | あらたまる【改まる】
(自五) 改變；更新；革新，一本正經，故裝嚴肅，鄭重其事

例 規則(きそく)が改(あらた)まる。

譯 改變規則。

03 | いこう【移行】
(名·自サ) 轉變，移位，過渡

例 新制度(しんせいど)に移行(いこう)する。

譯 改行新制度。

04 | おかす【犯す】
(他五) 犯錯；冒犯；汙辱

例 犯罪(はんざい)を犯(おか)す。

譯 犯罪。

05 | かいあく【改悪】
(名·他サ) 改壞了，危害，壞影響，毒害

例 憲法(けんぽう)を改悪(かいあく)する。

譯 把憲法改壞了。

06 | かいてい【改定】
(名·他サ) 重新規定

例 明日(あす)から運賃(うんちん)が改定(かいてい)される。

譯 明天開始調整運費。

07 | かいてい【改訂】
(名·他サ) 修訂

例 改訂版(かいていばん)が発行(はっこう)された。

譯 發行修訂版。

08 | かんこう【慣行】
㊔ 例行，習慣行為；慣例，習俗

例 慣行(かんこう)に従(したが)う。

譯 遵從慣例。

09 | かんしゅう【慣習】
㊔ 習慣，慣例

例 慣習(かんしゅう)を破(やぶ)る。

譯 打破慣例。

10 | かんれい【慣例】
㊔ 慣例，老規矩，老習慣

例 慣例(かんれい)に従(したが)う。

譯 遵照慣例。

11 | かんわ【緩和】
(名·自他サ) 緩和，放寬

例 規制(きせい)を緩和(かんわ)する。

譯 放寬限制。

12 | きせい【規制】

(名·他サ) 規定(章則)，規章；限制，控制

例 昨年(さくねん)、飲酒運転(いんしゅうんてん)に対(たい)する規制(きせい)が強化(きょうか)された。

譯 去年開始針對酒後駕駛進行嚴格取締。

13 | きてい【規定】

(名·他サ) 規則，規定

例 規定(きてい)の書式(しょしき)。

譯 規定的格式。

14 | きはん【規範】

(名) 規範，模範

例 社会生活(しゃかいせいかつ)の規範(きはん)。

譯 社會生活的規範。

15 | きやく【規約】

(名) 規則，規章，章程

例 規約(きやく)に違反(いはん)する。

譯 違反規則。

16 | きょうせい【強制】

(名·他サ) 強制，強迫

例 参加(さんか)を強制(きょうせい)する。

譯 強制參加。

17 | きんもつ【禁物】

(名) 嚴禁的事物；忌諱的事物

例 油断(ゆだん)は禁物(きんもつ)。

譯 大意是禁忌。

18 | げんこう【現行】

(名) 現行，正在實行

例 現行犯(げんこうはん)で捕(つか)まる。

譯 以現行犯逮捕。

19 | げんそく【原則】

(名) 原則

例 原則(げんそく)から外(はず)れる。

譯 偏離原則。

20 | さだまる【定まる】

(自五) 決定，規定；安定，穩定，固定；確定，明確；(文)安靜

例 目標(もくひょう)が定(さだ)まる。

譯 確立目標。

21 | さだめる【定める】

(他下一) 規定，決定，制定；平定，鎮定；奠定；評定，論定

例 憲法(けんぽう)を定(さだ)める。

譯 制定憲法。

22 | しこう・せこう【施行】

(名·他サ) 施行，實施；實行

例 法律(ほうりつ)を施行(しこう)する。

譯 施行法律。

23 | じこう【事項】

(名) 事項，項目

例 注意事項(ちゅういじこう)を説明(せつめい)する。

譯 説明注意事項。

24 | しゅけん【主権】

(名) (法)主權

例 主権(しゅけん)を確立(かくりつ)する。

譯 確立主權。

25 | じゅんじる・じゅんずる【準じる・準ずる】

(自上一) 以…為標準，按照；當作…看待

例 先例(せんれい)に準(じゅん)じる。

譯 參照先例（處理）。

26 | しょてい【所定】

(名) 所定，規定

例 所定(しょてい)の時間(じかん)を超(こ)えた。

譯 超過規定的時間。

27 | しょぶん【処分】

(名・他サ) 處理，處置；賣掉，丟掉；懲處，處罰

例 処分(しょぶん)を与(あた)える。

譯 作出懲處。

28 | せい【制】

(名・漢造) （古）封建帝王的命令；限制；制度；支配；製造

例 4年制大学(ねんせいだいがく)を卒業(そつぎょう)する。

譯 畢業於四年制大學。

29 | せいき【正規】

(名) 正規，正式規定；（機）正常，標準；道義；正確的意思

例 正規(せいき)の教育(きょういく)を受(う)ける。

譯 接受正規教育。

30 | せいやく【制約】

(名・他サ)（必要的）條件，規定；限制，制約

例 制約(せいやく)を受(う)ける。

譯 受到制約。

31 | せってい【設定】

(名・他サ) 制定，設立，確定

例 規則(きそく)を設定(せってい)する。

譯 訂定規則。

32 | ちつじょ【秩序】

(名) 秩序，次序

例 秩序(ちつじょ)が乱(みだ)れる。

譯 秩序混亂。

33 | ノルマ【（俄）norma】

(名) 基準，定額

例 ノルマを果(は)たす。

譯 完成銷售定額。

34 | もうける【設ける】

(他下一) 預備，準備；設立，設置，制定

例 規則(きそく)を設(もう)ける。

譯 訂立規則。

N1 28-2

28-2 法律 /
法律

01 | きんじる【禁じる】

(他上一) 禁止，不准；禁忌，戒除；抑制，控制

例 私語(しご)を禁(きん)じる。

譯 禁止竊竊私語。

02 | じょうやく【条約】

(名)（法）條約

例 条約(じょうやく)を締結(ていけつ)する。

譯 締結條約。

03 | じょう【条】

(名·接助·接尾) 項，款；由於，所以；(計算細長物)行，條

例 条を追って討議する。

譯 逐條討論。

04 | せいてい【制定】

(名·他サ) 制定

例 法律を制定する。

譯 制訂法律。

05 | そむく【背く】

(自五) 背著，背向；違背，不遵守；背叛，辜負；拋棄，背離，離開(家)

例 命令に背く。

譯 違抗命令。

06 | とりしまり【取り締まり】

(名) 管理，管束；控制，取締；監督

例 取り締まりを強化する。

譯 加強取締。

07 | とりしまる【取り締まる】

(他五) 管束，監督，取締

例 犯罪を取り締まる。

譯 取締犯罪。

08 | はいし【廃止】

(名·他サ) 廢止，廢除，作廢

例 制度を廃止する。

譯 廢除制度。

09 | ほしょう【保障】

(名·他サ) 保障

例 自由が保障される。

譯 自由受到保障。

10 | りっぽう【立法】

(名) 立法

例 立法府で審議する。

譯 經立法院審議。

N1 28-3 (1)

28-3 犯罪 (1) /

犯罪 (1)

01 | あく【悪】

(名·接頭) 惡，壞；壞人；(道德上的)惡，壞；(性質)惡劣，醜惡

例 悪を懲らす。

譯 懲惡。

02 | ありさま【有様】

(名) 樣子，光景，情況，狀態

例 事件の有様を語る。

譯 敘述事情發生的情況。

03 | あんさつ【暗殺】

(名·他サ) 暗殺，行刺

例 暗殺を謀る。

譯 圖謀暗殺。

04 | いっそう【一掃】

(名·他サ) 掃盡，清除

例 暴力を一掃する。

譯 肅清暴力。

05 | おおごと【大事】

㊔ 重大事件，重要的事情

例 それは大事(おおごと)だ。

譯 那事情很重要。

06 | おかす【侵す】

(他五) 侵犯，侵害；侵襲；患，得(病)

例 病魔(びょうま)に侵(おか)される。

譯 遭病魔侵襲。

07 | かんし【監視】

(名・他サ) 監視；監視人

例 監視(かんし)カメラを設置(せっち)する。

譯 安裝監視攝影機。

08 | かんよ【関与】

(名・自サ) 干與，參與

例 事件(じけん)に関与(かんよ)する。

譯 參與事件。

09 | ぎぞう【偽造】

(名・他サ) 偽造，假造

例 パスポートを偽造(ぎぞう)する。

譯 偽造護照。

10 | きょうはく【脅迫】

(名・他サ) 脅迫，威脅，恐嚇

例 脅迫状(きょうはくじょう)を書(か)く。

譯 寫恐嚇信。

11 | きょう【共】

(漢造) 共同，一起

例 共犯者(きょうはんしゃ)は別(べつ)の男(おとこ)だ。

譯 共犯是另一位男性。

12 | こうそく【拘束】

(名・他サ) 約束，束縛，限制；截止

例 身(み)がらを拘束(こうそく)する。

譯 限制人身自由。

13 | さぎ【詐欺】

㊔ 詐欺，欺騙，詐騙

例 詐欺(さぎ)に遭(あ)う。

譯 遭到詐騙。

14 | さらう

(他五) 攫，奪取，拐走；(把當場所有的全部)拿走，取得，贏走

例 子供(こども)をさらう。

譯 誘拐小孩。

15 | じしゅ【自首】

(名・自サ) (法)自首

例 警察(けいさつ)に自首(じしゅ)する。

譯 向警察自首。

16 | セキュリティー【security】

㊔ 安全，防盜；擔保

例 セキュリティーシステムを備(そな)えた。

譯 設置防盜裝置。

17 | ぜんか【前科】

㊔ (法)前科，以前服過刑

例 前科一犯(ぜんかいっぱん)が知(し)られた。

譯 被知道犯有前科。

18 | セクハラ【sexual harassment之略】

㊔ 性騷擾

例 セクハラで訴える。

譯 以性騷擾提出告訴。

---

19 | そうさく【捜索】

(名·他サ) 尋找，搜；(法)搜查(犯人、罪狀等)

例 家宅捜索を受ける。

譯 接受強行進入住宅搜查。

---

20 | そうさ【捜査】

(名·他サ) 搜查(犯人、罪狀等)；查訪，查找

例 捜査を開始する。

譯 開始搜查。

---

21 | ついせき【追跡】

(名·他サ) 追蹤，追緝，追趕

例 追跡調査を依頼する。

譯 委託跟蹤調查。

---

22 | つきとばす【突き飛ばす】

(他五) 用力撞倒，撞出很遠

例 老人を突き飛ばす。

譯 撞飛老人。

N1 28-3 (2)

28-3 犯罪 (2) /
犯罪 (2)

23 | つながる【繋がる】

(自五) 連接，聯繫；(人)列隊，排列；牽連，有關係；(精神)連接在一起；被繫在…上，連成一排

例 事件につながる容疑者。

譯 與事件有關的嫌疑犯。

---

24 | てがかり【手掛かり】

(名) 下手處，著力處；線索

例 手掛かりをつかむ。

譯 掌握線索。

---

25 | てぐち【手口】

(名) (做壞事等常用的)手段，手法

例 使い古した手口。

譯 故技，老招式。

---

26 | てじょう【手錠】

(名) 手銬

例 手錠をかける。

譯 帶手銬。

---

27 | てはい【手配】

(名·自他サ) 籌備，安排；(警察逮捕犯人的)部署，布置

例 犯人を指名手配する。

譯 指名通緝犯人。

---

28 | どうき【動機】

(名) 動機；直接原因

例 犯行の動機を調べる。

譯 審問犯罪動機。

---

29 | とうそう【逃走】

(名·自サ) 逃走，逃跑

例 逃走経路が判明した。

譯 弄清了逃亡路線。

30 | とうぼう【逃亡】

(名·自サ) 逃走，逃跑，逃遁；亡命

例 外国(がいこく)へ逃亡(とうぼう)する。

譯 亡命於國外。

31 | なぐる【殴る】

(他五) 毆打，揍；(接某些動詞下面成複合動詞)草草了事

例 横面(よこつら)を殴(なぐ)る。

譯 呼巴掌。

32 | にげだす【逃げ出す】

(自五) 逃出，溜掉；拔腿就跑，開始逃跑

例 試練(しれん)から逃(に)げ出(だ)す。

譯 從考驗中逃脱。

33 | ぬすみ【盗み】

(名) 偷盜，竊盜

例 盗(ぬす)みを働(はたら)く。

譯 行竊。

34 | のがす【逃す】

(他五) 錯過，放過；(接尾詞用法)放過，漏掉

例 犯人(はんにん)を逃(のが)す。

譯 讓犯人跑掉。

35 | のがれる【逃れる】

(自下一) 逃跑，逃脱；逃避，避免，躲避

例 責任(せきにん)を逃(のが)れる。

譯 逃避責任。

36 | のっとる【乗っ取る】

(他五) (「のりとる」的音便)侵占，奪取，劫持

例 会社(かいしゃ)を乗(の)っ取(と)られる。

譯 奪取公司。

37 | パトカー【patrolcar】

(名) 警車(「パトロールカー之略」)

例 パトカーに追(お)われる。

譯 被警車追逐。

38 | ひきおこす【引き起こす】

(他五) 引起，引發；扶起，拉起

例 事件(じけん)を引(ひ)き起(お)こす。

譯 引發事件。

39 | ひとじち【人質】

(名) 人質

例 人質(ひとじち)になる。

譯 成為人質。

40 | まぬがれる【免れる】

(他下一) 免，避免，擺脱

例 責任(せきにん)を免(まぬが)れようとする。

譯 想推卸責任。

41 | もほう【模倣】

(名·他サ) 模仿，仿照，仿效

例 模倣犯(もほうはん)を防(ふせ)ぐ。

譯 防止模仿犯罪。

42 | ゆうかい【誘拐】

(名·他サ) 拐騙，誘拐，綁架

例 子供(こども)を誘拐(ゆうかい)する。

譯 拐騙兒童。

43 ｜ゆうどう【誘導】

(名·他サ) 引導，誘導；導航

例 誘導尋問（ゆうどうじんもん）を受（う）ける。

譯 接受誘導問話。

44 ｜らち【拉致】

(名·他サ) 擄人劫持，強行帶走

例 社長（しゃちょう）が拉致（らち）される。

譯 社長被綁架。

N1 28-4

28-4 裁判、刑罰 / 判決、審判、刑罰

01 ｜いぎ【異議】

(名) 異議，不同的意見

例 異議（いぎ）を申（もう）し立（た）てる。

譯 提出異議。

02 ｜かんい【簡易】

(名·形動) 簡易，簡單，簡便

例 簡易裁判所（かんいさいばんしょ）。

譯 簡便法庭。

03 ｜けいばつ【刑罰】

(名) 刑罰

例 刑罰（けいばつ）を与（あた）える。

譯 判刑。

04 ｜けい【刑】

(名) 徒刑，刑罰

例 刑（けい）に服（ふく）す。

譯 服刑。

05 ｜けんじ【検事】

(名) (法)檢察官

例 検事長（けんじちょう）を務（つと）める。

譯 擔任檢察長。

06 ｜さつじん【殺人】

(名) 殺人，兇殺

例 殺人（さつじん）を犯（おか）す。

譯 犯下殺人罪。

07 ｜さばく【裁く】

(他五) 裁判，審判；排解，從中調停，評理

例 罪人（ざいにん）を裁（さば）く。

譯 審判罪犯。

08 ｜しけい【死刑】

(名) 死刑，死罪

例 死刑（しけい）を執行（しっこう）する。

譯 執行死刑。

09 ｜しっこう【執行】

(名·他サ) 執行

例 死刑（しけい）を執行（しっこう）する。

譯 執行死刑。

10 ｜しょうこ【証拠】

(名) 證據，證明

例 証拠（しょうこ）が見（み）つかる。

譯 找到證據。

11 ｜しょばつ【処罰】

(名·他サ) 處罰，懲罰，處分

例 厳重（げんじゅう）に処罰（しょばつ）する。

譯 嚴重處罰。

12 | せいさい【制裁】

(名·他サ) 制裁，懲治

例 制裁(せいさい)を加(くわ)える。

譯 加以制裁。

13 | そしょう【訴訟】

(名·自サ) 訴訟，起訴

例 訴訟(そしょう)を起(お)こす。

譯 起訴。

14 | たいけつ【対決】

(名·自サ) 對證，對質；較量，對抗

例 対決(たいけつ)を避(さ)ける。

譯 避免交鋒。

15 | ちょうてい【調停】

(名·他サ) 調停

例 いさかいを調停(ちょうてい)する。

譯 調停爭論。

16 | とりしらべる【取り調べる】

(他下一) 調查，偵查

例 容疑者(ようぎしゃ)を取(と)り調(しら)べる。

譯 對嫌疑犯進行調查。

17 | ばいしょう【賠償】

(名·他サ) 賠償

例 賠償請求(ばいしょうせいきゅう)する。

譯 請求賠償。

18 | はんけつ【判決】

(名·他サ) (法)判決；(是非直曲的)判斷，鑑定，評價

例 判決(はんけつ)が出(で)る。

譯 做出判決。

19 | べんご【弁護】

(名·他サ) 辯護，辯解；(法)辯護

例 弁護(べんご)を依頼(いらい)する。

譯 請求辯護。

20 | ほうてい【法廷】

(名) (法)法庭

例 法廷(ほうてい)で審理(しんり)する。

譯 在法院審理。

パート
29 心理、感情
第二十九章

- 心理、感情 -

N1 29-1 (1)

29-1 心 (1) /
心、內心 (1)

01 | あくどい
㊌（顏色）太濃艷；（味道）太膩；（行為）太過份讓人討厭，惡毒

例 あくどいやり方(かた)。

譯 惡毒的作法。

02 | あせる【焦る】
自五 急躁，著急，匆忙

例 焦(あせ)って失敗(しっぱい)する。

譯 因急躁而失敗。

03 | あんじ【暗示】
名・他サ 暗示，示意，提示

例 暗示(あんじ)をかける。

譯 得到暗示。

04 | いきちがい・ゆきちがい【行き違い】
㊔ 走岔開；（聯繫）弄錯，感情失和，不睦

例 行(い)き違(ちが)いになる。

譯 走岔開，沒遇上。

05 | いじ【意地】
㊔（不好的）心術，用心；固執，倔強，意氣用事；志氣，逞強心

例 意地(いじ)を張(は)る。

譯 堅持己見。

06 | いたわる【労る】
他五 照顧，關懷；功勞；慰勞，安慰；（文）患病

例 やさしい言葉(ことば)で病人(びょうにん)をいたわる。

譯 用溫柔的話語安慰病人。

07 | いっしんに【一心に】
㊓ 專心，一心一意

例 一心(いっしん)に神(かみ)に祈(いの)る。

譯 一心一意向上天祈求。

08 | いっしん【一新】
名・自他サ 刷新，革新

例 気分(きぶん)を一新(いっしん)する。

譯 轉換心情。

09 | うけみ【受け身】
㊔ 被動，守勢，招架；（語法）被動式

例 受(う)け身(み)にまわる。

譯 轉為被動。

10 | うちあける【打ち明ける】
他下一 吐露，坦白，老實說

例 秘密(ひみつ)を打(う)ち明(あ)ける。

譯 吐露秘密。

11 | うわき【浮気】

(名·自サ·形動) 見異思遷，心猿意馬；外遇

例 浮気がばれる。

譯 外遇被發現。

12 | うわのそら【上の空】

(名·形動) 心不在焉，漫不經心

例 上の空でいる。

譯 發呆，心不在焉。

13 | うんざり

(副·形動·自サ) 厭膩，厭煩，(興趣)索然

例 うんざりする仕事はもう嫌だ。

譯 令人煩厭的工作，我已經受不了了。

14 | えぐる

(他五) 挖；深挖，追究；(喻)挖苦，刺痛；絞割

例 心をえぐる。

譯 心如刀絞。

15 | おいこむ【追い込む】

(他五) 趕進；逼到，迫陷入；緊要，最後關頭加把勁；緊排，縮排(文字)；讓(病毒等)內攻

例 窮地に追い込まれる。

譯 被逼到絕境。

16 | おだてる

(他下一) 慫恿，搧動；高捧，拍

例 おだてても無駄だ。

譯 拍馬屁也沒用。

17 | おもいつめる【思い詰める】

(他下一) 想不開，鑽牛角尖

例 あまり思い詰めないで。

譯 別想不開。

18 | かばう【庇う】

(他五) 庇護，袒護，保護

例 子供をかばう。

譯 袒護孩子。

19 | かんがい【感慨】

(名) 感慨

例 感慨深い。

譯 感觸很深。

20 | かんど【感度】

(名) 敏感程度，靈敏性

例 感度がよい。

譯 敏銳度高。

21 | きあい【気合い】

(名) 運氣，運氣時的聲音，吶喊；(聚精會神時的)氣勢；呼吸；情緒，性情

例 気合いを入れる。

譯 施加危害。

22 | きがおもい【気が重い】

(慣) 心情沉重

例 試験のことで気が重い。

譯 因考試而心情沉重。

23 | きがきでない【気が気でない】

(慣) 焦慮，坐立不安

例 彼女のことを思うと気が気でない。

譯 一想到她就坐立難安。

24 | きがすむ【気が済む】

慣 滿意，心情舒暢

例 謝(あやま)られて気(き)が済(す)んだ。

譯 得到道歉後就不氣了。

25 | きがね【気兼ね】

名·自サ 多心，客氣，拘束

例 隣近所(となりきんじょ)に気兼(きが)ねする。

譯 敦親睦鄰。

26 | きがむく【気が向く】

慣 心血來潮；有心

例 気(き)が向(む)いたら来(き)てください。

譯 等你有意願時請過來。

27 | きがる【気軽】

形動 坦率，不受拘束；爽快；隨便

例 気軽(きがる)に話(はな)しかける。

譯 隨時跟我說。

28 | きごころ【気心】

名 性情，脾氣

例 気心(きごころ)の知(し)れた友人(ゆうじん)。

譯 知心朋友。

29 | きっぱり

副·自サ 乾脆，斬釘截鐵；清楚，明確

例 きっぱり断(ことわ)る。

譯 斬釘截鐵地拒絕。

30 | きまりわるい【きまり悪い】

形 趕不上的意思；不好意思，拉不下臉，難為情，害羞，尷尬

例 きまり悪(わる)そうな顔(かお)。

譯 尷尬的表情。

29-1 心 (2) /
心、內心 (2)

31 | きょうかん【共感】

名·自サ 同感，同情，共鳴

例 共感(きょうかん)を覚(おぼ)える。

譯 產生共鳴。

32 | きょうしゅう【郷愁】

名 鄉愁，想念故鄉；懷念，思念

例 郷愁(きょうしゅう)を覚(おぼ)える。

譯 思念故鄉。

33 | きよらか【清らか】

形動 沒有污垢；清澈秀麗；清澈

例 清(きよ)らかな小川(おがわ)。

譯 清澈的小河。

34 | ここち【心地】

名 心情，感覺

例 心地(ここち)よい風(かぜ)。

譯 舒服的涼風。

35 | こころえ【心得】

名 知識，經驗，體會；規章制度，須知；(下級代行上級職務)代理，暫代

例 接客(せっきゃく)の心得(こころえ)を学(まな)ぶ。

譯 學習待人接客的應對之道。

36 | こころがける【心掛ける】

他下一 留心，注意，記在心裡

例 健康(けんこう)を心掛(こころが)ける。

譯 注意健康。

37 | こころがけ【心掛け】

㊔ 留心，注意；努力，用心；人品，風格

例 心掛けがよい。

譯 心地善良。

38 | こころぐるしい【心苦しい】

㊎ 感到不安，過意不去，擔心

例 辛い思いをさせて心苦しいんだ。

譯 讓您吃苦了，真過意不去。

39 | こころづかい【心遣い】

㊔ 關照，關心，照料

例 温かい心遣い。

譯 熱情關照。

40 | こころづよい【心強い】

㊎ 因為有可依靠的對象而感到安心；有信心，有把握

例 心強い話が嬉しい。

譯 鼓舞人心的消息真叫人開心。

41 | こめる【込める】

(他下一) 裝填；包括在內，計算在內；集中(精力)，貫注(全神)

例 気持ちを込める。

譯 誠心誠意。

42 | さっかく【錯覚】

(名·自サ) 錯覺；錯誤的觀念；誤會，誤認為

例 錯覚を起こす。

譯 產生錯覺。

43 | さわる【障る】

(自五) 妨礙，阻礙，障礙；有壞影響，有害

例 気に障る。

譯 讓人不開心。

44 | じざい【自在】

㊔ 自在，自如

例 自在に操る。

譯 自由操縱。

45 | じぜん【慈善】

㊔ 慈善

例 慈善団体が資金を受ける。

譯 慈善團體接受資金的贈與。

46 | じそんしん【自尊心】

㊔ 自尊心

例 自尊心が強い。

譯 自尊心很強。

47 | したごころ【下心】

㊔ 內心，本心；別有用心，企圖，(特指)壞心腸

例 下心が見え見えだ。

譯 明顯的別有居心。

48 | しゅうちゃく【執着】

(名·自サ) 迷戀，留戀，不肯捨棄，固執

例 生に執着する。

譯 貪生。

49 | じょうちょ【情緒】

㊔ 情緒，情趣，風趣

例 情緒不安定になりやすい。

譯 容易導致情緒不穩定。

50 | じょう【情】

(名·漢造) 情，情感；同情；心情；表情；情慾

例 情に厚い。

譯 感情深厚。

51 | じりつ【自立】

(名·自サ) 自立，獨立

例 自立して働く。

譯 憑自己的力量工作。

52 | しんじょう【心情】

(名) 心情

例 心情を述べる。

譯 描述心情。

53 | しん【心】

(名·漢造) 心臟；內心；(燈、蠟燭的)芯；(鉛筆的)芯；(水果的)核心；(身心的)深處；精神，意識；核心

例 義侠心にかられる。

譯 激發俠義精神。

54 | すがすがしい【清清しい】

(形) 清爽，心情舒暢；爽快

例 すがすがしい気持ちになる。

譯 感到神清氣爽。

55 | せつじつ【切実】

(形動) 切實，迫切

例 切実な願いを込めた。

譯 懷著殷切的期望。

56 | そう【添う】

(自五) 增添，加上，添上；緊跟，不離地跟隨；結成夫妻一起生活，結婚

例 ご要望に添いかねます。

譯 無法滿足您的願望。

57 | そうかい【爽快】

(名·形動) 爽快

例 気分が爽快になる。

譯 精神爽快。

58 | たるむ

(自五) 鬆，鬆弛；彎曲，下沉；(精神)不振，鬆懈

例 気持ちがたるむ。

譯 情緒鬆懈。

59 | たんちょう【単調】

(名·形動) 單調，平庸，無變化

例 単調な生活が始まる。

譯 開始過著單調的生活。

60 | ちやほや

(副·他サ) 溺愛，嬌寵；捧，奉承

例 ちやほやされていい気になる。

譯 一吹捧就蹺屁股了。

N1 29-1 (3)

29-1 心 (3) /
心、內心 (3)

61 | ちょっかん【直感】

(名·他サ) 直覺，直感；直接觀察到

例 直感が働く。

譯 依靠直覺。

62 | つうかん【痛感】

(名·他サ) 痛感；深切地感受到

例 力の差を痛感する。

譯 深切感到力量差距之大。

63 | つくづく

(副) 仔細；痛切，深切；(古)呆呆，呆然

例 つくづくと眺める。

譯 仔細地看。

64 | つっぱる【突っ張る】

(自他五) 堅持，固執；(用手)推頂；繃緊，板起；抽筋，劇痛

例 欲の皮が突っ張っている。

譯 得寸進尺。

65 | つのる【募る】

(自他五) 加重，加劇；募集，招募，徵集

例 思いが募る。

譯 心事重重。

66 | てんかん【転換】

(名·自他サ) 轉換，轉變，調換

例 気分転換に釣りに行く。

譯 為轉換心情去釣魚。

67 | テンション【tension】

(名) 緊張，激動緊張

例 テンションがあがる。

譯 心情興奮。

68 | どうかん【同感】

(名·自サ) 同感，同意，贊同，同一見解

例 全く同感です。

譯 完全同意。

69 | どうじょう【同情】

(名·自サ) 同情

例 同情を寄せる。

譯 寄予同情。

70 | とうてい【到底】

(副) (下接否定，語氣強)無論如何也，怎麼也

例 到底間に合わない。

譯 無論如何也趕不上。

71 | とうとい【尊い】

(形) 價值高的，珍貴的，寶貴的，可貴的

例 尊い犠牲を払う。

譯 付出極大犧牲。

72 | とうとぶ【尊ぶ】

(他五) 尊敬，尊重；重視，珍重

例 神仏を尊ぶ。

譯 敬奉神佛。

73 | とがる【尖る】

(自五) 尖；(神經)緊張；不高興，冒火

例 神経をとがらせる。

譯 讓神經過敏。

74 | トラウマ【trauma】

(名) 精神性上的創傷，感情創傷，情緒創傷

例 トラウマを克服したい。

譯 想克服感情創傷。

75 | どんかん【鈍感】

名·形動 對事情的感覺或反應遲鈍；反應慢；遲鈍

例 鈍感(どんかん)な男(おとこ)はモテない。

譯 遲鈍的男人不受歡迎。

76 | ないしょ【内緒】

名 瞞著別人，秘密

例 内緒話(ないしょばなし)をする。

譯 講秘密。

77 | ないしん【内心】

名·副 內心，心中

例 内心(ないしん)ほっとする。

譯 心中放下一塊大石頭。

78 | なごり【名残】

名 (臨別時)難分難捨的心情，依戀；臨別紀念；殘餘，遺跡

例 名残(なごり)を惜(お)しむ。

譯 依依不捨。

79 | なさけぶかい【情け深い】

形 對人熱情，有同情心的樣子；熱心腸；仁慈

例 情(なさ)け深(ぶか)い人(ひと)が多(おお)い。

譯 富有同情心的人相當多。

80 | なさけ【情け】

名 仁慈，同情；人情，情義；(男女)戀情，愛情

例 情(なさ)けをかける。

譯 同情。

81 | なれ【慣れ】

名 習慣，熟習

例 慣(な)れからくる油断(ゆだん)。

譯 因習慣過頭而疏於防備。

82 | なんだかんだ

連語 這樣那樣；這個那個

例 なんだかんだ言(い)って。

譯 說東說西的。

83 | なんでもかんでも【何でもかんでも】

連語 一切，什麼都…，全部…；無論如何，務必

例 何(なん)でもかんでもすぐに欲(ほ)しがる。

譯 全部都想要。

84 | にんじょう【人情】

名 人情味，同情心；愛情

例 人情(にんじょう)の厚(あつ)い人(ひと)が多(おお)く住(す)んでいる。

譯 住著許多富有人情濃厚的居民。

85 | ねつい【熱意】

名 熱情，熱忱

例 熱意(ねつい)を示(しめ)す。

譯 展現熱情。

86 | ねんいり【念入り】

名 精心、用心

例 念入(ねんい)りに掃除(そうじ)する。

譯 用心打掃。

87 | のどか

(形動) 安靜悠閒；舒適，閒適；天氣晴朗，氣溫適中；和煦

例 のどかな気分(きぶん)が満(み)ちあふれている。

譯 洋溢著悠閒寧靜的氣氛。

88 | はじらう【恥じらう】

(他五) 害羞，羞澀

例 恥(は)じらう姿(すがた)が可愛(かわい)らしい。

譯 害羞的樣子真是可愛。

89 | はじる【恥じる】

(自上一) 害羞；慚愧

例 失態(しったい)を恥(は)じる。

譯 恥於自己的失態。

90 | はじ【恥】

(名) 恥辱，羞恥，丟臉

例 恥(はじ)をかく。

譯 丟臉。

N1 29-1 (4)

29-1 心 (4) /
心、內心 (4)

91 | はんのう【反応】

(名・自サ) (化學)反應；(對刺激的)反應；反響，效果

例 反応(はんのう)をうかがう。

譯 觀察反應。

92 | びんかん【敏感】

(名・形動) 敏感，感覺敏銳

例 敏感(びんかん)な肌(はだ)が合(あ)わない。

譯 不適合敏感的皮膚。

93 | ファイト【fight】

(名) 戰鬥，搏鬥，鬥爭；鬥志，戰鬥精神

例 ファイト！

譯 大喊「加油！」。

94 | ふい【不意】

(名・形動) 意外，突然，想不到，出其不意

例 不意(ふい)をつかれる。

譯 冷不防被襲擊。

95 | ふきつ【不吉】

(名・形動) 不吉利，不吉祥

例 不吉(ふきつ)な予感(よかん)がする。

譯 有不祥的預感。

96 | ふける【耽る】

(自五) 沉溺，耽於；埋頭，專心

例 読書(どくしょ)に耽(ふけ)る。

譯 埋頭讀書。

97 | ふじゅん【不純】

(名・形動) 不純，不純真

例 不純(ふじゅん)な動機(どうき)が隠(かく)れている。

譯 隱藏著不單純的動機。

98 | ふたん【負担】

(名・他サ) 背負；負擔

例 負担(ふたん)を軽減(けいげん)する。

譯 減輕負擔。

99 | ぶなん【無難】

(名・形動) 無災無難，平安；無可非議，說得過去

例 無難な日を送る。
譯 過著差強人意的日子。

100 | プレッシャー【pressure】
名 壓強，壓力，強制，緊迫
例 プレッシャーがかかる。
譯 有壓力。

101 | へいじょう【平常】
名 普通；平常，平素，往常
例 平常心を失う。
譯 失去平常心。

102 | へいぜん【平然】
形動 沉著，冷靜；不在乎；坦然
例 平然としている。
譯 漫不在乎。

103 | ぼうぜん【呆然】
形動 茫然，呆然，呆呆地
例 呆然と立ち尽くす。
譯 茫然地呆站著。

104 | ほろにがい【ほろ苦い】
形 稍苦的
例 ほろ苦い思い出。
譯 略為苦澀的回憶。

105 | ほんき【本気】
名·形動 真的，真實；認真
例 本気になって働く。
譯 認真工作。

106 | ほんね【本音】
名 真正的音色；真話，真心話
例 本音で話す。
譯 推心置腹的說話。

107 | ほんのう【本能】
名 本能
例 本能で動く。
譯 依本能行動。

108 | まごころ【真心】
名 真心，誠心，誠意
例 真心を込めて働く。
譯 忠心耿耿地工作。

109 | まごつく
自五 慌張，驚慌失措，不知所措；徘徊，徬徨
例 初めてのことでまごついた。
譯 因為是第一次所以慌了手腳。

110 | まめ
名·形動 勤快，勤肯；忠實，認真，表裡一致，誠懇
例 まめに働く。
譯 認真工作。

N1 29-1 (5)

29-1 心 (5) /
心、內心 (5)

111 | マンネリ【mannerism 之略】
名 因循守舊，墨守成規，千篇一律，老套
例 マンネリに陥る。
譯 落入俗套。

112 | みだす【乱す】

(他五) 弄亂，攪亂

例 秩序（ちつじょ）を乱（みだ）す。

譯 弄亂秩序。

113 | みだれる【乱れる】

(自下一) 亂，凌亂；紊亂，混亂

例 服装（ふくそう）が乱（みだ）れる。

譯 服裝凌亂。

114 | みれん【未練】

(名・形動) 不熟練，不成熟；依戀，戀戀不捨；不乾脆，怯懦

例 未練（みれん）が残（のこ）る。

譯 留戀。

115 | むかんしん【無関心】

(名・形動) 不關心；不感興趣

例 無関心（むかんしん）を装（よそお）う。

譯 裝作沒興趣。

116 | ものたりない【物足りない】

(形) 感覺缺少什麼而不滿足；有缺憾，不完美；美中不足

例 物足（ものた）りない説明（せつめい）。

譯 説明不夠充分。

117 | もりあがる【盛り上がる】

(自五)（向上或向外）鼓起，隆起；（情緒、要求等）沸騰，高漲

例 話（はなし）が盛（も）り上（あ）がる。

譯 聊得很開心。

118 | やけに

(副)（俗）非常，很，特別

例 表（おもて）がやけに騒（さわ）がしい。

譯 外面非常吵鬧。

119 | やしん【野心】

(名) 野心，雄心；陰謀

例 野心（やしん）に燃（も）える。

譯 野心勃勃。

120 | やわらぐ【和らぐ】

(自五) 變柔和，和緩起來

例 怒（いか）りが和（やわ）らぐ。

譯 讓憤怒的心情平靜下來。

121 | ゆうえつ【優越】

(名・自サ) 優越

例 優越感（ゆうえつかん）に浸（ひた）る。

譯 沈浸在優越感中。

122 | ゆうかん【勇敢】

(名・形動) 勇敢

例 勇敢（ゆうかん）に立（た）ち向（む）かう。

譯 勇敢前行。

123 | ゆうわく【誘惑】

(名・他サ) 誘惑；引誘

例 甘（あま）い誘惑（ゆうわく）に克（か）つ。

譯 戰勝甜美的誘惑。

124 | ゆさぶる【揺さぶる】

(他五) 搖晃；震撼

例 心（こころ）が揺（ゆ）さぶられる。

譯 內心動搖。

125 | ゆとり

名 餘地，寬裕

例 ゆとりのある生活（せいかつ）。

譯 寬裕的生活。

126 | ゆるむ【緩む】

自五 鬆散，緩和，鬆弛

例 緊張感（きんちょうかん）が緩（ゆる）む。

譯 緩和緊張感。

127 | ようじんぶかい【用心深い】

形 十分小心，十分謹慎

例 用心深（ようじんぶか）く行動（こうどう）する。

譯 小心行事。

128 | りせい【理性】

名 理性

例 理性（りせい）を失（うしな）う。

譯 失去理性。

129 | りょうしん【良心】

名 良心

例 良心（りょうしん）の呵責（かしゃく）に耐（た）えない。

譯 無法承受良心的苛責。

130 | ロマンチック【romantic】

形動 浪漫的，傳奇的，風流的，神祕的

例 ロマンチックな考（かんが）え。

譯 浪漫的想法。

29-2 意志 (1) /
意志 (1)

01 | あきらめ【諦め】

名 斷念，死心，達觀，想得開

例 あきらめがつかない。

譯 不死心。

02 | あとまわし【後回し】

名 往後推，緩辦，延遲

例 それは後回（あとまわ）しにしよう。

譯 那件事稍後再辦吧。

03 | いこう【意向】

名 打算，意圖，意向

例 意向（いこう）を確（たし）かめる。

譯 弄清（某人的）意圖。

04 | いざ

感（文）喂，來吧，好啦（表示催促、勸誘他人）；一旦（表示自己決心做某件事）

例 いざとなれば、やるしかない。

譯 一旦發生問題，也只有硬著頭皮幹了。

05 | いし【意思】

名 意思，想法，打算

例 意思（いし）が通（つう）じる。

譯 互相了解對方的意思。

06 | いどむ【挑む】

自他五 挑戰；找碴；打破紀錄，征服；挑逗，調情

例 試合（しあい）に挑（いど）む。

譯 挑戰比賽。

07 | いと【意図】

名·他サ 心意，主意，企圖，打算

例 意図を隠す。

譯 隱瞞企圖。

08 | いのり【祈り】

名 祈禱，禱告

例 祈りを捧げる。

譯 祈禱。

09 | いよく【意欲】

名 意志，熱情

例 意欲を燃やす。

譯 激起熱情。

10 | うちこむ【打ち込む】

他五 打進，釘進；射進，扣殺；用力扔到；猛撲，(圍棋)攻入對方陣地；灌水泥 自五 熱衷，埋頭努力；迷戀

例 受験勉強に打ち込む。

譯 埋頭準備升學考試。

11 | おかす【冒す】

他五 冒著，不顧；冒充

例 危険を冒す。

譯 冒著危險。

12 | おしきる【押し切る】

他五 切斷；排除(困難、反對)

例 押し切ってやる。

譯 大膽地做。

13 | おもいきる【思い切る】

他五 斷念，死心

例 思い切ってやってみる。

譯 狠下心做看看。

14 | おろそか【疎か】

形動 將該做的事放置不管的樣子；忽略；草率

例 仕事をおろそかにする。

譯 工作草率。

15 | かためる【固める】

他下一 (使物質等)凝固，堅硬；堆集到一處；堅定，使鞏固；加強防守；使安定，使走上正軌；組成

例 守備を固める。

譯 加強防守。

16 | かなえる【叶える】

他下一 使…達到(目的)，滿足…的願望

例 夢をかなえる。

譯 讓夢想成真。

17 | きよ【寄与】

名·自サ 貢獻，奉獻，有助於…

例 世界平和に寄与する。

譯 為世界和平奉獻。

18 | げきれい【激励】

名·他サ 激勵，鼓勵，鞭策

例 叱咤激励。

譯 大大地激勵。

19 | けしさる【消し去る】

他五 消滅，消除

例 記憶を消し去る。

譯 消除記憶。

20 | けつい【決意】

(名·自他サ) 決心，決意；下決心

例 決意(けつい)を表明(ひょうめい)する。

譯 表明決心。

21 | けっこう【決行】

(名·他サ) 斷然實行，決定實行

例 雨天決行(うてんけっこう)を提言(ていげん)する。

譯 提議風雨無阻。

22 | こうじょう【向上】

(名·自サ) 向上，進步，提高

例 向上心(こうじょうしん)が強(つよ)い。

譯 很有上進心。

23 | こうちょう【好調】

(名·形動) 順利，情況良好

例 絶好調(ぜっこうちょう)だ。

譯 非常順利。

24 | こころざし【志】

(名) 志願，志向，意圖；厚意，盛情；表達心意的禮物；略表心意

例 志(こころざし)が高(たか)い。

譯 志向高。

25 | こころざす【志す】

(自他五) 立志，志向，志願

例 医者(いしゃ)を志(こころざ)す。

譯 立志成為醫生。

26 | こんき【根気】

(名) 耐性，毅力，精力

例 根気(こんき)のいる仕事(しごと)を始(はじ)める。

譯 著手開始進行需要毅力的工作。

27 | しいて【強いて】

(副) 強迫；勉強；一定…

例 強(し)いて言(い)えば彼(かれ)を好(す)きだと思(おも)う。

譯 如果硬要說的話我覺得我喜歡他。

28 | しいる【強いる】

(他上一) 強迫，強使

例 苦戦(くせん)を強(し)いられる。

譯 陷入苦戰。

29 | じっせん【実践】

(名·他サ) 實踐，自己實行

例 実践(じっせん)に移(うつ)す。

譯 付諸實踐。

30 | しのぐ【凌ぐ】

(他五) 忍耐，忍受，抵禦；躲避，排除；闖過，擺脫，應付，冒著；凌駕，超過

例 寒(さむ)さをしのぐ。

譯 熬過寒冬。

31 | しゅどう【主導】

(名·他サ) 主導；主動

例 主導性(しゅどうせい)を発揮(はっき)する。

譯 發揮主導性。

32 | しょうきょ【消去】

(名·自他サ) 消失，消去，塗掉；(數)消去法

例 文字(もじ)を消去(しょうきょ)する。

譯 刪除文字。

33 | しんぼう【辛抱】

(名·自サ) 忍耐，忍受；(在同一處)耐，耐心工作

例 辛抱が足りない。

譯 耐性不足。

34 | すんなり（と）

(副·自サ) 苗條，細長，柔軟又有彈力；順利，容易，不費力

例 議案がすんなりと通る。

譯 議案順利通過。

35 | せいいっぱい【精一杯】

(形動·副) 竭盡全力

例 精一杯頑張る。

譯 拚了老命努力。

N1 29-2 (2)

29-2 意志 (2) /

意志 (2)

36 | たいぼう【待望】

(名·他サ) 期待，渴望，等待

例 待望の雨が降った。

譯 期待已久的雨終於降落。

37 | たえる【耐える】

(自下一) 忍耐，忍受，容忍；擔負，禁得住；(堪える)(不)值得，(不)堪

例 苦痛に耐える。

譯 忍受痛苦。

38 | たんとうちょくにゅう【単刀直入】

(名·形動) 一人揮刀衝入敵陣；直截了當

例 単刀直入に言う。

譯 開門見山地說。

39 | ちゃくもく【着目】

(名·自サ) 著眼，注目；著眼點

例 未来に着目する。

譯 著眼於未來。

40 | ちゅうとはんぱ【中途半端】

(名·形動) 半途而廢，沒有完成，不夠徹底

例 中途半端なやり方。

譯 模稜兩可的做法。

41 | ちょうせん【挑戦】

(名·自サ) 挑戰

例 挑戦に応じる。

譯 面對挑戰。

42 | ちょくめん【直面】

(名·自サ) 面對，面臨

例 危機に直面する。

譯 面臨危機。

43 | つくす【尽くす】

(他五) 盡，竭盡；盡力

例 力を尽くす。

譯 盡力。

44 | つとめて【努めて】

(副) 盡力，盡可能，竭力；努力，特別注意

例 努めて元気を出す。

譯 盡量打起精神。

45 | つらぬく【貫く】

(他五) 穿，穿透，穿過，貫穿；貫徹，達到

例 一生を貫く。

譯 貫穿一生。

46 | でなおし【出直し】

㊔ 回去再來，重新再來

例 原点(げんてん)から出直(でなお)しする。

譯 從原點重新再來。

47 | とどめる

他下一 停住；阻止；留下，遺留；止於(某限度)

例 心(こころ)にとどめる。

譯 遺留在心中。

48 | なげだす【投げ出す】

他五 拋出，扔下；拋棄，放棄；拿出，豁出，獻出

例 仕事(しごと)を投(な)げ出(だ)す。

譯 扔下工作。

49 | にんたい【忍耐】

㊔ 忍耐

例 忍耐強(にんたいづよ)いが恨(うら)みも忘(わす)れない。

譯 會忍耐但也會記仇。

50 | ねばり【粘り】

㊔ 黏性，黏度；堅韌頑強

例 粘(ねば)りをみせる。

譯 展現韌性。

51 | ねばる【粘る】

自五 黏；有耐性，堅持

例 最後(さいご)まで粘(ねば)る。

譯 堅持到底。

52 | ねんがん【念願】

名·他サ 願望，心願

例 長年(ながねん)の念願(ねんがん)が叶(かな)う。

譯 實現多年來的心願。

53 | のぞましい【望ましい】

形 所希望的；希望那樣；理想的；最好的…

例 望(のぞ)ましい環境(かんきょう)が整(ととの)った。

譯 理想的環境完備到位了。

54 | はいじょ【排除】

名·他サ 排除，消除

例 よそ者(もの)を排除(はいじょ)する。

譯 排除外來者。

55 | はかい【破壊】

名·自他サ 破壞

例 環境(かんきょう)を破壊(はかい)する。

譯 破壞環境。

56 | はげます【励ます】

他五 鼓勵，勉勵；激發；提高嗓門，聲音，厲聲

例 子供(こども)を励(はげ)ます。

譯 鼓勵孩子。

57 | はげむ【励む】

自五 努力，勤勉

例 勉学(べんがく)に励(はげ)む。

譯 努力唸書。

58 | はたす【果たす】

(他五) 完成，實現，履行；(接在動詞連用形後)表示完了，全部等；(宗)還願；(舊)結束生命

例 使い果たす。

譯 全部用完。

59 | はんする【反する】

(自サ) 違反；相反；造反

例 予期に反する。

譯 與預期相反。

60 | ひたすら

(副) 只願，一味

例 ひたすら描き続ける。

譯 一心一意作畫。

61 | ひとくろう【一苦労】

(名・自サ) 費一些力氣，費一些力氣，操一些心

例 説得するのに一苦労する。

譯 費了一番功夫説服。

62 | まちどおしい【待ち遠しい】

(形) 盼望能盡早實現而等待的樣子；期盼已久的

例 会える日が待ち遠しい。

譯 期盼已久的會面日。

63 | まちのぞむ【待ち望む】

(他五) 期待，盼望

例 待ち望んだマイホームが完成した。

譯 期盼已久的新家終於落成了

64 | みこみ【見込み】

(名) 希望；可能性；預料，估計，預定

例 見込みが薄い。

譯 希望不大。

65 | もたらす【齎す】

(他五) 帶來；造成；帶來(好處)

例 幸福をもたらす。

譯 帶來幸福。

66 | やりとおす【遣り通す】

(他五) 做完，完成

例 最後までやり通す。

譯 做到最後。

67 | やりとげる【遣り遂げる】

(他下一) 徹底做到完，進行到底，完成

例 目標を遣り遂げる。

譯 徹底完成目標。

68 | ようぼう【要望】

(名・他サ) 要求，迫切希望

例 要望がかなう。

譯 如願以償。

69 | よくぶかい【欲深い】

(形) 貪而無厭，貪心不足的樣子

例 欲深い頼み。

譯 貪而無厭的要求。

70 | よく【欲】

(名・漢造) 慾望，貪心；希求

例 欲の皮が突っ張る。

譯 得寸進尺。

29-3 好き、嫌い / 喜歡、討厭

01 | あこがれ【憧れ】

㊔ 憧憬，嚮往

例 憧(あこが)れの人(ひと)に会(あ)えた。

譯 見到了仰慕已久的人。

02 | あざわらう【嘲笑う】

(他五) 嘲笑

例 人(ひと)の失敗(しっぱい)を嘲笑(あざわら)う。

譯 嘲笑他人的失敗。

03 | あまえる【甘える】

(自下一) 撒嬌；利用…的機會，既然…就順從

例 お母(かあ)さんに甘(あま)える。

譯 跟媽媽撒嬌。

04 | いやいや

(名・副) (小孩子搖頭表示不願意)搖頭；勉勉強強，不得已而…

例 赤(あか)ん坊(ぼう)がいやいやをする。

譯 小嬰兒搖頭(表示不願意)。

05 | いや(に)【嫌(に)】

(形動・副) 不喜歡；厭煩；不愉快；(俗)太；非常；離奇

例 今日(きょう)はいやに暑(あつ)い。

譯 今天真是熱。

06 | うぬぼれ【自惚れ】

㊔ 自滿，自負，自大

例 うぬぼれが強(つよ)い。

譯 過於自大。

07 | かたおもい【片思い】

㊔ 單戀，單相思

例 片思(かたおも)いをする。

譯 單相思。

08 | きずつける【傷付ける】

(他下一) 弄傷；弄出瑕疵，缺陷，毛病，傷痕，損害，損傷；敗壞

例 人(ひと)を傷(きず)つける。

譯 傷害他人。

09 | きにくわない【気に食わない】

(慣) 不稱心；看不順眼

例 気(き)に食(く)わない奴(やつ)だ。

譯 我看他不順眼。

10 | くわずぎらい【食わず嫌い】

㊔ 沒嘗過就先說討厭，(有成見而)不喜歡；故意討厭

例 夫(おっと)のジャズ嫌(ぎら)いは食(く)わず嫌(ぎら)いだ。

譯 我丈夫對爵士樂抱有成見。

11 | けいべつ【軽蔑】

(名・他サ) 輕視，藐視，看不起

例 軽蔑(けいべつ)の眼差(まなざ)し。

譯 輕蔑的眼神。

12 | けがす【汚す】

(他五) 弄髒；拌和

例 名誉(めいよ)を汚(けが)す。

譯 敗壞名聲。

13 | けがらわしい【汚らわしい】

㊎ 好像對方的污穢要感染到自己身上一樣骯髒，討厭，卑鄙

例 汚らわしい金なんて使いたくない。

譯 不義之財我才不用。

14 | けがれる【汚れる】

(自下一) 髒

例 汚れた金。

譯 髒錢。

15 | こいする【恋する】

(自他サ) 戀愛，愛

例 恋する乙女がかわいらしい。

譯 戀愛中的少女真是可愛迷人。

16 | こうい【好意】

㊔ 好意，善意，美意

例 好意を抱く。

譯 懷有好感。

17 | こうひょう【好評】

㊔ 好評，稱讚

例 好評発売中。

譯 好評發售中。

18 | このましい【好ましい】

㊎ 因為符合心中的愛好與期望而喜歡；理想的，滿意的

例 好ましい状態を目指す。

譯 以理想狀態為目標。

19 | しこう【嗜好】

(名·他サ) 嗜好，愛好，興趣

例 酒やタバコなどの嗜好品。

譯 酒或香煙等愛好品。

20 | したう【慕う】

(他五) 愛慕，懷念，思慕；敬慕，敬仰，景仰；追隨，跟隨

例 先生を慕う。

譯 仰慕老師。

21 | しっと【嫉妬】

(名·他サ) 嫉妒

例 嫉妬深い性格。

譯 善妒的性格。

22 | しぶい【渋い】

㊎ 澀的；不高興或沒興致，悶悶不樂，陰沉；吝嗇的；厚重深沉，渾厚，雅致

例 好みが渋い。

譯 興趣很典雅。

23 | たんどく【単独】

㊔ 單獨行動，獨自

例 単独行動が好きだ。

譯 喜歡單獨行動。

24 | つつく

(他五) 捅，叉，叼，啄；指責，挑毛病

例 人の欠点をつつく。

譯 挑人毛病。

25 | にくしみ【憎しみ】

㊔ 憎恨，憎惡

例 憎しみを消し去る。

譯 消除憎恨。

26 | ねたむ【妬む】

(他五) 忌妒，吃醋；妒恨

例 他人の幸せを妬む。

譯 嫉妒他人幸福。

27 | はまる

(他五) 吻合，嵌入；剛好合適；中計，掉進；陷入；(俗)沉迷

例 ツボにはまる。

譯 正中下懷。

28 | はんかん【反感】

(名) 反感

例 反感をかう。

譯 引起反感。

29 | ひとめぼれ【一目惚れ】

(名·自サ) (俗)一見鍾情

例 受付嬢に一目惚れする。

譯 對櫃臺小姐一見鍾情。

30 | ぶじょく【侮辱】

(名·他サ) 侮辱，凌辱

例 侮辱的な言動に激怒した。

譯 對屈辱人的言行感到極為憤怒。

31 | みぐるしい【見苦しい】

(形) 令人看不下去的；不好看，不體面；難看

例 見苦しい言い訳をする。

譯 丟人現眼的藉口。

32 | むかつく

(自五) 噁心，反胃；生氣，發怒

例 彼をみるとむかつく。

譯 一看到他就生氣。

33 | ものずき【物好き】

(名·形動) 從事或觀看古怪東西；也指喜歡這樣的人；好奇

例 物好きな人がいる。

譯 有好事之徒。

34 | もめる【揉める】

(自下一) 發生糾紛，擔心

例 兄弟間でもめる。

譯 兄弟鬩牆。

35 | れんあい【恋愛】

(名·自サ) 戀愛

例 職場恋愛に陥る。

譯 陷入辦公室戀情。

N1 29-4

29-4 喜び、笑い / 高興、笑

01 | かんむりょう【感無量】

(名·形動) (同「感慨無量」)感慨無量

例 感無量な面持ち。

譯 感慨萬千的神情。

02 | きょうじる【興じる】

(自上一) (同「興ずる」)感覺有趣，愉快，以…自娛，取樂

例 遊びに興じる。

譯 玩得很起勁。

03 | くすぐったい

形 被搔癢到想發笑的感覺；發癢，癢癢的

例 首(くび)がくすぐったい。

譯 脖子發癢。

04 | こころよい【快い】

形 高興，愉快，爽快；(病情)良好

例 快(こころよ)い環境(かんきょう)を創出(そうしゅつ)する。

譯 創造出愉快的環境來。

05 | こっけい【滑稽】

形動 滑稽，可笑；詼諧

例 滑稽(こっけい)な格好(かっこう)をする。

譯 打扮滑稽的模樣。

06 | じゅうじつ【充実】

名·自サ 充實，充沛

例 充実(じゅうじつ)した内容(ないよう)が盛(も)り込(こ)まれている。

譯 加入充實的內容。

07 | なごやか【和やか】

形動 心情愉快，氣氛和諧；和睦

例 和(なご)やかな雰囲気(ふんいき)。

譯 和諧的氣氛。

08 | はずむ【弾む】

自五 跳，蹦；(情緒)高漲；提高(聲音)；(呼吸)急促 他五 (狠下心來)花大筆錢買

例 心(こころ)が弾(はず)む。

譯 心情雀躍。

09 | ふく【福】

名·漢造 福，幸福，幸運

例 笑(わら)う門(かど)には福来(ふくきた)る。

譯 笑口常開有福報。

N1 ◉ 29-5

29-5 悲しみ、苦しみ /
悲傷、痛苦

01 | あつりょく【圧力】

名 (理)壓力；制伏力

例 圧力(あつりょく)を感(かん)じる。

譯 備感壓力。

02 | いたいめ【痛い目】

名 痛苦的經驗

例 痛(いた)い目(め)に遭(あ)う。

譯 難堪；倒楣。

03 | うざい

俗語 陰鬱，鬱悶(「うざったい」之略)

例 うざい天気(てんき)が続(つづ)きます。

譯 接連不斷的陰霾天氣。

04 | うずめる【埋める】

他下一 掩埋，填上；充滿，擠滿

例 彼(かれ)の胸(むね)に顔(かお)をうずめて泣(な)く。

譯 臉埋在他的胸前哭了。

05 | うつろ

名·形動 空，空心，空洞；空虛，發呆

例 うつろな目(め)で見(み)つめた。

譯 以空洞的眼神注視著。

06 | おちこむ【落ち込む】

自五 掉進，陷入；下陷；(成績、行情)下跌；得到，落到手裡

例 景気(けいき)が落(お)ち込(こ)む。

譯 景氣下滑。

07 | かかえこむ【抱え込む】

他五 雙手抱

例 悩(なや)みを抱(かか)え込(こ)む。

譯 懷抱著煩惱。

08 | がっくり

副·自サ 頹喪，突然無力地

例 がっくりと首(くび)を垂(た)れる。

譯 沮喪地垂下頭。

09 | きずつく【傷付く】

自五 受傷，負傷；弄出瑕疵，缺陷，毛病(威信、名聲等)遭受損害或敗壞，(精神)受到創傷

例 心(こころ)が傷(きず)つく。

譯 精神受到創傷。

10 | ぐち【愚痴】

名 (無用的，於事無補的)牢騷，抱怨

例 愚痴(ぐち)をこぼす。

譯 發牢騷。

11 | くよくよ

副·自サ 鬧彆扭；放在心上，想不開，煩惱

例 小(ちい)さいことにくよくよするな。

譯 別為小事想不開。

12 | く【苦】

名·漢造 苦(味)；痛苦；苦惱；辛苦

例 苦(く)になる。

譯 為…而苦惱。

13 | こころぼそい【心細い】

形 因為沒有依靠而感到不安；沒有把握

例 心細(こころぼそ)い思(おも)いをする。

譯 感到不安害怕。

14 | こどく【孤独】

名·形動 孤獨，孤單

例 孤独(こどく)な人生(じんせい)。

譯 孤獨的人生。

15 | こりつ【孤立】

名·自サ 孤立

例 周辺(しゅうへん)から孤立(こりつ)する。

譯 被周遭孤立。

16 | せつない【切ない】

形 因傷心或眷戀而心中煩悶；難受；苦惱，苦悶

例 切(せつ)ない思(おも)いを描(えが)く。

譯 描繪痛苦郁悶的心情。

17 | ぜつぼう【絶望】

名·自サ 絕望，無望

例 絶望(ぜつぼう)のどん底(そこ)から這(は)い上(あ)がった。

譯 從絕望的深淵中爬出來。

18 | だいなし【台無し】

名 弄壞，毀損，糟蹋，完蛋

例 計画(けいかく)が台無(だいな)しになる。

譯 破壞了計畫。

19 | つうせつ【痛切】

(形動) 痛切，深切，迫切

例 痛切に実感する。

譯 深切的感受到。

20 | とまどい【戸惑い】

(名·自サ) 困惑，不知所措

例 戸惑いを隠せない。

譯 掩不住困惑。

21 | とまどう【戸惑う】

(自五)（夜裡醒來）迷迷糊糊，不辨方向；找不到門；不知所措，困惑

例 急に質問されて戸惑う。

譯 突然被問不知如何回答。

22 | なげく【嘆く】

(自五) 嘆氣；悲嘆；嘆惋，慨嘆

例 悲運を嘆く。

譯 感嘆命運的悲哀。

23 | なさけない【情けない】

(形) 無情，沒有仁慈心；可憐，悲慘；可恥，令人遺憾

例 情け無いことが書かれている。

譯 羞恥的事情被拿來做文章。

24 | なやましい【悩ましい】

(形) 因疾病或心中有苦處而難過，難受；特指性慾受刺激而情緒不安定；煩惱，惱

例 悩ましい日々を送る。

譯 過著苦難的日子。

25 | なやます【悩ます】

(他五) 使煩惱，煩擾，折磨；惱人，迷人

例 頭を悩ます。

譯 傷惱筋。

26 | なやみ【悩み】

(名) 煩惱，苦惱，痛苦；病，患病

例 悩みを相談する。

譯 商談苦惱。

27 | なん【難】

(名·漢造) 困難；災，苦難；責難，問難

例 食糧難に陥る。

譯 陷入糧荒。

28 | はかない

(形) 不確定，不可靠，渺茫；易變的，無法長久的，無常

例 人の命ははかない。

譯 人的生命無常。

29 | ひさん【悲惨】

(名·形動) 悲慘，悽慘

例 悲惨な情景が目に浮かぶ。

譯 悲慘的情景浮現在眼前。

30 | むなしい【空しい・虚しい】

(形) 沒有內容，空的，空洞的；付出努力卻無成果，徒然的，無效的（名詞形為「空しさ」）

例 むなしい一生を送っていた。

譯 度過虛幻的一生。

31 | もろい【脆い】

(形) 易碎的，容易壞的，脆的；容易動感情的，心軟，感情脆弱；容易屈服，軟弱，窩囊

例 涙にもろい人。
譯 心軟愛掉淚的人。

32 | ゆううつ【憂鬱】

名·形動 憂鬱，鬱悶；愁悶

例 憂鬱な気分になる。
譯 心情憂鬱。

N1 29-6

29-6 驚き、恐れ、怒り / 驚懼、害怕、憤怒

01 | あざむく【欺く】

他五 欺騙；混淆，勝似

例 甘言をもって欺く。
譯 用甜言蜜語騙人。

02 | いかり【怒り】

名 憤怒，生氣

例 怒りがこみ上げる。
譯 怒上心頭。

03 | うっとうしい

形 天氣，心情等陰鬱不明朗；煩厭的，不痛快的

例 前髪がうっとうしい。
譯 瀏海很惱人。

04 | おそれいる【恐れ入る】

自五 真對不起；非常感激；佩服，認輸；感到意外；吃不消，為難

例 恐れ入ります。
譯 不好意思。

05 | おそれ【恐れ】

名 害怕，恐懼；擔心，擔憂，疑慮

例 失敗の恐れがある。
譯 恐怕會失敗。

06 | おっかない

形（俗）可怕的，令人害怕的，令人提心吊膽的

例 おっかない客が店長を呼べって。
譯 令人提心吊膽的顧客粗聲說:「叫店長來」。

07 | おどす【脅す・威す】

他五 威嚇，恐嚇，嚇唬

例 刃物で脅す。
譯 拿刀威嚇。

08 | おどろき【驚き】

名 驚恐，吃驚，驚愕，震驚

例 驚きを隠せない。
譯 掩不住心中的驚訝。

09 | おびえる【怯える】

自下一 害怕，懼怕；做惡夢感到害怕

例 恐怖に怯える。
譯 恐懼害怕。

10 | おびやかす【脅かす】

他五 威脅；威嚇，嚇唬；危及，威脅到

例 安全を脅かす。
譯 威脅到安全。

11 | かんかん

副·形動 硬物相撞聲；火、陽光等炙熱強烈貌；大發脾氣

例 父はかんかんになって怒った。
譯 父親批哩啪啦地大發雷霆。

N1 29 心理、感情

12 | きょうい【驚異】

㊔ 驚異，奇事，驚人的事

例 大自然(だいしぜん)の驚異(きょうい)。

譯 大自然的奇觀。

13 | キレる

(自下一) (俗)突然生氣，發怒

例 キレる子供(こども)たち。

譯 暴怒的孩子們。

14 | こりる【懲りる】

(自上一)(因為吃過苦頭)不敢再嘗試

例 失敗(しっぱい)して懲(こ)りた。

譯 一朝被蛇咬，十年怕草繩。

15 | しょうげき【衝撃】

㊔ (精神的)打擊，衝擊；(理)衝撞

例 衝撃(しょうげき)を与(あた)える。

譯 給予打擊。

16 | たいまん【怠慢】

(名·形動) 怠慢，玩忽職守，鬆懈；不注意

例 職務怠慢(しょくむたいまん)が挙(あ)げられる。

譯 被檢舉疏忽職守。

17 | ちくしょう【畜生】

㊔ 牲畜，畜生，動物；(罵人)畜生，混帳

例 失敗(しっぱい)した、畜生(ちくしょう)！

譯 混帳！失敗了。

18 | どうよう【動揺】

(名·自他サ) 動搖，搖動，搖擺；(心神)不安，不平靜；異動

例 人心(じんしん)が動揺(どうよう)する。

譯 人心動搖。

19 | とぼける【惚ける・恍ける】

(自下一) (腦筋)遲鈍，發呆；裝糊塗，裝傻；出洋相，做滑稽愚蠢的言行

例 とぼけた顔(かお)をする。

譯 裝出一臉糊塗樣。

20 | なじる【詰る】

(他五) 責備，責問

例 部下(ぶか)をなじる。

譯 責備部下。

21 | なんと

㊓ 怎麼，怎樣

例 なんと立派(りっぱ)な庭(にわ)だ。

譯 多棒的庭院啊。

22 | ののしる【罵る】

(自五) 大聲吵鬧 (他五) 罵，說壞話

例 人(ひと)を罵(ののし)る。

譯 罵人。

23 | ばかばかしい【馬鹿馬鹿しい】

㊒ 毫無意義與價值，十分無聊，非常愚蠢

例 馬鹿馬鹿(ばかばか)しいことをいう。

譯 說蠢話。

24 | はらだち【腹立ち】

㊔ 憤怒，生氣

例 腹立(はらだ)ちを抑(おさ)える。

譯 壓抑憤怒。

25 | はらはら

副·自サ （樹葉、眼淚、水滴等）飄落或是簌簌落下貌；非常擔心的樣子

例 はらはらドキドキする。

譯 心頭噗通噗通地跳。

26 | はんぱつ【反発】

名·自他サ 排斥，彈回；抗拒，不接受；反抗；（行情）回升

例 反発を招く。

譯 遭到反抗。

27 | ひめい【悲鳴】

名 悲鳴，哀鳴；驚叫，叫喊聲；叫苦，感到束手無策

例 悲鳴を上げる。

譯 慘叫。

28 | ぶきみ【不気味】

形動 （不由得）令人毛骨悚然，令人害怕

例 不気味な笑い声が聞こえてくる。

譯 聽到令人毛骨悚然的笑聲。

29 | ふふく【不服】

名·形動 不服從；抗議，異議；不滿意，不心服

例 不服を申し立てる。

譯 提出異議。

30 | ふんがい【憤慨】

名·自サ 憤慨，氣憤

例 ひどく憤慨する。

譯 非常氣憤。

31 | へいこう【閉口】

名·自サ 閉口（無言）；為難，受不了；認輸

例 彼の喋りには閉口する。

譯 他的喋喋不休叫人吃不消。

32 | へきえき【辟易】

名·自サ 畏縮，退縮，屈服；感到為難，感到束手無策

例 彼のわがままに辟易する。

譯 對他的任性感到束手無策。

33 | めざましい【目覚ましい】

形 好到令人吃驚的；驚人；突出

例 目覚しい発展を遂げる。

譯 取得了驚人的發展。

34 | やばい

形 （俗）（對作案犯法的人警察將進行逮捕）不妙，危險

例 見つかったらやばいぞ。

譯 如果被發現就不好了啦。

35 | よくあつ【抑圧】

名·他サ 壓制，壓迫

例 抑圧を受ける。

譯 受壓迫。

36 | わずらわしい【煩わしい】

形 複雜紛亂，非常麻煩；繁雜，繁複

例 煩わしい人間関係は面倒だ。

譯 複雜的人際關係真是麻煩。

29-7 感謝、後悔 /
感謝、悔恨

01 ｜あしからず【悪しからず】
(連語・副) 不要見怪；原諒

例 あしからずご了承願います。

譯 請予原諒。

02 ｜おおめ【大目】
(名) 寬恕，饒恕，容忍

例 大目に見る。

譯 寬恕，不追究。

03 ｜おしむ【惜しむ】
(他五) 吝惜，捨不得；惋惜，可惜

例 努力を惜しまない。

譯 努力不懈。

04 ｜かなう【叶う】
(自五) 適合，符合，合乎；能，能做到；(希望等)能實現，能如願以償

例 望みがかなう。

譯 實現願望。

05 ｜かんべん【勘弁】
饒恕，原諒，容忍；明辨是非

例 勘弁してください。

譯 請饒了我吧。

06 ｜こうかい【後悔】
(名・他サ) 後悔，懊悔

例 後悔先に立たず。

譯 後悔莫及。

07 ｜サンキュー【thank you】
(感) 謝謝

例 サンキューカードを出す。

譯 寄出感謝卡。

08 ｜しゃざい【謝罪】
(名・自他サ) 謝罪；賠禮

例 失礼を謝罪する。

譯 為失禮而賠不是。

09 ｜たまう
(他五・補動・五型) (敬)給，賜予；(接在動詞連用形下)表示對長上動作的敬意

例 お言葉を賜う。

譯 拜賜良言。

10 ｜どげざ【土下座】
(名・自サ) 跪在地上；低姿態

例 土下座して謝る。

譯 下跪道歉。

11 ｜むねん【無念】
(名・形動) 什麼也不想，無所牽掛；懊悔，悔恨，遺憾

例 無念な死に方。

譯 遺憾的死法。

12 ｜めいよ【名誉】
(名・造語) 名譽，榮譽，光榮；體面；名譽頭銜

例 名誉教授になる。

譯 當上榮譽教授。

13 | めぐみ【恵み】

㊔ 恩惠，恩澤；周濟，施捨

例 恵(めぐ)みの雨(あめ)が降(ふ)る。

譯 降下恩澤之雨。

14 | めぐむ【恵む】

他五 同情，憐憫；施捨，周濟

例 恵(めぐ)まれた環境(かんきょう)にいる。

譯 生在得天獨厚的環境裡。

15 | めんぼく・めんもく【面目】

㊔ 臉面，面目；名譽，威信，體面

例 面目(めんぼく)が立(た)たない。

譯 丟臉。

Memo

パート 30 第三十章

思考、言語

- 思考、語言 -

N1 30-1

30-1 思考 / 思考

01 | あやぶむ【危ぶむ】

他五 操心，擔心；認為靠不住，有風險

例 事業(じぎょう)の成功(せいこう)を危(あや)ぶむ。

譯 擔心事業是否能成功。

02 | ありふれる

自下一 常有，不稀奇

例 それはありふれた考(かんが)えだ。

譯 那是大家都想得到的普通想法。

03 | い【意】

名 心意，心情；想法；意思，意義

例 哀悼(あいとう)の意(い)を表(あらわ)す。

譯 表達哀悼之意。

04 | いまさら【今更】

副 現在才…;(後常接否定語)現在開始;(後常接否定語)現在重新…;(後常接否定語)事到如今，已到了這種地步

例 いまさら言(い)うまでもない。

譯 事到如今也不用再提了。

05 | いそん・いぞん【依存】

名・自サ 依存，依靠，賴以生存

例 人民(じんみん)の力(ちから)に依存(いそん)する。

譯 依靠人民的力量。

06 | おこない【行い】

名 行為，形動；舉止，品行

例 行(おこな)いを改(あらた)める。

譯 改正言行舉止。

07 | おもいつき【思いつき】

名 想起，(未經深思)隨便想；主意

例 思(おも)い付(つ)きでものを言(い)う。

譯 到什麼就説什麼。

08 | かえりみる【省みる】

他上一 反省，反躬，自問

例 自(みずか)らを省(かえり)みる。

譯 自我反省。

09 | かえりみる【顧みる】

他上一 往回看，回頭看；回顧；顧慮；關心，照顧

例 家庭(かてい)を顧(かえり)みる。

譯 照顧家庭。

10 | かっきてき【画期的】

形動 劃時代的

例 画期的(かっきてき)な発明(はつめい)。

譯 劃時代的發明。

11 | かなわない

(連語)（「かなう」的未然形＋ない）不是對手，敵不過，趕不上的

例 暑(あつ)くてかなわない。

譯 熱得受不了。

---

12 | がる

(接尾) 覺得…；自以為…

例 面白(おもしろ)がる。

譯 覺得好玩。

---

13 | かろうじて【辛うじて】

(副) 好不容易才…，勉勉強強地…

例 かろうじて間(ま)に合(あ)う。

譯 好不容易才趕上。

---

14 | きょくたん【極端】

(名・形動) 極端；頂端

例 極端(きょくたん)な例(れい)。

譯 極端的例子。

---

15 | くいちがう【食い違う】

(自五) 不一致，有分歧；交錯，錯位

例 意見(いけん)が食(く)い違(ちが)う。

譯 意見紛歧。

---

16 | けんち【見地】

(名) 觀點，立場；（到建築預定地等）勘查土地

例 教育的(きょういくてき)な見地(けんち)に立(た)つ。

譯 站在教育的立場上。

---

17 | こうそう【構想】

(名・他サ)（方案、計畫等）設想；（作品、文章等）構思

例 構想(こうそう)を練(ね)る。

譯 推敲構思。

---

18 | こらす【凝らす】

(他五) 凝集，集中

例 目(め)を凝(こ)らす。

譯 凝視。

---

19 | さえる【冴える】

(自下一) 寒冷，冷峭；清澈，鮮明；（心情、目光等）清醒，清爽；（頭腦、手腕等）靈敏，精巧，純熟

例 今日(きょう)は気分(きぶん)が冴(さ)えない。

譯 今天精神狀況不佳。

---

20 | さく【策】

(名) 計策，策略，手段；鞭策；手杖

例 解決策(かいけつさく)を見出(みいだ)す。

譯 找出解決的方法。

---

21 | しこう【思考】

(名・自他サ) 思考，考慮；思維

例 思考(しこう)を巡(めぐ)らせる。

譯 多方思考。

---

22 | じゅうなん【柔軟】

(形動) 柔軟；頭腦靈活

例 柔軟(じゅうなん)な考(かんが)え方(かた)が身(み)につく。

譯 學會靈活的思考。

23 | たてまえ【建前】

㊔ 主義，方針，主張；外表；(建)上樑儀式

例 本音(ほんね)と建前(たてまえ)。

譯 真心話與場面話。

24 | どうい【同意】

名·自サ 同義；同一意見，意見相同；同意，贊成

例 同意(どうい)を求(もと)める。

譯 徵求同意。

25 | とって

提助·接助 (助詞「とて」添加促音)(表示不應視為例外)就是，甚至；(表示把所説的事物做為對象加以提示)所謂；説是；即使説是；(常用「…こととて」表示不得已的原因)由於，因為

例 私(わたし)にとって一大事(いちだいじ)だ。

譯 對於我來説是件大事。

26 | とんだ

連體 意想不到的(災難)；意外的(事故)；無法挽回的

例 とんだ勘違(かんちが)いをする。

譯 意想不到地會錯意了。

27 | ネタ

㊔ (俗)材料；證據

例 小説(しょうせつ)のネタを考(かんが)える。

譯 思考小説的題材。

28 | ねる【練る】

他五 (用灰汁、肥皂等)熬成熟絲，熟絹；推敲，錘鍊(詩文等)；修養，鍛鍊

自五 成隊遊行

例 策略(さくりゃく)を練(ね)る。

譯 推敲策略。

29 | ねん【念】

名·漢造 念頭，心情，觀念；宿願；用心；思念，考慮

例 念(ねん)を押(お)す。

譯 反覆確認。

30 | はくじゃく【薄弱】

形動 (身體)軟弱，孱弱；(意志)不堅定，不強；不足

例 意思(いし)が薄弱(はくじゃく)だ。

譯 意志薄弱。

31 | ひそか【密か】

形動 悄悄地不讓人知道的樣子；祕密，暗中；悄悄，偷偷

例 密(ひそ)かに進(すす)める。

譯 暗中進行。

32 | ひとちがい【人違い】

名·自他サ 認錯人，弄錯人

例 後(うし)ろ姿(すがた)がそっくりなので人違(ひとちが)いする。

譯 因為背影相似所以認錯人。

33 | もうしぶん【申し分】

㊔ 可挑剔之處，缺點；申辯的理由，意見

例 申(もう)し分(ぶん)ない。

譯 無可挑剔。

30-2 判断 (1) /
判斷 (1)

01 | あえて【敢えて】
副 敢；硬是，勉強；(下接否定)毫(不)，不見得

例 あえて危険(きけん)を冒(おか)す。

譯 鋌而走險。

02 | あかし【証】
名 證據，證明

例 身(み)の証(あかし)を立(た)てる。

譯 證明自身清白。

03 | あて【当て】
名 目的，目標；期待，依賴；撞，擊；墊敷物，墊布

例 当(あ)てのない旅(たび)に出(で)た。

譯 出發進行一場沒有目的地的旅行。

04 | あやふや
形動 態度不明確的；靠不住的樣子；含混的；曖昧的

例 あやふやな返事(へんじ)をする。

譯 含糊其詞的回答。

05 | あんのじょう【案の定】
副 果然，不出所料

例 案(あん)の定(じょう)失敗(しっぱい)した。

譯 果然失敗了。

06 | イエス【yes】
名·感 是，對；同意

例 イエス・マンになった。

譯 變成唯唯諾諾的人。

07 | いかなる
連體 如何的，怎樣的，什麼樣的

例 いかなる危険(きけん)も恐(おそ)れない。

譯 不怕任何危險。

08 | いかに
副·感 如何，怎麼樣；(後面多接「ても」)無論怎樣也；怎麼樣；怎麼回事；(古)喂

例 いかにすべきかわからない。

譯 不知如何是好。

09 | いかにも
副 的的確確，完全；實在；果然，的確

例 いかにもそうだ。

譯 的確是那樣。

10 | いずれも【何れも】
連語 無論哪一個都，全都

例 いずれも優(すぐ)れた短編(たんぺん)を集(あつ)める。

譯 集結所有傑出的短篇。

11 | うちけし【打ち消し】
名 消除，否認，否定；(語法)否定

例 打(う)ち消(け)し合(あ)う。

譯 相互否定。

12 | かくしん【確信】
名·他サ 確信，堅信，有把握

例 確信(かくしん)を持(も)つ。

譯 有信心。

13 | かくてい【確定】

名・自他サ 確定，決定

例 当選確定のメールが来た。

譯 收到確定當選電子郵件。

14 | かくりつ【確立】

名・自他サ 確立，確定

例 信頼関係を確立する。

譯 確立互信關係。

15 | かりに【仮に】

副 暫時；姑且；假設；即使

例 仮に定める。

譯 暫定。

16 | かり【仮】

名 暫時，暫且；假；假說

例 仮契約を作る。

譯 製作臨時契約。

17 | きょくげん【極限】

名 極限

例 極限を超える。

譯 超過極限。

18 | きょぜつ【拒絶】

名・他サ 拒絕

例 拒絶反応を抑える。

譯 (醫)抑制抗拒反應。

19 | きょひ【拒否】

名・他サ 拒絕，否決

例 受け取り拒否。

譯 拒絕領取。

20 | ぎわく【疑惑】

名 疑惑，疑心，疑慮

例 疑惑が晴れる。

譯 解除疑惑。

21 | きわめて【極めて】

副 極，非常

例 極めて難しい。

譯 非常困難。

22 | くつがえす【覆す】

他五 打翻，弄翻，翻轉；(將政權、國家)推翻，打倒；徹底改變，推翻(學說等)

例 常識を覆す。

譯 顛覆常識。

23 | げんみつ【厳密】

形動 嚴密；嚴格

例 厳密に言う。

譯 嚴格來說。

24 | ごうい【合意】

名・自サ 同意，達成協議，意見一致

例 合意に達する。

譯 達成協議。

25 | ことによると

副 可能，說不定，或許

例 ことによると病気かもしれない。

譯 也許是生病了也說不定。

26 | こんどう【混同】

(名·自他サ) 混同，混淆，混為一談

例 公私(こうし)を混同(こんどう)する。

譯 公私混淆。

27 | さぞ

(副) 想必，一定是

例 さぞ疲(つか)れたことでしょう。

譯 想必一定很累了吧。

28 | さぞかし

(副) (「さぞ」的強調)想必，一定

例 さぞかし喜(よろこ)ぶでしょう。

譯 想必很開心吧。

29 | さっする【察する】

(他サ) 推測，觀察，判斷，想像；體諒，諒察

例 気持(きも)ちを察(さっ)する。

譯 理解對方的感受。

30 | さほど

(副) (後多接否定語)並(不是)，並(不像)，也(不是)

例 さほど問題(もんだい)ではない。

譯 問題沒有多嚴重。

N1◎ 30-2 (2)

30-2 判断 (2) /
判斷 (2)

31 | さも

(副) (從一旁看來)非常，真是；那樣，好像

例 さもうれしそうな顔(かお)をする。

譯 神情看起來似乎非常開心。

32 | じしゅ【自主】

(名) 自由，自主，獨立

例 自主(じしゅ)トレーニングを行(おこな)った。

譯 進行自由練習。

33 | したしらべ【下調べ】

(名·他サ) 預先調查，事前考察；預習

例 下調(したしら)べを怠(おこた)る。

譯 預習偷懶。

34 | しまつ【始末】

(名·他サ) (事情的)始末，原委；情況，狀況；處理，應付；儉省，節約

例 始末(しまつ)がつく。

譯 得以解決。

35 | しんさ【審査】

(名·他サ) 審查

例 応募者(おうぼしゃ)を審査(しんさ)する。

譯 審查應徵者。

36 | しんにん【信任】

(名·他サ) 信任

例 信任(しんにん)が厚(あつ)い。

譯 深受信任。

37 | すいそく【推測】

(名·他サ) 推測，猜測，估計

例 推測(すいそく)が当(あ)たる。

譯 猜對了。

38 | すいり【推理】

(名·他サ) 推理，推論，推斷

例 推理小説(すいりしょうせつ)が流行(りゅうこう)している。

譯 推理小說正流行。

39 | せいする【制する】

(他サ) 制止，壓制，控制；制定

例 はやる気持(きも)ちを制(せい)する。

譯 抑止焦急的心情。

40 | せいみつ【精密】

(名·形動) 精密，精確，細緻

例 精密(せいみつ)な検査(けんさ)を受(う)ける。

譯 接受精密的檢查。

41 | ぜせい【是正】

(名·他サ) 更正，糾正，訂正，矯正

例 格差(かくさ)を是正(ぜせい)する。

譯 修正差價。

42 | そうおう【相応】

(名·自サ·形動) 適合，相稱，適宜

例 身分相応(みぶんそうおう)な暮(く)らしをする。

譯 過著與身份相符的生活。

43 | そくばく【束縛】

(名·他サ) 束縛，限制

例 時間(じかん)に束縛(そくばく)される。

譯 受時間限制。

44 | そし【阻止】

(名·他サ) 阻止，擋住，阻塞

例 反対派(はんたいは)の入場(にゅうじょう)を阻止(そし)する。

譯 阻止反對派的進場。

45 | それゆえ【それ故】

(連語·接續) 因為那個，所以，正因為如此

例 それ故申請(ゆえしんせい)を却下(きゃっか)する。

譯 因此駁回申請。

46 | たいおう【対応】

(名·自サ) 對應，相對，對立；調和，均衡；適應，應付

例 対応策(たいおうさく)を検討(けんとう)する。

譯 商討對策。

47 | たいがい【大概】

(名·副) 大概，大略，大部分；差不多，不過份

例 ふざけるのも大概(たいがい)にしろ。

譯 開玩笑也該適可而止。

48 | たいしょ【対処】

(名·自サ) 妥善處置，應付，應對

例 新情勢(しんじょうせい)に対処(たいしょ)する。

譯 應付新情勢。

49 | だきょう【妥協】

(名·自サ) 妥協，和解

例 妥協(だきょう)をはかる。

譯 謀求妥協。

50 | だけつ【妥結】

(名·自サ) 妥協，談妥

例 交渉(こうしょう)が妥結(だけつ)する。

譯 談判達成協議。

51 | だったら

(接續) 這樣的話，那樣的話

例 だったら明日（あす）にしよう。

譯 這樣的話，明天再做吧。

52 | だと

(格助)（表示假定條件或確定條件）如果是…的話…

例 毎日（まいにち）が日曜日（にちようび）だといいな。

譯 如果每天都是星期天就好了。

53 | だんげん【断言】

(名・他サ) 斷言，斷定，肯定

例 失敗（しっぱい）はないと断言（だんげん）する。

譯 斷言絕不失敗。

54 | だんぜん【断然】

(副・形動タルト) 斷然；顯然，確實；堅決；（後接否定語）絕（不）

例 断然（だんぜん）認（みと）めない。

譯 絕不承認。

55 | てまわし【手回し】

(名) 準備，安排，預先籌畫；用手搖動

例 手回（てまわ）しがいい。

譯 準備周到。

56 | てきぎ【適宜】

(副・形動) 適當，適宜；斟酌；隨意

例 適宜（てきぎ）に指示（しじ）を与（あた）える。

譯 適當給予意見。

57 | どうにか

(副) 想點法子；（經過一些曲折）總算，好歹，勉勉強強

例 どうにかなるだろう。

譯 總會有辦法的。

58 | とかく

(副・自サ) 種種，這樣那樣（流言、風聞等）；動不動，總是；不知不覺就，沒一會就

例 とかく日本人（にほんじん）の口（くち）には合（あ）わない。

譯 總之，不合日本人的胃口。

59 | とがめる【咎める】

(他下一) 責備，挑剔；盤問 (自下一)（傷口等）發炎，紅腫

例 罪（つみ）を咎（とが）める。

譯 問罪。

60 | とりあえず【取りあえず】

(副) 匆忙，急忙；（姑且）首先，暫且先

例 取（と）るものもとりあえず。

譯 急急忙忙。

N1 30-2 (3)

30-2 判断 (3) / 判斷 (3)

61 | とりまぜる【取り混ぜる】

(他下一) 攙混，混在一起

例 大小（だいしょう）取（と）り混（ま）ぜる。

譯 （尺寸）大小混在一起。

62 | なおさら

㊀副 更加，越，更

例 なおさらよくない。

譯 更加不好了。

63 | なるたけ

副 盡量，儘可能

例 なるたけ早(はや)く来(き)てください。

譯 請盡可能早點前來。

64 | なんだか【何だか】

連語 是什麼；(不知道為什麼)總覺得，不由得

例 何(なん)だかとても眠(ねむ)い。

譯 不知道為什麼很睏。

65 | にんしき【認識】

名·他サ 認識，理解

例 認識(にんしき)を深(ふか)める。

譯 加深理解。

66 | はかる【図る・謀る】

他五 圖謀，策劃；謀算，欺騙；意料；謀求

例 自殺(じさつ)を図(はか)る。

譯 意圖自殺。

67 | はばむ【阻む】

他五 阻礙，阻止

例 行(ゆ)く手(て)を阻(はば)む。

譯 妨礙將來。

68 | はんてい【判定】

名·他サ 判定，判斷，判決

例 判定(はんてい)で負(ま)ける。

譯 被判定輸了比賽。

69 | ひかえる【控える】

自下一 在旁等候，待命 他下一 拉住，勒住；控制，抑制；節制；暫時不…；面臨，靠近；(備忘)記下；(言行)保守，穩健

例 支出(ししゅつ)を控(ひか)える。

譯 節制支出。

70 | ひつぜん【必然】

名 必然

例 その必然性(ひつぜんせい)を問(と)う。

譯 追究其必然性。

71 | ふかけつ【不可欠】

名·形動 不可缺，必需

例 これは不可欠(ふかけつ)の要素(ようそ)だ。

譯 這是必不可欠缺的條件。

72 | ふしん【不審】

名·形動 懷疑，疑惑；不清楚，可疑

例 不審(ふしん)な人物(じんぶつ)を見掛(みか)ける。

譯 發現可疑人物。

73 | ベスト【best】

名 最好，最上等，最善，全力

例 ベストを尽(つ)くす。

譯 盡全力。

74 | べんぎ【便宜】

(名·形動) 方便，便利；權宜

例 便宜(べんぎ)を図(はか)る。

譯 謀求方便。

75 | ほうき【放棄】

(名·他サ) 放棄，喪失

例 権利(けんり)を放棄(ほうき)する。

譯 放棄權利。

76 | まぎれる【紛れる】

(自下一) 混入，混進；(因受某事物吸引)注意力分散，暫時忘掉，消解

例 人混(ひとご)みに紛(まぎ)れて見失(みうしな)った。

譯 混入人群看不見了。

77 | まして

(副) 何況，況且；(古)更加

例 ましてや私(わたし)にできるわけがない。

譯 何況我不可能做得來的。

78 | みあわせる【見合わせる】

(他下一) (面面)相視；暫停，暫不進行；對照

例 予定(よてい)を見合(みあ)わせる。

譯 預定計畫暫緩。

79 | みとおし【見通し】

(名) 一直看下去；(對前景等的)預料，推測

例 見通(みとお)しが甘(あま)かった。

譯 預想得太樂觀。

80 | みなす【見なす】

(他五) 視為，認為，看成；當作

例 正解(せいかい)と見(み)なす。

譯 當作是正確答案。

81 | みはからう【見計らう】

(他五) 斟酌，看著辦，選擇

例 タイミングを見計(みはか)らう。

譯 斟酌時機。

82 | むだん【無断】

(名) 擅自，私自，事前未經允許，自作主張

例 無断欠勤(むだんけっきん)する。

譯 擅自缺席。

83 | むやみ(に)【無闇(に)】

(名·形動) (不加思索的)胡亂，輕率；過度，不必要

例 むやみにお金(かね)を使(つか)う。

譯 胡亂花錢。

84 | むよう【無用】

(名) 不起作用，無用處；無需，沒必要

例 心配無用(しんぱいむよう)です。

譯 無須擔心。

85 | もくろむ【目論む】

(他五) 計畫，籌畫，企圖，圖謀

例 大事業(だいじぎょう)をもくろむ。

譯 籌畫一項大事業。

86 **｜もしくは**

(接續) (文)或，或者

例 火曜日もしくは木曜日に。

譯 在週二或週四。

87 **｜もっぱら【専ら】**

(副) 專門，主要，淨；(文)專擅，獨攬

例 専ら練習に励む。

譯 專心致志努力練習。

88 **｜ゆえ(に)【故(に)】**

(接續・接助) 理由，緣故；(某)情況；(前皆體言表示原因)因為

例 ユダヤ人であるが故に迫害された。

譯 因為是猶太人因此遭到迫害。

89 **｜ようする【要する】**

(他サ) 需要；埋伏；摘要，歸納

例 長い時間を要する。

譯 需要很長的時間。

90 **｜よくせい【抑制】**

(名・他サ) 抑制，制止

例 感情を抑制する。

譯 抑制情感。

91 **｜よし【良し】**

(形) (「よい」的文語形式)好，行，可以

例 終わりよければすべて良し。

譯 結果好就是好的。

92 **｜よしあし【善し悪し】**

(名) 善惡，好壞；有利有弊，善惡難明

例 善し悪しを見分ける。

譯 分辨是非。

93 **｜るいすい【類推】**

(名・他サ) 類推；類比推理

例 類推して問題を解決する。

譯 以此類推解決問題。

94 **｜ろく**

(名・形動・副) (物體的形狀)端正，平正；正常，普通；像樣的，令人滿意的；好的；正經的，好好的，認真的；(下接否定)很好地，令人滿意地，正經地

例 ろくな話をしない。

譯 不說正經話。

95 **｜わざわざ**

(副) 特意，特地；故意地

例 わざわざ出かける。

譯 特地出門。

N1 30-3(1)

30-3 理解(1) /
理解(1)

01 **｜アプローチ【approach】**

(名・自サ) 接近，靠近；探討，研究

例 科学的なアプローチで作られた。

譯 以科學的探討程序製作而成。

02 **｜オプション【option】**

(名) 選擇，取捨

例 オプション機能を追加する。

譯 增加選項的功能。

03 | がいとう【該当】

(名·自サ) 相當，適合，符合(某規定、條件等)

例 該当する項目にチェックする。

譯 核對符合的項目。

---

04 | かいめい【解明】

(名·他サ) 解釋清楚

例 真実を解明する。

譯 解開真相。

---

05 | がたい【難い】

(接尾) 上接動詞連用形，表示「很難(做)…」的意思

例 忘れ難い。

譯 難忘。

---

06 | がっち【合致】

(名·自サ) 一致，符合，吻合

例 事実に合致する。

譯 與事實相符。

---

07 | カテゴリ(ー)【(德) Kategorie】

(名) 種類，部屬；範疇

例 カテゴリー別に分ける。

譯 依類別區分。

---

08 | ぎんみ【吟味】

(名·他サ) (吟頌詩歌)仔細體會，玩味；(仔細)斟酌，考慮

例 食材を吟味する。

譯 仔細斟酌食材。

---

09 | けいせき【形跡】

(名) 形跡，痕跡

例 形跡を残す。

譯 留下痕跡。

---

10 | けいたい【形態】

(名) 型態，形狀，樣子

例 新しい政治形態を受け入れる。

譯 接受新的政治形態。

---

11 | けい【系】

(漢造) 系統；系列；系別；(地層的年代區分)系

例 ヴィジュアル系。

譯 視覺系。

---

12 | けん【件】

(名) 事情，事件；(助數詞用法)件

例 その件について。

譯 關於那件事。

---

13 | こころみる【試みる】

(他上一) 試試，試驗一下

例 あれこれ試みる。

譯 多方嘗試。

---

14 | こころみ【試み】

(名) 試，嘗試

例 最初の試みが上手くいかなかった。

譯 第一次嘗試並不順利。

15｜ことがら【事柄】

名 事情，情況，事態

例 重要な事柄。

譯 重要的事情。

16｜さいしゅう【採集】

名·他サ 採集，搜集

例 植物採集に出掛ける。

譯 出門採集植物標本。

17｜さい【差異】

名 差異，差別

例 差異がない。

譯 沒有差別。

18｜さとる【悟る】

他五 醒悟，覺悟，理解，認識；察覺，發覺，看破；(佛)悟道，了悟

例 真理を悟る。

譯 領悟真理。

19｜しきる【仕切る】

他五·自五 隔開，間隔開，區分開；結帳，清帳；完結，了結

例 カーテンで部屋を仕切る。

譯 用窗簾把房間隔開。

20｜しゅうしゅう【収集】

名·他サ 收集，蒐集

例 資料を収集する。

譯 收集資料。

21｜しゅつげん【出現】

名·自サ 出現

例 新しい問題が出現した。

譯 出現了新問題。

22｜しょうごう【照合】

名·他サ 對照，校對，核對(帳目等)

例 書類を照合する。

譯 核對文件。

23｜しょうだく【承諾】

名·他サ 承諾，應允，允許

例 承諾を得る。

譯 得到承諾。

24｜しらべ【調べ】

名 調查；審問；檢查；(音樂的)演奏；調音；(音樂、詩歌)音調

例 調べを受ける。

譯 接受調查。

25｜せいぜん【整然】

形動 整齊，井然，有條不紊

例 整然と並ぶ。

譯 排得整整齊齊。

26｜せいだく【清濁】

名 清濁；(人的)正邪，善惡；清音和濁音

例 水の清濁を試験する。

譯 檢驗水的清濁。

27 | そなわる【具わる・備わる】

自五 具有，設有，具備

例 必要なものが備わった。

譯 必需品都已備齊。

28 | だいたい【大体】

名・副 大抵，概要，輪廓；大致，大部分；本來，根本

例 話は大体わかった。

譯 大概了解說話的內容。

29 | たいひ【対比】

名・他サ 對比，對照

例 両者を対比する。

譯 對照兩者。

30 | だかい【打開】

名・他サ 打開，開闢（途徑），解決（問題）

例 現状を打開する。

譯 突破現狀。

N1 30-3 (2)

30-3 理解 (2) /

理解 (2)

31 | たんけん【探検】

名・他サ 探險，探查

例 探検隊に参加する。

譯 加入探險隊。

32 | ついきゅう【追及】

名・他サ 追上，趕上；追究

例 真相を追究する。

譯 探究真相。

33 | つじつま【辻褄】

名 邏輯，條理，道理；前後，首尾

例 つじつまを合わせる。

譯 使其順理成章。

34 | てきおう【適応】

名・自サ 適應，適合，順應

例 事態に適応した処置。

譯 順應事情的狀態來處置。

35 | てんけん【点検】

名・他サ 檢點，檢查

例 戸締まりを点検する。

譯 檢查門窗。

36 | とげる【遂げる】

他下一 完成，實現，達到；終於

例 急成長を遂げる。

譯 實現快速成長的目標。

37 | ととのえる【整える・調える】

他下一 整理，整頓；準備；達成協議，談妥

例 支度を整える。

譯 準備就緒。

38 | とりくむ【取り組む】

自五 （相撲）互相扭住；和…交手；開（匯票）；簽訂（合約）；埋頭研究

例 研究に取り組む。

譯 埋首於研究。

39 | とりわけ【取り分け】

(名·副) 分成份；(相撲)平局，平手；特別，格外，分外

例 今日(きょう)はとりわけ暑(あつ)い。

譯 今天特別地熱。

40 | なんか

(副助)(推一個例子意指其餘)之類，等等，什麼的

例 お前(まえ)なんかにわかるもんか。

譯 像你這種人能懂什麼。

41 | ばくぜん【漠然】

(形動) 含糊，籠統，曖昧，不明確

例 漠然(ばくぜん)とした考(かんが)え。

譯 籠統的想法。

42 | ぶんさん【分散】

(名·自サ) 分散，開散

例 負荷(ふか)を分散(ぶんさん)する。

譯 分散負荷。

43 | ぶんべつ【分別】

(名·他サ) 分別，區別，分類

例 ごみの分別(ぶんべつ)作業(さぎょう)。

譯 垃圾的分類作業。

44 | まるっきり

(副) (「まるきり」的強調形式，後接否定語)完全，簡直，根本

例 まるっきり知(し)らない。

譯 完全不知道。

45 | めいはく【明白】

(名·形動) 明白，明顯

例 結果(けっか)は明白(めいはく)だ。

譯 結果顯而易見。

46 | めいりょう【明瞭】

(形動) 明白，明瞭，明確

例 それは明瞭(めいりょう)な事実(じじつ)だ。

譯 那是一樁明顯的事實。

47 | もさく【模索】

(名·自サ) 摸索；探尋

例 方法(ほうほう)を模索(もさく)する。

譯 探詢方法。

48 | よういん【要因】

(名) 主要原因，主要因素

例 要因(よういん)を探(さぐ)る。

譯 探詢主要原因。

49 | ようそう【様相】

(名) 樣子，情況，形勢；模樣

例 田舎(いなか)は様相(ようそう)を一変(いっぺん)した。

譯 農村完全改變了面貌。

50 | よし【由】

(名) (文)緣故，理由；方法手段；線索；(所講的事情的)內容，情況；(以「…のよし」的形式)聽說

例 知(し)る由(よし)もない。

譯 無從得知。

51 | よみとる【読み取る】

(自五) 領會，讀懂，看明白，理解

例 真意(しんい)を読(よ)み取(と)る。

譯 理解真正的涵意。

---

52 | りょうかい【了解】

(名·他サ) 了解，理解；領會，明白；諒解

例 了解(りょうかい)しました。

譯 明白了。

---

53 | るいじ【類似】

(名·自サ) 類似，相似

例 類似点(るいじてん)がある。

譯 有相似之處。

---

54 | るい【類】

(名·接尾·漢造) 種類，類型，同類；類似

例 類(るい)は友(とも)を呼(よ)ぶ。

譯 物以類聚。

N1 30-4 (1)

30-4 知識 (1) /
知識 (1)

01 | あんじる【案じる】

(他上一) 掛念，擔心；(文)思索

例 父(ちち)の健康(けんこう)を案(あん)じる。

譯 擔心父親的身體健康。

---

02 | いざしらず【いざ知らず】

(慣) 姑且不談；還情有可原

例 そのことはいざ知(し)らず。

譯 那件事先姑且不談。

---

03 | いたって【至って】

(副·連語) (文)很，極，甚；(用「に至って」的形式)至，至於

例 至(いた)って健康(けんこう)だ。

譯 非常健康。

---

04 | いちがいに【一概に】

(副) 一概，一律，沒有例外地(常和否定詞相應)

例 一概(いちがい)に論(ろん)じられない。

譯 無法一概而論。

---

05 | いちじるしい【著しい】

(形) 非常明顯；顯著地突出；顯然

例 著(いちじる)しい差異(さい)がある。

譯 有很大差別。

---

06 | いちよう【一様】

(名·形動) 一様；平常；平等

例 一様(いちよう)に取(と)り扱(あつか)う。

譯 同様對待。

---

07 | いちりつ【一律】

(名) 同様的音律；一様，一律，千篇一律

例 すべてを一律(いちりつ)に扱(あつか)う。

譯 全部一視同仁。

---

08 | いろん【異論】

(名) 異議，不同意見

例 異論(いろん)を唱(とな)える。

譯 提出不同意見。

09 | い【異】

(名·形動) 差異，不同；奇異，奇怪；別的，別處的

例 異(い)を唱(とな)える。

譯 提出異議。

10 | うそつき【嘘つき】

(名) 說謊；說謊的人；吹牛的廣告

例 嘘(うそ)つきは泥棒(どろぼう)の始(はじ)まり。

譯 小錯不改，大錯難改。

11 | おおすじ【大筋】

(名) 內容提要，主要內容，要點，梗概

例 事件(じけん)の大筋(おおすじ)。

譯 事件的概要。

12 | おのずから【自ずから】

(副) 自然而然地，自然就

例 おのずから明(あき)らかになる。

譯 真相自然得以大白。

13 | おのずと【自ずと】

(副) 自然而然地

例 おのずと分(わ)かってくる。

譯 自然會明白。

14 | おぼえ【覚え】

(名) 記憶，記憶力；體驗，經驗；自信，信心；信任，器重；記事

例 覚(おぼ)えがない。

譯 不記得；想不起。

15 | おもむき【趣】

(名) 旨趣，大意；風趣，雅趣；風格，韻味，景象；局面，情形

例 景色(けしき)に趣(おもむき)がある。

譯 景色雅緻優美。

16 | おもんじる・おもんずる【重んじる・重んずる】

(他上一·他サ) 注重，重視；尊重，器重，敬重

例 名誉(めいよ)を重(おも)んじる。

譯 注重名譽。

17 | おろか【愚か】

(形動) 智力或思考能力不足的樣子；不聰明；愚蠢，愚昧，糊塗

例 愚(おろ)かな行(おこな)い。

譯 愚蠢的行為。

18 | がいせつ【概説】

(名·他サ) 概說，概述，概論

例 内容(ないよう)を概説(がいせつ)する。

譯 概述內容。

19 | がいねん【概念】

(名) (哲)概念；概念的理解

例 概念(がいねん)をつかむ。

譯 掌握概念。

20 | がいりゃく【概略】

(名·副) 概略，梗概，概要；大致，大體

例 概略(がいりゃく)を話(はな)す。

譯 講述概要。

21 | かんけつ【簡潔】

㊔名·形動 簡潔

例 簡潔(かんけつ)に述(の)べる。

譯 簡潔陳述。

22 | かんてん【観点】

㊔名 觀點，看法，見解

例 観点(かんてん)を変(か)える。

譯 改變觀點。

23 | ぎのう【技能】

㊔名 技能，本領

例 技能(ぎのう)を身(み)に付(つ)ける。

譯 有一技之長。

24 | きゃっかん【客観】

㊔名 客觀

例 客観的(きゃっかんてき)に言(い)う。

譯 客觀地說。

25 | きゅうきょく【究極】

㊔名·自サ 畢竟，究竟，最終

例 究極(きゅうきょく)の選択(せんたく)を迫(せま)られた。

譯 被迫做出最終的選擇。

26 | きょうくん【教訓】

㊔名·他サ 教訓，規戒

例 教訓(きょうくん)を得(え)る。

譯 得到教訓。

27 | けがれ【汚れ】

㊔名 污垢

例 汚(けが)れを洗(あら)い流(なが)す。

譯 洗淨髒污。

28 | こうみょう【巧妙】

㊔形動 巧妙

例 巧妙(こうみょう)な手口(てぐち)ですり抜(ぬ)けられた。

譯 被巧妙的手法給蒙混過去。

29 | ごさ【誤差】

㊔名 誤差；差錯

例 誤差(ごさ)が生(しょう)じる。

譯 產生誤差。

30 | こつ

㊔名 訣竅，技巧，要訣

例 コツをつかむ。

譯 掌握要領。

N1◎ 30-4 (2)

30-4 知識 (2) /
知識 (2)

31 | ことに【殊に】

㊔副 特別，格外

例 殊(こと)に重要(じゅうよう)である。

譯 格外重要。

32 | ごもっとも【御尤も】

㊔形動 對，正確；肯定

例 おっしゃることはごもっともです。

譯 您說得沒錯。

33 | こんきょ【根拠】
㊔ 根據
例 根拠(こんきょ)にとぼしい。
譯 缺乏根據。

34 | こんてい【根底】
㊔ 根底，基礎
例 常識(じょうしき)を根底(こんてい)から覆(くつがえ)す。
譯 徹底推翻常識。

35 | こんぽん【根本】
㊔ 根本，根源，基礎
例 根本的(こんぽんてき)な問題(もんだい)を解決(かいけつ)する。
譯 解決根本的問題。

36 | さいぜん【最善】
㊔ 最善，最好；全力
例 最善(さいぜん)を尽(つ)くす。
譯 盡最大努力。

37 | さくご【錯誤】
㊔ 錯誤；(主觀認識與客觀實際的)不相符，謬誤
例 時代錯誤(じだいさくご)も甚(はなは)だしい。
譯 極度不符合時代精神。

38 | しくみ【仕組み】
㊔ 結構，構造；(戲劇，小說等)結構，劇情；企畫，計畫
例 仕組(しく)みを理解(りかい)する。
譯 瞭解計畫。

39 | しかしながら
接續 (「しかし」的強調)可是，然而；完全
例 しかしながら彼(かれ)はまだ若(わか)い。
譯 但是他還很年輕。

40 | じっしつ【実質】
㊔ 實質，本質，實際的內容
例 彼(かれ)が実質的(じっしつてき)なリーダーだ。
譯 他才是真正的領導者。

41 | じつじょう【実情】
㊔ 實情，真情；實際情況
例 実情(じつじょう)を知(し)る。
譯 明白實情。

42 | じったい【実態】
㊔ 實際狀態，實情
例 実態(じったい)を調(しら)べる。
譯 調查實際情況。

43 | じつ【実】
名·漢造 實際，真實；忠實，誠意；實質，實體；實的；籽
例 実(じつ)の兄(あに)と再会(さいかい)する。
譯 與親哥哥重逢。

44 | してん【視点】
㊔ (畫)(遠近法的)視點；視線集中點；觀點
例 視点(してん)を変(か)える。
譯 改變觀點。

45 | しや【視野】

㊔ 視野；（觀察事物的）見識，眼界，眼光

例 視野を広げる。

譯 擴大視野。

46 | しゅかん【主観】

㊔（哲）主觀

例 主観に走る。

譯 過於主觀。

47 | しゅし【趣旨】

㊔ 宗旨，趣旨；（文章、說話的）主要內容，意思

例 趣旨に沿う。

譯 符合主旨。

48 | しゅたい【主体】

㊔（行為，作用的）主體；事物的主要部分，核心；有意識的人

例 主体的な行動を促す。

譯 促進主要的行動。

49 | しよう【仕様】

㊔ 方法，辦法，作法

例 仕様がない。

譯 沒有辦法。

50 | しんじつ【真実】

（名·形動·副）真實，事實，實在；實在地

例 真実がわかる。

譯 明白事實。

51 | しんそう【真相】

㊔（事件的）真相

例 真相を解明する。

譯 弄清真相。

52 | しんり【真理】

㊔ 道理；合理；真理，正確的道理

例 真理を探究する。

譯 探求真理。

53 | ずばり

（副）鋒利貌，喀嚓；（說話）一語道破，擊中要害，一針見血

例 ずばりと言い当てる。

譯 一語道破。

54 | せいかい【正解】

（名·他サ）正確的理解，正確答案

例 この問題の正解を求めよ。

譯 請解出此題的正確答案。

55 | せいか【成果】

㊔ 成果，結果，成績

例 成果を挙げる。

譯 取得成果。

56 | せいぎ【正義】

㊔ 正義，道義；正確的意思

例 正義の味方を求めている。

譯 找尋正義的使者。

57 | せいじょう【正常】

(名·形動) 正常

例 正常(せいじょう)な状態(じょうたい)を保(たも)つ。

譯 正常的狀態。

58 | せいとうか【正当化】

(名·他サ) 使正當化，使合法化

例 自分(じぶん)の行動(こうどう)を正当化(せいとうか)する。

譯 把自己的行為合理化。

59 | せいとう【正当】

(名·形動) 正當，合理，合法，公正

例 正当(せいとう)に評価(ひょうか)する。

譯 公正的評價。

60 | ぜんあく【善悪】

(名) 善惡，好壞，良否

例 善悪(ぜんあく)を判断(はんだん)する。

譯 判斷善惡。

N1 30-4 (3)

30-4 知識 (3) /
知識 (3)

61 | センス【sense】

(名) 感覺，官能，靈機；觀念；理性，理智；判斷力，見識，品味

例 センスがない。

譯 沒品味。

62 | ぜんてい【前提】

(名) 前提，前提條件

例 ～を前提(ぜんてい)として。

譯 以…為前提。

63 | たくみ【巧み】

(名·形動) 技巧，技術；取巧，矯揉造作；詭計，陰謀；巧妙，精巧

例 巧(たく)みな手口(てぐち)に騙(だま)された。

譯 被陰謀詭計給矇騙了。

64 | たやすい

(形) 不難，容易做到，輕而易舉

例 たやすくできる。

譯 容易做到。

65 | ちがえる【違える】

(他下一) 使不同，改變；弄錯，錯誤；扭到(筋骨)

例 順序(じゅんじょ)を違(ちが)える。

譯 順序錯誤。

66 | ちせい【知性】

(名) 智力，理智，才智，才能

例 知性(ちせい)にあふれる。

譯 才氣洋溢。

67 | ちてき【知的】

(形動) 智慧的；理性的

例 知的財産権(ちてきざいさんけん)。

譯 智慧財產權。

68 | つうじょう【通常】

(名) 通常，平常，普通

例 通常(つうじょう)どおり営業(えいぎょう)する。

譯 如往常般營業。

69 | ていぎ【定義】

(名·他サ) 定義

例 敬語の用法を定義する。
譯 給敬語的用法下定義。

70 | てぎわ【手際】
名（處理事情的）手法，技巧；手腕，本領；做出的結果
例 手際がいい。
譯 手腕高明。

71 | とくぎ【特技】
名 特別技能（技術）
例 特技を活かす。
譯 發揮特殊技能。

72 | なだかい【名高い】
形 有名，著名；出名
例 研究者として名高い。
譯 以研究員的身份而聞名。

73 | なまなましい【生々しい】
形 生動的；鮮明的；非常新的
例 生々しい体験談を語る。
譯 講述彷彿令人身歷其境的經驗談。

74 | なみ【並・並み】
名・造語 普通，一般，平常；排列；同樣；每
例 並の人間には計算できない。
譯 一般人是無法計算出來的。

75 | にかよう【似通う】
自五 類似，相似
例 似通った感じ。
譯 類似的感覺。

76 | にせもの【にせ物】
名 假冒者，冒充者，假冒的東西
例 偽物にまんまとだまされた。
譯 不知道是假貨就這樣乖乖的受騙。

77 | にもかかわらず
連語・接續 雖然…可是；儘管…還是；儘管…可是
例 休日にもかかわらず店内は閑散としている。
譯 儘管是休假日店內也很冷清。

78 | はあく【把握】
名・他サ 掌握，充分理解，抓住
例 状況を把握する。
譯 充分理解狀況。

79 | ばっちり
副 完美地，充分地
例 準備はばっちりだ。
譯 準備很充分。

80 | ひかん【悲観】
名・自他サ 悲觀
例 将来を悲観する。
譯 對將來感到悲觀。

81 | ひずみ【歪み】
名 歪斜，曲翹；（喻）不良影響；（理）形變
例 政策のひずみを是正する。
譯 導正政策的失調。

82 | ひずむ
(自五) 變形，歪斜
例 心が歪む。
譯 心態不正。

83 | ひとなみ【人並み】
(名・形動) 普通，一般
例 人並みの暮らしがしたい。
譯 想過普通人的生活。

84 | ぶつぎ【物議】
(名) 群眾的批評
例 物議を醸す。
譯 引起群眾的批評。

85 | ふへん【普遍】
(名) 普遍；(哲)共性
例 普遍的な真理になるのだ。
譯 成為普遍的真理。

86 | ふまえる【踏まえる】
(他下一) 踏，踩；根據，依據
例 要点を踏まえる。
譯 根據重點。

87 | ふめい【不明】
(名) 不詳，不清楚；見識少，無能；盲目，沒有眼光
例 意識不明に陥る。
譯 陷入意識不明的狀態。

88 | へんけん【偏見】
(名) 偏見，偏執
例 偏見を持つ。
譯 持有偏見。

89 | ポイント【point】
(名) 點，句點；小數點；重點；地點；(體)得分
例 ポイントを押さえる。
譯 抓住要點。

N1 30-4 (4)

30-4 知識 (4) /
知識 (4)

90 | ほうしき【方式】
(名) 方式；手續；方法
例 方式を変える。
譯 改變方式。

91 | ほんかく【本格】
(名) 正式
例 本格的なフランス料理。
譯 道地的法國料理。

92 | ほんしつ【本質】
(名) 本質
例 本質を見抜く。
譯 看破本質。

93 | ほんたい【本体】
(名) 真相，本來面目；(哲)實體，本質；本體，主要部份
例 計略の本体を明かす。
譯 揭露陰謀的真相。

94 | まこと【誠】

(名·副) 真實，事實；誠意，真誠，誠心；誠然，的確，非常

例 嘘(うそ)か真(まこと)かを評(ひょう)する。

譯 評判是真還是假？

95 | まさしく

(副) 的確，沒錯；正是

例 これぞまさしく日本(にほん)の夏(なつ)だ。

譯 這才是正宗的日本夏天啊。

96 | みおとす【見落とす】

(他五) 看漏，忽略，漏掉

例 間違(まちが)いを見落(みお)とす。

譯 漏看錯誤之處。

97 | みしらぬ【見知らぬ】

(連體) 未見過的

例 見知(みし)らぬ人(ひと)に声(こえ)をかけられた。

譯 被陌生人搭話。

98 | みち【未知】

(名) 未定，不知道，未決定

例 未知(みち)の世界(せかい)に飛(と)び込(こ)む。

譯 闖入未知的世界。

99 | むいみ【無意味】

(名·形動) 無意義，沒意思，沒價值，無聊

例 無意味(むいみ)な行動(こうどう)をする。

譯 做無謂的行動。

100 | むち【無知】

(名) 沒知識，無智慧，愚笨

例 相手(あいて)の無知(むち)につけ込(こ)む。

譯 抓住對手的弱點。

101 | もくろみ【目論見】

(名) 計畫，意圖，企圖

例 もくろみが外(はず)れる。

譯 計畫落空。

102 | ややこしい

(形) 錯綜複雜，弄不明白的樣子，費解，繁雜

例 ややこしい問題(もんだい)を解(と)く。

譯 解開錯綜複雜的問題。

103 | ゆがむ【歪む】

(自五) 歪斜，歪扭；(性格等)乖僻，扭曲

例 顔(かお)がゆがむ。

譯 臉扭曲。

104 | ようしき【様式】

(名) 樣式，方式；一定的形式，格式；(詩、建築等)風格

例 様式(ようしき)にこだわる。

譯 嚴格要求格式。

105 | ようほう【用法】

(名) 用法

例 用法(ようほう)を把握(はあく)する。

譯 掌握用法。

106 | よかん【予感】

(名·他サ) 預感，先知，預兆

例 いやな予感(よかん)がする。

譯 有不祥的預感。

107 | よって

接續 因此，所以

例 これによって無罪(むざい)とする。

譯 因此獲判無罪。

108 | よほど【余程】

副 頗，很，相當，在很大程度上；很想…，差一點就…

例 よほどの技術(ぎじゅつ)がないと無理(むり)だ。

譯 沒有相當技術是辦不到的。

109 | りくつ【理屈】

名 理由，道理；(為堅持己見而捏造的)歪理，藉口

例 理屈(りくつ)をこねる。

譯 強詞奪理。

110 | りてん【利点】

名 優點，長處

例 利点(りてん)を活(い)かす。

譯 活用長處。

111 | りょうしき【良識】

名 正確的見識，健全的判斷力

例 良識(りょうしき)を疑(うたが)う。

譯 懷疑是否有健全的判斷力。

112 | りろん【理論】

名 理論

例 理論(りろん)を述(の)べる。

譯 闡述理論。

113 | ろんり【論理】

名 邏輯；道理，規律；情理

例 論理性(ろんりせい)を欠(か)く。

譯 欠缺邏輯性。

N1 30-5(1)

30-5 言語(1) /
語言(1)

01 | あてじ【当て字】

名 借用字，假借字；別字

例 当(あ)て字(じ)を書(か)く。

譯 寫假借字。

02 | いちじちがい【一字違い】

名 錯一個字

例 一字違(いちじちが)いで大違(おおちが)い。

譯 錯一個字便大不同。

03 | かく【画】

名 (漢字的)筆劃

例 11画(かく)の漢字(かんじ)を使(つか)う。

譯 使用11劃的漢字。

04 | かたこと【片言】

名 (幼兒，外國人的)不完全的詞語，隻字片語，單字羅列；一面之詞

例 片言(かたこと)の日本語(にほんご)。

譯 隻字片語的日語。

05 | かんご【漢語】

名 中國話；音讀漢字

例 漢語(かんご)を用(もち)いる。

譯 使用漢語。

06 | かんよう【慣用】

名·他サ 慣用，慣例

例 慣用的な表現。

譯 慣用的表現方式。

07 | げんぶん【原文】

名 (未經刪文或翻譯的)原文

例 原文を翻訳する。

譯 翻譯原文。

08 | ごい【語彙】

名 詞彙，單字

例 語彙を増やす。

譯 增加單字量。

09 | ごく【語句】

名 語句，詞句

例 よく使う語句を登録する。

譯 收錄經常使用的語句。

10 | ごげん【語源】

名 語源，詞源

例 語源を調べる。

譯 查詢詞彙來源。

11 | じたい【字体】

名 字體；字形

例 字体を変える。

譯 變換字體。

12 | じどうし【自動詞】

名 (語法)自動詞

例 自動詞の活用を覚える。

譯 記住自動詞的活用。

13 | しゅうしょく【修飾】

名·他サ 修飾，裝飾；(文法)修飾

例 名詞を修飾する。

譯 修飾名詞。

14 | じょし【助詞】

名 (語法)助詞

例 助詞を間違える。

譯 弄錯助詞。

15 | じょどうし【助動詞】

名 (語法)助動詞

例 助動詞の役割を担う。

譯 起助動詞的作用。

16 | すうし【数詞】

名 數詞

例 数詞をつける。

譯 加上數詞。

17 | せいめい【姓名】

名 姓名

例 姓名を名乗る。

譯 自報姓名。

18 | せつぞくし【接続詞】

名 接續詞，連接詞

例 接続詞を間違える。

譯 接續詞錯誤。

19 | だいする【題する】

(他サ) 題名，標題，命名；題字，題詞

しほんろん　だい　ちょさく
例 「資本論」と題する著作。

譯 以「資本論」為題的著作。

20 | だいべん【代弁】

(名·他サ) 替人辯解，代言

ゆうじん　だいべん
例 友人の代弁をする。

譯 替朋友辯解。

21 | たどうし【他動詞】

(名) 他動詞，及物動詞

たどうし　もくてきご　と
例 他動詞は目的語を取る。

譯 他動詞必須有受詞。

N1 30-5 (2)

30-5 言語 (2) / 語言 (2)

22 | ちょくやく【直訳】

(名·他サ) 直譯

えいご　ぶん　ちょくやく
例 英語の文を直訳する。

譯 直譯英文的文章。

23 | つかいこなす【使いこなす】

(他五) 運用自如，掌握純熟

にほんご　つか
例 日本語を使いこなす。

譯 日語能運用自如。

24 | つづり【綴り】

(名) 裝訂成冊；拼字，拼音

しょるい　つづ　だ
例 書類の綴りを出した。

譯 取出裝訂成冊的文件。

25 | ていせい【訂正】

(名·他サ) 訂正，改正，修訂

ないよう　ていせい
例 内容を訂正する。

譯 修訂內容。

26 | と

(格助·並助)（接在助動詞「う、よう、まい」之後，表示逆接假定前題）不管…也，即使…也；（表示幾個事物並列）和

い　かま
例 なんと言われようと構わない。

譯 不管誰說什麼都不在乎。

27 | どうじょう【同上】

(名) 同上，同上所述

どうじょう　りゆう
例 同上の理由により。

譯 基於同上的理由。

28 | とくめい【匿名】

(名) 匿名

とくめい　てがみ　とど
例 匿名の手紙が届いた。

譯 收到匿名信。

29 | なづけおや【名付け親】

(名)（給小孩）取名的人；（某名稱）第一個使用的人

しんせいひん　なづ　おや　むすめ
例 新製品の名付け親は娘だ。

譯 新商品的命名者是女兒。

30 | なづける【名付ける】

(他下一) 命名；叫做，稱呼為

こども　なづ
例 子供に名付ける。

譯 給孩子取名字。

31 | なふだ【名札】

㊔（掛在門口的、行李上的）姓名牌，（掛在胸前的）名牌

例 名札(なふだ)をつける。

譯 戴名牌。

32 | ならす【慣らす】

他五 使習慣，使適應

例 体(からだ)を慣(な)らす。

譯 使身體習慣。

33 | ならびに【並びに】

接續（文）和，以及

例 氏名並(しめいなら)びに電話番号(でんわばんごう)。

譯 姓名與電話號碼。

34 | ぶんご【文語】

㊔ 文言；文章語言，書寫語言

例 文語(ぶんご)を使(つか)う。

譯 使用文言文。

35 | ほんみょう【本名】

㊔ 本名，真名

例 本名(ほんみょう)を名乗(なの)る。

譯 報上真名。

36 | マーク【mark】

名・他サ（劃）記號，符號，標記；商標；標籤，標示，徽章

例 マークを付(つ)ける。

譯 作上記號。

37 | まえおき【前置き】

㊔ 前言，引言，序語，開場白

例 前置(まえお)きが長(なが)い。

譯 開場白冗長。

38 | めいしょう【名称】

㊔ 名稱（一般指對事物的稱呼）

例 名称(めいしょう)を変(か)える。

譯 改變名稱。

39 | よびすて【呼び捨て】

㊔ 光叫姓名（不加「様」、「さん」、「君」等敬稱）

例 人(ひと)を呼(よ)び捨(す)てにする。

譯 直呼別人的名（姓）。

40 | りゃくご【略語】

㊔ 略語；簡語

例 略語(りゃくご)を濫用(らんよう)する。

譯 濫用略語。

41 | ろうどく【朗読】

名・他サ 朗讀，朗誦

例 詩(し)を朗読(ろうどく)する。

譯 朗讀詩句。

42 | わぶん【和文】

㊔ 日語文章，日文

例 和文英訳(わぶんえいやく)の仕事(しごと)を依頼(いらい)する。

譯 委托日翻英的工作。

30-6 表現 (1) / 表達 (1)

01 | あかす【明かす】

(他五) 説出來；揭露；過夜，通宵；證明

例 秘密(ひみつ)を明(あ)かす。

譯 揭露祕密。

02 | ありのまま

(名·形動·副) 據實；事實上，實事求是

例 ありのままを話(はな)す。

譯 説出實情。

03 | いいはる【言い張る】

(他五) 堅持主張，固執己見

例 知(し)らないと言(い)い張(は)る。

譯 堅稱不知情。

04 | いいわけ【言い訳】

(名·自サ) 辯解，分辯；道歉，賠不是；語言用法上的分別

例 知(し)らなかったと言(い)い訳(わけ)する。

譯 辯説不知情。

05 | いきごむ【意気込む】

(自五) 振奮，幹勁十足，踴躍

例 意気込(いきご)んで参加(さんか)する。

譯 鼓足幹勁參加。

06 | うったえ【訴え】

(名) 訴訟，控告；訴苦，申訴

例 訴(うった)えを退(しりぞ)ける。

譯 撤銷訴訟。

07 | うながす【促す】

(他五) 促使，促進

例 注意(ちゅうい)を促(うなが)す。

譯 提醒注意。

08 | エスカレート【escalate】

(名·自他サ) 逐步上升，逐步升級

例 紛争(ふんそう)がエスカレートする。

譯 衝突與日俱增。

09 | えんかつ【円滑】

(名·形動) 圓滑；順利

例 運営(うんえい)が円滑(えんかつ)に進(すす)む。

譯 順利經營。

10 | えんきょく【婉曲】

(形動) 婉轉，委婉

例 婉曲(えんきょく)に断(ことわ)る。

譯 委婉拒絕。

11 | オーケー【OK】

(名·自サ·感) 好，行，對，可以；同意

例 先方(せんぽう)のオーケーを取(と)る。

譯 取得對方的同意。

12 | おおい

(感)（在遠方要叫住他人）喂，嗨（亦可用「おい」）

例 おおい、ここだ。

譯 喂！在這裡啦。

13 | おおげさ

形動 做得或說得比實際誇張的樣子；誇張，誇大

例 おおげさに言う。

譯 誇大其詞。

14 | おせじ【お世辞】

名 恭維(話)，奉承(話)，獻殷勤的(話)

例 お世辞を言う。

譯 說客套話。

15 | かいだん【会談】

名·自サ 面談，會談；(特指外交等)談判

例 会談を打ち切る。

譯 中止會談。

16 | かかげる【掲げる】

他下一 懸，掛，升起；舉起，打著；挑，掀起，撩起；刊登，刊載；提出，揭出，指出

例 目標を掲げる。

譯 高舉目標。

17 | かきとる【書き取る】

他五 (把文章字句等)記下來，紀錄，抄錄

例 要点を書き取る。

譯 記錄下要點。

18 | かわす【交わす】

他五 交，交換；交結，交叉，互相…

例 言葉を交わす。

譯 交談。

19 | きかく【企画】

名·他サ 規劃，計畫

例 旅行を企画する。

譯 計畫去旅行。

20 | きさい【記載】

名·他サ 刊載，寫上，刊登

例 結果を記載する。

譯 記錄結果。

21 | きめい【記名】

名·自サ 記名，簽名

例 無記名で提出する。

譯 以不記名方式提出。

22 | きゃくしょく【脚色】

名·他サ (小說等)改編成電影或戲劇；添枝加葉，誇大其詞

例 話を映画に脚色する。

譯 把故事改編成電影。

23 | きょうめい【共鳴】

名·自サ (理)共鳴，共振；共鳴，同感，同情

例 共鳴を呼ぶ。

譯 引起共鳴。

24 | ぐちゃぐちゃ

副 (因飽含水分)濕透；出聲咀嚼；抱怨，發牢騷的樣子

例 ぐちゃぐちゃと文句を言う。

譯 不斷抱怨。

25 | けなす【貶す】

(他五) 譏笑，貶低，排斥

例 他社商品(たしゃしょうひん)をけなす。

譯 貶低其他公司的商品。

26 | げんろん【言論】

(名) 言論

例 言論(げんろん)の自由(じゆう)を保障(ほしょう)する。

譯 保障言論自由。

27 | こうぎ【抗議】

(名·自サ) 抗議

例 審判(しんぱん)に抗議(こうぎ)する。

譯 對判決提出抗議。

28 | こうとう【口頭】

(名) 口頭

例 口頭(こうとう)で説明(せつめい)する。

譯 口頭説明。

29 | こくはく【告白】

(名·他サ) 坦白，自白；懺悔；坦白自己的感情

例 好(す)きな人(ひと)に告白(こくはく)する。

譯 向喜歡的人告白。

30 | ございます

(自·特殊型) 有；在；來；去

例 お探(さが)しの商品(しょうひん)はこちらにございます。

譯 您要的商品在這邊。

30-6 表現 (2) /
表達 (2)

31 | こちょう【誇張】

(名·他サ) 誇張，誇大

例 誇張(こちょう)して表現(ひょうげん)する。

譯 表現誇張。

32 | ごまかす

(他五) 欺騙，欺瞞，蒙混，愚弄；蒙蔽，掩蓋，搪塞，敷衍；作假，搗鬼，舞弊，侵吞(金錢等)

例 年(とし)をごまかす。

譯 年齡作假。

33 | コメント【comment】

(名·自サ) 評語，解説，註釋

例 ノーコメントを貫(つらぬ)いてきた。

譯 堅持一切均無可奉告。

34 | ごらんなさい【御覧なさい】

(敬) 看，觀賞

例 お手本(てほん)をよくご覧(らん)なさい。

譯 請仔細看範本。

35 | さ

(終助) 向對方強調自己的主張，説法較隨便；(接疑問詞後)表示抗議、追問的語氣；(插在句中)表示輕微的叮嚀

例 僕(ぼく)だってできるさ。

譯 我也會做啊。

36 | さいげん【再現】

(名·自他サ) 再現，再次出現，重新出現

例 事件(じけん)の状況(じょうきょう)を再現(さいげん)する。

譯 重現案發現場。

---

37 | さけび【叫び】

(名) 喊叫，尖叫，呼喊

例 叫(さけ)び声(ごえ)が聞(き)こえた。

譯 聽到尖叫聲。

---

38 | ざつだん【雑談】

(名·自サ) 閒談，説閒話，閒聊天

例 雑談(ざつだん)にふける。

譯 聊得很起勁。

---

39 | さんび【賛美】

(名·他サ) 讚美，讚揚，歌頌

例 口(くち)をそろえて賛美(さんび)する。

譯 異口同聲稱讚。

---

40 | しつぎ【質疑】

(名·自サ) 質疑，疑問，提問

例 論文(ろんぶん)の質疑応答(しつぎおうとう)は英語(えいご)により行(おこな)う。

譯 以英語回答對論文的質疑。

---

41 | してき【指摘】

(名·他サ) 指出，指摘，揭示

例 弱点(じゃくてん)を指摘(してき)する。

譯 指出弱點。

---

42 | しょうげん【証言】

(名·他サ) 證言，證詞，作證

例 法廷(ほうてい)で証言(しょうげん)する。

譯 出庭作證。

---

43 | しょうさい【詳細】

(名·形動) 詳細

例 詳細(しょうさい)に述(の)べる。

譯 詳細描述。

---

44 | しょうする【称する】

(他サ) 稱做名字叫…；假稱，偽稱；稱讚

例 病気(びょうき)と称(しょう)して会社(かいしゃ)を休(やす)む。

譯 謊稱生病向公司請假。

---

45 | じょげん【助言】

(名·自サ) 建議，忠告；從旁教導，出主意

例 助言(じょげん)を与(あた)える。

譯 給予勸告。

---

46 | しるす【記す】

(他五) 寫，書寫；記述，記載；記住，銘記

例 氏名(しめい)を記(しる)す。

譯 寫上姓名。

---

47 | しれい【指令】

(名·他サ) 指令，指示，通知，命令

例 指令(しれい)が下(くだ)る。

譯 下達命令。

---

48 | すいしん【推進】

(名·他サ) 推進，推動

例 積極的(せっきょくてき)に推進(すいしん)する。

譯 大力推動。

49 | すすめ【勧め】

㊔ 規勸，勸告，勸誡；鼓勵；推薦

例 医者(いしゃ)の勧(すす)めに従(したが)う。

譯 聽從醫師的勸告。

50 | すべる【滑る】

(自五) 滑行；滑溜，打滑；(俗)不及格，落榜；失去地位，讓位；説溜嘴，失言

例 言葉(ことば)が滑(すべ)る。

譯 説錯話。

51 | すらすら

(副) 痛快的，流利的，流暢的，順利的

例 日本語(にほんご)ですらすらと話(はな)す。

譯 用日文流利的説話。

52 | せいめい【声明】

(名·自サ) 聲明

例 声明(せいめい)を発表(はっぴょう)する。

譯 發表聲明。

53 | せじ【世辞】

㊔ 奉承，恭維，巴結

例 (お)世辞(せじ)がうまい。

譯 善於奉承。

54 | せっとく【説得】

(名·他サ) 説服，勸導

例 説得(せっとく)に負(ま)ける。

譯 被説服。

55 | せんげん【宣言】

(名·他サ) 宣言，宣布，宣告

例 独立(どくりつ)を宣言(せんげん)する。

譯 宣佈獨立。

56 | たいけん【体験】

(名·他サ) 體驗，體會，(親身)經驗

例 体験(たいけん)を生(い)かす。

譯 活用經驗。

57 | たいだん【対談】

(名·自サ) 對談，交談，對話

例 対談中(たいだんちゅう)、笑(わら)いが止(と)まらなかった。

譯 面談中笑聲不斷。

58 | たいわ【対話】

(名·自サ) 談話，對話，會話

例 対話(たいわ)がうまい。

譯 善於交談。

59 | たとえ

(名·副) 比喻，譬喻；常言，寓言；(相似的)例子

例 例(たと)えを引(ひ)く。

譯 舉例。

60 | だまりこむ【黙り込む】

(自五) 沉默，緘默

例 急(きゅう)に黙(だま)り込(こ)んだ。

譯 突然安靜下來。

30-6 表現 (3) /
表達 (3)

61 | ちゅうこく【忠告】
名·自サ 忠告，勸告
例 忠告(ちゅうこく)を聞(き)き入(い)れる。
譯 接受忠告。

62 | ちゅうじつ【忠実】
名·形動 忠實，忠誠；如實，照原樣
例 忠実(ちゅうじつ)に再現(さいげん)する。
譯 如實呈現。

63 | ちんもく【沈黙】
名·自サ 沈默，默不作聲，沈寂
例 沈黙(ちんもく)を破(やぶ)る。
譯 打破沈默。

64 | つげぐち【告げ口】
名·他サ 嚼舌根，告密，搬弄是非
例 先生(せんせい)に告(つ)げ口(ぐち)をする。
譯 向老師打小報告。

65 | つづる【綴る】
他五 縫上，連綴；裝訂成冊；(文)寫，寫作；拼字，拼音
例 着物(きもの)の破(やぶ)れを綴(つづ)る。
譯 縫補和服的破洞。

66 | ていきょう【提供】
名·他サ 提供，供給
例 情報(じょうほう)を提供(ていきょう)する。
譯 提供情報。

67 | ていさい【体裁】
名 外表，樣式，外貌；體面，體統；(應有的)形式，局面
例 体裁(ていさい)を繕(つくろ)う。
譯 裝飾門面。

68 | ていじ【提示】
名·他サ 提示，出示
例 証明書(しょうめいしょ)を提示(ていじ)する。
譯 提出證明。

69 | でんたつ【伝達】
名·他サ 傳達，轉達
例 伝達事項(でんたつじこう)をお知(し)らせします。
譯 傳遞轉達事項。

70 | てんで
副 (後接否定或消極語)絲毫，完全，根本；(俗)非常，很
例 話(はな)しがてんで違(ちが)う。
譯 內容完全不同。

71 | どうやら
副 好歹，好不容易才…；彷彿，大概
例 どうやら明日(あす)も雨(あめ)らしい。
譯 明天大概會下雨。

72 | とうろん【討論】
名·自サ 討論
例 討論(とうろん)に加(くわ)わる。
譯 參與討論。

73 | とう【問う】

(他五) 問，打聽；問候；徵詢；做為問題(多用否定形)；追究；問罪

例 選挙で民意を問う。

譯 以選舉徵詢民意。

74 | とく【説く】

(他五) 説明；説服，勸；宣導，提倡

例 説法を説く。

譯 説明道理。

75 | どころか

(接續·接助) 然而，可是，不過；(用「…たところが的形式」)一…，剛要…

例 他人どころか家族さえも～。

譯 不用説是旁人了，就連家人也…。

76 | となえる【唱える】

(他下一) 唸，頌；高喊；提倡；提出，聲明；喊價，報價

例 スローガンを唱える。

譯 高喊口號。

77 | とりいそぎ【取り急ぎ】

(副)(書信用語)急速，立即，趕緊

例 取り急ぎご返事申し上げます。

譯 謹此奉覆。

78 | なにげない【何気ない】

(形) 沒什麼明確目的或意圖而行動的樣子；漫不經心的；無意的

例 何気ない一言。

譯 無心的一句話。

79 | なにとぞ【何とぞ】

(副) (文)請；設法，想辦法

例 何卒宜しくお願いします。

譯 務必請您多多指教。

80 | なにより【何より】

(連語·副) 沒有比這更…；最好

例 お元気で何よりです。

譯 您能身體健康比什麼都重要。

81 | ナンセンス【nonsense】

(名·形動) 無意義的，荒謬的，愚蠢的

例 ナンセンスなことを言う。

譯 説廢話。

82 | なんなり(と)

(連語·副) 無論什麼，不管什麼

例 なんなりとお申し付け下さい。

譯 無論什麼事您儘管吩咐。

83 | ニュアンス【(法)nuance】

(名) 神韻，語氣；色調，音調；(意義、感情等)微妙差別，(表達上的)細膩

例 言葉のニュアンスが違う。

譯 詞義有細微的差別。

84 | ねだる

(他五) 賴著要求；勒索，纏著，強求

例 小遣いをねだる。

譯 鬧著要零用錢。

85 | はくじょう【白状】

(名·他サ) 坦白，招供，招認，認罪

例 犯人(はんにん)が白状(はくじょう)する。

譯 嫌犯招供了。

86 | ばくろ【暴露】

(名·自他サ) 曝曬，風吹日曬；暴露，揭露，洩漏

例 秘密(ひみつ)を暴露(ばくろ)する。

譯 洩漏秘密。

87 | はつげん【発言】

(名·自サ) 發言

例 発言(はつげん)を求(もと)める。

譯 要求發言。

88 | はなはだ【甚だ】

(副) 很，甚，非常

例 成績(せいせき)が甚(はなは)だ悪(わる)い。

譯 成績非常差。

89 | ばれる

(自下一) (俗)暴露，散露；破裂

例 うそがばれる。

譯 揭穿謊言。

90 | ひいては

(副) 進而

例 国(くに)のため、ひいては世界(せかい)のために。

譯 為了國家，進而為了世界。

30-6 表現 (4) / 表達 (4)

91 | ひなん【非難】

(名·他サ) 責備，譴責，責難

例 非難(ひなん)を浴(あ)びる。

譯 遭到責備。

92 | ひやかす【冷やかす】

(他五) 冰鎮，冷卻，使變涼；嘲笑，開玩笑；只問價錢不買

例 そう冷(ひ)やかすなよ。

譯 不要那麼挖苦。

93 | ひょっと

(副) 突然，偶然

例 ひょっと口(くち)に出(だ)す。

譯 不經意說出口。

94 | ひょっとして

(連語·副) 該不會是，萬一， 一旦，如果

例 ひょっとして道(みち)に迷(まよ)ったら大変(たいへん)だ。

譯 萬一迷路就糟糕了。

95 | ひょっとすると

(連語·副) 也許，或許，有可能

例 ひょっとするとあの人(ひと)が犯人(はんにん)かもしれない。

譯 那個人也許就是犯人。

96 | ふこく【布告】

(名·他サ) 佈告，公告；宣告，宣布

例 宣戦を布告する。

譯 宣戰。

97 | ふひょう【不評】

(名) 聲譽不佳，名譽壞，評價低

例 不評を買う。

譯 獲得不好的評價。

98 | プレゼン【presentation 之略】

(名) 簡報；(對音樂等的)詮釋

例 新企画のプレゼンをする。

譯 進行新企畫的簡報。

99 | ぺこぺこ

(名·自サ·形動副) 癟，不鼓；空腹；諂媚

例 ぺこぺこして謝る。

譯 叩頭作揖地道歉。

100 | へりくだる

(自五) 謙虛，謙遜，謙卑

例 へりくだった表現。

譯 謙虛的表現。

101 | べんかい【弁解】

(名·自他サ) 辯解，分辯，辯明

例 弁解の余地が無い。

譯 沒有辯解的餘地。

102 | へんとう【返答】

(名·他サ) 回答，回信，回話

例 返答に困る。

譯 不知道如何回答。

103 | べんろん【弁論】

(名·自サ) 辯論；(法)辯護

例 弁論大会に出場する。

譯 參加辯論大會。

104 | ぼやく

(自他五) 發牢騷

例 安い給料をぼやく。

譯 抱怨薪水低。

105 | まぎらわしい【紛らわしい】

(形) 因為相像而容易混淆；以假亂真的

例 紛らわしいことをする。

譯 以假亂真。

106 | まことに【誠に】

(副) 真，誠然，實在

例 誠に申し訳ございません。

譯 實在非常抱歉。

107 | みせびらかす【見せびらかす】

(他五) 炫耀，賣弄，顯示

例 見せびらかして自慢する。

譯 驕傲的炫耀。

108 | むごん【無言】

(名) 無言，不説話，沈默

例 無言でうなずく。

譯 默默地點頭。

109 | むろん【無論】

副 當然，不用說

例 無論心配は要りません。

譯 當然無須擔心。

110 | もうしいれる【申し入れる】

他下一 提議，(正式)提出

例 援助を申し入れる。

譯 申請援助。

111 | もうしこみ【申し込み】

名 提議，提出要求；申請，應徵，報名；預約

例 申し込みの締め切り。

譯 報名期限。

112 | もうしでる【申し出る】

他下一 提出，申述，申請

例 申し出てください。

譯 請提出申請。

113 | もうしで【申し出】

名 建議，提出，聲明，要求；(法)申訴

例 申し出の順に処理する。

譯 依申請順序處理。

114 | もらす【漏らす】

他五 (液體、氣體、光等)漏，漏出；(秘密等)洩漏；遺漏；發洩；尿褲子

例 秘密を漏らす。

譯 洩漏秘密。

115 | ユニーク【unique】

形動 獨特而與其他東西無雷同之處；獨到的，獨自的

例 ユニークな発想をする。

譯 獨到的想法。

116 | ようけん【用件】

名 (應辦的)事情；要緊的事情；事情的內容

例 用件を述べる。

譯 陳述事情內容。

117 | よっぽど

副 (俗)很，頗，大量；在很大程度上；(以「よっぽど…ようと思った」形式)很想…，差一點就…

例 よっぽど好きだね。

譯 你真的很喜歡呢。

118 | よびとめる【呼び止める】

他下一 叫住

例 警察に呼び止められる。

譯 被警察叫住。

119 | よみあげる【読み上げる】

他下一 朗讀；讀完

例 判決文を読み上げる。

譯 朗讀判決書。

120 | よろん・せろん【世論・世論】

名 輿論

例 世論を無視する。

譯 無視於輿論。

121 | リップサービス【lip service】

㊔ 口惠，口頭上説好聽的話

例 リップサービスが上手(じょうず)だ。

譯 擅於説好聽的話。

122 | りょうしょう【了承】

名·他サ 知道，曉得，諒解，體察

例 ご了承下(りょうしょうくだ)さい。

譯 請您見諒。

123 | ろんぎ【論議】

名·他サ 議論，討論，辯論，爭論

例 論議(ろんぎ)が盛(さか)んだ。

譯 激烈爭辯。

124 | わるいけど【悪いけど】

慣 不好意思，但…，抱歉，但是…

例 悪(わる)いけど、金貸(かねか)して。

譯 不好意思，借錢給我。

N1 30-7

30-7 文書、出版物 /
文章文書、出版物

01 | うつし【写し】

㊔ 拍照，攝影；抄本，摹本，複製品

例 住民票(じゅうみんひょう)の写(うつ)しを持参(じさん)する。

譯 帶上戶籍謄本影本。

02 | うわがき【上書き】

名·自サ 寫在(信件等)上(的文字)；(電腦用語)數據覆蓋

例 荷物(にもつ)の上書(うわが)きを確(たし)かめる。

譯 核對貨物上的收件人姓名及地址。

03 | えいじ【英字】

㊔ 英語文字(羅馬字)；英國文學

例 毎朝英字新聞(まいあさえいじしんぶん)を読(よ)む。

譯 每天閱讀英文報。

04 | えつらん【閲覧】

名·他サ 閱覽；查閱

例 新聞(しんぶん)を閲覧(えつらん)する。

譯 閱覽報紙。

05 | おうぼ【応募】

名·自サ 報名參加；認購(公債，股票等)，認捐；投稿應徵

例 求人(きゅうじん)に応募(おうぼ)する。

譯 應徵求才職缺。

06 | かじょうがき【箇条書き】

㊔ 逐條地寫，引舉，列舉

例 箇条書(かじょうが)きで記(しる)す。

譯 逐條記錄。

07 | かんこう【刊行】

名·他サ 刊行；出版，發行

例 雑誌(ざっし)を刊行(かんこう)する。

譯 發行雜誌。

08 | きかん【季刊】

㊔ 季刊

例 季刊誌(きかんし)。

譯 季刊。

09 | けいぐ【敬具】

㊔ (文)敬啟，謹具

例 拝啓と敬具。
譯 敬啟與謹具。

10 ｜けいさい【掲載】

名·他サ 刊登，登載

例 雑誌に掲載する。
譯 刊登在雜誌上。

11 ｜げんしょ【原書】

名 原書，原版本；(外語的)原文書

例 英語の原書を読む。
譯 閱讀英文原文書。

12 ｜げんてん【原典】

名 (被引證，翻譯的)原著，原典，原來的文獻

例 原典を引用する。
譯 引用原著。

13 ｜こうどく【講読】

名·他サ 講解(文章)

例 源氏物語を講読する。
譯 講解源氏物語。

14 ｜こうどく【購読】

名·他サ 訂閱，購閱

例 雑誌を購読する。
譯 訂閱雜誌。

15 ｜さんしょう【参照】

名·他サ 參照，參看，參閱

例 別紙を参照して下さい。
譯 請參閱其他文件。

16 ｜しゅだい【主題】

名 (文章、作品、樂曲的)主題，中心思想

例 映画の主題歌を書き下ろす。
譯 新寫電影的主題曲。

17 ｜しょはん【初版】

名 (印刷物，書籍的)初版，第一版

例 初版を発行する。
譯 發行書籍。

18 ｜しょひょう【書評】

名 書評(特指對新刊的評論)

例 書評を書く。
譯 撰寫書評。

19 ｜しょ【書】

名·漢造 書，書籍；書法；書信；書寫；字述；五經之一

例 書を習う。
譯 學習書法。

20 ｜ぜっぱん【絶版】

名 絕版

例 絶版にする。
譯 不再出版。

21 ｜そうかん【創刊】

名·他サ 創刊

例 創刊号が書店に並ぶ。
譯 書店陳列著創刊號。

22 | ださく【駄作】
㊔ 拙劣的作品，無價值的作品

例 駄作(ださく)映画(えいが)がヒットした。

譯 拙劣的電影竟然大賣。

23 | ちょうへん【長編】
㊔ 長篇；長篇小説

例 長編小説(ちょうへんしょうせつ)に挑(いど)む。

譯 挑戰撰寫長篇小説。

24 | ちょしょ【著書】
㊔ 著書，著作

例 著書(ちょしょ)を出(だ)す。

譯 發表著作。

25 | ちょ【著】
名·漢造 著作，寫作；顯著

例 著名(ちょめい)な音楽家(おんがくか)を招(まね)く。

譯 邀請赫赫有名的音樂家。

26 | でんき【伝記】
㊔ 傳記

例 伝記(でんき)を書(か)く。

譯 寫傳記。

27 | とじる【綴じる】
他上一 訂起來，訂綴；（把衣的裡和面）縫在一起

例 資料(しりょう)を綴(と)じる。

譯 裝訂資料。

28 | ねんかん【年鑑】
㊔ 年鑑

例 年鑑(ねんかん)を発行(はっこう)する。

譯 發行年鑑。

29 | はいけい【拝啓】
㊔ （寫在書信開頭的）敬啟者

例 「拝啓(はいけい)」と「敬具(けいぐ)」。

譯 「敬啟者」與「謹具」。

30 | はん・ばん【版】
名·漢造 版；版本，出版；版圖

例 保存版(ほぞんばん)にする。

譯 作為保存版。

31 | ふろく【付録】
名·他サ 附錄；臨時增刊

例 付録(ふろく)をつける。

譯 附加附錄。

32 | ぶんしょ【文書】
㊔ 文書，公文，文件，公函

例 文書(ぶんしょ)を校正(こうせい)する。

譯 校對文件。

33 | ベストセラー【bestseller】
㊔ （某一時期的）暢銷書

例 ベストセラーになる。

譯 成為暢銷書。

34 | ほんぶん【本文】
㊔ 本文，正文

例 本文(ほんぶん)を参照(さんしょう)せよ。

譯 請參看正文。

35 | まとめ【纏め】

㊔ 總結，歸納；匯集；解決，有結果；達成協議；調解（動詞為「纏める」）

例 1年間（ねんかん）の総（そう）まとめ。

譯 一年的總結。

36 | ミスプリント【misprint】

㊔ 印刷錯誤，印錯的字

例 ミスプリントを訂正（ていせい）する。

譯 訂正印刷錯誤。

37 | めいぼ【名簿】

㊔ 名簿，名冊

例 同窓会名簿（どうそうかいめいぼ）が届（とど）いた。

譯 收到同學會名冊。

38 | もくろく【目録】

㊔ （書籍目錄的）目次；（圖書、財產、商品的）目錄；（禮品的）清單

例 目録（もくろく）を進呈（しんてい）する。

譯 呈上目錄。

Memo

あ

い

え

お

か

き

く

け

こ

さ

し

す

せ

ち

つ

て

と

な

ぬ

ひ

ふ

へ

み

む

や

ゆ

よ

ら

る

ろ

山田社日語 43

日本語
單字分類辭典

N1,N2,N3,N4,N5 單字分類辭典（25K+MP3）

從零基礎到考上 N1，就靠這一本！

■ 發行人／林德勝

■ 著者／吉松由美、田中陽子、西村惠子、千田晴夫、
山田社日檢題庫小組

■ 出版發行／山田社文化事業有限公司
臺北市大安區安和路一段112巷17號7樓
電話 02-2755-7622
傳真 02-2700-1887

■ 郵政劃撥／ 19867160號 大原文化事業有限公司

■ 總經銷／ 聯合發行股份有限公司
新北市新店區寶橋路235巷6弄6號2樓
電話 02-2917-8022
傳真 02-2915-6275

■ 印刷／上鎰數位科技印刷有限公司

■ 法律顧問／林長振法律事務所 林長振律師

■ 書＋MP3／定價 新台幣 599 元

■ 初版／2020年 5 月

© ISBN：978-986-246-579-0